读客文化

清明上河图密码

隐藏在千古名画中的阴谋与杀局

6

全图824位人物，每个人都有名有姓，佯装、埋伏在舟船车轿、酒肆楼阁中。看似太平盛世，其实杀机四伏。

翻开本书，在小贩的叫卖声中，金、辽、西夏、高丽等国的间谍、刺客已经潜伏入画，824个人物逐一复活，只待客船穿过虹桥，就一起拉开北宋帝国覆灭的序幕。

醒世大结局

冶文彪 著

上海文艺出版社

图书在版编目（CIP）数据

清明上河图密码.6, 醒世大结局 / 冶文彪著 . --
上海：上海文艺出版社，2019.11
（读客知识小说文库）
ISBN 978-7-5321-7407-2

Ⅰ . ①清… Ⅱ . ①冶… Ⅲ . ①长篇小说 – 中国 – 当代
Ⅳ . ① I247.5

中国版本图书馆 CIP 数据核字（2019）第 235464 号

责任编辑：毛静彦
特约编辑：吴赛嵒　　唐丽娟
封面设计：杨贵妮

清明上河图密码.6, 醒世大结局
冶文彪　著
上海文艺出版社出版、发行
地址：上海市闵行区号景路159弄A座2楼
电子信箱：cslcm@publicl.sta.net.cn
新华书店 经销　三河市中晟雅豪印务有限公司印刷
开本 710毫米×1000毫米　1/16　36印张　字数 539千字
2019年11月第1版　2025年1月第15次印刷
ISBN 978-7-5321-7407-2/I.5890
定价：69.90元

如有印刷、装订质量问题，
请致电010-87681002（免费更换，邮寄到付）

目 录

引 子

异

　　宣和元年五月，京师茶肆佣，晨兴见大犬蹲榻傍。近视之，乃龙也，军器作坊兵士取食之。逾五日，大雨如注，历七日而止，京城外水高十余丈。帝惧甚，命户部侍郎唐恪决水，下流入五丈河。起居郎李纲言："阴气太盛，国家都汴百五十余年矣，未尝有此异。夫变不虚生，必有感召之由，当以盗贼、外患为忧。"诏贬纲。

——《续资治通鉴》

阴篇

倾城

第一章　妖异

古称以一人治天下，不以天下奉一人。

苟以自奉养为意，百姓何仰哉！

——宋太祖·赵匡胤

一、穿门

春入四月，汴京城繁花渐消，绿意方兴。

池了了清早起来，快手快脚生起火，煮了一锅麦粥，煎好几张油饼，配了些酱瓜，摆到桌上，刚唤过鼓儿封，萧逸水也从烂柯寺行完功德回来。一天之中，她最爱的便是这清晨饭时，三人团坐一桌，热汤热饼，闲谈说笑，亲暖无比。然而，今天无意间说起汴京念奴十二娇，萧逸水却有些伤叹。

一年之间，十二奴竟已亡失了五位：先是剑奴邓红玉病故，接着又是棋奴杨轻渡，不知为何，触怒宫中太傅杨戬，被皇城使拘捕缢杀；几天前，茶奴柳碧拂出家为尼，酒奴顾盼儿被牙绝冯赛的小舅子扼死；昨天，萧逸水又听闻，十二奴之首、唱奴李师师竟不知所终。

池了了见义父和义兄一起叹气，却生出另一番感慨："烟花苦海，早走早了，未必不是好事。"

鼓儿封和萧逸水听了，都先一愣，随即默然，各自埋头吃粥。池了了倒有些伤感起来：她有时难免羡慕念奴十二娇，不说吃穿用度，诸般骄奢，仅面对恩客，能任性挑拣推拒，这一条便是她万万不敢望求的。十二奴到得这等地位，也有诸般说不出、挣不开的烦难，何况自己这样一个沿街卖唱的歧路人？

　　她扭头望向院外墙头露出的那截柳树，那树生得有些歪瘦，曲曲拐拐，斜伸几根枝干，这时却也嫩生生舒展柳丝，绿蓬蓬绽开芽叶。池了了想起义兄曾写过一句："东风不问谁家院，桃李岂择哪枝春？"她想，自己便是这株歪瘦柳，生在这穷陌小院外，虽有诸般不好，却也该尽兴去活，能活一春，便是一春。

　　何况，自己也有几样自家的好，比如身边这义父和义兄，便是人间难得的好。再比如……她又想起了那人，心里一动，竟有些羞怯，不由得又笑了一笑，见鼓儿封和萧逸水都已吃罢，忙站起身收拾碗箸，端去洗净。

　　她见门外春日明丽，天气晴暖，兴头不由得生起，便寻出那件最鲜艳的桃花纹彩绢衫，配了一条浅红缠枝纹纱裙。穿戴梳洗好后，她又特地从钿盒里拣出一支银钗。这银钗是她那十几样首饰中最珍贵的一件，钗头细雕作孔雀形，雀嘴衔了一串玛瑙珠子。单这珠子，一颗也得三五百文。

　　今年正月，有天下大雪，她就近去汴河岸边寻趁生意，在房家客栈遇见一位年轻富商，出手极豪阔。池了了只唱了三支曲，他便随手摸出二两多碎银子，竟还嫌少，又添了这支银钗。池了了卖唱这些年，从未得过这么重的赏，欢喜无比，忙去给鼓儿封添了件厚棉袍。又去专擅修琴的凤凰于家，付了八百文，求他家琴师，修好了琵琶上摔缺的琴柱。

　　后来，池了了才知晓，这富商名叫汪石，救了汴京粮荒。更叫池了了震惊的是，两天前，她去探望赵瓣儿，瓣儿竟然说范楼案那具无头尸被牙绝冯赛查明，死者竟是那富商汪石。至于其中原委，瓣儿也不知晓。

　　池了了对着那面昏蒙铜镜，插稳了银钗，不由得轻叹一声：人这命数，真如天上的云，谁真能安稳久长？

　　随即，她又念起那人——曹喜。这桩心事，不但她自家，连曹喜和鼓儿封也都已觉察，但三人均未说破。她这等身世，哪里能攀得上堂堂进士，不过一段奢想而已。说破，反倒尴尬。也只当它云一般，且由它浮在那里，能停几许，便停几许……

她正在沉思，鼓儿封和萧逸水在门外说了一声，两人各自有约，一起先走了。池了了忙应了一声，收拾好背囊，拿了琵琶，锁好院门，慢慢行到护龙桥边。她心里有些无着无落，懒得进城，便慢慢向汴河边走去。才走过梢二娘茶铺，河湾边一个妇人高声唤道："客官请上船！"

池了了扭头一看，岸边泊了只客船，船旁站着个船娘子，池了了认得，叫沈四娘，性情极聪快，正满面带笑招呼一个年轻男客。那男子踩着踏板，走进了船舱。沈四娘瞧见池了了，笑唤了一声，池了了也笑着点头，正要问好，身后忽传来一阵喧嚷，她忙回头去看，不由得惊了一下。

街上走来一人，身材有些魁梧，眉眼也端方，是个年轻男子。脸上却厚涂脂粉，红红白白，异常鲜诡妖异。男子头戴一顶青绸道冠，两耳边垂挂青玉耳坠，身穿一件紫锦衫，披了一领阔长紫锦大氅。右手握着一只铜铃，一路走，一路不住摇动，嘴里也念念有词，引得十来个人一路笑看指点。

池了了觉得这男子异常眼熟，却一时想不起来。那男子大步走过来，竟下了斜坡，走向沈四娘那只客船。经过身边时，池了了才惊觉，是董谦！

她忙惊望细看，越发确证，这男子真是董谦。

董谦走到岸边，面朝那只客船停住了脚，举起左手，朝向船舱，拇指和中指间拈了一颗珠子，那珠子胡桃大小，在朝阳下莹莹闪耀。池了了越发惊异，却见董谦又摇动右手铜铃，高声念诵起来，似乎在念咒语。念了一阵后，忽又转身离开，走上岸来。迎面看到池了了，董谦目光略一颤，却随即转开，又摇起铜铃，念念有词，从池了了身边快步走过，向东边行去。

池了了惊在那里，忽听到沈四娘怪叫了一声，忙转头望去，见沈四娘扒在舱门边，头探进船舱，不住尖声惊唤。池了了忙奔下岸，踩着踏板，凑近船舱，朝里一望，不由得也惊呼一声：船舱中间摆着一只大木箱，箱盖打开，将才上船的那个年轻男客躺坐在箱中，头仰垂在箱子外，脸正朝向舱门，大咧着嘴，双眼鼓睁，面色青黑僵硬，显已死去。

惊震之余，池了了忙扭头望向岸上，见董谦大步向东，紫锦大氅飘扬飞荡。路上许多人都跟在董谦身后，却都不敢靠近，池了了忙快步追了过去。董谦一路不停，走过虹桥，身后跟的人越来越多。他下了桥随即转向东，沿着河岸，快步行到章七郎酒栈前。店主章七郎由于牵涉到丁旦紫衣客那桩事，已经逃亡，这些天，酒栈一直没有开张，门窗全都锁闭。董谦却直直走向酒栈木门。池了了被前头的人挡住，看不见身影，只听见董谦又摇动铜铃，念了几句咒语。随即，河边近处几只船上的人全都惊呼起来。等池了了终于挤进去时，酒栈两扇木门紧闭，挂着锁头，却已不见董谦。门外地上落着那领紫锦大氅。

河边船上一个后生连声惊唤："那门并没开！"

两旁的船工也纷纷应和："是啊，是啊！门明明锁着，那人竟穿了进去！"

二、惊鸟

冯赛站在烂柯寺那间禅房里，望着那袋便钱，心头不住翻涌。

看来柳二郎并非姓柳，而是姓李，叫李弃东。他是什么来路？竟能做出这一连串大阵仗。清明那天，便是在这城外军巡铺门前，柳二郎，不，李弃东骑着马、驮着这只袋子，急忙忙赶来报知，邱菡母女及柳碧拂被人掳走。如今看来，他是要将我引开，自己则携带这八十万贯逃走，却没有料到，炭行三人会突然出现，吴蒙将他强行带走。

当时冯赛正紧急焦乱，便将马和钱袋寄放到了曾胖川饭店。幸而这袋钱钞从外头看，像是一袋书册，并没人留意。冯赛自己都浑然不觉，之后又将这袋子提到烂柯寺，丢在这柜子里，放了许多天。

冯赛平日难得去思想天意，这时却万分感慨：上苍垂怜，如此轻巧便寻回这八十万贯。

另外二十万贯，李弃东为搅乱京城炭、鱼、肉、矾四大行，恐怕各得拿出五万贯本钱，才做得起来。那些钱应该已经花尽，再追不回来。即便如此，京城三大巨商解库秦广河、绢行黄三娘、粮行鲍川，因替这百万官贷作保，每家一个月仅利钱就得赔四千贯。他们若得知八十万贯已经找回，也应庆幸无比，自然甘愿填赔上剩余的二十万贯。如此，这场大灾祸便终于能得了结。

冯赛长出了一口气，低头望向幼女珑儿，珑儿正扒着他的腿，等得有些不耐烦，小声说："爹，回家。""好！"冯赛笑着抱起女儿，女儿迅即用小手臂抱紧他的脖颈，头也贴靠在他脸侧，像是生怕再次分离。冯赛心头一阵暖涌，继而又感愧交集。之前，他虽也爱惜妻女，但从未这般，从心底觉到：天地之间，唯亲为大。世间所有最贵最重之物，连同自己性命，集在一处，也不及女儿这一抱。

他伸出一只手，拎起钱袋，正在往外走，脑中忽又闪出李弃东那目光。他最后一回见李弃东，是在大理寺狱中，李弃东望向他时，目光暗冷，含着嘲意。想到那目光，冯赛心头一寒：李弃东正是为了这八十万贯，才做出这些歹事。如今，他已被放出，岂肯轻易罢休？他既能绑劫邱菡母子一回，便能再绑劫一回……冯赛顿时停住脚——必须得捉住李弃东。

但冯赛发觉，自己竟丝毫不认得此人，更莫论猜测此人动因及去向。珑儿在耳边连声催唤，他却已茫然出神。

清明那天，李弃东要逃去哪里？

他忽然想起，画待诏张择端曾说起一事：清明正午，他正在虹桥上，见到谭力在桥下一只船中。谭力扮作炭商，搅乱炭行，炭行诸人正在虹桥汴河一带寻他，他应该躲走才对，为何要在那只船上？

他在等李弃东！

汪石和谭力四人之所以跟着李弃东，是为钱。谭力在那船上，是在等李弃东和这八十万贯。他们会合一处，一起逃走。

冯赛顿时生出一个主意，但随即又犹豫起来，此事太过犯险，略一失手，恐怕真是万劫难复……但若不捉住这几人，邱菡、玲儿、珑儿便永无安宁之日……他反复盘算，最后觉得只要有周长清、崔豪三兄弟等可信之人相帮，应该不会有闪失。于是他坚定了心意。

这时，门外传来脚步声，一路轻稳，走进禅房，是弈心小和尚。一眼见到冯赛怀中的珑儿，弈心顿时露出笑意，合十赞道："冯施主终于寻回女儿。苦海寒波尽，暖日春风来。善哉善哉！"

冯赛正要求助于他，道过谢后，将钱袋嘱托给了弈心。弈心虽有些纳闷，却仍郑重额首允诺："冯施主放心。袋里乾坤重，心头日夜勤。"

冯赛又连声谢过，这才抱着珑儿离开了烂柯寺，骑马来到十千脚店，问过伙计，走进后院去寻周长清。周长清正在槐树下吃茶读书，抬头看到珑儿，立即抛书起身，笑着恭贺。冯赛将前后经过讲述了一遍，周长清听后，连声感慨。冯赛又提及接下来打算，周长清一听，忙唤仆妇拿了些吃食玩物，好生抱珑儿去外头耍。又叫人点茶，请冯赛进到后边书房，关起门来细谈。

"你这是在赌。"

"我若不赌，家人便时刻难安。而且，我也非妄赌，有四条理由下这笔大注——"

"哦？说来听听？"

"其一，不论李弃东，还是谭力四人，都不会轻易放走这八十万贯。"

"嗯……"

"其二，谭力四人当时并不知汪石已死。至今不见汪石，他们自然会四处找寻。我既然能查出汪石死在范楼，他们不会查不出。他们与汪石情谊深厚，一旦得知汪石被李弃东害死，自然不会放过李弃东。"

"嗯，若真是如此，胜算便多了几分——不过，你得先去范楼确证，看他们是否真去打问过。若没有，你这计策便行不通。"

"是。即便四人不知汪石被杀真相，李弃东自己却心知肚明，绝不敢见谭力四人。"

"嗯。第三条呢？"

"李弃东和谭力四人都知自己罪行重大，皆在藏匿，绝不敢贸然现身。"

"他们越小心，你这计策便越难行。"

"却也越安全。"

"呵呵，经此一劫，你胆气增添了许多。"

"惊弓之鸟，若知弓箭避无可避，唯一之计，便是反逼那猎人。我敢用这计策，更因第四条——我虽为惊鸟，猎人却并非一个，而是两方，且两方互为敌手。我手中则有两方必夺之饵。"

冯赛是打算暂不将那八十万贯上交给官府，而是以此作饵，引出李弃东与谭力四人，借双方互斗，将他们捉获。

他继续解释道："谭力四人还好，李弃东智识绝非常人，想引出他，的确极难。我得尽快查明此人来路。头一件，便是先去探问清楚，李弃东关在大理寺狱中，是何人将他放出？"

"这一件我倒已经替你打问过了，大理寺放的并非他一人。这一向汴京大不安宁，凶案频发，牢狱皆已填满。原本狱空是一大美政善绩，开封府、刑部、大理寺自然都开始着忙。我听得是副宰相李邦彦给大理寺下了令，狱中轻犯，能断则断，能放则放。大理寺并不知李弃东是几桩重案背后主谋，又无过犯，便也将他放了。"

冯赛听了，大为惋恨。

"不过，你这计谋听来倒真是良策，只是需要仔细谋划。还得可信帮手，人又不能过多。料必你已将崔豪三兄弟算在里头，我瞧这三人也是肝胆汉子，我叫人寻他们来，我们好好商议一番。"

三、孤绝

梁兴睁开眼，见一钩新月，斜挂柳梢。

四下静黑，唯有河声漫漫。他头疼欲裂，费力撑起身子，衣背早已被草露浸湿。浑身酸乏，便又躺倒在草坡上，怔望那细淡月钩，心里一片空茫。

昨天，他原本要乘胜追击，去红绣院会一会梁红玉，可经过曾胖川饭店时，里头飘出酒肉香气，引逗得他顿时渴饿起来。他便走进那店里，见里头三三五五坐了几桌酒客，都在吃喝说笑。自己独个一人，坐到其间，颇有些招眼。他便径直走到柜前，让店主切了些熟肚、软羊包好，又要了几只胡饼、一坛酒，拎着出来，沿着汴河走到河湾僻静处，坐到草坡上，望着夕阳，独自吃起来。

起先他还兴致十足，可等斜阳落下、暮色升起，周遭渐渐寂静时，心里忽而升起一阵孤绪。自己虽一举揭开摩尼教粮仓窃案，寻回了那三百多个孩童，却也连遭几位好友背叛，楚澜、甄辉、施有良、石守威……梁兴并不怨恨，各人各有其苦衷。若不是情非得已，谁人愿做背叛之人？只是，痛心之余，令他甚觉无味。人生于世，诸多烦难，不被欲驱，便被情迫。一句"情非得已"，便能叫大多数人屈膝。莫说他人，便是梁兴自己，那几日在太尉高俅府中，枯坐冷凳，等候传唤，又何尝不是屈心抑志、英雄气短？

人常言，受不得小气，成不得大事。可世间有多少大事，真值得人屈膝？功名富贵？对此，梁兴从来不曾如何挂怀。为亲朋故旧？父亲遭人构陷，亡故多年；母亲远嫁他乡，诸般顺意，每回捎信来，反倒只担心他；男女之间，虽有幸得遇邓红玉，堪为一世知己美眷，却又旋即痛失；至于朋友，更是零落无几。如今只余一身，金明池争标后，被召至高太尉府中，却又只教听候差遣，悬在半空之中。军营宿房倒塌，楚澜安排的梅大夫那院子也不能再去住，连安身落足之处都没了，又何可当为？

半坛冷酒落肚，少年时因父亲屈死激起的那股厌生愤世之气重又涌了上来，胸中一片灰冷，唯有捧着那坛冷酒，一口接一口猛灌。等空坛滚落时，他也已经大醉，躺倒在乱草丛中，昏然睡去。

这时醒来，怔望柳梢月钩，仍寻不见一丝生趣。半晌，他自问，既然无意再活，那便去死？可一想要去死，得先起身，他却连指头都不愿动，便任由自己躺在露草中，重又昏昏睡去。

过了许久，河面上船行之声吵醒了他，他虽仍闭着眼，却不知为何，忽而想起清明那天正午，听到甄辉说，蒋净在钟大眼船上，他听后立即奔向那船。当时若没有上那只船，便不会遭人诱骗陷害，卷进这场乱事……

但随即，他又想到：上天既生我，这条命便归我。生也好，死也好，有用也罢，无用也罢，皆该由我自家做主。那些人却将人视作犬马，无端役使，诸般设陷，就如他们当年对待我父亲。

念及此，他顿时坐起身子，明白自己这条命该用于何处：不能任由这些人妄为！上天给我这副身骨，既然寻不到更好用处，不若拿来除灭这些欺人之人。

胸中涌起斗志，他顿时来了兴头。随即也才明白，父亲给自己取名为"兴"，乃是期望自己能始终兴致盎然、快意过活。

他打起精神，凝神回思，重新梳理起前后因果：清明正午，施有良先邀我去吃酒，继而甄辉出面设诱。幕后之人自然是从二人口中得知我要为楚澜报仇，正在四处找寻蒋净。便以此为饵，诱我上船，欲借我之手，杀掉船舱中那人，再趁势陷我于罪。

然而，蒋净不但没有谋害楚澜，反倒被楚澜借来诈死，早已枉送了性命。船舱中那人并非蒋净，幕后之人为何认定我会出手杀他？

梁兴细思当时，自己奔进那船舱，问舱中那人："你是蒋净？"那人惊慌回答："是，你是……？"那人为何要答"是"？难道是冒充？他为何要冒充？我又从未见过蒋净。酒劲冲涌之下，险些误伤那人。

当时宫中画待诏张择端正在虹桥上，见那"蒋净"和另一个人从梅船跳到了钟大眼船上，那人外套布衫，袖口却露出一段紫锦，上到钟大眼船上后，此人便消失不见。另外，张择端还看见摩尼教四使徒中的牟清，从小舱窗里扔出个红萝卜，随后也消失不见。游大奇则在对岸看到摩尼教四使徒中的盛力在下游不远处另一只船上。牟清丢红萝卜，应是个信号，在提醒盛力。

据左军巡使顾震所言，那梅船紫衣人才是关键。牟清去那船上，盛力等在下游，自然都是为了他。

我与"蒋净"争斗之际，牟清正躲在隔壁小舱中。隔着壁板用毒针刺死"蒋净"的，恐怕正是他。而我则以为误杀了"蒋净"，急忙下了船。军巡铺的厢兵雷炮却为寻牟清，接着上了那船，船顶上小厮随即叫嚷起来。

不久，游大奇见盛力跳下船，急匆匆奔往钟大眼的船，自然是发觉那船上出了事故。没等他赶到，桥头上一个冷脸汉带了两个帮手，已先上了钟大眼的船，并劫走了那只船。那冷脸汉自然也是为紫衣人而来。

那紫衣人去了哪里？牟清为何也一起消失？

梁兴望着河水凝神思忖。对岸正是那家崔家客店，店主夫妇与那冷脸汉是一路人，这时店门尚未开，望过去，并不见人进出。那晚，钟大眼的空船正泊在崔家客店前的河岸边。梁兴反复回想自己当时上那船去查看，忽然记起一事：自己走到隔壁小舱时，听到船板下有水声。当时并未觉察有何异常，这时却顿时醒悟：那船板下原本是隔水空槽，不该听到水声，除非下头被凿穿，用来偷运物件。

紫衣人是从那船板下用铁箱运走的！

那船板下预先藏好一只密闭铁箱，拴一根绳索，将绳头从水底引到下游不远处盛力那只船上。"蒋净"将紫衣人带下梅船，交给牟清。牟清令紫衣人钻进铁箱，从窗口扔出一只红萝卜。盛力看到，便在那边扯拽绳索，从水底将紫衣人偷运到自己船上！

然而，紫衣人却被他人劫走——那个紫癍女。

紫癍女已预先得知其中机密，买通汴河堤岸司的承局杨九欠，潜伏水中，备好另一只铁箱，偷偷换掉绳索。等牟清丢出红萝卜，便猝然出手，杀死牟清，将尸体装进那铁箱。盛力从下游接到铁箱后，打开发觉里头竟是牟清尸首，才急忙跳下船，赶往钟大眼的船。

而这边，杨九欠则将装了紫衣人的铁箱拖上岸，铁箱留在了米家客店，里头的紫衣客则被紫癍女偷偷转往他处。

运去了哪里？

红绣院，梁红玉。

四、颜面

李老瓮坐在厢车里，盯着脚边那只麻袋，心里痒恨不住。

张用在那麻袋里，左拱一拱，右扭一扭，青虫一般，片刻不宁。瞧着又并非想挣脱，似乎只是要寻个舒坦姿势。麻袋不够宽松，他扭拱了许久，最后屈膝抬腿，两脚朝天，抵住袋角。又将两肘撑开，头枕双手，摆成了个四角粽，似乎才终得安适。可才消停片刻，他竟又高声吟起词来。

李老瓮惊了一跳，怕被车外路人听见，忙伸脚去踢，车子却猛地一颠，踢了个空，跌倒在车板上。张用却仍在高声吟诵："……任东西南北，轻摇征辔，终不改，逍遥志……"前头词句李老瓮没听清，"逍遥"二字却格外显明，他越发恼恨，爬起来，扶着车壁，照准张用圆臀，又狠踢了过去。不想车子又一颠，他再次仰天跌倒，更和张用臀顶臀，躺并作一堆。

张用却顿时笑起来："哈哈！多谢老孩儿，跌跤助诗兴。你好生躺着莫乱动，跌坏了脊骨，便再做不得末色杂扮了。我下半阕也有了，你听听如何——棋里江山欲坠，论白黑，孰真孰戏？笛吹巷陌，燕寻故里，尘埋旧地……"

李老瓮躺在那里，半晌动弹不得，再听张用唤自己"老孩儿"，心头越发恨怒。这些年，人见到他，难免背后暗嘲，却没有谁敢当面这般直呼。更叫他惊惶的是，将才在那房里，张用只在昏暗中瞧了他一眼，竟能认出他的旧营生。而且，两个帮手将张用装进麻袋抬上车后，他才悄悄爬进车厢，极当心，并没发出声响。张用却只凭他跌倒的动静，便能辨出是他。

他不由得暗悔，不该让张用瞧见自己的脸。难怪那雇主不愿自家动手来劫掳张用。好在等到了那约定地头，交了人，得了钱，便可脱手。

等后背疼劲儿过去后，李老瓮费力爬起来，坐到旁边长条凳上，见张用仍摆作四角粽子样儿，随着车身不住晃摇，口里反复吟诵那首词，好在声音轻了许多。那雇主劫张用，自然不会轻易叫他逃脱，他这性命恐怕都难保。李老瓮眼里瞧着那麻袋，恨怒渐消，反倒生出些怜恕。人都唤此人"张癫"，他怕是真有些癫，到这地步仍这般浑懵自乐。

再细听张用吟诵，其中字句，比常日所听市井曲词要高明许多，透出一股别样气格，野马一般，拘束不住。世间真有这等通透人？怪道是汴京作绝。李老瓮不由得生出些敬羡，随即又有些自伤。

李老瓮生来便是个侏儒，不但常遭人嘲辱，父母也当他是家丑，连瞧他一眼、唤他一声，都始终有些厌避。自知事起，周遭眼光、声气于他而言，皆是刀剑，日夜割刺不绝。让他又怕又恨，却丝毫避躲不开。大约五六岁时，有天他跟着娘去卖绢，他娘进到绢帛铺论价，他则站在门边，看街头一个儒服老者和人争执，那老者恼恨之极，骂了句："颜面何存？"他头一回听到"颜面"这个词，虽说不清，心里却顿时明白，颜面极要紧、极珍贵。而自己，从来没有过颜面。

他忽而极伤心，眼虽望着那老者继续怒骂，却一句都听不见，眼泪不觉涌出，竟忍不住呜呜哭了起来。旁边几人发觉，都转过头看他，见他模样古怪，都笑起来。他娘出来瞧见，顿时有些难为情，拽着他便走。走到没人处才问他缘由，他眼泪才干，娘一问，又涌了出来，却一个字都说不出。他娘一恼，打了他一巴掌。他越发委屈，顿时哭出声。他娘越发恼怒，又打了他几巴掌。他再不管不顾，放声大哭起来。他娘恼得没了主意，也哭起来，丢下他，径自回家去了。

他边走边哭，那时天色已暗，竟走迷了路。

他又饿又乏，再走不动，站在一个街口，瞧着夜色，大口一般，要将自己吞掉。心里虽有些怕，却又有些盼。正在惊疑无措，一辆旧车停到他身边，车窗里探出一张脸。面目虽有些看不清，他却仍一眼辨出，那人也是个侏儒，只是年纪已老。

那人盯着他注视片刻，温声问："爹娘不要你了？"他心里虽有些抗拒，却点了点头。那人又问："我们跟你一般，愿不愿跟我们走？"他听到"我们"，先一愣，随即瞧见那人身后还有几张脸，挤作一处，争望向他，都是侏儒。

他顿时有些怕，想转身逃走，脚却挪不动。惊望半晌，竟又点了点头。那人笑了笑，旋即从车窗消失，从车后跳了下来，身材只比他略高几分。走到他面前，将手伸了过来。他心里涌起一股古怪滋味，既亲又暖，又有些怕惧。

他跟着那人上了车，离了那个县城，从此再没有回去过。那人是个杂剧班首，带了一班侏儒和残损人，穿街走巷、经村过寨，四处搬演杂剧。在这班同等人中间，李老瓮终于寻得些安心。

那班首见他有颗苦心，生了张哭脸，便教他演末色、学杂扮。末色专说诨话，逗人发笑。杂扮则是剧末杂段，也以滑稽诙谐让观者笑着离场。他先有些不情愿，那班首却极严厉，常拿一根短鞭训诫，不由他不听命。两三年后，他已惯熟了在众人面前打诨扮丑。

后来，那班首才解释说："世间尽多苦与哭，几人能常甜与笑？那些人见你这张哭脸，心头觉得好过你，便能暂忘自家无穷之苦，发出几声松快之笑。他们笑了，你才能得一碗饭食，吃饱了肚，哭脸才能转笑脸。这便是咱们这行当，引来苦比苦，换得笑后笑。"

听了班首这番话，他忽而忆起"颜面"二字，不知在这哭脸与笑脸之间，颜面藏在何处？

这心念他始终忘不却，可日日扮戏逗人笑，猢狲一般，哪里能有颜面？班首所言笑后之笑，他也难得尝到。不过，因存了这心念，不论被欺、被鄙或被嘲，他都给自家留了一分顾惜，似偷存了一小笔保命钱。有了这顾惜，他便比同伴们多了些定力。这定力又让他渐渐生出些主见，更一年年积出些威严。那班首死后，众人便推他做了班首，再不必充末色、演杂扮，去逗那些路人笑。至此，他才终于觉到些颜面。

只是，旁人眼里，他始终只是个侏儒。这形貌上天注定，变不得分毫。身为班首，他仍得天天喝引路人来看杂剧、讨营生，哪里存得住颜面？除非有许多钱财。而靠这个杂剧班，到死恐怕都积不出一锭大银。

过了两年，他和班中一个女侏儒成了亲，生了个孩儿。那孩儿虽仍是个侏儒，模样却格外清秀，他爱得心尖都痛。为了这孩儿的颜面，也得拼力多积些钱财。

他这杂剧班里有个做重活儿的哑子，手脚不净，时时偷窃钱物。老班首在时，严惩过许多回。李老瓮却想，连寺里佛祖都得贴了金，香火才旺，何况我们这些残损之人？于是，他便有意纵容那哑子偷窃，更叫班里其他人望风打掩。他这杂剧班渐渐变作偷窃班，继而开始打劫、绑架，钱财自然来得轻快了许多。囊中有了银钱，再去客店酒肆，人再不敢轻易嘲鄙，颜面也随之日增日长。尤其他那孩儿，虽也自惭体貌，却再不像他儿时那般怯懦退缩。

去年，他带着这班人来到京城。这里人多财多，比外路州更好下手，只是地界行规也森严许多。他们起先并不知晓，贸然下手，吃了几回亏后，才渐渐摸清，汴京城有三团八厢。最大的是花子、空门、安乐窝逃军这三大团，势力占满全城。另按内外城坊，分作八厢。这团厢之间，彼此各有分界，互不干犯。外人若想立足，得先投附于其中之一。

李老瓮只能搁下颜面，探了几个月，才终于在内城一个厢头跟前拜了炷香。那厢头差给他的第一桩差事便是绑劫张用——

五、坐等

陆青坐在力夫店棚子下，望着河中往来船只。

清明那天，三桩事撞到一处。先是杨戬弃药，死在轿中；继而河上忽现神仙，王小槐扮作小道童，立在那白衣道士身边，一起漂远不见；接着，画待诏张择端又望见王伦上了一只客船。

陆青过去寻了半晌，却没寻见。他进到力夫店打问，店主单十六认得王伦，说王伦常和一班朋友在他店里吃酒。那天他确曾见到王伦，穿了件紫锦衫，匆忙上了一只客船。晌午，那船在他店前泊了一阵子，却没有下客下货。除了王伦，还有个人随后也上了那船。那船随即向上游驶去。单十六没见那船主，只记得一个艄公，有些面熟，却叫不出名儿。

　　陆青便托单十六留意那艄公。他也不时来这店里，临河坐着吃茶，看能否等到王伦。

　　经了这些事，陆青尘心已动，无法再静闭于那小院中。不过，他倒也并不介意，反倒发觉自己本不该存避世之心。有避必有惧，有惧必有困。困不可除，只可解。开门，即是解。

　　就如杨戬，不但自闭于那轿子中，更自困于心病与欲障，将自家逼至绝境，无人能阻，也无人能救。他弃药那一刻，便是自解。

　　王伦又何困何求？他是从何预先得知，清明那天杨戬要乘轿出城？他既然也来到汴河边，为何不去虹桥查证杨戬结果，却上了那船，这许多天也不来寻我？陆青对王伦相知虽深，但分别日久，已难断定。

　　不过，寻不见王伦，陆青也并不着急，等得来便等，等不来便罢。万事如江河，绵绵不绝，并无哪一桩解了，便能一了百了。王伦一心为天下除害，苦心积虑暗杀杨戬。如今杨戬已死，这天下却依旧如此，饥者仍求食，困者仍思睡。行船的照旧行船，走路的照旧走路。如这岸边青草，日日虽不同，年年恒相似。

　　将才，来力夫店途中，陆青偶遇一个旧识的老内监，得知杨戬死后第三天，隐相梁师成便荐举供奉官李彦接替其职，管领西城括田所，继续推行括田令。清明前，陆青在潘楼见过一回李彦。李彦虽不及杨戬那般阴深难测，狠急之处，却远过之。他骤升高位，只会变本加厉。果然，那老内监说，李彦继任后，立即在汝州设立新局，加力括田。汝州下辖鲁山县有些田主违阻括田，李彦大怒，严令京西提举官厉行惩治，不到半个月，鲁山全县民田尽都被括为公田。陆青听后，不由得轻叹一声。这时势已如泥石滑坡，人力恐怕再难回天。

　　他坐在力夫店茶棚下，望着汴河浊流，心里不禁有些怅然。正在默默思忖，店主单十六忽然走了过来："陆先生，您寻的那艄公赶巧从后街经过，我唤住了他，他叫郑河。"

陆青扭头一看，一个中年汉子站在单十六身后，身穿一件半旧葛衫，抱着个旧布包袱。皮肤晒得粗黑，微弓着背，露着些笑，鼻翼两侧法令纹极深。陆青请他坐到对面长凳上，叫店主斟碗茶。

郑河却忙笑着推辞："您是汴京相绝，小人哪里配坐。"

"我只是一介布衣，论年齿，也该敬让老哥，老哥莫要过谦。"陆青特意又抬手相请。

郑河望了一眼他的手，才笑着点头坐下，却身子微倾，没有坐实。陆青扫过一眼，看他人虽谦卑，神色间却透出些通达稳实，自然是常年在江河上往来，见惯了各样风俗物态。他虽虚坐着，身形却端稳。其父应是个勤恳寡言之人，以身教子，威慑之力至今犹存，无形间仍在管束他言行举动，自然养就恭顺之性。

再看他双眼，目光微微低垂，眼角却略略上扬，温朴中添了一分和悦，这恐怕是其母所留。他母亲该是个柔善之人，常背着丈夫惜护爱宠他，在他心地间种下这点和气。

他将那包袱放在膝盖上，陆青看那包袱中似乎是两卷绢帛，缝隙间露出一簇珠翠花朵，瞧着并不值几多钱，还能嗅到些蜜煎干果气味。他那两只粗糙手掌轻护着那包袱，不只是怕压坏里头的东西，更有些疼惜爱悦之情，发自本性，略有些拙涩。陆青猜想，这些东西该是买给他的妻女。

"不知陆先生要问小人什么？"郑河仍赔着笑，食指微微点动。自然是经见过许多人世险恶，心中时时存着戒备。

这时，店主端来了一碗茶，搁到郑河面前，笑说了声"两位慢坐好谈"，便转身离开。

陆青微微笑了笑："日高天热，老哥先吃口茶。"

郑河却越发戒备起来，犹疑了片刻，才伸手去端茶碗，一只小虫正巧沿着桌缝爬到那茶碗边，郑河伸出手指一抹，摁死了那虫子，拨到地下，这才端起茶碗，只沾了一小口，随即便放回了原处。

陆青见的最多的便是这等温驯之人，这温驯一半来自天性，一半则源于卑微。周遭处处皆是威权强势，不得不小心顺从。唯有遇着弱者，如这只虫子，方能不忧不惧、无遮无掩。

陆青知道不能径直向他打问王伦。那只船泊在这岸边，却没有下客下货，似乎是在专等王伦。王伦上了那船，又不知下落。那船恐怕不寻常。看此人神色，即便知情，必定也非主事之人，只是听命行事。为保平安，他自然不肯泄露丝毫。陆青也不忍让他受牵连，这等地位，略忤人意，恐怕便生计难保。

于是，他放缓了语气："我听老哥是淮南口音，你常年走汴河水路？"

"是啊，从淮南到汴京，一年往还数回。"

"是自家的船？"

"小人哪有那等能耐，只是替人卖力撑船。"

"我有个朋友欲送家小回楚州，托我寻雇一只客船，你那船主姓什么？住在哪里？"

"船主姓金，船就泊在斜对岸卜家食店前头，明日便要走了。不过，船主今天不来船上，他在这京城有院房舍，进城从汴河大街拐进袜子巷，左边第二家便是。"

"好，多谢老哥！"

第二章　隐微

> 汝以奇巧为贵，我以慈俭为宝。
>
> ——宋太宗·赵光义

一、中毒

赵不尤独自来到汴河湾。

岸上仍有十来个人观望窃语，两个弓手守着那只客船。赵不尤走近时，两个弓手一起躬身点头。船娘子沈四娘也站在船边，满眼惊惶，脸涨得通红，发髻也散乱下几绺，双手拧在一处，不住揪扯着裙围。

赵不尤踩着踏板，走进船舱。舱中情形正如池了了所述，那年轻男子躺在一只箱子里，脸仰垂在箱边，咧嘴瞪眼，面色青黑，已经僵死，应是中毒身亡。赵不尤细看那人衣着身形，黑纱幞头、浅青褙子、青绢裤、黑丝鞋，瞧着像是个文士。他转头问舱外的沈四娘："此人你可认得？"

"不认得！今天头一回见！"沈四娘忙凑过来，瞪大了眼，急急道，"今早我起来才拾掇好，下船招呼船客，这位客官走了过来，说要去泗州，我便请他先上船。他才进了船舱，那个紫衣妖人便走了过来，在船边念咒使妖法。等妖人走了，我朝里一瞧，这船客竟已被妖人咒死了……"

"当时船上可有其他人？"

"没有。我丈夫和那几个船工昨晚都回家去睡了，只有我一个守在船上。"

"出事时船舱中有无动静？"

"那会儿我净顾着去瞧那紫衣妖人，没留意船舱里。不过，船舱里并无第二个人，我就在船边，若是有动静，不会听不见。"

赵不尤自然不信妖法，更何况，池了了断定那紫衣人是董谦，她离得极近，应该不会错认。这船中客人自然是被人施了毒。他又望向舱中，见木箱那头左舷的一扇窗似乎虚掩着，他走过去一掀，果然没有闩。窗外泊着另一只客船，相距只有两三尺。那客船的一扇窗户也开着，里头露出两张脸，其中一个是船主贺百三，赵不尤曾向他问过宋齐愈所搭那只货船。另一个是他船上船工。两人一起向这边张望，都满眼惊疑。

赵不尤撑起窗扇，探出头问道："贺老哥，你的船今早一直泊在这里？"

"是啊。"

"出事时你在船上？"

"嗯，我和丁六正在收拾船舱。"

"那时你船上窗户可开着？"

"没有，听见岸上闹嚷，那个妖人摇铃念咒，我和丁六才一起开窗来瞧。"

赵不尤不由得低头沉吟，即便当时有外人翻窗进来，若想片刻之间毒死这船客，也绝难做到。只要这船客稍一叫嚷挣扎，不但沈四娘能听见，这两人恐怕也能发觉。难道是他自家服毒？若真是自家服毒，为何要躺到这箱子里？死状这般古怪？他和董谦又有什么干连？董谦为何要装成那副妖异模样？

赵不尤回身又望向箱子里那具尸首，却瞧不出任何端倪。他正在疑惑，船外有人唤了声"哥哥"，是墨儿。

今早，他和墨儿正要出门去书讼摊，池了了便急急前来说知此事。接着顾震又差了个小吏来，也是为汴河客船这桩命案，说此案似乎与梅船紫衣客有关，他那边人手实在分派不过，托赵不尤先去查看。赵不尤忙叫墨儿去董谦家里探看，自己先赶到了这里。

墨儿气喘吁吁扒着门框说："董谦不在家里，几个邻居说，董谦这一向都在闭门守孝。今早天才亮，却见董谦戴着道冠，穿着紫锦衫，披着紫锦披风，戴着耳坠，脸上涂抹得跟妇人一般，摇着个铜铃从家里出来，朝东水门这边来了……"

赵不尤听了，略一沉思，随即走出舱门，叫那两个弓手看好这只船，等候仵作前来验尸。随即带着墨儿，一起赶往章七郎酒栈。

墨儿边走边感叹："这梅船案究竟藏了多少古怪？原想着董谦逃过一死，该平安无事了，谁知竟变作这等妖异……"

赵不尤没有答言，心里却一阵阵发沉。他深知，妖异者，并非这些诡怪行径，而是世道人心。世道正，则世风淳；世道邪，则人心乱；人心一乱，则行不由径、慌不择路，种种诡怪随之层出不穷。

想到此，他不由得有些烦乱，忙收束心神：一己微力，自然难以拨转这世道。但如农夫治田一般，既然不忍坐视稗草丛生，便除一株，算一株，又何必为能否除净而烦恼？

于是，他加快了脚步。墨儿似乎感知到他心志，也不再多言，紧跟在身后。两人来到章七郎酒栈前，船上岸边仍有许多人伸脖探头、围看议论。酒栈面向汴河，依"凹"字形布局：左边一间房舍，右边一间水阁，中间凹进去一小截，约五步深阔，酒栈正门便在里头正中间。

厢长朱淮山和军巡铺的胡十将带着三个铺兵守在那门外。见到赵不尤，朱淮山忙迎上来："顾大人吩咐我和胡十将看守好这里，后街也有两个铺兵看守，并没有人进出。发生那桩怪异时，附近许多人都亲眼目睹，这门锁着，那妖人站到门边，只略停了停，随即展开披风，径直穿过门板，进到了里头。当时，后街上三家店、隔壁的力夫店都已经开张，几家人也都未见人从这酒栈出去。门前只落下这件披风——"

赵不尤接了过去，那件披风紫底上绣满银线云纹，织造极精细，且十分鲜净，只有底边沾了些尘土，显然是头一回穿用。他又向两边望去，通道两边的窗户都紧闭着。正门原先极少关闭，只挂了一张布帘。这时两扇门却紧紧闭合，门环上挂着一只铜锁。他过去拽了拽那锁，的确锁得牢实。赵不尤转头吩咐旁边一个铺兵："将锁砸开。"

那铺兵忙掉转手里拿的铁火钩，用钩柄用力击锁，砸了十来下，那锁才被砸开。赵不尤取下那锁，交给墨儿，随后推开了门，里头有些昏暗，散出些霉气。赵不尤先细细察看那两扇门，不论门框、门板，还是门轴、门槛，都极厚实，并没有任何松动或破损。

他默想片刻，而后望向朱淮山和胡十将："我们进去搜查，留两个铺兵在外头看守。"

两人点头跟了进去，四人分别搜查每间房舍。这酒栈前后一共八间房，章七郎逃走时，将里头的值钱物件全都搬走，只剩些桌椅锅碗。寻了半晌，并没有瞧见人影。赵不尤怕那两人查得不细，和墨儿又挨次查看了一道。仅有的几个箱柜，全都细细摸寻过，仍无所获，也没有发现密室或暗道。

门紧锁着，董谦直穿而入，又凭空消失。这是什么戏法？

赵不尤望着寂暗空屋，正在出神，一个人忽然走了进来，是万福。

"赵将军，膳部冰库那里也有一桩命案，死状和今早客船上那男子相同——"

二、蜂虿

冯赛与周长清及崔豪三兄弟细细商议到傍晚，才定好了计策。

周长清笑着说："此事铺排已定，应该再无疏漏。最要紧是那钱袋，要周转几道，不能将八十万贯便钱真放在里头。"

冯赛忙说："我已托付弈心小师父藏起那些便钱，将袋子里换作经卷。"

"那些真便钱可要藏稳妥。"

"烂柯寺里没有铁箱铁柜，仍藏在弈心小师父禅房柜子里，只是上了道锁。好在除了我们几个，外人并不知晓。即便李弃东和谭力四人已推测出，他们也不敢贸然去偷。"

"这真是一步险极之棋。那便先由崔豪三兄弟去烂柯寺外轮班查看动静，我在后面策应。这两天，你不能现身。天色不早了，该赶紧回去，一家人好生团圆。"

冯赛知道此时若言谢，便是辜负了诸人一片热忱。便站起身，向四人一一拱手，郑重拜别。这才抱起珑儿，出门骑了马，向岳父家赶去。

赶到岳父家时，天色已经昏暗。才拐进巷子，便见一高一矮两个人影在院门边张望，是邱菡牵着玲儿。珑儿顿时大声唤娘，邱菡也已认出他们，立即哭着奔过来，一把从冯赛手中接过女儿，紧紧搂住，再不松手。玲儿也飞快跑了过来，几乎跌倒。冯赛忙跳下马抱住了她。玲儿伏在他怀里，跟着哭了起来。冯赛眼中泪水也禁不住滚热滴落，引得周围邻居尽都出门来觑看。

这时，岳父也拄着拐杖颠颠赶了过来，满脸焦急说："女婿，迁儿被开封府捉去了！"

"邱迁？"冯赛听了一惊，忙抹去泪水，"因何缘故？"

邱菡在一旁哭着说："小茗来报信，说邱迁杀了芳酪院的顾盼儿！"

一个女孩儿跟着也跑了过来，满脸忧慌，正是柳碧拂的侍女小茗。冯赛家被抄没后，让她去芳酪院寄住。见到小茗，冯赛顿时又想起柳碧拂，胸中一刺，越发心乱。他见周围邻居都望着，忙搀住岳父："回家去说。"

进了门后，又见岳母坐在檐下矮凳上，也在呜咽哭泣。冯赛心中难过，忙放下玲儿，过去小心扶起岳母，搀进屋中，不住安慰："邱迁不会做这等事，我一定保他出来。"安抚过两位老人后，冯赛才朝小茗使了个眼色，两人走到后边邱迁的房里，低声问话。

"今天其实是柳二舅先到的芳酪院——"

柳二郎？冯赛心头一紧。

"柳二舅来时，盼儿姐姐犯了春疾，正在楼上歇着。盏儿在厨房里看着熬药，牛妈妈也出去了，柳二舅便径直上了楼。才过了一小会儿，邱大舅脚跟脚也来了。我正抱着汤瓶去舀水，便让他自己上去。柳二舅正好下来，他们两个在楼梯上碰见，似乎还答问了两句。柳二舅走了，邱大舅去了盼儿姐姐房里，不一会儿，便大声嚷着咚咚咚跑下楼来，说盼儿姐姐死了，是柳二舅杀的，他要去追柳二舅。才跑到院门口，牛妈妈刚巧回来，险些被邱大舅撞倒。牛妈妈只听见盼儿姐姐死了，便一把死拽住他的衣角，不让他走，又喊人去报官。撕扯了一阵，先是坊正带了两个人来，把邱大舅捆了起来。接着开封府差人也赶到，把邱大舅带走了。那差人问我，可我也不清楚，盼儿姐姐究竟是谁杀的——哦！对了，大娘子和两个姐儿都寻回来了，怎么不见我家小娘子？她在哪里？"

"她走了，不愿回来——"冯赛随口含糊应答，心里急急思想：顾盼儿自然是柳二郎杀的。不，是李弃东。他为何要杀顾盼儿？而且是出狱后，立即先赶去芳酪院？顾盼儿难道知晓什么要紧消息？或者与汪石一般，也是他的同伙？

"她走了？去哪里了？她不愿回来？她为何不愿回来？"小茗一迭声问着。

"我正要问你——柳碧拂究竟是何时寻见这个弟弟的？"冯赛只大略知道柳碧拂姐弟失散多年，后来才在京城重逢。

"去年四月。"

"去年四月？"冯赛大惊。

他和柳碧拂初见，是前年腊月，那回是茶商霍衡强将他拉去。柳碧拂见了他，只淡淡尽礼数，并无丝毫着意。直到去年五月，蒿笋初上市之际，他忽然生出念头，单独去见柳碧拂。柳碧拂却格外着意于他，不但亲手点茶，更亲自去厨房，照着他最爱的东坡那阕《浣溪沙》中的"蓼茸蒿笋试春盘"为他烹炒蒿笋、蓼芽等精雅菜肴。

他忙问："他们相逢后，可曾提及我？"

"他们讲起江西旧事时，说到了您。"

"哦？他们说了什么？"

"柳二舅说，有回听见您在茶坊隔壁跟人闲谈，说您当年在江西说合一桩茶引买卖，那是已过了期限的短引。您识破了其中诡计，追回了一大笔钱。还说，您讲到那卖主百般哀求时，笑得极得意。他隔着壁板，耳朵都发震。这后头一句，您听过便了，万莫让小娘子和柳二舅知道。这一年多了，我从没见过您那样笑过。"

冯赛点了点头，心里却一凉：有回他与茶商霍衡讲起长短茶引时，确曾提及过这桩旧事，却绝无丝毫得意，更不知背后有那等复仇渊源。李弃东与霍衡早已相识，恐怕转听到此事，又不知从何处探知那茶引卖主正是柳碧拂父亲，他便借机接近柳碧拂，有意说及此事，最后加了一句"笑得极得意"。

这句话看似无大碍，于柳碧拂却如蜂蚤刺心。正因这一句，她才开始怨恨于我。

小茗继续说道："他们两个先还不知彼此是姐弟，正是讲了这些江西旧话，等我出去烧了一壶水回来时，他们竟认出对方来了。"

冯赛却越发确证：两人并非姐弟，李弃东来寻柳碧拂是早有预谋。霍衡第一次约我去见柳碧拂，恐怕也是他背后设计撺掇。若是我没有再去见柳碧拂，他也一定会尽力促成。而他，则点起柳碧拂怒火，借此说服柳碧拂与他合谋，假作姐弟，趁机接近我。他做这些，不是因为与我有仇，而是要借我这牙人身份，好行自己百万贯之谋。

而且，李弃东所图，并非仅为钱财，他不惜动用那般钱财精力，去搅扰汴京诸行。此人究竟是何来路？

从顾盼儿之死，或许能探知一二……

三、桃花

梁红玉去楼下厨房，亲手烹了一尾桃花鳜。

这桃花鳜产自梁红玉的家乡，徽州新安江山溪石缝间。每年桃花盛开、山溪暴涨时，鳜鱼才跃上水面，极其鲜肥难得。尤其千里运至京城，一尾能卖到三五贯钱。昨天，红绣院的崔妈妈从江南鱼商那里重金购得三尾，特地分了一尾给梁红玉，其余两尾都放在池中养着，留给常来院里的军中高官。

梁红玉当年在家乡时，每年也只能吃一回。每到开春，她便天天巴望着，一盼桃花开，二盼鳜鱼来。她家后院种了几株桃树，桃花开后，她父亲必定四处托人，寻买几尾桃花鳜。一家人围坐在桃树下，欢欢喜喜尝过桃花鳜、杏花酒，而后便是舞剑、比箭。梁红玉虽是女孩儿，却自幼酷好武艺，又是家中独女，父兄都宠她，便任由她习武。到十一二岁时，她剑法已能胜过兄长。八斗硬弓虽拉不开，五斗小弓却已练得精准。桃花家宴上比试剑法弓箭，赢一回合，便能在头上插一枝桃花。后来几年，梁红玉年年都能赢得满头桃花。亲长都赞她人比桃花更艳。

可今天，看到这桃花鳜，她却一阵阵刺心。她烹好了鱼，选了一只官窑粉青冰裂纹瓷碟，小心盛好。望着碟中鳜鱼背上青黑花纹，泪珠不由得滚落。厨妇在一旁站着，她不愿任何人瞧见自己落泪，忙侧过脸，装作抹汗，用衣袖揩净。而后端着鱼碟，上了楼，献在父亲和兄长灵位前。

她自幼便瞧不惯其他女孩儿那般娇弱样儿，从来不肯示弱讨怜，凡事都尽力自家去做，难得去烦扰父兄。这时望着父兄灵牌，却忽而发觉，多年来，自己其实一直被百般宠护：父兄都是武官，脾性其实都暴急，见到她，却总是和声柔语；她要习武，父亲便年年叫人给她特制小剑、小弓；她要骑马，兄长便四处去寻买到一匹广西驯良小马；桃花家宴上，为了让她多戴桃花，父兄总是装作失手；及笄之后，开始论嫁，父兄都极谨慎，每回有人来提亲，都叫她在帘后偷望，凭她拣选。有两回，她中意了，父兄却仍暗中去打探男家，一家妯娌太多，另一家母亲太苛。父兄得知后，不敢主张，只告诉她，由她定夺……十七年来，始终如爱惜一朵桃花一般宠她护她。

然而，人怜桃花春不怜，携风带雨肆摧折。如今，父兄在地下，若知她竟落入这烟花泥窟中，不知要痛到何等地步。

梁红玉被配为营妓以来，从没为自家落过泪。方腊兴乱，她父兄因贻误战机被罪受死。梁红玉却深信自己父兄绝非懦弱怯战之辈，上司逃罪避责，下头那些禁兵，又惯于升平，荒于训练，常年只知安逸骄惰。一旦临战，自然溃奔。便是萧何张良在世，恐怕也无能为力。

父兄被斩，她被发配到这红绣院。初到此地，她也难免惊慌，然而想到父兄，觉着自己是在替他们赎罪，便坦然了许多。见到那些来寻欢的将官，她尽力自持。实在纠缠不过时，她便笑着取过剑，让那些将官与她比剑，输了任罚。果然如她所知，禁军中将官大多都是庸懦无能之辈，常年不摸刀剑。几个月间，上百个将官都输在她剑下。那些将官起先皆怀轻薄亵玩之意，见她有这般武艺，又目光凛然，不可轻犯，也渐次收敛。

桃花纵然生在泥沟中，也自可鲜洁。梁红玉从未因此自伤自怜。此时想到父兄为自己伤痛，心中一酸，泪水再也抑不住，大滴大滴滚落。

半晌，听到婢女小青上楼的脚步声，她忙拭净泪水，去盆边洗了把脸，坐到妆台前，对着铜镜重施脂粉。她边描眉边想：父兄亡故以来，自己从未哭过，本该好生哭一回。如今已经哭过，便该收拾情绪，专心思谋下一步。

年初，她意外得知方腊差手下宰相方肥，率摩尼教四大护法，进京密谋作乱。她顿时想到父兄未酬之志，便设法混入京中摩尼教会，开始暗中刺探。方肥到汴京后，除去兴妖作怪、蛊惑人心外，更有一件要紧事——清明那天，安排京中教徒钟大眼的船，劫掳一个紫衣人。

梁红玉探不出那紫衣人的来由，却能猜出此人一定关涉重大，并发觉钟大眼那船的小舱底板直通水底，下头藏了一只铁箱。于是，她以色利说动汴河堤岸司的杨九欠，也备好一只铁箱，潜伏于那暗舱底下，将原先那铁箱上拴的绳子解下，系到自己这只提环上。清明正午，等牟清威逼紫衣客钻进船底的那只铁箱中，随后朝窗外丢出红萝卜时，她趁机杀死了牟清，塞进空铁箱里，迅即调换，劫走了紫衣人，用一辆厢车趁夜偷运进红绣院。她所住这幢小楼，有一间暗室，她便支走婢女和厨娘，将紫衣人锁藏到那暗室中。

那紫衣人二十七八岁，身材有些健壮，眉眼舒朗，却如妇人一般，穿了耳洞。梁红玉审问过两回，他都只冷瞪着眼，只字不言。梁红玉原想施些刑法，逼他开口。但一来疑心这紫衣人并非恶人，二来怕弄出动静让人听到，只得作罢。

谁知关了三天后，那紫衣人竟开始古怪起来。

那天，梁红玉又支开婢女，下到暗室，去给那紫衣人送饭。来到暗室铁门前，那铁门下面开了个活页小窗，梁红玉打开活页闩，将食盒递了进去。里头紫衣人却并未像前几天一般伸手来接，也听不到动静。她忙俯身举灯朝里望去，那暗室里除去墙角一张木床，一只马桶，并无其他物件。那紫衣人并不在床上，房中其他地方也不见踪影，恐怕是藏在了门边。

梁红玉又听了片刻，仍无声息，不由得笑了起来。紫衣人一定是想诱自己打开铁门，趁势逃走。那便顺一回你的意，让你死心。她取出铁门钥匙，打开门锁，将门推开，随即抽出腰间短剑，笑着立在门前，等那紫衣人冲出来。

等了半晌，里头却仍无动静。她不由得疑心起来，擎灯举剑，一步跃进房中，迅即转身，急望向门两边，却不见那紫衣人。她忙环视房中，都不见人影。

她大惊，忙到处细细察看，四面都是紧实土墙，刷了一层白灰，地面、顶面也都夯抹得极平整，连细缝都见不到。至于那木床，除了四条床腿，底下空空荡荡，更躲不得人。两道门锁钥匙自己都贴身带着，即便睡觉，也不曾离身，紫衣人绝无可能从门中逃出。

紫衣人去了哪里？

自幼及今，梁红玉从未这般惊怕过。灯影下，看这暗室，越发森诡，后背一阵阵发寒。她强忍怕惧，又细寻了一遍，哪怕一只虫子也无处遁逃，却仍未发觉那紫衣人藏匿踪迹。

她心中寒惧更甚，不愿久留，忙锁好铁门，回到自己卧房。半晌，心都仍惴惴难宁。那摩尼教向来神魔鬼道，难道紫衣人也和他们一般，并非常人，能穿土遁形？

第二天，她始终放不下，便又偷偷去瞧，却心有余悸，不敢开那铁门，只轻轻拨开了小窗的活页闩，刚要举灯朝里窥望，却猛然听到里头传来一个低沉声音："饿……"

随即，小窗中露出一张脸，是那紫衣人。

四、谈价

李老瓮跳下车，天色已暗，脚下没留神，绊倒在地上。

前面驾车的哑子忙过来扶他，他心里羞恨，一把甩开哑子的手，自己费力爬了起来。腿却扭了筋，才一抬脚，险些又跌倒。他忙扶住车板，喘着气歇息。今天已经连摔三次，这腿脚已老得不中用了。

他正在暗自伤叹，张用忽在车中发声："这里是金水河芦苇湾？"

李老瓮听了大惊。正是怕被人察觉，他让哑子一路上来回绕了几多路，张用一直在麻袋里，竟能辨出此时处所。

张用又笑着说："你们先在蔡河边左绕了三圈，又右绕了两圈，每回却偏要经过那座官茶磨坊。便是听不到水磨转，那茶香也掩不住，哈哈！而后，你们进戴楼门、过宜男桥，那桥边赵婆婆家的鲊片酱腥气，香里伴臭，便是隔几丈远也闻得到。为掩行迹，你们又偏寻那些热闹去处，龙津桥、州桥、延庆观、太平兴国寺，听那些人叫卖，便是几岁大孩童，也能听得出各是哪里。看来你们不是汴京人，绕了许久，仍在西南厢。出了新郑门后，那地界你们怕是不熟，再没敢绕，沿着护龙河一路向北，直到西北水门外，车子朝左倾，颠了几颠，自然是金水河边那株大古槐，树根半伸到路面上，占了大半边土路。这之后，河水声一直不断，行了三里多路。这会儿，车外唰、唰、唰，这声响自然是风吹芦苇荡。汴京城外，只有芦苇湾才有这么多芦苇——"

李老瓮惊得微张开嘴，不敢发出任何声息。

张用却继续在麻袋里自言自笑："你在这里等着交人？那买主许了你多少钱？我猜一猜……十两银子？"

李老瓮心一沉，又被猜中。

"十两银不够你们这些人在汴京一个月花用。这是欺你们外乡人，照汴京行价，绑劫我，至少也该百两银。你可听过奇货可居？我便是那奇货。我得装哑，不好替你论价。等会儿买主来了，你莫轻易交人，百两银虽讨不到，三十两应该不难。你们也莫想在这汴京城厮混，到处游耍游耍，便离开此地吧，汴京三团八厢，个个惯会敲骨吸髓，你这小身量，河虾一般，不够他们嗑两口——"

李老瓮心中退意顿时被勾起。

"你身量虽小，性子却硬，连捱三跤都不出一声。乍看是条好汉，其实不过一个逞强人。以你这年岁，已逞够了，该舒缓舒缓了。你莫怕，哪怕人会笑你这形貌，却没人敢轻忽你这气性。等会儿，讨到三十两银，不若去外路州置买些田土，笑辱关门外，衣食自家足，岂不好？你若有儿女，便更不该再教他们逞强。天生万物，哪有均齐？短有短之长，长有长之短，凡事贵在自适。倚天、倚人、倚物，莫若依技。身量小，手指细，正好做些精细手艺。一技在身，万里可行。艺到精绝，世人皆羡，何愁不被人敬重？"

李老瓮听着张用这些话，似寒又暖，一句一句割心又动肠。尤其说到儿女，正戳中他心中之忧。那孩儿已经十四岁，至今却一无所能，只会游手坐食……他望着风吹芦苇，惊怔在暮色中。

"来了！"张用忽又笑说，"莫忘了，开口讨五十两，落价最少三十两。"

他侧耳一听，西边果然传来车轮轧轧声。他忙硬挣着腿，走到车前张望。一辆车子缓缓驶了过来，到近前时，才看清是辆载货的牛车。牵牛拉车的是个五十来岁的矮瘦男子，正是那雇主。

那人拽停了牛车，虽然四周无人，仍压低声音："人带来了？"

李老瓮想着张用的话，不由得挺了挺身子，点头应了一声。

"真是那人？"

"从清明那天你指给我看后，我便一直跟着他，不会错。"

"好。这是十两银。"盛年男子从袋中取出一锭银铤，递了过来，手微有些抖。

李老瓮见状，没有接，放硬了语气："十两太少。这人至少值五十两。"

"嗯？说定的便是这价。"

"另有人也要这人，出价八十两。我不愿毁约，却得偿补手下兄弟，好教他们顺服。折价五十两给你。"

"我没带这么多银两。"

"那明日此时，再来交付。"

"说定今日，便是今日！我还有三十五两，尽都给你。若还反悔，莫怨我……莫怨我不顾颜面……"那人从袋中又取出一大一小两锭银铤，手抖得越发厉害。

李老瓮听到"颜面"二字，顿时一阵恼愤，但旋即想起张用所言，忍住了气，伸手接过那两锭银铤。转头朝哑子点头示意，哑子去车厢里将麻袋扛了下来，放到了那牛车上。

那人凑近麻袋仔细瞅了瞅，李老瓮一直盯着，怕张用叫嚷，张用却一声未发，也未扭动。那人有些疑惑，却没再言语，转身拽牛，匆忙驱车离开了。看那身手，极笨拙生疏。

李老瓮捧着三锭银铤，一直望着牛车走远。念起张用，心里泛起一阵莫名滋味。自幼及今，他从未遇见过这等人，丝毫不介意他这形貌，更能这般平心相待、坦然直言……

五、船主

陆青来到袜子巷。

左边第二家院门半开着，露出里头齐整院落，一个仆妇正在院里扫地。陆青走到门边："请问金船主可在？"

那妇人停住扫帚，扭头望了过来，先上下扫过陆青身穿的淡青旧绢衫、旧丝鞋，便低头继续扫地，口里淡淡应了句："出去了。"

"我家主人差我来雇船。"陆青补了句。

"哦？"妇人又停住扫帚，"金员外抱着小哥儿才出去，这会儿怕是刚走到巷口，你只认那小哥儿便是，四岁大，一身黄缎子，颈子上戴了个金项圈。"

陆青谢了一声，回身走到巷口，左右望了望，见斜对街有个挑担货架，上头堆挂满了小儿玩物吃食，一个中年瘦男子身穿半旧蓝绸衫，抱着个黄缎衣的幼童，站在架子前挑选，应该便是。陆青便停住脚细看，见那孩童选了一只鹁鸪铃、一面番鼓儿，又抓过一个木傀儡儿，全堆在父亲臂弯。金船主侧过脸笑问了一句"够了吗"，孩童点了点头，金船主便问了价，腾出一只手解开腰间黑绸钱袋口，从里头摸出一把铜钱。旁边那货郎忙捧着双手凑近去接，金船主一枚一枚数着，丢到货郎手掌里。不够，又抓了几枚出来，仍一枚一枚数着付清。才要转身，那孩童又伸手从架子上摘下一颗糖狮儿，金船主望着儿子笑了笑，转头问价钱，货郎说两文钱。金船主回了句："买了你这些，该饶一文钱——"说着又摸了一文钱丢给那货郎，抱着儿子转身走过街来。

陆青看他家境殷实，却身子瘦健，并无赘肉。身上穿的蓝绸衫已经发旧，数钱又那般仔细，是个勤谨精干、务实守俭之人；四岁孩童足以自家行走，他却紧抱不放，钱财上更不吝惜，看来极重亲护家；虽抱着儿子，脚步却灵便有力，善相机，有决断，能通变；怀里不但抱着孩儿，臂弯还掖了三件玩具，却能稳稳抱持住，极擅自保，处世周全；一文钱要与货郎争，精于计较、惯欺贫弱。

等他走近些时，陆青看清他脸面，瘦长脸、尖鼻头、鼻孔外张、目光精亮、牙齿微凸，机敏、锐利、贪欲重、手段精强。一个老者走过，他高声拜问，寒暄了两句，语声高亮，声气带热，擅与人交接，能团拢人心，有时却难免过当。

此人重利精明，除非逼不得已，绝不会轻易透露隐情。陆青略一思忖，才迎了上去："请问，你可是金船主？"

　　"是。您是？"金船主那双橄榄形大眼迅即上下扫视。

　　"我姓陆，张侍郎托我替他雇一只客船，护送他家眷去楚州。"

　　"张侍郎？"金船主转眼速思。

　　"这个月初八是吉日，不知你的船可得闲？只要保得平安，船资宁可贵一些。十两定银我已带来。"

　　金船主眼睛一亮："鄙人行船二十几年，从未出过一桩差错。只是，昨天才定好了一班客人，明早启程去泗州，等回京城，至少得半个月后。不知张侍郎等不等得及？"

　　"只晚几天，应当无碍。不过，我得回去问过才知。张侍郎年过五旬方得一子，极爱惜，生怕于途中有丝毫闪失，知金船主行事稳靠，才托我来寻金船主。"

　　"哦？"金船主不由得将怀中孩儿向上兜了兜，"不知张侍郎是从何处得知鄙人？"

　　陆青从未用相术设谎钓过人，他虽已想好应对，见自己引动这人父爱之情，心里不禁升起一阵自厌，不愿再欺，便说了声"抱歉"，转身便走。

　　金船主兴头却已被钓起，抱着孩儿赶了上来："这位兄弟，话头才热，咋就忽地断了火？"

　　陆青站住脚，盯着那人："抱歉，我不是来雇船。"

　　"不是来雇船？那你说那一大套？"

　　"我是来寻人。"

　　"寻什么人？"

　　"清明那天，你的船泊在力夫店门前，有个穿紫锦衫的男子上了你的船，他去了哪里？"

　　"紫锦衫？我不晓得。"

　　陆青虽见他眼中闪过一丝慌意，却不愿戳破，说了声"好"，转身又走。

　　金船主在后头略一迟疑，竟又追了上来："你究竟是何人？为何要打问那人？"声气中透出慌疑。

"我不再问你，你也莫问我。"陆青并未回头。

金船主紧跟身侧："那桩事从头到尾与我无干，我只是收钱载客。"

"好。"

"你莫不又是李供奉差来的？该说的，昨天我已搜脑刮肠罄底都说了。"

陆青停住脚："李供奉？李彦？"

"你不是李供奉差来的？那你是——"金船主越发慌起来。

"我只问你，那紫衫男子去了哪里？你不说也可。"

"他不见了。"

"嗯？"

"我只是照吩咐在力夫店前等他，他上来后，钻进备好的一个木柜里，上死了锁。接着另一个人也跑上船来，进了前头那船舱。我忙命艄公们划船，才行了一会儿，那河上忽而闹起神仙，我们都忙着去瞧——"

"神仙？爹，我也要去瞧！"那孩童一直在舔糖狮儿，这时忽然嚷起来。

"囡儿乖！"金船主忙拍了拍儿子，又继续言道，"等那神仙漂走，回头打开木柜，那紫衫客却已不见了。"

"他还有何异常？"

"其他便没有了——噢，对了，这两人双耳耳垂上都穿了洞。"

"嗯……此事是何人吩咐？"

"杨太傅。"

"杨戬？"

"嗯，原本许好一百两银子，我只得了五十两，他一死，剩余的一半没处讨去了。"

"后来跟上船那人是谁？"

"我不认得。"

"他去了哪里？"

"他和船上两个客人会到一处，船由水道进了城。天黑后，他们三个一起在上土桥下了船。"

"那两人是什么人？"

"一男一女，上下船时，女的戴了顶帷帽，身边有个十二三岁的小侍女。男的兜头罩了件披风，看不全脸面。两人从泗州上了船，始终关在舱房里，端茶端饭、倾倒净桶，都是那个小侍女。我们丝毫不敢搅扰，连那门边都不敢挨近，通没见过两人面目。"

"这也是杨戬吩咐？"

"嗯。兄弟，你究竟是什么来路？"

"你不知最好。"

第三章　纷杂

若所任非所便，则其心不安；心既不安，则何以久于其事？

——宋真宗·赵恒

一、冰库

三月最后一天清晨，邹小凉从西华门进了皇城。

他沿着宫墙巷道，一路向南，先经过内酒坊、油醋柴炭鞍辔等库。这些坊库院门大开，不住有人进出搬运物料，瞧着好不热活。那些吏人脸上也都露出倨傲自得之色。邹小凉瞧着，不由得轻叹一声，暗暗埋怨父亲给自己起的这名儿，恐怕真真是要凉一生。

邹小凉今年十九岁，是礼部膳部司的一名小吏。膳部掌管祭祀、朝会、宴享膳食，自然是肥差。邹小凉却沾不到一点油汤水，他只是看管冰库。

邹小凉的父亲也是礼部一名老吏，在礼乐案下任职。自古以来，礼乐便是朝廷首要大事。凡天地、宗庙、陵园祭祀，后妃、亲王、将相封册，皇子加封，公主降嫁，朝廷庆会宴乐，宗室冠婚丧祭，蕃使去来宴赐……皆离不得礼乐。

尤其每三年一回的郊祀，最为庄重隆盛。冬至那天，天子率百官，行大驾卤簿，仪仗队十二支，车驾、护卫、旗幡、乐舞超三千人，车辇数十乘，马两千匹，乐器兵仗各上千件。一路浩浩荡荡、恭严整肃，出南薰门，到南郊青城，祭祀昊天上帝。

邹小凉亲眼目睹过几回，那皇家威仪让他心魂震慑，气都不敢出。再看到自己父亲在前引仪队中，黄绣衫、黄抹额，腰束银带，手执黄伞。那身形比常日英挺庄肃许多。他无比馋羡，盼着日后也能列入其间。

然而，父亲听了他的心愿，不住摇头，说这职任太紧重，出不得丝毫差误。担了这差事，就如脖颈被金丝绳勒住一般，瞧着金闪闪耀目，却一世都不得松快。的确，邹小凉自小便见父亲每日谨谨慎慎、战战兢兢，三九严寒天都时时冒汗。因而父亲时常叨念一句话："好中必有歹，歹中必有好。人瞧不见的冷处，才得真热真好。"

去年初秋，膳部冰窖走了一个吏人。他爹听说后，忙四处求人，给邹小凉谋到这差事。邹小凉先还有些欢喜，及至到了那冰库，心顿时凉了：虽在巍巍皇城中，却只是僻静角落小小一个院子，一间宿房，一间小厅，一扇厚石门，一个老吏守在那里。

人先听说邹小凉去了膳部，都禁不住流口水。再听见他在冰库，又都尽力忍住笑。

唯一好处是，这冰库差事也极清冷。每到严冬，用铁箱盛水冻冰，再去雇请力夫，搬到冰库下头，看着一一排好，记下数目，而后锁好库门。直到盛夏，宫中用冰，或赏赐大臣时，才打开库门，照数发送给支请人。

掌管这冰窖的官员是一位员外郎，名叫郎繁。邹小凉只在藏冰那半个月见过几回，是个冰一般的人，话极少。看到邹小凉，如同没见一般。冰藏好后，极少见他来。只丢下邹小凉和那个老吏轮值看守。邹小凉心里恨骂过许多回，自己天天冷守在这里，每月只有四百五十文钱，去京城正店里吃一盘羊肉都不够。他做官的，整日闲游，却白拿着高俸厚禄。瞧那神色，似乎还有些嫌这职任太冷清。真是吃了糖霜嫌粘手。

至于那老吏，守了半生冰库，人也成了冰，说话一字一顿，冰雹子一般。邹小凉初来乍到，冰库差事虽少，却也自有一般规矩，得一样样跟老吏学。父亲也反复教导，要他尊敬长吏。因而，邹小凉不得不小心奉承。

那老吏极爱支使人，从不让邹小凉闲坐。他老牙都松动了，却偏好吃坚果。宿房桌子上排了一排小陶罐，里面全都是各色坚果。每日，他只坐在小厅里，先让邹小凉煎茶，而后让邹小凉拿个小碟，去宿房里抓一样坚果，端回来，替他全都剥好，内皮稍未剥净，那张老脸便要冷给邹小凉瞧。吃过一样，歇一会儿，他又吃另一样。上午吃罢，饱睡一觉，下午接着又吃，却从未让邹小凉尝过一颗。

老吏是个鳏夫，虽有儿女，却都嫌厌他，他便常年睡在这宿房里。到了傍晚，邹小凉回家前，还得替他煮饭、烧洗脚水，最后再剥一碟坚果，才能离开。邹小凉对自己父母都未这般勤力，回去又不敢在父亲面前抱怨，唯有在心里不住恨骂。

那老吏另有一条，竟然极好读书。每等邹小凉剥完坚果，便拿出一本《论语》，让邹小凉高声诵读，若读错一个字，他也不骂，只立时丢下坚果，冷瞪邹小凉一眼。读完《论语》，又读《孟子》。这两部邹小凉在童子学里都学过，还勉强应付得来，读完《孟子》，老吏又让他读五经，先从《诗经》开始。邹小凉越来越吃力，被瞪得满头满脸似乎都是冰洞。老吏听不得，便夺过书，哑着嗓高声读起来。读罢一首，便丢还给邹小凉读。邹小凉若读错，他又夺过去，再读一遍。如此反复许多回，等邹小凉全读对了，才继续下一首。每日这般丢来夺去，从不烦倦。

邹小凉先还极其厌恨，有天听老吏闷声说了句："人生不读书，一世牛马苦。"他听了先一愣，却不敢问。自己细细回想，老吏这话的确有些道理。幼年时，父亲望他读书举业，他却贪耍不愿读。及至成了年，明白了读书的好，却再没有那般便利。自己好歹还识得些字，看街头那些力夫，连自家姓名都认不得，岂不真如牛马，蠢蒙无知，只能卖力吃苦？

邹小凉心想，自己必定不能如老吏一般，在这冰窖冻藏一辈子。反正眼下也只是冷坐，不如趁机多读些书，日后必定用得到。于是，他转了念，开始用心跟着老吏读书。不但见识日长，连这冰库都不觉得如何冷寂了。

老吏见他用功，也温和了一些。两人便在这冰库小院里，你吃坚果我读书，倒也渐渐融洽起来。邹小凉偶尔偷偷懒，使使奸，缺一半天班，老吏也不如何苛责。

到了今年清明假期，老吏要去东郊给父母上坟，叫邹小凉替他提着香烛纸马，两人一起出了城，到汴河虹桥时，已是正午。邹小凉难得出城，四处望景，正在畅怀，虹桥下便发生了那桩异事。白衣神仙现身，两个仙童不住抛撒红花。邹小凉惊震之极，老吏也瞪大了眼，望着那红花，怔怔自语："鲜梅花？"

只是那时河中神异，两岸哄闹，邹小凉也没有太介意老吏这句话。然而，等那神仙飘远，他们赶往郊外墓地时，老吏有些失神。回来后，也始终怀着心事。邹小凉读书读错，含糊过去，他也几次没有察觉。

这几天，膳部宴享案空出一个吏职，邹小凉被选中，下个月便要去那边应差。邹小凉欢喜之极，却没敢告知那老吏。今天是他在冰库最后一天当值，想到老吏，他心里始终有些不自在，不由得放慢脚步。

刚走到冰库院门，一眼瞧见院里站着一位绿锦官服的胖壮男子。郎繁死后，替任的官儿这两天也才选好。这男子想必正是新任库官。邹小凉忙走进去恭声拜问。那库官冷着脸问："只有你一个？"邹小凉忙望向小厅，老吏并不在里头。再一看，宿房门紧闭。他忙过去推门，门从里头闩着。敲门，也不应声。他又去窗户那里叫唤，里头仍无动静。他忙舔破窗纸，朝里觑望，床上被子摊开，老吏却并不在床上。那库官也有些惊疑，吩咐他撞开门。邹小凉只得去撞，他生得单薄，并没有多少气力。撞了十来下，也没撞开。那库官一把推开他，抬脚狠力一踹，竟将门踢开了。邹小凉忙进到屋里，扭头寻看，一眼看到窗边墙角那个书箱，他猛地惊呼一声——

书箱盖子开着，老吏跪伏在箱边，上半身栽在箱子里，一动不动。

二、别情

清晨，冯赛雇了辆车，扶岳父母及邱菡母女上了车，送到大相国寺。

一路上，冯赛骑马远远留意，并未发现可疑之人跟踪，他却丝毫不敢轻心。到了寺门外，正是五日一开市的日子，虽然天尚早，里外已涌满了香客与买卖人。一家老少下了车，冯赛护着他们，一起进到寺里，穿过人群，走进一座侧院。有辆车已候在那里，两个壮汉守在车边。两人见了冯赛，忙微一点头，过来扶两位老人及邱菡母女上车。珑儿见冯赛不上车，招着小手催唤。邱菡忙捂住她的嘴，冯赛也忙掩住不舍，笑着轻声安抚："爹过两天就去。"随即关上车门，过去打开旁边的小院门，先朝外扫视一圈，只有一些行人和车马，并无异常，便回头朝车夫点点头。车夫喝马驱车，驶出了小门，两个壮汉上马跟在后头，一起望西边行去。冯赛躲在门内张看了半晌，仍未见有可疑形迹，这才关上院门，原路返回，从相国寺正门出去，去墙边马桩上解开自己的马，骑着望城南赶去。

这辆车是秦家解库的秦广河安排的。昨晚，冯赛趁夜去见了秦广河，说已经找见了那八十万贯，几天之内便能追回。秦广河听了，长舒了口气。冯赛又向他求助，将自己家人暂藏到安全之处。秦广河便安排了这车子和两个武人，送到城外一座隐秘庄院里。

安置好家人，接下来便是确证那桩最紧要的事，成与败，全系于此。冯赛驱马出了南薰门，来到范楼，下马走进前堂，见里头空荡荡，只有两个伙计在擦桌摆凳。他过去询问，其中一个正是穆柱。穆柱竟认得他："您是京城牙绝？"

冯赛忙请穆柱走到店外墙边："我是向你打问一件要紧事。范楼发生那桩命案后，除了官府、讼绝赵不尤的妹妹以及你家妻子原先的主人孙献外，可有其他人来打问这案子？"

"有。是个三十岁左右的男子，似乎是江西人。听那语气神色，他与那被砍头换尸的汪八百似乎是旧友。听我说完后，他眼圈一红，险些落下泪来……"

冯赛心中顿时落实，手都有些抖，忙连声谢过穆柱，告别上马，飞快进城，寻见一个相熟的茶肆小厮，给了他二十文钱，让他赶紧去东水门外十千脚店，给店主周长清捎个口信，只说："范楼那桩买卖定了。"

那小厮走后半晌，冯赛坐在那里，连吃了两碗茶，心绪才略微平复。那店主知他最近遇了大劫难，在一旁来回几次，终于忍不住，还是凑过来问询。冯赛忙笑着说："已经无事了。"

"那便好，那便好。"那店主忙笑着恭贺，神色间却隐有一丝失落。

冯赛却已不再介意这些。知道那店主并非不善，只是自己占了"牙绝"这名号多年，即便众人不妒，也自然会生出些乐见变故之心。这也正好是个警醒，世间万事难持久，自己却惯于安稳、习以为常，丝毫不觉其中隐患。

其实，哪怕没有李弃东，迟早也会有其他人来设难造险、兴起变故。念及此，他对李弃东竟都略有些释怀。但旋即又想，释不释怀，都必须捉住李弃东：一为妻儿安全；二要救出邱迁；三来这桩事必须做个了结，是非得求个明断，李弃东也得为自己所作所为有所承担。

他付过茶钱，起身上马，又赶往芳酪院。

到了芳酪院门首，见院门关着，他将马拴在墙边马桩上，才去敲门。半晌，一个仆妇开了门，苦着脸。冯赛来时便已想好，这院中牛妈妈痛丧顾盼儿，一定恨极相关之人。自己贸然登门，恐怕问不出好话。他想到了顾盼儿的贴身侍女，便问那仆妇："盏儿可在？我有个口信捎给她。"

那仆妇进去半晌，一个身穿素服的女孩儿走了出来，也是满脸哀苦，正是盏儿。

"冯官人？"盏儿有些讶异。

"盏儿，我有些话要问。你能否随我去街口那间茶坊？"

"妈妈寻不见我，又要嚷骂。冯官人有话，就在这里问吧。"盏儿放低了声音，回头望了望，而后轻步出门，走到墙边。

"李……柳二郎上楼去寻顾盼儿时，你没听见任何动静？"

"我在厨房里看着煮药，没听见。"

"他和顾盼儿是何时相识的？"

"前年夏天，柳相公那时在唐家金银铺做经纪，我家姐姐又只爱唐家的冠饰，柳相公来送过几回金银首饰，便渐渐相熟了。"

冯赛暗想：看来李弃东是先认得了顾盼儿，从顾盼儿这里听到柳碧拂的身世，又从茶商霍衡那里探到我当年那桩茶引买卖，这才想到借助柳碧拂来接近我。

"他和顾盼儿可有过嫌隙争执？"

"没有。他一向谦和有礼，我们如何跟他厮闹，他都始终笑让，从不介意。何况后来他和碧拂姐姐又认了姐弟，我家姐姐跟他便越发亲了。连牛妈妈那样，一丝容不得不相干的男子来院里走动，对柳相公也格外和气。"

冯赛心中一动："他和顾盼儿是兄姊之亲，还是男女之情？"

"男女之情？怕是不会……哦，冯官人这么一说，我倒是想起有一回，柳相公上楼去看盼儿姐姐，姐姐让我去点茶，我煮了水，端上去时，见柳相公脸有些红，低着眼，似乎不敢瞧我。姐姐坐在床上，背朝着我，拿手不住地抹褥子……可我只瞧见过那一回。常日里，两个人都隔了几尺远，斯斯文文坐着说话。而且，他们若真有那私情，能避得过牛妈妈那双鹰鹞眼？"

冯赛却想：两人恐怕是生了情，只是李弃东行事如此周密谨细，自然不会轻易流露，连牛妈妈都能瞒过。他设计谋财，恐怕是为了替顾盼儿赎身。不过，即便赎身脱妓籍，至多不过五千贯。哪里需要百万贯？而且，两人若真是有这私情，李弃东为何要杀顾盼儿？难道顾盼儿移恋他人了？但以李弃东此等人，即便妒火再炽，恐怕也不会于此等情势下轻易杀人。

他杀顾盼儿应该另有隐情……

三、听命

冷脸汉坐在孙羊店二楼隔间的窗边，冷眼望着梁兴从楼下大步走过。

瞧着梁兴那背影，昂扬劲健，战马一般，他心底不由得一阵酸妒，但随即，鼻孔中发出一声轻嘲。多年前，他也如梁兴这般，视人世如疆场，以为凭借胸中兵书战策和手中那柄偃月刀，便可任意驰骋。可如今看来，这人世其实是无边泥潭，任凭你有千钧气力、万种豪情，也难逃陷溺，最终骨软力竭、俯首听命。

冷脸汉原名铁志，今年三十二岁。父祖皆是军官，因此自幼习武，原本是要考武举，以承继祖志。十三年前，他随父亲在陕西银川镇守边关。当时，掌管银川的那位监军不但丝毫不体恤将士艰辛，更克扣军粮，又役使兵卒，长途贩运，以谋私利。兵卒稍有违逆，便遭鞭刑。兵卒们怨愤之极，铁志的父亲怕起兵变，屡次劝谏，那监军却丝毫不听，反生嗔怒。铁志父亲只得上书奏告。

然而，军中不得越级上诉，那监军又转而诬告，将自身罪责转嫁于铁志父亲。铁志父亲反被问罪处斩。铁志那时正血气方刚，哪里受得了这等冤怒，提起刀便要去杀那监军，那监军却早有防备，身边布置了十数个强手。铁志尚未近身，便已被砍伤拿获。那监军假作宽宏，只将他发配到山西太原府牢城营。

铁志虽自少年时便随父亲辗转边地，四处戍守，受过许多风霜，却毕竟是将官之子，不但吃穿用度优于众士卒，在军营中更是人人爱护，极少挨屈受气。到了那牢城营，日日搬石运土、挖沟修城，苦累无比。更要受那些囚犯牢子日夜欺凌，带去的银钱，头一晚便被抢光。他原想仗着武艺护身，却哪里敌得过一群囚犯围殴。那些人日夜轮班，时刻不叫他安宁。短短几天，他便已耗尽气力、丧尽斗志，再不敢有丝毫争拒。

几个月后，铁志已和营中其他弱囚毫无分别，再对着水盆照自己面容，他已全然认不得自己，只瞧见水中一张枯瘦灰死之脸。望着那张脸，他喉咙里哽咽半晌，却已哭不出来。

他心中唯一暗存的念头是三年一回的郊祀大赦，可终于挨过三年，管营宣读赦放名册，一百多个名字全都念完，却没有他。心底最后一点微火也就此熄灭，他再无他想，只能认命，死心做囚犯。

谁知第二天，那管营唤他前去，说受人所托，看顾于他，将他从牢里提出，去那人宅里做护院。他全然不敢相信，也不敢问，只能跪在地上连声叩谢。管营差了一个干办，先带他去浴行。离开牢城营，走到街市上，他竟已迈不来脚步，手眼更是不知该如何安放。进了浴行，泡进池子里那温热净水中，他竟忍不住落下泪来。洗净身子后，那干办给了他一套新衣衫鞋袜，他颤着手换上，只觉得自己死了三年，又重新活过来一般。

那干办带着他行了几条街，走进一座大府院，他一直不敢抬眼，一路低头，紧紧跟着。来到前厅，那干办向厅里坐着的一位官员禀告："大人，铁志带来了。"他偷眼向上望去，一眼之下，身子猛地一颤，随即僵住——是银川那位监军。

那监军缓缓开口："你父亲越级密奏，自招其祸，虽怨不得我，却也并非与我无干。毕竟同僚一场，这几年我始终牵念于你，你是将官之后，本不该与那些囚徒为伍。恰好今年我调任到太原，少不得救你一救，也算补还你父亲。你若愿为我效力，便留在我宅里，自有好差事给你。你若仍心怀怨恨，叩过头，便离开此门，任你去哪里。"

铁志垂着头，心里一阵冷、一阵烫，丝毫分辨不清该怨该怒，或是该哭，更说不出一个字。

那监军等了半晌，才又开口："你恐怕也无处可去——带他去后面，先安顿下来，过几日再派差事。"

一个中年仆人应声走了过来："跟我走。"

铁志仍僵立在那里，费力抬起眼，又望向那监军，才过了三年，那人须发竟已有些泛白，目光平和温厚，含着些怜意，与三年前判若两人。

铁志心中忽而涌起一股恨气，但那恨气只如沙地上偶然喷出一股细泉，旋即便被这三年无数艰难屈辱掩埋住。略一犹豫，他终于还是挪动脚步，跟着那个中年仆人走了。

此刻，望着梁兴背影，回想当年那一刻犹豫，他忽而发觉：那一刻犹豫，是此生唯一抬头之机，当时若能挺住，便能活出另一番模样。

不过，那会是何等模样？昂头舒气、不受人驱使？那能维持几日？当时若真离了那监军的门，何以为生？即便寻到生路，这世间，哪里不是层层相压？除了天子，谁人能全凭己意、任性而活？到头来，还不是得低头？皆是低头，向谁低头，又有何分别？

铁志虽想明，心中却仍有些烦乱，便摒除了这念头，继续盯着梁兴。看梁兴走远，这才唤过酒店大伯结账。他一个人，只点了杯茶，吃了两样点心，却也得二百一十文钱。连同前几回赊的账，总共四贯七百文。他从袋里摸出一块碎银，至少二两五钱，随手丢到桌上，懒得等称量还找，随即起身下楼，骑了马，慢慢跟上梁兴。

这些年，他跟随那监军，领了许多差事，得了许多犒赏。那些差事，有些明，有些暗，他却早已不去分辨其中是非。只知万事如同日影，明与暗从来相伴相生，便是最明的日头，其间也常现出黑翳。何况世道人心？与其为之无谓烦恼，不若专一做事，换得酬报。这世上万般皆空，唯有银钱是真。钱袋有多重，头才能昂多高。

这一回这桩差事，监军极为看重，反复叮嘱了许多回。领命时，铁志便觉着梁兴极难左右，因而向监军建议，由自己另差他人。监军却说，一来梁兴必须死，二来此事不能留下丝毫牵扯，必须借助梁兴这等无干之人。

铁志不敢再多言，只能自家格外当心。谁知其间仍出了差错。原本是要梁兴去那船上杀掉那个叫蒋敬的人，自己再去趁乱杀死紫衣人和摩尼教使徒。不料那个叫雷炮的厢军意外冲上了那船，搅了布局。紫衣人和摩尼教使徒均消失不见，梁兴也安然脱罪。

那监军一向信重铁志，这回却青黑了脸，拍着扶手，连声斥骂。铁志不知那紫衣人究竟有何重大干系，也不敢多问，只能低头硬承，而后急忙出来追查紫衣人下落。

然而，查寻了这许多天，始终未能寻到紫衣人踪迹。昨天，梁兴召集那三百多孩童的父母去东郊双杨仓，铁志闻讯，也混入其间。梁兴站在木台之上，一气揭开摩尼教偷盗军粮真相，并寻回那三百多孩童。他见梁兴那般志得意满，心头一阵阵酸妒。这些年，自己始终躲在暗处，何曾如梁兴这般，立在众人之上，威武风发过一回？

傍晚，梁兴坐到河湾边，独自吃酒，醉倒在草坡上。他命手下继续暗中监看，自己回家安歇。他虽已有了房宅银钱，却不知为何，始终不愿娶妻生子。只在行院里买了个歌伎，在身边伺候。进了门，那歌伎忙上前服侍，他却一个字都不愿说，摆手叫她下去，自己忍不住寻出监军赏的家酿好酒，闷闷吃得大醉。

清早醒来，胸中烦恶，头疼欲裂。他只能强忍着，骑马出城，继续去跟踪梁兴。梁兴既然能勘破摩尼教阴谋，恐怕也已知晓紫衣人下落。跟着梁兴，或许能找见那紫衣人。且让他再多活几日。

四、旧袜

鲁仁见天色越发昏茫，路上前后都没有人，便拽紧牛绳，停住了车。

将才交接张用时，他怕那老侏儒反悔，更怕路边藏了帮手，只想赶紧离开，没敢查验。他凑近车上那只麻袋，听了听，没有声息。伸手戳了一下，也没动静。难道死了？他忙又加力戳了戳，麻袋忽然翻了个滚儿，惊了他一跳。随即里头传来咕哝声："是我。莫搅我睡觉。"麻袋缩了缩，一串咂嘴声后，便唯余轻缓鼻息。

鲁仁惊愕在那里。他瞧见过几回张用，大致记得说话声气。这古怪行事也非寻常人做得出。他想，应该没错，忙又驱牛赶车，继续前行。

一路上，鲁仁都惊怕不已。没想到，为一只旧袜子，自己竟一路走到这地步。

他原籍四川，十来岁便跟着一个药商往来汴京贩运药材。七八年后，通熟了路径，便借了些本钱，自家独自营运。他生来谨慎，又见行商最重一个"诚"字，便谨守本分，诚朴做人，生意倒也一路平顺。他载药到汴京，常和蔡市桥一家药铺交易。那店主看他信得过，便将独女嫁给了他。岳父亡故后，他便接管了那间药铺。他知道自家难与京城那些大药铺相抗，便只专一收售川药，照旧守住诚字，夫妻两个又心意投合，将这小药铺经营得比岳父更加得计。

他们夫妻只生了个独子，却从不娇惯，自小便教他守诚识礼。一家人原本过得殷实安宁，儿子十岁那年，妻子却病故了。许多人劝他续弦，他却怕再娶的苛虐儿子，便独自一人将儿子抚养成人。儿子长大后，鲁仁四处寻问亲事，可京城的女孩儿，家室稍好一些的，不但聘礼极重，性情也大多骄横自傲、贪逸恶劳。他想，还是蜀中的女儿好，勤巧快性，便托亲戚在家乡说定了一门亲。他将药铺交托给长雇的老账房，和儿子水陆两千多里，赶回四川娶了亲。

新妇初见，自然怕羞。回京路途两个多月，一路上，鲁仁都难得听到这儿媳出声。可到了京城，才进门，儿媳见房里凌乱积灰，立即脱去绫衫罗裙，换了身旧布衣，打水洒扫，擦拭铺叠。到傍晚时，里里外外，净净整整，脏乱了许多年的家顿时亮洁一新。连家里养的那只老猫，毛发都洗得滑顺发亮。儿媳却顾不得累，又进到厨房忙碌，不多时，几样鲜香川菜便摆到了桌上。他们父子两个互相瞧瞧，尽都无比欣喜。

相处了一些时日后，鲁仁发觉这儿媳诸般都好，唯独好争强，受不得气。儿子却又过于谨厚，即便心里存了不快，也不愿轻易吐露。两般性子凑到一处，一个好急好问，一个却闷不作声，因此时常生些小恼小恨。不过，倒也并无大碍，直至去年初秋。

那天，蜀中一位相熟的药商又运来一批药材，其中有一盒麝香。麝香贵重，鲁仁怕放在铺子里不稳便，自己房里又堆了药，账房和伙计时常进出，便一向锁在后头儿子卧房柜子里。那天儿子出外收账未回，鲁仁便自家抱着那盒去到后头，走到儿子卧房门外唤儿媳，儿媳虽应了一声，半晌却都未出来。那药商又在外头等着结账，鲁仁等不得，便走了进去，见儿媳正在窗边往一个小瓶里灌头油，脱不得手，便将盒子放到桌子上，说了一声，随即回身离开。却不想，迎面见儿子走了进来。鲁仁忽而有些不自在，略迟疑了一下，才说："我来放麝香。"不知为何，声气有些发虚。儿子迅即觉察，目光一暗，低哦了一声。鲁仁越发不自在，没再言语，快步走到前头。

再和那药商说笑攀谈时，鲁仁心头始终有些不畅。好不容易应付过去，送走了药商后，儿子走了出来，目光却避着他，脸色瞧着也有些暗郁。鲁仁想解释，又不知如何开口，而且原本也无须解释，只能装作不见。

他原以为过两日自然便消了，谁知儿子脸色越来越暗，儿媳也时时青着脸。他们三人之间，彼此竟都没了言语，一直冷到了中秋。店里那老账房和两个伙计都回家去过节，鲁仁想，该借这节日，把话说开。

他见儿子和儿媳都僵着脸，没有丝毫过节的兴头，便自家上街，去买了一坛酒、一腿羊肉、三对螃蟹，又拣了一篮石榴、榅桲、梨、枣，左提右抱，吃力搬回家，放到了厨房里。才回身，却见儿子从后头走了出来，脚步僵滞，面色铁青，两眼呆郁无神。他忙要问，儿子却忽然说："我掐死了她，我掐死了她……她到死都不肯认这脏证……"

他惊得几乎栽倒，儿子却朝他伸出手，手里拈着一只旧布袜，露出些惨笑："这脏证，你的袜子，在我床脚下……"

他越发震惊，望着那旧袜，惊惶半晌才明白过来："怪道我寻不见这只袜子了……这……这……难道是那只瘟猫叼过去的？儿啊！爹敢对天起誓，对着你娘的灵牌发毒誓！爹没有对不住你，更没对儿媳动过一丝一毫邪念，爹做不出那等没人伦的畜生之举！那天，爹只是去放麝香，放下就出来了，一刻都没耽搁！"

儿子却仍惨然笑望着他，一个字都没听进，也不信。

他知道此时再说无益，忙丢下儿子，疾步跑到后头去瞧，见儿媳倒在卧房地上，一动不动。他想过去查探脉息，却又想起父子男女之防，更不敢唤邻居帮忙，慌立在门边，不知该如何是好，空张着双手，竟哭了起来。

哭了许久才发觉儿子竟站在身后，惊望着屋里的妻子，似乎已经醒转过来："爹，我杀了她？她真是清白的？那袜子真是猫叼过来的？"

他忙抹掉老泪，连连点头。儿子忽然跪倒在地，放声哭了起来。他怕邻舍听到，忙过去伸手捂住了儿子的嘴，儿子顿时趴到他怀里，呜呜哭起来。他也忍不住又滚下泪来。

天黑后，他才渐渐缓转，见儿子跪靠在门边，痴怔怔的，心里一阵疼。心想，事已至此，只能设法遮掩住这杀人之罪。于是，他横下心，强拽起儿子，将儿媳的尸首用铺盖包起，搬到院里那辆独轮车上。叫儿子在前面拉车，自己在后面推，趁着街上无人，悄悄推到河边。捡了些石块，塞进铺盖里，用麻绳捆好，将儿媳尸首沉进了河底。

第二天天不亮，他叫儿子带了些盘缠，趁黑起程，去洛阳躲避。对人则说儿子陪儿媳回乡省亲去了。

暗自胆战了三个多月，他才渐渐平复。儿子也才从洛阳回来。邻人问起他儿媳，他谎称亲家染了重病，儿媳在家乡照料。

他原以为此事就这般遮掩过了，却没想到，寒食那天，有个中年汉子忽然寻见他，叫他去绑架作绝张用，若不从，便去告发他谋害儿媳之事。

五、机心

陆青又去寻一个人。

他向那姓金的船主钓话，说到一半便厌了。他本无求于这人世，更不屑于动用机心。机心一动，必定事外生事，缠陷不止。

令他意外的是，他转身离开，那金船主反倒追上来和盘倒出。那金船主是个务实谨慎之人，求利兼求安，事事都想稳妥。无机心在他眼里，反倒成了大机心。加之此事由杨戬布置，杨戬虽死，其威犹在。李彦接替其任，又差人来询问过此事。对他这样一个小小船主而言，威便是危，转身离开便是大不妥。不论愿与不愿，他都已身陷其中，不知何时能安。

何况这桩事处处藏满机心：杨戬缘何安排这样一只船？船上那对男女又有何等来由？王伦为何要上那只船，甘愿被锁在柜子里？他又是如何从柜中消失不见？如今人在何处？王小槐为何会跟随那道士？听闻那道士是林灵素。林灵素去年已亡故，为何会现身汴京，又为何要装演这场神仙降世的异事？杨戬和林灵素是否有牵连？

其中任何一条，陆青都无从思想。只知其间暗藏了如许多机心，层层叠叠，互纠互斗。迁延出去，不知要孳生出多少事端，让多少人身陷烦恼，甚而临危遭难。首当其冲，杨戬已经为之送命。

念及此，陆青又心生退意。自己染指其间，必会生出新事端。这桩事因果纠缠无限，少一人，少一事，便少一分烦难……然而，他又想起了因禅师临终所托，自己虽说能转身避开，却终不忍见王伦、王小槐等人陷溺其中。还是尽力去解一解，能解几分，便是几分。只是得当心，不能再另造事端。

他随即想到两个人，都是王伦的密友。王伦若是要藏匿，恐怕首先会去寻这两人。其中一个叫方克，另一个叫温德。方克住处离这里不远，在内城保康门外太学附近。他便向南走去。

出了保康门，天色已暗，四处亮起了灯烛。路上行人渐少，无数机心利欲随之歇止，整座城忽而静了许多。陆青过了保康桥，不由得往左边街口望去。三年前，他便是和王伦、方克等人在那街口的小茶肆相会吃茶。茶肆仍在那里，棚子两角各挂了只白纸灯笼，里头只坐了三五个人。棚子左角，有个人独自坐在那里，正凑着那灯笼光在读书。陆青一眼认出，是方克。

方克三十出头，是来京城应考的举子。落榜后并没有回家乡，仍留在京城。王伦设法托人，帮他入了京籍。他便靠教几个童子读书糊口，继续应考。他身量瘦高、骨骼长大，脊背原本便有些弓，这时坐在那灯下，越发显得弯崛奇突，如一株倒伏的枯柏。陆青那回见他，先就想到一个"硬"字。骨硬，性子更硬，丝毫不知转圜。

陆青缓步走了过去，见方克仍穿着那身襕衫，只是那白布早已发黄，肩上、腋下、衣角缝补了许多处，针脚粗斜，自然是他自家缝的。他比三年前更加瘦削，衫子架在骨骼上，到处尖突空荡。陆青轻声唤道："方兄。"

方亢抬起眼，高耸眉骨下，眼窝越加深凹，幽黑目光里藏着一股暗火。他盯望了一阵，才认出，忙站起身，唤出陆青的号："忘川兄？"

陆青叉手致礼，方亢忙也将书卷搁到桌上，抬起双手回礼，却又想起桌上积了摊茶水，急抓起了那书，书页已被浸湿。他又紧着用袖子去拭，刺啦一声，腋下缝补的那道破口又绷开了。他面上一窘，忙抑住恼闷，咧嘴强笑了笑："忘川兄请坐！忘川兄可用过饭了？"

陆青装作未见，坐了下来："方兄读书入迷，怕是也忘了夜饭？"

"我将才吃过了。"

陆青见桌上只有小半碗冷茶，茶碗边撒了些饼渣。方亢恐怕只吃了一张饼，为省灯油，才留下这点茶水，好借故坐在这里，就着这灯笼光读书。这时店家赔着笑走了过来，问陆青点些什么。

陆青原有些饿，却忙说："我也才吃过饭，坐坐便走。"

"茶也不要？"店家有些不乐。

"不要。"陆青没有瞧他。

上回他们四人在这里吃茶，一人一碗三文钱煎茶。王伦嫌白坐着口淡，又要了一碟橄榄混嘴。聚罢起身时，王伦要付账，却被方亢拦住，两人争起来，方亢不慎一肘将王伦磕出了鼻血。最终只得让方亢付了那茶钱。当时陆青便发觉，方亢是真恼。但他这恼里，三分出于地主之谊，三分为颜面，三分是自惭囊中无多钱。还有一分，则是怨王伦为何要费钱点那碟十二文钱的橄榄。

"忘川兄寻我，是为那王狗？"方亢将那湿书放在裤腿上，不停用手按压。

"王狗？"陆青一愣，见方亢眼中露出愤恨厌鄙，更有些痛楚伤悼。

"王伦那狗豺！"方亢愤愤将湿书撂到长凳另一头。

"方兄何出此言？"

"我知你是清高之人，虽过于孤冷，不恤人间疾苦，却料必不会趋炎附势。因此，我才会礼待于你。但王伦那狗豺，先前是如何慷慨义愤，及至被杨戬老贼捉住，顿时软了骨头，做了杨贼门下一条狗。堂堂男儿，竟远不及棋奴那等娇弱女子，儒门不及娼门，真乃士林大耻！"

陆青知道，方亢将自家种种不合宜、不遂心、不得志，尽都归罪于世道，满心愤郁，因而事事都易过甚其词。但听他如此痛骂王伦，仍有些意外。

"他归顺杨戬了？"

"棋奴被捉去后，当夜便被缢杀。那王狗若没归顺，能保住狗命？"

"他何时被捕的？"

"去年腊月底，只过了几天，他便安安然离开了。"

"你可问过他？"

"问他？我自幼读圣贤书，这心腹之中，字字句句，皆是仁心大义陶冶而成。孔子不饮盗泉之水，我岂能拿洁净言语，去受狗秽玷污？"

"他去了哪里，你也不知？"

"除去溷厕，世间安有狗秽配去之所？"

陆青知道再问无益，见方亢那只嶙峋大手捏得咯吱吱响，他恨的不只是王伦，更是这不容他片刻舒展的世间。陆青想说些开解之语，却知言语无谓，反倒增恨，除非有朝一日，他能遂一回愿。只是，他越恨，便越不容于世，便越难遂愿。

陆青低头略想了想，才抬眼问："方兄，家乡可还有亲人？"

方亢愣了片刻，随即低下眼，浑身恨气随之萎散："只有一个老母。"

"世间最渴，无过于慈母盼子，方兄该回去探视探视。这锭银子方兄拿去做盘缠。"陆青从袋中取出一锭十两银铤，轻轻搁到桌上，"朋友与共，肥马轻裘，敝之无憾。方兄无须多言，这是我孝敬给令堂的。"

方亢睁大了眼，陆青却不愿再对视，站起身，拱手一揖，随即转身离开。

第四章　隐秘

夙夜畏惧，防非窒欲，庶几以德化人之义。

——宋太祖·赵匡胤

一、铜铃

赵不尤让墨儿留在章七郎酒栈，继续查寻董谦踪迹，自己随着万福一起进城，赶往皇城。

途中，万福边走边解说，他背的文书袋里似乎有个铜铃，随着步履一动一响："宫中冰库这桩命案是三月三十一那天发觉，死者是冰库中一个老吏，名叫严仁。已经过了几天，仍未查出真凶。卑职将才带仵作去汴河湾客船上查看那具尸首，才发觉两案恐怕有关联。死者尸首都在一只打开的木箱中，面色青黑、嘴唇乌紫，都是中毒而亡。两案都与梅船案相关。赵将军您已推断，清明林灵素身后童子所撒鲜梅花，恐怕是预先在宫中冰库中冻藏的。汴河客船这案子，又是紫衣人董谦——"

"客船上那死者身份可查出来了？"

"是耿唯。"

"耿唯？"赵不尤极为吃惊，"他不是已经离京赴任去了？"

之前，东水八子决裂，简庄等人哄骗宋齐愈去应天府，应天府那空宅地址便是耿唯提供。

"耿唯的确离京了。卑职前几天才想起来，清明那天，虹桥发生那桩异事前，卑职提了一坛酒出城，见城门外有几个人在护龙桥上送行，送的那行客便是耿唯。他戴了顶风帽，骑了头驴子，带了几个仆从。卑职由于着忙，便没介意。不过，回想当日情形，耿唯的确是离京了。他由一个闲职升任荆州通判，正该远远避祸，不知为何，又返回京城，竟死在那只船上。"

赵不尤低头默想：这两桩案子看来的确都与梅船案相关，不知这梅船究竟藏了多大隐秘，命案至今仍延绵不断。冰库老吏恐怕正是藏冻鲜梅花之人，他和耿唯相继死去，自然是被灭口。他们死状如此诡异，一是为遮掩，二则是继续借妖异怪象来惑人。但死在木箱中，究竟是何用意？

万福继续说："那天清晨，冰库老吏被发觉死在宿房里，趴在靠窗墙角边的一只书箱里，身体已经僵冷。门从里头闩着。皇城里的房舍门闩不似民间，并非木闩，而是带锁扣的铜闩，从外头根本无法开关。那宿房只有一扇窗，在房门左边，那窗扇是死扇，打不开。"

"最先发觉的是什么人？"

"当时院里有两人，一个是新任库官，一个是冰库小吏。小吏唤不应老吏，新库官才抬腿一脚踢开了宿房门。小吏先奔进房中，新库官随即也跟了进去。新库官和董谦等人同为上届进士，待阙三年，才得了这个职任。那天是他头一回去冰库，他先到的冰库，当时院中并无他人。不过，他应该不是凶手。顾大人亲自问讯过，他言语神色之间毫无疑色。而且，堂堂进士，朝廷官员，想必不会冒这最大嫌疑之险，去毒杀一个老吏。"

"那小吏呢？"

"小吏名叫邹小凉。冰库里常日只有他和老吏两人，邹小凉又一直替老吏煎茶煮饭，自然极好下手施毒。前一天傍晚，他替老吏煮好饭才离开。不过，据仵作查验，和耿唯相同，那老吏并非服毒而亡，而是被毒烟熏死。那个新库官也说，刚进宿房时，嗅到了一阵怪异香气。"

"窗纸可有破洞？"

"窗纸是今年正月才新换的。破洞只有一个，是那天唤不应老吏，小吏才去窗边，在窗户左侧舔破了一个小洞，朝里窥望。此外，窗纸上连一道细缝都没有。倒是那木箱有些古怪，据小吏说，里头原本装的全是书卷。他们进去时，见大半书卷被挪到了箱子外。箱角书卷下压着一样奇怪物事——"

"什么？"

"这个——卑职这两天一直带在身边，却始终未瞧出什么原委——"万福从袋里取出一个铜铃递给赵不尤，"这个铜铃放在书箱最底下角落里，上面压着些书。卑职查看那书箱时，将里头的书全都搬出来，才发觉这个铜铃。"

赵不尤接过来细看，这铜铃只比拳头略大，并非手摇铃，而是挂铃，顶上有个小环扣，外壁镂刻道教符纹，在道观中极常见。

万福又说："那个新库官说，邹小凉朝窗洞里窥望时，他似乎听到了一声铃铛响，不知是否是那老吏还剩了一丝气，动弹了一下，碰响了铜铃……"

赵不尤看不出这铜铃有何异样，摇了摇，声响也和一般铜铃相同，便还给了万福："那个小吏没听见那声铃响？"

"他说没有。当时他正忙着唤老吏，恐怕是被自己声响盖过了。还有一桩古怪——将才卑职带件作去汴河那只客船上查验耿唯尸首时，发现他那只木箱里也有一只铜铃，和这只一模一样。"

"哦？"

"不知这铜铃藏了何等隐秘？"

赵不尤却猛然想起另一桩事，忙说："看来冰库老吏一案，你已查得极仔细了，我暂无必要再去。我得立即去见一个人——"

"什么人？"

"武翘。"

二、袋子

陈三十二探头探脑走近烂柯寺。

他是崔豪的朋友。昨天，崔豪寻见他，要他帮忙做一桩事。他没问情由，便满口答应。

前一阵，他那浑家又生产了，请稳婆的钱都没有，只能由浑家自己硬挣。陈三十二其他帮不上，拿了把锈剪刀，守在破床边焦等。孩儿终于冒出了头，却卡在那里，挤不出来。看浑家疼得喊爹叫娘，几乎要将下嘴皮子咬掉一片。他恨不得一剪刀将那孩儿戳死，再硬扯出来。最后，孩儿总算出来了。他慌忙去剪脐带，可那剪刀左拐右撇，两片刃死活咬不齐，挣了一头汗，总算剪断。

又是个女孩儿，已是第四个。三个大的守在门外，张着嘴等饭吃。人越穷瘦，嘴便越大，也越填不满。如今又添了这张小嘴儿，不知拿什么来喂大。

他正在犯愁，崔豪三兄弟却来贺喜，拿出个布包给他，让他莫焦，好生养活一家人。他接过来打开外头的旧布一瞅，里头竟是银碗，一摞六只。他惊得说不出话，再看那银碗，里头光亮得月亮一般，外头雕满了缠枝花纹，细处细过发丝，却弯弯绕绕，没有一根乱的。他活了三十来年，从没摸过这么精贵的物件。他以为崔豪在耍弄他，但看崔豪三人神色，的确是诚心帮他。他抱着那六只银碗，竟哭了起来。

崔豪三人走后，他才疑心起来。虽说认得的力夫中，崔豪是最豪爽诚恳的一个，最爱帮人。但他也卖力为生，哪里得来的这六只银碗？莫不是偷来的？怕不会惹上祸事？但转念一想，怕啥？再大的祸能大过孩儿饿死？若真是偷来的，得赶紧脱手才是。

他忙拿了一只，拿布包起来，去附近一家解库典卖，那掌柜果然疑心他是偷来的，说只肯出三贯钱。他一听，心里惊唤了一声。他虽知这碗一定值价，却不料被压了价，竟还能值三贯。他顿时得了计，包起来就走，又连问了许多家，最高的竟出了六贯钱。他每个月就算天天能寻到活计，也挣不到这许多。他将六只银碗都卖给了那家，大半年不必再愁饭食。

他从未受过这等恩德，这回崔豪有事要他相帮，便是断条腿，也不能推辞。可听崔豪细说了要做的事后，他心里又开始犯疑。这事听来虽轻巧，但古古怪怪，莫不是有什么祸患？崔豪先拿那六只银碗，莫非是个钩子，先钩上我，再行大事？崔豪说这事是帮一个恩公，什么恩公这等鬼鬼祟祟？他们做这事，恐怕能赚到六百只银碗……他心里翻翻倒倒，不知绕了多少转儿。可听崔豪说，若做得好，往后一定好生酬谢，他面上更不好流露，只能点头应承。

崔豪走后，他越想越疑，越疑越怕。他浑家一边奶孩儿，一边说："这事恐怕做不得，你若有个闪失，俺们娘女几个咋个活呀。你赶紧将那些钱还给崔豪，已经花用掉的那几贯，俺们慢慢还他。"陈三十二听了，反倒硬了起来。他一向有个主见，但凡妇人家的主意，一定是错。就如他这浑家，原本是乡里三等人户的女儿，若好生嫁个当门当户的人家，便是生八个孩儿，也养活得过。她却偏偏对他生了情，跟着他偷逃离家，来到这汴京城，住在这城郊一间破土房里，日日苦挨。

他回过头细想，自己欠了崔豪这一桩人情，无论如何得还，否则心里始终难安生，也难在崔豪面前抬起头说话。另外，崔豪这人大抵还是信得过，我替他去做这事，就算丧了命，崔豪想必不会不管顾我妻女。他若赚六百只银碗，少分几十只给我浑家，也够她们娘女几年过活。那时大女也该出嫁了，她生得似她娘，将来必定是个小美娘，聘资少说也得几十贯。这又够把二女养大，只可惜二女样貌似了我。不过，满京城多少光杆儿汉，女孩儿生得再不好，也是寒冬腊月间的嫩葱，还愁嫁不出去？我家没儿，不如赘个婿进来。哪怕穷些，有气力，人心正便好。我不在了，她们娘女必定受人欺辱，有个汉子来顶门才好……他越想越远，忽而伤悲起来，不觉想出泪来，忙扭过头，用袖子赶紧抹干。

第二天，他偷偷藏了把刀在腰间，照着崔豪所说，来到烂柯寺。

他是头一回进这小寺。见里头静悄悄的，没一个人影。他顿时怕起来，转身想逃，却见一个小和尚从旁边禅房里出来，见了他，微微笑着，合十问讯："院静识性空，无我见来人。"

他没听懂，却见小和尚一脸和善，心里稍安，忙悄声说："我来取那东西。"

小和尚神色微警，又说了句："我有百万偈，问君何所答？"

这句正是崔豪交代的，陈三十二忙答："囊尽三千梦，终究一袋空。"

小和尚又笑了一下："禅客疑云散，施主随我来。"

陈三十二忙跟着小和尚走到旁边一间禅房，小和尚提出一只灰布袋子交给他。袋口用细绳拴着，里头似乎是些书册。陈三十二忙接了过来，有些沉。他背到肩上，回头望了一眼，见小和尚又双手合十，轻声说："挥手送客去，一帆净风烟。"

陈三十二茫然点点头，忙背着袋子离开烂柯寺，出了门，才想起崔豪说要慢慢走，莫要慌。他忙放慢脚步，满心犹疑，一路走到护龙桥口，却见崔豪正扒在桥栏边，装作没见他。他也忙低下眼，转身向东边行去。一直走到虹桥，抬头又见刘八站在胡大包的摊子边，正吃着个大包子，装作望河景。他低头上桥，照吩咐，过桥后沿汴河北街，一直走到力夫店，再折到河边，沿着岸又回到虹桥。下了桥，直直向南，经过十千脚店，一眼又瞧见耿五蹲在斜对面温家茶食店的墙根。他仍装作没见，折向右边那条小巷，走到左边第一个院门前，取出崔豪交给自己的钥匙，打开了门锁，走了进去，随即闩上了门。

院子里极安静，他越发有些怕，小心推开正屋门，里头如崔豪所言，果然空无一人，但桌椅箱柜都十分齐整干净，墙边一架子书。屋中间方桌上摆了一副碗箸、一盆熟切羊肉、一碟姜辣萝卜、几张胡饼，还有一瓶酒，这是给他预备的饭食。

他不放心，又将其他四间屋子一一查看过，的确没有人。他却仍有些怕，轻步回到正屋，将那袋子放到门边那只柜子里，而后才小心坐到屋子中间那张方桌旁，手伸到腰里，攥紧了那把刀子——

三、木雕

明慧娘透过厢车帘缝，偷望着梁兴，不由得攥紧了腰间那柄短刀。

她已求得宰相方肥应允，梁兴必须由她亲手杀死。但宰相也叮嘱过，眼下最要紧是找见那个紫衣人。清明正午，梁兴闯到钟大眼船上，自然也是为了那紫衣人。眼下，他一定在四处找寻，恐怕已经探到紫衣人踪迹，跟踪梁兴，或许能寻见那紫衣人。明慧娘只能暂忍。

她盯着梁兴那健实后背，心里反复演练。然而她从未杀过生，更莫说杀人。每想到刀尖刺入那后背，身心顿时抽紧，始终下不得手。她颤着手，不住恨骂自己，再想到丈夫盛力，泪水随之迸涌而出。

遇见盛力之前，她似乎从未见过天光。她爹是浙江睦州的农户，家中只有几亩薄田，另佃了十几亩地，才勉强得活。她上头有一个哥哥，还有两个姐姐。她爹嫌女孩儿白耗食粮，那两个姐姐才出世，便都被溺死。她娘生下她后，她爹照旧要拎出去丢到溪里。她娘哭着哀求，说这囡囡面目生得这般好，长养起来，至少能替儿子换一门亲。她爹听了，才将她丢回到她娘怀里。

三四岁起，她便开始帮娘做活儿，捡柴、割草、生火、煮饭、洒扫、洗涮、养蚕、缫丝……她爹却从不正眼瞧她，除非吃饭时，只要她略略发出些声响，她爹顿时怒瞪过来，甚而将竹筷劈头甩过来，令她活得如同受惊的小雀一般，只要爹在，从不敢发出任何声息。

长到七八岁，她的模样越来越秀嫩，人人都赞她生得好。她却越来越怕，知道这容貌是灾祸。果然，村中渐渐传出风言，说她爹生得歪木疙瘩一般，哪里能养出这等娇美女儿来？更有人私传，她娘与那上户田主有些首尾。秽语很快传到她爹耳朵里，她爹将她娘痛打了一顿，随即拽着她，大步望城里奔去。她不住地哭，换来的却是巴掌和踢打。

进了城，她爹将她拽进一座铺红挂绿的楼店，她惊慌无比，却不敢再哭。及至见到一个身穿彩缎的胖妇人叫人搬出一堆铜钱，一串一串地高声数给她爹，她才明白自己被卖了。她爹将那些钱装进带来的空褡裢里，背到肩上后，扭头望了她一眼，那目光仍旧冰冷冷的，却有一丝发怯。她原本慌怕之极，泪水流个不住，可一眼看到爹眼里露怯，忽而便不怕了，生下来头一回直直盯了回去。她爹慌忙低下头，背着那钱袋快步出门，拐走不见，她的泪水也跟着停了。

后来，她才知晓，这是一家妓馆。那妈妈极严苛，每日命她学写字、弹阮琴、唱曲子。略一出错，便用缠了绢的铁条抽打，那绢原是白色，早已变得乌褐。她在那妓馆中，虽已笑不出，却也不再哭。学这些，并不比在家中苦累。她便用心尽力去练，挨的打也越来越少。

这妓馆中还有几个与她年纪相仿的女孩儿。那些女孩儿见她讨得妈妈欢心，气不过，便时时凑在一处为难她。她能避则避，能让则让，心里并不计较记恨，更不去告诉妈妈。实在受不得，才还击一二。那些女孩儿见她并非软懦，便也渐渐消停，只是合起来疏冷她。她更不以为意，自己并不希求友伴。越冷清，她心里越安宁。

长到十二岁，妈妈叫她接客。是个中年肥壮盐商，两只牛眼，一嘴黄牙。她早就预备好这一天，虽有些怕，却仍照妈妈训教的，浅浅笑着，点茶斟酒，弹琴唱曲，尽力不去看那张脸。夜里被那盐商按倒在床上，她闭紧了眼，咬牙挨着，痛极了，才发出一些声息。虽然眼角滚下泪来，心里却没哭。

第一回挨过，后头便好了。每天她尽力坐在自己房中读书，有客来，便去应付过。她不知哪一天才是终了，心中无所盼，便也无所念。

几年后，一个漆园主爱她会读书写算，便花了三百贯，将她赎去做妾，替自己记账。那漆园主家中已有十几个小妾，其中有几个极尖酸狠厉，见她容貌生得好，又掌管起漆园账目，都极妒恨，撺掇正室，时时刁难她。这些伎俩，她在妓馆中早已惯熟，自己又丝毫没有争宠之心，便照旧敬而远之、淡而化之。漆园主对她先还有尝鲜之情，见她始终冰水一般，也渐失了兴致。时日久了，那几个小妾也没了逗趣。她终归清静，每日算录好账目，便自在卧房里读书，活得古井一般。

就在那时，她遇见了盛力。

那漆园主是个蛮夯豪横之人，并不顾忌男女内外之别。每年春夏割漆、秋冬出卖，都叫她去山上漆园一座棚子里记账。那些漆工全都畏惧园主，到她跟前报账时，都不敢抬眼直视，她更是眼里瞧不见人，始终冷冰冰的。那园主起先还常来盯看，见这般情形，更放了心，只叫一个使女陪侍。

有一天，各坡的工头都来交纳生漆，算过钱数后，已是傍晚。她有些倦乏，便没有立即下山，叫使女去烧水煎茶，自己坐在棚子里歇息。当时正是初夏，她常日难得留意外界景物，那天看到夕阳下满目新翠，忽而忆起幼年时和娘一起去山坡上割荠菜，山野光景便是这般鲜明。她娘那天脸上现出难得笑意，摘了两朵地丁黄花插在她丫髻上，牵着她一路哼着乡谣。她尽力回想，渐渐忆起那曲词，不由得轻声吟唱起来，脚也忍不住踩起拍子，脚尖却忽然触到一样物事。

她弯腰一看，桌脚边有个小布卷儿，捡起来打开一看，不由得愣住：里头是一个小小木雕女子人像，只比拇指略大，却雕得极精细，眉眼都清晰如真。又涂了一层清漆，光洁莹亮。最教她吃惊的是，那面容越瞧越酷似她。只是，这女子似乎想起一桩趣事，嘴角微扬，面露笑意。

明慧娘自己从未这般笑过，盯着那小像，她不由得怔住。棚子边响起窸窣脚步声，那使女煎好了茶，端了过来。她忙将那小木雕藏进袖里，再也无心看景吃茶，叫使女收拾好账簿，一起下山去了。

回到卧房里，她又忍不住拿出那木雕仔细赏看，恍然间，竟觉得所雕这女子是另一重人世中的自己。在那重人世里，父疼母爱，家境和裕，无须惊怕，不必冷心……想着那个自己，她不由得也露出了笑。但心头旋即升起疑云：这是何人所雕？为何会丢在桌下？

在山上，除去使女，进到棚子里的，只有那几个交漆的工头。难道是工头中的一个？她极力回想，却猜不出是哪一个。

这之后，再到山上记账，她开始细心留意，却未能找出那人。半个多月后，有天记完账，桌下又出现一个布卷，里头仍是一个小小雕像，雕的依旧是她，只是笑得越发欢悦。

她忙回想那天情形，只有一个工头数钱时，失手跌落了一串钱，俯身去捡了起来。那个工头似乎叫盛力。

四、川药

鲁仁驱赶牛车，将张用载到了金水河边一个小院里。

寒食那天，一个中年汉子来到他药铺，瞧身形面相，年纪不过三十左右，鬓发却已花白。那人说有件要紧事，将他唤到没人处，压低声音说："我知你儿媳尸首去了哪里。"

他听了，头顿时一嗡，几乎昏倒。

那人却冷着脸，等他略略平复后，才又开口："你得替我做一桩事。"

"什么事？"

"捉一个人。"

"什么人？"

"作绝张用。"

"这等事……我……我做不来。"

"杀人都杀得来——"

"你……"

"莫要多话。绑了那人，堵住嘴，装进麻袋里，送到西城外十五里，过演武庄递马铺，金水河南岸有个小宅院，门前种了几株大香椿树。这是钥匙，你将那人锁到房里后，在院门上插一根香椿枝。"

那人将一把钥匙塞到他手里，转身便走了。鲁仁愣在那里，半晌都动弹不得。

他从未做过亏心事，儿媳之死已让他日夜难安，如今竟有人以此来胁迫自己去做那等事。这时他才明白，儿时父母常叮咛那句话："人生在世，一步都差不得。差一步，便是千差万错。"

他想去官府自首，将全部罪过都揽到自己头上。但一想，官府自然不会轻易相信，若是盘问起来，略有错讹，便会牵扯出儿子。儿子如今时常痴痴怔怔，哪里经得住审讯。

他千思万想，想到了一人。那人是汴京三团八厢中的一个厢头，这左一厢是他地界，手底下有上百个强汉无赖。鲁仁也时常受这些人勒讨钱物。前年，这厢头的一个爱妾难产，落下息胞之症，急需川牛膝和药。京城各大药铺却偏偏都缺货。鲁仁一个老主顾正巧运了一船川药来，里头正有川牛膝。鲁仁忙叫儿子急送了些给那厢头，救了那爱妾的命。那厢头封了一份大礼，亲自来道谢，并说遇到难事，一定去寻他。鲁仁却哪里敢去触惹这等人，只是唯唯点头。

如今遇到这等烦难，为了儿子，他只得去求那厢头，又不敢将事情说透。那厢头见他话语含糊，有些着恼，却仍给他指派了一伙人。鲁仁去见了那伙人，竟是几个侏儒、一个哑子、一个跛子。他大失所望，却再无他路，只得将事情交托给那侏儒头儿。没料到这群侏儒竟做成了这桩事，虽说临时反悔，多讹了三十五两银子，毕竟远胜过自家去动手。

前几天，他瞒着儿子，已来这金水河边寻踏过路径，见那个宅子只是寻常农家小院，隐在几株大香椿树后，这一带又极僻静，左右并无邻舍，他才略放了些心。这时天色已晚，路上也没了行人，更不必担心被人撞见。

只是，这牛车虽是他药铺里载货的，他却从未赶过。加之天黑，路又不平，磕磕绊绊，费尽了气力，才算来到那院门前。他取出钥匙，手臂酸累，颤个不住。半晌，才打开了锁。他忙牵拽牛绳，将车拉了进去。

幸而张用一直在麻袋里睡觉，一路都未发出声响。他想起那人吩咐，得将张用的嘴堵起来，却不敢解开麻袋。又想，是否该将张用搬进房里去，可凭自己气力，恐怕搬不动。再一想，牛车不能丢在这里，还是得将张用搬下来。可万一惊醒了他，嚷叫起来，如何是好？

他正在犹豫，忽见那麻袋动了动，随即听到张用在里头嘟囔："饿了。"他吓了一跳，没敢应声。张用却提高了音量："我饿了！"

他越发慌了，不知该如何阻止。今天出门时，他想着荒郊野外不好寻食店，倒是带了干粮和水，并没吃几口。但若拿给张用吃，便得解开麻袋，这万万不可。

"你姓鲁？"张用忽然问。

他惊得头皮一炸。

"你一身药味，不是药铺的，便是行医者。但这两样人，身上药味都杂。你身上我能闻得出七种药气，一色尽是川药，川芎、川贝、川乌、川羌活、川楝子、川椒、川朴硝……汴京城独卖川药的只有蔡市桥仁春药铺。将才你和那老孩儿论价，轻易便多掏了三十五两银子，自然不是那药铺雇的伙计，听你声音，年纪至少五十岁，你是那药铺的店主——"

鲁仁听得胆都要惊破。

"你连货都不验，自然是头一回绑人。你一个小药铺店主，绑我做什么？自然是受人指使。但你给那老孩儿付钱时，听语气，是自家出钱，自家做主，并不是靠这差事谋财，自然是受人胁迫，不得不为。你为何会受人胁迫？自然是短处被人捏住。何等短处能胁迫你来绑劫？胜过绑劫罪的，应该只有杀人罪。你杀了人！"

鲁仁急颤了一下，险些坐倒。

"不对……人若是你杀的，被人胁迫做这等事，你心里必定极不情愿。人若怀了不情愿，行事时自然负气，极易迁怒。可是我听你赶牛时，那牛不听你驱使，你却只有焦急，并无气怒。你自然不是疼惜牛，而是念着尽快完成这桩差事。你是心甘情愿做这桩事。杀人者，不是你，而是你至亲之人。父母？妻子？

兄弟？儿女？我琢磨琢磨……听你说话举动，处处透出些急切。拽牛时，也拼尽全力，似乎把性命搭上也在所不惜。世间恐怕只有父母对儿女，才会这般不惜自己气力、不顾自家性命。另外，你这急切拼命里，似乎还有一分热望，做完这桩事，便能延续自家性命一般。能延续你性命血脉的，唯有儿子。杀人的是你儿子，哈哈！你是在替儿子保命，对不对？"

鲁仁浑身冰凉，抖个不住。

"胁迫你来绑我的，是不是银器章？你家药铺正和他家院子相邻，你儿子杀人，被他瞅见了？"

鲁仁头脑一嗡，像挨了一锤。

"你莫怕，这是你自家的事，我不会告发你，更不会胁迫你。以你这米豆般小胆，你受的罪已远胜过徒刑，更苦过杀头。你那儿子恐怕也与你一般。我只劝你莫再受人胁迫，做这些歹事。愧上添愧愧更愧，罪外加罪罪更罪。阿鼻地狱便是这般来的——好了，我不但饿，说了这些闲话，口也干得灶洞一般了。你去给我寻些吃食来。吃饱喝足，我继续在这安乐袋里睡觉，等那人来取我。你也好放心寻你的解脱去——"

鲁仁犹豫良久，还是从车辕边取下水袋，过去解开了麻袋口……

五、医心

陆青行至新郑门外，来寻王伦的另一好友温德。

温德年近四十，家中世代行医，他曾考过一回太医，没中，便丢了这念头，在这西城脚开了间医铺。陆青走到医铺门前时，夜已深了，医铺门却仍开着，里头透出油灯光。

温德才给一个老者问过诊、配好药，那老者从腰间解下一个小绸袋，边摸钱，边伤老叹贫。陆青看他衣着神色，并非穷寒之人，只是惯于倚老贪讨小利。温德也瞧出他这心思，却只笑了笑："都是寻常药，您随意付两文钱就是了。""两文？怕是少了？""不少，不少，比一文多一倍。"老者忙将抓出的一把铜钱塞回袋里，果真只拿了两文出来。温德笑着接过，随手丢进桌边的陶罐，送老人走到门外："夜黑了，您仔细行路。"一扭头，才发觉陆青，先是一愣，随即眯起眼笑道："忘川？难得逸人出山，快请进！"

陆青抬手问过礼，才举步走进医铺。里头三面排满药柜，中间只剩几尺宽空处，又摆了张桌子，一椅一凳。陆青便在那圆凳上坐了下来。

温德关好门，从桌上茶盘中提起一只陶壶，倒了盏水递了过来，汤色清白："我那浑家这两日犯了春疾，已经去后头睡了，炉火也熄了，便不给你点茶了。春宜护肝，这是熬的白菊葛根汤——"

陆青笑着接过："温兄只医身，不医心。"

温德微微一愣，旋即明白说的是将才那老者，便又眯起眼呵呵笑起来："我只是半上不下一郎中，哪里敢医人心。连孔圣人都说，老来戒之在得。越老越贪，怕是人之常性，否则何必言戒？何况只争几文钱，有何妨害？怕的是，老来贪占权位，不肯退闲，那便真如孔圣人所言，老而不死谓之贼——对了，那杨戬是你……"

杨戬死后，陆青头一回与人谈及此事，心里隐隐有些不自在，只微微颔首，并未言语。

"去年那烛烟计失败后，王浪荡说要去请你相助，我还说决计请不动你，谁知竟被你做成了——唉！那毒烟蜡烛还是我熔制的，非但没能动到老贼分毫，反倒害了棋奴性命……"

王浪荡是王伦绰号。温德言罢，又重重叹了口气，眼中竟闪出泪来，他忙用手背擦去。

陆青淡淡应了句："李彦替了杨戬。"

"我也听闻了。"温德又露出些笑，叹了口气，"此事便如我行医，常会遇见些老病根，年年治，年年犯。可这些人上门来，怎好不治？治一回，多少能好一阵，人也能多活些时日。行医，不过是跟上天争时日。实在争不得了，也就罢了。"

陆青顿时想起了因禅师那句遗言，"岂因秋风吹复落，便任枯叶满阶庭？"两者言虽殊，义却同。温德面慈心善，天性和朴，却又毫不愚懦，于善恶之际，始终能见得分明。

陆青自幼修习相学，见过无数残狠卑劣，于人之天性，早已灰心。此时却不由得赞同孟子所言："人之所以异于禽兽者几希，庶民去之，君子存之。"人乃万物之灵，这一点灵光中，不仅有智，更有善。只是，灵之为灵，极珍也极弱，如同冰原一点微火，略经一阵寒风，便即熄灭。能保住这点微光者，极少，却并非没有。佛家有"薪火相传"之说。这荒寒人世，正是凭借这些四处散落之微光，方能见亮，才得存续。而心中怀亮之人，如同暗室之中，对灯而坐，也自然比旁人安适淡静……

他正在出神，温德笑着问道："忘川之畔人何在？"

陆青也笑了笑，但旋即正色："我是来寻王伦。"

"哦？你也未见他？去年十一月初，我跟他聚过一回，之后便再没见他影儿。"

"我也是那时见了他一面。他被杨戬捉捕了？"

"嗯。不过，我也只是听闻。"

"方瓽兄说王伦投靠了杨戬。"

"你莫听他乱说，他只是妄测。你我都该知晓，王伦人虽浪荡，但绝做不出那等卑滥之事。"

"清明那天，他在东城外。"

"哦？我也正要说这事。那天，我赶早去东郊上坟，强邀了方瓽一起去踏踏青、散散闷。晌午回来后，在汴河北街叶家食店吃了碗面。才吃罢，便一眼瞅见王伦从店前急匆匆往东头走过去，穿了件紫锦衫，以前从没见他穿过。方瓽背对着街，并没瞧见。我怕他和王伦又争骂起来，便忙付了钱，借口有事，让方瓽先走。等他走远，我才急忙去寻王伦，一直寻到郊外那片林子，都没寻见。后来才知，你竟也在那里，杨戬也死在虹桥上。"

"王伦上了一只客船。"

"他离开汴京了？"

"没有。不过从此消失不见。"

"消失不见？"

"那船，是杨戬安排的。"

"这王浪荡到底在做什么？对了！我医过一个海货商人，他正月底去了登州，说在登州见到了王伦，身边还跟了两个汉子，神色瞧着有些不善。"

"正月十五，王伦托人给我捎来封信，那人说王伦在山东兖州。"

"兖州、登州，他一路往东，去做什么？"

"不知。"

"我还听个人说，前一阵在金明池边，瞧见他和那个唱奴李师师同上了一只游船。这王浪荡，浪荡得没边了。我想去打问打问，可那唱奴的门，又不是咱这等人轻易能登——"

陆青听了，心头一寒：此前，王伦一心刺杀杨戬。如今杨戬已死，他却行踪难测，莫非又在谋划新计？李师师曾得官家临幸，王伦接近李师师，难道想……

第五章　世态

理乱在人。

——宋太宗·赵光义

一、杯盘

秦桧觉着自己应该姓"勤"才对。

世人往往以勤为苦，他却以勤为乐，一刻都不愿闲。又极爱结交人，即便里巷孩童、街头力夫，甚而乞丐，他都从不冷脸相对。当年他读《论语》，见孔夫子劝弟子读《诗经》，说："诗可以兴，可以观，可以群，可以怨。"兴是感发情志，观是考察世风，群是切磋互启，怨是针砭时政。他却觉着，何止诗，世间众人，不论高低，其言谈话语，皆是学问，皆可兴观群怨。

清明那天，秦桧去东城外替妻子的姑父办事，在虹桥上目睹了那场神仙异事后，他有些渴，便去桥北头的霍家茶肆吃茶。旁边桌上坐着两个船工模样的人，年纪和他相仿，都是三十出头。其中一个话语沉缓、意态不俗；另一个则劲健有力、血气旺盛。秦桧便笑着端起茶碗凑过去攀谈，一来二去便入了港。两人一个叫吴用，一个叫张青，是初次到京城，正在寻下处。秦桧和两人谈得投机，尤其吴用，腹中藏了不少诗书，颇有些睿见，便执意邀两人去自己家中暂住。两人抵不住他的盛情，便跟了去。

到了家，妻子王氏见他又招了外人来白住，且是两个穷汉，登时沉下脸，撂下手里正在擦拭的那只镶银烛台，转身去了里间。连使女也冷声唤走，不许斟茶。吴、张二人立在堂屋中，好不尴尬。秦桧却经得多了，先笑着请两人落座，自己取过茶壶，见里头还有半壶温茶，便给两人各斟一盏，安抚了两句，才进到后面。

妻子王氏坐在卧房窗边，握着把白石小槌，正在研钵里捣弄胭脂膏，她使着性儿，杵得乒乒乱响。那使女守在一旁，惶惶无措。秦桧这妻子家世赫赫，祖父是神宗年间的名宰相王珪，如今王家虽然不抵当年，但余威犹在。王氏的姑父是当今郑皇后之弟、同知枢密院郑居中。还有一位表姐，是当今才女李清照。

秦桧家世则甚是低微，父亲只做过一任县令，家境清寒，又早早谢世。秦桧一边靠教私塾谋生，一边苦读应考。从十六岁起，连考四届，二十五岁，终于得中进士及第。王家榜下择婿，将女儿嫁给了秦桧。

秦桧何曾近过这等贵家女儿，不但容色妍丽，美玉一般。那一言一笑，一举一动，更是处处透出莹莹贵雅之气，令秦桧顿觉自己浑身尘泥。得了这个妻子，欢喜不亚于中进士。秦桧不知该如何尊、如何敬、如何爱、如何惜，才抵得上妻子这娇贵。

他虽中了进士，起初只补授为密州教授。那点薪俸，仅够养活一人。王氏受不得密州穷陋僻远，更嫌秦桧这芥豆般官职，便留在京城父母家中，不肯随他赴任。秦桧虽有些伤怀，却毫无怨意，反倒更加惭疚。

那几年，当今官家为拣选文学才士，于科举之外，又创设词学兼茂科。每试只取五人，考中则可授馆职。馆职是清贵之职，在宫中崇文院的史馆、昭文馆、集贤院及秘阁任职，所选皆为天下英才，一经此职，便为名流。

秦桧自少年时，便渴慕能入馆阁，成为欧阳修、苏轼一般的天下名士领袖。因此，他勤磨文笔，从未一日中辍。这些年更悉心揣摩官家好恶，知道当今官家最爱端雅俊逸文风，便加力习学汉唐文章、六朝韵致。

一番勤，必有一番幸。为了和妻子团聚，三年任满、回京待选时，他应考词学兼茂科，竟一举得中。不过，他并未得授馆职，而是被任命为太学学正。

秦桧先还有些失落，却被妻子一番话骂醒："你个村脑袋、泥眼珠，如今的馆职，早已不是当年的馆职。当年是万中选一，如今却成了年节里的粥饭，随意滥赏。宣德门前那些戴幞头、执牙笏的，捉三个，就有一个带馆职。能和太学学正比？太学学正手底下管束三五千太学生，将来这些人登上朝堂，谁敢不记你的恩？你还在这里计得算失、嫌三怨四，你以为这美差平白就让你占了？你若不是我丈夫，我姑父肯举荐你？"

秦桧听了，心下大悟，忙跪到妻子面前，一把抱住她娇躯，千悔万谢，从楚辞到唐诗，拣了百十句丽文美辞，满心满意将妻子痛赞了一番。而后又立即前去拜谢姑父郑居中。郑居中起先对他不咸不淡，见他知晓好歹，也便着了意。得知秦桧夫妻仍在赁房住，便将自己京中的一院精致小宅赏给了他们。如今，秦桧住的便是这宅院。

秦桧好交友，不时请朋友来家中盘桓相聚。妻子王氏并非一概不接纳，也并非只看眼下穷富贵贱。她自幼经见得多，识人眼力远胜秦桧。秦桧所交之人，若入得了她的眼，即便穷贱，她也不惜钱财，极力笼络；否则，便是高官巨富，她也毫不容情。

那天，秦桧带了吴用和张青到家中，王氏只匆匆一眼，并未细看。秦桧到卧房里，先支走使女，而后甜言软语，细说了一番。王氏果然回转心意，让秦桧去外头待客，她在帘后潜听。秦桧出去和吴用闲谈了一阵，再进到里头时，王氏只淡淡说了句："拿定瓷杯盘。"

他们家中共备有六套杯盘，分别是汝、官、哥、钧、定、磁六窑瓷器，由精到粗，分作六等。王氏鉴定来客是哪等人，便用哪等杯盘，肴馔酒果相应也自有分别。唯有前三等人，王氏才肯出力出钱来款待，后三等全由秦桧自己支应。王氏将吴用和张青只定为第五等，便转身回卧房，不再过问。

秦桧乐得妻子撒手，便叫厨妇备了些菜蔬酒肉，款待吴、张二人，让他们在客房中安歇。这一住，便是半个多月。秦桧倾心相待，那两人也并未白食白住，这些天来，帮秦桧出了不少力。王氏知道后，也将杯盘升到了第三等哥窑。

当然，秦桧每日见的人、忙碌的事极多，这两人只是其中之一。

最让秦桧挂心的是太学，王黼升任宰相后，废止了三舍法，重行科举旧法。

这不但关涉到万千举子，秦桧的职任也因之大动。三舍法时，学正权位极重，直接掌管太学生的升黜。换回科举旧法，考中与否，则全由礼部试官决定。秦桧这学正一职便沦为闲差。好在他任期将满，得尽早另寻他途。他四处探问吏部磨勘、差注消息，妻子王氏更是不断嘱托家中亲故。

不过，在任一日，便得尽一日责。太学生们如今心神大乱，全没了规矩章法。尤其是秦桧最看重的两个学生：一个是章美，本是前三甲之选，竟缺考殿试、返回家乡；另一个是武翘，读书极勤进，如同秦桧当年。这阵子却似变了个人，这两日更是不见了踪影。

今天，秦桧去太学，仍未见到武翘，便骑了马，去武翘家中寻问。到了武家门前，里头传来男女哭声。秦桧忙下了马，却见一人骑马奔了过来，是讼绝赵不尤。

二、宿房

周长清坐在十千脚店后院那棵槐树下，一边吃茶看书，一边静候。

这时已过午后，虽已来了几拨住店的客人，却都不是要等的。周长清平素难得为事焦忧，这时却也有些坐不住了。手里那卷《史记》一直停在《绛侯周勃世家》那一页，始终翻不过去。他不禁自哂一笑，如此经不得阵仗。

他定了定神，读过了那一页。其后所记是西汉名将周亚夫平叛七国之乱，率军坐镇昌邑，不论叛军如何挑衅，均不动如山。一夜军中噪动，周亚夫却安卧不睐，第二天，混乱自息。周长清读到此处，越发自愧，放下书卷，抬头望向绿槐碧空。

他极赞赏冯赛这计策，用那八十万贯钓引出李弃东和谭力四人。昨天冯赛捎来口信，说谭力四人中的一个果然去过范楼，打问出了汪石被害一事。如此，谭力四人与李弃东果真成了仇敌，他们心怀大恨，必定会极力寻见李弃东。巨款加大恨，钓出他们的胜算便增加不少。

想到那八十万贯，周长清不禁笑叹了一声，造化果真弄人。那李弃东如此精细聪智，竟这般轻易便丢了这笔巨款。这些钱又被冯赛当作无用之物，随意丢在烂柯寺，玩笑一般。

那谭力四人若细想一番，应能推断出：李弃东自然不放心将八十万贯交给别人，清明那天一定会携带身边。他们轻易便能打问出，李弃东那天遭遇意外，被炭商吴蒙强行捉走，马和袋子寄放到了曾胖川饭店。

眼下最关键一条是：他们是否都已知晓，那八十万贯放在烂柯寺中？

周长清得到冯赛口信后，立即去了旁边的川饭店，向店主曾胖打问，是否有人来打问过柳二郎那匹马？曾胖说："怎么没有？前两天，先后有两个来打问过。那马冯相公骑走了，这一向他都寄住在烂柯寺里，我让他们到那寺里寻去。周先生您也在留意那匹马？那匹马究竟有什么稀罕处？"

"那马是西域良马，拿来配种极好。"周长清含糊应过，心中却暗赞冯赛推断。那两个人自然分别是李弃东和谭力四人使去的。眼下情势便有趣了：

首先，双方都已知晓冯赛那八十万贯放在烂柯寺；

其次，双方都重罪在身，更疑心此乃陷阱，都不敢轻易现身，亲自去取；

第三，如此巨额钱财，任何人见了，都难免动心，因而也不敢托人去取；

第四，彼此都猜测对方必定会去取这八十万贯，因而必会潜藏附近，互相窥伺；

第五，谭力四人不但要钱，更要李弃东，以报汪石之仇。

冯赛的主意是，既然双方都在窥伺，便派个不相干的人，去烂柯寺取了那钱袋出来。让李弃东和谭力四人都误会是对方之人，必会尾随跟踪，如此便好逐一捕捉。

崔豪听了，立即说出一个人，叫陈三十二，这人信得过、肯出力，而且疑心重、胆子小，正好做那个鬼鬼祟祟去烂柯寺取钱的人。

范楼和曾胖川饭店两处疑问都落定后，崔豪立即去寻见陈三十二，说定了此事。今早，陈三十二去烂柯寺背了钱袋出来，照崔豪所言，沿汴河南街过虹桥，绕一圈回来，最后进到十千脚店后街那个院子。陈三十二毫不知情，瞧着果然是在替人办一桩危险之事。崔豪、刘八和耿五三人则在沿途暗中监视。

周长清坐在这后院中等候消息，派了店中一个叫窦六的得力伙计暗中传话。陈三十二进到那院子后，过了半晌，窦六从崔豪那里得来讯息：先后有两个人跟在陈三十二后头，一个是十来岁小厮，另一个是个闲汉，两人都常在这汴河一带走动。看来双方果然都被引动了，但都极小心，不肯轻易现身。

这也在冯赛预料之中。接下来，便瞧后街那院子了。

那院子门正对十千脚店后门。主人举家回乡，才搬走不久，将钥匙留给了周长清，托他转卖，此事旁人并不知晓。

照冯赛预计，李弃东和谭力四人必定会使人监视那座院子，若是守在街口太久，必定会招人起疑。尤其是夜里，更难监视。最便宜的法子，莫如住进十千脚店朝向后街的宿房，尤其是后门两边的那两间，后窗正对着那院门。

这两间宿房是南房，背阴潮暗，通常人不愿住。周长清特意空下了这两间，有人来投宿，让伙计尽量引荐其他宿房。若是执意要选这后门边的房子，必定是李弃东或谭力四人所差。

然而，周长清一直等到傍晚，又来了几拨客人，都没有选那两间南房的。

崔豪和刘八、耿五则在外头继续跟踪那小厮和泼皮，也始终没有再捎话回来，恐怕也没跟出结果。

见暮色渐起，周长清坐得浑身酸木，刚起身要活动身体时，却见两个男子走进后院。其中一个是三十来岁的汉子，身形瘦长，戴顶黑绸新幞头，穿着件浅褐锦褙子，却有些脏旧。另一个十八九岁，蓝绢衫裤，生得妖妖翘翘的。周长清认得，是常在这虹桥一带厮混的小泼皮，似乎名叫翟秀儿。周长清已先交代过后院主管扈山，也一直守在这后院里。扈山忙迎上去招呼，那汉子口里说要住店，眼睛却直望向后门边的宿房。周长清见了，心里一动，忙避转过身，装作去收拾桌上的书卷，侧耳听着。

那汉子果然选了后门边的宿房，两间都要，扈山忙说其中一间已被客人预订了，而且那房子潮暗。汉子却说一向住南房住惯了。扈山又说那房子比其他的宽一些，可住两人，房价多三十文钱，汉子又说不妨事。扈山便引两人走到左边那间，打开门，说叫人给他们打洗脸水，又问他们吃什么。汉子却说已吃过，赶路困乏，要早些安歇，莫要搅扰。随即便进去关上了门。

周长清侧耳听着，不由得暗笑：是了。

两方已经来了一方，只是不知是哪一方。另一方呢？

三、火困

梁兴在城里兜转了一天。

他原本要去红绣院会那梁红玉，然而，才进城门，就发觉身后有人跟踪。是两个汉子。他装作不知，继续前行，心里暗想：冷脸汉和摩尼教都不会轻易放过自己，不知这两个汉子是哪一路。

他先沿着汴河大街慢慢走了一程，去红绣院原本该向南，他却从丽景门进到内城，向北拐到第一甜水巷，穿出巷子，走到榆林街口时，觉着有些饿了，见街角有家茶肆，便进去坐下来休息。他身上原本没有多少钱，昨晚又用去大半，只剩不到百文钱，便只要了一碗煎茶、两张胡饼，边吃边暗中留意。那两个汉子停在身后不远处一家靴店前，一个假意试门前摆的靴子，另一个在和店主搭话，两人眼角都不时瞅向这边。

梁兴仍装作不知，继续吃饼，无意间扫见街角停了一辆厢车，那车夫目光一碰到他，立即闪向一边。身后车帘也微微一动。又一拨跟踪者？

梁兴装作看街景，暗暗留意，发觉这两拨人目光并无交视，应该是两路人，恐怕分别是冷脸汉和摩尼教所使，却无法判别各自是哪方。

梁兴不由得有些起疑，这两方人恐怕不只想谋害自己，当另有所图。他迅即想到紫衣客。冷脸汉和摩尼教都想争得紫衣客，却恐怕都未发觉紫衣客被梁红玉劫走。他们跟踪我，是想从我这里寻到线头。他不觉笑起来，正怕这些人轻易罢手，有了紫衣客这个饵，两边自然绝不肯甘休。不过，眼下不能轻易让他们得知紫衣人下落。

他正在暗暗盘算，邻座有两个泼皮吃了茶，却不付钱，起身便走。茶肆那个跛足老店家忍气白望着，看来是常被两人白欺。梁兴顿时有了主意，连同两个泼皮的十文茶钱，摸出二十五文钱搁到桌上，朝老店家指了指两个泼皮，而后起身赶上两个泼皮，低声说了句："快走，你们仇家就在后头。"两个泼皮一愣，不由得一起回头寻望，那厢车车夫和靴店前两个汉子也正望向两人。两个泼皮顿时慌起来，梁兴又低声说："莫回头，快走！"两个泼皮听了，忙加快脚步，跟着梁兴一起向北急走。

走到任店街街口，梁兴又低声说："进任店。"两个泼皮满脸惶疑，茫然点点头，跟着他走进了店里。这任店是汴京七十二家正店之一，楚澜曾邀梁兴来这里吃过酒，一顿便花去七十两银子。这时已近正午，店前站了几个大伯在高声招徕，梁兴说："要二楼阁间。"一个大伯忙引着他们上了楼，进到一个临街华美阁间中，梁兴先走到窗边，装作看景，有意露出脸。跟踪的那两路人各自停在街对角，那车夫和两个汉子都盯着这边疑惑张望，厢车帘子也掀开一角，里头隐隐露出半张脸，似是个年轻女子。莫非是摩尼教那个明慧娘？

　　梁兴装作不见，望了片刻，才回身笑着让两个泼皮坐下："到了任大哥这里，他们不敢造次——这位大伯，你好生伺候我这两位兄弟，多荐几样你店里的上等酒菜，上回来吃的那石髓羹、煠蟹、两熟紫苏鱼都甚好，我去跟任大哥说句话便来。"说着便走出阁间，沿着过廊转到楼角，那里有道梯子通往楼后。他快步下楼，穿过后院一道小门，来到后头一条小巷，曲曲折折绕到贡院街。

　　后头虽再无人跟随，他却仍不敢大意，一路穿街拐巷，从东北边陈桥门出了城，到郊外一个步军营里寻见几个军中朋友。那几个朋友许久未见，并不知他近况，只知他去了高太尉府，尽都道贺，纷纷出钱，买了些酒肉果菜，吃喝说笑了一场。日头落山后，梁兴才离开那里，沿着土路，绕到南城外，才沿着官道，大步赶往红绣院。

　　赶到红绣院时，夜已浓黑。他绕到西墙，腾身翻进后院，来到梁红玉住的那座绣楼。楼上楼下都无灯光，梁红玉自然是去前头接客了。梁兴先去楼底下那几间房门前试推，门都没有锁。他又轻步上楼，一间间试过，也都未锁。看来紫衣人并未藏在这楼里，除非有暗室。

　　他依邓紫玉所言方位，寻到梁红玉卧房，推门进去，一阵馥雅香气扑来。里头暗不见物，他摸寻半晌，才摸到一把椅子，走得有些困乏，便坐下来等候。等了许久，酒意困人，不觉睡了过去，直至被一阵脚步声惊醒。是两个人上了楼，脚步皆轻巧。走到门前时，一个女子声音："你去歇息吧，我坐一坐，消消酒气再睡。"是梁红玉。另一个年轻女子应了一声，随即离开，轻步走向西侧房间。梁兴不由得坐正了身子。

　　门被推开，灯光先映了进来。随后梁红玉走进了屋子，头戴金丝盘玉花冠，身穿朱红销金衫裙，手里挑着一只镶银琉璃灯笼。一眼看到梁兴，她猛地一颤，但旋即恢复镇静，脸上现出些笑意，轻声问了句："梁大哥？"

梁兴不由得暗暗赞服。见她莹白面容添了些酒晕，月映桃花一般。一对明润杏眼不避不让，直视过来，有些英寒逼人。他不由得站起了身。梁红玉却像无事一般，仍含着笑，轻步走到桌边，从一个黑瓷筒里拈出一根发烛，伸进灯笼里燃着，点亮了银鹭烛台上的红烛，随后轻轻吹熄了灯笼，转身搁到旁边的博古架上。这才回身又望向梁兴，笑着说："我猜你要来，不过，那人不能交给你。"

梁兴越加钦佩，也笑着问："你劫走那人，是要替父兄报仇？"

梁红玉面色微变，并不答言。

"钟大眼船上那个紫痣女是你。"

梁红玉只笑了笑。

"那紫衣人的信息，你是从楚澜处得知？"

梁红玉又露出些笑，却仍不答言。

"楚澜夫妇先前躲在你这里？你可知他们是借你为刀？"

"他们搭船，我行舟，各得其所而已。"

"以你一人之力，哪里敌得过摩尼教成百上千徒众？"

梁红玉又不答言，只笑了笑。

"你既能与楚澜为伍，何不与我联手？"

"好啊。不过，眼下还不敢劳动梁大哥，等——"

梁红玉话未说完，窗外忽然闪起火光。梁兴忙走到窗边，推窗一看，火光是从楼底升起，并非一处燃着，楼下周遭一圈皆被火焰围住。火中一股油烟气，是被人泼油纵火，火势极猛，迅即便燃上二楼，即便院里众人来救，也已难扑灭。梁兴正在觑望，忽听得一声锐响扑面飞来，他忙侧身疾躲，一支短箭从耳侧射过，嗖地钉到了后墙一只木柜上。

他忙躲到窗侧，向外望去，透过火光，隐隐见对面树下藏了个黑影。再一看，不止一人，草丛树影间，还有两个黑影。恐怕整座楼都被环围，只要从门窗露身，便有弓弩狙射。而那火焰携着浓烟，已燃至门窗外，灼热呛人……

清明上河图密码6　　**73**

四、三英

张用一直等到第二天晌午，才听见院外传来开锁声。

听脚步声，进来的是三个人。他们先走进了中间正屋，张用则在左边的卧房。这卧房什物全空，只有一面光土炕，张用便横躺在这土炕上。他听到那脚步声离开正屋，向这边走来，忙在麻袋里侧转过身，脸朝向屋门。麻袋上有道小缝，正好在眼前头，他便透过那道小缝瞧着。

门被推开，三个男子先后走了进来。由矮到高，依次各高出一个头，如同三级人梯一般。他们走到炕边，仍前后排成一列，又都身穿同一色半旧团绣深褐绸衣，乍一看，像是个三头人立在眼前。张用在麻袋里险些笑出声。

前面那个最矮的手里摇着一根香椿枝，眯起小眼，用鼻孔哼道："居然真的送来了。"

最高那个张着空茫大眼："大哥，这笔买卖还作数吗？"

中间那个睁着不大不小呆瞪眼，忙跟着点了点头。

最矮的闷哼了一声："我倒是想，可佛走了，庙空了，这香烧给谁去？"

最高的又问："对岸那庄院人虽走了，房屋还在。我们搬过去，丢进那院里不成？"

中间那个忙又点头。

"从这里搬出去，上百斤重，走到下头那座桥，再绕回对岸，至少二里地。不要花气力、耗粮食？不但没处讨酬劳，万一被人瞅见，闲惹一顿官司。"

"早知如此，清明那天，咱们在东水门外便该将这人捉回来。"

"那时东家只叫咱们盯梢，吃人饭，听人言，这是规矩。"

"唉，可惜又是一顿空碗白饭。"

"白饭？连着这几夜，我们去对面那庄院里搬的那许多东西，不是钱？你从前穿过锦缎？你身上这绸衫哪里来的？"

"这些都是人家丢下不要的，值钱的恐怕全在那后院里，你又不让进去。"

"那里头你敢进？你又不是不知后院那场凶杀。那可是汴京城天工十八巧，任一条命都贵过你百倍。一旦牵扯到咱们身上，你有几张嘴去辩？几颗头去挨刀斧？咱们走江湖，保命是第一。"

"大哥总说带我们走江湖、摸大鱼，至今莫说吃鱼肉，连鱼汤都没沾几口。如今住处也没有，整日在那破钟庙廊檐下躺风吃雨。这江湖到底在哪儿？"

中间那个忙用力点头。

最矮的重重哼了一声，用香椿枝指了指脚下："江湖？你大哥我在哪里，哪里便是江湖。走，跟着大哥继续乘风破浪去，迟早在这汴京闯出个沧州三英的名头来。"

"炕上这人就丢在这里？"

"不丢在这里，难道背走？你问江湖，咱们江上行船，这人湖底沉尸。这便是江湖。走！"

三人列成一队，走出门去，从外头将院门锁上。张用听见最矮那个边走边高声吟诵："莫问此去归何处，满地江湖任风烟。莫叹万人沉尸处，且饮一盏浪底欢……"

张用等三人走远，才掏出那药铺店主留的一把小刀，割开麻袋，钻了出来，展开四肢，平躺在那炕上，回想方才三人言语。看来，自己本该被送到对岸一个庄院里，可这三人的雇主已不见了人，那庄院也空了。那雇主难道是银器章？他用那飞楼法遮人眼目，和天工十六巧一同隐迹遁走，难道是躲到了对岸那庄院里？最矮那人又说那后院里发生了一场凶杀，更牵扯到十六巧，他们难道遇害了？

他再躺不住，翻身跳下土炕，踩着院角一口空缸，爬上墙头，跳了下去，到河边朝对岸望去。那边树丛间果然露出一座大庄院，院门紧闭，看不见人影。下游一里多远处有座木桥，他便大步走了过去，过桥绕回到那庄院门前。

门上挂了只大铜锁，门前土地上有四行车辙印，看那印迹，已隔了数天。院墙很高，他绕到旁边，沿墙一路寻看，见东南角上有株大柳树，一根粗枝弯向墙头。他便笑着过去，抱住那树干往上爬。可他自小迷醉于工技，从没爬过树，只大致记得其他孩童爬树的姿势，似乎得用双腿盘住树身。可那柳树太粗，伸臂都合抱不过来，两腿根本盘不住。他试了许多次，都爬不得几尺。倒觉着自己像蠢蛤蟆攀井壁一般，不由得倒在地上大笑起来。

笑过之后，他有了主意，去摘了几十根长柳条，三根编作一股，箍住树身扎紧，边上编一个蹬脚环。向上每隔两尺，一道道编上去。边蹬边编，不多时，便攀到那根粗枝上。他爬到枝头，却发现离墙头还有三尺多远，得跳过去才行。他从没做过这等事，又怕又欢喜，瞄准墙头，大叫一声，奋力跳了过去。那凌空飞跃之感，让他无比欢欣。可跳到墙头上后，双脚根本难以立稳，身子晃了几晃，倒头栽了下去，重重摔到地上，顿时昏了过去——

等他醒来时，日光在顶上刺眼闪烁，已是正午了。

我昏了一个多时辰？他分外惊喜。

他一直好奇人昏过去是何等情状，曾叫犄角儿拿捣衣木槌用力砸他，犄角儿却始终不肯用力。他便自家朝墙上撞，头破血流，却仍没昏成。犄角儿哭嚷着死拽住他，他只得作罢。这回终于领略到了。

原来，昏过去便是昏过去，除去坠地时咚的一声、后背和内脏跟着猛一震痛，其他全记不得。倒是醒来这会儿的滋味极新鲜，并未尝过：头发晕，脑里有嗡嗡声；眼珠有些发胀，看物似乎有些虚影；后背酸痛，第四、第五两节脊椎骨尤其刺痛；左边肺叶似乎被震伤，有些揪痛……细细体察过后，他左右一瞧，那株大柳树竟在身侧，自己仍在墙外，并没有栽进墙里。他一愣，忍不住笑了起来，笑得内脏被扯痛，疼得咧嘴大叫。

半晌，他才费力爬起来，周身似乎处处都痛，一条腿扭了筋，却还能走动。他笑着想，若是摔残在这里，动弹不得，又没人救，那等情形才更绝。不知自己是要竭力求生，还是索性躺在这里，细品等死的滋味？从一端看，求生是造物之力，等死是自己之心，不知造物和己心，哪个能胜？从另一端讲，造物也有致死之力，等死乃是顺从；求生，则是不愿听命，以己力抗造物。此外，这两端之间，还有个中段——在这绝境之中，毫无求生之望。若依然竭力求生，是用己力助造物，以求奇迹；若只等死，则是看清己力与造物之限，无须再争，休战言和……他越想越好奇，竟有些遗憾自己没有摔残。

当然，没摔残也有没摔残的好。比如如何翻过这高墙。爬树看来不成，他便瘸着腿，慢慢往前，一路查看。

绕到后墙，见那里有扇小门关着。他过去推了推，那门竟应手而开——

五、舞奴

陆青饱睡了一场，醒来时，日头已经西斜。

他睁开眼，见窗纸被霞光映得透红。这一向，他疏于清扫，桌面、椅面、箱柜上都蒙了一层灰。原先，他若见屋中不净，心便难静。这时瞧着那些灰尘，细如金沙，竟有一番空静寂远之美。他不由得笑了笑，净与不净，因境而转，自己之前太过执于一端。

他出神许久，才起身洗脸，生起火，煮了一碗素面，坐到檐下那张椅上，边吃边瞧院里那株梨树。那梨树新叶鲜茂，被夕阳照得金亮，浑身透出一股欢意，要燃起来一般。他又笑了笑，连它都不安分了。随即又想到，万物皆动，何曾有静？又何须执守？正如《周易》中那句"天行健，君子当自强不息"。他对"自强"二字仍觉不甚中意，强便少不得勉强，勉强便不顺畅。人间大多烦恼皆来自这"强"字。不过，这一句总意，他头一回有些赞同，细忖了一番，去掉一字，又调了一字，改作："天行健，君子自然不息。"

这样一改，他才觉顺意。面也吃罢，便去将碗箸洗净，取了些钱装进袋里，出去锁了院门，缓步进城，去寻访一位名妓。

有人曾见王伦与唱奴李师师同上游船，李师师乃汴京花魁，等闲不会见人，陆青因此想到了舞奴崔旋。

五六年前，一个妓馆老鸨带了一个女孩儿，来请陆青相看。那女孩儿便是崔旋，当时才十三四岁。小脸尖秀，双眼细长。眉如燕尾，向上斜挑。身形瘦巧，又穿了件深紫窄衫，乳燕一般。老鸨牵着她进来，要她施礼，她却甩开了手，先走到一边，仰头看那墙上挂的邵雍先天图，那图集合伏羲八卦与文王六十四卦，演化乾坤流变之象。她瞅了一阵，才扭头问："这勾勾叉叉，画的是些什么？"一对小眼珠异常黑亮，目光则银针一般，直刺过来。陆青并未答言，她一撇嘴：

"你也不懂，白挂在这里唬人。"老鸨忙摆手阻住她，将她拽到陆青面前："陆先生，您给相看相看，这女孩儿将来可成得了个人物？她样样都好，只是这性儿，小驴子一般，叫人心里始终难把稳。"

陆青注视崔旋，崔旋也斜着头，回盯过来，毫不避让。瘦嫩小手还不住抠弹指甲，剥剥响个不住。陆青当时给她判了个"反"字，时时逆向人意，事事都求不同。运得巧，技惊世人；行得拙，自伤伤人。

陆青当时还见到，这女孩儿心底里，有一股怨痛已生了根。正是这怨痛叫她如此反逆难顺，此生怕都难消难宁。他却不好说破。崔旋听他讲解时，先还一直冷笑，后来似乎觉察，目光一颤，却迅即扭开了脸，又去望那墙上的先天图。直至离开，都没再看过陆青一眼。

过了三四年，崔旋以精妙舞技惊动汴京，名列念奴十二娇。她事事都好逆反，慢曲快舞，轻歌重按，更能立在倒置花瓶上，或静伫，或急旋。又只爱穿乌衫黑裙，人都唤她黑燕子。

歌不离舞，十二奴中，她与唱奴李师师最亲近，陆青因此才想到去她那里打问。

崔旋的妓馆在朱雀门内曲院西街，原先名叫寻芳馆。她成名之后，改作了乌燕阁，那楼阁彩画也尽都涂作黑漆。陆青行至那里，已是掌灯时分。见那黑漆楼檐挂了一排镶铜黄纱灯笼，配上彩帘锦幡，倒也别具一番深沉妩丽之气。

他走进正门，那老鸨正在里头催骂仆人点烛，扭头见是他，忙笑着迎了过来："陆先生？您下仙山、降凡尘了？这两年，您闭关锁户，我这里女孩儿都没处叫人相看。那些相士眼珠里印的全是银字铜文，哪里能瞅清楚人影儿？"

"林妈妈，我今日来，是有些事向舞奴讨教。不知是否方便？"

"旋儿？陆先生有什么事问她？"

"唱奴。"

"李家姐姐？她们姐妹俩已经有许多日子没聚过了。"

"此事关乎我一位故友，只问几句话便走。"

"这……旋儿这两日又犯了旧脾性，昨天蔡太师的次孙蔡小学士邀她去西园赏牡丹，她都推病不肯出来。好在那蔡小学士性格宽柔，一向知疼知怜，并没有说什么，还差人送来了些鲜牡丹。又托话教我好好惜护旋儿，莫要损了她那娇躯燕骨。陆先生，您先随我到后头阁子里坐坐，我上去问问，她若不肯下来，我也只好赤脚过河——没筏子。"

陆青点头谢过，跟着林妈妈走到后院一间阁子里，林妈妈叫人点了茶，而后便上楼去了。陆青见那阁子里也一色黑漆桌椅，装点了些彩瓷、铜器、锦绣，甚为雅丽。正中靠墙一架黑漆木座上，摆了一只建窑大黑瓷瓶，插了十几枝鲜牡丹，紫红与粉白纷杂，如云如霞，是牡丹绝品，号称"二乔"。陆青一向不爱艳物，这时见那牡丹衬着一派墨黑，艳气顿消，如妩丽佳人深坐幽阁，妍容自珍。

他正在默赏，锦帘掀开，一个女子走了进来，浑身上下一色黑，袅如一笔东坡墨柳。第二眼，陆青才认出是崔旋。比几年前高挑了许多，却也越发瘦细，那双细长眼带着深冷倦意，望过来时，目光似有如无。她嘴角微启，强带出一丝笑，懒懒问了声"陆先生"，随即走到那黑瓷花瓶前，去瞧那牡丹，口中淡淡问："妈妈说，陆先生有话要问我？"

"我是来打问唱奴李师师。"

"她？"崔旋冷冷笑了下，"陆先生问她什么？"

"她与我一位故友近日在一处——"

"哦？她已经失踪了三个多月，又活回来了？"

"我那故友名叫王伦，不知——"

"我不认得。"崔旋伸手摘下一朵牡丹，片片揪下花瓣，不住往地上丢。嘴角笑着，目光却射出一阵冷意，"人都说我和李师师好，陆先生难道也没猜出，我恨谁，才会跟谁好？"

陆青心里一沉，却不好说什么，便抬手一揖："多谢崔小姐，叨扰了。"

他刚要转身，崔旋却忽然唤道："陆先生，你当年相看我时，从我心里瞧见了什么？"

"恨。"

崔旋先一愣，随即笑起来，但旋即眼中竟浸出泪来："这恨仍在吗？"

"已化入骨血。"

"无救了？"

"有。"

"怎么救？"

"灯尽莫怨夜云深，梅开试寻当年月。"

崔旋低下头，望着手中那半残牡丹，静默半晌，才轻声说："多谢陆先生。你去寻琴奴吧，她和李师师是真亲真好。你拿这根簪子去，她便不会拒你——"

第六章　旧事

无滋蔓，无留滞。

——宋太宗·赵光义

一、邸报

赵不尤来寻武翘，是为了一个疑窦。

龙柳茶坊的李泰和写密信，胁迫武家兄弟去梅船杀紫衣客、割耳夺珠，武翘转而利用春惜，逼康游代劳，并改了密信消息。康游所上的是假梅船，船上并非真紫衣客，而是章美。这假船消息，武翘是从何得来？

今早耿唯离奇死在那客船上，赵不尤才猛然想起，难道武翘和耿唯合谋？耿唯丧命，武翘恐怕也有危险。

赵不尤赁了匹马，尽快赶到了小横桥武家，到门前时，听到屋中传来哭声，赵不尤心里一沉：仍然晚了。

他见门外有个男子，似乎见过，却不认得。那男子身穿绿锦官袍，三十左右，生了一双细弯眼，淡淡髭须，一脸和气望向他。赵不尤顾不得问讯，马都没拴，径直进了武家。

堂屋中并没有人，哭声是从后面左边那间卧房传来的。他走进那卧房，里头有些暗，屋中有三人，一个清瘦盛年男子，跪伏在床边，正在号啕。两个妇人立在床边，也在抽泣。应是武翘的长兄武翔和两个嫂嫂。再看那床上，更加幽暗，赵不尤走近了才看清：一只木箱，打开着。一个男子趴在箱边，头斜埋在箱中，身体已经僵硬，姿势有些怪异。看身形年轻，穿着太学白布襕衫，自然是武翘。

赵不尤忙走到床边，轻声唤武翔。武翔却似没有听见，趴在幼弟身上不住号啕摇撼。赵不尤怕他搅乱了凶案痕迹，忙过去强扶起武翔，武翔的老妻也忍住哭，扶住另一边，将武翔扶到了他们卧房中。

赵不尤回到头间卧房，仔细查看床上：武翘趴伏在那里，虽只见侧脸，却仍能辨出面色青黑，与耿唯死状相似。

再看那只箱子，并不大，二尺多长，一尺高宽。漆色暗红幽亮，四角镶贴铜边。箱子里头是些古旧纸册，占了一小半。箱子外还散落了许多，看来是从箱子中取出的。箱子边一只瓷碟里搁了一盏铜油灯，油已经烧尽。

赵不尤顿时想起冰库老吏，忙拿起一册纸卷来看，是一份旧邸报，看日期，是政和元年，距今已十一年。赵不尤又拿起几册，皆是那两三年间的旧邸报。他忙将箱子里的邸报一叠叠取了出来，取到最后，底下现出一只铜铃。和冰库老吏箱中那只一模一样。原本一只寻常铜铃，这时却映出一道暗光，幽寒慑人。

赵不尤见那个年轻妇人仍站在旁边，便转头问："你是武翘二嫂？"

"是。"

"这箱子和邸报可是你家之物？"

"不是。三弟昨晚才拿回来的。"

"他是从何处得来？"

"他没有说。我们也没有问。那些惨事之后，家里头四个人都失了魂，没了言语。尤其三弟，心事坠得更重。昨晚，他忽然提着这箱子回来，径直进了自家卧房，关起了门。我问他吃不吃饭，他也不应声。只听见打火点灯，门缝里亮起了灯光，一直亮到深夜，不知他是多早晚睡的。今早起来，我唤他吃饭，唤了许多声，又用力敲门，他都不应声。我忙唤了大哥大嫂来，一起撞开了门，进来却见他已是……"柳氏眼里又滚下泪来。

赵不尤过去看那门闩，一侧木关果然被撞坏。这卧房只有一扇窗，他走到窗边上下细看，窗纸完好，并无破洞裂口，和冰库老吏的宿房情形相同。

这时，屋中响起脚步声，赵不尤转头一看，是将才门外那个绿锦官服的男子。他小心走进门，朝床上望去，没瞧清楚，又走近两步，随即，身子猛地一颤，发出一声惊呼，惊呆在那里。

半晌，他才转过身，望向赵不尤，眼中竟滴下泪来。他忙用手揩去，却随即又涌了出来，他连连揩拭，长舒几口气，才稍微缓和，微颤着声问道："赵将军，在下是太学学正秦桧。武翘这是……"

"在下也才开始查。秦学正，武翘这几日可有什么异样？"

"上个月起，他便失魂落魄，全然不似往常。外舍两千太学生中，他最勤恪，故而我对他最为看重，他亦不负所望。他和章美相似，长于策论，经史根基却略有些虚薄。我提醒他要立根本，渊深流始长。他听了，顿改旧习，立即罢手，停写时文，转而潜心苦研经典。仅一部《春秋》，汉唐以来诸家传注，他尽都穷究细考、遍读深研，太学中恐怕没有第二人能胜得过他。可惜自上个月，他心性大变，丧了魂魄一般。言谈应对，全没了张致。我问过他，他却支吾遮掩，并不明说。前天，他竟不见了踪影，我放不下心，才赶来这里寻他，谁知……"

"太学中，他与何人交往最密？"

"如今太学学风浮薄，尽都只见利禄、务求奔竞，朋友之道也演作功名之党，唯知虚名互煽、浮华相尚——"秦桧声音陡然增高，语气有些痛愤。

赵不尤曾听友人谈及秦桧，说此人学问文章，皆是一等，性情随和，城府却深。不过，于学正之职，却极尽心。三千多太学生姓名，他全都记得。各人德才优劣，也能说出大半。他此时痛愤，应是发之于衷。对武翘之爱惜，也是出自于诚。

秦桧发觉自己有些失态，略顿了顿，才继续言道："武翘一心向学，因而自远于众人，静心澄虑，自求其志。于外舍中，他只与一个叫陈东的太学生过往甚密。陈东也是孤介不群、不愿合俗之人。前几日，我曾寻过陈东，陈东也发觉武翘有些异样，问过两回，武翘不但不愿吐露，反倒避开。因而，陈东也并不知其中原委。"

赵不尤听了，心下有些黯闷，不由得又望向箱中那只铜铃。冰库老吏、耿唯、武翘，三人之死，全都与铜铃、木箱有关。不知这铜铃有何缘由，木箱又藏了什么隐秘。眼下最紧要的线头是武翘这箱子的来路。但武翘这般孤往孤来，便极难查问这箱子得自何人……

门外忽然传来响动，赵不尤出去一看，是几个邻居，被哭声引来，纷纷进来探视。赵不尤忙高声说："此处发生凶案，官府尚未查验，诸位暂莫进来。这位兄弟，能否请你前去报知坊正。"

那人答应一声，转身跑走了。赵不尤又请秦桧代为看守此地，莫要让人搅乱了。秦桧痛快答应，赵不尤道声谢，忙出门转向右边。

他是去隔壁彭家打问彭影儿。既然与梅船相关的三人均遭灭口，清明正午在汴河上演影戏的彭影儿恐怕也难逃此运……

二、矾商

冯赛没有再去烂柯寺，他住在了岳父家。

由于至今没买到矾，染不得绢，邱迁又在狱中，岳父家的那几个染工没人管顾，全都出去闲耍。京城其他染坊自然也仍大多缺矾。冯赛心中虽在时刻担忧周长清、崔豪那边，却不能去那边探看。他想，猪鱼炭三行之乱已经平息，只剩矾行。这桩麻烦也是李弃东所造，得及早料理清楚。于是他骑马赶往了矾行。

矾行行所在景灵宫南门大街，才到街口，便见许多人围在那行所门前嚷乱。近前一看，是染行的人在与矾行争闹。自然是矾行趁缺货，急涨了价。矾虽然要紧，矾行却只是小小一行，行内大小商人不过几十人，行所也只有一间窄窄铺屋。染行却是大行，围了数百人在那里，将矾行的人逼在那间铺屋中，个个愤恼，眼瞧着便要动手脚。

冯赛忙将马系在附近街边的马桩上，快步走了过去。染行的人见到他，全都嚷了起来："冯赛来了！""矾行缺货便是他那小舅子造的祸！""冯赛！矾行破了行规，把矾价涨上了天，你说怎么办！""这是你生出来的事，你得赔填！"

冯赛一句都听不清，只听见自己的名字冰雹般砸向自己。而这之前，哪怕染行行首，也从不曾直呼他的名字。

　　冯赛来时已有预料，虽然那张张怒容和阵阵喝问声令他耳震心颤，但他仍沉住气，连声说着"对不住"，挤过人群，费力来到行所门前。染行行首站在最前头，正恼瞪着里头，他生得肥胖，涨红了脸，急喘着气，说不出话。而矾行行首则十分精瘦，坐在屋中方桌后一张椅子上，别过脸不肯朝外看，看似倨傲自恃，其实含着些慌怕。十来个矾行的人全都立在他周围，也是眼带慌意，强行自持。

　　冯赛走近染行行首，为抵住身后暴嚷声，提高声量唤道："刘行首！"

　　刘行首回头见是他，眼里顿时射出怨责："冯赛，这事你说该如何办？"

　　"刘行首，这般闹，闹不出个结果。能否请诸位行商略静一静，在下和两位行首单独商议？"

　　染行行首盯了他片刻，才抬起胖手，朝后挥了挥。半晌，染行那些人才渐渐静下来。

　　冯赛忙走进铺屋，对那矾行行首说："鲁行首，这般闹下去，恐怕不好收场。能否点杯茶，请刘行首进来坐下，好生商议？"

　　矾行行首略一迟疑，随即点了点头，吩咐身后一个吓白了脸的仆人："点茶！"

　　冯赛忙请染行行首进屋，屋中那些矾行的人也纷纷避开，让出了客椅。冯赛先请染行行首坐到左首，自己才坐到了右边。那仆人微抖着手，给他们各点了一杯茶。

　　冯赛沉了沉气，才带了些笑意说："两位行首，染、矾二行原本如船与桨一般，多年来和和气气，共生共存，如今为了一点小波折——"

　　"小波折？"染行行首顿时恼起来，"这叫小波折？他将矾价涨了三倍不止！便是梁山的宋江、清溪的方腊，也不敢这么横抢蛮夺！"

　　矾行行首听了，身子一倾，恼瞪过去，嘴皮动了几动，却没说出话来。

　　冯赛忙笑劝："刘行首，您莫动怒，先吃口茶。您也是京城大商，自然明白物稀则贵。但凡行商之人，见市面上货短少了，自然会涨价——"他见染行行首又要发作，忙断开话头，转头望向矾行行首："鲁行首，这一阵子京城矾货短缺，您涨价，原本无可厚非。但有两条：一来是价涨得过了，便失了公平互利之理；二来，这矾货短缺，只是一时之事。官府已发出急文，四处矾场已在往京城紧急输送，再过几天，便会陆续运到。到那时，矾价回去了，矾行与染行的多年情谊却已伤了，再想补救，恐怕不易。"

两人听了，都不再言语，各自垂眼思量。

冯赛啜了口茶，见二人怒气消了许多，这才和声继续："在下有个折中主意，不知两位行首可愿听一听？"

"你说。"两人一起望过来。

"矾行价可涨，但不超过五成。"

"五成？"两人又同声质疑。

"在下也知，五成这个数，难合两位行首之意。但货缺价该涨，情谊更须顾，因此才说出这个对半之数。等各地矾货陆续到来，再降回常价。两位行首各放开眼，让一步。生意之事，重在江河长流，两位都是长辈，这道理自然无须冯赛再多言。"

两人又各自垂眼思量半晌，染行行首先抬头发话："他若能答应守住五成这个限，我便叫染行的人都回去。"

"我答应。"

"好！一言为定！"冯赛忙说。

此事总算平息。冯赛又说了些缓转闲话，两人渐渐松活下来，露出些笑，彼此说了些寒酸带刺、相互打趣之语，冯赛见他们嫌恨释尽，这才起身告辞。出来后，他才长舒了一口气，急忙上马，赶回岳父家。家中只有一个老染工看门，说并没有人来报信。冯赛听了，重又担心起来。

直到天黑后，周长清才派窦六来，说那八十万贯钱袋陈三十二已经取出，果然有两个人跟踪他到那个宅院。并且已经有两个男子一伙，执意住进十千脚店后门边的一间房舍。

冯赛这才放了一半心。不知那两个男子是哪一方所派，若是谭力一方，恐怕正是截断矾货的樊泰，四人之中，樊泰露面最少。

那么，李弃东呢？他眼下藏在何处？

三、暗室

梁兴被火围困，正在急思对策，忽然听到隔壁一声惊叫，是梁红玉那使女，恐怕才从睡中惊醒，自然是要冲出门去。

梁兴忙摘下壁上挂的一把宝剑，疾步走到门边，要去救那使女。可刚打开门，火焰便扑面灼来。接着，一声锐响又疾射而至。他只得迅即将门关上。叮的一声，又一支短箭钉在了门板上。随即，隔壁传来吱呀开门声，接着一声惨叫，而后扑通一响，那个使女恐怕被短箭射中倒地。浓烟从门缝下涌入，呛得梁兴剧咳起来，眼睛也顿时熏出了泪。

"接着！"身后忽然传来梁红玉声音，一件物事随即飞向他。他伸手接住，是一件浸湿的绢衫。他忙用那湿衫捂住口鼻，见梁红玉也用一条湿衫蒙住半边脸，端着烛台，打开墙边一个大木橱，掀起一块贴了铜皮的底板，回头向他招手。

梁兴一愣，原来那底下藏了个暗室。他正要过去，却听见隔壁那使女在呻吟低哭。他忙朝梁红玉示意一眼，撂下长剑，将那条湿衫绑在口颈间，从门边衣架上抓过一件红锦褙子，重又打开门，将褙子抛了出去，趁势蹲下身子，疾速出去，俯身赶到隔壁，火光中见一个十四五岁绿衣少女躺在门边，胸口插着一支短箭。他伸臂挟住，照旧蹲身急行，将那使女拖了回去。烟焰间嗖嗖几声锐响，短箭不断射来。一支射中了他后背，一阵剧痛，他却顾不得，护住那使女抢进门中。梁红玉在一旁迅即关上了门。

房内浓烟弥漫，火焰已燃着窗纸，外头不远处传来几个妇人惊叫失火。他挟着那使女走到木橱边，梁红玉手里握着那柄长剑，让他先下。他抬腿钻了下去，底下是一道窄梯，勉强容一人通过，两边都是灰墙。恐怕是一楼巧用错觉遮掩，相隔二尺，砌了两堵墙，从相邻两间房中看，却都只有一堵。人更难想到通往地下暗室的入口竟设在二楼木橱里。

梯子太窄，梁兴将使女侧抱在怀前，一步步向下行去。梁红玉也随即钻了进来，将顶板盖死，举着烛台在上头照路。梯子极长，有一层半楼高，下到梯底，已是地下几尺深处了。眼前一条窄道，尽头是一扇铁门，挂着把铜锁。

梁红玉从他肩膀上递过一把钥匙，梁兴腾出一只手接过来打开了锁，里头是一间小小斗室，四面灰墙，只有一张小木床。梁兴走进去，将那使女轻放到床上。回头一看，梁红玉已关上了铁门，将罩口鼻的湿衫用剑割作几条，塞紧了门缝，而后端起地上的烛台，转身望向他，目光清寒，竟无丝毫惊慌。

他越加钦佩这个女子，竟有些不敢对视，便移开目光，环视这斗室，里头有些潮闷，便问："那人原本关在这里？"

梁红玉却不接话，只说："你们两个中的箭得拔出来。"说着走过来，将烛台递给梁兴，从腰间解下一个绢袋，打开袋口，里头是一把极小的匕首，几个瓷药瓶，一卷白纱。

"箭头有倒钩，得割开皮肉才取得出来。我只在一旁瞧过几回，并没取过。先取你的试手，没有麻药，你得忍痛——"

梁兴忙说："不怕。"

梁红玉点点头，抽出那把匕首，刀刃极尖薄锋利。她将刀尖伸向烛火，来回燎了燎，而后走到梁兴背后，割开了中箭处衣衫，轻声说："咬着牙。"梁兴忙点点头，随即后背一阵刺痛，刀尖割进了肉里，原本没咬的牙顿时咬紧。接着，又一阵钻心之痛，后背的箭被拔扯出去。他不由得闷哼了一声。梁红玉将那支带血的短箭塞进他手里，随后取出药瓶，给伤口敷了些药。

梁兴忙道了声谢，梁红玉却似没听见，走到床边，去看那使女，随即轻声说："她的已不必取了……"

梁兴一惊，忙将烛台凑近，见那使女面色蜡白，一动不动。他伸出手指去探，已没了鼻息。

梁红玉静望那使女半晌，轻声说："她也是官宦家女儿，原先是人服侍她，到这里，却服侍了我近半年。她样样都做不好，又好哭。为这哭，我责骂过她许多回。再苦再伤，眼泪万万不能叫旁人瞧见。人原本只欺你一分，见你哭，便会欺你三分。如今也好，她再不必忍泪了……"

梁兴见梁红玉眼中泪光一闪，忙低下头，又不忍再看那使女，便转过身，重又去环视这地下斗室，却无甚可看，只有四面墙，屋顶也不高，伸手便能摸到。

"外面这些人是你引来的？"梁红玉忽又开口。

梁兴在楼上便已想到此事，却不及细想。这时听到，越发惭愧，不知该如何作答，低头默然回想，离开任店后，自己一路走来，格外小心留意，并无人跟踪。但旋即想到，自己疏忽了一条，摩尼教在京城各处都有教众隐迹，或许是来红绣院途中被某个教徒看到。不过，摩尼教并非要杀紫衣人，而是要生擒。这等火烧绣楼，应该并非摩尼教所为。

"他们迟早也会寻到这里，我也在等他们——"梁红玉嘴角微笑，却眼露寒光。

"外面这些人恐怕不是摩尼教徒，清明那天，有个冷脸汉带人劫走了钟大眼的船……"

"我见了。那人什么来路？"

"暂不清楚。"

梁红玉眉尖微蹙，低头默想片刻，才又说："那紫衣人不是寻常之人。我将他关在这里，铁门一直锁着。第三天，他竟消失不见。过了两天，却又出现。又过了两天，又不见了影。这般来来回回几遭，七八天前，他又不见了，却再没回来——"

"哦？这里可有其他秘道？"

"我查过许多回，只有这四堵墙，连地蚣钻的缝儿都没见。"

梁兴见梁红玉眼含疑惑，更微有些惊惧，应该没有说谎，忙去细看了一圈，四面都是刷了灰的土墙，顶上、地下更只有碾光的厚土，的确连略大的缝都不见。

梁兴不由得疑惑起来，摩尼教向来喜用妖法惑人，他们耗这许多气力欲得紫衣人，难道此人真是某种妖异？

四、空院

张用瘸着腿走进那庄院后面小门。

院里寂无声息，只有几只鸟在空地上走跳啄食，他一进去，那些鸟立即惊飞而去。空地上间错种了几株桃杏梅李，枝叶正鲜茂。

对面是一道黄泥院墙，中间一扇月门紧闭，挂着一只铜锁。院内一座小楼，两边各露出一溜房舍的青瓦屋顶。这恐怕正是那沧州三英所言的后院。那月门门板下方贴了一块黑漆铁皮，他走近一瞧，那铁皮两侧有活页和插销，是扇小窗。面上没有丝毫锈迹，边沿处还闪着亮，是新装的。他拔开那插销，打开了小窗，不顾腿疼，半跪到地上，侧着头朝里望去。里头是楼后的一片空地，长满青草，中间一条青石小径。草间散落了一些饭渣，都已干凝。

他起身又回望院子，右边一口井，井边一块青石洗衣砧板。左边则有几间矮房，瞧着是厨房。

他先走向那厨房，却见墙角地上有两团毛茸茸黑色物事，走近一看，是两条黑狗，都已僵死，身上许多苍蝇在飞爬。他看那两条狗都微龇着牙，嘴角地上有些白沫，已经干透，应是中了毒。

他盯了片刻，转身走进那厨房，见满地枯腐菜叶，踩得稀烂。锅碗盆碟一概不见，只有一个空灶台，几只竹箩、竹筐。张用笑了笑，这里自然是被那沧州三英洗劫过，两条黑狗遭他们毒杀，后院那小门也是他们留的。他说了声"多谢"，转身出来，见那后院墙和外墙之间有一条青砖甬道，便向前头走去。

走了一小截，发觉墙脚上有一些污痕，他凑近一瞧，是血迹，已经发乌。其中还有四道指印，是人趴在地上，慌忙之间用血手抹出。墙面上还留下两道新痕，是人顺着墙溜下时脚尖蹬踩出的。张用盯了半晌，才继续前行。走了几步，又见到一片血污印，十分凌乱，胡乱涂抹的一般，墙面也有蹬踩溜下的痕迹，还沾了一小片银绣卷草纹蓝锦。再往前两三步，墙头上方又有蹬踩痕迹，只是其中一处脚印并非向下溜，而是向上蹬。

看来是三个人翻过墙头，前头两个跳了下来，却被那两只黑犬扑来撕咬。最后一个才要下来，见状，忙又爬了回去。

他细想片刻，继续前行。拐过前面院角，是一个开阔中庭，种了几株柏树、桂树，也极寂静，唯闻鸟鸣。那后院黑漆木门紧闭，挂了个大铜锁。十六巧住在这里头？他走过去，推开些门缝，朝里望去。里头是个宽阔四合庭院，中间一个大水池，堆叠假山，浮满新生莲叶，才青钱大小。左右各有六间房舍，南边中间则是那座小楼。房门全都关着，没有一丝声息。

张用朝里头高唤了一声，却只有空荡回声，倒惊得身后柏树上几只鸟扑啦啦飞走。

他转过身，走向前庭。前面是一整幢宽阔房舍，进去是一间后厅，桌椅都被搬走，四面粉墙上留下几块白印，原先自然挂了字画。两边两座博古架，架上器物也全都一空。张用看砖地上桌椅拖动痕迹，都是朝向后门。

后厅两侧各有三间卧房，他一间间进去瞧，里头也都只剩空床空柜。他见一个床脚边掉了一根细铜钩，便俯身捡了起来。出来穿过侧边过道，走到前厅。前厅十分宽大，却空空荡荡，只有中间摆着张乌漆大方桌。桌边和墙边砖地上有许多椅脚印，墙上也空留字画印。

前院大门前只有四行车辙印，两辆车，载不走这许多器物。这些自然也是那沧州三英趁着庄院无人，分了几夜搬走。

他见前头无甚可看，便瘸着腿，吹着哨，甩着那根铜钩，又回到中庭那后院门前，将铜钩扭直，头上弯了几弯，戳进那锁洞，捣弄了片时，便打开那锁，推开门，走了进去。

院中幽静得如一口井，他的瘸腿脚步声异常刺耳。那沧州三英说这里发生凶杀，前院大门又只走了两辆车，银器章和自家人乘一辆，另一辆最多盛纳六个人。不知十六巧全死了，还是剩了几个？他们又是被谁所杀？

张用先走到左边廊道，推开了第一扇门，先闻到一股馊臭味，进去一瞧，屋子中间摆了张圆桌，桌上一盏油灯，一个黑漆木食盒，盒里四只青瓷菜碗，都覆满发霉绿毛。桌边一只木凳倒在地上，旁边两根黑漆木箸，一只摔碎的白瓷饭碗，撒了许多米粒，也都发霉，并被人踩过，脚印粘黏，延续到门口。他走过去一瞧，桌子下头还有一摊呕吐秽物，已经干凝。看来饭菜里被人下了毒，吃饭之人倒地身亡后，被人抬走。

张用又环视屋中，屋子里陈设极简，靠里墙一张暗红雕花木床，床帐被褥都是中等罗绸，被子胡乱掀开在一边，睡过后并没有铺叠。床脚地上有只马桶，里头发出浓重臊臭味，自然没有提出去清倒。

靠窗这边，是一张暗红木桌，靠里整齐摆放文房四宝，物料工艺也都不俗，瞧着却没有动过。门后有一座黑漆衣架，上面挂了件褐色旧锦褙子。张用一见那褙子，立时知晓，这屋中住的是铜巧杜昇。

杜昇精于制作各般铜器，工艺超绝，举世无匹。十多年前，官家因见上古史传记载，圣王大禹曾铸造九鼎，以享圣神、镇九州。这九鼎关乎国运，遇圣则兴，遇衰则隐，相继迁于夏商周三朝。周朝衰落后，九鼎从此沦没不见。官家最好古礼古器，为彰显圣朝威严、国运隆盛，下旨重铸九鼎。这项铸造工程无比艰巨，仅青铜便耗费二十二万斤。总监此役的，便是杜昇。

九鼎铸成后，赏银之外，杜昇还得了一匹御赐官锦。他花重金请郑皇亲家的裁缝替自己裁制了这件锦褙子，只要外出办正事，只穿这件，一穿便是十多年，颜色已经灰淡，边缘也早已磨破。张用望着那旧褙子，不由得笑叹，杜昇终于不必再披这破锦片子了。

他转身出门，又去查看其他屋子。他虽已有预料，却也惊得连连咋舌——

五、琴奴

陆青来到凝云馆。

夜已深，凝云馆门前仍亮着盏灯笼。那灯笼形制特异，做成一支琵琶，红木为框，面绷白纱，槽、轴、柱、弦全都照真琴拟制。陆青尚未走近，便听到静巷高墙之中传来箜篌之音，如流水洗心、明月映怀，胸中顿时一片净亮。

他不由得驻足细听，却发觉，这琴声似专与人作对：才觉静如幽潭，却猛落下一阵急雨；方凉爽畅怀，又豁然天晴，虹贯长空；正心迷神醉，却鸡声破晓，大梦乍醒；仍在恍然，又身化为蝶，梦中套梦……陆青虽常年心静，仍被这琴声引勾得忽高忽低，跌宕不止。几番震荡之后，心已如海波摇漾，魂魄更是不知飞向何处。

魔音……他不由得低声评道。正在眩晕不已，那琴声却忽然收止，四下顿时寂静。一个女子的笑声忽然破空响起，那笑声，畅快中含着嘲戏，无忌里又隐透悲凉，与那琴声如出一辙。

陆青并未见过琴奴戚月影，但猜想这琴声及笑声，恐怕只能是她。琴奴通习几十样乐器，最精于箜篌，只用一架箜篌，便能弹出古琴、筝、阮、琵琶、月琴等十来样乐器之音，人称"一人成队，一琴成坊"。这凝云馆名也来自李贺箜篌诗中那句"空山凝云颓不流"。

陆青正要举步过去，忽见那门里亮出几盏灯笼，伴随一阵欢笑声，一群人走了出来。几个绸衣仆役牵着匹绣鞍黑马，护着一个锦衫盛年男子先出了门，两个绣衫婢女随侍一个靓妆女子出来相送。

那女子腰身如蛇，举止妖俏。粉润秀脸上，一双桃花眼，含媚带醉。笑声格外响亮，装束更是奇丽：梳了一对二尺高鬟，戴了一顶碧玉金花冠。香肩裸露，只披了件半透粉纱衫。艳红抹胸，织金孔雀罗长裙，臂挽一条水红长绫带。灯光映照之下，恍似佛寺壁画上逸出的飞天一般。

那盛年男子身形举止瞧着是个重臣，他走到马边，收起调笑，正襟抬手道过别，才端然上马离开。女子倚门伫望，等那一行人出了巷口，转过不见时，忽而喷出笑来，笑声惊得巷里的犬一起吠叫起来，她却笑得止不住。身边那两个侍女面面相觑，一起纳闷。

陆青等那女子终于笑罢，才走到近前，抬手一揖："请问小姐可是琴奴？在下姓陆名青。"

女子用绣帕抹去眼角笑出的泪水，望了过来，一眼之下，竟又扑地笑了起来。陆青只能静待她笑罢。

良久，那女子才止住，笑意却仍未褪去："抱歉，我不是笑你，只是见不得正经人。这天底下，明明寻不见几个真正经人，可偏偏人人都做出一副正经样儿。抱歉，抱歉，你似乎是个真正经人。你来这里不是听琴？"

陆青微微一笑，从袖中取出舞奴给他的那支银簪，递了过去："舞奴要在下交给你。在下有些事要向戚小姐讨问。"

戚月影接过那簪子，愣了一霎，忽然惊嚷起来："这簪子竟在她那里？"但旋即又笑起来，"这黑燕子，见不得我跟师师好，偷了我的簪子，赖给师师的婢女，想叫我和师师斗气。哈哈，叫她落了空，这几个月，她那张尖脸怕是恨成酸杏了——对了，你叫陆青？那个相绝陆青？陆先生，奴家这眼珠子被酒眯了亮光，献丑又失礼，还望陆先生莫要怪罪。"戚月影敛容深深道了个万福，"陆先生请里面说话。"

陆青又抬手一揖，随着戚月影走进院门，沿回廊绕过一片怪石花木水池，走进一间整丽前厅，分宾主坐下。

戚月影吩咐婢女上茶，这才问："不知陆先生要问什么？"

"唱奴与我一位故友，名叫王伦。"

"王伦？"戚月影一惊。

"戚小姐认得他？"

"不认得，不过奴家听说，去年棋奴那桩事，便是一个叫王伦的主使。事情没做成，白害了棋奴的性命。"

"戚小姐可知，前一向，王伦和唱奴在一处？"

"哦？他又去寻师师？这回他又要图谋什么？"

"这一向，戚小姐可曾见过唱奴？"

"没有。自从官家行幸后，我们便见得少了。去年十一月初三，师师生辰，姐妹们才去聚了一回，却又生出那等祸事，哪里再敢去？"

"唱奴失踪了三个多月，你也不知？"

"我只隐约听说师师似乎遇了事，叫妈妈去清音馆打问，李家妈妈却支支吾吾，不肯明说。她那里关涉到官家，也不好细问。陆先生若想打问这事，不如去寻宁惜惜和吴盐儿。"

"花奴和馔奴？"

"嗯。我们这些人里头，最狠的是花奴。去年师师生辰那事，杨戬虽觉察了蜡烛不对，却查不出踪迹来。那日除了我们姐妹，并没有外人，自然是有人告密，供出了棋奴。黑燕子性情虽怪，常和姐妹斗气，心却不坏，倒是常叫自家不快活，绝做不出这等事。唯有花奴宁惜惜，一心想把众人都踩下去，自家好占头魁，巴不得有这等机会。她最嫉恨的，自然是师师，必定时时盯着师师。陆先生能相人，从她那里恐怕能瞧出些痕迹。"

"馔奴呢？"

"汴京人都说，无盐不成席，这话说的是吴盐儿。吴盐儿每天出宅入府，交结最广、消息最灵透，她恐怕知晓师师的行踪。"

"多谢。"

"奴家一丝儿都没帮到陆先生，哪里受得起这谢字？倒是奴家有个疑问，要请教陆先生。"

"请说。"

"陆先生帮奴家相一相，奴家这命最终会结出个什么果儿来？"

"抱歉，在下只相人，不相命。"

"那奴家是个什么样的人？"

"寻遍天涯无栖处，孤鸿万里斗风寒。"

琴奴先是一怔，垂首回味半晌，才抬起脸，倦然一笑："可有解吗？"

陆青听到那琴声时，已在暗忖，却茫然无解。这时见琴奴满眼哀凉，心中越发黯然，低头沉思半晌，才轻声答道——

"从来人间少知音，莫因伤心负此琴。"

第七章　缭乱

中心苟有所怀即言之，既言即无事矣。

——宋太宗·赵光义

一、自家

彭影儿失声痛哭。

活了这四十来年，竟如此疲累，从没歇过一口气。

自小，他便听父亲反复教导："你是家中长子，彭家将来如何，全看你成不成得器。你成器，两个弟弟便成器。我彭家便能脱了霉胎，门楣生光。"

于是，他尽力让自己成器，读书读得成日眼发昏、腰发麻、脖颈僵得歪枯柳一般。不但自己用功，他还得管束弟弟。两个弟弟年纪小，不懂成器的要紧，时时贪耍坐不住。父亲若见了，便是一顿竹板。彭影儿瞧着心疼，也深知读书的苦，母亲过世又早，因而对两个弟弟舍不得过于严苛。

父亲在里巷里给几个学童教书，薪资微薄，家中极穷寒。一年沾不到几顿荤腥，因而腹中时常空寡。每到饭时，两个弟弟如狼似虎，嘴里刚填进一大口饭，手已夹起一大箸青菜或酱瓜，眼睛还得随时留意饭桶中的余量。彭影儿食量原本最大，却不忍跟弟弟们抢，因而常年只能吃个三四分饱。

就这般苦熬到二十五岁，他才发觉，无论自己如何勤苦，于读书一道，绝难成器。生作一段歪枯柳，哪里做得了顶梁柱？明白这个道理后，他眼前顿黑，再瞧父亲躺在病床上，仍嘶喘着叨念："彭家门庭，彭家门庭……"他再受不得，转身逃开，躲到房背后山坡上，趴在乱草丛中，狠命哭了一场。

父亲随即亡故，家中衣食便全都得靠他。他也断了成器的念，心中所想，唯有尽力谋银钱，好让两个弟弟成器。

然而，他于营生一道，更是一无所知。幸而勾栏瓦肆中那些说书唱曲的，时常得翻新话本曲词。那些人知道他读书多，便央他撰写。他读的那些书史，写策论文章时，总是滞涩难宣。撰这些话本曲词，竟极轻畅活泛。而且，润笔钱远多过父亲的束脩。

他家顿时宽活起来，不时能割几斤肥羊肉，炖一大锅烩菜，兄弟三个饱解一回饥馋。他也终于再不必忍口，顿顿也能让自家吃饱。

在勾栏瓦肆混得久了，他不时也替那些伎艺人顶顶场、救救急。他发觉，自己于此道竟不学自熟，加之腹藏诗书，说起史、讲起典、唱起曲词，比那些当行人更深醇有味。

勾栏中有个老影戏匠，唱作精绝，却无儿无女。又极严吝，从不外传自家绝技。彭影儿自幼受父亲严教，素来敬老尊长。他见这老影戏匠情性和自己父亲有些像，更多了些亲近之情，时常去帮顾。老影戏匠起初有些警惕，怕彭影儿意在学艺。过了一两年，渐渐见出彭影儿之诚，便转了心念，收彭影儿为徒，将一身本领倾数传授。

彭影儿无比感念，又想起父亲成器之盼，心想：读书上成不得器，便该在营生上成个器。

于是，他勤习苦练，一字一腔、一牵一掣，丝毫不肯轻忽。三年间，将老影戏匠的技艺全都学到身。那时，老影戏匠却得了重病，一命呜呼。临终前，他跟彭影儿说："这登州小地界，只能容身，难成大器。你去汴京，到那天下第一等技场争个名位。我一生最大之憾，便是没能在汴京立住脚跟，你一定替我赢回这口气。"

彭影儿原本没有这些志向，听了这嘱托，不敢违抗，便郑声应诺。他倾尽多年积蓄，卜买了一块墓地，将父母迁葬过去，将老影戏匠葬在父母墓旁，又守了一年孝，这才起身去汴京。

两个弟弟如他一般，终也未能在读书上成器，一个学说书，一个学医。两人听说他要去汴京，全都要跟，他也断然舍不得丢下他们。三人便一起来到汴京。那年，彭影儿已经三十五岁。

汴京果然是汴京，登州那两座小瓦肆与京中那些大瓦相比，只如猪栏牛圈。起头两年，彭影儿连城门都进不去，只能在城郊一些草市搭场卖艺。京城食住又贵，他们兄弟三人只赁了一间草屋，比起在登州时，反倒穷窘了许多。

幸而，他结识了一个老者，姓曹，曾是京城杂剧行名传一时的伎艺人，如今年事已长，只在瓦子里设场领班。那天，曹老儿去郊外闲逛，看到彭影儿演影戏，点头赞许，驻足不舍。等他演罢，便邀他去自己场中演。彭影儿惊喜过望，忙连声道谢。如此，他才终于进了汴京城门。

彭影儿不敢辜负曹老儿，每日卖力出演，渐渐赢得了些名头。银钱也来得多了些，敢在城内赁房住了。

曹老儿见他技艺精、品性诚，便将自己女儿许配给了彭影儿。那妇人曹氏已嫁过一回人，是再醮。彭影儿却哪里敢嫌这些，一见那妇人面皮细白、眉眼秀巧，便已魂魄一荡。再听曹老儿只要两套新衫裙、一副钗环，此外聘礼一概不要。他更是感激无比，连连躬身作揖，道谢不已。

三十七岁，彭影儿才终于得近妇人。那曹氏平日冷慊慊的，床笫间却别有一番风流意儿，让彭影儿神醉魂颠，对这妻子又迷又爱、又敬又畏。后来，他听到些风言，曹氏头婚时，由于跟其他男子有些不干净，才被休弃。彭影儿听了，虽不是滋味，但细心留意，发觉妻子如今并无不妥，渐渐放了心，反倒生出些庆幸。

最让他难处的，是两个弟弟。两人都未成家，每日说书、卖药的钱仅够自家饭食，绝无余力赁房自住。彭影儿顾惜惯了，也不忍让他们搬出去。曹氏却丝毫受不得这两个弟弟，吃饭嚼出声、走路脚步重，都要立即发作。彭影儿只得百般恳求，又偷偷将自己每日赚的钱私分些给两个弟弟，让他们交给曹氏，以补日用。曹氏看在钱面上，才强忍怒火，没有驱赶。只是，每日三兄弟回到家，都大气不敢出，处处小心伺候。

过了几年，彭影儿终于在汴京闯出名头，成了口技三绝之一。于影戏一行，更是独占头席。两个弟弟本事也长了些，已能搬出去独住。可毕竟家中热汤热水，诸事便宜，因此两人都不愿出去，彭影儿心下也舍不得。他每日心念只有卖力演戏，多赚些银钱给妻子，让妻子少着些气，多买些胭脂水粉、衣裳钗环。

今年清明前几天，有个人找见他，拿了一锭五十两的银铤，说请他去一只游船上演影戏。彭影儿常日去富贵之家演影戏，至多也不过三贯钱，因此又惊又疑。但想到妻子若见了这锭银铤，不知会多欢喜，再看那人，衣着精贵、神色倨傲、语气威严，只是左手生了六根指头。彭影儿不敢多瞧，更不敢多问，便应允了。

清明那天，他赶到汴河北岸，两个汉子带他上了一只游船。那船居然没有船底，只是个空壳子。两舷间搭了块板，两个汉子让他在板子上演男女欢聚。他又惊又怕，却不敢不从。演了近半个时辰，外头忽然喧闹惊呼起来。那两个汉子一直守在船尾，这时，各自拽住一根绳索，竟将船尾板吊起。随即一阵烟雾涌入，一只客船跟着钻了进来。

彭影儿惊得脚下一闪，跌进了水里。一个汉子跳上了那客船前板，另一个急步过来，看情势，是要来捉彭影儿。彭影儿慌惧之极，忙深吸一口气，钻进水里。好在当年两个弟弟贪耍，夏天常溜去门前大河里戏水，彭影儿为了追他们回来，也练就了一身好水性。他潜在水底，一气向西，游到上游汴河湾僻静处，这才爬上岸，拼力逃回家中。

下午，三弟彭针儿回来说汴河那里发生异事，客船消失，神仙降世，一只游船上还死了二十来个人。

彭影儿听了越发怕起来，他们赁的这房舍，神龛下头有个暗室，他忙躲到了下面。活了四十来年，每日忙碌不停，这时竟才终于得闲。却不知，这暗室竟是自己的墓室。

临死之前，他回想这些年的经历，忽然发觉：自己竟没有哪一天、哪顿饭是不顾父母、兄弟、师父、妻子这些身边之人，只尽兴为自己活、为自己吃……想到此处，他顿时怔住，不知为何，竟嘶声哭了起来。

二、闲汉

崔豪慢慢跟着那个闲汉。

陈三十二背着钱袋从烂柯寺出来后，崔豪迅即发觉先后有两个人神色不对，都望着陈三十二定住了眼。这两人崔豪都常见，一个是小厮麦小三，另一个是闲汉邓油儿。两人并非一路，却都一早便在这一带来回游逛，这时装作闲走，先后跟在陈三十二后面。由于两人都只顾盯陈三十二，彼此都未发觉对方。

崔豪怕自己看差眼，又在护龙桥头望了一阵，再没见其他可疑之人，这才远远跟着，走到虹桥一带。那两人果然跟着陈三十二上了桥，刘八则吃着包子，候在那里。崔豪走过他时，偷偷说了句："我跟邓油儿。"刘八继续吞着包子，喉咙里应了一声。

崔豪在桥上停住脚，装作看河景，远远瞅望。陈三十二慢慢下了桥，背上那只袋子瞧着不轻。八十万贯哪，崔豪不由得咽了口口水。

上回，从童贯那后园里得了手后，他们三人忍不住又去浪子宰相李邦彦城郊的一座大宅院里蹚了一遭，盗回许多值钱物事。他们照旧只留了三成，其余的全散给了艰困力夫。有了这两回，崔豪心胸顿时大开，不但从此再不必担忧钱财，能劫富济贫，更让他觉着自己真正成了豪杰。

这回冯赛又来寻他相助，他原本想推拒，欠冯赛的那些情，已经足足地还了。但转念一想，豪杰帮人，该一帮到底。何况，自己还只是个穷力夫时，冯赛并没有低看自己。仅这一条，就该帮他。及至他们三人去周长清那里商议时，听到那袋子里竟是八十万贯，崔豪心里猛地一荡。

等商议完，回到那土房里，刘八先嚷起来："八十万贯，那是多少钱？一头牛十贯钱，八十万贯能买……八十万头！"

耿五忙说："八万头。"

"不说牛，说羊，一只肥羊不到一贯钱。八十万贯，能买……一百万只。全汴京这些人，一人能分一只！哥！哪怕照你说的，七成救济穷汉，咱们三个只留三成，每个人也能得……八万贯！哪怕每天吃一只羊，这辈子也吃不尽！"

耿五补道："何况这些钱是官府的……"

"对！"刘八从土炕上跳了起来，"官府的钱从哪里来的？还不是从百姓血汗里搜刮去的。"

崔豪听着，并不言语，但其实也已动了心：若是劫下这笔钱，施散给穷困，自己便能从豪杰变成大豪杰，大豪杰便能进到那些说书讲史人的口里，百年千年地传扬下去。只是……这里头似乎有些不对，至少对不住冯赛……但舍他一人，救助上万人，便是老天那里，也说得过。后世之人从说书人嘴里听到，恐怕也会赞同……

他犹豫半晌，始终定不下主意，便说："咱们先照跟冯相公商议的，尽力去做，边做边瞧，最后再作决断。"刘八和耿五最近越来越信服他，听了只得闭嘴。

崔豪在桥上一边回想，一边望着邓油儿和麦小三一前一后，跟随陈三十二在汴河北岸绕了一圈，又回到虹桥这边。他忙断了思虑，先下了桥，走到十千脚店门前。那个伙计窦六一直在门口候着，崔豪暗使了个眼色，偷偷伸出两根指头。窦六会意，转身走进后院，给周长清报信去了。

崔豪继续在那店门前望着，见麦小三和邓油儿先后跟着陈三十二下了虹桥，陈三十二拐进后街，进到那院子里后，麦小三只在街口瞅了半晌，随后转身又走向虹桥。刘八已转到桥头茶摊下，望了崔豪一眼，便去跟着麦小三上了桥。崔豪便和街对角靠墙坐着的耿五一起盯着邓油儿。邓油儿慢慢跟进了那条后街，又懒洋洋走了出来，在街口蹲了一阵，又换到街边那棵榆树下靠着坐了半晌，眼睛却始终留意着那院门。他似乎等乏了，险些睡过去，忙揉了揉眼，起身又走进那条后街，闲转了半晌，这才出来。

这时日头高照，天暖烘烘起来。邓油儿懒洋洋朝崔豪这边走来，崔豪装作不见，低下眼，等邓油儿走过，他才慢慢跟了上去。邓油儿趿着那双破鞋，扑哧扑哧，望护龙桥慢沓沓行去。走过桥头边那个饼摊，他在桥上停住了脚步，斜靠着桥栏，半眯着眼望桥上来往的人，不住伸手捂住嘴打哈欠。

崔豪每常见邓油儿，总是这样一副懒样儿。他想，邓油儿在这里停住脚，恐怕是在等人。那桥栏上常有人扒在两边看河景，他便也慢慢逛过去，走到隔邓油儿两个人的地方，也扒在桥栏上，装作四处张望，留意着邓油儿，看他要会何人。

谁知只过了一会儿，邓油儿竟离开桥栏，沿着河岸往南走去。崔豪只得又跟上去。河岸边行人少，幸而有两个赶驴人也走这河边，他便走在那驴子后边，装作一伙人，小心跟着。邓油儿走得慢沓沓，两个赶驴人很快便超过了他，崔豪身后再无行人，便也加快脚步，继续跟着两个赶驴人，又装作问路，跟两人攀话。指东打西地扯些话头，隔一会儿借机朝后窥望邓油儿。邓油儿始终慢沓沓独自走在后头，落得越来越远。崔豪正在犯难，见前头出现一条横路，路口有个小茶肆。他忙舍了那两个赶驴人，走到那茶棚下，要了一碗煎茶、一碟麦糕，坐下来边歇息边等邓油儿。

过了半晌，邓油儿才慢慢走过来，竟也走进这茶肆，问店家有没有酒肉，店家说酒还剩半坛，肉只有几斤肚肺。邓油儿便让切二斤肚肺，半坛酒全都要，说着解下腰间那个破袋子。崔豪偷眼一瞧，邓油儿竟从袋子里头摸出了三块碎银，选出最小的一块，让店家去称剪。店家切完肚肺，忙在围裙上擦净油手，接过银子，拿到秤上一称，有一两三钱，值两贯六百文。而连酒带肚肺，勉强二百文。店家犯起难来，说这不好剪。邓油儿歪皱起扁鼻子说："放胆剪就是了，又不是剪你的老鸟。少了，下回赔补你。多了，便存着，再来打酒吃。"店主忙小心剪下一块，有四钱多，正要开口算细账，邓油儿却说："你记着便是了，俺哪有闲卵听你鸟算。"说着提起酒坛，抓起那包肚肺便朝横街里头走去。店主望着他小声嘀咕："往常讨茶吃时，虚得瘦蚊一般，今日陡然肥壮起来。"

崔豪在一旁听着，心想，邓油儿常日只在汴河边替人搬抬货物，人又得了懒痨一般，每日能吃半饱都不易。这银子自然是盯看那八十万贯的酬劳。他忙问："他住在这横街里？""可不是？在张员外家院墙边赁了半间草棚子。"

崔豪等邓油儿走远，这才起身跟了上去。邓油儿进到那横街，行了半段，向左折进一条小巷。等崔豪走过去时，已不见了人影。崔豪忙加快脚步，一直走到巷底，一扭头，猛然见旁边一座宅院墙边果然有座草棚子。他没敢停步，仍继续往前走，鼻中闻到一股酒味，眼角余光透过那扇破木板门缝儿，瞅见邓油儿斜靠在草炕边，正抓着肚条往嘴里送，走了几步远，仍能听见嘴皮子拌响的吧唧声。

崔豪留意到，那棚子里并没有其他人。邓油儿既然探到那钱袋的下落，为何不去报信？

再往前走，便是大片田地。崔豪怕邓油儿瞧见起疑，便一直穿过田埂，折向西边，行到一棵大柳树边，才停住脚步，躲在树后远远窥望邓油儿那草棚子。那周围始终没有人影。不论邓油儿是哪一方所使，恐怕都不会来这里与他相会，让人瞧见自然起疑。而且，邓油儿那大吃酒肉的样儿，也不似在等人，倒像是做完了活儿犒劳自己一般。

难道他在途中已经把信传出去了？但我一路都盯着，除了将才在那茶肆买酒肉，他并没和任何人说过话，连脚步都没停过……不对！他在护龙桥边停过！

崔豪顿时狠拍了一掌那柳树：邓油儿是在护龙桥头传的信！那桥头边是个饼摊，离他只有两三步远。邓油儿在那桥栏边用手挡着嘴打哈欠，其实是在给那饼摊摊主传信。那摊主名叫马大郎，每日在那里摆摊，扭头便能瞧见烂柯寺，若要盯望，再没有比他更便宜的。不只盯望，传信也极便利。他从邓油儿那里得了信，只须在饼摊上摆个约好的记号，雇使他的人便可装作买饼，过去问到消息。

崔豪恨得想冲进那草棚子，将邓油儿痛打一顿，从他口中问出主使之人。可旋即想到冯赛叮嘱，切不能惊动这些人。他只有强压住怒火，愤愤穿过田野，往虹桥那里走去。

三、主意

绣楼被烧，梁红玉甚觉解恨。

刚来这里时，崔妈妈不住向她夸耀这楼造得如何精、如何妙，于她而言，这只是染污积垢的铁笼子。听着顶上不住传来火烧噼啪声和梁柱倒塌声，她心里一阵阵快意。其间更混着叫嚷声、奔跑声，恐怕是院里的人赶来救火。

梁红玉转头看了一眼梁兴，梁兴坐在墙边，也在侧耳听上头动静。梁红玉不由得暗自打量，梁兴之前陪楚澜来过红绣院一回，她早已听闻梁兴武艺精强，名号斗绝，不由得格外留意。当时座中其他男人目光如同油手，不住在她身上扫抹，梁兴却始终低着头吃闷酒，只偶尔抬头看一眼，也只如看某个鲜亮路人。梁红玉当时暗猜，梁兴一定心有所钟，但那女子恐怕另属了他人。后来，她才得知那女子竟是对面剑舞坊的邓红玉，已经病故。仅这一条，梁红玉便对梁兴多了几分赞许。

清明那天，她扮作紫癜女去劫紫衣人，又见到梁兴。没想到梁兴也卷入那场暗争，并一举揭开摩尼教阴谋。梁红玉自小眼高，最见不得男子庸懦，但眼中所见，大多都既庸且懦，少数有才干雄心者，却又难免骄狂自负。梁兴身上却看不到这些劣气。将才，他又犯险去救那使女。梁红玉极少称许人为英雄，这时却觉得梁兴当得起"英雄"二字。

只是，她看梁兴神色间，隐隐透出些灰冷之意。她想，除去邓红玉，梁兴恐怕还遭遇过其他重大变故。就如自己，被送到这红绣院，心也顿时灰冷。胸中所余，唯有一点不甘。不甘屈服，不甘自弃，不甘让这周遭泥垢染污了自己。

她偷眼细看梁兴，忽而觉得，这个男子心性似乎停在了十五六岁。虽然身形魁梧，坐在那里，却如同一个孤愤少年，丝毫不见成年世故之气。他所遭变故恐怕正发生于那时，或许也是蒙受冤屈，痛失至亲。否则，神色间不会既愤又伤，厌世之余，却能不失赤心。

如同一件珍物，自己失手打碎，虽惋惜自责，却并不留伤；被人恶意打碎，伤便一直留在那里。一些人因这伤冷了心，被恨毒害，变得比恶人更狠。而另一些人，怨恨之余，却有一片珍念恒存于伤口之下。面上虽硬冷，心却温软。见不得善被欺，容不得恶欺人。公道之心，便生于蒙受不公之后、这仍存的不忍。只是，尝过不公之痛，才能明白何为公道，这公道真是公道吗？

梁红玉想不明白，却深知其间之痛。她望着梁兴，忽生怜意。自己年纪虽远比梁兴小，却涌出一阵姐姐疼惜弟弟之情。

她怕梁兴察觉，忙转过头，小心打开铁门，轻步走出去，慢慢踏上梯子，将耳朵贴在墙上，细听外头动静。身后一阵轻响，梁兴也跟了出来。

外头人声嘈杂，其间有个妇人声音极尖厉，是院里崔妈妈："红玉呢？你们快去寻啊！这几个男人哪里来的？为何会死在楼里，身上还中了箭？都莫乱动！等官府来查！"

梁红玉听了一愣，随即明白：死在楼里这几个男人恐怕是摩尼教徒，这些人并非梁兴引来，而是楚澜。

楚澜不愿受制于方肥，诈死逃离，和妻子一起躲到了红绣院。他得知梁兴拆穿自己假死，便立即转往他处。他自然不甘心如此轻易让出京城摩尼教统领之权，诈死之前，便已将钱财偷挪了许多，有钱财，便可招募帮手。今夜自然是他设法传信，将摩尼教徒引到这里，浇油烧楼。又派弓弩手埋伏，想一举歼灭。只是没想到，连我都要除灭。

当初，楚澜寻到她，邀她一同对付方肥诸人，她不假思索，立即答应。如今看来，正如梁兴所言，楚澜只是穷极之下，假我之手，并无丝毫盟友之情。不过，她旋即笑了笑，我又何尝视他为友？

幸而这楼中暗室，连崔妈妈都不知晓。这楼是作绝张用所造，那天他来院里讨铜，见我舞剑，瞧得欢喜，才偷偷告诉了我。更庆幸的是，劫获紫衣人后，自己也留了心，避开所有人，趁夜将紫衣人偷偷关押到这暗室，只跟楚澜说，囚在外头隐秘之处。楚澜也并不知晓这暗室，他面上不说，却暗中差人去追查紫衣人藏身处，杨九欠便是因此送了命。为求己志，楚澜不惜杀害任何人。接下来，恐怕也不会轻易罢休。

念及此，她轻步下楼，悄声示意梁兴一起回到暗室中："放火射箭的是楚澜。这里不能久留，后半夜我们悄悄离开。眼下有三路人，都不会放过我们，你可有好主意？"

梁兴默想片刻，低声说："这三路人都在寻紫衣人，我们可以借此设局——"

"可紫衣人不知在哪里。"

"我们不知，他们更不知。而且，他们并不知我们不知。"

"做假戏给他们看？"

"嗯，只要我现身，他们定会跟踪。"

"你拿自己作饵？"

梁兴笑着点点头。

"好。双手才好舞枪，添我一个。"

"你莫要露面，只在暗中策应。"

"比剑，我未必输给你。"

"仅凭我们两个，剑法再高，也敌不过这三路人。我有个主意——"

"哦？快说！"

梁兴说出了自己的计策，梁红玉听后大为赞叹："好计策！不过只有你一个人耍刀，未必舞弄得开。好比一只手点三把火，与其你一处一处费力敲火石，不如我拿根发烛去点，更轻巧——"

她说出自家主张，梁兴听了，有些犹豫。但她除了对付那三路人，心中更有一桩耻恨难消，便坚执己意。梁兴拗不过她，只得点头应允。

等到后半夜，蜡烛早已燃尽，外头也再无动静。梁红玉悄悄出去，从梯板下摸出一个包袱，里头是一把短剑、一盒金银、一套扮紫癜女所穿衫裤和一些备用之物。她先摸黑换上那套布衫布鞋，而后取出两锭十两的银铤塞到梁兴手里，梁兴发觉是银子，不肯接。她低声说："你只有那点军俸，眼下要办正事，少不得钱。你我都姓梁，又一同克敌，姊弟一般，还分彼此？"梁兴听到"姊弟"，不由得笑了一下，却没争辩，也不好再拒，只得收了起来。

梁红玉背好包袱，爬到梯顶，轻轻推开了木橱底板。幸而这底板包了一层铜皮，未被烧穿。

梁红玉探头一瞧，微弱月光下，哪里还有绣楼。四面只见残墙断壁，木橱也烧得只剩个焦架子。幸而楼后那株大槐树未被烧到，他们便踩着楼板，纵身跳过去，攀住树枝，溜到地上，分头翻墙出去，先后离开了红绣院。

四、凶杀

张用将那后院细细察看了一遭。

楼上两间卧房，有两个女子新近住过。底下共有二十二间房，十五间住过人。其中，八间留有物件或痕迹，可辨认出屋主身份：朱克柔自家调制的那香气；楼巧李度所画艮岳楼阁草图；食巧庞周时常随身携带的一双银箸；车巧韩车子专爱往屋角吐的痰；墨巧褚返在纸上试墨所写的几个"墨"字；瓷巧韦莘在碗盏下盖的"丙"印；雕巧林鬼手的木雕小鱼；银巧方德田脾胃虚寒，每日必吃几颗缩砂，地上丢了些壳儿……

看来，天工十六巧果真都住在这后院里。另有一个女子，不知是什么人。

而且，这里的确发生过凶杀，不是一场，而是一串——

还有三间房中留下中毒呕吐痕迹，连同铜巧杜昇，共有四人被毒死。

一间房中床边遗落一根衣带，带子曾被紧勒过；床底还有一只鞋子，屋主恐怕是被人勒死，那只鞋子是挣扎时踢落。

一间房中桌椅被推翻，被褥极凌乱，一根桩柱被撞歪，床帐被扯落一截，上有抓扯痕迹，还留了几丝血迹。有人用被子将屋主闷死。挣扎时，死者抓破凶徒手脸，又去抓扯床帐……被子里遗落一只木雕小鱼。

两间房床上有血迹，有人潜入房中刺杀。

一间房中桌椅翻倒，碗盏碎了一地，地上床边皆有血迹，有人曾在屋中斗杀。

小楼楼梯边墙面溅有血迹，扶手上有重击痕迹，有人曾在这里厮斗。

水池角上荷叶凌乱残破，池边青苔有指甲刮抓痕迹，还落了半根指甲，有人被按在水中溺死。

后门边草丛里有块大石头，石头上留有一团血迹，血迹中粘有两根白头发，有人被砸中头颅。

再加上墙外被狗撕咬的两个，十六巧恐怕无一幸免……

张用将这院子全部查看罢，夕阳已经西落。院中没了日光，阴气顿时升起。周遭无比寂静，连鸟声也已歇止。他站在楼前，望着一池幽碎莲叶，两侧空寂房舍，院门外那空阔中庭，后背一阵阵发寒。他想笑，却喉咙干涩，笑不出来。

凶手是什么人？银器章？不会。

银器章花了那许多工夫，才将十六巧诱藏到这里，何必又下这毒手？就算他察觉行踪泄露，不得不杀人灭口，只须派几个凶徒杀进来，或在饭食里下毒，何必费力用这许多花样去杀？为毁尸灭迹，他也该一把火将这院子烧了。可如今，一具尸首都不见，这后院不但没烧，反倒前后门上了锁。何必多此一举？

他有些乏，又渴饿起来。想起旁边一间房里还剩有大半瓶酒，便进去拿了出来，坐到小楼前的台阶上，从怀里取出昨夜吃剩的半块干饼。先喝了一口酒，酒已经酸了，他却浑不介意，边啃饼，边吃酒，边细想银器章锁这后院门的缘由。

上锁，一是怕外人进去。可他已经弃了这整座庄院，恐怕也不敢再回来，上把锁哪里防得住外人进入？人看到空院上锁，反倒好奇生疑。二是怕里头人出来，但这后院空无一人，更加不必。

张用想了一阵，忽然笑起来，银器章既不是怕外人进去，也不是怕里头人出来，只单单缘于怕。

让他怕的，是这院里发生之事——他没有料到竟会发生这场凶杀，且如此惨烈。即便尸首已被抬走，这院子仍叫他惊悸不已。匆忙逃走之前，特意将这后院锁上，似是要关住厉鬼阴魂一般。正如人见箱子里有可怕之物，不由自主便会立即将箱盖扣上。

那么，院中这场凶杀究竟因何而起？凶手又是谁？

凶手并非外人，而是这院中之人。

凶手也并非一人，而是多个人。

银器章从秘阁盗得守令图，又巧借工部之名，召集十六巧绘制天下工艺地图。完成之后，他杀死工部那个宣主簿，以窃国之罪恐吓十六巧，用飞楼之计，让他们遁形隐迹。只是，要携走这么多人，一路必定难躲官府追缉。因此，他并没有立即远逃，而是先让十六巧藏身在这僻静庄院里，等待风声消停后，再设法带走。

十六巧初来这里时，院门应该并没有上锁，他们尚能在庄院里走动。可十六巧尽都是聪极之人，他们虽被银器章一时瞒骗过，来这里后，静心细想，自然会起疑。一旦生疑，便不愿再被银器章拘困，定会暗中商议一同逃走。银器章何等警觉，哪能轻易叫他们离开？便将十六巧锁在这后院中，后门开了那道铁皮小窗，自然是用来递送饭食。那铁皮小窗边沿处崭新闪亮，装好不超过十天。

十六巧由此变作囚犯，恐怕才真正识破银器章真面目。但凶杀也由此而起。

十六巧个个都是当世名匠，行当又彼此不同，平日虽无仇隙，却大多并不亲熟。若在顺境之中，倒也能相安无事。但一同被囚于这小院之中，彼此心意势必难于一致。

有人抗争，有人屈从，有人想逃，有人观望，有人犹疑，有人愿相机行事。十六人至少能分作六派。

最先恐怕是有人想逃，但能翻墙逃走的，必定是青壮年。十六人中，青壮年有六个，楼巧李度、绣巧朱克柔、医巧赵金镞、笔巧罗砺、砚巧毛重威、玉巧裴虾须。其中，李度性子沉静，朱克柔娇女子，皆非翻墙逃走之人。赵金镞去过边关、经过战阵，性子直硬，宁愿抗争而死，应不会自顾自逃走。翻墙三人恐怕是笔巧、砚巧和玉巧。其中笔巧和玉巧身高体健，先翻过墙头的应是这两人，却被那两条黑狗撕咬。玉巧常爱穿银绣蓝锦褙子，外头墙上血污中粘的那片蓝锦应该是从他褙子上撕扯下来的。第三个砚巧体格稍弱，刚翻过墙头，见状又慌忙逃了回去。笔巧和玉巧即便不被恶犬咬死，也必定会被银器章捉住。为恐吓其余十四人，银器章恐怕不会让两人活命。

院里十四人见到笔巧和玉巧下场，自然生出恐惧。人一旦心生恐惧，私心、猜疑、敌视、叛变、仇恨、决裂便随之纷起。

最先生出的便是猜疑。众人先前密谋逃走，是谁透露给了银器章？而且以银器章的智谋，的确会设法在十六人中寻到一两个诚心归顺之人。

从十六人房中所留迹象来看，只有四人似乎安然无事。

首先是朱克柔，她楼上那间房极整洁，被褥上连一道皱痕都不见。桌上一只花瓶内插了三枝蒲公英花，一沓纸上绘了许多花鸟虫鱼图，笔致娴静。

其次，是楼下左侧李度房内，桌上留有许多艮岳楼阁草图，看墨线，极细稳，唯有最上面一页，只绘了一角楼檐，最后一笔有些匆促。

第三个是瓷巧韦莘，他随身常带四枚小印，分别是甲乙丙丁四字，每用过一样瓷器，他都忍不住品鉴，并在底下偷盖上相应鉴印。因在这院中，他仍积习不改。

第四个是墨巧褚返，但凡见了墨，他都要纸上试墨，并只写"墨"字。他在房中所写墨字，笔画也看不出焦躁惊慌。

四人之中，朱克柔和李度自然不会被银器章蛊惑收服，至于瓷巧和墨巧，谁会是奸细？

张用想了许久都难以确证。他晃晃头，笑了起来：我猜不出，那十四巧自然也难猜。正由于难猜，疑心才更重，杀戮便由此而始……

五、花奴

陆青清早便赶往西水门外。

十二奴中，唯有花奴宁惜惜住在城外。宁惜惜精于花艺，随意一朵花、几根枝，甚而一把草，经她插瓶，顿生新意，或雅静，或清妙，或妖丽，或高华……种种意态，层出不穷。文臣士子们都赞她"千朵妙句，一瓶唐诗"。

她那院子临水而建，绿柳荫蔽，青砖砌墙，十分幽静。陆青走到那黑漆院门前，见门边立着一段柏树枯桩，一人多高，形如宽袍狂客。中间削平，雕了三个字"撷芳居"，笔致雍雅俊逸，是当朝太师蔡京所撰。

陆青见那院门紧闭，便上前捉环轻叩，半晌，一个仆妇开了门，打量过后，脸现冷淡。陆青说明来意，那仆妇才面色稍缓，叫陆青稍待，关起门进去传话。半晌，又开了门，脸上带了笑，请陆青进去。

迎面一大片池塘，映着天光，异常清阔。中间一条木栈道，迂曲而行。水中莲叶青圆、菖蒲丛碧，沿岸兰叶清逸、蕙草含香。穿过池子，桥边斜生一株老梅，枝虬叶茂。地面青石铺就，两边错落种了些花木，花期虽过，却新叶鲜绿，满眼翠茂。

前头是一座青碧装精巧楼阁，陆青随着那仆妇走到厅前，一个锦衣妇人迎了出来，先打量了几眼，随即堆出笑来："哎呀呀！果真是陆先生！先前百请不到，今日却仙踪驾临！陆先生快快请进！坐上座！点茶！紫什么芽？这钥匙拿去，快去我房里，把那前日才得的寸金贡茶取来！"

妇人连口奉承了半晌，才说："惜惜才在梳妆，老身再去催催。"随即撩着裙子，攀着扶手，爬上楼去。半晌，连声催着一个年轻女子下了楼来。陆青抬眼一看，那宁惜惜体格丰润、身形曼妙。乌亮小髻，两旁插了几支银钗，中间一朵嫣红鲜牡丹。桃红抹胸，粉色牡丹纹轻罗衫，浅红缠枝纹罗裙。圆圆一张小脸，粉润可亲。五官也小巧，浅浅甜笑，灵秀人，宛如唐宫仕女风韵。她盈盈行至陆青面前，柔柔道了个万福。

陆青也忙起身回礼，从袋里取出一个朱漆食盒："这是琴奴托在下送给宁小姐的花糕。"

宁惜惜伸出白腴嫩手，接过食盒，递给身旁的老妇，而后款款坐到斜边一张椅上，柔声细语笑叹："戚姐姐总是这般细心，连妈妈最爱吃花糕都能留意。难怪人听一次她的琴，便连魂都丢在她那里。哪似我这般木怔，终日只晓得和花草厮混，浑不知人情事理。"

"可不是？"老妇在一旁忙接过口，"你们姐妹群里，其他人个个心思灵活，冰清玉透。只数你，万年不开的闷骨朵一般，只会明里来、直里去，到如今都听不懂暗话，行不得机巧，顺不来人意。"

"妈妈又乱叨噪——"宁惜惜含羞带娇嗔了一句，转而问，"陆先生来，自然不单是送这花糕？"

"在下有些事要向宁小姐打问。"

"哦？什么事？"

"事关唱奴。不知宁小姐可知她近来消息？"

"师师姐姐？她出了什么事吗？陆先生为何要来我这里打问？是月影姐姐叫你来的？"宁惜惜眉尖微皱，满眼天真。

陆青一眼见到她脸后所藏另一张脸，却并未流露："宁小姐这一向可见过唱奴？"

"去年师师姐姐生日，姐妹们约了一起去给她贺寿，谁知竟出了那等祸事，唬得我几个月不敢出门——"

"可不是？"老妇又抢过话头，"我早说过，姐妹间虽好，可毕竟各门各户，哪里都似咱们家这般清静？尤其那李家姐姐，如今门槛早已接上了天庭，咱们哪里够得着？其他几位，也各有各的本领，咱们连后脚跟的尘土都追不及。天好地好，不若自家好。还是守住这独门窄院，才得长久……"

陆青见她们两个连攻带守，问不出一句真话。于这些虚闪之词中，倒是能见得几层实情——

其一，确如琴奴所言，花奴宁惜惜对他人满怀妒忌，时刻在窥伺众奴动静。

其二，一旦有可乘之机，花奴恐怕不会手软。说及那祸事，她极力自掩，老妇也急忙相助，棋奴之死恐怕真是她告密。

其三，多疑者多忌。李师师得官家临幸，花奴妒心再重，也绝不敢妄动。加之王伦烛杀杨戬之计失败，棋奴杨轻渡被缢死，花奴极善避祸，更不敢再接近李师师。

其四，李师师行踪隐秘，花奴看来的确毫不知情。

陆青见问无可问，正欲起身，却被那老妇拦住："难得陆先生肯踏进咱们这草窝子，惜惜这两年诸多不顺，劳陆先生替她相看相看，过了这些波折，可有好光景？"

宁惜惜也忙起身，敛容深深道了个万福。陆青见她眼含祈望，将才那天真娇甜模样顿时消散，年纪也似乎瞬间长了许多岁。再看她双眼背后，竟是一片漆黑荒冷。陆青眼中所见，并非这个遍身绮罗、娇生贵养的宁惜惜，而是一个孤弱无依的穷苦幼女。这女孩儿从未见过人间光亮，更不知何为好、何为善。

他注视良久，才轻声道出："百花知暖梅知寒，冻彻香魂有谁怜。纵使争得千般艳，终须镜里对真颜。"

宁惜惜听后，目光先一颤，随后面颊一红，有些慌乱，却迅即掩住，又恢复那天真娇甜模样，笑着问："陆先生这判词太玄奥，奴家愚钝，不太明白。"

陆青起身告辞，淡淡应了句："机缘合宜，自然心知。"

第八章　囚困

奸邪无状，若为内患，深可惧也。

——宋太宗·赵光义

一、壁听

赵不尤走到彭影儿家，门关着。

他抬手敲门，许久都没人应声。围在武家门口的一个老妇走过来说："一连几日，他家都没人进出。他家大嫂气性大，俺们也不敢多嘴闲问。"

赵不尤听了，试着推了推，门竟没有闩，应手而开。他轻步走了进去，见堂屋里一片空寂，桌椅上蒙了层薄尘，果然有几日没住过人了。他又唤了两声，仍没人答言。

他四处看了看，除了正墙中间那座神龛柜子比寻常人家的高大一些，并不见任何异常。他又走进后面三间卧房，都不见人影。两个小间当是彭嘴儿和彭针儿住，被褥都被卷走，只剩床板，屋中也收拾一净。最大那间，自然是彭影儿夫妻的卧房。床上堆了几床被褥，小山一般。床边的箱柜门都开着，里头物件大都取空，只剩一些不值钱的旧衣粗物。

只有背靠堂屋正墙的那个大柜子门关着，他打开柜门，里头也是空的，背板裂开了一道缝。再一细看，不是裂缝，而是活板。他伸手一推，那块活板竟门扇一般打开，露出一个幽暗方洞。看方位，正是前面那个神龛的下头一截，里面有一架木梯。

　　赵不尤朝底下唤了两声，没有任何声息。他回头见墙边小桌上有只陶灯盏，盏里还残剩了些油，旁边有火石、火镰。便拿起来击火点着了油灯，擎起灯盏，扶着柜门，踩住梯子，慢慢走下那间暗室。刚下到地面，拿灯一照，便一眼瞅见墙角一张小床上坐着人。赵不尤虽有戒备，猛一看到，心中仍一惊。

　　那人背靠着墙，头发披散，脸向墙角斜垂，身子一动不动。赵不尤小心走近，拿灯照过去，浑身不禁一寒：那人正是彭影儿，但双眼深凹，颧骨尖耸，面色灰白，身体枯瘦得像是血肉脂油被人抽干了一般，显然是渴饿而死。

　　赵不尤不忍细看，目光避开之际，忽见彭影儿衣服前襟鼓出一坨。他小心伸手，揭开那衣襟，里头竟揣了一只铜铃，和冰库老吏、武翘的一模一样。

　　赵不尤心顿时一沉，看来彭影儿的死因正合自己预料，但又并非只与梅船有关。他正要转身，却见彭影儿身侧墙面上画了个图，是个手掌，却有六根指头。看那笔画，是用木棍新画的，不知是何意味？他怔立半晌，油灯忽然灭了，一阵阴寒之气顿时袭来。他不由得又朝小床望去，黑暗中却再看不清彭影儿身影，如同一团枯墨溶于夜池。

　　赵不尤不由得深叹一声，顶上却传来轻微脚步声。他忙转身摸寻到梯子，攀了上去。才探出头，却见一张瘦皱老脸伸进柜子里，正在朝里觑望，是邻居那个老妇。老妇被惊了一下，吧嗖一声，险些栽倒。赵不尤钻出柜子，那老妇一手扶床，一手捂着胸脯，仍在惊喘。

　　赵不尤等她稍稍平复了，才问："婆婆住在彭家隔壁？"

　　"是喽！"

　　"他家从哪天起便没了动静？"

　　"哪天？七天？八天？记不清了，反正有些天了。先是彭大不见进出，接着彭二又送了命。他家大嫂再容不下彭三，一顿好骂，撵走了他。他家大嫂常日里斗鸡似的，大呵小骂，两片子利嘴从没歇停过。俺在隔壁都听得剐心，亏得三兄弟能忍得下。三兄弟走了，这边白天总算清静了，可夜里又不清静起来。俺的床和她的床只隔这堵墙，夜里先是大门二门吱扭响，接着是床板床腿嘎吱叫。再下来，俺就没脸说了。蛤蟆跳进泥塘里，咕叽咕叽；母猪捆上屠宰凳，呕呀呕呀……原先彭大在时，夜里虽也有动静，可从没这般大阵仗，竟还咚咚咚地敲战鼓……"

赵不尤听她说得不堪，忙打断："她真是招了外人来？"

"可不是。这妇人原先就没有好名节，嫁了彭大，才收了几年心。可野雀哪里关得住？痴心终究一场空。过了两天，这房里便没了人声，只听着闷咚咚，像是捶打铺盖一般。响一阵，停一阵。又过了两天，连这声响也没了。那妇人一定是跟着浪床汉逃了。"

"这之后，再没听见响动？"

"大概三天前，夜里似乎窸窸窣窣了一阵，恐怕是老鼠。"

赵不尤听后，却顿时明白了前后原委——

曹氏趁彭影儿藏在暗室中，撺走了彭针儿，并关死了暗室门，不再给丈夫送饭食，更趁夜与其他男子私通。这卧室里有何动静，暗室底下听得十分清楚。老妇听到的"战鼓声"，恐怕是彭影儿愤怒拍打暗室门板的声响。曹氏怕隔壁听到，便用被褥衣物填满柜子。如此，暗室门板的拍打声便成了"闷咚咚，像是捶打铺盖一般"。

随后，曹氏携带家中钱物，与人私奔，留下彭影儿活活饿死在暗室里。

至于最后老鼠窸窸窣窣声，则应是梅船幕后杀人者。他四处搜寻彭影儿下落，必定一直监视这房舍，却始终不见彭影儿踪迹。曹氏私奔后，里头没了动静，他便趁夜进来。其他箱柜都空着，唯有这个大柜子填满被褥。他便全都抱出来，丢到床上，随即发觉了里头的暗室。

等他下到暗室，彭影儿已经饿死，不必再杀。他便将铜铃塞进彭影儿怀中，随后离开……

二、名姓

冯赛走进了唐家金银铺。

这时天色已暗，铺子外头高挂一排红纱金线彩绣的灯笼，里面二三十支鹤形铜烛台，皆比人高，上头燃着手臂粗红烛。三面墙均是高大檀木柜子，柜子前各一张长桌台，台上覆有富贵百花锦绣，摆列了大大小小的螺钿漆盒，盒中则是各色花冠、珠翠、金银钗钏，映着烛光，熠熠耀眼。

铺子里有两个经纪，正笑着分别侍候两个客人。另有一个四十来岁黑缎幞头、蓝锦褙子的男子背着手，四下到处走看，是店主人的长子，熟人都唤他唐大郎，如今掌管这金银铺。冯赛一进门，他便一眼瞧见，却迅即转过身，装作查看一顶金丝镶翠花冠。

冯赛笑着走过去，叉手致礼："唐大哥。"

"哦？冯二哥？"唐大郎回过头，故作讶异，扯出几丝笑，抬手勉强回礼，眼中露出轻忽戒备之色。

冯赛装作不觉："许多时日不见，唐大哥一向可好？"

"哪有什么好？不过是讨些剩浆水吃罢了。"

"唐大哥素来善藏拙。"

"说笑了。冯二哥今天来可有事？若没有，你随意瞧瞧，我得把这花冠盛装好，李副宰相新纳了个会弹筝的姬妾，要了这顶花冠。明早就得差人送过去。"

冯赛见他懒于应付，知道自己已被打入了败落户名册，便笑着说："说到花冠，前回郑枢密嫁女办妆奁那桩事，亏得唐大哥替我费了心思，我才在郑枢密面前得了声好。尤其那顶花冠，他家养娘说，枢密夫人母女两个都爱得了不得。郑枢密第四个女儿眼瞧着又到了论嫁的年纪，这阵子我被些琐事缠住，唐大哥恐怕也听闻了。还好如今总算能大致了账，重新回来做些正经事。往后还望唐大哥继续看顾，到时节说不得又得烦劳唐大哥。"

唐大郎听了，顿时改色："哦？那般塌天的麻烦，竟被你化解了？"

"如今只剩一些小头尾，得跟大理寺解释明白。我今天来，便是跟唐大哥先通个情，以免大理寺差人来问时，唐大哥没防备。"

"哦？大理寺寻我做什么？"

"事关柳二郎，他原先在你这里做过经纪？"冯赛并非全然唬他，等这桩案子查明时，大理寺势必会查问李弃东的身世来由。

"你说的是你那小舅子赵二郎？"

"赵二郎？他原先姓赵？"冯赛一惊。

"嗯。他来我这里时还姓赵，后来跟你那姜室认了亲后，才改回了柳姓。"

冯赛越发惊异，李弃东究竟姓什么？三个姓难道都是假的？他忙问："他来，是谁引介的？"

"他自家寻来的。我看他在市易务做过两年书吏，虽只是个书手，不在前头干办，只在后头查抄账簿，却精通书算，便雇了他。他在店里前后虽不到一年，待客接物上，却比许多年久的老经纪更轻熟……"

市易务？冯赛面上不动色，心里却大为震惊。难怪此人熟知各般钱货行情，市易务是神宗年间王安石变法时所设，掌管估测衡平物价、收买滞销货物、赊销积存粮绢，以及向商人借贷官钱。那百万官贷正是从市易务贷出。

"他在我这里，从未生过事、行过歹，每回卖了金银首饰，钱数都记得清清楚楚……"

"他为何离开这里？"

"不正是为你的缘故？"

"为我？"

"唐家金银铺在汴京虽也算唤得出个名号，但毕竟只卖首饰冠戴，路子窄，哪里及得上你牙绝宽门大路？"

冯赛却暗想，李弃东先在市易务，已精通了诸般商货行情，他若从那时便已有骗取百万官贷的图谋，便该直接设法来接近我，何必又转而到这唐家金银铺，耗费近一年时间？他来这里，是为了借金银首饰买卖，先结识顾盼儿、柳碧拂？应该不是。那时，他还不知柳碧拂身世，更不知我与柳碧拂竟有当年那茶引旧怨。那么，他究竟是何时起了谋骗百万官贷的图谋？

"不过，此人的确有些难测——"唐大郎继续说，"他面上瞧着温善，时常带着笑，说话也和声和气，从没见他与人争执动气。不过，无事时，他却不愿跟人厮混到一处，常常独自在一旁读书。和他闲谈，他似乎始终存着戒备，不愿深谈，更不愿提及自家旧事。问他，也只是笑一笑……"

冯赛不禁轻叹一声，自己也与此人相处一年。回想起来，待人处事上，此人稳妥谨细，时时让人觉着周到熨帖，但的确从不曾与他深谈过一回半回。这些年，冯赛经见了无数深藏不露之人，但多少都能窥觉一些迹象，从没有一个人能像此人一般，如此温善和静，叫人从无防备。

"对了，此人真是你亲舅子？"唐大郎眼中露笑，转而生出窥私之趣。

冯赛竟不知该如何应对，只能苦笑着叹叹气。

"大理寺的人来，我也只能说出这些，其他的，我便真的一无所知。"

"是，唐大哥照实说便是。搅扰你了——"

冯赛告辞出来，虽说此行问到了一些消息，他却越发迷惑，甚而连李弃东的真实姓名也全然不知了……

三、跟随

明慧娘一直守在红绣院西墙外。

看到一个女子身影从墙头轻轻跳下，而后沿着墙边暗影迅即离开。她立即认出，是梁红玉，忙轻步跟了上去。

昨天，她坐在厢车里跟踪梁兴，途中梁兴和两个泼皮一起进了任店。她等了一会儿，觉着不对，忙下车追进那店里，却寻不见梁兴，只有那两个泼皮坐在楼上一间阁子里，正在大口吞吃满桌肴馔。她进去一问，那两人说今天才认得那位豪阔朋友。明慧娘顿时明白中了计，羞恼无比，险些抓起桌上碟子扣向那两人。

她出来愤愤寻了一转儿，哪里还有梁兴的影儿。只得百般懊恼，回去见宰相方肥。方肥扮作江南客商，刚又换了住处，城郊一家低等客栈，院角临街的一间客房。那客房窗外商贩喧嚷、车马杂沓，最好避人眼目。

明慧娘叫车夫将车停到那客房窗边，并没有掀开窗帘，只在车内轻轻摇了摇一只小银铃。那客房窗户开了一道窄缝，方肥在里头咳嗽了一声。明慧娘忙轻声谢罪："愚妹无能，跟丢了梁兴。"摩尼教中，人人不分高低，彼此只以兄弟姊妹相称。

"莫要自责——"方肥语调始终温煦和缓，"梁兴暂可不去理会，我刚收到密信，紫衣人藏在城南红绣院里。焦智已经去安排人手，今晚去那里搜寻。"

"我也去。"

"呵呵，焦智劝我莫要告诉你，我却知道你闲不得，已替你安排了差事。你扮作贩妇，去红绣院墙外望风。红绣院后街有家燠肉面馆，店主杜十六是我教弟兄，一旦有缓急，你立即去报信给他。"

明慧娘领命，立即赶回城里寄住的一家客店，那店主也是教友。她请那教友寻来一套破旧衣衫，用灰将脸抹脏，头上包了块旧帕子，提了个陶瓶，扮作夜市卖茶水的妇人。装扮好后，从后门出去，步行赶往城南。

走在路上，她不由得又念起丈夫盛力——

自从捡到那个小木雕后，她又接连在桌下发现小布卷儿，里头仍是小木雕像，雕的全都是她。前后一共六个，雕了六种笑容：窃笑、浅笑、羞笑、莞尔笑、俏笑、大笑。

每种笑，她都没有过。独自在卧房时，她将六个雕像排在桌上，总是看不够。心里时悲时喜，摇荡不尽。

再上山去漆园时，她便时时留意盛力。然而，盛力每回来交漆结账时，总是低着头不瞧她，偶尔目光相遇，也迅即躲开。

自小在妓馆里，那些男子见了她，目光从来都像爪子一般，恨不得立时将她剥光。嫁到这漆园后，那些漆工见了她，虽不敢斗胆直视，却也时常在一旁偷觑。这两样目光，她都极厌恶，从来都装作不见。久而久之，男子的目光便化作周遭物件，她在其间漠然通行，只求莫要触碰。

生平头一回，她想看清男子的目光。盛力越躲，她便越想捉住，却始终捉不住。这令她竟有些焦恼，连身旁的使女都发觉她这异常，盛力双眼却始终藏躲着。

直到有一天，盛力结完了账，又将一串钱掉到地上，又俯身去捡。明慧娘心里一颤，随即，一样物件滚到她脚边。低头一瞧，又是一个小布卷儿。她忽而生出一阵气恼，定住双眼，等着盛力起身。盛力捡起钱，直起了身子，目光虽仍有一些怯，躲了一躲，却终于还是望向了她。她也总算看清楚了那双眼——

眼睛不大，眼角还微有些下垂，目光里积满多年艰辛之苦，却极稳实，更含着些温热。她从那双眼里看到一片深潭，潭里是不见底的爱慕。

只一瞬，盛力便又低下了眼，略一犹疑，转身走出了棚子。他目光收回之际，明慧娘看到其间流露出一些余绪。愣了半晌，她才回味过来，那是惜别与不舍。

她顿时怔在那里，另一个工头进来结账，使女在一旁连唤了两声，她才醒转，心却沉坠坠的，有些烦乱。她尽力抑住乱绪，记完账，支开使女，忙从脚边捡起那个布卷，取出里头的小雕像，手都有些微颤。一眼看到那雕像的面容，她又顿时呆住：那女子仍在笑，眼睑下却挂着泪珠。

第二天，她便听说，盛力辞工了。她听到后，心里一空，双手在袖子里不由得伸了伸。当年，她爹将她卖到妓馆时，她也这般空抓过。只是，那时她想抓的，是爹的衣角。而这一回，她却不知该抓何物。

再将那七个小木雕排到桌上时，她心头空茫茫，不知该如何是好。觉着那七个女子才是活人，自己则只是个孤魂虚影。无情无绪、无着无落了许多天，她才渐渐缓转，却始终不明白为何会这般，像是得了一场怪病痴症。

就在那前后，她听到些风声，有个叫方腊的人在邻乡帮源生事，聚集了许多摩尼教教徒，杀死了前去强行征漆的花石纲官员，又掳走了那漆园园主，将漆园中所有财物均分给了众教徒。接着又攻占了几个大漆园。那些教徒都尊称方腊为"圣公"。

明慧娘这边的漆园也被花石纲侵压已久，每年近一半的漆被强征上贡，园主只能压低漆工工价，以补一些损失。漆工们自然怨愤不已，却又别无生路，只能挨忍。方腊的消息传过来后，园主们个个惊怕，漆工们却都欢噪起来。

明慧娘一向不关心这些身外是非，那园主却听闻方腊教徒强抢富室女子，不敢再让她上山。若是以往，明慧娘自然乐得清静。那些天，她心里始终有一丝难宁，再坐不住、静不下，却又无处可去。

有天夜里，她烦乱难眠，辗转许久，刚要入睡之际，忽听到床边窗棂轻轻叩响。那时已经入秋，她以为是风吹落叶。那叩声停了片刻，忽又响起，那节律绝非风吹。她不由得坐起身，轻问："谁？"

"我。"一个男子低声应道。

明慧娘顿时一颤，是盛力。她原本不记得盛力的声音，何况压低放轻了许多，不知为何，她竟立时认了出来。

"我是盛力。我已跟随圣公，投身明教圣业。过两天便要来这里铲除诸恶、解救穷困。到那时，你恐怕要受些惊扰，众人面前，我也不好帮你。只能今夜救你，你可愿跟我走？"

明慧娘先有些惊疑，但窗外那语声，秋阳厚土一般暖实。自幼年起，她便从没安心过一天。这语声却头一回让她觉到安稳。

她想都没想，便轻声应道："我跟你走，你稍等我一等。"她立即起身，穿好衣裙鞋子，从箱子里取出一个布袋，袋里是那七个小木雕。她将布袋系在腰间，过去打开窗，翻身爬了出去。盛力在窗外忙伸手来扶，却又犹豫了一下。这犹豫让她心头一暖，越发安心，自己伸出手，抓住了盛力的手。那手掌里满是粗茧，却厚实有力，小心握住她的手，将她扶下窗后，迅即便收了回去。随后在前头带路，轻步走到院墙边，墙上垂下一副绳梯。她毫不犹豫，攀着绳梯，翻过了墙头。

摩尼教信奉光明，那天夜色虽然浓黑，她却头一回觉得，人世如此光亮。跳到地上后，不由自主笑了起来，比那七个小木雕笑得更欢欣……

四、内奸

夜空之中，只有一钩微月、几点淡星，庭院中一片幽黑死寂。

那小楼前厅里有张木榻，张用便躺在那榻上，虽有些困乏，却睁着眼睡不着。他便在心中试着推演这院中那一连串凶杀。

十六巧已亡失笔巧和玉巧两个，其余十四人连同另一个不知名姓的女子，被囚困在这里，更有性命之危，惊怒慌怕，必定乱作一团，得有人站出来领头才成。十四人中，砚巧毛重威性情沉着果断，重义气，说话声气又洪亮，最能服众，恐怕自然而然便是众人的首领。

此外医巧赵金镟性子直硬，车巧韩车子身体壮、脾性躁，又称韩爆仗，两人一向与砚巧毛重威脾性相投，常在一处吃酒，还曾与一伙泼皮恶斗过。三人凑到一处，自然不肯屈服于银器章。其他人有了他们三个，也多少能得些慰傍。

三人首先要做的，便是捉出内奸，替笔巧和玉巧报仇。寻内奸，最易想到的是银巧方德田。银器章来京城后，头一个拜访的便是银巧。银器章素性豪爽，舍得银钱，曾请银巧及行首、行商在皇城东华门外的丰乐楼大宴三日。那丰乐楼名冠京城，五座高楼，以飞桥栏槛明暗相通，能容纳五百人共食，连当今官家都曾在此密会李师师。银器章做足排场、给足颜面，借此迅即在京城银行立稳了脚跟。

不过，银巧为人极木讷少言，一生只与银艺为伴。这些年虽与银器章相交甚密，却都是银器章一头热，他难得邀约一两回。

十三巧大多与银巧并不相熟，头一个自然要质问银巧。银巧那等木讷人，从未经历这等境地，众人越逼问，自然越惊慌，哪里辩解得清？众人又都心神焦乱，自然将银巧慌乱视作心虚。这人间，最难阻之愤便是公愤。众人同愤，鬼神难挡。

这一连串凶杀中，只有一桩发生于庭院之中——池角。

那池角上被按进水里的，恐怕便是银巧。十四巧中，唯有他小指蓄了长甲。挣扎之即，那指甲断落在池边。银巧是被毛重威当众处决。

银巧死后，愤意暂消，众人静心细想，才会发觉错杀了人。但这等境况之下，恐怕不会有人坦言此疑。暗疚只会激出迁怒，内奸更会设法嫁祸。众人发觉其他疑处，开始寻找银巧的帮手。

众人之中，与银巧相交甚密的，唯有雕巧林鬼手。林鬼手精于木雕，常与银巧共研雕艺。只是此人好慕虚荣，见朝中高官，紫袍佩金鱼、绯袍佩银鱼，他也照那样式，雕了一只木鱼，系在衣带上。他那只木鱼掉落在左边第三间房的被子中。

雕巧是被人闷死在床上。那间房最凌乱，桌椅掀倒，床柱歪斜，床帐扯落。

看那情形，行凶者并非一人，至少有三五个帮手。恐怕也是毛重威主使，当众处决。

银巧和雕巧一死，猜忌只会愈演愈烈。与这两人有过交情，或跟银器章接近之人，自然更加危惧。

后门边有块大石头，上头沾有血迹和两根白发。众人之中，酒巧班老浆年纪最长，只有他是满头白发，且极细软，有些发黄。与那石头上白发正相吻合。此外，雕巧好饮，常去班老浆那里尝酒。银器章家中每年酿新酒，也总是从班老浆那里重金偷买宫中酒曲。因此，班老浆与雕巧、银器章皆有亲密过往。班老浆又生性胆小，自然怕众人怒火延至己身。他恐怕是跑到后门边，去向送饭之人求救，却被人用石头砸死。

那石头不小，其他诸巧都是精细工艺，只有韩车子身强力壮，才会用这大石头做凶器。他性子躁，见班老浆偷跑向后门边，自然认定班老浆才是那内奸，一时愤起，再不细想。

班老浆死后，最怕者便是那真正内奸。他迟早会被察觉，又不敢向银器章告密求助，一旦暴露，结局便如班老浆。为求自保，他必须下手，先除掉众人首领毛重威及左右臂膀韩车子和赵金镞。

众人被锁起来时，自然都曾被搜身，只有内奸身上能暗藏匕首。有两间房床上有血迹，屋主应该是被匕首所杀。其中一间墙角有一堆痰迹，韩车子有这个癖好，爱朝墙角远远吐痰，射弹一般。那间房自然是韩车子所住，他被褥上血迹浸了几大片。另一间房里则极整洁，毛重威平素最好洁，穿衣用物从来都极端整。张用为学制砚手艺，曾和他吃过几回茶，桌上滴一点水，他都立即用帕子拭净，那帕子也叠得方方正正。那另一间房应该是他住，床上血迹只有一片——

张用想到此，忽然停住，那奸细即便有匕首，如何能接连潜入两间房去杀人？他立即跳下床，摸黑走进那两间房去查看，如他所料，那两间房的后窗插销槽被凿坏，都插不死。他打开窗户，探出头，朝下细看。天虽然黑，却仍能瞧出，窗根的草丛被人踩踏过。

这便是了，那奸细自然是趁毛重威、韩车子和众人在厅中议事，溜进这两间房，用刀尖将窗扇插销槽戳坏。而后，半夜潜入房中，先后将两人刺死。

张用忙又走到赵金镞那间房，到窗边一瞧，插销槽也被戳坏。赵金镞也在那内奸预谋之中。只是，他杀韩车子时，恐怕未能一刀致命，又连戳了几刀，因而那被褥上留了几大片血迹。韩车子临死前必定大声喊叫，惊醒了众人，那内奸慌忙跳窗逃走，没有机会再去杀赵金镞。

从笔巧、玉巧翻墙逃走，到砚巧、车巧被杀，恐怕只在两夜之间，七人接连送命。

赵金镞虽免于一死，见毛重威和韩车子为锄奸，反被内奸杀害，他自然既怒且惧。一边小心提防，一边急寻内奸。然而此时所剩十人，个个自危，人人都似内奸，哪里能判断得清？

赵金镞孤身一人，已如困兽一般。他是医者，凡有青草之地，便能寻见毒草。张用在这后院草丛中，见墙边有一丛猫眼草被揪得只剩根茎。猫眼草叶分双瓣，中有两颗小卷苞，可以入药，治咳喘水肿。但又俗称烂疤眼，食用过量，能致人头晕、呕吐、躁狂，重者昏厥致死。赵金镞为保己命，神志尽失，在四个可疑之人饭食中下毒。四巧同时送命，其中是否有那内奸，不得而知。

这后院中除赵金镞，便只剩楼下三巧和楼上两位女子。

一间房中，有人被衣带勒死；另一间房中，发生过斗杀。又有两人被杀。张用已经无法推断死者为谁，只知几人都已发狂，不杀人，便被杀。

最后只剩二男二女，两个女子恐怕一直躲在楼上。楼梯有搏斗痕迹，估计是其中一男要冲上楼去，另一男奋力阻止。结局如何，难以推断。是否有人幸存，亦无从得知。

这院落如今只余死寂幽寒……

五、馔奴

陆青到香漱馆时，吴盐儿正要出门。

吴盐儿名号馔奴，极擅烹饪，贵勋豪富之家日日争着延请她，去府院宴席上调羹弄肴。陆青从未见过她，她却认得陆青。忙叫车子在门外等着，将陆青请到馆中一间安静偏厅里，亲自奉上一盏香酽胡桃茶。

她身量不高，腰肢纤巧。莹白一张小脸，水弯眉，月牙眼，丹唇时时含笑。头上斜绾堕马髻，戴了一顶翡翠镶嵌银花冠。穿了件蔷薇缠枝绣翠罗衫、细绫碧抹胸、银线玄鸟纹蓝罗裙。绿雀一般，伶俐轻俏。

"月影叫陆先生来问我？这个琴奴只好乱戳点人，那双眼赵州锥子似的，嘴又并州剪刀一般。她瞧不上花奴，但凡见了面，总要辣辣割刺几句，花奴哪里斗得过她，见了她便躲。舞奴黑燕子最爱阴地里捉弄人，到她跟前，手脚被捉妖索缚住了一般，十回有八九回反倒被她绊倒。这两个都是掐尖儿的，且只能白叫她耍弄。我们这些嘴头稍慢些的，没一个没被她颠转过。十二奴里头，只有三个人在她跟前能得清静。头一个是死了的剑奴，剑奴从不跟她斗嘴，只需攥住她的臂膊，轻轻一拧，她便得告饶。第二个是画奴，何扫雪从不跟她动气，只轻轻巧巧一句话，便能叫她哑住。她是冰，画奴是雪，冰再硬再利，一阵小雪，便掩得没了影儿。第三个便是师师姐姐。何扫雪只是掩住她，师师姐姐却是三月春风，只柔柔淡淡笑一笑，便叫她化成水儿……"

吴盐儿一开口，便似停不住，一对细细尖尖的葱指也上下翻飞、左比右画，演杂剧一般，煞是动人。

陆青连见三奴，各有其哀，这时看馔奴如此声色灵妙、心思活泛，不由得替她庆幸。不过，他也瞧出，吴盐儿面虽嬉笑，眼却不时在探察他，且并非有意，而是积年养成这察言观色、投人所好之习。这习性底下，藏了一颗怯怯求安、机敏求生之心。

馔奴迅即察觉，目光隐隐一颤，却旋即闪过，仍笑着继续："人虽把我排进十二奴，可我自家心里明白，其他十一个，个个都是才女。京城仕宦豪家的女儿我也见过不少，论性情品貌才学，能及得上她们的，真真寻不出几个来。我却只是个厨娘，这辈子只好在油荤烟熏里打转。琴奴还给我起个绰号叫'油探子'，笑我到处打探人家私情。我虽时常穿府过院，可也晓得轻重，炉灶边即便听到些长短，也随手吞肚、转身便忘，哪里敢乱传乱语。她让陆先生来我这里打问师师姐姐的事儿，我这心里的确时时记挂着师师姐姐。十二奴里，这头魁地位，师师姐姐不是白占的，不说那容貌歌艺世间少有，便是那温柔性情，我便没见过第二个。真真如雪梨水儿一般，冬月润肺，夏月清心，柔柔淡淡、清清凉凉、细细暖暖，叫人百般说不出那好来。可去年她生日那天出了棋奴那祸事后，其他姐妹全都不敢再去清音馆，我哪里还有胆儿去靠近那院门？何况师师姐姐那院中这两年接的不是寻常恩客，每回都是杨太傅跟随。那杨太傅于饮食上最不讲究，我也便从没机会接近。因此，一丝半缕都没听闻过——"

陆青见她说了这一大篇，全是为避嫌远祸，却因心中有求，不肯丝毫得罪于人。言语神色之间，显然藏了些内情。便温声道："你莫要担心，我只是为朋友才来登门求问。你恐怕也知我习性，便是寻常话语，我也从不愿跟人多言，何况此事涉及隐秘。"

吴盐儿略略一怔，随即笑道："我哪里会信不过陆先生？我是真不知道什么。"

"风闻他人的闲谈也好。"

吴盐儿笑着低下头，寻思片刻，才又抬起眼："好，我便说一个听来的消息。从何人口中、何处听来，我已经记不得了——"

"好，是我从街上偶然听得。"

"今年正月底，有人在登州见到了师师姐姐。"

陆青心中暗惊，正月底，王伦也去了登州。

吴盐儿又迅即觉察，忙补了句："这话是真是假，我更不清楚。"

"好。多谢！"

"陆先生，难得撞到这良机，能否请陆先生替我相一相，我这命到底如何？"

"在下不算命。"

"我知道，只要陆先生替我断一断。"

陆青沉思片刻，轻声道出一句："无限繁花遍地寻，何如静守一枝春？"

吴盐儿听了，斜望窗外，细味了半晌，似有所悟，眼含感激，敛容道谢："多谢陆先生，盐儿记住了。"

陆青微微点头，起身告辞。

吴盐儿送他出门时，忽又说："还有一件事——陆先生那朋友王伦，我曾见过。那是去年腊月初，我被一位官员邀去吹台宴聚赏梅，席间还有两位客人，其中一个便是王伦。"

"那官员是⋯⋯？"

"那官员姓李，是上届新中进士，待了两年缺，去年才得了个太常寺斋郎的小官职。不过，他父亲是拱州知府。"

"哦？还有一位客人呢？"

"那客人姓莫，和王伦同乡。我听王伦唤他叫'莫裤子'。"

"莫裤子？"陆青又一惊，"他们席间可曾说了什么？"

"我一直在后厨，端菜上去时，他们立即改了话题，只说些朝中闲话、诗词笔墨。不过，我在后面听到个名字，他们提了几回——"

"什么名字？"

"王小槐。"

"王小槐？"

第九章　解惑

险伪之辈，世所不能绝也。

——宋真宗·赵恒

一、毒烟

赵不尤回到家时，天色已晚。

才进门，瓣儿和琥儿便一起迎上来，姑侄两个争着问话。一个问董谦，另一个问狮子糖。

赵不尤这才想起上午出门前，答应琥儿给他买狮子糖。哪知今天连逢四桩命案，早忘了这事。他顿时有些愧疚，琥儿能说话后，他便教琥儿凡事要守信。妻子温悦笑他是才见树苗，便想架梁。琥儿却竟明白了何为守信，并牢牢记住，时常拿来反责他。赵不尤俯身抱起琥儿，忙寻思该如何跟他解释。

瓣儿则是上午想跟着一起去查案，被温悦拦住，恐怕在家里急了一天。这时在一旁不住打岔，倒是替他拖延了一会儿。

温悦也走了过来，使了个眼色，偷偷将一个小纸包递过来。赵不尤会意，温悦料定他会忘了狮子糖，已替他买好了。他朝妻子感愧一笑，忙接过小纸包交到琥儿的小手里，琥儿顿时欢叫起来。

温悦笑着说："爹累了一天，琥儿快下来，今晚只许吃一颗。瓣儿女判官，你也莫要着慌，先给你哥哥打一盆热水来——墨儿呢？"

"他还没回来？我让他在章七郎酒栈查看。"

瓣儿原本已经端了木盆去打水，听到后，立即扭头嗔嚷："让他查，他只会发怔，这会儿恐怕已经变成个泥塑了。"

院门忽开，墨儿走了进来，果然目光迷怔，脸含愧疚。

"泥塑神判回家了！"瓣儿奚落罢，猛地打了个嗝。

赵不尤和温悦不由得相视一笑。墨儿则越发沮丧。

温悦忙安慰道："你莫听她的，她在屋里妒了你一整天。你也快洗洗脸，夏嫂早就煮好了饭菜，大家都饿了，咱们好吃饭。"

赵不尤和墨儿洗过手脸，一起坐到饭桌上。瓣儿却坐在门边小凳上，闷瞅着院子。

温悦笑着说："她在家里气闷，拿吃食作伐，下午把一整钵油煎蛤蜊全都吃尽了，吃得从傍晚开始打嗝，就没住。"

刚说罢，瓣儿又打了个嗝。众人全都偷笑，琥儿却大声笑叫："姑姑又打嗝了！"瓣儿装作没听见。

吃了几口饭后，墨儿慢吞吞地说："我将章七郎酒栈细细搜了好几遍，都没找见董谦踪迹。客栈前后当时都有人，并没人见他离开，他应该还是藏在客栈某个隐秘处。我便给坊正和胡十将使眼色，让他们出去锁上了门，我躲到一只柜子里头，一直躲到天黑，也没听见任何动静。董谦既能穿门而入，恐怕真是使了什么奇法遁走了。"

瓣儿忽然笑起来："某人竟能在柜子里痴躲一天，果然是个泥塑的判官。"

墨儿闷声问："换作你，你难道有高明法子？"

瓣儿仍不回头，却得意道："我自然有法子。我这法子叫作'蛤蜊妙法'。我只在家里吃着油煎蛤蜊，最多明天，便能知晓董谦是如何逃离章七郎酒栈的。"

"哦？真的？"

"那是自然。"瓣儿扭过头，得意望过来，"我在帷幄中闲吃蛤蜊，你在千里外累断腰腿。咱们比一比，看谁先勘破这谜关。"

墨儿没有应声，闷吃了几口，才又问："哥哥，你去冰库查得如何？"

"我没有去——"赵不尤将冰库老吏、武翘、彭影儿三桩命案讲了一遍。

墨儿听得睁大了眼睛，瓣儿也起身过来，站在旁边细听。温悦更是连连惊唤："这梅船案背后究竟是什么人？又害了几条性命，哪天才能终了？"

"下午开封府吏人和仵作姚禾去小横桥查验了武翘和彭影儿的尸身，武翘和冰库老吏死因相同，都是被毒烟熏死。彭影儿死因正如我所推断，是渴饿而亡——"赵不尤发觉瓣儿听到姚禾的名字，眼睛一亮。今天下午姚禾见到他，神色间也有些赧怯。看来温悦猜对了，那姚禾虽只是个仵作，却品行皆优。瓣儿去了富贵人家，恐怕受不得那些拘管。若能嫁给姚禾，倒也是一桩合她性情心意的好姻缘。只是不知姚禾是何心思。

瓣儿忽然问："哥哥，那铜铃你可带了一个回来？"

"在我袋子里，彭影儿怀中那个铜铃与他的死因无关，因此，我从开封府吏那里借了一个。"

瓣儿忙去里屋寻出那个铜铃，又坐到门边小凳上，仔细查看琢磨。铜铃不时发出叮当之声。

赵不尤他们这边才吃完了饭，瓣儿忽然跳起来欢叫："哥哥！看这个！"她一手握着铜铃，一手拈着个小物件，快步走了过来。走近时，赵不尤才看清楚，那小物件是铜铃的铃舌，拴在一根细绳上。而那根细绳上端则系着一个圆底小铜碟。

赵不尤当时也看到这铜碟底面，却没想到它竟是紧扣在铜铃里，能拔下来。

"这铜碟里还有些粉末，刚才拔下来时，撒到了我手指上。哥哥你闻一闻——"瓣儿将手指凑近赵不尤鼻端，赵不尤嗅了嗅，隐约一丝异香，夹杂有烦恶气息。

墨儿忙也凑过来："我也闻一闻。"

"不给你闻。这是我查出来的——"瓣儿说着抽回手，从袖管里抽出一张白绢帕子，将指上那些粉末小心揩到帕子上，"哥哥拿去给姚禾测一测，各样毒物他都能认得出来。"

"毒物？"温悦惊唤道，"快把那帕子藏好！瓣儿赶紧把手洗净去，多抹几道肥皂，洗过的水倒到后院墙角，墨儿帮着铲些土埋好。"

赵不尤坐在那里，将那小铜碟按回到铜铃中，严丝合缝，且有四个小卡扣，卡得极紧固，哪怕细看，也看不出竟是倒扣上去的。而铜铃顶端小铜环的中央，有一个小孔。看到这小孔，赵不尤心里一震，顿时明白了几桩命案的关窍……

二、两方

周长清在书房里等到天快黑时，主管扈山在外头轻轻敲开了门。

"员外，又有人来住店，也执意要后门边那宿房。"

"一行几人？"

"只有一个。年纪二十八九，中等身材，看装束像个经纪，眼神阴秋秋的。"

"哦？你们说话时，可避开了先前住进来那两人？"

"那人说话声量原本便不高，像是怕人听见似的。我悄声说院里有客人已经安歇，他说话便更轻了，先前那两人决计听不见。我照着员外吩咐，先拒了三道，他仍要住那间，房费加三十文也不惜。我便让他住进去了。"

"好。后门莫闩，虚掩着。"

"晓得——对了，那人进到后院时，窦六正巧出去。窦六偷偷说，这人下午便上到前头二楼隔间，要了一壶茶，口称在等人，一直坐到这会儿，都没见他朋友来。"

周长清这才放了心，自己这边竟没发觉，这一方的人来得更早。那人坐在二楼隔间里，从后窗正好望见那座院子。竟已守了整整一下午。

眼下两方的人都已到了，只是仍无法分辨各自属于哪一方。

据冯赛推测：谭力四人是外乡人，来汴京只有三个多月，急切间难寻可靠之人，他们四个恐怕不会找太多帮手；李弃东生长于汴京，又能铺排这么些大阵仗，自己不敢轻易露面，恐怕帮手不少。

上午，跟踪陈三十二的两人出现后，崔豪和刘八各自跟了一个，将才捎信回来说：两人都没寻出背后主使人。

那个闲汉邓油儿应该是在护龙桥头传信给卖饼的马大郎。崔豪回来后，见马大郎仍在那里看着摊子，他恐怕也只是传口信，而口信已经传出。

刘八跟的是那小厮麦小三。麦小三见陈三十二进了那院子后，竟然又过了虹桥，去北岸绕了一圈，而后重又回到这边，沿着河岸四处闲走了一阵，其间并没和任何人说话。有只货船停到虹桥这头，是给对面温家茶食店运的米，那店主寻力夫带着搬米袋，麦小三便去应工，刘八见了，也忙凑了进去。搬米袋时，他一直紧跟在麦小三后头。麦小三和其他人招呼过几句，但都是寻常说笑，与那钱袋下落全然无干。米袋搬完后，他们几个去领工钱，每个人五十文钱。麦小三却没要钱，反倒从腰袋里又数了六十五文钱出来，让店主给他切了一只蜜烧鸭、一大碗软烂燠肉，外加五个羊肉饼，说带回去给老爹老娘吃。包好后，他便提着又往虹桥那头走去。刘八知道麦小三住在北岸赁的一院农舍里，他有个相识的力夫也住那里，便和麦小三搭话，说去寻朋友，跟他一路走。麦小三不但没有拒绝，反倒很乐意。两人一路说话，途中麦小三并没和外人搭话。到了那农舍，他进到自家那小屋子里，欢欢喜喜拿出买的那些吃食，高声唤爹娘吃。回头见刘八那朋友并不在，便极力劝刘八一起吃饭。刘八趁机进去，蹭着吃了一些。麦小三一家三口闲说了许多家常话题，仍丝毫没有提及那钱袋。刘八吃过饭，再不好久坐，只得道谢出来。那时已是傍晚，十千脚店这边，头两个人已经住进后门边的那宿房了。

而耿五则一直守在那街口附近。邓油儿和麦小三离开后，过了半晌，又先后有两个人走到这边，眼睛都盯着陈三十二进去的那院门。

下午耿五传信给窦六，说其中一个很快便离开了。此人应该便是上了二楼隔间那个，只是耿五没有瞧见。另一个则一直来来回回，逛到傍晚才不见了。自然是和先住进后院宿房的两人一伙，见那两人住进去后，他才离开。

如此看来，小厮麦小三恐怕是在虹桥北岸兜圈时，将口信传了出去。这口信并不长，只需一句"十千脚店后门对面那院子"。接他信的人一定等在虹桥北岸某处。刘八当时跟在后头，麦小三经过接信人时，若是脚不停步，只迅速悄声说出这句话，刘八根本难以觉察。这接信人恐怕正是上了二楼隔间那个。这方人手少，估计是谭力一方。冯赛猜测这一方最先出现的，应该是露面最少的樊泰。莫非二楼隔间这位便是樊泰？

而另一方人手则很多，闲汉邓油儿、卖饼马大郎、下午街口监看那人、住进后门宿房的中年汉子和翟秀儿，目前已动用五人，恐怕是李弃东一方。

双方之人如今都在后门宿房里监看那院子，都误以为里头的陈三十二是对方之人，又都不知院里虚实，皆不敢轻动。

李弃东意欲夺钱，却不能让人知晓那袋里装的是八十万贯，因而只敢让这些帮手监看，自己则恐怕是在等候时机，亲自去夺得钱袋；谭力一方则既要夺钱，更要捉李弃东。李弃东若不现身，他们恐怕也不会轻易出手。

冯赛所设计谋铺排已定，只看今晚……

三、正眼

管豹守在红绣院街角，一眼看到梁红玉走过来，他顿时愣住。

今晚绣楼那场火，第一把便是管豹点燃的。他将一大皮袋油浇在楼板上，抬头望向二楼，梁红玉房中亮着烛光，却不见人影。想到梁红玉那傲冷样儿，从来没瞧过他一眼，管豹不由得又咬磨起牙齿，恨得嘎吱吱响。同伴在另一侧学草虫叫了两声，他听到后，立即取出火筒，吹燃了火绒，将火苗凑近窗纸，一气连点了五六处。火顿时燃起来，他盯着那火苗，心里说不出的解恨，甚而忘记该立即躲开。同伴过来悄悄提醒，他才忙转身跑到楼前一株大柳树后，取出弩，搭好箭，全然不顾潜入楼中的那几个摩尼教徒，只瞄准了梁红玉的房门。

只可惜，跑出来的并非梁红玉，而是一个男子。看到那男子身影，管豹越发妒恨，连射了几箭，却似乎都没射中。红绣院里的人发觉这边起火，嚷叫起来。那些同伴全都纷纷撤离，他却仍坚守在树下。等那些人赶来救火时，二楼早已燃着，梁红玉却始终没有现身。管豹躲在树后，猜想梁红玉恐怕是被浓烟熏晕了。再看烈火将那门窗烧成窟窿，梁红玉不知被烧成何等模样。想到梁红玉那明净英秀的面容，管豹忽然痛惜起来，心里一阵阵抽痛。他忙悄悄离开，翻墙出去。躲到暗影里，想到今生再见不到梁红玉，再忍不住，捂住嘴，呜呜哭起来。

那些同伴早已逃离，他却不愿走开，失魂落魄走到街角那间茶肆。这茶肆通夜卖茶水吃食，管豹坐到棚子下，要了一瓶酒，仰头一气灌下。觉着不解悲，又要了一瓶，又一气灌下，胸中顿时燃灼起来，太阳穴也嗡嗡跳响。他坐在那里，呆望着红绣院，见后院那火光渐渐熄灭，如同梁红玉的魂魄也烟消云散。胸中一阵痛楚，再不管不顾，放声号啕痛哭起来。惊得那店主老儿忙过来瞧看，他厉声将老儿骂走，随即又号哭起来。觉得自己魂魄也随梁红玉而去，余生只剩空壳，再无丝毫滋味。

管豹自小家境穷寒，人又生得瘦丑，莫说年轻女子，便是老婆子们也难得瞧他一眼。相过许多回亲，全都被拒。心里又屈又憋，焦闷得胸口烧燎、嘴角起泡。那时乡里正行保甲法，他为了让自己强壮些，便去应募保丁，天天跟着习武。

身体虽健壮了些，却仍没有女子愿意瞧他。好不容易，才和远房一个表妹对上了眼。那表妹模样虽算中下，性情却柔静易羞，被男子略瞅一眼，便立即涨红了脸，逃得远远的。逢到年节，亲族相聚时，管豹便有意寻机去瞅那表妹，表妹被他瞅得像只虾被投进热水里一般，霎时青，霎时红，不住地躲他。

有年中秋，亲族又团聚。管豹见那表妹独自一人，在后院一株桂树下摘桂花。他忙悄悄凑过去，又去偷瞅表妹。表妹发觉后，又顿时涨红了脸，手一抖，一襟桂花全都撒落在地。不过，这回表妹并没躲开，立在那里，垂着头竟哭起来。管豹忙过去，从怀里取出一直想送给表妹的一张丝帕，小心递给表妹。表妹接过帕子，捂住脸，又继续低声嘤嘤而泣。那神态模样，叫人又爱又怜，顿时将他的心哭碎。他扑通跪下，也哭了起来："表妹，你莫哭了。我这心，每天念你念得死几回，才忍不住瞅你。"

"真的？"表妹忽而止住了哭。

"若有半分假，立即叫我掉进粪池里，肉被蛆虫噬尽。剩的骨头，被野狗叼走，嚼个粉碎！"

表妹听了，忽而笑了起来，用那帕子朝他脸上一扫，随即羞红了脸，小虾一般溜走了。

那之后，表妹不再避管豹，反倒避开族人，有意凑近，和他偷偷言语几句。虽也时时羞红了脸，眼中却满是爱怜。他从没尝过这等滋味，一时凉，一时热，一时甜，一时麻，自己也成了一只醉虾。

有一回，管豹壮起胆，摸了摸表妹的手。表妹虽立即躲开，却回头望了他一眼，满脸羞红，满眼娇媚。

管豹再忍不住，忙回家求催父母去提亲。他娘听了，立即啐了他一口，说那表妹已定了亲，年底便要成亲。他哪里肯信，立即跑去问表妹，表妹没见到，却被舅母撞见，拦头骂了他一通，说他是只癞皮鼠，只爱钻墙洞。表妹已许了人，往后若再见他乱钻乱觑，打爆他的贼眼，再去报官。

管豹眼虽没爆，心却爆成了粪渣。僵着身子离开表妹家，昏茫茫走到桥头，想都没想便跳了下去。谁知冬季水浅，一头撞到水底石头上，疼得险些晕过去。水又寒冷，他连哭带喊，扑爬到岸上，几乎冻死，幸而被过路的一个老者救活。

那老者是楚澜的管家老何，说管豹既有求死之心，何不来信光明之教，弃暗向明，舍恶从善，做个洁净清明之人。管豹正万念俱灰、心底无望，便信从了老何。老何带他来到汴京，在楚家庄园做了护院。

管豹心无余念，每日只勤习武艺，由此渐渐得到楚澜信重，拔他在身边做了贴身护卫。摩尼教原本讲求茹素禁欲，信奉清静智慧。楚澜虽不吃荤，却极爱华侈享乐。管豹跟着楚澜，见识了许多从前绝难想及的富贵豪奢，自家也得了许多赏银。

有了钱，胆气也跟着壮起来。汴京柳街花巷不知有多少，他便一家家挨着去串游。那些妓女比他乡里那些女子不知娇贵美艳多少倍，更莫说那个红虾一般的表妹，而且个个对他亲昵尊奉，让他觉得自己身形都高壮了许多。

当他以为自己已尝尽天下美色，甚而开始厌倦，楚澜带他去了红绣院。一眼见到梁红玉，他顿时张大了嘴，不信世间能有这等绝美女子。那张面容，明净如月，也清寒如月。尤其那双眼，剑光一般，不论女子，或是男人，都绝难有这等英秀之气。可惜，那目光只冷冷扫过管豹，像是扫过路边一坨土块，停到楚澜身上时，才微露出些笑意。管豹也觉着自己是一坨土块，连让梁红玉那双红丝鞋踩过都不配。他惊呆在那里，被楚澜喝了一声才醒转过来，也才发觉自己嘴角竟流下口水。他顿时涨红了脸，慌忙擦掉。梁红玉却早已转身，哪里会瞧见一坨土块是否沾了水。

后来，楚澜从庄院里诈死逃离，躲到了红绣院。管豹因此见了许多回梁红玉，梁红玉却始终视他如土块，目光从未在他身上停过一瞬。管豹先还觉得理所当然，但时日久了之后，心里渐渐生出些怨怒。这怨怒如摩尼教义中所言之暗魔，一旦生出，便蔓延搅扰，不息不宁。

梁红玉有多美，便让他有多卑丑。这卑丑远胜于当年在乡里之时，不但令他羞愤，更叫他绝望。梁红玉如月，他便如粪虫，毫无存活之由。梁红玉死，他才能重新为人。

今天，楚澜吩咐他去烧毁梁红玉绣楼，他如同得了赦命。可烧死梁红玉后，他才痛惜无比，发觉这世间如夜，不能无月。

他从怀里取出一张红丝帕，这是他从梁红玉那里偷捡到的，帕角上用银线绣了一柄剑。他攥着那帕子，又偷偷哭起来，哭得再哭不出时，才趴到桌上，哀哀睡去。

醒来时，已过午夜。街上早已没了人迹，店主老儿也歪在椅子上打鼾，只有他头顶挂的那盏灯笼还亮着。竟还没灭。他像死过一般，怔怔望着红绣院，心底又涌起一阵悲伤。眼泪刚要涌出，却发现一个女子从对街暗影里走了出来，梁红玉！

梁红玉竟一眼瞧见他，并朝他招了招手。管豹惊得顿时站了起来，见梁红玉又在招手，忙将那红丝帕藏好，快步走了过去。

梁红玉牵住他衣袖，将他拽到墙角僻静处，压低声音说："管豹，你回去告诉楚二哥，我只求清静无事，不愿再搅进这些争斗。那紫衣人，明晚我送到金水河芦苇湾，让楚二哥船上等候。"

说罢，梁红玉转身便走了。管豹愣在那里，心里不住惊唤：她认得我！她记得我名字！

四、死肉

张用回到了家中。

三十多里夜路，既无乘骑，又没钱雇车马，更跛着腿，他却浑不介意，倒想试试自己会不会累倒在半途，尝尝何为筋疲力尽。他不愿再想那院里一连串凶杀，那些情景却不住在心头翻腾。这天下最聪巧的一群匠师，聚到一处，危境中只需一点疑惧，便能叫他们自相残害，三两日便不攻自灭。

张用甚而能想见十六巧临死之际各般神色情状，尤其李度和朱克柔。

李度临死之际，怕仍是那般痴怔。六年前，官家下旨在宫城中修造明堂。明堂乃祭天之所，西周始有此制，为天下建筑之尊。上圆法天，下方法地，八窗法八节，四户法四时，九室法九州，十二堂法十二月。国力极盛、万民安泰时，才有财力修造。西周衰亡后，明堂废弃数百年，直至两汉，才重又建成。之后又经魏晋六朝兵火纷乱，到大唐太宗贞观年间，政清时和，才欲重修明堂，却因议论纷杂，一直迁延到武则天临朝称制，自许受命于天，亲自催督，才终于造成明堂。但此明堂只存续四十多年，大唐衰落后，再无人拟造。

大宋开国后，太祖、太宗、真宗都无暇顾及，仁宗时虽曾议建，却因诸多异议，未能得施。后经英宗、神宗、哲宗三朝，直至当今官家登基，为崇奉古礼、彰显神圣、供奉九鼎，命蔡京为明堂使，每日役工数万，大修明堂。

那时李度才二十出头，却被命为枓栱大作头。张用也才和他初识不久，有天缠着李度，跟他进宫去瞧。工匠在上头架枓木，他们两个在下头瞧望，见那窗格雕得古奥又新鲜，不由得分神去看。不料顶上工匠失手，一块枓木掉了下来，正落向李度头顶。张用眼尖，手里却正在剥榛子吃，便一脚将李度踹到一旁，那枓木砸到了李度脚边，李度却浑然不觉，双眼仍盯着那窗格，慢悠悠说："这恐怕是从西周铜鼎上头的垂鳞纹化来的……"

念及旧事，张用想，李度不知是何等死法，唯愿他死时也正在瞧门窗或栏杆。不过，那院中房屋工艺极寻常，无甚可观之处。或者，他心里仍在构画艮岳楼阁。无论何等死法，他恐怕都不会惊慌。

朱克柔呢？她从没经过这等凶境，不过以她之性情，恐怕也不会惊慌啼哭。她会关上门在屋中静待，若有人破门而入，她恐怕不会叫那些男人近身，死也得自家做主。只是，那屋中没有丝毫凌乱或血迹，张用又特意去楼下查看过那后窗地面，也没发现坠楼痕迹。莫非是所有人都死后，她独自安然离开了？张用不由得笑了起来，无论生死，她都不会失了那清冷自傲。生而为人，能活到这般地步才好。

走了十几里后，腿脚酸痛之极，他却不愿停下来歇息，只想看这具肉身能累到何等地步。拖着伤腿，咬牙又挨了十几里，终于走到家门前时，他却仍没倒下。他有些失望，想继续再走，可才一转身，便倒了下去。临昏迷前，他最后一丝神志觉到，自己如一小粒盐，投进了一片黑茫茫的海水中。这便是死？他不由得笑了一笑。

等他醒来，一眼先看到两张脸——犄角儿和阿念。

犄角儿满眼忧切，眼角沾了一点眼屎。阿念则戴着一顶帷帽，脸被红纱遮住，只见目光溜溜闪动，却看不清面目。

张用想动动身子，手脚却都成了死肉一般，丝毫不听使唤。只有嘴皮还能动，他笑了笑："你们这是要私奔？"

"张姑爷也有短智的时节——"阿念隔着红纱捂嘴笑了起来，"有了张姑爷那十两金子，还有那些铜，我爹娘比雷公电婆还快性，一口便答应了犄角儿家的亲事。那媒嫂才出门，他们又马上雇了驴子，火闪一般，去退了胡家媒人的礼。如今我们已定了亲，哪里还要私奔？"

"你戴这红纱，是来成亲？"

"张姑爷果真是累得没了心智。难怪我家小娘子说，气须闲养，智从静得。谁家女孩儿成亲戴这帷帽？我娘说，我既已定了亲，成婚之前，脸再不能叫犄角儿瞧见。可我娘却没说我不许瞧犄角儿的脸，我还得寻小娘子，便把小娘子赏我的这顶帷帽找了出来。小娘子自家那顶纱是淡青的，她说自己日光见得少，面上缺血色，配那淡青纱，是清风来窥月下荷。我呢，面皮又细又白，还微微透些少女红，她便给我配了这红纱，说这是晨霞初见桃上露。姑爷你说美不美？——对了，张姑爷，这两天你去哪里了？咋会昏倒在门前？你寻见我家小娘子没有？"

"你家小娘子怕是已经死了。"

"死了？！姑爷你骗我！我家小娘子才不会死！我家小娘子事事通、样样明，便是阎王爷见了，也舍不得收她！你骗我，是不是？"阿念说着哭了起来，那红纱吸在嘴上，一鼓一凹，红鲤鱼吐泡一般。

"你莫哭，她或许还活着。"

"或许？！"阿念哭得更大声了。

"唉，我也不知她是死是活。"

"连姑爷你都不知道，小娘子一定是死了！"阿念一把掀掉帷帽，蹲到地上大哭起来。

"你莫哭了，寻见银器章，才能知道你家小娘子是死是活。"

"我便知道姑爷是在骗我——"阿念顿时又笑了出来，见犄角儿瞅着自己的脸，忙又把帷帽套上，"我家小娘子哪里会轻易死掉，姑爷一定能寻见那个银器章。"

"未必。"

"一定能！"

"好。便照你说的。"

"这才对嘛。"

"小相公——"犄角儿一直愣在一旁，这时才终于插进话来，"开封府那个小吏范大牙来了，还带了一对夫妻，说有些要紧事问小相公，也事关银器章。"

"哦？他们在哪里？"

"在外头。"

"我动不得，叫他们进来。我的胃饿慌了，开始嗑肠子吃了。它想桐皮面，你去端一碗来，叫他们面放足——哦，它还要一碗辣齑粉、半斤羊头肉，再煎一根白肠、两块灌肺，莫忘了配一碟芥辣瓜儿。吃辣了，它还得喝一碗姜蜜水润润——"

犄角儿忙掰着指头一样样记，阿念在一旁催道："哎呀，我全记着了，你去唤人，我去买！"说着，将犄角儿拽出了门。

不一时，犄角儿带了三个人进来。张用一看走在中间那年轻妇人，认得，是京中织缎名手宁孔雀。

五、无解

陆青听了馈奴吴盐儿所言，心里十分纳闷。

去年腊月初，太常寺姓李的斋郎邀王伦和莫裤子在吹台赏梅，席间曾多次提及王小槐。而这李斋郎父亲又是拱州知府，王小槐正月来汴京，正是由于拱州知府欲将他举荐给天子。三人当时商议的，恐怕正是此事。

但据王小槐所言，莫裤子去年在桃花宴上，死在他家后院的净厕中。看来莫裤子当时是假死。正月十五那夜，王小槐连遭八次谋杀，之后便消失无踪，清明却变作林灵素身边仙童。

陆青离开香漱馆，先赶到东水门内，去王小槐来京投宿的那宅子打问。那宅子主人正是李斋郎，他家仆人说，宫里刘贵妃薨了，太常寺料理丧礼，李斋郎已经连着两夜未归家。至于王伦和莫裤子，更无处去寻。

陆青心头怅怅，站在香染街口，竟有些茫然。他望着街头往来之人，见个个都揣着心事，或明或暗，或轻或重。望了许久，都未见一个心中无事之人。正是这些大大小小心事，彼此纠缠，相互引动，织成了这多事人间。

他正在默想，前头王员外客店前，两个汉子不知为何，争嚷起来，四周的人迅即围了过去。有人劝，有人笑，有人议论，听着似乎是为了小半块饼。两个汉子越争越怒，动起手来。其中一个汉子失手打到了旁边相劝之人，战局顿时演作二对一。围观的一个孩童被撞倒，哭了起来，那孩童父亲和前头的人又闹骂起来。路口顿时挤满了人，一些行人车马被挡住了路，其中一个骑马的硬挤过去，马又踩到了一个妇人，那妇人立即尖声痛号怒骂起来……

瞧着这乱象，陆青不由得想起琴奴那倦然一问："可有解吗？"

这人间，无数心事无数人，一桩心事便是一个结，这些结并非绳结，解开便能了。每个结都如野草藤蔓，能生能长，能扩能延，只会愈演愈繁，无有底止。即便世上只剩两个人，也休想宁歇。这便是人世之结，解无可解。差别只在，或苦中翻苦，或乐在其中。

陆青心中厌乏，不愿再看，转身走开，一路默默回到家中。

到家时，日已西斜，小院中异常宁静。陆青拿过扫帚，将院子扫净，洒了些水。见后院那丛竹子冒出些嫩笋，便挖了两根。又剪了一把春韭，拔了一根萝卜。剥好洗净，切作丁，滚水焯过，炝油做成浇头，煮了碗面。端到檐下，坐着边吃边瞧那梨树，心头渐归于静。

才吃罢洗过碗，院门忽然敲响。他开门一瞧，是个四十来岁男子。体格清瘦挺拔，头戴苍青绸巾，身穿浅青绸衫，一把淡须，两鬓泛白。初看并无特异，但陆青迅即发觉，那目光绝非寻常。一双细长眼，比同龄之人清亮许多。目光中含着些笑，映着夕照，流闪不定。

目光不定者，通常有两类人：或犹疑虚怯，不敢视人；或心性浮滑，轻躁难宁。这男子却别成一类。陆青从未见过这等目光，不由得多注视了两眼，见其中透出些潇洒玩世之意，似乎将人世视作戏场，万事皆可轻嘲。

玩世者有三类，一类根性通透，看破世事，又天生一副赤子顽性，因而跳脱俗情，难束难羁。陆青曾远远见过一回作绝张用，便是此等人。另一类则是绝望人间、愤世嫉俗，化悲为笑、演恨成狂。魏晋狂士，多属此类。第三类则是一些纨绔子弟，生而富奢，娇惯成性，不知人间艰难，不通世事情理。不过是倚富而骄、仗势而肆。只堪鄙弃，不值一提。

陆青见那男子神色间隐有富贵从容之气，却又没有纨绔骄狂之态，此人恐怕兼具了第一类之通透与第三类之余裕。

那男子也望着陆青注视了片刻，才开口道："陆先生，在下莫甘。在乡里时有个诨号，叫莫裤子。"

陆青一愣，旋即想起王小槐所述之莫裤子。陆青当时听了那古怪形迹，便有些好奇。此时见到真容，心下顿时明了：这是个富家顽童，又生来颖悟，因而得以脱去纨绔之习，轻松挣破世俗羁绊，却始终难改天生顽性。

莫裤子笑着继续言道："馋奴吴盐儿辗转托人找见了我，说你在寻我。你寻我，自然是为王伦和王小槐。王伦我也在寻他，至今没寻见。王小槐，我是受了王豪之托，叫我看护他。

"当时，王豪因帝丘那块田，被杨戬、梁师成两人同时相逼，这两位任何一个都得罪不得。王豪别无他法，只能将田献给杨戬，而后自尽向梁师成谢罪，以求保住幼子王小槐。即便如此，他仍担忧自己亡故后，乡里其他那些豪富欺凌王小槐，侵占他家业。他来京中四处寻求庇护，那时我正巧来京城，与他偶然相逢。我与他是旧识，便一起去吃酒，醉中他将此事说给了我听。

"我与那些豪富也都相熟，当年还曾戏耍过他们，分别订立过一些契约。我便给王豪出了个主意，虽说那些契约我早已丢了，那些豪富却并不知晓，可用这些契约做把柄，让那些豪富不敢轻动。

"王豪听了，像是得了救命仙草一般，第二天便寻了牙人，强行将他在京城所置房舍田产全都转给了我。又托人引介，叫我做了睢县县令的宾幕，去桃花宴上演了那场诈死戏。而后王豪仔细叮嘱王小槐，教他记住那些契约。

"这事办好后，王豪旋即服毒自尽。王小槐却觉察到其间有疑，不信其父是病故，四处招惹乡人，并拿那契约的事要挟那些豪富。其实，即便他不招惹那些人，一个七岁孩童，守着这偌大家业，羔羊身处虎狼群中一般，迟早会被人谋害。觊觎他的，也绝不仅是那几个豪富。

"我受了王豪重托，不好不管，便寻见王伦，一同商议。这天下，能保得了王小槐的，恐怕只有官家。于是，我们两个一同寻见李斋郎，托他转求其父，将王小槐举荐给天子。拱州知府听了这主意，也极欢欣，将王小槐接到了京城。我没有料及的是，王小槐自家竟有那许多主意。他来到京城，被烧死在虹桥上。起先，我以为是真事，生平头一回为人落泪。接着，便听说王小槐在皇阁村还魂闹鬼，陆先生又去那里驱祟。那时，我才想到王小槐并没有死。我一生最好耍弄人，到头来竟被一个顽童耍弄了。

"那之后，我四处找寻王小槐，却根本寻不见他踪影。直到清明那天，我与朋友去汴河湾赏春吃酒。那河面上闹异象，王小槐竟站在那神仙身边。人都说那神仙是林灵素，这些天，我一直在查寻，却始终不知王小槐是如何跟随了林灵素，也不知如今他人在何处。

"我要说的便是这些。陆先生，你若能寻见王小槐，千万告知我。我住在东水门外王员外客店。王豪京中那些产业，我只是替他暂管，最终仍得还给王小槐——"

莫裤子说罢，便转身离去。如河面上一片落叶，偶然漂近，略一停驻，旋即漂远……

第十章　死结

> 德为百行之本。
>
> ——宋真宗·赵恒

一、细线

赵不尤和温悦、墨儿、瓣儿团坐一桌，正要商讨几桩铜铃案，院门忽然砰砰敲响，听这响动，自然是赵不弃。

墨儿出去开了门，赵不弃笑着晃了进来："今天不是来讨饭，是来讨新闻。一连几日被蹴鞠社强拽了去，在宝津楼跟高太尉的殿前班比试，连赢他两局，看他面色难看，只好让了一局。此人从来都输不得，没趣，没趣，还是查案子好。你们这里查得如何了？嗯？桌子中间放只铜铃做什么？改作道场，一家人准备修神仙？"

"二哥快坐下，这回叫作铜铃案，还是我发现了其中关键呢——"瓣儿笑着搬过一张椅子，细细讲起四桩案子。她虽只听赵不尤讲了一遍，复述起来却一丝不漏。

赵不弃听了鼓掌笑道："你这张银嘴儿，该去里瓦占个头场，那些说公案的，王颜喜、盖中宝、刘名广辈，哪个都及不上你。"

"二哥莫忙着取笑我。这四桩案子，你已听过，可发觉什么入手处了？"

"就是这个铜铃？"赵不弃伸手取过那只铜铃，里外瞧了瞧，摇了摇，伸手揪住铃舌，一把拽下来，随即笑道，"是这里！对不对？"

"咦？二哥，你先前一定在院门外偷听！"

"这个值得我偷听？摇一摇，自然该听出铃声略有些发闷。再瞅一瞅里头，便该发觉顶上夹了一层。"

这回瓣儿鼓起掌来："还是二哥耳力、眼力最强。那你再说说，这铜铃和那几桩命案有何相干？"

"冰库老吏和武翘都是中了毒烟而死，毒香块自然是藏在这铜铃夹层里，预先燃着，再藏到箱子底下。两个人打开箱子，一个往外搬书，一个读那些旧邸报，不知不觉便中了毒。彭影儿是被毒娘子关在暗室里饿死，和铜铃不相干，放铃之人见他已死，便将里头藏的毒香块也取了出来。至于客船上的耿唯，他是仰躺在箱子上，似乎不太相同，我暂时想不出来。"

赵不尤、温悦和墨儿见他一气说罢，一起点头赞叹。

瓣儿又问："武翘箱子里为何要放那些旧邸报？"

"自然是要他一册册细读，这样才能中毒。"

"凶手为何确定他会细读？"

"这个我就想不出了。"

"我也是。"

赵不尤却已明白，尚未开口，却见墨儿犹犹豫豫地说："他恐怕是在查幕后胁迫之人。"

"哦？"赵不弃和瓣儿一起望向他。

墨儿清了清嗓，才慢慢解释："武翘的哥哥武翔偷送禁书给高丽使者，是十一年前，政和元年。这些旧邸报也是政和初年间的。武翔当年做得极隐秘，按理无人知晓，却偏生有人知晓，而且那人以此来胁迫他们兄弟。武翘为绝后患，自然想查出此人。送箱子给他的人，正是拿准了武翘这一心念，谎称此事可在当年旧邸报中寻见踪迹。武翘自然会一册一册细读，嗅到箱子里散出的毒烟，也浑然不觉。"

赵不尤三人一起点头，温悦则叹道："这计谋也实在太过狠毒。"

"所以我们要尽快查出这凶徒——"瓣儿说，"送武翘箱子的人，已经很难查找。不过，和毒死冰库老吏的，应该是同一人。"

赵不弃和墨儿一起点头。

赵不尤却摇了摇头："毒死冰库老吏的，是假借了他人之手，凶手是那新库官和小吏中的一个。"

"那个小吏邹小凉？"瓣儿和墨儿一起问。

"为何？"

两人都说不出，各自低头寻思。

赵不弃却笑道："那个窗纸洞？"

赵不尤笑着点头："说说看？"

"万福说，邹小凉唤不应老吏，便去窗户左侧舔破一个小洞，朝里望。而通常来说，为了看清房间里头情形，人都会尽量选窗户中间位置，这样左右两边都好望见。"

赵瓣儿高声接道："老吏那只书箱就在窗户左边的墙角根！邹小凉舔破窗纸前，已经知道老吏死在那里！"

"嗯。若是洞在窗纸中间，则可能瞅见老吏一截身子。但洞在窗户左侧，便很难看到左墙角。"

"他选左侧，是为了遮掩自己已经知情，怕自己做不像？等撞开了门，再和新库官一起发觉，便好蒙混？"墨儿问道。

赵不尤摇了摇头："他选左侧，是为了弥补一桩更要紧的疏漏。"

"什么疏漏？"瓣儿忙问。

"那一声铃响。"

"邹小凉在窗边窥望时，新库官听到的那一声？"

"嗯。"

"万福不是推测，是那老吏还剩了一丝气，动弹了一下，碰响了铜铃？"

赵不尤摇了摇头："发觉时，那老吏已经僵冷。"

赵不弃三人各自默默寻思，半晌都没人说话。

温悦忽然问："邹小凉选左侧，莫非是为了收一根细线？"

"细线？"那三人全都纳闷。

赵不尤则笑望妻子，点了点头。

温悦略有些羞赧："新库官听见那一声铃响，应该是邹小凉触动了箱子里的铜铃。"

"他隔着窗，怎么触动？"瓣儿忙问。

"我是从武翘那旧邸报想到的。武翘急欲查明幕后之人，必会一册册细读那些旧邸报，所以才一点点吸进毒烟而不觉，凶手的计谋也才能得逞。那冰库老吏则不同：一、他未必会打开那书箱；二、打开后，也未必会趴在箱边，一本本将书搬出来。必得有什么引得他必定会打开箱子，并将里头的书搬出来。所以，凶手想到用铜铃声来引动。他将燃了毒香的铜铃藏在书箱最底下，在铜铃顶上拴一根细线，打成活结，两头一样长。书箱角和窗框角上各刺一个针孔，将细线穿到窗外。到了深夜，老吏回宿房闩门安歇，凶手再潜回冰库院子，躲在宿房外，扯动细线，拉响铜铃，引那老吏开箱查看，那时箱子里已经充满毒烟，老人体弱，才搬了一半书出来，还没找见铜铃，便已——"

瓣儿忙质疑："邹小凉在窗外等老人中毒倒下，便能拉开活结，将细绳扯出来，为何要留到第二天？"

赵不弃笑叹道："那邹小凉必定从没做过这等事，一见老吏昏倒，恐怕已吓得没了魂儿，慌忙逃走，忘记收回细线。第二天，他才发觉，便去窗户左侧舔破一个洞，装作朝里望，用身体遮掩，偷偷抽回那根细线，触动了铜铃，发出声响，被那新库官听到……"

二、孔目

冯赛沿着南门大街往东，向榆林巷赶去。

这时天还不算晚，他想去拜访一位老吏。这老吏姓孙，是市易务的录事孔目官。这几年，冯赛引介商人去市易务贸货贷钱，常与这孙孔目交接。

孙孔目办事极严厉，入账细目丝毫不许错漏，加之脸生得瘦长，说话时面皮一丝不动，人都唤他"马脸孔目"。冯赛在他这里一向不敢疏忽，唯有一次，市易务发卖积存绢帛，冯赛说合一位陕西商人去批买。官定税绢尺寸从来都是每匹二尺五分宽、四十二尺长、十二两重。由于那回货多，冯赛填写簿录时，便只记了匹数，却不知其中有百余匹并非税绢，而是从民间和买的杂绢，宽长并无定准。经办的吏人也并不知情。此事却被孙孔目察觉，他当即撵走了那经办吏人，而后只对冯赛说了句："你往后不必再来市易务。"无论冯赛如何赔礼解释，他全不理会，市易务这条商路从此中断。直到一年多后，正赶上丰年，市易务有几万石豆子眼看便要馊腐，却发卖不出去。冯赛听到消息，寻见了一位大田主，此人承揽了山西、河北几处"保马法"养马之任，有数百匹官马要喂。冯赛便引介他低价屯买了那些存豆，解了市易务之急，那孙孔目才不再冷拒冯赛。往来多了之后，见冯赛行事精细，他脸上才偶尔扯出一丝笑。

李弃东既然在市易务做过书吏，孙孔目待手下又极严苛，应该会探问出一些消息。

到了榆林巷东头，往南是观音院，柳碧拂便在那里。冯赛不由得朝那边望去，微微月光下，只隐约望得见观音院的殿顶，不知柳碧拂在那佛殿何处。此时想起柳碧拂，他并没有怨，似乎也没了多少恋。心底剩的，只有怜。怜她的身世，怜她此时的青灯孤冷。唯愿她能在佛法中寻得解脱、求得安宁……冯赛长叹一声，拨马向北，穿进街对面的一条小巷，孙孔目家便在里头。

冯赛在那小院门前下了马，轻轻敲动门环。半晌，才有人应声，是孙孔目。他打开半扇门，手里端着盏油灯，灯焰在夜风里不住摇动，映得他那张脸越发冷麻，眼珠更似冰珠子一般："冯赛？"

"孙孔目，抱歉深夜搅扰，我——"

"来问赵弃东？"

"嗯——"

"他不差。记账从没出过一笔错。好学好问，一年多，各样物货钱贷事项便都能大致通晓。一个人揽了三个人差事，却不累，也不怨。我本打算好生培植，叫他替我的职，才满三年，他却走了。"

"哦，为何？"

"他未说，我未问。"

"他去市易务，是何人引介？"

“没人引介。那时蔡太师推行各般茶盐、铸钱新法，新策新规，几天一换，市易务公事增了几倍，只得四处雇募人力。赵弃东自家寻来，我亲试过，他书算都精熟，又曾在薛尚书府上理过几年账务——”

“薛昂？”

“嗯，赵弃东在尚书府里做过书吏，经见过大富贵，不是一般蝇头鼠脑的小吏。他到市易务这银钱满地的所在，从不曾私渎过一文钱。不贪小利，必图大财。你那百万官贷是他做下的？”

“……”冯赛惊望过去，孙孔目竟能洞察此人。

“这朝廷上下，已是只烂筛子，处处皆是窟窿，遍地虫鼠乱爬。但凡略张开些眼，天下哪座钱库货仓不漏财？我若年轻些，尚有血气跟图谋心，怕也会如赵弃东这般，动些计谋，施些手段，便能一世富足，何必在这浊泥滩里守清苦？我听得大理寺已放走了他，你要追他，怕是不易，他比你高明许多——”

孙孔目说罢，便关上了院门，脚步沉稳，进到屋中，屋门也关了起来。

冯赛站在那门前，眼前漆黑，心中更是茫怔如夜……

三、莲子

鲁三刀躲在路边暗影里，紧紧跟着梁兴。

他是冷脸汉铁志的副手。昨天他和一个手下跟踪梁兴，梁兴却躲进任店，丢下那两个泼皮，自己偷偷溜走。那两个泼皮交不起饭钱，被店主用铁链锁在后院，做脏重活儿赎还。鲁三刀盘问过那两人后，气恨之极。

不久，铁志也赶了过来。鲁三刀上前禀报，铁志又青黑了脸，只盯着他，不言语。那张脸中过风痹，有些歪扯。那双眼更是生铁一般，鲁三刀一直不太敢正视。好在他已跟了铁志几年，熟知其脾性，忙说：“梁兴如今没有落脚处，他与那剑舞坊的邓紫玉相好，恐怕会躲去那里。我已经派人去剑舞坊盯看。”

铁志听了，仍不答言。鲁三刀又补了句：“我这也立即赶过去。”说罢便转身赶向城南。

鲁三刀家在曹门外莲子巷，那巷子原不叫这名，只因巷里几十户人家世世代代都以剥莲子为生。各地的莲子运到汴京后，全都送到这条巷子。各家不论男女老幼，从早至晚，都坐在小凳上剪莲壳、褪莲膜，剥净后交给莲子贩，发卖到京城各处。

鲁三刀自小便坐不住，只爱使枪弄棒。父母管束不得，只能由他。他起先还想应募参军，又嫌那些拘管，不得自在，便只在街头闲晃。见相识之人受气，便上去相帮。十六岁那年脸上被人连砍三刀，坏了面容，却赚到了仗义名头。从此都唤他鲁三刀，本名倒没几人记得。

脸上这三道刀疤让他平添了不少威厉之气，人见了都怕。便有一些邸店庄院请他去做护院，他却只爱自在，仍旧在市井间闲晃。闲晃虽自在，却毕竟得求衣食饱暖。他先替人做些零活儿，谋一顿算一顿。但年纪渐长，便有些没着落起来。他相中了一个女子，家里以发卖芽豆为生。虽只是个小户人家，却也疼惜女儿。加之那女儿生得娟秀可人，更不愿轻易许人。不但聘资要五十贯，还得看男家营生产业。

鲁三刀除了一双拳头，别无长物。只能眼瞧着那女子嫁给了一个卖领抹花朵的经纪。他气不过，娶亲那天，拿了根哭丧棒，拦住那新婚的马，一顿乱打，将那新婚打成重伤，随即逃离了汴京。

他沿着汴河，一路向东，行了几十里地。天黑后，无处可去，便在河边寻了个草窝。那时是初春，天气仍寒。他缩在草窝里，不住抖着，忍不住哭了一场。直到如今，他都不明白自己那晚为何而哭。只知哭完之后，自己变作了另一个人，心冷，手狠，与这世间再无丝毫情谊。

他先是偷窃，接着抢劫。有一回为了一袋干粮，一棍打倒了一个赶夜路的人。看到那人倒在地上，抽搐半响，再不动弹。他才发觉自己打死了人。他先有些慌怕，但站在月光下，盯着那人身体，望了半响。惧意渐渐消退，发觉人与牲畜并无分别，生来便是要死，只分迟早。从那以后，他便开始杀人，下手时，心里再无丝毫波动。

在外州游荡了几年后，鲁三刀又回到汴京。他爱这天下最大最富之城，随处都是钱财，满街尽是可杀之人。他每天换一家客店，钱用尽，便去偷抢；色欲来时，便去妓馆。有时须杀人，便杀一两个。他只爱自在，终得自在。

这几年，他脸上又添了些伤疤，形貌也已大变。即便被故人认出，他也装作不识。至于家人，他只趁夜偷偷去过一回莲子巷。走到家门前时，没有停，只略放慢了脚步。门缝透出灯光，院里不住传来丢莲壳的声响，一如当年，一家人都在默默剥莲子，丝毫未变。走过后，才听到父亲咳嗽了一声，声气苍老了一些。鲁三刀心里微微一动，不由得加快脚步，离开了那条窄巷。这家、这巷，已与他全然无干，如少年时穿过的一双旧鞋。

他继续在街市上游荡，孤魂一般。有天傍晚，他在金水河上劫了一只小船，那船主却不识高低，抓着船桨追了上来，他回身一刀，将那船主刺倒。冷脸汉铁志正巧路过，看到后，竟走了过来。他挥刀去砍，却被铁志避过。两人斗了几个回合，他手中的刀被铁志夺走。铁志将刀丢进河里，冷冰冰盯着他问："愿不愿意做我手下？"

他先有些愤恨，但看到铁志那生铁一般的目光，忽而生出同类相亲之感。这些年，他虽然自在，却越来越孤寂。有时躺在客店床上，甚而想一睡到死。铁志目光声气虽都冰冷，他却觉到一丝暖，不由得点了点头。

于是，他便跟随铁志，听他调遣。那些差事与他这几年所为并无分别，却多了上司、帮手，让他不再孤寂，觉得自己从孤魂渐渐做回了人，又能言谈，甚而说笑了。

清明之前，铁志又交给他一桩差事——盯住梁兴。他早已听闻梁兴名头，盯了几天后发觉，梁兴也是个孤往之人。只是梁兴之孤与自己之孤似乎有些不同，他却辨不清不同在何处。

清明上午，梁兴和施有良一起去河边程家酒肆吃酒。他也跟了进去，独坐在旁边一张桌上，要了些酒菜，侧耳偷听。梁兴那时并不知施有良已经背叛于他，话语神情间，时时透出一股热气。鲁三刀这才发觉，自己与梁兴不同正在这冷热。

虽同为孤寂，自己的门窗全都封死，自家出不得，外人也进不来。梁兴的门窗却随时能打开，他可出，人也可进。

他也忽然明白，自己当年逃出汴京，缩在那个草窝时为何要哭：那是心里头那个自己在呼救，让自己莫要丢弃自己。他当时却没听见……

鲁三刀坐在那里，失了神，全然忘记自己身在何处。直到甄辉过来诱骗梁兴，梁兴纵身越过栏杆，奔向钟大眼的船，他才顿时惊醒，忙跟了过去。望着梁兴背影，那身形步态，处处皆迸发热气。鲁三刀心里忽涌起一阵妒恨，想将梁兴的门窗尽都封死，让他也尝尝自己所受之孤冷。

然而，梁兴虽屡屡身陷险境，身上那股热气却丝毫不减。这令鲁三刀越发怨恨，却始终无可奈何。昨天，梁兴更要弄了他，从任店脱身。

他带了几个手下，赶到城南，守在剑舞坊周围。一直等到深夜，果然看到梁兴走了过来。不过梁兴并没有进剑舞坊，而是溜到红绣院西墙，翻了进去。鲁三刀正在纳闷，却见几个人先后走到那西墙边，也翻墙进到红绣院。其中一个他一眼认出，是摩尼教四大护法之一的焦智。

鲁三刀越发吃惊，难道紫衣人藏在红绣院里？铁志曾吩咐，只劫紫衣人，莫动摩尼教。他思忖了片时，便叫几个手下继续在周围监看，他一个人翻墙进去查探。里头那景象更叫他意外，摩尼教徒钻进那间绣楼，外头竟有人纵火射弩。梁兴两次打开门，都被剑弩射了回去。那座楼被烧得通透，里头的人自然没有一个能活命。只是不知紫衣人是否在楼里。

关于死人，鲁三刀这些年早已麻木。梁兴的死，却让他有种奇异的欢欣。如同困在井底的青蛙，看到井沿上欢蹦的另一只青蛙掉落下来摔死。

他趁乱离开红绣院，叫那几个手下回去，自己则走进对面的剑舞坊，吩咐那妈妈，叫邓紫玉出来服侍。那妈妈说高太尉办生辰宴，邓紫玉被召了去。他只得悻悻作罢，另选了一个，尽兴磋磨了半夜才罢休。那妓女被他拧得浑身是伤，哭个不住。鲁三刀不耐烦，将她撵走，自己到桌边倒了杯酒，正要饮，却一眼扫见窗外对街店铺灯笼下，一个人影快步走过——梁兴。

四、诈死

范大牙瞒着程门板来寻张用。

他和牛慕一同查明，宁妆花从应天府将丈夫姜璜的棺木运回了京城。下了船后，一伙贼人谎称其妹宁孔雀指派，将宁妆花引到甘家面店前，他们买通店里的熊七娘和后巷对门那老妇人，接连穿过甘家面店和老妇院子，用候在那里的厢车，将宁妆花和棺中尸首从后面第二条巷子劫走。

牛慕将此事告知妻子宁孔雀，才知姜璜并没有死，来汴京途中，他跳下船、游上岸，恰巧遇见一位朋友，他自称失脚落水，借了那朋友之马，去追那船。姜璜既然没死，那棺木中是何人尸首？那伙贼人劫宁妆花时，为何要连那尸首一起搬走？

范大牙细问过宁孔雀后才知，宁妆花所乘之船，竟是清明正午发生神仙异象的那只梅船。他听后大为震惊，这一向汴京城诸多凶案皆是由那梅船引发，其中有个要紧嫌犯，穿了件紫锦衣。据甘家面店的熊七娘所言，她曾看了一眼那尸首，那尸身上也穿了件紫锦衣。范大牙这才恍然大悟，那伙贼人如此慎重，花这许多气力，原是为那紫衣人，宁妆花则只是顺带被劫。

更奇的是，清明那天晚上，城南蔡河边一座院子里，有幢新造的楼竟凌空飞走，当时楼中有汴京十六巧，也跟着一齐消失不见。幸而作绝张用拆穿了其间诡计，幕后主谋者乃是银器章。开封府介史程门板在查看那院子时，发现墙边土中埋了具死尸，身穿妆花绿缎衫。范大牙听说后，立即想起曾打问出，劫宁妆花的那伙贼人雇的车也停在那院外，忙叫牛慕一起去认。没料到，那尸首竟是宁妆花丈夫姜璜，姜璜身上还有一根银管，里头有些烟烬，残余一股异香，是迷烟管。

看到那迷烟管，范大牙顿时明白了前后因果：姜璜与人合谋，在应天府诈死，诱使妻子宁妆花前去扶柩。他躺在棺木中，上了梅船，以迷烟迷昏船上那紫衣客，悄悄搬进棺木中，自己为隐藏行迹，跳进水里，游上岸，借了匹马，急赶回京城。他京城的同伙则等在虹桥，劫走了宁妆花和紫衣客，运送到城南那院中，和那十六巧一同遁走。姜璜则被银器章灭口，埋在了那院里。

范大牙虽想明白了其中原委，心里却顿时闪出一个疑虑——那个人，他父亲，说自己女儿也被那伙贼人劫走，也在尽力追寻。

那伙贼人行事如此谨慎诡秘，显然并非寻常劫匪。张用推测银器章应是间谍，他恐怕不会去劫寻常女子。那个人难道在说谎？他寻的并不是女儿，而是紫衣人？如今看来，他那神色虽有些忧闷，却似乎并非亡失女儿之焦。而且，女儿被劫，他不但未到开封府报官，反倒似乎怕被人知晓一般，只独自在暗中找寻。

范大牙越想越可疑，他虽不愿见那人，这几日却都每天尽早回家。那人却再没来过。他娘天天盼着，失了魂一般，不住进进出出。煮饭时不是忘了盐，便是煳了锅。范大牙瞧着，心里又疼又怜，越发憎恨那人。可不知为何，他又不愿让官府知晓此人疑处，因而未曾告知程门板，只想先暗中查明白。其间因由，他不愿想，甚而不敢想。

他四处去寻那人，却没寻见。心想，那人若真与紫衣客有关联，此事非同寻常，仅凭一己之力，恐怕查不出什么来。他又想到了作绝张用，便唤了牛慕夫妇一起来登门求助。

他们跟着犄角儿走进张用卧房，见张用躺在床上，面色苍白，形容倦怠，眼中也没了神采。见到他们，坐都坐不起来，只微扭过头瞅着，似乎着了大病。范大牙忙要开口问讯，张用却先开口："没摔死，也没走死，便成了这般模样。等喂饱了肠胃，便能好些。你先说你查到了什么。"

犄角儿搬过三只小凳，摆到床边，难为情道："家中椅子尽都被小相公拆去做其他用了，三位将就坐一坐。"

范大牙和牛慕坐了下来，却有些别扭。宁孔雀忙说："我站着吧。"

范大牙见张用那双失神眼直瞅着自己，忙讲起自己和牛慕一路所查。讲到一半，阿念戴着红纱帷帽、提了个双层漆木食盒进来，犄角儿扶着张用背靠墙坐稳，阿念走到床边，却不将帷帽摘去，将食盒搁到张用面前。张用连抬手的气力都没有，两人便一左一右，各端起碗，喂张用吃。张用左一口面，右一口粉，进嘴便飞快吞下肚去，全不用嚼，声响又大，饿犬一般。

范大牙和牛慕夫妇尽都惊呆。张用却嘘溜一口，吸尽一大箸辣齑粉："我吃，你说，莫停！"

范大牙只得继续讲起来，却不时被张用嘘溜吧唧声盖住，时断时续，总算讲完。张用也吃尽了食盒里所有饭食，脸上果然显出血色，手也能动了。他从阿念手中接过一碗姜蜜水，一气喝尽，用手背抹了抹嘴，打了个翻江倒海的饱嗝，这才笑着望向宁孔雀："怪道那楼上住了两个妇人，另一个原来是你姐姐。"

范大牙没听明白，宁孔雀忙问："张作头见我姐姐了？"

"人倒是没见，只见了个空房。昨天我去了西郊一个庄院，那后院楼上住过两个妇人，一个是朱克柔，另——"

"我家小娘子？"阿念怪叫起来，"张姑爷见我家小娘子了？你将才怎么不说？"

"我没见到人，只见了空房。"

"那我家小娘子去哪里了？"

"不知。"

"不知？"阿念又要哭起来。

"我只凭气味，知道你家小娘子曾在那房里住过。那房里极整洁，她自然丝毫不慌，阿念你也莫慌——"张用转头又问宁孔雀，"你家姐姐所佩的香，可是沉香、檀香、乳香、琥珀、蜂蜜、茉莉花、栀子七种香合制成的？"

宁孔雀一愣，忙点了点头："我姐姐受不得香气过于浓杂，她闲常又最好读东坡先生诗文。几年前，她在香药铺见到人家卖东坡先生的六味香方，觉着简淡清和，正合她脾性。她又独爱栀子香，便添成七香，自己合制。我身上这香囊便是姐姐给我的，张作头在那房里闻到的是这香气？"宁孔雀从腰间解下一个绿缎香囊递给了张用。

张用接过，用力一吸，闭着眼回想片刻，随即笑道："是这气味，是你姐姐。"

五、斋郎

陆青又去访那个李斋郎，这回他在家中。

一个仆妇回禀过后，引了陆青进去，并未点茶，只让他坐在厅中客椅上等待，随即便转身出去了。陆青环视这房舍，虽略有些窄，但里头纵深，恐怕有几进院落，屋中陈设也处处透出翰墨雅贵之气。京城地贵如金，李斋郎父亲是从五品官阶，许多官俸高过他的，在京中都只赁房居住，买也只敢选在郊外。看来其父是个善于营谋之人。

陆青坐了许久，才听见后头脚步声响，一个年轻男子走了出来。大约二十七八岁，一身松散装束，头上未戴巾，露出牙簪绢带顶髻，身上披了件宽大白绢袍，并非见客之礼。步姿也散漫不恭，是个不惯拘束、清高自傲之人。进来之后，他先扫视了两眼，目光轻慢，眼含嘲意。

陆青起身致礼："在下陆青，贸然叨扰，还请李斋郎见恕。"

"你便是那个相绝？"李斋郎眼露不屑，并未请陆青坐，自家先坐到主座上，跷起腿，双手懒搭在扶手上。

"不敢。在下来，是寻问一个人下落。"陆青并不希求被敬，浑不介意，重又坐了下来。

"什么人？"

"王小槐。"

李斋郎面色微变："你寻他做什么？"

"受人之托。"

"他家已经绝户，谁人托你？"

"三槐王家，几世名族，亲族仍在。"

"王小槐已被人烧死在虹桥，你来我这里寻什么？"

"李斋郎果真相信他已死了？"

"开封府早已结案，难道还有假？"

陆青见他人虽傲慢，却毕竟年轻，只须轻轻挑破那层狂气，便沉声道："王小槐那夜在这宅子中，先已被人下了毒。"

李斋郎面色顿变，登时坐直，语塞片刻，才勃然发作："你……你这江湖卜算、欺愚骗财之徒，竟敢来这里雌黄行诈！"

陆青见他那恼是真恼，看来并不知情，便又问了句："开封府查办这桩案子时，李斋郎恐怕没有告知他们，王小槐那夜是从贵府出去的？"

李斋郎怒瞪过来，眼里却隐现虚怯："我好生接了他来，他却自家逃走，与我何干？"

陆青见他那怯只是愧，并非畏罪，便淡淡一笑："此事的确与你无干。"

李斋郎这才神色略缓："既然无干，你为何来问我？"

"王小槐那夜如何从这里逃走，李斋郎恐怕也不知晓？"

"那个贼猴儿，谁知他是如何逃走？第二天清早，仆人才发觉大门虚掩着。"

陆青听到"仆人"二字，立即又想起给王小槐下毒之人。李斋郎看来并不知情，下毒之人应是他家仆人，自然是被人威逼收买，嫁祸给李家。他原要开口说明此事，但转念一想，此事一旦说破，又是事端。那仆人急中生变，不知会做下什么。那收买他之人，自然更是有财有势，绝不会轻易坦认，反倒会设法反击构陷。欲谋害王小槐的那些人中，能无视李家官位，又能叫那仆人俯首听命，此人权势自然远在知府之上。

陆青想到了一人，宫中供奉官李彦。李彦曾受梁师成之命，与杨戬作对，亲自去皇阁村威吓王豪，最终逼死王豪。王小槐使钱托人，去他府中，在他卧房床上洒了些血污，丢了些栗子。他慌恐之下，去潘楼求我相看，那神色惧中含恨，恨的自然是王小槐。使人来李府买通仆人下毒的，恐怕是李彦。李彦如今继替杨戬，权势陡升，李家父子与他相抗，只能招祸。即便不敢追究，也白增惊怕。既然王小槐未被毒死，此事暂时掩过不提为好。

于是陆青转而言道："那日虹桥上烧死的并非王小槐。"

"那是谁？"

"此事已经揭过，李斋郎不知最好。那夜王小槐躲到了其他地方，李斋郎可知，他与什么人在一处？"陆青话才出口，已觉此问多余。

果然，李斋郎立即恨恨道："我连他生死都不知，哪里知道他去寻什么人？"

陆青却立即想起一人，便站起身："多有搅扰，陆青告辞。"

李斋郎却冷笑起来："你这般来，又这般走了？"

"至少查明了一件事。"

"什么事？"

"王小槐是自家做主，李斋郎并不知情。"

"哼哼！你既然号称相绝，连这点事都相不出来？"

"惭愧。告辞。"

"慢！你搅了我这一场，好歹该留些谢礼。你替我相一相，瞧瞧我将来如何？"

陆青淡淡一笑，丢下一句："天高不拒云去远，水深何须浪来言？"

第十一章　心气

> 雀鼠尚知人意，况人乎？
>
> ——宋太宗·赵光义

一、孤冷

昨天，那个紫衣怪人走向汴河边那客船时，甘晦正巧经过。

当时，甘晦心里坠着事，只略瞅了两眼，便走开了。可才走了十来步，猛听得身后一个妇人怪叫，他不由得停住脚，回头望去，见那个紫衣怪人已经离开，怪叫的是那个船家娘子，她船上似乎死了人。甘晦心里一颤，感到有些不祥，便跟着瞧热闹的人凑了过去，踮着脚朝船舱里张望，一眼瞅见木箱上那张倒仰的脸，他顿时惊住，止不住地打起寒战。

甘晦今年二十七岁，是耿唯的亲随，原本已跟着耿唯离了京城，去荆州赴任。寒食前，耿唯先和一众赴外任的官员进了皇城，在大庆殿面过圣、辞过阙。而后雇了一头驴子、一辆独轮驴车、一个僮仆、两个脚夫。清明一早，主仆五人一起兴兴头头地出了东水门。耿唯仅有的两个朋友前来饯行，还特地照着旧俗，在护龙桥上杀了头羊，讨个远路吉行。

甘晦当时挑着箱笼，脚底轻畅，心头一片欢欣豁亮。天下人都望着汴京城，赞它如何繁丽富盛。甘晦生长在这里，眼中所见，却是满街鬼、遍地奸、一城贼。权势逼得人喘不过气，财富压得人直不起腰。哪怕贵为宰相，也是今朝登云梯，转眼贬千里。真是冠盖满京华，得意有几人？

就如甘晦的父亲，屡屡应举不第，只有奔走于权贵之门，做个门客书仆。希图能得些沾带，讨一个恩荫官。可他才学平庸，又缺顺风溜水的本领，至今也只是一堆门客中最靠边角、不见头脸的那个。

甘晦自幼生得清秀出众，人见了，都说他必定出人头地。这相貌也的确给了他许多便宜。可容貌毕竟只是皮相，挡得一时，挡不得一世。一眼看貌，二眼看才，三眼则得看品性。甘晦承袭了父亲这塞命，才学上平平无奇，功名无望，也只能给人做书仆。连那清秀容貌，也渐渐失了神采。

他辗转十多个官户门庭，两年前，才到了耿唯身边。耿唯性情孤冷，少言寡语，在礼部任个闲职，每日只是按班应卯。耿唯只比甘晦长两岁，正是雄心勃勃求功业的年纪，他却似乎安之若素、淡然处之。那时，甘晦已经磨得没了傲志，跟着耿唯，常日清清静静，倒觉得十分顺意。

可是，到了今年，耿唯忽地性情大变，时常躁郁不宁。正月间将妻儿送回了家乡，身边只留了甘晦一个人。有几回出门，也不带甘晦。回来后，又冷着脸，独自在书房中踱来踱去。甘晦服侍时，若略有些小过犯，立即勃然大怒，青着脸大声斥骂。

甘晦心想，这里恐怕再待不得了。正在寻思另投别家，有天耿唯上朝回来，满脸抑不住的欣喜。原来，他被差往荆州任通判。通判一职，与知府平齐。又是外州，到了那里，不再受朝中层层官阶压迫，大半事务，自家做主。像甘晦这等亲随，自然也大有施展之处。这些年来，甘晦时常见那些外任官的亲随，去时一挑书，归来两箱银。

甘晦早已没了大企图，这时心顿时活了起来，想要挣些家业给众人看。他忙偷空去寻那些老亲随，向他们讨教。得了些秘传后，自家不住谋划起来：探清主人心意，能通最好，不能通，则须瞒得密实；最要紧是州府那些衙吏，好事歹事皆由这些人把控，先得探清虚实，然后软硬相兼，切记不能露出自家短……

终于离了京，一路慢慢赏着春景，好不畅快。行了十日，到了蔡州，傍晚在城外馆驿中，刚安歇下来，一个快马驿递飞奔而至，交给耿唯一封书信。耿唯读了那信，脸色顿时变暗，连夜饭都没动几口。甘晦瞧那书信并不似公文，却不知是何人寄的私信，竟能令官府驿递投送。

第二天清晨，耿唯面色枯黄，显然一夜难眠。甘晦服侍他洗脸时，他哑着嗓吩咐了一句："今日返回汴京。"甘晦虽预料不会有好事，却没想到竟是返京。见耿唯面色难看，又不敢问。

一路闷闷，三天前回到汴京，耿唯却不进城，付清钱遣走了三个僮仆，只在南城外寻了一家小客店。甘晦将箱笼挑进了客房，房中有些潮霉气，他正要去开窗，却见耿唯打开箱子，从里头取出一锭五两的银铤，递了过来："我这里再安不得你，你另投高明去吧。"

甘晦顿时呆住，他虽跟随过十几个官员，却一向明白，自己只是受雇于人，只须忠于职事、尽自家本分，莫要奢望与主人能有多少情分。跟着耿唯这两年，尤其平淡，甚而近乎冷淡。可猛听到这句话，他心中竟一阵酸痛，几乎涌出泪来。他自己都惊诧，这两年平淡之中，竟已生出一段情谊。

这情谊恐怕源于不争：耿唯于世无所争，甘晦也早已灰了心，于人无所求。两人相处，彼此无甚寄望，也无须猜忌，更无所牵绊。这在热油锅一般的汴京城，如同树荫下一小片清凉地。坐在那里，并不觉得如何。起身离开，才知难得。

他望着耿唯，泪水再抑不住，嘴唇也抖个不住："大人为何要说这等话？"

耿唯却迅即背转身，冷着声说："你走吧。"

甘晦知道若再多言，耿唯恐怕又会勃然发作，便抹去泪水，颤着声说了句："大人多加保重。"随即拎着自己的包袱，快步离开了客房。

临出门时，他偷望了一眼，见耿唯垂着头，如同一棵孤树，立在危岸边，眼看便要被洪水卷倒。

出了客店，他没头没脑走了许久，一直走到蔡河边，才颓然坐倒在一处僻静草岸边，望着刺眼的夕阳，浑身空乏，像是死了一般。

他不清楚耿唯那孤冷源于何处，却知道自己自出生起，便已注定了孤冷命。他父亲为应举，年过四十才娶亲。四十一岁那年，他父亲最后一次应考。进考院前，他父亲先去二王庙烧香，得了上上签。又去大相国寺看相，那相士说他青气冲额、喜光满眼，乃高中之相。他父亲不敢信，将汴京有名的测字、卜卦、扶乩、占梦都求算了一遭，全都是大吉之兆，他父亲欢喜无比。

然而，临考那天清早，出门却碰见个道士，望着他父亲不断叹息："你本是状元之相，只可惜被个阴鬼投胎到你家中，冲了禄分。"他父亲听了慌疑不已。那年果然又未考中，回家才知，妻子怀了身孕。

因而，甘晦尚未出世，他父亲对他便憎恶不已，给他取了这个"晦"字。并以此为由，再也不愿去应举。连带他娘对他也心怀疑忌。甘晦自幼生长在这嫌憎中，尤其弟弟出世后，亲疏冷暖对照越发刺心。甚而连他自己，也时时生出自厌自弃之心。

他坐在那河岸边，回想起这些，心中越发凄寒。几乎冷透心肠时，竟又想起耿唯那孤冷神情。他心中忽一颤，似乎醒悟了什么，细思良久，才明白：耿唯撵走他，其实是在呼救。但他们这等孤冷成性之人，哪里呼得出口？反倒常常变作冷拒。

念及此，他顿时站起身，心中一阵热涌：我得去救他！

二、尾随

夜深后，周长清轻步上到二楼隔间，站在黑暗里，向北窗外张望。

汴河两岸一片寂静。天上一抹新月，稀疏几颗淡星，只洒下些微光亮。两岸已没了行人，只有三两家店肆还亮着残灯，等着最后一两个醉客离开。

他这脚店前的河岸边，木桩上系了一只小篷船，崔豪、刘八、耿五三人正躲在船篷里。

周长清戒备了一整天，原本早已疲乏，这时望着那只小船静泊在那里，竟有刘邦垓下围项羽之感，困意全然不见。望了半晌，谯楼上传来三更鼓声，他忙走到南窗边，朝那院子望去。

寂静中，吱呀一声，那院门打开，陈三十二如约从里头走了出来。小心带上门，背着那钱袋，走向巷口。虽看不清楚，却仍能觉到他心头慌怕，走得极犹疑小心。周长清不由得点头一笑，崔豪寻得此人，果然合适。

他又盯向客店后门边那两间宿房。右边那间房门发出些轻微声响，一个人影溜了出来，飞快移到后门边，打开一道口，迅即闪了出去。

周长清忙转头望向西房，还好，西边那间宿房房门也随即打开，里头走出一个人，擎着盏油灯，是主管扈山。扈山快步走到后门边，边闩门边自语："怎生忘了闩门？"这时，左边那间宿房门开了，里头两人走了出来。扈山回身笑问："两位还未安歇？"那个瘦长男子闷声应了句："睡早了，这会儿倒醒了，再睡不着，去河边走走。"扈山笑着点点头，不再言语。

让扈山关门，是冯赛想到：两方人分别住进后门宿房，窥伺到陈三十二出来，必定要尾随。为了防备他们彼此撞见，一方从后门出去后，扈山立即出来关门，挡住后面一方，令其不得不走前门。

果然，那瘦长男子和翟秀儿装作不慌不忙走向前门，到门口时，陈三十二正好背着钱袋拐了过来，两人见到，便仍装作无事，走在前面。而从后门溜出去那人，则隔了十几步，尾随在后头。两方人将陈三十二夹在中间。

周长清忙又转到东窗边，见前头两人慢慢走上虹桥，陈三十二则转过这楼角，拐向河岸边，加快脚步，走近河边那只小篷船，将背上的钱袋一把甩到船艄板上，随即转身，飞快往西边逃开了。船篷里则伸出只手，迅即将那钱袋扯了进去。

前头那两人在桥上，扭头俯视，正好瞧得清楚。但两人没有停步，走到桥顶时，瘦长男子才停住脚，扶着桥栏，装作看景，不时扭头窥望岸边小篷船。翟秀儿则加快脚步，下了桥，望对岸跑去，迅即不见了踪影，自然是去报信。

周长清忙又去寻后面那人，却寻不见。那人刚才尾随到楼拐角这里时，便停住了脚，此时应当躲在楼下暗影里，陈三十二丢下钱袋，他自然也瞧得分明。

冯赛鹬蚌之计，走到这第二步，是要让双方都误以为陈三十二将钱袋交给了正主。谭力四人会认定船上藏的是李弃东，李弃东则会猜测是谭力四人。

李弃东应不敢贸然上船去抢，更不愿旁人知晓钱袋一事。为求稳妥，他恐怕会吩咐人尾随这小船，寻到谭力四人藏身处，再谋划出手。

谭力四人则相反，他们人手多，又做过苦工，不怕与李弃东厮斗。冯赛之所以用这小篷船，是因船篷下藏不了几个人，好叫谭力四人放心上船。

周长清双眼不住在岸边小船、桥上瘦长男子、楼下暗影这三处间来回急扫，暗自推断——桥上中年男子是李弃东所派，楼下男子则是樊泰。不知冯赛计策能否应验。

他正在思虑，一个身影忽从楼下黑暗里闪出，脚步轻疾，走向岸边那只小篷船……

三、傲气

谭琵琶没料到梁红玉竟会来。

他正在花园里听曲吃酒，门子来报，说梁红玉求见。谭琵琶先是一愣，随即笑起来，任你眼高过青云，终得低头迈门槛，便高声说："叫她进来！"

梁红玉身边并无使女，独自一人走了进来。头戴花冠，朱衫红裙，杏眼流波，明艳高华。相形之下，自己身边那几个侍妾顿时萎败。只是经历了那桩羞辱，梁红玉神色间竟仍带着傲气，毫无伏低之意。谭琵琶见了，顿时不乐，斜倚在竹榻上，瞧着梁红玉走到近前，躬身道了个万福，似有些不情愿。

他懒懒问："你来做什么？"

"崔妈妈命我来给谭指挥赔罪。"

"哦？她教你赔罪？她若不教你，你便不赔这罪了？"

梁红玉仍低着眉，并不答言。谭琵琶越发气恼，盯着梁红玉，琢磨该如何折辱这女子，将她那傲气，剥衣裳一般剥尽。

谭琵琶从没体味过何为傲气。他是小妾所生，他娘原是个弹琵琶的歌伎。他出世后，父亲原本已给他定好了名字，那正室却说，树有树根，草有草本。庶出的儿，哪里配用正名，就唤他琵琶，好教他一辈子莫忘了自己出处来由。

仅这名字，便教他吃尽了嘲笑。他心里最大愿望，便是有朝一日发迹了，换一个堂堂正名。可他除了乖顺以外，再无其他优长，处处被人看低，哪里能有发迹的一天。这般缩头缩手，活到十来岁，眼看便要成年，却瞧不见任何出路。正在灰心无望，却没料到，一位族中伯父回家省亲。

那伯父名叫谭积，自幼被送进宫里做小内侍。族中人都已忘记了他，他却竟在那皇宫中挣出了头，做过几回监军，被赐封节度使。他们族中仕途登得最高的，也只有一位县令，何曾见过这等高官？那伯父归乡，是想在族中过继一个儿子。族里宗子忙将小一辈子弟全都聚集在庭院里，由那伯父挑。谭琵琶当时排在角落，却被伯父一眼选中。

谭琵琶不知自己为何会被选中，又惊又疑，又慌又怕，跟着这位新父亲来到京城。等下了车，走进那宽阔宅院，他才见识了何为人间富贵。谭积待他极严厉，差了四个师父保姆，从一饮一食、一言一行教起，丝毫不得违犯。他虽无其他本事，却最善听从。每日所学，一样样都用心尽力。花了三年多，他大变了模样，举手投足，尽是贵家公子格范。

只是他少年时未读过多少书，行不得科举一途。谭积自家是凭军功一路升进，便也将他安置到军中，积了些年月资历，如今已是指挥使。

这些年来，谭琵琶在这位父亲面前始终无比乖顺，极尽孝道。唯有一件事始终耿耿于怀——改名。当年过继时，谭积听了他这名字，竟笑着说，这名字好，一听便忘不掉。后来，他已成了贵公子，越发受不得这名儿，寻机在父亲面前略提了一句。谭积却说，名改，命便改，万莫乱改。他只能恭声点头，不敢再提。

除了名字外，他倒是事事顺意。将自己从前受过的诸般欺压屈辱，一样样全都回报过去。连五岁那年一个堂兄抢走了自己半张油饼，他都记得。带着兵士回到乡里，逼着那堂兄一气吃下十几张油饼。

近两年，他父亲谭积越发得官家器重。宫中内侍中，握有军权的，头一位是童贯，第二位便是他父亲。去年方腊作乱，天子便先差了他父亲，率大军前去江南剿灭方贼。

谭琵琶在京城的势位也与日俱升，虽尚不及蔡京、王黼、梁师成、童贯等几家第一等贵要子弟，却也已是四处横行，人人避让。父亲谭积去江南剿匪后，他更是再无顾忌，整日和一班豪贵子弟牵鹰带犬、挥金散玉，寻尽人间快活。

然而，他父亲谭积到了江南，屡屡战败，在杭州尚未交战，便弃城逃奔。他父亲将罪责归于杭州知府及几个将官，其间便有梁红玉的父兄。

今年正月，谭琵琶听闻梁红玉被配为营妓，不但明艳惊人，剑法也极精妙，连才病故的剑奴都略有不及。谭琵琶正厌腻了汴京妓色，忙唤了几个贵要子弟，一起赶往红绣院探看。那崔妈妈见到他们，自然将那张老脸笑成了蜜煎果，忙不迭叫人去唤梁红玉。一眼看到梁红玉走进来，他顿时呆住，那面容如月，清寒照人。恍然之间，似乎也照出他的原形——那个妓妾所生、人前不敢言语、只配低头乖顺的卑弱庶子。

他早已忘记自家这原形，顿时有些慌起来。同行那几个子弟发觉，一起嘲笑起来。他越发慌窘，攒尽了平生气力，才勉强持住。梁红玉却嘴角含笑，款款应答。那些子弟哪里能坐得住，吃了两盏酒，便争着伸手动脚，意图轻薄。梁红玉则不慌不忙，左闪右让，轻轻巧巧避过。

谭琵琶一直冷眼瞧着，见梁红玉不但毫无卑怯，反倒从容不迫。不似在伺候恩客，倒像一位姐姐在照料一群愚顽幼弟。那眉眼间，始终有一丝清冷傲气。他不由得腾起一阵厌憎，区区一个妓女，你凭何敢傲？

身旁那些子弟却似乎并不介意，又吃了些酒，越发放诞。梁红玉实在缠不过，便笑言先比剑，赢了再亲近。那些子弟哪里会剑法，便一起推举谭琵琶应战。谭琵琶虽被父亲严命，学过一些武艺，却只是面上功夫。但他想，梁红玉毕竟一个娇弱女子，加之心中厌憎，便站起了身。

梁红玉唤使女取来两柄剑，皆是兵器监所造、边兵所喜的厚脊短身剑，利于近身厮斗。梁红玉含笑将其中一柄抛给了他，他险些没能接稳，脸顿时涨红，握紧了剑急走到庭院中。梁红玉舞个剑花，将剑尖指地，道了声："请谭指挥指教。"他并不答言，挥剑便刺，没想到梁红玉轻轻一闪，避到一边。他转手又砍，梁红玉再次侧身让过。旁边顿时有人叫好，他越发羞恼，又横臂斜刺。没料到梁红玉手腕轻轻一转，放平剑尖，在他手腕上轻轻一点，正点中酸穴。他手一麻，剑顿时掉落在地。众人顿时喝起彩来。他羞恼已极，像是被剥光了一般，却只能尽力笑着，用尽气力才赞了一声好。

自来京城，成了贵家之子后，他从未受过这等羞辱。回到家中，手仍抖个不住。家中养的那只白狮子猫却不识眼色，凑到他腿边蹭痒，他一怒之下，抓起那猫，猛力摔死在柱子上。看到众仆惊望，他越发恼怒，厉声吼退众人，让贴身干办拿三百两银子，立即去红绣院，叫梁红玉明日去金水河芦苇湾游船上陪宴。

第二天，他只带了几个贴身男仆，将游船驶到芦苇湾等着。半晌，梁红玉被接了来，她进到船舱，见只有谭琵琶一人，顿时有些惊疑。谭琵琶便是要她这般。他笑着说："昨日太喧闹，没能好生吃一杯酒，今日咱们两个安安静静吃几盅——"说着斟了两盏酒，将一盏递了过去。梁红玉有些不自在，但接过了酒盏。他举起酒盏："这一盏，敬你剑法高妙。"说罢仰脖喝尽。梁红玉勉强笑了笑，也只得一口喝完。

他放下杯子，坐到椅上，笑望着梁红玉。梁红玉看看手中酒盏，顿时慌起来，忙要转身出去，舱门早已被关死。她又试图去开窗，窗扇也从外边闩紧。她回身怒瞪向谭琵琶，谭琵琶却忍不住笑出了声，笑声虽有些难听，但看到梁红玉眼中那傲气消尽，他却极欢心。

梁红玉在窗边惊慌了片刻，随即眼一翻，昏倒在地。他过去慢慢剥光了梁红玉衣衫，抱到榻上，尽情玩辱了一番。解恨之后，见梁红玉要醒转，才穿好衣服，唤仆人进来，将梁红玉赤身丢到了枯苇荡边的雪泥里。

他叫船夫将船驶离岸边，泊在水中间，坐到窗边，自斟自饮瞧着。半晌，梁红玉醒了过来，惊怔了片刻，随即缩抱起身子，在雪泥中哭了起来。他不由得放声大笑。梁红玉听到笑声，惊望过来，一眼看到他，顿时止住了哭。

他不由得愣了一下，却见梁红玉抬头怒瞪向他，目光利剑一般。他被盯得极不自在，忙扭过头吩咐："开船！"

四、皮匠

庞矮子见到张用，吃了一惊。

他猜不出张用是如何逃出来的，或许是有人帮他？庞矮子不由得暗悔，早知如此，该顺手做个人情，替他解开那麻袋。不过，庞矮子活了这三十多年，"早知如此"之事做过太多，行走江湖，如同和尚修禅，得快刀切萝卜，必须爽利，容不得丝毫黏滞。因此，他并没有流露心中所想，咳了一声，沉了沉气，这才开口："张作头？你寻我们兄弟，不知有何事？"

张用帽儿歪斜，面目惺忪，满身的灰尘，胸前更浸了一片油滴汤水，似乎才从地牢里爬出来。唯独一双眼，仍神采跳荡。他抬手躬身，深深一揖："张用三生何幸，能再度拜会沧州三英？我寻你们沧州三英，是要托你寻一个沧州人。此人论名头，远不及你们沧州三英。论胸怀本事，在你们沧州三英面前，更似苍蝇比苍鹰。"

"哦？张作头要寻什么人？"

"银器章。"

庞矮子虽已隐隐猜到，听张用说出，仍有些暗惊。他更在意的是，张用连呼了四遍"沧州三英"。看那神色，听那语气，似乎含着些奚落，自然是在那麻袋里偷听到的。庞矮子微有些赧恼，但又觉得，奚落之外，张用多少仍有些褒扬之意。更何况，庞矮子只在自己兄弟三人间说过，从没听外人道过这名号。这时从对面听到，心底里有一番说不出的快悦。如同一只小鸡破壳而出，虽有些陌生惊悸，却终见天日。

他不住回想张用唤这名号时那音调、声气和神情，竟忘了答言。

他原是沧州一个皮匠，因生得矮小，人都唤他矮子。他听着刺心，但自小便学会一个道理：争不过、斗不赢时，只好拿和气自保。他便任人这般唤他，听到时不露嗔恼，尽力笑笑。那些本不敢这般唤他的人见了，也跟着唤起来。好比河边一片洼地，裂一道口，河水便尽都涌进来，哪里拦挡得住。不需多少时日，洼地便成了池塘。再多心气，也被淹沉。

这些他都还能忍，忍久了，甚而不觉得有何不妥。到了该求婚论亲的年纪时，矮，才真成了要命铡刀。他尽力攒钱，四处托媒人，可那些人家看他过门槛都吃力，全都当即回绝。相一次亲，心便被割一刀。媒人劝他把眼放低一些，寻个身有残疾的女子。他听了，越发伤心，却笑着摇了摇头，从此断了娶妻的念头。

一个念头硬生生压住，必定从另一处泄出。那之后，他生出个癖好：但凡上街，尽往人多处钻，见了年轻妇人，便凑到后头，偷偷朝那些妇人衣裙上吐痰。起先，他还觉得快意解恨，久了之后，便倦了。反倒恨自家竟变得如此龌龊，因而越发丧气。正当他百无生趣，甚而不时涌起轻生之念时，一桩大好事竟从天而降。

庞矮子受雇于一家皮革铺，那老店主最善制皮，不论羊皮、牛皮、鹿皮或是兔皮，经他鞣制，均细软柔滑，触手如绵。不过，这鞣制手艺乃独家秘传，每回鞣制，那老店主都关起门，不许外人进入，只教给了自家那个老来才得的独子，连两个女儿都丝毫不露。庞矮子和其他雇工只能做些晒割生皮、石灰脱毛等粗笨活计。

庞矮子那时才十七八岁，不愿一生吃这笨苦饭，存了心，时时暗中留意。他见那店主在后边场院里养了许多鸡，每日都叫一个看院的老汉将鸡粪扫作一堆，用粪桶搬到鞣房中。人矮有矮的好处，庞矮子见那鞣房墙上开了几个砖洞通风，便乘人不备，从那砖洞费力爬了进去，躲在生皮堆里偷瞧。

原来，那店主用温水浸泡鸡粪，等发出酸臭气味后，将生皮浸在里头，泡得熟软。庞矮子断续偷瞧了半年多后，将这秘技学到了手。他原本想出去自家经营，一来没有本钱，二来这鞣制手艺除了粪浸之外，还有诸多功夫。他便继续留在这里，慢慢偷学。

过了两年，那店主的独子出外吃酒，与人起了争执，竟被打死。他那老妻也旋即伤痛过世。店主没了后嗣，经人劝说，又续了一房妻室，是个年轻妇人，虽无十分容貌，却也有八分俏丽。姓也少见，姓星。那老店主恐怕是夜里过劳，不上半年，便得了虚耗之症，一命呜呼。他那两个出嫁的女儿伙同舅氏，来夺家财。那星氏并不争执，自家披着孝，去沧州府衙申告，自呈虽无身孕，但并无改嫁之意。推官照律法，将全部家产断给了她。

那星氏极慧巧，虽只旁观了几个月，却已大体知悉这皮革铺经营理路，并一眼瞧出庞矮子通晓鞣革技艺，便叫庞矮子做了主管。庞矮子从未被人这般重看过，忙跪在地上连磕了几个头，磕得过重，额头出血，险些昏死过去。

他感恩图报，每日尽心尽力。他偷学的那鞣制技艺虽及不上老店主，却也不输于沧州其他皮匠。那星氏又亲自坐镇店前，极擅笼络人，皮革铺生意反倒好过从前。

这般过了三四年，庞矮子酬劳也涨了许多倍。他虽攒了不少钱，却相亲无望，继而又厌于再去偷唾妇人。正在灰心之际，有天傍晚，那星氏忽然唤他到后院，支开了下人，隔着张竹帘子问他："我见你年纪已不小了，却未成婚。我这铺子又离不得你。我若出嫁，这铺子便成了绝户产，得充公，带不走分毫。你可愿入赘进来？"

庞矮子猛一听到，被雷轰顶一般，惊在那里，嘴不住开合，却说不出一个字来。主家娘子又问了一遍，他却仍说不出话，扑地跪倒在院里，几乎哭出来，口里连声嗯、嗯、嗯……

星氏似乎笑了笑，又轻声说："你先起来出去吧，这事先莫要声张出去，我得再打问打问，有哪些规程和避忌，官府及亲戚两处也得理顺。"

他做梦一般晃回场院那间住房，躺倒在床上，饭也不吃，饿也不觉，呆怔到半夜，都仍不敢信。

第二天，他被一阵叫嚷吵醒，忙出去看时，才知院里昨夜遭了贼，连星氏都不见了。她那卧房门被人撬开，晚间脱的褙子和衫裙都挂在架子上，丝鞋搁在床下，被子掀落在地上，人被劫走了。

庞矮子从一个梦顿时掉进另一个梦，痴了几天说不出话。过了半个月，官府只查出，那伙贼人领头的姓章，生了一圈褐红络腮胡须。他听了这个消息，买了一柄朴刀、一把匕首，带上自己攒的银钱，四处去寻那姓章的。

他没想到，这一寻便是十来年，已时常记不起自己在寻什么。

途中，他先后遇见那两个兄弟，董六和姜贵，两人虽比他高，却都缺些心智，因而极信服他。对这人世，他本已没了希求，有了这两个兄弟后，觉着自己身为大哥，得替他们踏出条路来。便带着两人，边寻姓章的，边四处闯荡，几乎走遍了各路州，去年才到京城。在这天下最繁盛之地，他们仍无出路，只能以盗窃为生。

有天，他在路上无意间见到一个褐红络腮胡须的盛年男子，一打问，那人姓章，沧州人，人都唤他"银器章"。庞矮子顿时惊住，听说银器章正在招雇护院，便寻了个牙人，拿刚偷来的两匹锦作酬劳，费了许多口舌，总算进到章家。

然而，他们却被差到金水河边那庄院里，根本无缘得见银器章，只从其他护院口中隐约打问到，银器章似乎买过许多个小妾。庞矮子听后，顿时想起主家娘子星氏。隔了十多年，他已记不清星氏容貌，只记得头回见她时，她穿着素白孝服，一树梨花一般。还有，最后那天傍晚，说起招赘，他跪下磕头，星氏似乎轻笑了一声，那笑声甜得似梨水……

只可惜，没等他打问详细，银器章便犯了事，逃走不见。他兄弟三人也被那管家辞退。这几天，庞矮子一直暗自琢磨，去找寻银器章。没想到张用竟来到他们寄身的这破钟小寺，要他相助，也为银器章。

庞矮子忽而想起一个人，银器章的管家"冰面吴"，那人应该知晓自家主人的去向……

五、舅舅

陆青想到了一个人，王小槐的舅舅。

他心中暗暗自责，虽从未经过这等事，却也不该忘了此人。王小槐正月来京时，已和这舅舅密谋好：那夜从李斋郎宅里偷溜出来，用一只病猴替换自己，放到那轿子中，引那些人来谋害。王小槐只是个顽劣之童，这些人事，自然全得靠那舅舅安排。

陆青记得那晚王小槐和舅舅来访时，那舅舅自报姓薛。香料薛家曾名满京城，这香染街又是香料商铺聚集之地，应不难找。陆青离开李宅后，便拐到香染街，一路打问过去。

问过几人后，果然问着了一个老经纪："你问老薛那败家儿薛全？他哪里还有家，十年前便已败尽了。这一向，他不知又从哪里拐骗了些钱，换了身新绸鲜缎，裹住那臭囊胞，四处招摇耍嘴。整夜歇在第二甜水巷的春棠院，迷上了那院里的一个妓女，叫什么吴虫虫——"

陆青谢过老者，缓步进城，来到第二甜水巷，寻见了春棠院。院门虚掩着，他叩了半响，才有人出来应门。是个十二三岁女孩儿，藕色衫裙，眼珠黑亮，望着陆青先上下扫了两三道，小嘴一撇，露出些不屑："你寻哪个？是来卖曲词的？虫虫姐姐才求来萧逸水一首新词，还没记熟呢，你过两天再来吧。"

"薛全可在你院中？"

"那薛大蹄髈？他正和虫虫姐姐歇着呢，日头不到顶上不起来。你寻他做什么？"

"能否请你唤他出来，我有一些要事相问。"

"瞧在你模样倒俊气，和那萧逸水有几分像，我便去替你唤一声。过两年我便梳头了，那时你若肯来，我饶你些钱——"

小女孩儿眨了眨眼，砰地关上了门。陆青愣在那里，回想那神情语态，不由得想起馈奴。吴盐儿当年恐怕便是这般乖觉灵透，早早认清自家处境难改，却不肯认命，一心寻路寻机，拼力求安求好。

他等了半晌，门才又打开，一个中年微胖男子走了出来，薛全。

上回陆青并未太留意此人，这时细细打量，见薛全果然戴了顶新纱幞头，穿了件青绿银线云纹锦衫，白底碎叶纹蓝绸裤，脚上一双淡青缎面新鞋。略偏着头、眯起眼，望向陆青。那神态之间，乍富之骄，混着重拾旧荣之傲。

一眼认出陆青，他立时有些不自在。回头见那小女孩儿扒着门扇，露了小半张脸，转着黑眼珠一直在瞅，忙露出些笑："陆先生，咱们去巷口那茶肆坐着说话。"

陆青点点头，随着他向巷口走去，见他身形步姿略有些发硬，隐透出一丝慌怯。仔细审视，这慌怯并非惧怕，只是羞愧，又含了几分理所当然自辩之意。他感到陆青目光，转头笑了笑。见陆青望着他的锦衫，越发不自在，忙望向旁边树枝上一只鸟。意图极显明，不过是想引开陆青目光，莫再瞅他的新锦衫。

陆青心下明白，薛全所愧，是为钱。他瞒占了些王小槐的资财，除此之外，似乎并未做何伤害外甥之事。

陆青停住脚："这里无人，我只问几句话。"

"陆先生是问小槐？"

"嗯，他如何跟随了林灵素？"

"林灵素？那个仙童真是小槐？清明那天，我在汴河湾见到那神仙身旁的仙童，第一眼便觉着是小槐，却不敢信，也不敢跟人说。"

"正月十五之后，他去了哪里？"

"他先还跟我躲在城郊一个朋友家中，过了两天，竟不见了人。我寻了许多天，都没寻见。"

"那朋友是何人？"

"他家原是药商，折了本，破落了，只剩南郊那院农舍和几十亩田。小槐许了他十两银子，他才答应我们在他家借住。小槐不见后，他也极恼，跟着我四处去寻，我替……小槐赔补了那十两银子，他才作罢。"

陆青留意他目光神色，并未说谎。只是说到"替"字时语气发虚，他之愧，果然只在银钱。

"小槐走之前，可透露了什么？"

"我问他李知州既然要荐举他到御前，为何要躲起来？他笑我是呆鸡眼，只瞅得见麸皮，瞧不见谷仓。还说他已谋划好了，叫我莫多嘴。稍不顺他意，他便拿出那银弹弓射人。我哪里还敢多问。不怕陆先生耻笑，在他面前，我哪里是个舅舅，分明他才是我舅舅。"

"除了李斋郎与你，他来京之后，可曾见过其他人？"

"嗯……正月十五傍晚，他叫我陪他进城去看灯会，到了宣德楼前，我跟他失散了，寻了许久才算寻见。他站在'宣和与民同乐'那金书大牌子下，和一个人说话。我连唤了几声，他才跑了过来。我问那人是谁，他说驴子拉磨，叫我只管动腿，莫乱张嘴。"

"那人样貌你可记得？"

"前两天，我见着那人了。"

"哦？"

"那天我和朋友去汴河湾吃酒，见十几只大船运来许多花木。有个朋友认出那是荔枝树。我们从没见过荔枝树，都跑去瞧。原来那些树从三千里外的福建运来，要搬去艮岳御园里种。督看力夫搬运花木的是营缮所的一个监官，五十来岁，一张瘦长马脸，正是元宵夜和小槐说话那人。我一打问，才知那人名叫杜公才，原只是个胥吏，几年前因献策给杨戬，骤然得了官。他献的那计策便是搜刮民田的括田令。得了官之后，他又去巴附朱勔，朱勔因操办花石纲得宠，这几年何止气焰熏天，人都称他是'东南小朝廷'。杜公才从朱勔那里又讨得了营缮所花木监官的肥缺。不知小槐是如何与他挂搭上的……"

第十二章　歧途

古今成败，善者从之，不善者改之，如斯而已。

——宋太宗·赵光义

一、送信

甘晦赶回了耿唯住的那家小客店。

店主却说："那位客官出去了。"

"去哪里了？"

"客官愿去哪里，便去哪里，俺们哪里好多嘴？"

甘晦心里不安，却不知能做什么，只好坐到那店前的棚子下，要了碗素面吃了，而后坐在那里等。一直等到深夜，耿唯都没回来。

他见店主和伙计开始收拾桌凳，忙问："我家主人那些箱笼有没有带走？"

"没有。他倒是先拿了三封书信，让俺寻个人替他递送。兴许是约了人聚会去了？"

"哦？送去哪里了？"

"俺没看，是隔壁阿青送去的——"店主走到店外，朝隔壁唤道，"阿青！"

那个阿青闻声跑了过来，是个十五六岁的小厮。

甘晦忙问："你送的那三封信送去哪里了？"

"一封太学，一封东水门外——"

甘晦原本猜想耿唯恐怕是写信给那两个朋友，但太学和东水门外这两处皆非那两位朋友的地址，他忙问："还有一封呢？"

"还有一封是观桥横街。"

"观桥横街？"甘晦大惊，"是寄给谁？"

"甘亮。"

甘晦越发吃惊，甘亮是他的胞弟，小他两岁。他从未在耿唯面前提及过家人，耿唯如何知道他有这个弟弟？又为何要寄信给甘亮？

"不是甘晦，是甘亮？"他忙问。

"嗯。我虽识不得几个字，晦和亮却分得清。"

甘晦满心疑惑，忙谢过店主和小厮，背起包袱袋子，进城望家里赶去。

自十五岁起，甘晦出去给人做书仆，从此便极少回家。唯有逢到年节，才买些酒礼回去一遭。进了门，父母面色都冷淡淡的。他也只是问过安，尽罢礼数便出来，茶都不喝一口。

唯有弟弟甘亮，性情温善，能和他多言语两句。但父母在场，也难得深言。有时在街头碰到，甘亮总是强邀他去吃茶或吃酒。兄弟两个相对而坐，心里始终隔了一层，话头往来，总对不到一处，因而，甘晦便尽力躲着这个弟弟。他们已经有两三年未坐到一处，不知弟弟这两年在做些什么，更不清楚他和耿唯有何原委。

他虽一路急走，到家时，也已近子时。街头只偶尔有行人经过，家中那巷子更是漆黑寂静。甘晦走到巷口，不由得停住了脚。这时，父母早已入睡，若去敲门，势必会招来怨怒。犹豫半晌，他还是转身离开，去大街上寻了家客店，投宿一晚。

辗转一夜，天才微亮，他已起来穿好衣裳。可又怕去得太早，父母还未醒，只得坐在床边焦等。看着天色大亮了，他才离了客店，穿进巷子，来到自家门前。

院门关着。他不由得想起父亲那张脸，就如这门板一般。站在门外，心顿时又有些沉坠。他长舒一口气，才捉住门环，轻轻敲门。

半晌，里面才传来脚步声，虚乏轻慢，是父亲。他的心又往下坠了一坠。门开了，父亲看到是他，目光也随即沉冷。

"父亲，弟弟可在？"

"出去了。"

"去哪里了？"

"不晓得。"

"他昨天可收到一封信？"

"不晓得。"

"……"他僵了半晌，才尽力笑着问，"二老这一向可安好？"

"还能喘气。"

"……"他不知还能说什么。

父亲冷望片刻，砰地关上了门。

他苦笑一下，这门其实并不似父亲，门虽关起，尚能打得开。

呆立半晌，他才叹口气，转身离开那巷子。怔立街角，望着来往路人，心里一阵空茫。半晌才想起，不知耿唯昨夜是否回那店里了？另外，昨晚未问那个小厮，另两封信是寄给何人？

但旋即，心头一阵倦乏，他不由得笑起来：耿唯与你何干？他再困顿，也是朝廷正七品官员，有位有禄，哪里要你这区区仆从挂虑？何况，是他撵逐了你，并非你离弃了他。

于是，他丢开这念头，漫漫闲走。可偌大京城，竟没有可去之处。一路向北，行至上土桥。站在桥上，低头凝望汴河水，浑茫流淌，无休无止。他眼中不禁落下泪来，忽然生出一个念头：跳进这河水中，茫茫荡荡、浮浮沉沉，随它去。

可就在这时，他一眼望见河边一株柳树，与其他柳树隔开了几步，似乎着了病，只有几根枝条发出些绿。枯枯瘦瘦，恐怕熬不了多久。望着那树，他忽又想起耿唯那孤冷身影，那里头的确压着一声唤不出的呼救，同命相怜之感重又涌起：我不救他，恐怕没人救得了。

略迟疑了片刻，他还是举步向南，出城去寻耿唯。

然而，到了那家小客店，店主说耿唯一夜未回。他又去问隔壁茶铺的阿青，阿青说另两封信，一封是寄给太学外舍的太学生武翘，另一封是东水门外礼顺坊北巷子的简庄。

甘晦听到简庄这个名字，想起正月里有个姓简的曾去过耿唯家中，不知是否同一个人。不过，这里离太学近，他便就近先去了南城外的太学辟雍，问那门吏求见武翘，那门吏还算通情，进去替他传话。半晌，出来说武翘今早便离开了，他是汴京本地人，家在城北小横桥，恐怕回家去了。

这时，已近正午，甘晦又累又饿，先去附近店肆里吃了一大碗煎鱼饭，略歇了歇，这才又进城往北赶去。从太学辟雍到小横桥，二十多里路。他赶到时，已是傍晚。他打问到武翘家，敲开门一问，那家一个妇人却说：武翘在太学中，逢着节假日才回得来。

他大为失望，再走不动，便又去附近寻了一家客店，要了四个羊肉包子，喝了一碗细粉汤，便进到宿房，躺倒在床上，动弹不得。

次日清早醒来，他想城南太远，决意先去东水门外寻那个简庄问问。

然而，才出了东水门，刚走到汴河湾，他便看到那个紫衣怪人朝着那只客船摇铃施法。当他凑近那只客船，却一眼看到耿唯仰躺在一只木箱上，已经死去，面目极其可怖……

二、管家

冯赛又驱马赶往薛尚书府。

听市易务孙孔目说，李弃东曾在薛尚书府里做过书吏，冯赛自己也曾替薛尚书说合过几桩交易，与那府里管家还算相识，不如再去薛尚书府打问打问。

独行暗夜长街，他心里时刻担忧虹桥那边，不知周长清、崔豪三兄弟第二步棋行得如何，自己却又不能前去扰了局。成年以来，凡事他都亲自操持，极少倚靠他人。唯有李弃东跟了自己后，见他行事比自己更谨细，才敢将一些交易单独交给他去办。谁知竟落到这般地步。眼下，又不得不将这等要紧事，全然托付给周长清和崔豪兄弟三人。他心里始终难安，犹如闭着眼，由人牵上高崖行走。

不过，这不安之外，冯赛又隐隐觉得松脱了一些羁绊。

这几年在京城，顺风顺水，事事称手。人唤他牙绝，他虽不敢也不愿因此狂妄自傲，心里却难免生出些自得自许。经了这场大劫，他才真正领会"世事无常，人力难凭"这八字，哪里再敢自矜自恃。

不但心底，就连周遭人事，也随之崩塌翻转：以往看似可靠之人，大都变了面目，难再托付；而绝未料及之人，却意外得靠，如崔豪三兄弟；当然，素来可信之人，如今也依然可信，如周长清。

他细想其中因由，发觉变的并非人心，而是己念。以往看这人世，如江湖泛舟，只须自家撑好自家船，便能一路安稳少危难。如今看来，人活于世，更似众人同走冰面，并非你自家小心，便能保无事。安危之间，有己因，有他因；有天灾，有人祸。有人暗裂薄冰，陷你于渊；亦有人急伸援手，救你于难。

因而，无须叹世态炎凉、人心难测。自家该尽心尽力处，仍当尽心尽力。至于他人，可疑与可信之间，只看人心明与暗。人心之明暗，则尽显于人之眼。心明则眼明，心暗则眼暗。欲辨清这明暗，则又需自家心眼清明。不被欲缚，不堕利昏，不为得失所困，不让杂绪扰心。此中功夫极深极难，却全在自己修炼，无须推责他人。

想明白这些，冯赛身心顿时清爽许多。对于李弃东，心意也随之而变，想探明因由之情，隐隐胜过了捉他归案之念。

薛尚书府离得不远，在皇城东面的界北巷。这一带都是京中贵臣府邸。当年，薛尚书典买这院宅子，还是冯赛从中操办。

这薛尚书名叫薛昂，元丰八年得中进士及第。那一年三月，神宗皇帝病薨，不到十岁的哲宗小皇帝继位，由高太皇太后垂帘听政，重用司马光等旧臣，驱逐新党，尽罢新法。

薛昂当年应考，所学是新学，轻进求锐，只看策论，不重学问。幸而那年他考中后，神宗才病薨。他曾历任太学博士、殿中侍御史、给事中兼大司成。由于学问根基浅，但凡见士子文章中引用《史记》《汉书》等古史语句，便要黜退。甚而奏请罢除史学，被哲宗皇帝斥为俗佞。

薛昂后来能升任尚书左丞，官至副相，全凭巴附蔡京。他举家为蔡京避讳，菜不能称菜，称蔬；京城不能称京城，称皇都。家人一旦误犯，便要笞责。他自家有时不慎口误，也要自掌其嘴，因而京城人私下里都唤他"薛批口"。

不过，薛昂也有自知之明。八年前，官封尚书左丞后，明白才不称位、高处难安，因此主动请罢，出知应天府。任满归来后，这几年便在京城领闲职、享厚禄，恬然无事。

冯赛来到尚书府门前，时近二更，府门已关，只开了一个侧门。灯笼下两个门吏守在门边。这宏阔院宇他曾进过几回，这一次心境却大为不同。其中一个门吏以前见过，恐怕也已得知他的遭遇。他下了马，走上前，提振起精神，微微笑着说："能否请刘虞候进去禀告崔管家，冯赛有要事求问。"那个姓刘的门吏瞅着冯赛，目光闪了几闪，显然认出了他，只是在揣测冯赛现今身份处境。见冯赛坦然无事，便含着犹疑，点头哼了一声，转身进门去了。半晌，才出来，脸色却略松活了些："跟我进来。"

冯赛忙跟着那吏人，像前几次那般，进了门，穿穿绕绕，经过几层庭院门廊，来到边上一个院子。一进院门，眼前情景让冯赛不禁一愕：院子中央一座铜鹤灯架，挂了三只白绢碧绣的灯笼，崔管家坐在灯旁一张锦垫竹榻上，只穿了白绢汗衫内裤，披了条黑锦道袍，散着头发，裤腿挽在膝部。他身侧一只檀木小几，上摆着官窑白瓷酒瓶、酒盏，一碟油煎脆螺。他正拈着一颗脆螺，在嗑吸。

而他腿前，是一只雕花木桶，冒着热气，那双胖腿伸在里头，一个翠衫侍女蹲在一旁，正在替他搓洗。另有一个红衫侍女则站在他身后，拿着把象牙篦子，正在替他细细篦头。

抬眼见到冯赛，崔管家立即丢掉螺壳，笑眯了眼，抬起胖油手连连招呼："冯二，快过来，快过来！满城的人都在说你遇了事，成了丧家犬，我瞧你好端端的，并没蜕皮掉毛呀！你凑近些，我仔细瞧瞧……"

冯赛只得走到近前，躬身施礼拜问。

"嗯，还是那个温雅雅、从容容的冯二，好！我还跟人争，我这双眼看了多少山高水深，哪里能看差了人？好！好！不过，听他们讲，你如何凄惨狼狈，全都片片段段，从没听全过。你给我细细讲讲！抬把椅子给冯二，点一盏去年御赐的那龙凤英华！"

冯赛听了，虽勉强笑着，心里却极不自在，自己竟成了众人的笑谈。但随即一想，众人事，众人说；不说你，便说他。如今正巧轮到自己而已。与其让人胡乱语，不如自家照实言。而且，经历了这些，余悸犹在，不若敞开说出，方能云过淡看、烟散笑忆。

这时一个男仆端出一把檀木椅，冯赛便坐到崔管家对面，将自己这些天的经历讲了一遍，说到刺心难堪处，心里仍一阵酸接一阵痛。崔管家却听得不住咋舌瞪眼，冯赛知他最爱奇事异闻，只当有趣，并无恶意，便也尽力笑着，像是说别家的旧事一般。说罢之后，心中果然轻畅许多。

"茶都凉了，再点一盏热的来！痛快，痛快！这比京城瓦子里那班讲小说的王颜喜、盖中宝、刘名广辈，胜过多少去？"崔管家听得面热耳红，伸出胖手将头发捞到耳侧，"人都笑你落魄，他们都是阴沟里的蛤蟆，岂能知晓，不经些大山大水，哪里能得来千里平川？唯一只看，人被大浪卷了，能不能攒口气浮出来。"

冯赛听此一说，心里越发没了阴翳。

"杂剧之中，末泥为长。没想到你这出大杂剧，末泥乃赵弃东，他竟是我替你选的。你今天来，是问此人吧？"

"嗯。"

"哈哈！我便知道。我头一回见赵弃东，是政和三年，扳指一算，竟已八年了……咦？我头一回见你，也是那年！对不对？那年我家相公升转尚书左丞，官阶荣耀到了极处，门宅也该配得上，因此才寻你物色到这处宅子。除了门宅，家下人吏自然也得添些心端貌正、济得事的。尤其是宅里账目，每日进出比江南沟汊还繁乱，得寻个极精细的人才理得清。本朝崇宁三年兴学，新设了算学，也照三舍法取士。这原本是桩大有益之事，只可惜，人人都只瞅着科举正途，极少人肯投这条寒径，因此十来年后，算学渐渐荒废。我却不管他荒不荒，通算学之人，自然善理账目，于是我便去太史局算学寻人。那时算学里通共不到百人，上舍更只有六七个，其中肯用心向学的，只得三个。那三个里头，一个四十来岁，却已缺齿秃头；一个三十来岁，生了一双斗鸡眼；另有一个便是赵弃东，那年他才十七岁。我到那斋舍里时，外头听着静悄悄没一个人，走进去一看，只有他一人坐在桌边，盯着桌上一堆算筹，一动不动，悟道的罗汉一般，模样又生得清隽。我连咳几声，他都没听见。那时我便立即相中了他，过去拍醒了他，问他愿不愿去尚书府。他听了，低头想了半晌，才说了两个字：'也好'。"

冯赛听到这里，有些茫然起来，如此静独之人，为何会变了性情？

崔管家饮了一口酒，继续讲道："大定之人，才做得出大惊人之事。年青一辈中，你定力已是上等，赵弃东比你年轻，定力上却更胜你不少。他跟我到了这府里，仍似在算学中一般，每日只在后头那间书房里，极少与人言谈。见了人，只是笑一笑。交给他的账目，却记得极仔细，从来都分毫不差，各项开支用度理得清清楚楚。我见他如此得力，便渐次将外面各处的田产、房宅、钱贷、店肆、货卖……也逐一交给他来照料，他一样样都能料理好。不但我，连薛相公都极爱他，还替他在府里挑了个出色侍女，打算替他完婚。"

"他为何离开尚书府？"

"至今我也不清楚其中缘由。他在这里前后处了三年多，有天他将账本抱到我这里，说家中有些急事，必须回去。也不愿说缘由，便走了。前年腊月，我去唐家金银铺替府里几位小娘子选新春花冠，才发觉他竟在那里做经纪。他一见我，便躲开了，我也装作没见。此事若让相公知晓，恐怕不会轻饶他，我便也没有说出来。哪里知道，他竟做出这等事来。"

冯赛听了，越发觉着此人根本难以揣测。

"你若想查他的底细，可去他旧宅问问。从我这里辞工后，他便搬离了那个住处。不过，从他邻居口中，应该能问出些身世来由。他那旧宅在酸枣门外青牛巷……"

三、失声

梁红玉见过许多谭琵琶这等人。

这等人越卑弱，便越盼着能欺辱他人。从那欺辱中，才能找回些自家原本便没有的自尊。

那天，她被谭琵琶玩辱后，丢在岸边，若非附近一对船家夫妇相救，恐怕已冻死在那雪泥里。她原本当即便要去报仇，杀了谭琵琶。但一想，落到这烟花窟里，这身子便再由不得自己，这等玩辱不知还要遭逢多少回。若受不得这命，想保住身体之洁，眼下便该自行了断。若不愿死，便得忍着挨着。两条路，前者痛快，后者难。选哪一条？

她思寻良久，终于还是选了后一条：父兄已背了怯战罪名而亡，我不能再临阵脱逃。我得让天下人知晓，我梁家不论男女，皆非怯懦之辈。至于这身子，能惜则惜，能洁则尽力洁。若实在无能为力，且由它去。毕竟只是个皮囊，暂寄其中，终将还去。到头来，终归尘土，只余一把枯骨。

至于谭琵琶，自然得狠狠惩治。但她不再怨恨。如同粪蝇，哪里配得上恨？

于是她开始细心留意，却没想到，这机会来得这般快。前两日她到前头见客，仍是上回那几个贵要子弟，却不见谭琵琶。那几人说谭琵琶骑马扭到了胯骨，这几日在西郊庄园里休养。她听了梁兴的计策，立即想到谭琵琶。与梁兴商议好后，他们便各自趁夜离开了红绣院。

她刚跳下墙，便觉到对面暗影中躲了个人。她装作不知，朝巷口走去，那暗影也悄步跟了上来。走到巷口，她一眼瞧见楚澜的贴身护卫管豹，独坐在对面茶摊上，便停住了脚步。身后那人也倏地躲到了路边一棵柳树后，看来和管豹并非一路人，应当是摩尼教徒。正好，不必费力两处去寻。

她便招手唤过管豹，将他引到那柳树附近，让管豹传话给楚澜，明晚到金水河芦苇湾船上交接紫衣人。柳树后那人自然也听到了。

说罢，她便望城里走去。走了一阵，发觉身后又有人跟来，听脚步仍是刚才那暗影，似乎是个女子。这女子听到了那些话，恐怕是立即传信给附近同伙，自己又紧忙避过管豹，绕道追了过来。梁红玉心想，且让她先跟着。

到城里时，天已微亮。她有些困乏，想到今晚还有一场恶战，便在御街边寻了一家客店，挑了间宿房，进去一觉睡到了傍晚。醒来后，到窗边偷偷一瞧，见街对角有个提瓶卖茶的布衫女子不时朝这边瞅望，看身形正是昨晚那女子。虽然衣衫破旧，满脸汗尘，衣领下却露出白皙皮肤。梁红玉不由得笑了笑，这女子恐怕是摩尼教那个明慧娘。

她回身开门，出去讨了盆水，随意洗了把脸。出去到街上寻了家胭脂店，买了些上等胭脂水粉。那卖茶女子一路都在跟踪。她心中暗乐，装作不知，回到客店里，先吃了碗素面，后叫店家打了盆水，借了面铜镜。细细梳洗过后，匀脸、描眉、画唇、贴花黄，换上包袱里一套朱衫红裙，将自己装扮得明明艳艳，而后出去让店家替她雇辆车子，店家见了她这新貌，惊得说不出话。半晌才回过神，忙跑去唤了辆厢车来。上车时，她见那卖茶女子躲在墙角觑望，心想，你也累了，接下来便不能再让你跟着了。

她在车中吩咐那车夫，先往东快驶了一段，又向北穿进巷子，连拐了七八道，确认甩开那卖茶女子后，才下了车，拿出七八钱一块碎银，让车夫继续往北，到景灵宫东门等候。自己则穿出巷子，另寻了一个车马店，又雇了一辆车，坐着赶往西郊谭琵琶那庄园。

到了那园子时，天已黑了。她从怀里取出一个小瓷瓶，将里头的药粉倒在左手手心，握住拳。右手拎起包袱，让车夫在此处等候。下车走到院门前，让门人进去通报。半晌，一个仆人引着她穿庭过廊，一路走到后边花园。只见树上池边挂满各色灯笼，一片牡丹花丛中，摆了一张锦屏乌木绣榻、一桌酒菜。谭琵琶穿着雪白衫裤，斜歪在枕上。七八个艳色女子环侍左右。

梁红玉一见谭琵琶，顿时冲起一阵愤辱。她强力抑住，将包袱放到地上，上前拜见赔罪。

谭琵琶悻悻盯着她："你拿什么来赔罪？"

"崔妈妈吩咐，无论谭指挥有何吩咐，都不能违逆。"

"又是崔妈妈吩咐？她若不吩咐，你便要违逆？"

"红玉不敢。红玉出身将官之家，不通行院礼数，冒犯了谭指挥，有罪本自当罚。谭指挥已惩戒过红玉，红玉也已痛心悔过。恳请谭指挥海量宽宏，饶过红玉。谭指挥若不嫌红玉粗颜陋质，从今以后，红玉必会甘心诚意服侍谭指挥——"说着她从榻边桌上取过一只汝窑天青莲花酒盏，趁势将手心里的药粉抖进盏里，随后拿过酒壶，满斟一盏酒，走过去跪到榻前，双手恭呈给谭琵琶。

谭琵琶却并不理会，仍盯着她，半晌才懒懒问："这杯酒，仍是崔妈妈吩咐的？"

梁红玉情知谭琵琶是在有意戏辱。若顺了他意，他定会加力羞辱；若逆了他，则会勃然发怒，绝不会吃这盏酒。她心中急忖，忽闪出一个主意，忙抬眼望向谭琵琶："这一盏，并非妈妈吩咐，也不是敬给谭指挥——"

"哦？那是敬给谁？"

"这一盏酒是敬给令尊大人——谭节度使，唯愿谭节度使在江南运兵如神，及早平定乱贼。父子连心，请谭指挥代为饮下这杯降贼得胜酒。"

谭琵琶果然立即坐起了身子，犹豫片刻，伸手接过了那盏酒，分作三口，饮了下去。

梁红玉忙趁机取过酒壶，又替他斟满："这第二杯，是敬令尊大人福寿康安、鸿运常吉。"

谭琵琶只得又一口饮尽。梁红玉不容他思索，忙又斟满："这第三杯，是敬谭指挥，子承父志、家业恒昌。"

谭琵琶听了，不觉露出笑，又一饮而尽。三杯酒落肚，药性随即发作。他刚要开口说话，面色忽然一变。梁红玉忙装作去接酒杯，用身子遮住。那酒里的药唤作"戟人咽"，服下后，能令人喉舌肿胀、胸促气紧，不能言语，重者甚至能窒息而亡。梁红玉没敢多用，却也已经见效。她凑近谭琵琶耳侧，轻声说："酒里有毒，若想保命，就点头。"

谭琵琶忙点了点头。梁红玉有意放声笑起来，高声问："谭指挥要她们全都退下？"谭指挥又点了点头。梁红玉转头对那些侍妾说："你们都退下吧。"那些侍妾有些生疑，却不敢多问，只得纷纷离开。梁红玉见她们大半走远，又大声说："谭指挥这么性急？这就要回房里去？"谭琵琶连连点头，梁红玉趁势扶起他，拎起包袱，转头唤住一个使女："你在前头引路，谭指挥要回房歇息。"谭琵琶腿伤未愈，走路仍有些跛，梁红玉便搀住他，跟着那使女绕过花径，走进一间布置繁缛奢丽的卧房，扶到了锦帐雕花大床上。

梁红玉让那使女出去，闩上门，回头却见谭琵琶满脸惊惶，挣扎起来要逃。她走过去，一把将他推倒回床上，轻声笑问："欺凌羞辱女子，很快活？"谭琵琶口中呜哇，慌忙摇头。梁红玉继续说："不过，我不杀你，由上天来断你生死。你老实听命，才得活命。"谭琵琶满眼惊惶，连连点头。

梁红玉解开自己那包袱，取出一根粗针，在谭琵琶两耳耳垂上各刺了一针，扎出两个耳孔。谭琵琶疼得呜哇怪嘶。梁红玉忙娇声高唤："谭指挥，你慢一些！轻一些！"边唤边在谭琵琶耳洞上抹了些金创药止住血。从旁边衣柜里翻寻出一件紫锦衫，给他套上。她一直纳闷紫衣人为何要穿耳洞，顽性忽生，将自己那对红玛瑙耳坠摘下来，戴在他两耳上。又找了两根衣带，将他手脚都绑了起来，用锦被遮好，先轻声说了句："乖乖等着。"随即又放高声量，"妈妈吩咐，不许在外头过夜。谭指挥好生歇息，改天红玉再来侍奉你。"

她转身见墙上挂了把宝刀，便摘下来裹进包袱，吹灭房中几根巨烛，出去带上了门。那个使女竟还守在门外，她便悄声说："谭指挥已睡下了，莫要惊动他。你送我出去。"

那使女引着她出了院门，车子停在墙边。她走过去正要上车，心口忽然一抽，想起自己刚才屡屡与谭琵琶近身相触，再受不得，忙奔到旁边树丛里，弯下腰呕吐起来，呕得肝肺都要吐出，泪水也奔涌不止。已不知是在呕吐，还是在痛哭。良久，才渐渐歇止。

她扶着树平息了一阵，掏出帕子拭净脸，才回去坐进车子，低声吩咐车夫：沿着河岸向西……

四、欠情

冰面吴没想到庞矮子竟找见了自己。

他那两个兄弟跟在后头，前矮后高，斜肩着一根扁担，挑了只麻袋。庞矮子悄声说里头是作绝张用。冰面吴一听，忙挥手叫他们进去，赶紧关上了院门。他瞅着那麻袋，犯起愁来。

银器章虽曾叫他绑劫张用，但几天前，在那金水河庄院里，天工十六巧发生那一连串凶杀后，银器章已经畏罪隐匿……不过，他迅即想起临别时，银器章给了他一个沉甸甸的包袱，望着他，笑着说："这些年叫你辛劳了，今后恐怕再难相见，你拿了这包银子，赶紧寻个安稳去处，一心一意，相伴妻儿，好生度日，莫要再生二心。哪怕偶尔欠了人的情，也只当前世债今生收，莫要执念。"他听了忙用力点头，险些掉下泪来。望着银器章坐车走远后，他才离开那庄院。

回到家打开包袱一看，里头不是银铤，而是金块，齐整整、金闪闪垒成一摞，足足三百两。他眼泪终于大滴滚下，落在那金块上，心里不住念叹：又欠了，又欠了……

冰面吴原名吴欠，父亲之所以给他起这名儿，是望他一辈子莫要欠人的，时常告诫他："我这一生尽亏在薄面皮、直肠肚上。人给好处，不敢推辞，勉强受了，心里不得不念着还情。一来二去，便被人情缠陷住，再休想清静脱身。何况，这世上除了至亲至善，有几人能平白给你好处？给你好，都是放债，都得加利还。我为官半生，自家何曾起过贪渎之念？尽被这些人情债拖困住，不知不觉间，便落到罪中，罚铜丢官倒也罢了，背着这污名，终身难洗，才叫大耻大辱。儿啊，万莫欠人，万莫欠人！"

他父亲受不得耻辱，最终投河自尽。吴欠也从此心灰，不愿再登仕途。他别无长物，因通晓律法，便做了讼师，替人写讼状、打官司。他一向只照价收钱，从不多要一文。与主顾相处时，连笑都不愿多笑，生怕笑出情分来，人因此都唤他"冰面吴"。他却不以为意，反倒越加冷起来，仅有的几个相熟朋友也渐渐疏冷，每日只独来独往，冷冷清清度日。

后来，在母亲催逼之下，他娶了亲，幸而那妇人也是个冷淡人，两人之间极少搭话，彼此连称呼都省去，一个唤"哎"，一个叫"嗯"。一年后，妻子生了个儿。产婆欢喜唤他，他一眼瞧见那婴儿，舞蹬手足，张着乳口，呀呀啼哭，冷了多年的心顿时软活。他想，无论如何，自己不会在儿子这里欠什么。于是他便全心全意疼惜这儿子。这些年省下的话语，全都柔声说给了儿子。

就在那时，他认得了银器章。银器章有桩买卖争执，经人引介，来请他相助。他见银器章占理，便引据律条，替银器章告赢了官司。此事讼钱原本只须给他三贯，银器章却另备了羊酒谢礼。他照例只收了三贯钱，其余的全都退还回去。银器章虽有些愕然，却也并未多言。此后有讼案，都来寻他，知悉他脾性后，也只照价付钱。

两下里原本干净分明，除讼案外，并无其他粘扯，直到儿子四岁那年春天。他见满城人都去金明池看争标、赏水戏，想起幼年时，父母也年年抱着自己去那里游耍。儿子却从未去过那里，也该带他去开开眼。那时，他夫妻之间因这儿子和暖了许多。他便雇了辆车，携妻儿去了金明池。看到那诸般水戏，儿子果然欢叫连连，妻子也露出了笑，一家人从未如此欢悦。争标散后，三口人都未尽兴，他索性租了一只小船，去游湖赏春。到了湖中间时，一不留神，儿子竟落进水中。他夫妻两个都不会游水，那艄公又已老迈，虽立即跳下水去救，自家却扭了筋，看看也要沉没。他正慌急欲死，旁边一只大船飞速驶来，船上一个人飞身跳进水里，救起了他儿子和那老艄公。

那人竟是银器章，他等不得招呼船工，自家跳进了水里。吴欠虽感激至极，心里却明白，自己不但欠了银器章，这恩怕是天下最重之债，一生都还不尽。

自那以后，银器章再来寻他办讼案，他执意不肯收钱。银器章却只说一句话："你若不收钱，我也再不敢寻你办案了。"他只得照例收下，一文钱都不能短。

半年后，银器章又说："我这里生意越来越大，讼事不断。不若你莫再接他人讼案，只专一替我料理官司。"他听了，犹豫半晌，想到别无报恩之途，便点头应允。进到章家，事头其实少了许多，酬劳却增了不少，银器章又不许他推辞，欠的恩反倒越来越重。过了两年，银器章更叫他做宅中管家，他仍推辞不得。就这般，渐渐变作银器章心腹之人。

那时，他才发觉，银器章做了许多不法之事。他想起父亲，顿时怕起来。银器章却说："一个利字，重过世间所有，便是官家也强不过它。有利必有争，我倒情愿时时都只在正道光面上争。可连朝廷都不住变着法儿侵夺民利，律令今日出，明日改，何曾有个长久准数？莫说别的，你只看这些年官铸的铜钱，变了多少回？越变越轻，越变越劣。钱乃利之根本，钱轻劣，世道人心能不逐轻逐劣？我们这些人脖颈上全都被官府勒着根绳，四面又皆是虎狼般争食的对头，若只循着本分，怕活不过三个月。我做这些事，也只为自保——"

他听了，似乎也有道理，何况心里存着报恩之心，只能装作不知。银器章却越发大胆，竟至于开始杀人。银器章虽未让他染指，他听到后，再不能坐视，忙去劝阻，银器章却反问他："我之命，和此人之命，只能活一个，你叫我选哪个？"他答不上来。回到房里，不住想，这里再留不得了。可每到银器章面前，却总说不出口。银器章仍继续暗中杀人，他不清楚究竟杀了几个，也不再劝止，反倒渐渐习以为常，不再惊怕。

去年底，十一岁的儿子从童子学回来，问他《易经》里一句文字，"履霜坚冰至"。他一听，心里猛然一惊。这句话不正在说自己？这些年全忘了父亲告诫，一步步踏进霜雪之中，直至如今心如寒冰，连杀人之事都不再介意。

他忧闷了许多天，才终于狠下心，去向银器章辞别。尚未开口，银器章已先察觉，笑着叹了口气："我知你心意，你留在我这里只为报恩，从没跟我同过心。我也得讲明一条，我留你这些年，也并非挟恩相迫，只是觉着满京城并无几个如你般可信之人。到如今，你我两不相欠。我只再留你三个月。我有桩大事要办，办完此事，清明过后，你我便各行其路。"

吴欠没想到，这桩大事竟大到这地步。他也才发觉，银器章恐怕并非寻常商人。工部那个宣主簿发觉隐情后，竟也被银器章杀害。吴欠中途屡屡想逃，银器章却不断提醒三月之限。直到十六巧发生那一连串凶杀后，银器章才终于许他离开。

吴欠原本以为终于解脱，可看到那三百两黄金，心又被债捆了起来。以银器章的本事，不论自己逃到哪里，他若想再用我，恐怕都会寻见。他正在愁闷该如何偿还，庞矮子带了张用来。

他心里暗想：张用该足以抵得过三百两黄金……

五、幽浊

陆青前往营缮所，去见那艮岳花木监官杜公才。

据薛全所言，元宵节那夜，王小槐在皇城宣德楼前，曾与杜公才说话。看来王小槐来京时，已预备了三层计谋：先假意答应拱州知府，将他举荐给天子。这只是个幌子，只为散布自己行踪消息，好诱出敌人；再拿钱驱使他舅舅薛全，召集帮手，趁夜助他潜出李府，用病猴假轿为饵，引动那些人来杀他，好寻出杀父仇人；最后又与杜公才约好，在灯会见面，自然是为了投靠林灵素。

王小槐此举，恐怕是心有成算。拱州知府荐举他到御前，虽是莫大之荣，却无法确知天子能否赏识。即便天颜欢悦，也不过赐他一个虚名，再赏些银帛。百余年间，被荐举的神童不少，真正得享尊荣者，唯有太宗年间的晏殊。而晏殊当年已经十四岁，是以神童之名应试，得中了进士，才登入朝廷，终至宰相之位。

王小槐几年前便晓得，天子最信道教神仙，因此才日日记诵道藏。他投靠林灵素，能化身仙童，一举升天，比晏殊应举更加超拔惊世。

不过，无论他如何天赋灵透，毕竟只是一个小小幼童，又在那皇阁村中，不知是如何识得杜公才这等人，又是如何得近林灵素？

陆青一路打问，寻到艮岳南门边，一座小小公廨。门两边却围满了人，瞧衣着，尽是农夫。两个文吏在那里选人，看来艮岳园林尚未完工，仍须雇募许多人力种花植树。

陆青挤过人群，走到厅前，向看门的一个老吏问讯，求见杜监官。他知杜公才自然不会轻易见人，便违了本意，报上名字时加了"相士"二字。那老吏先仰着下巴，不愿睬他，听到"相士陆青"四字，立即转过脸盯住他："你莫非是那个相绝？好，好，我立即进去通报。"

不久，那老吏便出来赔着笑，请陆青进去。穿过前厅，来到一片宽阔后院，院里摆满了各色盆景，花果百态，株形千变。一眼望去，恍然如站在山顶，俯望一片奇林秀野。一个男子身着绿锦公服，正站在阶上吩咐几个吏人："东边这三百来盆是精筛过的，赶紧寻人搬进园里去。摆在哪里，盆上都挂了纸单，你们盯好了，万莫要看差了——"几个吏人忙答应着各自走开，那男子转头过来，一眼瞅见了陆青。

虽隔了几十步，那目光仍让陆青心生厌拒。正是此人，为攀贵求荣，想出那括田之法，引得万户愁怨，天下骚动。杜公才这等目光陆青其实见过不少，多数来自中低阶官员。暗沉之冷、忧闷之愤、阴绝之狠、污浊之俗，混作一处，泥沼一般，不同只在于遮掩与变化。见上时，掩作软媚恭伏；平级时，诸般揣测计算；对下时，无限傲冷刻狠。

陆青缓步走过去，抬手拜揖。杜公才用那双泥沼眼打量着他，目现犹疑。陆青知道，他所犹疑者，是不知该以何等姿态对待自己，便抬眼平视过去。这平视让杜公才有些羞恼，却忍在眼里，并未外露。

"你是相绝？"

"不敢。"

"不知陆先生寻我何事？"

"来问一个孩童，王小槐。"

"王小槐？他不是已死了？你要问什么？"

"元宵夜，宣德楼前，金字牌下，王小槐曾与杜监官说话——"

杜公才脸色顿变："我不记得！"

"有人记得。"

"大胆！"

"抱歉，在下自幼失教，不通礼俗，便是见了宰相、枢密，也是这般说话。"

杜公才目光怒颤，却终于忍住："你究竟要问什么？"

"王小槐去了哪里？"

"除了阴曹地府，他能去哪里？"

"不，他去见了林灵素。"

"林灵素？你从哪里听来的？"

"不是听来，是亲眼见到。"

"哪里见的？"

"清明，汴河。"

杜公才睁大了眼，既惊又惧。

陆青见他不是为头回听到此事而惊，是为说破此事而惊；惧则并非因身涉其中，而是怕自己受牵连。他便放缓了语气："在下只想知道，杜监官那夜为何去见王小槐？"

"是为他那死去的爹。"

"哦？"

"王豪生前曾来求过我。他想将帝丘那块田献给杨太傅，并想求太傅庇护王小槐，认王小槐为孙。那块田原本便是杨太傅家祖田，合该还回去。认孙一事，多少人求过太傅，太傅都未曾应允。王豪在我面前哀求不成，便转而去求其他门路。王豪死后，王小槐来京，遵照父命，将那田契带了来，元宵那夜给了我。第二天，我立即送去呈给了太傅。这便是那夜之事。至于王小槐与林灵素，我不知此事真假，更不知其中原委。"

陆青见他神色间有所隐瞒，便又缓声道："杜监官可知，王豪又去了哪里寻庇护？"

"我哪里知道？"

"听闻也好。"

"我整日忙碌公事，哪里有闲工夫去听一个乡村土豪闲事？"

"清明汴河那异象，关涉重大。追究起来，若寻不见王豪所托之人，恐怕又会来搅扰杜监官。"

杜公才果然担忧起来，犹豫片刻，才抬起眼："有天我见王豪和一个道士在清风楼吃酒——"

"杜监官可认得那道士？"

"似乎是建隆观的道官陈团。我所知，只有这些。"

"多谢杜监官。"陆青转身便走。

"陆先生！"

"嗯？"

"陆先生……能否替我相一相？"

陆青望着那幽浊目光，沉声道出："一浪翻起千层恶，不惜万难为此身。只道秋寒不关己，孤蝉仍向高枝鸣。"

第十三章　迂曲

扰之，无如镇之以清净。

——宋太宗·赵光义

一、木箱

赵不尤清早正要出门，一个年轻男子来访。神色孤悴，手里提着一只小藤箱。

"赵将军，小人名叫甘晦，昨天见到您在汴河湾客船上查案。小人弟弟也遇了害，他叫甘亮——"

"甘亮？他不是跟随古德信去了江南？"

"古令史殁了。"

"殁了？"

"古令史押运军资刚过淮南，遭遇一伙方腊贼兵劫船，不幸遇害——"

赵不尤心下一阵黯然，顿时想起古德信临别时所留那八个字："义之所在，不得不为。"他与古德信相识多年，不论古德信在梅船一案中做了什么，这八个字应是出于至诚。一位朋友就这般猝然而逝，朝中又少了一位正直之士……

"小人弟弟侥幸逃得性命，赶回来报丧，四天前才到汴京。前晚却遭人毒害。"

"你进来说话。"

赵不尤将甘晦让进堂屋，叫他坐下，甘晦谦退半晌，才小心坐下。温悦去厨房煎茶，瓣儿和墨儿全都围过来听。

"小人弟弟遇害，与这箱子有关——"

甘晦将那只小藤箱放到桌上，揭开了箱盖，里头装满了书信，另有一只铜铃。

又一只一模一样的铜铃，瓣儿和墨儿一起轻声惊呼。

甘晦又从怀里掏出一封书信："这封信是小人弟弟三天前收到的。"

赵不尤接过来，取出里头信纸，展开一看，上头笔迹端秀，只写了一句话：

欲知古德信秘事，明日亥时寺桥金家茶肆见。

甘晦接着说道："这封信是礼部员外郎耿唯所写。"

"耿唯？你从何知晓？"

"小人是耿大人亲随。这笔迹，小人可确证。"

"耿唯去荆州赴任，为何中途折回？"

"耿大人离京赴任，才行至蔡州，收到一封密信，便折了回来。回来后，他写了三封信，除了这封，另两封分别寄给了太学生武翘、东水门的简庄。"

瓣儿在一旁惊呼："背后凶犯竟是耿唯！"

赵不尤则忙吩咐墨儿："你立即去简庄兄家！"

墨儿答应一声，转身疾步跑了出去。赵不尤心中沉满阴云，简庄恐怕也收到一只箱子，也已遇害。他定了定神，才又问甘晦："你家主人与简庄相识？"

"小人也不清楚。不过，今年正月，一个姓简的中年男子来访过耿大人，小人端了茶进去，耿大人似乎不愿小人听他们说话，吩咐小人下去。小人只隐约听那姓简的说：'两位夫子，我欲多求教一回而不得，终生憾恨。你是他们外甥，竟视荣为耻、嗜利忘亲！'那姓简的走后，耿大人气恼了许久。"

赵不尤心中明白了几分，又问："前两日，你可一直跟在耿唯身边？"

"没有。耿大人到京后，便让小人离开了——"

这时，温悦端了茶来，轻手给甘晦斟了一杯。甘晦忙欠身道过谢，只略沾了一小口，便放下杯子，将前后经过讲了一遍。

直到昨天早上，他在汴河边见到耿唯死在那只客船上，惊得失了魂，全没了主张。后来见赵不尤去船上查看耿唯尸首，他才回过神，忙赶回家中。到家时，弟弟甘亮已经死去，面色乌青，似是中了毒。桌上有一摞旧信，旁边一只藤箱里还有许多书信，另外便是这只铜铃。

赵不尤拿起藤箱中的书信，看了几封，全是古德信的旧年私信。内文或是与朋友商讨学问、探究事理，或是嘘寒问暖、诗文酬答，其中竟还有赵不尤的一封，这些自然与梅船毫不相干。赵不尤放下那些书信，低头沉思：这些私信自然是凶手设法从古德信家中窃来。与武翘相同，凶手知道甘亮一定好奇古德信的秘事，便以这些书信为饵，诱甘亮一封封细读，不知不觉中了铜铃中的烟毒。

不过，由此来看，甘亮只是听从古德信吩咐，说服郎繁上梅船，至于背后隐情，甘亮并不知晓。

至于耿唯，照甘晦所述，他是个孤冷之人，不善与人交接，哪里能如此深悉武翘等人的心中隐情。他自然也只是受人指使，除掉三个相关知情人，而后自己也被毒害。

写信将他半途召回的，是何人？耿唯之死，更是奇诡。昨天清早他才上那只客船，片时之间，便被毒害。当时船中并无他人，董谦又站在岸上，绝无可能隔空施毒……

赵不尤望着桌上那只小藤箱，忽想起一事，便问甘晦："昨天你看了那只客船舱中情形，可认得耿唯身下那只箱子？"

甘晦回想半晌："似乎是耿大人那只箱子。"

赵不尤顿时大致猜破其中隐情，便说："走，我们再去认一认。"

甘晦忙起身跟着出了门。赵不尤心想，除去汴河湾，恐怕还得去南城外，便先去租了两匹马，和甘晦各骑一匹。

两人来到汴河湾，沈四娘那只客船仍泊在原地。他们将马拴在岸边柳树上，一起踏上那船。里头看守的一个弓手正在打盹儿，见了赵不尤，忙站了起来。耿唯的尸首已经搬走，那只木箱仍摆在原处。

"是耿大人的箱子。"甘晦凑近细看，"只是里头原先装满了书册衣物，如今却空了——"

赵不尤问那弓手："船娘子在何处？"

"在梢二娘茶铺里。"

赵不尤听后，和甘晦下了船，来到旁边茶铺，沈四娘正坐在那里和梢二娘凑在一处私语。

赵不尤走过去问："昨天清早那客人到你船上时，可带了行李？"

"没带行李。"

"那只木箱从何而来？"

"木箱？是两个客人，他们来得早些，先把木箱搬上了船，说还有行李要搬，便一起走了——咦？"沈四娘尖声怪叫，"那两个客人至今没回来！"

赵不尤越发确证，让甘晦带路，快马来到南城外耿唯住的那家小客店。

那店主见到甘晦，笑着说："小哥又来了，不巧，你家主人又出去了。"

赵不尤沉着脸问："他走时可带了行李？"

"应该……没有。"

赵不尤不再答言，径直走进店里。店主见他气势威严，没敢阻拦。甘晦忙赶到前头引路，来到耿唯所住那间房。赵不尤伸手一推，门应手而开，屋中无人，床上堆放了许多衣物书册。

店主也快步跟来，赵不尤转头沉声问："可是他吩咐你，若有人来寻，便说他已出去？"

"是，是。那位客官说，要闭门读书，不想叫人搅扰。那天傍晚住进来后，除了让小人替他寻小厮送走三封信，便再没出过门。只到饭时，叫伙计端些进去。昨天早上，伙计给他送早饭时，发觉他竟不在房中，不知何时离开的，一晚都没回来。"

赵不尤环视四周，这后头是一座小小四合院落，每边只有三间旧房，便问："那两天，你店里可住了其他客人？"

"除去那客官，另有三拨客人。两拨前天就走了，还有一拨是两个山东客商，与那客官同一天住进来，昨天清早被一辆车接走了。"

"他们离开时，带了什么行李？"

"各背了个包袱，一起抬了一只大木箱。"

"与他们住进来时一样？"

"咦？"店主忙回想了片刻，"他们两个住进来时，并没带木箱！"

赵不尤听后，前后榫卯终于对上：耿唯看来的确只是受人胁迫。受迫之因则是由于他之身世——那位访他的简姓之人自然是简庄，甘晦听到简庄提及"两位夫子"，并责骂耿唯身为外甥嗜利忘亲。简庄口中两位夫子，自然是程颢、程颐，耿唯则是这两位大儒的外甥。二程皆是旧党，被新党驱逐，不但不许再传授学问，族中子弟也不许进京居住，更严禁应考求官。耿唯却隐瞒了这一身世，才得以顺利应考中举、出任官职。

简庄却知晓这一隐情，恐怕还告知了他人，并以此胁迫耿唯，与他们一同陷害宋齐愈。耿唯被冷落多年，因屈从才得以升任荆州通判。然而，宋齐愈安然脱险，并高中魁首。此事一旦败露，与谋之人自然难逃罪责。更何况，背后更有梅船案这一大桩隐秘。

主谋之人为自保，便下手清除相关之人。先用一封密信将耿唯召回，命其照信中吩咐，住进这家穷僻客店，写那三封密信送出，并吩咐他不许离开客店，不许见人，更安插两个人住进店里监视他。

昨天清早，那两人威逼耿唯钻进箱中。箱子密闭，里头也放了一只毒香铜铃。耿唯在去汴河途中，恐怕便已中毒身亡。两人将箱子搬进那客船，假意去取其他行李，迅即离开。

接着，另一个身材、年龄、服饰与耿唯相似之人，装作搭船，进到客舱。这时，董谦装扮怪异，走近客船摇铃施法，引开那船娘子。舱中那人趁机打开箱子，将耿唯尸体搬出来，随后迅速从后窗溜进河中，潜水游到僻静处逃走。

若强说破绽，为做得像，该翻转耿唯尸首，让其俯趴箱边。但那人恐怕心中慌急，或力气不够，只将尸首仰放于箱子上。

至于那船娘子，通常只会留意衣着，不好盯着客人面容细看，再加之耿唯死后面目可怖，她便更难分辨。如此，便成了董谦隔空施法，片时之间，遥夺人命……

二、捉人

崔豪三兄弟躲在小篷船里。

崔豪和耿五各攥着一只厚布袋子，张开袋口，半蹲在船篷两头。刘八则拿了捆绳子，等在中间。四下寂静，只有河水缓流声及船随波摇的吱呀声。

崔豪从篷下帘缝偷望，虹桥上那瘦长男子虽装作四处望景，其实始终在留意这只船。此人应当是李弃东一方的人，并不想上船夺钱袋，只是在窥望。而十千脚店楼下那黑影，则躲在暗中窥伺，恐怕是谭力一方，离船近，想夺钱袋、捉李弃东。

过了一会儿，一个人影忽然从街口一侧溜了过来。崔豪忙定睛瞅去，见那人影和这边楼下的黑影凑到了一处，两人是一路。崔豪不由得佩服冯赛预见得准，谭力一方恐怕至少会出动两个。一个住进那后门宿房里监视，另一个则在巷口蹲守。

崔豪忙回头悄声说："两个。"耿五和刘八听见，身子都轻挪了挪，做好了动手的预备。崔豪也不由得血往上涌，心里暗想：谭力四人虽也是苦工出身，有些气力。我们却练了几年武，若拿不下他们两个，便太羞煞人。

这时，楼下那两个人影果然从黑暗中走了出来，脚步都极轻，快速走到岸边，随即分开。一个向船尾，一个朝船头。船尾这个瞧着高壮一些，崔豪见了，愈加合意，忙攥紧袋口。

那两人一起轻步跨上船，崔豪盯着船尾这人，眼前忽然微光一闪，是刀光，两人拿了刀。幸而他已先料到，昨天和耿五特地演练过，只是不知耿五能否应付得好。

他正在暗虑，船尾那人已轻步走到帘子边，船板随之吱呀吱呀轻响。身后船头那人脚步声也已逼近帘子。崔豪无暇分心，偷吸了口气，将袋口对准帘外那人脑袋位置。帘子轻轻掀开一角，那人头影正在帘缝外。崔豪猝然出手，照准那人脑袋猛然套下，套个正中！那人一慌，急忙要挣，崔豪加力攥紧，急往下拽，袋口从那人肩膀套下。将至肘弯时，那人右手握刀，猛向崔豪刺来。崔豪早已算准，双手发劲，攥住袋口，用力一拧，勒住那人双臂。随即左腿一挡、右肘猛压，将那人掀倒在船板上，膝盖旋即压住他后背，伸掌向那人后脑处发力一击，那人迅即闭过气，不再扭动。崔豪将袋口一绞，打了个死结，捆紧了那人。

这时，他才得空朝耿五、刘八那边望去，三人都倒在船舱里，扭成一团，小船随之摇荡不止。舱中漆黑，根本难以分辨。崔豪忙俯身凑近，听辨声息，似乎耿五躺倒在下面，那人趴在他身上，刘八则压在最上头。

崔豪忙伸手摸过去，中间那脑袋上果然套着布袋。他顺势摸到那人颈部，隔着布袋，锁住那人喉咙，使力一捏，那人身子一软，不再挣扎。刘八这才爬起来，忙用绳索去捆。耿五也一把掀翻那人，帮着刘八一圈圈缠住那人，捆成了粽子。船也才渐渐静了下来。

崔豪忙低声问："受伤了？"耿五喘着粗气，低应了句："臂膀上划了道口，不妨事。"崔豪这才放心，摸到那只钱袋，低说了声："走。"随即拎起来，钻出船篷，跳上岸。耿五和刘八也一起跟了出来。

上岸时，崔豪偷瞅了一眼，虹桥上那瘦长男子果然仍盯着他们。他装作不知，背着钱袋，三人快步向西，一路行到护龙桥头，随即转向烂柯寺旁那条土路，朝自己赁的那间破屋走去。转弯时，他瞥见一个瘦长人影果然远远跟在后头。

到了住的那院子，院门没锁，里头也没闩。崔豪推开了院门，先让刘八和耿五进去，自己则偷偷一瞅，那个黑影果然跟了过来，藏在几十步远的路边柳树暗影下。崔豪继续装作不知，进去闩好院门。听到身后刘八和人偷偷低语，回头一瞅，几个黑影从院子各处聚了过来。

崔豪和冯赛、周长清商议时，这第三步是用钱袋将李弃东引到这院子里，让他误以为谭力四人窝藏于此，因此，今晚必有一场大战。头一件事，得设法支开房主人。

这院主人是老夫妻两，无儿无女，只靠赁房钱过活。崔豪因自家没了爹娘，对这老两口儿极敬惜。略重些的活儿，他们三兄弟全抢着做了，因而彼此处得极欢洽。今晚得设法让他们避开。崔豪想起那老婆婆时常抱怨，做了一辈子汴京人，却连京城大瓦子都没去过一回。周长清提议，出钱让老两口儿今晚进城去桑家瓦子、中瓦、里瓦尽兴看耍一回，夜里住到他城中的另一家客店里。崔豪回去跟老两口儿一说，那老汉不愿白受这人情，还有些不肯，老婆婆却连声说，便是免一两个月房钱，也要去这一回。老汉也只得点头。今天下午，周长清命车夫带足了钱，驾着店里的车，接了老两口进城，让车夫好生陪护两个老人。

此外，冯赛猜测李弃东今夜会带些帮手，不过一定不愿惊动四邻和官府，人手应该不会太多，对付谭力四人，恐怕最多八个。崔豪便请了七个常在一起练武的力夫朋友，让他们天黑后藏进这院子。

这时，那七个人全都凑了过来，手里都握着杆棒。崔豪忙摆手让他们噤声，随即将耳朵贴在门缝细听。外头果然隐隐传来脚步声，走得极轻，离这院门十几步远时，停了下来。半晌，才轻步返回。

崔豪等那脚步声消失后，才低声给那七个朋友一一指定好藏身处。看他们各自就位后，才推门进到房里，将钱袋丢到炕上，点起油灯，察看耿五伤势。左臂上一道口子，不浅，血浸半只袖子。幸而周长清虑事周详，给了一瓶金创药。崔豪忙取出药，给耿五敷上，撕了条干净布，替他扎好，这才吹灭了灯。

三人抄起备好的杆棒，坐在炕上，等候李弃东……

三、军俸

梁兴离开红绣院后，大步往陈州门赶去。

走在路上，他不由得暗暗赞叹梁红玉。没料到她竟是这样一个女子，聪慧果决，事事皆有主见，丝毫拗不过她。虽遭逢这等身世厄运，也毫不怨艾自伤。她年纪虽小自己几岁，却处处都如长姊一般。梁兴原本最爱说男儿如何如何，今天才发觉，胆色气骨，何分男女，摧而不折，皆是英雄。

他们在暗室商议时，梁红玉说，楚澜和摩尼教行踪，她都知晓，这两路归她。梁兴则去寻冷脸汉一伙人。梁兴只领一路，原就惭愧。更叫他犯难的是，自己至今都不清楚冷脸汉这伙人来由，不知该往何处去寻。唯一所知，冷脸汉一伙正在四处追寻自己，只能一路撞过去，让他们寻见自己。

他正在思忖，忽然听到身后隐隐有脚步声。他没有回头，留神细听。夜深路静，身后那脚步声放得极轻，老鼠一般，时行时停，自然是在跟踪自己。他无法判定是哪一路人，便继续前行。

一路走到陈州门时，天色已明。他见路边有个食摊，便过去坐下，要了一大碗插肉面，边吃边暗中留意，发觉斜对面饼摊上有个人盯着自己。虽只微瞟了一眼，他却迅即想起，清明那天，他离开钟大眼的船后，跟踪自己的便是此人。身穿灰衣，二十七八岁，瘦长脸。上回没瞧清楚，这时才见此人脸上横竖几道伤疤。那时自己尚未与摩尼教徒交逢，楚澜也不必派人跟踪，此人自然是冷脸汉手下。

他心中暗喜，吃过面，付了十二文钱。数了数身上余钱，只剩五十九文。梁红玉给的那两锭银子决然不能轻易花用。眼下已入四月，该领月俸了。自己虽被高太尉召进府里，却并没有调遣文书，自己仍属殿前司捧日左第五军第三指挥。不如先去领了月俸，让那灰衣人跟着累一场。太轻易让他得了信，反倒生疑。

他便赶往西郊自己旧营，那营房大半倒塌，已近三年，仍未修缮。将官兵士皆不见踪影，营里静悄悄如同荒宅。他径直走到角上几间尚未倒塌的营房，幸而掌管军俸的老节级仍在。老节级见了他，笑着道贺他被高太尉提点，随即取出他的俸券，递给了他。梁兴攀谈了几句，才告辞离开。

出了营，一眼瞅见那灰衣人躲在一棵大榆树后。他笑着想，还得劳烦兄弟跟着去趟东城。他揣好那俸券，又赶往城东汴河边的广盈仓。来回三十多里地，赶到时，已过正午。途中，那灰衣人竟遇见个同伙，两人一起跟在身后。

梁兴走到那仓门前，见里头场子上拥满来领俸粮的兵卒车马，四处一片喧乱，便先去旁边摊子上买了两张肉饼、两条麻袋、一捆麻绳，挤过人群，寻见自己军营的仓案，排在队后，边吃饼边等候。排了半个多时辰，终于到他。

他取出俸券递给案后坐的文吏，他月俸原本是料钱一贯、月粮一石八斗，那文吏却说这个月要赔补东南军耗，钱减一百八十文，粮减三斗。梁兴毫不意外，月月都有减耗由头，早已是惯例，便只点了点头，将两条麻袋递了过去。里头军汉数过钱、量好粮，他接过拎着转身出来。仓门口有许多粮贩在收粮，一斗一百八十文，比市价低不少，梁兴却没有工夫去比价，便将自己那两袋米卖了，背着钱离开了那里。那灰衣人和同伙仍分别躲在不远处。

梁兴已经走得疲乏，心想是时候了，便沿着汴河一路寻看，见临河一间茶肆里坐着个闲汉，身穿半旧绸衫，两眼不住睃看，时常在街头耍奸行骗。他便走进那间茶肆，坐到那闲汉身后的一张桌上，要了碗煎茶，边喝边留意，见灰衣人躲在街边一个食摊后，一手抓着个大馒头，一手攥了根煎白肠，大口急速吞嚼，显是饿慌了。他那同伙则蹲在旁边柳树下，眼睛不时朝这边觑望。

梁兴故作警惕，朝四周望了望，而后歪过头，朝身后那闲汉低声说："今晚，金水河，芦苇湾，紫衣人。"

那闲汉听了一愣，忙回过头："什么？"

"莫回头！"

那闲汉慌忙转回头去。

梁兴又重复一遍："记住！今晚，金水河，芦苇湾，紫衣人——你去年骗的那人蹲在那边柳树下，正盯着你。快从旁边小门走！"

那闲汉朝柳树下望了一眼，顿时慌了，起身便往那个侧门逃去。梁兴偷眼一望，那灰衣人朝同伙使了个眼色，那同伙立即起身，去追那闲汉。

梁兴慢慢喝完碗里的茶，摸了五文钱放桌上。离开那茶肆，照着梁红玉所言，去街口寻了家客店，进去要了间房，躺倒大睡。

等他醒来，天色已暮。他出去算了房钱，到外头一瞧，沿街店铺都已点起了灯。隔壁有家川饭店，他进去要了碗烧肉饭，大口吃罢，走到店外，一眼瞥见街对面一个身影一闪，躲进了一家药铺，仍是那个灰衣人。他笑着转身，向前走了一段，寻见一个车马店，进去选了匹俊健黑马。这马贵过其他，租价一天五百文，抵押钱要十三贯。梁兴只得动用梁红玉的一锭银子，连同自己的三贯交给店主，立过据，牵马出来。见灰衣人躲在不远处一家面馆门边，便翻身上马，驱马往西飞奔。奔了一阵，隐隐听到身后有急急马蹄声。他拽动缰绳，转进旁边一条巷子，左穿右绕，奔行了七八条巷子后，才让马停到路边一棵大树暗影下歇息。静听了半晌，后面再无蹄声跟来，这才驱马赶往城西北。

出了固子门，他向北来到金水河边，沿着河岸，依梁红玉所言，寻见了谭琵琶的庄园，绕到后面，将马拴在后墙边树上，从袋里取出买的那捆麻绳，在树身上绕了一圈，将两个绳头拉齐，每隔约一尺挽一个绳结。挽好后，将绳头抛过墙头，自己也纵身攀了上去。里头林木繁茂，透过枝缝，见四处挂满灯笼，一个大水池边，一大片花丛，花丛中一张卧榻，却不见一个人影。

他忙翻身跳下墙头，藏在暗影中，绕过花园，穿过一道月门，快步行至前头一大院房舍，见中间一间屋子亮着灯光，门外站着个使女，里头传来一个女子俏媚声音："谭指挥好生歇息，改天红玉再来侍奉你。"随即那房门打开，梁红玉走了出来，让门外那个使女送自己出去。

虽在预计之中，看到两人走远，梁兴仍暗呼了一声庆幸。他忙贴着墙快步行至那门前，轻轻开门，闪身进去。屋中极黑，目不辨物，却听见呜哇呻吟之声，他循着那声音，摸到床边，伸手一探，床上躺着个人，自然是谭琵琶。

梁红玉不愿说自己与谭琵琶有何冤仇，梁兴却能大致猜到。他心中极厌恶，一把掀开被子，揪起这纨绔恶徒，扛到肩上，转身出去，带好门，顺着原路，快步奔到后墙边。寻到那条绳索，踩着绳结，攀上墙头。翻转谭琵琶，抓住他双臂，丢了下去，自己随即轻轻跃下。谭琵琶在地上呜哇挣扎，梁兴一把拽起，横搁到马背上，随即腾身上马，沿着河岸，向西寻去。

四、知觉

张用又被装进了麻袋里。

他去西郊那个破钟庙寻见了沧州三英，叫他们将自己送去给银器章，那领头的矮子只略一犹豫，便点头答应了。张用看得出，这矮子也极想寻见银器章，却不肯流露，那神色间似乎藏了些积年旧伤。

不过，沧州三英也不知银器章的下落，这两天只寻见了管家冰面吴的藏身处。张用想，能近一步是一步。他自家带了绳子、旧布和麻袋，让三英绑得真些，将他捆结实，口里塞紧旧布，而后才装进麻袋里扎牢，用扁担挑着去北郊见那吴管家。

那吴管家见到他们，显然极吃惊，寻思了半晌，才叫三英将麻袋放到院中一辆厢车里，而后走进屋，又很快出来，低声对那三英说："这是十两银子，你们走吧，莫要再来。"三英答应一声，一起离开了。那吴管家则迅即关紧了院门。张用在车里听到两个人一起走出屋子，一个少年声音问："爹，车上是什么？"吴管家却低声道："此处留不得了，你们赶紧收拾，其他东西都留下，只带那三个包袱和两只箱子。我去雇辆车，你们母子两个先走，过两日，我去寻你们。"那少年又要问，却被吴管家喝住。两人忙进屋，吴管家则开门出去。

张用躺在麻袋里一边听着外头，一边细细体会被捆扎的滋味。这时上颚已惯习了那破布团，已不再生呕，但口一直被撑张，颌骨极酸困，喉咙也极干涩。手臂、腿脚则由酸至痛、由痛至麻，这时已觉不到被捆，只觉得全身肿胀了起来，似乎能将麻袋胀破。那麻袋原是用来装石灰的，鼻孔里不断吸进灰粉，燥刺呛人，却咳不出……张用欣喜地发觉，自己魂魄似乎渐渐脱离躯体，浮在半空。道家修仙，蝉蜕羽化，莫非便是这等情境？只是，无论魂魄如何飘浮，都被某样东西牵系住，始终无法脱离。他忙凝神找寻，似乎是身体那痛？可那痛，是我感到它痛，它才痛。那便是这感到痛之感？这感，归身体还是归心神？似乎该归身体，不等我心神觉知，它便已感到了痛。不过，即便身体已感到痛，我若未觉到，便不觉得痛。看来痛与不痛，由觉而知。觉，才是根本。它才是牵系住魂魄的那东西！

痛与感，属身；觉与知，属心。由身生痛，由痛生感，由感而觉，由觉而知。

想明白后，张用极为欢畅，不由得大笑起来。然而嘴被破布团塞住，笑不出声，反倒激得喉咙痒刺，顿时大咳起来。咳声也闷在喉中，憋得他满眼泪水。他却仍笑个不住。

正在笑，巷外传来马蹄车声，停在了院门外。有人跳下车，急急走了进来，听脚步轻急，是那吴管家。他进到屋中，连声催促妻儿。一阵脚步杂沓、搬箱提物，那对母子上了车。吴管家交代了几句，那车夫摇绳催马，车轮轧轧，渐渐行远。良久，吴管家才进门、关门，脚步虚乏，走到屋门边。凳脚微响，他坐了下来，叹息一声后，再无声响。张用听了半响，听得困乏，不觉睡去。

梦中，他的魂魄停住觉，切断感，飘离身躯，飞了起来。如一股风，四处任意飘行，见了无数山川湖海。正在畅快，却忽然发觉，自己仍在感，仍能觉，感与觉仍连在一处，丝毫未曾分离——正在这时，一阵摇荡，将他摇醒——车子动了。

他不由得有些丧气，魂魄只是看似飘离，其实始终在躯体中神游。若真离了躯体，便没了感，无感便无觉，无觉便无知。到那时，是否飘离躯体，乃至是否有魂魄，都无从得知——他不由得笑起来，所谓神仙，不过是无知无觉。而无知无觉，乃是死。修仙，不过是修死。

他这一笑，嘴里的破布团刺痒喉咙，又闷咳起来。咳嗽止住后，他才想起正事，忙睁开眼，麻袋中原先还能透进些微光，这时一团漆黑，已入夜了。他又细听了听，驾车的是吴管家。听来他于驾车极生疏，不住喝马，声气又急又慌。行了一小段路，张用嗅到一阵麻油香，是城西北卫州门外的一家油坊，来时经过了。车子右倾，拐向了东边。路上只偶尔听到人声车马声，张用躺在麻袋中，边听边嗅，不断推测路程方向。

他来时已告诫过骑角儿、阿念以及沧州三英，莫要尾随跟踪，以免银器章发觉生疑。又叫范大牙去开封府寻些人吏，到金水河那庄院后面查找，天工十六巧的尸首应该埋在那片林子里。

张用原先不但不怕死，反倒有些好奇，时时忍不住想死一死，去瞧一瞧。可刚才推导出，死，实乃无知无觉。他顿时兴味索然，不愿去死了。再想到李度、朱克柔等人，他们若都已死去，实在可惜。李度再不能望着楼阁发痴，朱克柔也再不能坐于花树下品酒，没了他们去感、去觉、去知，连那些楼阁、花木、茶酒也都寂寞无味了。

他一分神，竟忘了留意外头，不知到了哪里。车子行了一阵，忽然停了下来，吴管家在前头下了车，朝旁边走去。走了十来步，停了下来，静了半晌，又返转回来，上车驱马，车轮又滚动起来。行了约半里路，张用听到河水声，应该是五丈河上游。车轮下随即响起木板轧轧声，车子过了桥，旁边不远处响起打铁声，声响极倔重。张用笑起来，是新酸枣门外五里桥。那河边的老铁匠姓陶，是他父亲故友，脾性极硬，艺高人傲，和人说不上三句话便要争吵，人称铁核桃。如今已经年迈，那打铁声不如以往那般峻急，滞缓了许多。哪怕如此，那倔气仍在，他也仍能拿铁块解气。他那父亲却已死了，无知无觉躺在那坟墓中。

父亲死时，张用并未如何伤心。这时心里却隐隐一痛，父亲生前那般爱木艺，随意捡到一截树枝，都舍不得丢，都要拿在手里轻抚一阵，看它是何等质料，能做成何等器具。成了器具，便有了用，也便有了命，不必枯朽在路边。然而，遍天下树木，丛生密长，千年万年不休，父亲却再也伸不出一根指头，再摸不到一根细木。想到此，张用眼中不觉涌出泪来。

不过，他旋即想到，除了爱木，父亲更好静。没有活儿时，他便坐在院中那棵杏树下，望着天，一言不发。若不被旁人搅扰，怕是能坐一整天。有知有觉固然好，无知无觉，亦无不好。父亲一生，木工活儿做了不知多少，那般静坐，却从来都是片时偷闲。如今，他总算能长静无扰了。

张用不由得又笑起来，但旋即想到母亲。母亲好说好动、好吃好瞧，她是决计受不得那般死静。病危之时，她躺在床上，仍不住叨念：扫帚木把松了，得箍一箍；灶洞里的灰，记着随烧随清，灰堆满了，火能旺？用儿的鞋底快磨穿了，该换一双新的，别家都不好，莫偷懒，仍去讲堂巷祝家靴店买。换了新鞋，旧鞋莫忘了存到鞋箱里；眼看入秋了，赵州雪花梨也该上市了；今年七夕的花瓜，还得我自家雕，去年用儿雕的那鬼胡样儿，招来邻人多少笑？蜜果儿咱们也多买两斤，瞧瞧能撞见个门神不？那时我若能下得了床，咱们去朱雀门外大街，瞧那些彩装栏座、红纱碧笼去，几年没去了……

这字字句句，连同母亲说这些话时，嘴角的笑、眼中的亮，一起涌泛而至。张用不由得失声大哭起来……

五、土坑

陆青来到城西建隆观。

建隆观原名太清观，太祖登基后，依首个年号建隆改为今名，以四季花木葱茂著称。门前老柳荫蔽，进到观中，庭院虽不甚宽阔，却被古树幽绿围掩，令人顿觉隔尘远虑、心下幽凉。三清殿前，铜炉两侧，青砖地上各摆着七只白瓷大花盆，盆中皆是牡丹，开得正艳。陆青细看那花盆，是依北斗七星之位安放，花色也照七星所司，各自相应：天枢司命，配千叶姚黄；天璇司禄，配多叶紫；天玑禄存，配叶底紫；天权延寿，配鹤翎红；玉衡益算，配倒晕檀心；开阳度厄，配潜溪绯；瑶光上生，配玉板白……

陆青正在赏看，一个中年道官迎了上来，黑道冠，青色道袍，长脸黑须，是这观里的知客。他竟认得陆青，含笑作揖："陆先生？仙足踏临鄙观，有失迎迓。"陆青忙也还礼，那知客连声请他去旁边客间坐下，高声唤道童点茶。

陆青见这知客面上虽笑着，却隐有些发躁，举手投足也使力略过，显得有些重拙。但看他言谈神色，并非是由于自己来访，是他自家心中烦恼纠葛。

陆青也不愿絮烦，便径直问道："在下今日是来拜访陈团道长。"

"陈师兄？"知客面色一变。

"怎么？"

"师兄已经物化。"

"哦？何时？"

"五日前。"

"什么缘由？"

"至今不知。"

"不知？"

"他倒栽在一个土坑中，闭气而亡。"

"何处土坑？"

"就在鄙观后园中。"

"道长能否详告？"

"陈师兄是观中主翰，掌表疏书写、牒札符命。寒食前一天，他独自外出，直到五天前才回来。问他去了哪里，他只说有桩要紧事，不便透露，过后自然便知，我们也不好穷问。谁知第二天清早，园头带了几个徒弟去后园种菜，却见园中新挖的一个土坑里伸出两只脚来，过去一瞧，是个人倒栽在里头，肩头以下尽埋在土里。那园头行事小心，没敢轻动，忙去唤了监院和巡照来看。监院看过后，命人将那人拽了上来，才知是陈团师兄，已经闭气……"知客眼露伤悲，看来与陈团情谊深厚。

"那土坑是挖来做什么？"

"这两年，花石纲从东南运来许多花木，艮岳园中拣选剩下的，便分给各个道观。鄙观分得了一株木棉，前院没处栽种，便在后园菜畦中间挖了个坑，准备栽在那里。树没栽成，不知陈师兄缘何会栽到了里头——"

"能否请道长引在下去看一看？"

"好。不过，陆先生为何关心此事？"

"在下正在查寻一桩要事，与陈道长有关。"

知客没再多问，引着陆青由殿侧甬道向北，穿过一道小门，来到后园。后园十分宽阔，一畦一畦种满了各样菜蔬，有几个布衫道人正在田中埋头弯腰做活儿。菜畦中央有一棵高大树木，陆青曾随师父去过福建，认得那是木棉树，花开在叶生前，春天来时，净枝上盛放大红花朵。而这株树虽结了些小花苞，瞧着十分萎弱，到了北地，恐怕开不出花来。那木棉树旁不远处，隆起一圈土。

陆青随着知客沿田埂行至那土堆边，见土堆中间是个几尺深坑。坑边的土并非一个圆垄，被人挖铲过。看那痕迹，是有人将土铲了许多，填进了坑里。周围还留了许多凌乱脚印。

"这坑边脚印，当时可查看过？"

"嗯。园头发觉坑里有人时，便不许人靠近这些土。监院与巡照到了这里，也没敢鲁莽，立即报知了开封府。公人来查看时，也都小心避开，坑边土面上当时一圈都有脚印，却是同一双鞋留的。开封府公人查验鞋底，这些脚印与陈师兄鞋底纹路正相符。"

陆青心里暗暗纳闷，陈团自家挖土，将自家掩埋？这如何可能？难道是有人穿了他的鞋子，先将他打晕，倒丢进坑里，铲土埋住他，再将鞋子穿回他脚上？

"拽出来时，陈师兄头颈上套了个竹箩。"

"竹箩？"

"据开封府公人查验，是有人先将竹箩盖在这坑口上，铲了许多土在上头，而后用刀在竹箩中间割开一道缝。陈师兄的头塞进这缝里，倒坠进坑里，箩上的土跟着陷下去，将他埋住……师兄身上别无他物，只有一只铜铃。不知他揣着这铜铃做什么？"

陆青越发惊讶，不论是自尽，还是他杀，何必费这些古怪周折？

"挖这坑的道人说，头一天傍晚陈师兄曾走到这坑边，瞧了一阵，却并未言语……陈师兄的宿房在前院，是个套间，他一人住里间，两个徒弟住外间。两个徒弟说，那天夜里睡下时，师父并无异常，瞧着倒是有些欢喜，似乎逢着了什么好事。其中一个徒弟半夜听到他出去，以为他去茅厕，便没有理会，旋即睡过去了。开封府公人也盘问过那两个徒弟，两人年纪尚小，一向小心恭敬，即便有心做这等歹事，也没那等气力。而且那宿房隔壁房里都睡有其他道人，那些人也都没听见丝毫动静——"

陆青一边听着，一边蹲下身子，朝坑里望去，坑里的松土经了这几日，面上已经有些凝实，全然无法想象当时情景。他正要起身，却隐隐嗅到一些臭味，从坑底散出。

他忙问："这坑里当时可曾翻检过？"

"两个公人跳下去挖刨过，只从土里寻见了一把刀。他们断定竹箩中间那道缝正是用这把刀割的——"

"底下似乎还埋了东西。"

"哦？"知客也凑近蹲下来闻，嗅到之后，顿时变色，忙站起身，高声唤来附近种菜的一个壮年道人，"你赶紧下去挖一挖，看下头有什么。"

那道人抓着铁锹，跳进坑里用力挖起来。下头土松，挖得轻快。不多时，那些松土全都被挖出，底下的臭味却越来越浓。

知客催道："再往下挖！"

那道人又奋力挖了一阵，忽然停住手，用铲尖向下捣了捣："底下果然埋了东西，不知是什么，硬板一般——"他又挖了一阵，竟挖出一只红漆小木盒来。

他拨去土渣，将木盒托了上来。盒中散出浓浓臭味，那知客伸手接过，忍着臭，将木盒放到地上，拔开铜扣插销，小心揭开盖子，才看了一眼，猛地怪叫一声，唬得坐倒在地上。

陆青一眼瞅见，那盒中竟是一颗人头。

第十四章　凶迹

得人心，莫若示之以诚信。
——宋太宗·赵光义

一、断线

赵不弃驱马进城，顺路来到第二甜水巷，去寻朱阁。

他们几人商议，照眼下情形，梅船案相关之人，恐怕都难逃厄运。赵不弃这边，有两人，头一个便是朱阁。何涣之所以被选中去做紫衣客，恐怕正是朱阁计谋。朱阁与丁旦是旧识，并不知晓当时何涣换作了丁旦。

到了朱阁家门前，却见院门大开，院子里站了不少人，却肃然无声。赵不弃惋惜了一声，来晚了。他当然不是惋惜朱阁，那等人早死早好。他惋惜的是，这根线断了头。

他将马拴在门边桩子上，走进去，挤开前头私语的人，进到堂屋一瞧，堂屋被腾空，中间两只长凳撑了张木板，上头白布盖着尸首，不是一具，而是并排两具。赵不弃心下微惊，见正面一个火盆，两只银烛台，点着白蜡烛。一个妇人身穿孝服，跪在火盆前，正木然往火盆里投纸钱，是朱阁妻子冷绡。

赵不弃走到冷绡身侧，躬身一揖："小娘子节哀，赵不弃来拜别朱阁老弟。"

冷缃闻言站起来，侧身道了个万福，面容哀冷，泪痕未干。

"朱老弟是何时殁的？"

"昨晚。"

"因何缘故？"

"仵作来查验过，是中毒而亡。"

"为何会有两具尸首？"

"另一个是他才纳的小妾。"

"他们死在何处？"

"卧房里，房门从里头闩着。"

"你在哪里？"

"在娘家，已住了三天。听人报信，今天才赶回来。"

"尸首旁可有个铜铃？"

"有一个。"

"可有外头来的箱子？"

"没有。"

"铜铃放在何处？"

"枕头底下。"

"好。小娘子莫要过于悲戚，青春正好，来日方长。"赵不弃又深深一揖，转身离开。

看来朱阁死因和那几人相同，只是多陪了一个小妾。而且施法之人懒得用箱子计谋，径直潜入卧房，将毒烟铜铃藏在枕边。

赵不弃顿觉无趣，驱马回家。途中想到朱阁的死，忽然念起家中那一妻一妾、两个孩儿，心想：活一日便该对他们好一日。今天他正好在秦家解库结了一笔利钱，便折往景灵东宫，赶到南门大街唐家金银铺。唐家冠饰最精妙鲜巧，连宫中嫔妃都常命内监来他家选新样儿。赵不弃进去给妻子选了一副莲花金丝冠，小妾两支金钗、一对绿松石银耳坠。随后又转到州桥夜市，给两个孩儿选了几样玩具，杖头傀儡、宜男竹作、番鼓儿……又挑了几样妻儿皆爱的吃食，装了一大袋子，这才笑着往家赶去。到了家中，自然又是一场合家欢悦。

第二天，赵不弃早早起来，先骑马去曲院街，见那个呆状元何涣。

才到巷口，便见何涣身穿绿锦新袍，骑了匹白马出来，马后跟着两个书童，提袋抱盒，也都新衣新帽、清秀骄人。一见赵不弃，何涣忙下马拜问。

"状元公这是要去赴宴？"

"惭愧，二哥也知道我素来不好这些，却百般推托不得。"

"推托什么？正要你们这几股清水，去冲一冲那大污水塘子。只是你自家别被污了才好。"

"二哥训诫，一定铭记。"

"哈哈，我哪里敢训诫人。我今天来，是跟你问个地址。"

"那个归先生？抱歉我不能陪二哥一同去。不过，我已画好了地图，预备在这里。"何涣转身吩咐一个书童，跑回家中去取那张图。

"阿慈现今如何？"

"她仍与蓝婆住在一处。我已写信禀告过家母，家母要亲自来操办婚事。"

"老夫人怕是拿了根大棒子来料理你们。"

"不会，家母是极通达之人。"

"那最好。"

闲谈了几句，那书童已取了地图来，赵不弃接过一看，画得极详细，并且一处一处标注分明。赵不弃道声谢，上马向东门外赶去。

何涣当时由于误杀术士阎奇，被判流放沙门岛。押解途中忽然昏死，醒来时，躺在一座庄园中。一个姓归的男子说服他去做紫衣客，幸而丁旦为贪财，又将这差事抢了去。姓归的男子如今不知是活是死。

不到一个时辰，他已到达何涣所绘的那处河岸，岸边不远处果然有一片小林子。他驱马沿着林间小路穿了过去，抬眼一看，不由得惊笑一声：眼前的确有一座庄院，不过已经烧得焦黑，只剩一堆残壁焦梁。

他驱马绕着庄院看了一圈，这火烧得透彻，一样齐全的物事都没留下。正在瞧着发笑，却见不远处一片田地中有个农人在劳作。赵不弃驱马过去，见是个老汉，便下马去打问：

"老人家，那庄院的主人姓什么？"

"姓朱。"

"哦？他家何时被烧的？"

"将及半个月了。朱员外只有一个独儿，却有些痴傻，二十来岁了，却连男女都辨不清。朱员外花费了许多气力钱财，才替这儿子买了个官职。那天摆了满院流水席，请乡里所有人去吃，欢闹到深夜才歇。他家主仆忙累了一天，全都睡死过去，却不想火烛未熄尽，燃了帐子。等那些仆人醒来，朱员外夫妻和那傻儿都已被烧死了，唉……这才真真是福来如细流，命去似火烧。"

"他家可有个姓归的人？"

"姓归？没听说。"

"哦……"

赵不弃谢过老汉，见他面色黑瘦，又佝偻着背，便从袋里取了两陌钱，偷偷安放到田埂边，这才转身上马回去。

看来那姓归的只是借用了朱员外的宅子来行事，梅船一事出了纰漏，他为掩藏踪迹，竟下狠手，连人带庄院一起烧掉。这根线也烧断了。

赵不弃心头有些不畅，本为寻趣而来，却见这些焦苦。他不由得笑叹一声：心即是境，朱员外父子只是憨人，不过酣睡中挨一次火。这些狠人，有这等狠心，眼中所见，自然尽是险狠，哪里能得片刻安生，恐怕天天在挨油煎火烧之苦。真真何苦？

二、赌心

天才微亮，冯赛便已赶到十千脚店。

周长清和崔豪在二楼阁间里等他，一看二人神色，他便明白，没捉到李弃东。也随即醒悟，自己漏算了一条：即便李弃东昨夜带人去偷袭崔豪那小院，他也绝不会跟着一起冲进去，一定先让帮手进去，只叫他们制服甚而杀死屋中几人，绝不会让人知晓钱袋一事。等帮手得手了，他才会进去取那钱袋。看到那些帮手进去后，略有异常，他自然会迅即逃走。

想到此，他既悔又愧，忙说："是我失算，让你们白忙累。"

周长清却笑着说："正主虽没捉到，此战也算大捷。至少谭力这方，捉住了三人。你先坐下来，听我们细说——"

原来，昨夜崔豪三人在小篷船里制服那两人，带着钱袋离开后，周长清看到虹桥上那瘦长汉子尾随而去，他却没有照事先部署，立即让人去将船里的两人带回来，而是在窗边继续窥候。后院主管扈山等不得，轻步上楼来问。周长清吩咐他，先莫轻动，让两个护院继续在楼下监视，若有人靠近那船，再迅即出去捉住。扈山领命下去，周长清守在窗边，盯了半晌，果然见一个人影从桥下通道处的暗影里溜了出来，轻步走到那只小篷船边探看。

楼下门板一声轻响，两条黑影迅即奔出，是客店两个护院。他们冲到岸边，飞快将那人制住。扈山也带了几个伙计，随后赶过去，将船舱里两人一起带回了客店后院。

周长清则仍在窗边窥望。过了半晌，一阵脚步声从护龙桥那边传来，一个人影快步行了过来，随后上了虹桥，正是之前那瘦长汉子。那汉子刚走到虹桥顶，对面过来了几个人。其中一个看身形正是先前跑走报信的翟秀儿。两下里凑到一处，略一驻足，便一起快步下桥，又往护龙桥方向奔去。周长清忙数了数，总共七个人，但未认出其中是否有李弃东。

忧心等候了许久，才见崔豪赶来报信："全都捉住了，一共六个人，却没见李弃东。里头有个叫翟秀儿的，常在这一带闲混，跟妖娘子一般。我知他最爱惜自己面皮，便假意要割破他的脸。他哭着招认，是茶奴的弟弟柳二郎给了他一锭大银，说有四个江西人与自己有过节，让他找一些帮手，找见这四人藏身处，将他们捆起来，丢到猪圈里，耍弄他们一回——"

冯赛听到这里，忙问："只是耍弄，并没有叫他们杀了那四人？"

"我也问了，他说的确没叫他们杀人。他们六个翻墙进来时，也没带刀，只带了棍棒和几根绳子，因此才被我们轻易捉住。"

"李弃东跟他们一起去的？"

"他说李弃东在外头等信。我们追出去，四下里找遍了，也没寻见。"

周长清叹道："我该派人过去相助。"

冯赛摇了摇头："即便派人过去，他一定躲在暗影里，听到动静，必定会迅即逃走。还是我思谋欠周全，这一惊扰，恐怕再难设陷……崔兄弟，实在对不住，让你们白辛劳一场。冯赛全记在心里。"

"哥哥又说这般见外话，倒叫兄弟冷了肚肠。"

冯赛心中感激，歉然一笑："翟秀儿那伙人听说是安乐窝的逃军，不好触惹，你赶紧回去放了他们吧。"

"嗯。我也没如何为难他们。我这就回去——"

崔豪离开后，周长清叫人点了茶、端了些点心上来，笑着说："先吃些东西，再商议下一步——对了，有一事，颇可玩味。"

"哦？何事？"

"当时咱们议定，让弈心藏起那八十万贯便钱，将袋子里换作经卷。可将才崔豪提了那袋子过来，我打开一看，里头并非经卷，而是药书。"

"药书？"

"这些药书上都盖有藏书章，是后街那院主人私章。恐怕是陈三十二，他不识字，猜想那些经卷一定值钱，便从那正屋书柜上取了些药书，换掉了经卷。而后趁我们全都忙着留意河岸边那船，溜回那院子，取走了那些经卷。"

"哦？陈三十二我雇过他两回，都是替客商搬货。头一回，是个胭脂水粉商，算工钱时，他只要一半钱，另一半央求那商人舍他些胭脂水粉，好拿回去给浑家和大女儿。另一回是个香料番商，搬完货，那番商上船走了，却落了一小箱在岸边。那时只有陈三十二一人，我远远瞧着，他犹豫了半晌，还是抱着那箱子，追上了船，还给了那番商——崔豪提到他，我想到他能顾念妻女，又不贪占他人财物，便点头赞同了。"

"好在他换掉的只是经卷。你这场赌，是在赌人心。这人心，赌恶易，赌善却难。明里，你赌的是李弃东、谭力四人；暗里，你赌的却是弈心、陈三十二、我和崔豪三兄弟。"

"弈心小师父我无须赌。他如此年轻，却能在那烂柯小寺里安心修行，心净如月、了无沾挂。听我说到那八十万贯，他连目光都未颤一颤，如同听到一筐树叶一般。"

"崔豪三兄弟呢？"

"当时在这里商议，听到那八十万贯便钱，他们目光都一颤，自然是动了心。其实心动目颤乃是自然，乍听到如此巨额钱款，能心不动、眼不颤的，万人之中，恐怕没有几人。关键只在心动目颤了之后，是向明，还是向暗。向暗，心便被钱财压住，再抬不起眼，更不敢直视人。崔豪三兄弟目光，全都有明暗交战。直至我们商议完，临别时，那交战都未止息。若是暗胜过明，区区烂柯寺禅房木柜上那道锁哪里能挡得住他们——"

"你既已察觉，为何还敢赌？"

"那天，临别时，崔豪望向我，从那一眼，我便信了他。"

"哦？那一眼里有什么？"

"愧疚。"

"愧疚？"

"他当时其实已动了念，要谋取那八十万贯，心中自然生出愧意。不过，那愧并非直露出来，而是极力藏在眼中。藏有两种，一种是定了心意要谋夺，藏便是对人藏，怕人察觉，与人对视后，目光自然回缩，向下躲；另一种则是过不得自家那一关，藏是对他自家藏，对视之后，目光虽然闪开，却非回缩下躲，而是向上向远。此乃心不愿被欲所困，想排开跳脱出去。崔豪是后一种，显然不肯让自己屈从这邪心暗念。只这一点不肯，他便能自惜，做得了自家的主。因此，我便信了他，才敢赌。"

"嗯，解得好。"周长清笑着给他斟了盏茶，又问，"崔豪虽信得过，耿五和刘八呢？"

"两人定力主见都不及崔豪。不过耿五一直念念不忘梁家鞍马店死了的那个小韦，是个重情之人，不会轻易被邪心牵走。刘八心性虽浮浅一些，他却极看重三人情谊。崔、耿二人若能立稳脚跟，他便也不会摇移。"

"嗯。以往虽也知你有察人眼力，却不曾想竟如此精微。那么，我呢？"

"周大哥自然更不必说，莫说八十万贯，便是八百万贯，目光恐怕也不会颤一颤。"

"呵呵！多谢如此信重。"周长清大笑起来，但随即收住笑，"既然钱袋未能钓出李弃东，便该尽快将那八十万贯交还给太府寺，以免生出意外。"

"是。我过来时，先去了烂柯寺。弈心小师父说，那柜子上的锁被人撬开了——"

"哦？那些便钱被盗走了？"

"没有，盗贼窃走的仍是一袋经卷。那恐怕是李弃东所为，他两头行事。好在弈心小师父留了心，先已将那些便钱藏到了别处。我也怕他遭遇不测，让他昨夜睡到了隔壁禅房。今早我先赶到烂柯寺，取了那些便钱，交给了秦家解库。"

"如此便好，如此便好！"

"眼下，只有去问问谭力那三人，看能否问出李弃东下落。"

"那三人关在后院，咱们一起去——"

三、厮杀

梁兴沿着金水河一路寻找，在一座木桥边，果然瞅见一只小篷船。

他刚停住马，一个人影从船篷下钻了出来，夜虽然黑，却仍能辨出那英飒身姿——梁红玉。这船是她从一对恩人夫妇那里借得。梁兴跳下马，将谭琵琶拽下来，先撂到地上；将那匹马牵进路边的树丛中，拴在一蓬茂草后，这才回来拎起谭琵琶，走下坡，抬腿上了船。谭琵琶又呜哇挣扎起来。

梁红玉立在船板上，握着船篙，脚边搁了一只大木盆、一捆麻绳。她俯视谭琵琶，低声冷笑："粪蝇命大，还能嗡嗡。"

梁兴将谭琵琶丢进船篷里，回身接过船篙："我这边口信已经传到，你那两路如何？"

"都送到了。"

"好。不过——"梁兴心知劝不过她，仍忍不住道，"摩尼教这边，方肥恐怕不会轻易现身，你不必犯险。今晚我一个人过去，你骑那匹马，先寻个安稳去处。明天我去寻你，再一处商议捉拿方肥。"

"呵呵，到这时节，你要独揽战功？莫想。撑船！我去船头看着。"

"你若执意要去，便躲进篷里去。若不然，谁都莫去。"

"遵命！"梁红玉笑着钻进了篷里。谭琵琶随即呜哇了一声，自然是梁红玉狠踩了他一脚。

梁兴这才抡动长篙，撑起了船。夜黑如墨，凉风拂面，唯有河水泛亮，小篷船吱呀摇荡前行。逆流行了三里，河面渐宽，岸边现出稀疏芦苇，再往前便是芦苇湾。河水在那里向南湾出一个大水荡，沿岸芦苇丛生。

梁兴将船泊到岸边，听了听四周，并无动静。俯身看那木盆，见木盆边缘凿了个孔，那捆麻绳一头已经拴在那个孔上。他伸手拽了拽，拴得极紧，心里不由得又赞叹梁红玉行事缜密。

这时，梁红玉从篷里钻了出来，背上斜插一把剑，手里又握着一把刀，悄声说："我跟你一起去。"

梁兴忙冷起脸："不成，照商议行事。"

"我若不亲眼瞧见，怕会悔一辈子。在家乡时，其他女孩儿都在船上采莲，我常潜在水里摸鱼。论水性，你未必及得上我。再说，等你前头下了水，便管束不到我了。潜水的紧身衣衫我已换好，所以，莫要再多说。这把刀给你，从粪蝇房里拿的——"

梁兴知道争不过，只得接过那把刀，插到背上，叹口闷气说："你可以跟去，但只许在这岸，不能去水中间。"

"成！"

梁兴不再言语，俯身将木盆放进水中。梁红玉在一旁牵住了麻绳，悄声笑道："瞧，哪里缺得了我？"

梁兴摇头苦笑，从篷子下拽出谭琵琶，拎起来放进木盆中。随后将那捆麻绳斜挎肩上，绳头拴在腰间，攀着船舷下到水中。梁红玉也随即溜下了水，掌住木盆另一边，身形极轻便。

梁兴只得低声嘱咐："靠近木盆，尽量少露头。"

"明白。"

两人一起推动木盆，蹬着水向芦苇湾游去。到了湾口，一眼瞧见湾中央泊着一只游船，并没有点灯。夜风吹拂周边芦苇，发出阵阵唰唰声。芦苇丛里有些暗影，不知是否埋伏的小船。

梁兴游到梁红玉身侧，悄声说："你就在这边芦苇丛里。"

梁红玉似乎还要争，梁兴立即怒道："若不然，我便转头回去。"

梁红玉只得松手，长吸了口气，随即潜入水中，不知游向了哪里。梁兴寻望半晌，不见梁红玉露头，只得推着木盆向那游船缓缓游去。

将及半程时，他将肩头那捆麻绳取下，套在小臂上，吸足一口气，埋头潜入水底，向那游船游去，边游边放麻绳，直到放完拽紧，拖着木盆一同前行。游了一阵，估摸快到游船时，才稍稍上浮，见水面显出一团船身黑影，便游到那黑影后边，轻轻攀住船尾板，微露出些头，长换了一口气。这才不断收紧麻绳，将那木盆向这边拉拽。

这时，船头那边传来男子低语声："管大哥，那黑影过来了，不知是什么。""瞧着似是个木盆。""木盆？木盆会自家逆着水游？""不是木盆，会浮在水上？""紫衣人果真在那木盆里？""我哪里知道？梁……梁红玉只说在船上等。""京城到处纷传，紫衣人是妖人。前年有五个兵士误把一条龙当作狗，杀来吃了。京城那年发了大洪灾，那五个兵卒也都不见了踪影。人都说紫衣人便是那五个兵卒化的，一起来京城报仇，能隔空杀人、随处遁形。那木盆自己漂向这边，莫不是紫衣人在施妖法？梁红玉轻易交出紫衣人，怕是也被那妖人吓怕了？""莫吵，游近了！果真是个木盆，里头似乎有东西在动！""有！在动！在动！似乎还在嘶叫，不像是人声！"

梁兴一边扯拽麻绳，一边忍不住笑。那个"管大哥"的声音他认得，是楚澜的贴身护卫管豹，但未听见楚澜声音。楚澜恐怕不肯轻易犯险，没在这船上。

木盆越拽越近，上头又惊呼起来："木盆里有个人！手脚都被捆着！""听那声音，似乎不是人！"管豹喝道："都莫吵！快捞上来！"

梁兴松开了绳头，听着船上人将谭琵琶拽了上去，他正要设法离开，猛听到对岸一个女子高声叫起来，是梁红玉。声音清亮，响遍河湾："楚二哥！紫衣人我已交到你船上，从此以后你我再无相干！"

梁兴听了大惊，随即便见到沿岸芦苇丛簌簌颤动，四处火把纷纷亮起，几十只大小船舶从各处驶了出来。管豹忙惊声唤道："快离开此地！"

梁兴望见梁红玉高呼之处，也驶出三只船来。他忙猛吸一口气，扎入水中，拼力望对岸游去。游到途中，出水换气时，见对面有两只船一前一后飞速驶来，船上都站满执刀拿棒、高举火把的汉子。其中一只船头上站着个浓髯魁梧汉子，梁兴见过，是龙津桥下那个"安乐窝"的逃军头领匡虎。楚澜曾数次提及此人。恐怕是楚澜使钱雇了他来。

梁兴忙又潜入水底，奋力前游，那两只船经过他头顶时，竟撞到一起，水面上火光乱闪，两伙人厮杀起来。梁兴顾不得细看，一口气游了几丈远，再冒出水面时，见前面芦苇丛里一只小船上人影急晃，仔细一瞧，是梁红玉舞着剑，被三个汉子前后夹击，正在拼斗。梁兴忙飞快游到那船边，见船尾一个汉子狂挥一柄宽背手刀，正在猛攻梁红玉。梁红玉被他逼得进退不得，险些被后面一杆长枪刺中。梁兴忙撑住船舷，一跃而上，顺势拔出背上的刀，奋力向那汉子斜砍过去，正中肩头，那汉子应声摔下船去。他旁边那同伙见到，忙一刀戳了过来，梁兴侧身一让，反手一挥，将那人砍倒在船舷边。船头一声痛叫，梁红玉也将身后那人一剑刺倒。

她转过身，喘着气，极其欢奋："我问过了，他们是摩尼教徒，我一共刺死六个！"随即她又转身望向河湾，梁兴也顺着望去，一眼之下，顿时惊住：火把照耀水面，几十只船将那游船围在中央。各船之间，互挤互撞，乱作一团，数百人挥刀抢剑，拼斗厮杀。喊杀声、怒喝声、惨叫声，水溅油锅一般响彻湾荡。

梁兴一阵惊悸，他虽自幼习武，却从未见过这等惨烈激战。今晚这计谋，是被险局所迫，想引出方肥、楚澜或那冷脸汉，趁机捉住其中一个，问出陷害自己缘由，查出紫衣人真相。没想到竟招聚来这么多人。不论这些人是否尽是恶徒，这般残杀，都叫人不忍，他心中不由得生出悔意。

梁红玉却回头唤道："快撑船，咱们也去厮杀！"

梁兴见她双眼映着火光，像要燃着一般。再看她身上，肩臂腰腿十几处割伤，血水几乎将衣裤染透。

他忙劝道："你已完成父兄之志，证得自家清白气节，又受了许多伤，莫要再去了。"

梁红玉却厉声叫起来："不成！不杀尽摩尼教，我绝不罢休！"

"摩尼教数十万人，岂是你一把剑便能杀尽的？何况这数十万人大多都是穷苦之人，被花石纲残害，受尽欺压，才被逼起事。"

"我管不得那些！但凡摩尼教，便是我仇敌！"

"你管不得，我来管！"梁兴忽有些恼怒，望着水中央高声大喊，"莫要斗了！那紫衣人是假的！"

梁红玉忙惊喝："你做什么？"

梁兴并不理睬，又连喊了数遍，船上那些人却如同未闻，仍旧厮杀不休。片时之间，数百人恐怕已有三分之一倒在船上、跌落水中，剩下那些人却并不退让，反倒越发狂暴。

梁兴无力再喊，怔在那里，浑身被寒气浸透，心里一阵虚乏。

梁红玉也似乎没了气力，垂下手里的剑，喃喃轻叹："这便是人间，莫问为何而拼，只知不得不拼。"

四、婢女

张用听到门枢吱扭转动声，终于有扇门开了。

吴欠驾着车，一直在城北郊兜转。行一段路，他便停住车，离开一会儿。张用在麻袋里听那脚步声，又小心，又有些焦，饿鼠寻不见食一般。看来吴欠也不知银器章藏在何处，只是挨次探寻所知的几处藏身之所。大半夜，车子迂曲向北，总共停了七回，都是僻静所在，却始终没寻见。

张用听得犯困，不觉睡去。不远处一声鸡鸣将他唤醒，那鸡叫得有些奇特，先短喔两声，运足了气，才朝天长嘹一声，喉咙却似卡了谷皮，又猝然戛住。张用听得好奇，想睁眼，眼皮却被眼屎粘住。想伸手，却觉不到手在哪里，这才记起手被捆住，早已捆麻。他不由得笑了起来，感与觉真个脱离开了。这时，车子忽又停住，四下里顿时寂静，车右侧传来漫漫流水声。张用听那水声，比汴河深阔沉缓，是黄河？已经行了百里路，到延津县地界了？

车子沿河向西行了一小段路，停了下来。张用听着吴欠下了车，往河岸边行了十来步，似乎在踮脚张望，之后响起轻叩木板声，他在一扇门外。半晌，一声刺耳门轴转动声，那门开了，张用听得出那门轴歪斜了两分。但那门枢声旋即停住，听来只开了道缝。吴欠低声说了些什么，张用只听到自己的名字。那门随即关住。吴欠在门外踱步。

良久，门又打开，这回开了半扇。吴欠又低声说了几句，门边传来一个年轻女子的哈欠声，哈欠止住后，那女子低声吩咐了几句。吴欠和另一个男子的脚步声随即向车边行来，两人都坐到了前头驾座上。一声低喝，是那另一个男子，车子随之启动。此人驾车娴熟许多，车子跑得轻快。向西行了一阵，车外传来早市喧杂声。车子停了下来，吴欠跳下了车，车子旋即又启动，车身向左一倾，转向了南边，很快远离那些市声。行了良久，车身先后左倾三回，转向东，折向北，又朝向了西。一路只间或听到鸡犬声，这时右边又传来河水声。随即又响起一声鸡鸣，喔、喔、喔——两短一长，又突然戛住。是最早那只鸡，张用顿时笑起来，车子怕人跟踪，特地兜了一整圈。多谢败嗓鸡兄！

车子向西行了一小段，停了下来。右侧随即响起开门声，听那门轴转动，仍是刚才那扇歪门。另一个男子重健脚步声走向车来，车后门打开，那男子一步跨进车厢里，凑近麻袋时，张用闻到一阵脚臭。随即麻袋被拖到车沿边，那男子跳下车，驾车男子也走到车后，麻袋两头被拎了起来。张用脸朝下，压在麻布上，清早的凉气混着草气、泥土气透进麻袋，他顿时清醒过来，用力挣开了粘住眼皮的眼屎。

十几步后，草灰、烟熏、油膻、鸡牛粪混成的农家气味扑鼻涌来，麻袋被抬进了那院门。又十几步，另一扇门被撞开，麻袋搁下，张用脸贴到了地上，隐隐嗅到些往年残余的蚕粪气。

"解开麻袋。"女子声音，有些轻懒，是刚才打哈欠那个。

驾车那男子应了一声，解开麻袋口，拽着袋底，把张用倒了出来。另一个男子抽出把匕首，割开了他手脚上的绳索，又将他嘴里的破布扯出来甩到一边。张用脸朝屋内，瘫趴在那里，嘴一时合不拢，口水不觉流下。手脚虽动弹不得，两个眼珠却能转动，见地面清扫得极净，屋里整齐摆列蚕床。后墙开着窗，新绷了纱布，透进晨曦。窗外两株柳树，细条碧绿，在清风里微摇。

张用浑身舒泰，不觉吟了一联："一室清风待春茧，两棵柳树思夏蝉。"

"什么？"那女子在身后问。

张用吃力转过头，见那女子倚在门边，二十岁左右，身穿绿绢衫、青罗裙，外头罩了一件翠绿缎面、厚衬里的半旧长褙子。一双水亮大眼，俯瞅着张用，眼波不住闪动。

张用活动活动嘴巴，才勉强能问话："你是阿翠？"

女子嘴角微启，却未答言。

"银器章在哪里？"

"员外出去了。"

"天工十六巧都死了？"

"只剩了两个。"女子轻叹了一声。

"李度和朱克柔？"

"哦？你如何晓得？"女子微惊。

张用心头大喜，白替你们两个伤心一场。他来了精神，费力挪动身子，靠墙坐了起来，咧嘴笑了笑，自知那笑容极僵丑："李度那楼痴，忙着画艮岳楼阁图，外头便是山崩了，恐怕也不知晓，故而不会卷进去。朱克柔身为清冷女子，又住在楼上，关紧门，或能躲过一劫。对了，宁妆花也在楼上，她可活着？"

"嗯。"

"十六人中，哪个是内奸？"

"内奸？并没有内奸。"

"若没有内奸，银器章如何得知十六巧密谋一起逃走，将他们锁了起来？"

张用刚问罢，便即明白：此事何须内奸透露？十六巧从未经过这等事，密谋逃走，神色自然有些异样。银器章那等人，一眼便能瞧出。若再随口一探，便会越加确证。十六巧中，他会探谁？张用迅即想到一人：纸巧。

纸巧面皮最薄，人如其艺，纸一般，一戳即破，藏不住心事。有回京中纸墨行名匠聚会，请了念奴十二娇中的馔奴吴盐儿操办肴馔，张用也去凑趣。纸巧何仕康一向是个非礼勿视的端谨人，那天见了吴盐儿俏媚风姿，竟失了持守，不由自主时时偷瞅。张用瞧见，笑唤道："吴盐儿，今天这菜肴里盐怕是淡了些，纸巧不住望你，你给他抓两把。"纸巧当即涨红了脸，席间再没抬过头，从此一见张用便躲。银器章与十六巧相处多日，自然也知纸巧这性情。

他忙问："银器章是从纸巧那里探的内情？"

女子不答反问："那仇隙是从这里生起的？"

张用也学她，笑而不答。看来十六巧在那院中处决内奸、彼此互杀时，尽力不发出声响，银器章诸人也并不清楚院中情形。砚巧率同其他巧逐个追查内奸，接连误杀无辜之人。纸巧自然越来越慌怕，他虽无心之失，却无从解释，那些人也绝不会容情。胆小之人被逼到绝境，反击之力，狠过勇夫。纸巧常年随身携带一把裁纸小刀，名匠精铁所制，刀刃虽不锋利，刀尖却极坚锐。他恐怕正是用那把小刀戳破窗户插销，半夜翻窗杀死砚巧和车巧。

他又问："楼梯上有一场争斗，那里死的应是最后一个，那人是谁？医巧赵金镞？"

"嗯。他的尸体倒在楼梯下。你去了那后院？"

"李度杀了他？"

"嗯。"

"李度能杀赵金镞？他如何杀的？"张用大奇。

"我们进去时，他手里抓着根椅腿。"

"他现在哪里？"

"我也不知。"

"那紫衣人呢？"

"紫衣人？我不知什么紫衣人。我只是婢女，等员外回来，你自家问他。"女子说着从外关起门，上了锁。

"你是阿翠！"

女子并不答言，转身走了。

五、六指

陆青用袖口掩住鼻孔，凑近那盒中头颅。

那头颅已经腐化，面部青黑溃烂，爬满蛆虫，只勉强能看出五官轮廓。颔下一团浓须，蜷曲虬乱，瞧着是个四十来岁男子。头上戴的那顶黑绸帽倒丝毫未损，绸质细滑，边沿用细密银线绣了圈团花纹，看来并非穷寒之人。

那知客这时才爬起身，却不敢看那盒子，避开目光，忙叫坑里那道人赶紧上来，去禀告监院。陆青请他将陈团的两个徒弟也顺道叫来。那道人慌忙爬出来，快步跑向前边。

陆青扣上那盒盖，心中毫无头绪，便转头问："道长，这盒子里的头颅，你可认得？"

"不认得，从没见过。"知客面色发白，余悸仍在。

"这盒子呢？"

"没……这盒子极寻常，我也不知是否见过。这头颅难道和陈师兄之死有关？"

"目前尚难定论——"陆青望着那匣子，心头升起阴云，又问，"陈道长与林灵素可有瓜葛？"

"元妙先生？有。前两年，先生声望隆极，无数道士争相投拜。陈师兄也得幸拜了先生为师，颇得先生眷顾，答应传他五雷法。可惜先生旋即贬回永嘉……"

陆青听了，心中一动，至少寻见了王小槐与陈团之间关联：杜公才曾见王豪与陈团在清风楼吃酒。王豪那时已有求死救子之念，他来京中四处寻人，替王小槐寻求庇佑。他找见陈团，自然也是为王小槐，而陈团又是林灵素徒弟……

他正在寻思，两个葛袍小道快步奔了过来，一高一矮，都尚未成年，瞧着只有十三四岁。

知客指着两人："这两个便是陈师兄的徒弟。你们过来——你们两个看地上这盒子，可曾见过？"

高的那个瞧了瞧，茫然说："不曾见过。"

矮的那个也跟着摇了摇头，陆青却发觉他略有些犹豫，便盯着他问："你见过，是不是？"

矮的那个顿时一慌，见知客瞪着自己，才红了脸，低声说："那天师父回来时，提了个包袱，进到里间卧房。师兄出去给师父打洗脸水，我心里好奇，便偷偷扒在门边，透过缝子朝里偷望。见师父打开了包袱，从里头拿出一只铜铃，搁到枕头边。又抱出一个木盒，小心放到了柜子里。就是这个盒子，角上磕破了一块。"

陆青看那盒子，左上角果然有一处漆面磕破，露出原木色，甚是显眼。他便俯身又揭开了盖子。知客在一旁吩咐："你们两个都去瞧瞧，可认得里头那——"

两个小道一起凑望过来，随即一起惊叫起来，矮的那个竟吓得哭起来。

知客大声喝道："莫哭嚷，你们可曾见过？"

高的那个胆子大些，忍着怕，又细瞅了几眼："面目有些瞧不清，不过这顶帽儿徒弟记得。"

"哦？快说！"

"寒食前，有个信士来寻过师父，戴的便是这顶帽儿。这脸庞模样，似乎也像。只是烂成这样，徒弟认不太准。"

"那是什么人？"

"那人进到房里坐下后，师父命我端了茶，便叫我们两个出去了。只听见师父唤那人为'朱虞候'。"

"是那个人——"矮的那个抹掉眼泪，忽然说，"这下巴上的胡须我认得，是那天来的那人，他的胡须蜷作一团，我和师兄还偷偷笑说，似个麻团儿胡。他进门时，抬手施礼，我还见他左手多了根指头，生在小指边上，短短一根。我忙偷偷唤师兄看，那人施过礼，把手笼在长袖子里，师兄没瞧见——"

陆青暗想，陈团寒食前离开建隆观，大半个月后，才回来。他出行恐怕与这六指人有关，这六指人又恐怕与林灵素相关。王小槐难道是由这六指人引去见的林灵素？

他又问两个小道："正月前后，你们师父可曾见过一个七岁孩童？"

"孩童？没有。"两人一起茫然摇头，高的那个说，"正月底，师父也出去了几天，回来没说去了哪里。瞧着却有些欢喜，教我们两个，让我们好生服侍他，往后跟着他一同享天福。"

矮的那个忙接过去："师父仙逝那晚，我给他打洗脚水，他也笑着夸了我两句，说我这般孝敬，成了仙，必会带携我。这几日，我夜夜都盼着师父能来托梦显灵，师父却始终没来……"小道士眼里泪花转动。

这时，一个绯袍道官快步走来，应是监院，身后跟了许多青袍弟子。那监院走近后，望了一眼陆青，却无暇理会，径直来到那木盒边。一眼看到那头颅，惊了一下，却旋即自持。他身后那些徒弟却都低声惊呼。

"静！"监院喝了一声，随即吩咐一个徒弟，"你快去寻见巡照，叫他立即去开封府报案！"之后又转头询问知客，知客忙讲起前因后果。

陆青见此处已无可问，陈团一死，线头便断在这里，便趁着众道都在听知客讲述，悄步离开了那里。

他想到一个人，那人应该知情……

第十五章　异象

治人利物，即是修行。

——宋太宗·赵光义

一、心念

赵不尤和甘晦一起骑马回城。

他发觉甘晦极关切耿唯，甚而多过自家胞弟甘亮，再看他神色之间，始终有几许孤寂之意。猜测甘晦恐怕在家中常年受冷落，而耿唯也是孤寂之人，便自然生出同命相怜之心。听到耿唯并非行凶者，而是受人胁迫，甘晦浑身一松。

行到观桥，甘晦下马拜别，要回家时，眼中竟又露出犹疑畏难之色。赵不尤心中暗想：如今你家中只剩你一个儿，正是父子之间缓转之机。即便没有转机，也是你自立自新之时。

于是他温声告诉甘晦："你与耿唯之间，他虽为主，却不知自救，至死都做不得主；你虽为仆，却一心救他，于心胸上，你方为主。放心去，只须记住——喜憎由人，进退在己。"

甘晦一愣，低头寻思片刻，若有所悟，却说不出话，眼含感激点了点头，躬身深深一拜，这才转身走了，脚步似乎略坚定了些。

赵不尤不由得喟叹一声：人生于世，全凭一点心念。可这心念，又时常并非全由自家做主。立定脚跟，谈何容易？但若不拼力站稳，便如耿唯一般，受制于人，害人害己，终至丧命。唯愿甘晦能以此为戒，从此站定行稳。

再一想这一连串命案，他心中更是郁郁。多年来，他都坚执只凭己心，一力行去。这时才发觉，一己之力，实在微弱，如同细草迎狂风。立定脚跟，已属不易，更何谈与这狂风相搏？

但转念一想：我立得定，它便奈何不得我，我便已是胜了。至于能否驱散这狂风，只在尽力，驱一分，便胜一分。至于能胜几分，且随天意。

他心下释然，不再多虑，驱马向家中行去。到了巷口，先去鞍马店还了马，出来后，便见墨儿快步走了过来。

"哥哥，简庄先生也被铜铃毒死了。他得的箱子里，是一些程颐书稿，市面上并未见过。他妻子、小妾昨天早上见到他死，都以为他服的那药害了他，因而没有报官。唯有他妹妹简贞有些疑心，却也没能猜出实情。"

"哦？简庄在服什么药？"

"简贞说，宋齐愈那桩事之后，他哥哥性情大变，先是将自己关在房里，一连两天滴水未进，更未吃一口饭。她们死劝哭求，他才开了门。出来却说，人成不得圣贤，全因一个'欲'字。功名利禄，他早已放下。唯有食色二字，与生俱来，最是害人。色欲他能割舍，饮食却一日都断不得。他为了断食欲，不知从哪里听来一个秘方，自己寻买些硫黄、砒霜、水银之类的药，合成剂，已经服食了几天，每日饭量倒真是减了不少，人却已被毒得没了形状。无论如何都劝不止，还说再过几个月，自己便能断绝饭食，成贤成圣……若不是我瞧见他房里也有个箱子，里头也有只铜铃，他家人只以为是他自己服毒送的命。"

赵不尤听了，既怜又恨。简庄犯了错，不但不知自省悔改，反倒越发往险僻邪径偏执孤行。这哪里是在修圣贤？孔子何曾这样教过弟子？何曾绝欲断念？他只是要人分辨欲之是非可否，曾明言："富而可求也，虽执鞭之士，吾亦为之。如不可求，从吾所好。"便是最讲绝欲断念的佛家，也不曾这般自残自毁，佛祖释迦牟尼当年也一样去化缘求食。

他是生生被其师程颐那句"存天理，灭人欲"所毒害。其实，程颐也并非要人断绝人欲，他曾解释分明："凡人欲之过者，皆本于奉养。其流之远，则为害矣。先王制其本者，天理也。后人流于末者，人欲也。"他只是劝人节制，莫要过度，更莫泛滥不止。简庄这般服毒绝食，何尝不是另一种不知节制、过度泛滥？

赵不尤不知还能说些什么，气闷闷回到家中，却见万福候在院里。

"赵将军，昨晚卑职收到信，立即去拘捕了那冰库小吏邹小凉，将他押至开封府。他胆子极小，未等推官审讯，便招认了。果然是他下的手，先将铜铃偷偷藏在书箱底下，又穿了条细线到窗外，夜里在外头扯动铜铃，引诱老吏开箱查看。他哭着说，是受人指使，并不知那铜铃有毒，以为只是耍弄那老吏。见到老吏昏死，才怕起来——"

"指使者是何人？"

"他说认不得，那人是在街上拦住他，许了他去膳部宴享案的差事。今早我我去礼部打问，他果然被分派去了宴享案，那里一个簿吏年老辞任，空出一个缺来，邹小凉又正好算写得来。面上的确是公事例行，并无不妥。但那是个肥差，掌管柴米酒果出入，多少人盯觑着？越无不妥，便越不妥。只是这底下沟沟汊汊，比汴京城的阴沟暗渠更繁密，实在无从去查。不过，他倒是留意到一处，说那人左手生了六根指头——"

"六根指头？"赵不尤顿时想起彭影儿暗室墙上所画那个六指手掌。

看来，那是彭影儿临死指证。他将自己被困暗室、渴饿而死之恨，妻子与人通奸私奔之怨，都归之于清明寻他去游船上演影戏之人，而那人一只手生了六根指头。

这两个六指人，应是同一人。

此人铺排梅船神仙降世，干涉朝廷吏职差选，这一连串铜铃毒杀命案，自然也是他谋划。连耿唯这等朝廷命官，升降与生死，竟也被他操控，不知此人是何来路？

"说到这六根指头，怕是和瑶华宫那桩怪事有关？"

"什么怪事？"

"几天前，瑶华宫一只狗子不知从哪里叼了块肉在吃，有个女道仔细一瞧，竟是人的手臂。唬得忙去唤了其他女道，从狗子嘴里夺下吃剩的半只手臂。众人又沿着狗子一路拖洒的血迹，寻到后园一丛芍药后面，见土中一大张咬烂的油纸里竟还有另一只手臂，是左臂，那只手是六根指头。"

"哦？你们可去查过？"

"您也知道，那瑶华宫虽为道观，却是贬放后宫嫔妃的所在。当年哲宗皇帝的孟皇后被废后，便幽禁在瑶华宫，至今仍在里头做女道士。那里门禁极严，男子不许踏入。开封府接到这案子，不知如何应对，只得请宫中内侍省代为查问，内侍省差了一名殿头官去了瑶华宫，却未问出个一二，只得带了那一只半手臂出来，交给了开封府。开封府也只查验出，骨节粗大，臂肉粗壮健实，应是男子手臂。男子手臂为何会埋在瑶华宫后园？身体其他部位又在哪里？这些都无从查起，也没有苦主来诉，加之这一个月来，四处怪案蜂起、凶事不断，开封府忙个不迭，便将这桩事情搁下了。可眼下看来，这六指手臂得再查一查。只是，内侍省再靠不得……"

赵不尤想到一人，抬眼朝堂屋内门望去，见瓣儿从帘子后露出半张脸，也正望向他，满眼急切，不住点头。

二、兄弟

冯赛随着周长清来到后院角落一间僻静空房。

主管扈山打开了门锁，冯赛走进去一看，里头三人手脚都被捆着，分别拴在两根房柱和一条床腿边，谭力不在其中。三人年纪相当，都不到三十。面目寻常，行走街头，恐怕都难以认出。其中一个矮壮、一个高大魁梧，接近之前听到的于富和朱广二人。另一个中等身材，恐怕是樊泰。

三人一齐扭头瞪向冯赛，眼里都没有惧意，反倒有些嗔愤。冯赛原本是来问罪，看三人这神情，都是市井间热血汉子，并非贪谄怯懦之辈，胸中积的恼恨顿时散去许多。

"你们是于富、朱广和樊泰？"

三人仍瞪着他，都不答言。

"谭力藏在何处，你们自然也绝不肯说？"

三人眼中嘲意更增。

冯赛一时间竟不知还能问些什么，也不知该如何处置这三个人。

"我是樊泰——"那个中等身材汉子忽然开口，声音有些哑，"我们几个做了对不住你的事，虽说是吃了那白脸奸人的骗，却也是自家失了眼、昏了头。落到这地步，也是合该。如今做已做了，该打该杀，由你，只是，心里吞不下这恨。汪兄弟不顾性命，救我们逃出那铜矿，又带我们来京城，这三个月里，享尽了人间富乐。那柳奸人先哄汪兄弟，说谋到官府那些钱，全都拿来救济困穷，汪兄弟信了他，我们也跟着一起信了。等得着那百万官贷，柳奸人却变了脸，将那些钱全都私卷走了。汪兄弟寻他算账，却被他害了性命……"

樊泰眼圈顿时一红，其他两人也一起垂下头，朱广拴在柱子后的双手更是捏紧拳，骨节咯吱吱响。

冯赛应了句："我也要捉他。"

樊泰忙抬起眼："那奸人已取走了那些钱，冯相公若想捉他，恐怕不易。我们手里却有一样要紧物事，他一定想拿回去。我们能帮冯相公捉他。"

"哦？什么物事？"

"是个人。"

"什么人？"

"冯相公可听说清明那天那只梅船？那船上有个紫衣人——"

"紫衣人？"冯赛大惊。

"清明那天，我们帮那奸人捉到了紫衣人。那奸人反复叮嘱，让我们看紧。听他那语气，那紫衣人无比紧要，他自然正在四处找寻。"

冯赛越发吃惊。周长清却似有些不信，满眼疑虑盯着樊泰。

冯赛忙问："谭力看着那紫衣人？"

"嗯。这一向，我们三个在一处，谭力藏在另一处，守着那紫衣人。"

"谭力一直藏身在一只船上？"冯赛猛然想到，清明那天，谭力便是躲在一只船中等候李弃东。这些天，与其去陆上寻找隐蔽之所，不若一直躲在那船里，只要不到下关锁头，他可让船来回游动。汴河之上，每天来往船只不断，谁会留意到他？

樊泰点了点头：“我们可以帮冯相公捉到那奸人。”

冯赛心头迅即升起一丝隐忧：“你们每天在虹桥一带会面？”

“嗯，只照面，不说话。”

“昨天也没有说话？”

“昨天说了，我得到那钱袋的消息，便靠近他船边偷偷告诉了他。”

冯赛忙说：“我能猜到，他也能猜到！你得赶紧带我去寻见谭力！谭力听你们说了那钱袋之事，一定会在附近探看。柳二郎若是猜到，昨夜恐怕已经带人去寻谭力了！”

樊泰听了，又惊又疑。

朱广在一旁忽然开口：“冯相公说得在理，你赶紧带冯相公去寻谭力！”

樊泰犹豫着点点头，冯赛忙过去帮他解开了绳索。

周长清忙吩咐扈山：“让两个护院一起去，再叫几个壮实些的伙计！”

冯赛忙说：“不必，只我和樊泰两人去便可。眼下还不知谭力安危。若已出了事，去再多人也无用；若还安全，他见这么多人，必定会逃走。再想找他，就难了。”

“你单独去，我有些不放心——”

朱广在一旁高声说：“冯相公放心，我们两个抵在这里。而且，我们也不是随意杀人的强梁。”

周长清虽点了点头，眼中却仍含疑虑。冯赛却顾不得多言，忙拽起樊泰，一起快步出门，先上到虹桥顶。樊泰扒着桥栏，望两边寻看。河两岸泊了数十只船，河面上往来的也有数十只。樊泰望了一阵，忽然指着上游北岸河湾处露出的半截船尾：“在那里！”

说着便疾步飞奔，冯赛忙紧跟下桥。樊泰跑得极快，片刻间便将冯赛甩开。等冯赛拼力赶到那河湾，见岸边泊着一只小客船，船舱里传来一阵沙哑哭声，是樊泰。他忙跑到岸边，费力跳上船，喘着气走进船舱，却见樊泰跪在船板上，一个人躺在他身前，身上几处伤口，血水流了几摊，已经凝固，开始发乌，显然已死了几个时辰。冯赛缓了缓气，才轻轻走近，望向那尸体面部，正是谭力。

三、火妖

梁兴垂首坐在船尾。

梁红玉执意不肯离开，要等着看完河湾中那场厮杀。梁兴虽低着头，耳中却不断传来怒喝、惨叫声。

半个多时辰后，声响越来越少。到最后，只剩两把刀互击之声。梁兴不由得抬头望去，几十只船全都静浮水面，火把燃着了几只船身，火焰照耀下，只有中央那只游船上，还有两人在拼斗。其中一个是安乐窝头领匡虎，另一个是个白衣黑帽男子。两人都已受伤，举动滞重，却仍在竭力拼斗。七八个回合后，匡虎闷喝一声，一刀戳中白衣男子腹部，那男子顿了片刻，随后倒栽进水中。匡虎似乎笑了两声，跟着仰倒在船板上。

河湾顿时寂静，只有芦苇唰唰拂响。良久，梁红玉才轻声说："那白衣男子是焦智，摩尼教四大护法最后一个。我们过去看一看。"

梁兴虽不情愿，但这局是自己布的，如何能背转身，装作不见？

他从水中捞起长篙，撑动小船向那边驶去。到近前时，见船上、水面数百具尸首，全都是青壮汉子，难以分辨各是哪一路人。梁兴避过那些船只和尸首，将船靠近中间游船，攀着船舷，翻身上去。一眼看到匡虎躺在船板上，咧着嘴，微露些僵笑，已经死去。离他几步远，则躺着谭琵琶，手脚仍被绑着，胸口上插了把剑，耳边那个玛瑙坠子映着火光莹莹闪耀。

梁红玉随后也攀了上来，她望着梢板上几十具尸首，也微蹙眉头，不发一言。扫视片刻，她似乎发觉了什么，走到船尾一具尸首边。梁兴顺着望过去，认出那是楚澜贴身护卫管豹，管豹大睁着眼，似乎在怨愤上苍。他的右臂搭在胸口，手里攥着一团红丝帕。梁红玉俯身抽出那丝帕，展开瞧了瞧，随即丢向水中，被风吹到旁边着火的船上，迅即燃尽。

梁红玉转头望向梁兴，目光似笑似倦："一个都不剩。要等的三个却没来。"

梁兴却忽然想起儿时跟着一个老军学认"武"字，老军说，武乃止加戈。武为止武，战为止战。他当时似懂非懂，后来或因技痒，或为意气，总忍不住好斗之性。却从未如今夜这般，全然背离武之本义，挑起争斗，令人相互残杀。

他心中沉重，不愿须臾逗留，低头说了声"走吧"，随即跳下了船。梁红玉略一犹疑，也跟着跳下。梁兴低头不看左右，用力撑船，划离那些船只，来到湾口下船处，寻见原先那只小篷船，默默上了那船，顺流划回到那座小木桥。梁兴将船停到岸边，低头望着河水，一时不知该如何是好。

梁红玉盯着他轻声说："你无须自责。那些人并不是泥胎木人，他们来，各有其因，或为利，或为仇，或为忠心，各人生死各人担。而且事情已了，再想无益，不如好生谋划，接下来该做什么。"

梁兴闷思半晌。今夜借谭琵琶这假紫衣人，虽将那三路人诱来，却并无所获，徒送了许多性命。方肥、楚澜皆是高明之人，冷脸汉及背后主使也非庸人，恐怕很快便会识破，定会继续追寻那紫衣人，势必会引出更多杀戮。他想到"武"字，低声说："寻见紫衣人，终止这些争斗厮杀。"

"好，你去牵马，我去还船。咱们下一座桥头会合。"

梁兴心头松了一些，点点头，将船篙递给梁红玉，抓起那把刀，转身跳上岸，去林子里寻见那匹黑马，牵出来时，梁红玉那船已轻快漂远。他骑上马，并没有去追，只缓辔而行。一路思寻，越发觉得，人世真如暗夜，寻路难，循路不偏更难。

眼下要追查那紫衣人，却不知其来由。那人又行踪诡异，能够随意出入密闭暗室，形同鬼魅，如今不知遁去何方，到哪里寻去？

他思忖许久，忽而想到一人——施有良。劫持施有良妻儿，胁迫他的，自然是冷脸汉一伙人，施有良恐怕知晓紫衣人来历。无论如何，该去问一问。只是不知施有良现在何处，先到他家中瞧一瞧。

寻到这个线头，他略振作了些。旋即想到梁红玉，恐怕不能再让她牵扯进来，她受了伤，性情又太过执著，还是远离为好。他见前头有条岔路，便从那里离开了河边大道，沿着一条土路，向南行去。夜路崎岖，马行不快，等绕到城南的戴楼门时，已是清晨。

他想，白天前去，若被人瞧见，又得给施有良增添麻烦。自己也已困乏，不如晚上再去。于是，他在城外寻了间客栈，将马牵到后院，叫伙计喂饱。而后胡乱吃了一碗菜羹、两个肉饼，便去房里躺倒大睡。

等他醒来时，已是傍晚。他怕又有人跟踪，算过房钱马料，骑马在城外绕了一圈，吃了碗棋子面。等到天黑后，才慢慢进城，一路都没发觉异常。来到西兴街口，见小街已经没有行人，只有一些门缝里透出些灯光。看到左边第五家门缝里也有些微光，梁兴心里顿时翻涌。这扇门，他曾当作家门一般。

　　下马走到院门前，他犹豫片刻，才抬手敲门。半晌，里面应了一声，随即一阵咳嗽，是施有良。

　　院门开了，背着光，只见消瘦身影，看不清脸。施有良身上原本时常带着军器监桐油硫黄的气味，这时却变作浓重酒气。

　　梁兴张开口，却喉咙发涩，咳了一下，才唤出口："施大哥——"

　　"哦……你？"施有良有些惊讶，又有些虚怯。

　　梁兴正要再次开口，忽觉旁边火光闪亮，扭头一看，愣了一下：一个人一手举着火把，一手摇着铜铃，朝这边走了过来，身形步姿极僵硬。装扮更是怪异，头戴朱红道冠，身穿紫锦衫裤，身披紫锦大氅。看体格是男人，脸上却画眉涂脂，嘴唇抹得鲜红。

　　那紫衣怪人走到梁兴近前，却不看他，转身望向施有良。火光映照之下，梁兴才看清，几日不见，施有良竟枯瘦得不成模样。他盯着那怪人，目光急颤，嘴唇也抖个不住。

　　那怪人摇动铜铃，口中急念了一串古怪话语，念罢之后，嘴中忽然喷出一道火焰，直冲向施有良。梁兴大惊，忙要伸手去救，施有良已惨叫一声，浑身旋即燃起火来。梁兴忙一把脱下外衫，施有良已奔跳出门来，栽倒在街上，不住打滚惨叫。梁兴拼力挥动手中布衫，去扑打他身上火焰，却哪里扑得灭，只听到施有良嘶声大喊："救我妻儿！贴职！"连喊了数声后，再不动弹，火却仍未燃尽。

　　梁兴悲怒至极，转头去寻那紫衣怪人，却见那紫衣怪人往街那头快步逃去。他从马背上一把抽出钢刀，急追了上去。那紫衣怪人却拐向了旁边一条小巷。街上邻舍听到惨叫声，纷纷出来探看。

　　梁兴飞奔到那巷口，见那巷子是个死巷。那紫衣怪人刚奔到巷子中间，忽然停住脚，伸出右手，朝空中舞弄了一番。又倒转左手，将火把伸向自己后背，竟点燃了那件紫锦大氅。随后将火把向后用力一抛，险些砸中梁兴。梁兴忙闪身避过，却见那怪人立在那里，一动不动，火焰已燃遍后背。

梁兴惊在原地，身后许多人纷纷赶来，也都驻足惊望。

古怪却并未结束，那怪人静立片刻，全身已燃着，双足却忽然离地，身体缓缓升起。众人顿时惊叫起来。那燃火身躯却不断上升，灰烬不住飘落。升到半空中时，竟烧得只剩一簇火焰，旋即燃尽。

巷子顿时一片漆黑……

四、水妖

张用总算能站得起来了。

这一天一夜拘绑，让他对筋骨、血脉、肌肉、呼吸有了不少新见，他绕着蚕床，一边甩动手脚，一边连声感叹：这身体真是奇妙至极，一毛一孔、一精一血、一筋一骨，拼凑起来，竟能如许灵敏、强韧，不但能感能觉、能知能思，更蕴藏喜怒哀乐万端情致，演化出善恶美丑无限样态，真正是天地之灵、万物之英。他原本便对造物惊叹不已，这时更是崇仰无比，不由得朝天拱手一揖："我不知您是神是仙、是灵是气，无论如何，请受张用一拜！"

"你在拜谁？"门忽然打开，刚才那绿衫婢女端着一盘饭菜走了进来，那双水亮大眼里满是疑义。

"拜那个叫你端饭菜进来的。"

"章员外？他还没回来呢。"

"呵呵，那便拜没叫他回来的。"

"嗯？"女子越发纳闷。

"你是阿翠。"

女子瞅了他一眼，仍不答言，将托盘搁到门边一张旧木桌上。

张用细瞅着她，不由得赞叹："真正奇妙，他不但能叫人说真话、道假话，还能叫人假里藏真、真中藏假，或似真实假、似假实真，更或是不真亦不假、似真又似假——唉！真正奇妙！"

女子听得疑惑，微有些恼："不知你在叨嘈什么，你不饿？"

"又饿又胀，得先解手。哈哈，上边吃、中间消、下边解，生而即知，不学自会，奇妙奇妙！"

女子脸顿时沉下，转身快步出去，朝门边冷声说了句："给他拿个马桶进去，门锁好。"

一个身着褐绸衫的壮汉提了个旧马桶，进来搁到门边，出去锁上了门。张用笑着过去，溺了泡长尿，又细细参研了一番排泄的道理。转身见那托盘里有两张油饼、一碟麻油萝卜丁、一碗麦粥，他刚要伸手去抓那油饼，忽而想起便后人都要洗手，不由得停住手，又细考起脏与净的道理。

就这般，以往从未留意之事，样样都变得新鲜，他一件件细察细想，全忘了身在何处、为何而来。直到后窗外传来那女子声音："你们两个去接员外。"

他听到后，不由得走到后窗边，向外望去，一眼先看到宽阔河水，映着夕阳余晖，万尺金缎一般，果然是黄河。房后一段斜坡，生了些青草，水边搭了座木栈桥，桥边拴着只敞口小船，梢板上乱堆了些麻绳，一只长橹斜架在尾板上。张用并没看到那绿衣婢女，只见两个褐绸衣汉子走下草坡，一起上了船，一个解开缆绳后，坐到了船头梢板上；一个立在船尾划橹，显然是个熟手，虽是横渡，却划得平稳轻快，很快便远离栈桥，笔直驶向对岸。

张用望着那河水，想到百十年来，黄河屡屡改道泛滥，不知冲毁了多少民屋田地。朝廷为寻治水良策，也不知起了多少争议，花费了多少民力物力，至今却始终无能为力。张用一直想沿着黄河，走到源头，去探查一遭，看能否寻出个利导之法，却始终未能成行。这时黄河就在眼前，水声漫漫，似在低声唤他。他想，等了结了眼前这桩事便去。

分了一阵神，再看那只船，竟已驶到了对岸。那岸边有株大柳树，树身弯垂到水边。那船便泊到了那柳树旁，一半船身被柳荫遮住。船上两个汉子这时望过去，身形已小得不足一尺。划橹那个坐到船尾歇息，船头那个弯着腰，将缆绳拴到了树干上，而后跳下船，在岸边来回走望。

那岸上稀落有些行人车马往来，田间散布村落，四处升起炊烟。半晌，夕阳落山，暮色渐起。有个人走向那只船，只能隐约辨出似乎是个盛年男子。岸上那汉子迎了过去，两人一起走近水边，汉子扶着盛年男子上了船。那汉子仍走到船头坐下，盛年男子则坐到了船中间，划桨汉子也随即起身，摇动长橹，小船向这边驶来。

这时对岸景物已被暮色掩住，河面一片苍茫。张用一直瞅着，小船驶到河中央时，隐隐辨出，那盛年男子肥头宽肩，下巴一圈络腮浓须，正是银器章。只是，银器章平日浑身散着豪阔气，即便坐着不动，也昂昂然的。这时他却不时向前后觑望，隐隐透出些不安。张用不禁笑起来，假虎如今成贼鼠。

他正笑着，那船后一丈多远处，水面忽然一亮，再一瞧，一团亮光从河水中浮晃而出，圆月一般。

咦？月亮从河中间升起？不对呀，今天才月初。张用忙仔细望去，并非月亮，而是一盏白琉璃灯。随着那亮光，一团影子也跟着浮了起来，立起在水面上。映着那光，张用一眼瞧出，是个人。

那人头戴银闪闪莲花道冠，身穿紫袍，肩披一领紫锦大氅，脸抹得粉白，嘴又涂得血红。他挑着那琉璃灯，伴随一阵急急铜铃响，竟在河面上踏水而行，疾步追向那船。

船上三人也已发觉，一起回头惊唤。张用听到银器章连声催嚷："快划船！快划船！"粗砺的声音在河面上回荡。

船尾那汉子慌忙加力，急急摇橹，船随之加速。紫衣道人却紧追不舍，在河面上疾奔，紫锦大氅于风中招展飞扬。不多时，他便追上那船，直奔到船右侧，扭头望向船中的银器章，忽然放声念起了咒语，银器章惊得缩到船舷另一侧。

那道人念了几句之后，银器章猛然惨叫一声，随即趴伏在船里。那道士也停住咒语，沉入水中，不见了踪影。

河面顿时变暗，除了水声，再无声息……

五、失神

陆青来到皇城东华门外，穿进斜对面一条巷子。

他是来寻皇城使窦监。此前他已打问到，窦监是个孤儿，杨戬将他收养进宫，一力扶持至六品内侍都知，出任皇城使，并将这巷中一院房舍赏给了他。皇城司设在东华门内的左承天门，由此处步行去皇城司只需一盏茶的工夫。

陆青来到那院门前，见黑漆门楼虽不雄壮，却也透出肃然贵气。他抓起门环轻轻叩响，应门的是个年轻白嫩男子，头戴直角幞头，身穿紫绢袍子，是个内侍。陆青报上姓名，说明来意。那内侍翻了翻眼，说了声"且等着"，便关门进去。半晌出来又翻翻眼："进来吧。"

陆青随着他走进院中，见里头并不宽阔，厅前两株古松，恐怕有上百年，树身如蟒盘曲，树冠巨伞一般，几乎将院顶遮尽，院里十分阴凉，甚而令人背寒。

陆青走进厅中，见窦监端坐在一张黑漆椅子上，身穿一件白绢凉衫，直直瞅着他。面皮白净，脸型圆柔，五官和顺。虽已年近四十，乍一瞧，似个二十来岁温善士子。唯有那目光才显出年纪，沉暗、谨慎、细敏、狠利，混杂了在宫中三十年拼争之迹。与清明那天不同，今日他眼中更透出些哀寂、惶惑，恐怕是由于杨戬之死。

窦监并未起身，也未请陆青坐，开口便问："你要问什么？"声音暗哑冷厉，如同利刃划破布帛。

"清明那天，杨太傅到汴河，是否去见王伦？"

"那天你在太傅轿子边，看来并非偶然？"

"我在寻一个孩童。"

"你去那轿子边做什么？"

"那孩童是个孤儿。"

窦监目光一颤，眼中寒意陡升："你对太傅做了些什么？"

"窦都知寸步不离，护着那轿子，岂会不知？"

"我……你……"

"窦都知当年有杨太傅救护，我要寻的那孩童，却生死不知。"

"什么孩童？"

"他名叫王小槐，王豪之子。"

"我并不认得，也不晓得。"

"他与杨太傅同乡，拱州睢县帝丘乡。"

"这又如何？"

"王豪临死前，将帝丘那片田地献给了杨太傅。今年元宵节，王小槐又将田契交给了杜公才。之后，他便失踪不见。"

"田契一事，我知道。但那孩童去向，太傅不知，我也不知。"

"清明那天，林灵素现身汴河，身后跟了两个道童，其中一个便是王小槐。"

"哦？你既然已知他下落，来我这里问什么？"

"窦都知可否认得建隆观道士陈团？"

"不认得。关于林灵素，你还知道些什么？"

"王伦。"

"王伦？"

"去年腊月，王伦被捕，该是窦都知所为。"

"是我。他和林灵素有何关联？"

"王伦被捕后，为何旋即又被放出？"

"太傅下的令，我只奉命，其他一概不知。"

"王伦为何去登州？"

"他去了登州？"

"他身边跟了两个人，不是窦都知所差？"

"两个人？"

"清明那天，杨太傅赶去虹桥，王伦也去了那岸边。其中缘由，窦都知也不知情？"

"我只奉命护行……"窦监眼中露出失望，甚而有些委屈。看来他确不知情，杨戬也并未全然信任于他。杨戬一死，他失了依靠，今后恐怕极为艰难。

"窦都知也不知王伦下落？"

窦监摇摇头，两眼失神。

"窦都知可知唱奴李师师近来动止？"

窦监呆望门外，片刻才回过神："李师师？你问她做什么？"

陆青见他事事懵然，便笑了笑："多有搅扰，在下告辞。"

"慢着。你既然来了，便替我相一相。"

陆青微一沉思，道了句："从此孤舟迷江海，何如村岸泊炊烟。"

窦监听后，又怔望向门外松荫。半晌才回过眼："多谢陆先生开示。我会差人留意查寻王伦与王小槐。另外，李师师似乎也失踪不见，李供奉暗中派了人去寻她。"

"李彦？"

"嗯。此事不寻常，陆先生自家当心——"

第十六章　奇死

在德不在险。
——宋太宗·赵光义

一、手臂

赵瓣儿站在瑶华宫门前，不由得抿嘴笑了起来。

若不是这瑶华宫严禁男子进入，她还到不得这里。不过，由官府委派女子来查案，还绝无先例，自然难以让开封府开具官告书凭。倒是瓣儿自家想出一个主意：二哥赵不弃和开封府司法参军邓楷相熟，邓楷又是个随和人，央他来做个引介，半公半私，既能入得了瑶华宫门，又能免去公文麻烦。

万福便去寻见邓楷，邓楷听了立即满口应允，身穿官服，自己骑马，给瓣儿雇了顶轿子，一起来到瑶华宫。

这时见瓣儿笑，他也笑起来："果然是赵将军的妹妹，寻常女子只听得泥里埋了只手臂，避都避不及——"

瓣儿笑着应道："手臂长在人身上时，没见谁怕。断下来，仍是那只手臂，为何要怕？"

邓楷笑得眼睛眯成了缝，和瓣儿一起走上瑶华宫门前台阶。瑶华宫并不大，但院墙极高，墙头树木幽茂。门楼尽刷作青绿装。大门紧闭，只开了右边一个小侧门。虽近邻金水门外闹市，却极雅静。

刚走到那侧门前，里头便迎出一个中年葛袍女冠，冷眼打量过来，认出了邓楷。

邓楷也已收起笑脸："前几日那手臂一案尚未勘查明白，上回那内监来时，遗漏了几桩要紧证据。开封府不好再去劳烦内侍省，瑶华宫又禁止男子进入，特去宗室延请太宗皇帝六世孙、宁远将军赵不尤之妹、宗姬赵瓣儿前来代为查问。"

"我进去禀告都管。"

那女冠冷着脸转身进去了。瓣儿知道，道教宫观之中，方丈为长，监院当家，都管为第三位，辅佐监院管领内外大小事务。半晌，那女冠引了一个五十来岁女冠，身材瘦高，绯色道袍，神色更加冷厉。身后还跟着一个年轻女冠，身穿青色道袍。

邓楷又将刚才的话重复一道，那都管听后，冷眼扫视瓣儿，瓣儿将目光迎了上去，不傲亦不怯。那都管移开目光，冷声说了句："随我来吧。"

瓣儿朝邓楷偷偷一笑，抬脚迈过门槛，跟了进去。那都管并不回头，边走边问："你要查问什么？"

"一共六件事：一、先去看那埋藏手臂之处；二、瑶华宫可有男子混入？三、发现手臂前几日，进出宫门的女冠；四、那几日可有宫外女子进出？五、宫中可有人认得左手生了六指之人？六、宫中近一个月来，可有异常？"

"第一件，巡照带你去看；第二，瑶华宫常日只开这一道侧门，绝无男子敢走近门前台阶；第三，进出宫门的女冠，叫巡照给你列个单子；第四，瑶华宫并非一般道观，除非宫里贬放妃嫔，从不许宫外女子进入，正月以来，你是头一个；第五，我已问过，并没有谁认得六指男子；第六，瑶华宫不许有异常。好了，你请便——"

都管说罢，仍不回头，快步向前，走进前殿，留下那个年轻女冠陪着瓣儿。瓣儿这才明白，都管口中的"巡照"正是这年轻女冠。巡照是宫观中监察一职，执掌规令，协理宫事。瓣儿看她虽只比自己年长几岁，却面色苍白冷肃，透出些凌然威严之气。她只冷扫了瓣儿一眼，清声说："请随我来。"便向前殿侧边的一条青砖路行去，瓣儿忙快步跟上。

头一回进到这瑶华宫，瓣儿不住扫视四周，中间是接连三座殿，灵宫、玉皇及藏经籍的三清阁。两侧是一排排院落，比其他道观格局小许多，但檐宇清峻、雕栏精巧，多出一种秀整之气。地面尽都是青石砖，清亮光洁。沿着周边黄土刷饰的围墙，全都是高茂古木，满眼葱郁。沿路极少见到女冠身影，偶尔走过一两个，也都低眉敛容、神情谨肃。四下清寂，连脚步声、呼吸声都比常日显重，瓣儿不由得浑身一阵阵发冷。

走到后院，是一大座院子，但乌漆院门紧闭，里头只间或传来咳嗽、洗涮、拍打衣物声，此外只觉得那是一座空院。瓣儿猜测，这必是幽禁嫔妃之地，哲宗孟皇后恐怕便在里头。她二十三岁时被诬为"阴挟媚道"，废居于此，当今官家即位后，虽曾将她召还宫中，但旋即又贬回这里，至今已近三十五年。

瓣儿心想，这冰冷院子，自己恐怕一天都受不得，何况三十五年？除了孟皇后，里头不知还囚禁了哪些含冤妃嫔。不知将来能否寻到机缘，来替她们查清冤情？

她正想着，那巡照朝她冷眼示意，随即拐向左边，沿着那冰冷大院子的外墙巷道，向南走到瑶华宫后院，一片池水，四周错落种了些花木，清幽中透出些萧疏寒意。靠后墙，是一排六座小院落。其中一个院里传来狗吠声。

那巡照引着瓣儿沿花木间碎石小径，来到西墙附近，那里种了一大丛芍药，枝叶鲜绿。巡照伸手指了指叶丛后面，瓣儿凑近弯腰一看，那里泥土被挖出了一个小坑，里头隐约还有些乌黑土粒，应是血迹所浸。她注视片刻，直起身，环视四周。在这里偷埋人臂，后边那一排院落里住的人最便宜。其中，靠西这两个院子尤其近便。

于是，她问："后面这排院落里，住的都是哪些人？"

"这后面住的是瑶华宫二十四位执事，四人一院。我住在第二院。"

瓣儿记不清二十四位执事究竟有哪些，便问："能时常出入瑶华宫的有几位？"

"只有都厨、经主、化主、公务四人。都厨每日清早去菜市采买油米菜蔬，经主每一旬出去寻买一回经籍，化主主掌募化，公务管领宫外房田租课，后两位执事须不时进出。"

"宫里人向外携带物件，可会查问？"

"宫中物件，严禁带出，出宫都会细查。"

瓣儿听后，点了点头。在家中，她已与哥哥赵不尤商讨过。瑶华宫门禁极严，男子极难混入。何况那手臂十分粗壮，六指人身材也一定健壮，更难蒙混入宫。即便混入，他身死之后，尸首其他部分也难掩藏，除非将剩余尸身带出宫，这又更难，因而，六指人应该是死于瑶华宫之外。

若真是如此，此事则更加古怪，为何有人冒险将两只手臂带入瑶华宫花园去藏埋？原因恐怕只有一个：藏埋者遭人利用或陷害，手臂偷藏在她箱笼或袋子里，带进瑶华宫后她才发觉。她因某种缘由而心虚，不敢声张，才趁夜将其藏埋起来。

"我能否见一见那四位执事？"

"不必见了。四位执事采买菜蔬、购买经籍、收讨租课、募化钱物回来，都先由账房清点入账，再由里头各处执事点算领取，菜蔬油米归饭头和菜头，经籍由三清阁殿主记录入册，租课和募化钱物由库头收纳，都须经过两道关，至少十数双眼，藏不下两只手臂。"

"她们能否携带私人物件进来？"

"那两只手臂发现时，血肉鲜红，应是前一天才割下。我已查问过，之前一天，经主和公务未出宫，都厨未带私人物件回来，化主虽带了两个木匣回来，但里头是她从州桥丁家素茶店化得的素糕。进宫后，她便命手底下两个女童抱着那两个木匣，将素糕分送给方丈、宫监及各位执事。而且，当天下午她又出宫去化募，至今未回。"

瓣儿心中却隐隐一动，暗缝原来藏在这里……

二、金妖

冯赛见谭力被杀，出了命案，再不能隐瞒，便去厢厅报了案。

"又一桩？"厢长朱淮山顿时皱起了眉，他原本是个日日读《庄子》的散淡人，这时在原地转了几圈，才想起是要吩咐旁边的小吏曾小羊，赶紧去开封府报案。随后叫书吏颜圆去军巡铺请了两个禁军，跟着冯赛去十千脚店，将樊泰、于富、朱广三人押到厢厅，锁到了后院的一间空房里。

那三人眼圈都仍在发红，见冯赛要走，一起扑通跪下来。樊泰声音越发嘶哑："冯相公，你一定要捉住那个奸人，万万不能让他逃了！"

冯赛心里也正乱，看三人这样，有些不忍，便答了句："放心，他逃不掉。"

三人听了，一起连声叩头道谢。冯赛不愿多瞧，忙离开了厢厅。

他骑马进了东水门，来到香染街口，见街角那个书讼摊空着，并不见赵不尤，便来到旁边的秦家解库，四个壮汉手执杆棒守在门边，冯赛知道是秦广河派来保护那八十万贯。他下马进店，找见店主严申，要回那只钱袋，又向他打问讼绝赵不尤。严申说多日未见赵不尤来书讼摊。冯赛又问了赵不尤住址，谢过之后，便提着钱袋出来，那四个壮汉忙过来护住。等他上了马，四人也立即上马，仍将他护在中间，一起进城赶往秦广河那里。

来到秦家解库正店，秦广河和绢行行首黄三娘、粮行行首鲍川早已候在一楼的厅里。三人一见冯赛，全都迎了出来，又喜又有些疑虑不信。冯赛将袋子解开，取出几叠便钱拿给他们看，三人这才一起长舒口气。秦广河说："我们三个已经商议过，剩余的二十万贯，三家平摊，一起填还。这些钱放在任何地方，都是祸患，车子已经备好，咱们这就去太府寺还掉它。"

三人上了一辆厢车，那四个壮汉仍护着冯赛，一起来到太府寺市易务。那务丞已得了秦广河的信，冯赛一行赶到时，他穿着绿锦公服，正站在厅前台阶上来回踱步、搓手等候。冯赛才下马，刚将钱袋提过去，那务丞已一把夺过去，颤着手，急急解开绳子，一把抓出两叠，唰唰验过，又抓出几叠，见的确为真，这才哈哈怪笑起来，眼里竟笑出泪来。半晌他才发觉自己失态，忙收住狂喜，高声唤来几个文吏，将钱袋提进去清点入账。而后才让冯赛诸人跟他进去，先签过八十万贯缴还文书，接着又与秦广河、黄三娘、鲍川三人签下剩余二十万贯赔补官契，仍由冯赛作牙证。那务丞这回极其小心谨慎，办完这些公文出来，已是下午。

了结了这桩大事，冯赛浑身轻了不少，但心里仍坠着其他忧虑，便别过三位行首，骑马赶往城外箪瓢巷。

他要去向赵不尤打问梅船及紫衣客一事。邱迁去应天府查探出来，冯宝穿了耳洞，身穿紫衣，上了那梅船。清明那天正午，梅船发生神仙异事，船上死了许多人，冯宝却不在其中。

上午在谭力藏身的那只船上，冯赛等樊泰哭罢平息之后，仔细问了紫衣客一事。

樊泰说："这桩事是由姓柳的奸人指使，谭力做成。清明那天，天未亮，谭力带了一个篙工，驾船赶往下锁税关，泊在税关上游附近岸边。等梅船到税关停下来，税吏上去查检时，谭力打开左边舱门，驾船驶了过去。经过梅船时，他叫篙工撑慢了船速。梅船中间舱室窗户里爬出一个人，跳到了谭力船上，正是那个紫衣人。谭力载着那紫衣人往下驶了几里路，而后又折回来，泊到虹桥附近，等候那姓柳的奸人。那奸人却被炭商捉走，没见到紫衣人。"

"那紫衣人是什么模样？"

"年纪瞧着二十来岁，模样十分俊俏，只是双耳像妇人一般，穿了耳洞……对了，这时想起来，那紫衣人面目和冯相公您隐约有几分像。"

冯赛心里一沉，恐怕真是冯宝，忙问："没人逼迫他，他自家跳上谭力船上的？"

"谭力说，经过那窗口时，见那舱房里有两个人，一个是税吏，另一个似是税监。但他们只是站着瞧。那紫衣人跳船时，虽有些紧忙，却不似逃跑。他到了谭力船上这许多天，并没有捆着，他也从没想逃过。"

"他可说了什么？"

"没有。不论问什么，他都不答言，似乎是个哑巴，只呆坐在船舱里，有时瞧着又有些焦闷。不知他是何来历，姓柳的奸人要他做什么？如今姓柳的奸人杀了谭力，劫走了紫衣人，这仇便是死一千回，也要报！"

冯赛纳闷之极，李弃东为何一定要捉冯宝？冯宝的举动更是令他惊诧。照冯宝素来性情，莫说在一只船里躲这许多天，便是半天，冯宝也受不得。不知冯宝是中了邪，还是受了蛊惑。更不知，那梅船究竟藏了何等隐秘？

　　他一路反复思忖，却丝毫想不明白其中情由。赶至箪瓢巷时，天已黄昏。他向街角茶肆店主问到赵不尤的家门，驱马进了巷子。来到那门前，见只是一座寻常院落，不禁有些诧异，堂堂宗室皇胄，竟住在这等简朴之处。

　　他下了马去敲门，开门的是个中年仆妇，那仆妇说赵不尤清早便出门了，不知何时回来。冯赛只得谢过，本要去街口茶肆坐着等，但一想，下锁税关那税监姓胡，家离此不远，往南二三里地。清明那天，冯宝跳上谭力船时，那胡税监在梅船那间舱室里，不如先去他那里问一问。

　　他踏着暮色，驱马向南。赶到胡税监住的那条石磨街时，天色越发昏麻，街边店肆都亮起了灯。刚转过街口，一眼瞧见前头有个人，骑了匹马，昏暗中看背影，正是那胡税监。他忙要驱马赶上去，身后忽然传来一阵铜铃声，随即有人疾奔而过，险些惊到他的马。

　　冯赛忙挽住缰绳，那人却毫不停步，继续疾奔，装束更是奇异：头戴一顶金道冠，身披一领紫锦大氅，迎风乱展；手里举着个铜铃，不住摇动。那人奔到胡税监马前，转身拦住。胡税监忙勒住了马，那人手臂急振，铜铃摇得更响。

　　冯赛忙驱马走近了些，映着旁边酒肆的灯笼，隐约见那人装扮得如同妖异妇人。身穿紫锦衫，脸涂得雪白，眉毛细黑斜弯，嘴唇又抹得艳红。两耳边莹莹闪亮，挂着两只金耳坠。他站在胡税监马前，隔了几尺远，摇动铜铃，嘴里念着咒语，随后将铜铃指向胡税监，胡税监竟惨叫一声，跌下马来。

　　那怪人却迅即转身，又向前疾奔。他前面不远处有辆厢车正在缓缓行驶，怪人奔到厢车后，抬脚一蹬，蹿上了车顶，略一俯身，竟凌空飞起！

　　冯赛惊在原地，见那人在空中如同紫翼大鹏一般，飞了一丈多远。那厢车里一个妇人被顶篷声响惊到，掀开窗帘，探出头来，也惊望向空中那飞人。

　　前面又是个街口，中央立着一座木架钟楼，架上悬着一只铜钟。那人竟直直飞向那铜钟，"当"的一声，撞个正中，其间似乎还夹了"砰"的一声爆响。随即，那人轻飘飘落下，如一件空衣。

街口顿时响起一阵惊呼，冯赛顾不得地上的胡税监，忙驱马奔了过去，街边的人也纷纷跑了出来。冯赛奔到近前，跳下马，跑到那钟架下看时，却不见那怪人踪影，地上只落了一顶金道冠，一件紫锦披风……

三、纵火

梁兴见身后有个人提了盏灯笼，忙一把讨过，奔进那巷子。

巷子地上铺着青砖，那紫衣怪人燃烧升空之处，落了一摊灰烬。梁兴望着那灰烬，心中一阵恍惚，做了场怪梦一般。然而，回想前后所见，那人装扮虽怪异，举动虽僵硬，但真真确确是活人。只是，活人如何能燃烧升空？

梁兴举灯望向周边，两边皆是高墙，巷底那院门紧闭。他走到那院门前，门环上挂了一只大铜锁，锁上生满锈迹。他从来不信鬼怪，这时却惊怔不已。心里记挂着施有良，便回到巷口，将灯笼还给那人，疾步走到施有良院门前。那里也围了些人，提着灯笼照看议论。梁兴忍住悲惧，凑近前去，见施有良已被烧得焦黑，全然辨不清面目。梁兴眼睛一热，眼泪顿时滚落。

他不愿旁人瞧见，忙转头离开，用手背擦掉泪水，走进了那院门。

屋里亮着盏油灯，瞧着却幽暗空寂。院里一切如故，墙边水桶扁担、墙角水缸、窗边小桌小凳……都无比熟稔。院里那株杏树，他常和施有良在树下吃酒论兵法。甚而墙角墙头那些草，都如亲故一般。

走进堂屋，见中间方桌上，那盏陶灯孤零零静燃。桌面上蒙了一层灰，靠左边摆了一坛酒、一只酒碗，碗里还剩一半酒。施有良酒量小，独自吃酒，从来都只烫半瓶，拿小盏慢斟，且离不得下酒的姜豉、糟瓜齑，如今却用坛碗净吃……梁兴心里悔痛，眼泪又滚了下来。

这时，有人走进了院子。梁兴忙又擦掉泪水，扭头一看，竟是梁红玉，换了身半旧青布衫裤，头上也只包了张青布帕，扮作了寻常民妇。梁兴正备感孤单，见到她，心头不禁一暖，忙问：“你如何寻到这里的？”

“为姊的自然知晓为弟的心思——”梁红玉笑了笑，随即正色道，“那个燃火怪人似乎正是我劫到暗室里的紫衣人。"

"你也见到他了？"

"嗯。不过略晚了一步，只匆忙瞧见一眼，未看真切，但身形极像。施有良最后似乎朝你喊了句话？"

"救我妻儿，贴职。"

"贴职？大臣兼领馆阁学士之职叫贴职，劫走他妻儿的是个馆阁学士？"

"不清楚。"

"那紫衣怪人杀他，是为灭口。除了他，还有谁知情？"

"……崔家客店。"

"我们得赶紧去。"

"你伤势如何？"

"不打紧。要走便尽快。"

梁兴忙随着她一起走出院门，人们仍围在施有良尸首边。他只看了一眼，心里又一痛，忙扭过头去墙边牵马，梁红玉也将一匹白马拴在那马桩上。两人一起骑了马向东赶去。

半个多时辰，才赶到东水门。出了城，刚过梢二娘茶铺，便见对岸火光闪动。梁兴忙到河岸边一望，是崔家客店，燃起了大火。他忙驱马过桥，急赶到崔家客店，附近一些人已拿了水桶、木盆在那里奔忙救火。

着火的是客店场院东侧那间房，火势急猛，房子周边及房顶都燃着火焰。门窗都关着，被大火罩住，听不到里头动静，不知房内是否有人。梁兴几回想破门进去，都被烈焰逼回。隔壁老乐清茶坊的茶棚紧挨这间房，也被燃着。一旦迁延过去，整条街都难幸免。梁兴浑忘了来此的缘由，见那茶坊墙边有只铁锹，忙抓过来，奋力铲土，扬向棚顶和柱栏，阻挡火势迁延。

幸而天静无风，对岸军巡铺的潜火队铺兵也及时驾船赶到。三个铺兵拎着一只巨大牛皮水袋在河边灌满水，搬上岸，那袋口扎了一根长竹管，两人挤压水袋，一人手执竹管，管口喷出水柱，射向房顶火焰。另两个各抱一只牛胞水囊，也加紧望空滋水。

梁兴铲了数百锹土，终于将茶坊这边火势阻住，但棚顶后头火焰仍在蔓延。他见铺兵船上还有一根唧筒，便跑去抱了下来。一根粗长竹筒，两端开孔，中间插了一根木杆，杆头裹絮，紧塞在竹筒中。梁兴将竹筒伸进水中，抽动木杆，吸满了水，抱着奔到棚子前，用力推动木杆，水柱随之射向棚顶火焰，比土锹灵便许多。他来回奔了十几趟，终于将棚顶的火也浇熄。其他人也将旁边那间房的火浇灭。

一个铺兵端开了门板，走进去查看，随即惊呼起来。梁兴忙跟了进去，见地上躺着个人，二十岁左右的年轻男子，身上横压一截木椽。他忙走近，俯身去探脉息，已经死去。一转头，墙角还躺着一个，五十岁左右男子，也已咽气。

那个铺兵在一旁惊唤："这边还有一个——"他回身一看，窗下还躺着一个中年妇人。那铺兵指着说："那个是伙计贾小六，这两个是店主夫妇。"

梁兴环视三具尸首，房子着火，屋中三人却并未逃跑或呼救。看来，起火前这屋中三人已经昏迷，定是有人下手。

其他人也拥进屋中来瞧，梁兴便转身出去，见梁红玉牵着两匹马站在河边。

"那店主夫妇都死了？"

"嗯，还有个年轻伙计也死在里头。"

"看来这三人都知情。除了这崔家客店，还有其他知情人吗？"

"我这里再想不出。"

"我倒想到一个疑处，紫衣人为何要烧死施有良？"

梁兴听了，也顿时发觉其中古怪：施有良和崔家客店这三人皆是受冷脸汉驱使，与紫衣人应无干连。崔家客店这三人之死，虽使了掩迹之法，却并不诡怪，应是冷脸汉派人下的手。施有良却是被紫衣怪人烧死，难道他发觉了紫衣人行踪？但紫衣人行迹如此妖异，何惧行踪被发觉？

梁红玉又问："你信不信那紫衣人是妖怪？"

梁兴摇了摇头："我所见，他是人。"

"我见的也是人。他若真是人，便会留下踪迹。看来我们得再回去查查，看他是如何从那巷子里火遁的……"

四、溺死

张用见那两个汉子将船急划过来，靠到了岸边。

不等船停稳，前头那个已飞跳上岸，转眼便逃没了影。后头摇橹那个也慌忙跟上，却一跤滑倒在水里。张用笑着朝他大叫："快逃、快逃，水妖追上来了！"那汉子越发惊慌，扑爬了几回，才算站起来，也迅即湿淋淋地逃走了。

张用望向那船，天色虽更暗了，却仍能辨得出银器章那团胖壮身影，趴伏在船里，一动不动。死了？刚才那水妖离银器章至少有三四尺远，只念了阵咒语，并没见他动手，银器章是被咒死的？张用极好奇，想赶紧过去瞧瞧，忙转身跑到门边，用力拍门大叫："妖怪来了！开门！"

院子里却静无声息，张用忙走到前窗边，透过窗格，朝外觑望，外头昏麻麻的，只能瞧见空牛棚、石臼、石碾和其他一些农家什物，并无一个人影。再一斜瞅，院门半开，那婢女也逃走了？再没其他人了？

张用转身环视房内，这时屋中已经昏暗，且尽是竹架，别无称手器具。他忽记起墙角有个预备给蚕虫煨火保温的生铁小火盆，忙走过去，抱起那火盆，用力砸撞窗格。费了许多气力，终于撞出个窟窿。瞧着差不多时，丢下火盆，伸出头手，钻了出去。可才爬到一半，髋部被卡住，出不得，也退不回，身子挤在窗窟窿间，如同一只长腰蜂被蛛网粘住。他从未这般尴尬过，不由得笑起来。笑了一阵后，手脚越发虚软，更使不上力。加之这一天只吃了一张饼、喝了半碗粥，又穷思乱想了许多事物之理，耗尽了心神。最后一些气力都使尽后，他不觉垂头松臂，酣然睡去。

"小相公！""姑爷！"

他被哭叫声惊醒，睁眼一瞧，天竟已亮了。再一抬头，犄角儿和阿念并肩站在旁边，阿念仍戴着那顶帷帽，红纱却撩起在帽檐上。两人都惊望着他，眼里都汪着泪，见他动弹，又一起惊笑起来："小相公没死！""姑爷活了！"

张用笑起来："那蜘蛛嫌我只会屙屎、不排蜜。"

"啥？"

"肚皮硌得痛！"

"哦！"犄角儿和阿念忙一起抓住他的手臂拽扯，却拽不动。

这时又有几个人赶过来，七手八脚，撬窗抱拽，将他从那窗窟窿里救了出来。他这时才看清，那几人是沧州三英、程门板、范大牙、胡小喜。

程门板一直立在一边，仍如一块门板，这时才开口吩咐那两个小吏："去查查，看有没有人？"

"不必找了，都逃了——"张用随即想起银器章，忙转身寻看，这院子一排四间房舍，东墙边有个窄道。他忙走过去，见那里有扇柴扉通往河边，便快步走了出去。那只船仍泊在水岸边，却没有拴缆绳，幸而被那段栈桥拦住，没被河水冲走。银器章也仍趴伏在船舱中，戴的幞头不知去了何处，发髻散乱，头发一绺绺湿垂在船板上，上半身也似泡过水一般。

张用走到岸边，扶着栈桥木栏踏上那船。程门板诸人也跟了过来。张用凑过去，伸手用力将银器章身子翻转过来，一件物事随即从他怀中滚落到船板上，是个铜铃。再看银器章，脸有些肿胀，皮色蜡白，瞪死状，应是溺水而亡。

"银器章？他死了？"沧州三英中那个最矮的忽然惊问，随即竟坐倒在岸边，望着死尸咧嘴哭了起来。

张用大为纳闷，回头见那矮子哭得无比伤心，哭声里充满委屈失落，他忙问："你不是哭他？"

那矮子却没听见，仍哭个不住。

他身边那最高的也落下泪，悲声说："我大哥原在沧州一家皮场做工，那主家娘子丈夫病死，一直守寡。她看中我大哥人品手艺，要招我大哥入赘。亲事没办，那主家娘子却被一个姓章的红络腮胡强人劫走。这十几年，我大哥一直在寻那强人。去年才终于寻见，那强人是银器章。没等我大哥打问详细，银器章却逃走了。幸得张相公您也在寻银器章，前天，我们把您交给吴管家后，便偷偷跟在后头。昨天清早，吴管家在那集市下了车，准备另租马逃走。我们三个拦住他，从他口里逼问出来，银器章当年果然有个小妾姓星，天上星星那个星。她在银器章身边没过半年，便上吊自尽了……"

最矮那个听到"自尽"两个字，哭得更加惨切。张用叹了口气："好个长情人。你们两个扶你们大哥去寻块牛皮，烧给那星娘子。再找家酒楼，好生醉一场，也算终得了结。往后，你们也莫闯江湖了。你大哥既然会皮匠手艺，你们便好生跟他学。手艺便是江湖，一技在手，胜过万户侯。过几日，你们来寻我，我引介你们去一家皮场。那场主也是个娘子，丈夫也死了，虽不姓星，却姓岳。星光淡去月正圆，说不定你们大哥的姻缘在那里，哈哈！"

那两个忙连声道过谢，扶着最矮那个，一起抹泪离开了。张用转头又去查看银器章尸首，将地上那只铜铃捡了起来，摇了摇，又里外瞧了瞧。那只铜铃只有拳头大小，并无异常。

程门板凑近了两步，身形虽仍僵板，面上却松缓了些。不再像门板，倒像一块焦锅巴丢进汤里，半硬不软，还略有些碜牙。他清了清嗓，语带恭意，问道："张作头，银器章是如何死的？你可瞧见了？"

"被水妖咒死了。"

"水妖？"

张用将昨晚所见大略说了一遍。

"姑爷亲眼瞧见了？真是妖怪？"阿念才将帷帽红纱放下，这时又迅即撩起，眼睁得溜圆。

"妖怪不奇怪，你们能寻见我才奇怪。"

"沧州三英带我们来的。你不叫我们跟，我们只好在家里等。他们三个却跟到了这里，没寻见银器章，不敢惊动这里的人，便去唤我们——"

"张作头，银器章果真是那水妖杀的？"程门板打断了阿念。

"否。是阿翠——"

五、蛛网

陆青绕过皇城，沿着梁门大街，一路向西。

他已无事可做。王伦和王小槐都不见踪影，无处去寻。道士陈团又离奇死去，死因难以断定，也不知他与王小槐是否确有干连。那六指人便更加难测，他似乎和陈团共谋秘事，头颅却被割下，埋在那坑底。不知是陈团所为，还是另有凶徒。线头才拾起，便已截断。至于林灵素，恐怕更难找寻。眼下唯一所知，供奉官李彦也在暗查此事。看来，李彦不但接掌了杨戬的括田令，连清明虹桥这桩秘事也揽了过去。

陆青从未理过这等事，其间诡秘凶险，令他有些厌拒，如对污井，不愿再深探下去，但同时，他也越放不下王伦和王小槐。他想，眼下也暂无他法，就先回去歇息静待，已经多日不曾饱睡了，他不由得打了个哈欠。

"陆先生！"街那头忽然有人在唤。是个矮胖男子，身穿皂色公服，骑着头驴子赶了过来，那驴子被他压得一歪一歪。男子到了跟前，勒住驴，翻身下来，险些摔倒，忙扶着驴子站稳，一边用袖口抹汗，一边笑着说："我正要去宅上寻陆先生，不想竟在这里遇见，省了多少路程？"

陆青只瞧着他，并不答言。那男子被瞅得有些不自在，忙呵呵讪笑了两声："陆先生不认得我，我是开封府左军巡使手下，名叫万福。"

陆青仍未答言。万福收起笑："我才从建隆观查案回来，听那知客讲，那坑里的人头是陆先生发觉，而且，陆先生去那里，是寻陈团道士打问事情。不知陆先生是去打问什么？"

"一个孩童。"

"什么孩童？"

"名叫王小槐。"

"王小槐？正月里有个拱州孩童被烧死在虹桥上，似乎便叫这名字。"

"他并没死。清明那天，汴河上闹神仙，那道士身后跟随两个小道童，王小槐便是其中之一。"

"啊？他也和林灵素一般，死而复生？"

"世间没有死而复生。他只是诈死逃遁。"

"陆先生为何要寻他？与他有何渊源吗？"

"无他，不过是见孺子落井。"

"哦……倒是要谢陆先生，发觉了那坑里埋的头颅，顿时将两桩谜案勾连到了一处。"

"哦？"

"也是几天前，瑶华宫人发觉土里埋了两只手臂，其中那只左手有六根指头——"

"哦？"陆青这才惊讶起来。

"陈团的两个小徒弟又认出那坑里头颅，也是个六指人。两处看来是分尸掩埋。瑶华宫那边，讼绝赵将军在查。回来路上，我又想起，其实不止这两处。就在那两三天，汴京另有三个道观各死了一个道士。和陈团一样，死法都极古怪，却查不出是他杀还是自杀。而且这五个道士身上都揣了个铜铃。当时虽疑心这几处是同一凶手所为，却寻不出确凿证据来。有了这六指人的头颅和手臂，便落了些实。这六指人尸首其他部分，恐怕埋藏在另外那三个道士处。我回去便立即再去细查——"

"五处都与林灵素有关？"

"我要问陆先生的，正是此事。若林灵素身后道童之一真是王小槐，陈团又曾是林灵素亲信弟子，至少这条线与林灵素脱不开干连。另外，还有个更加要紧的人物——林灵素清明显神的那只梅船上，有个身穿紫锦衫的人，我们都唤他紫衣客。几天前，在汴河湾，这紫衣客忽又现身，穿紫衣，披紫氅，描眉画眼如妇人一般，摇着个铜铃，朝一只船施法，那船上一个客人随即中毒死去。那妖人却当着许多人的面，穿过一扇紧闭之门遁走了，至今不知是何等妖法，讼绝仍在查。"

"我这里也有个清明紫衣客。"

"哦？"

"不过，这个紫衣客并没在那梅船上，而是上了下游不远处一只客船。这人叫王伦，也是三槐王家子孙，我正在寻他。"

"陆先生，不论寻见王小槐或是王伦，能否请你立即知会我？"

"好。"

万福连声谢过，这才拱手告辞，骑上驴子，赶往开封府。

陆青继续朝家中行去，心头却比刚才更乱，自己只触及一两根细线头，没想到背后牵涉竟如此之广。陷身其间这些人，只如巨大蛛网上一只只小蚁虫，自己若是再继续究寻下去，恐怕也难免被粘连。

想到粘连，他又一阵厌拒。他最不愿的，便是被人事粘连。尤其清静独居久了，越发受不得这等缠陷。不过，他旋即发觉，哪里真能隔绝。这人世本是一张蛛网，不但广张眼前、弥贯天地，更绵延百年、千年，但凡是人，由生到死，都在这张网中。

只以手边这桩事来瞧，其实，自己出生之前，便已在网中。多年前，自己祖父骗卖了杨戬父亲那块田产，导致杨家破落，杨戬被卖入宫中。这因果之网，那时便已织就，到如今才显形而已。

明白这一条后，他心中避逃之念顿消。虽有些倦乏，却也有了另一番解脱。不由得想起庄子那句，"知其无可奈何而安之若命"。少年时，头一回从师父口中听到这一句，他便极受触动。不过，虽极爱，却有一丝疑虑，又始终说不清。这时他忽然明白，那一丝疑虑来自其中语气，这语气虽看似透彻通达，却含着无望之悲凉。他不爱这悲凉。即便生来便粘着在这无边巨网上，我爱静便静，爱行便行，无关于命，只关乎心。

他心中顿时明朗，再无疑虑，脚步也随之轻快。不觉间已出了城，沿着金水河向家中行去。尚未到家，远远便见一个小厮站在他院门边张望。走近时，那小厮快步迎了上来。

"陆先生，花奴宁姐姐叫我来送个口信，说王伦住在北郊衢州门外黄柏寺里——"

第十七章　大惑

凡事太速则误，缓则滞，惟须酌中。

——宋真宗·赵恒

一、素糕

瓣儿随着那位年轻巡照，穿过花园间碎石路，走向瑶华宫南墙边那排院落。

那位化主名叫邓清荷，住在最左边那座院子。到了院门前，瓣儿回头一望，这里离那丛芍药只有几十步远。贴着墙直直过去，则更近。

院子里头一条巷道，又分隔成四个月门小院。那巡照走向右手边第一个小院，里头传来女孩儿嬉笑声，进去一瞧，两个十二三岁女道童正在争扯一张帕子。巡照面色顿时冷沉，两个女道童则顿时惊住，小脸儿尽都煞白。瓣儿瞧着不忍，却不好说什么。

"你问吧。"巡照并没有看瓣儿。

"化主那天回来时，你们两个在哪里？"瓣儿放柔了声气。

"就在这院里……"高一些的女道童小心回答。

"化主进来后，立即将两个匣子给了你们？"

"没有，我们忙去给化主舀水洗脸。我舀了水端过来，清月拿了帕子，化主叫我们进去，指着桌上两个匣子，叫我们送去给方丈、宫监及各位执事，并仔细交代了各处送几块。"

"两个匣子里，素糕可是满的？"

"没有，都各盛了一半，上下垫了厚油纸。"

"你们送了回来，化主在哪里？"

"就在房里坐着。那时前头正巧敲响了饭钟，我们忙要去斋堂给化主端饭菜，化主说她不饿，歇一会儿还要出宫去，叫我们自己去吃。我们吃过饭回来时，化主已经走了。"

瓣儿忙转头问巡照："饭时各院的人都要去斋堂？"

巡照面色已然不快，但仍点了点头。

瓣儿心头顿时一亮：那对手臂应该正是化主带进来的。两只匣子，一只盛满素糕，另一只则装了两只手臂。进屋后，她取出手臂藏好，将另一只匣子里的素糕分了一半过来，而后让两个女童去分送诸人，以作掩饰。藏埋手臂也并非在深夜，而是趁敲钟吃饭，众人都赶去斋堂之时。

线头虽然理顺，瓣儿却隐隐觉得此事恐怕还藏了些什么，她见中间那正房门挂着锁，又问女道童："这房门是谁锁的？"

"我锁的。化主不在时，门必须锁好，不许我们进去。"

瓣儿越发起疑："你们可有钥匙？"

"没有。化主一直随身带着。"

瓣儿忙转头望向巡照："我们得把这门撬开！"

巡照愕然惊望向她。瓣儿却顾不得解释，忙扫视院子，见墙边有把铁铲，过去抓起来，便去砸那门锁。她没有多少气力，十几下之后，便软了手，却只在门板上砍出几道浅痕。

巡照这时似乎也明白了什么，从瓣儿手里要过铁铲，走到窗边，朝窗闩的位置用力砍砸。她瞧着清瘦，气力却大。不过片时，竟将两扇窗砸开。瓣儿忙扒到窗边朝里望去，见中间一张乌木圆桌上果然撒了些糕渣。木匣里盛的若真是素糕，那化主又直接让两个女童抱去分发给众人，便不会撒落这些糕渣，看来那化主的确腾换过里头的东西。

瓣儿再等不得，一用力，攀上窗台，翻了进去，险些摔在地上。她忙站稳脚，朝屋中其他地方急寻，并没寻见什么，但随即瞧见里墙边有扇内门。她快步走了过去，推开门，一股恶臭气顿时飘了出来。她越发确证自己所料不错，忙捂住鼻子，走了进去。这是间卧房，床上并没有人，里边一只大柜子，占了一堵墙，臭气似乎是从那里头传出来的。

瓣儿有些怕起来，不由得停住脚。这时，那个巡照跟着翻窗进来，也闻到了臭气。她似乎并不怕，径直走到柜子边，拉开了一扇柜门，里头填满了衣服被褥。又拉开另两扇，整整齐齐全是布匹锦缎。她接着拉开最右边的柜门，瓣儿一眼望去，顿时惊唤一声——

柜子里跪坐着一个女道，身着绯色道袍，已经僵死，手脸也已腐烂，乌黑尸水流满柜底。瓣儿忍住惧怕，走近细看，见那女尸弓着上身，头斜垂在壁板上，双手捧着一个竹箩，箩里堆满了金玉珠宝。

珠玉间有样东西闪着铜色幽光，瓣儿小心凑近，定睛一瞧，是一只铜铃！

二、金冠

冯赛惊望地上那金道冠和紫锦披风，半晌移不动脚。

若非亲眼瞧见，他决不信会有这等异事。一个人凌空飞起，撞向一只铜钟，随即消失不见。

这时，钟架四周已围满了人，街口酒肆的人挑了两只灯笼过来。冯赛借着灯光四处查寻，这钟架只有八九尺高，四根圆木为柱，上下各四根横木为框，顶上一根横梁挂钟，上下及四面都露空，而当时这街口中央并无车马行人，根本无处可躲。

四周人纷纷惊叹怪叫，旁边酒肆一个伙计挑着灯笼照向那只金道冠："莫非是真金的？"

冯赛捡起那道冠，见道冠和道髻连在一处。道冠很沉，果然是包了层金皮。后面有两个小钩子，将道髻钩住。他凑近灯笼细看，冠形呈莲花状，中间圆拱尖顶，周边十二瓣金叶，上镶碧玉珍珠，极其精细华奢，是头等道冠，至少值上万贯，高功大德上法坛，才佩戴此冠。

冯赛又看里头，冠内垫了层紫绢，也是针脚细密，极费工夫。不过，除去精贵外，再也瞧不出其他。他正要放下，冠内忽然闪过一点银光。他忙对着灯笼光朝里仔细觑看，见最顶处有一根细针。他忙伸手进去，捏住那针，拔不下来。再看冠顶有一颗金珠，那针头原来镶固在这颗金珠上。

身边凑近的人也瞅见了那根针，一起惊呼起来："道冠里插根针做什么？""那妖道将才撞向铜钟，这针不是正插进他脑顶？""这针难道是遁形妖术？刺进脑顶，便能消失？""一定是妖怪！""为何不是神仙？""神仙哪有这等妖异？这妖怪撞到大钟时，我正巧出来泼水，一眼瞧见那张脸，嘴血红，脸煞白，死瞪一双鬼眼，冷冰冰、鬼僵僵的，墓地里钻出的死人一般。唬得我手一颤，盆子落地上摔破了！"众人有笑有叫，又嚷乱起来。

冯赛又朝地上寻视，木架下除了一根竹篾条外，再无他物。他抬起头，怔了片刻，忽然想起胡税监，忙放下那金道冠，转身挤出人群，快步走了回去。

刚才那辆厢车被前头人群挡住，仍停在那里。冯赛走过时，见窗口露出一对年轻男女的脸，仍在探头惊望。胡税监落马处，围了几个人，也在高声叫唤，冯赛忙赶了过去。那里也有人提了盏灯笼，冯赛凑近一看，又一惊：胡税监仰躺在地上，大张着口眼，已经僵死。

看来，那妖异紫衣道人乍然出现，是为了杀死胡税监。但当时那妖道离胡税监有两三尺，手里只有铜铃，未见拿刀剑，他是如何杀死胡税监的？难道真是施了妖法？最要紧，妖道为何要杀胡税监？梅船？

胡税监死得如此诡异，恐怕真与梅船有关。

旋即，他又想到：冯宝……

那妖道年纪身材似乎都与冯宝相近。至于那张脸，由于涂抹了脂粉，天色又暗，离得又远，看不真。他极力回想，却难以确定。

他正在急急思忖，忽听见有人惊唤："胡税监？"是个身穿黑色吏服的年轻小吏，刚刚从街那头走过来，原本路过，凑进来瞧稀奇。冯赛一看这小吏，认出来是胡税监身边得力之人，常在左右服侍。

他顿时想起樊泰所言，清明凌晨，冯宝从梅船跳到谭力船上时，那舱室里除了胡税监，还有一个税吏。他忙唤道："郭启？"

那小吏已惊得失了神，抬起头愣了半晌，才认出冯赛："冯相公？"

"郭启，我有件要紧事问你，咱们到那边说话。"

郭启怔怔点头，跟着走到街边一棵清静柳树下。

"郭启，你来这里做什么？"

"胡税监将才在酒楼会朋友，走时忘了这袋子，我赶着送过来——"郭启手里提着个青绢文书袋，"胡税监遭了什么祸？为何躺在那里，模样那般怕人？"

"他被一个妖道杀了。我正是要问此事，清明那天凌晨，你可跟着胡税监上了那只梅船？"

"梅船？"郭启愣了一下，"嗯！胡税监被害，和那梅船有关？"

"眼下还不知晓。你给我细细讲讲那天上梅船的经过。"

"我先也不知那是梅船。后来听人到处传说清明正午虹桥那些神仙异事，才知道那天凌晨上的那只船便是梅船。说起来，清明那天，胡税监的确有些古怪，他素来只是白天去税关，那天却说要监看夜值，要我也一起跟去。到了税关，前半夜，他都在税吏宿房里躺着歇息。后半夜让我唤他起来，搬了把椅子，坐到税关木台上看着。夜船其实极少，有一两只经过，他也只叫税吏上去查验货品、估收税钱。天要亮时，那只梅船到了，帆上绣了朵大梅花。胡税监看到，忙站起身，唤我和另四个税吏一起上那船查看。两个查前后大舱，两个查左边三间小客舱，胡税监带着我查右边三间。头一间里是船主住；中间是个二十七八岁男子，穿了件紫锦衫。我进去略瞧了瞧，那客人并没有带行李，没甚好查的，便要出来，却见胡税监凑近那人，在他耳边说了句话。那人愣了一愣，接着竟转身走到窗口边，爬了出去，跳到了对面驶过来的一只小客船上。我当时便惊住，胡税监却瞪了我一眼。我忙点点头，跟他出去，掩上了那门……"

"你没听见他说什么？"

"没听清，只见他指了指窗外。还有便是，那男子耳朵竟穿了洞。"

冯赛想，郭启没见过冯宝，故而不认得，便没有说破，继续问："那船上可有其他古怪？"

"其他便没甚古怪了。我跟着胡税监又去查第三间客房，那里头摆了一副棺木。只有一个年轻妇人，坐在窗边抹眼泪。我们只扫了一眼，便出来了。对面那三间小客舱，头一间空着，中间是一老一幼两个道士，边上是个中年汉子。前后大舱里是船工，一共二十四人，正午到虹桥后，这些人竟全都死掉。船上载的货物只有二十箱香料、二十只铜方炉，税钱好算，不一时，便算罢缴清，放他们过去了。"

冯赛听后，不但没有解疑，反倒越发迷惑。除去冯宝跳到谭力那只船上外，这梅船看来毫无异常。为何正午到虹桥时，竟能演出那一场大神异？又死了那许多人？至于冯宝，他为何会听从胡税监？胡税监又为何要叫他跳船？

他正在思忖，郭启忽又说："若说古怪，最古怪该是那个老道士。听说虹桥烟雾里飘出个神仙，有人说是去年已经死了的道士林灵素，怕正是客舱里那个老道士。"

冯赛听了一惊。清明正午装神仙的那道士，若真是死而复生的林灵素，此事便越加诡怪难测了⋯⋯

三、飞升

张用盯着银器章的尸首，细细回想昨晚情形。

他虽迅即想到安排杀银器章的是那婢女阿翠，却一时想不明白，阿翠为何要杀银器章？杀银器章为何要费这等周折？那水妖如何能在水上奔行？银器章为何是这溺水之状？

程门板在一旁问："张作头见到那个阿翠了？"

"嗯。我问她是不是阿翠，她始终不肯应声。她若不是阿翠，正可装作是阿翠。她不应声，正由于她是阿翠，却不肯承认。"

张用说罢，一眼瞥见那个胡小喜站在一旁，每听到一次阿翠，他眼里便微颤一下。张用不由得暗叹：这鼻泡小弟伤得不轻。可你只是个吹鼻泡的痴少年，那阿翠却是弄风浪的辣女子。或许是合该你被辣一回，辣出泪，才知这人间滋味。

"阿翠只是个婢女，她有这等手段？"程门板又问。

"她只是看似婢女。昨天清早，吴管家寻到这里，阿翠见了他，先打了个哈欠。哪里有婢女敢在管家面前打哈欠的？他们两人说的话我虽未听清，但吴管家语气极小心，阿翠却是一副吩咐口吻。"

"你如何能断定，是阿翠安排杀了银器章？"

"阿翠吩咐那两个汉子去接银器章，照理她该在岸边迎候，我却再没见她人影，也没听见动静。她自然是预先已知晓银器章要死，先溜走了，只留我一个人在这里。"

"她为何没绑走你，反倒留你在这里？"

"问得好！哈哈！"张用忽然明白，"这便是她杀银器章的缘由！"

"什么缘由？"程门板老呆鹅一般愣住。

"见证。"

"见证？"

"她留我不是为了绑我，十六巧死了十四个——"

"死了十四个？"阿念忽然嚷起来，"我家小娘子呢？"

"你家小娘子没死。"

"没死？她在哪里？"

"不知。"

"不知？"

"阿念，你莫慌。你家小娘子既然活着，自然能寻得见。"

程门板打断二人话头："十四巧尸首寻见了，果然埋在那庄院后的林子里。他们也是被阿翠所杀？"

"不，是自杀。这里头还有诸多原委，先按下不提。总之，不论银器章，或阿翠，都不想，也没料到十四巧会死。看得出，阿翠不但惋惜，而且有些怕。她恐怕再不愿被这麻烦拖扯，只想净身逃走。"

"她只是个年轻女子，想逃便逃，为何要杀银器章？"

"断根。"

"断根？"

"这一连串罪案的祸首是银器章，若将银器章杀掉，官府自然不会再继续追查，此事便断了根，她便能从容逃走。她是特地留下我，让我做个见证，亲眼瞧着银器章被杀。由此看来，阿翠才是幕后主使，银器章不过是她推到人前的傀儡。眼下我不明白的是，她杀银器章，杀便杀了，为何要布置那水妖作怪的戏法……"

"那水妖身穿紫衣？"

"嗯。"

"前两天，汴河湾也有个紫衣妖道，装束与这个水妖相似，摇着个铃铛，也是念动咒语，隔空杀死了个人，随后穿门遁走。有人认出，那紫衣妖道是清明梅船上的紫衣客，名叫董谦。董谦下落虽未查到，讼绝赵不尤却已勘破，死的那人并非是妖道咒死，而是被一只铜铃铛里藏的毒烟毒死——"

"哦？这两个妖道莫非是同一个？不过手法瞧着不同，银器章是被水溺死。我一直瞧着，那水妖并未动手。银器章也一直坐在船里，并未沾过水——"

"汴河湾的妖道是穿过一扇关紧的门板遁走，这里却是在水上出没。难道真的会妖法？说及这妖道，在下还有一桩案子想请教张作头，也是死得古怪——"

"你说。"

"几天前，南薰门内五岳观死了个道士。这道士名叫朱敬天，身任经主，掌管那观中典籍。寒食前，他外出选购经籍，却一去不回。几天前才回到五岳观，只说被一些事耽搁了。他将购得的几匣经籍放到经阁中，便回到宿房，叫徒弟给他端了盆洗脸水，随即关起了门，叫徒弟们莫要打扰。那天下午日头好，徒弟们在那院子里晒经书。听到他在里头发出些怪声，又似呻吟，又似嘶叫，还像是在诵念咒语。两个徒弟凑到门边去听，却再没声响，便没敢搅扰。到傍晚饭时，那些徒弟收好经书，敲门请他用斋，唤了许久，里头都不应声，忙去唤了巡寮来。那巡寮发觉不对，命徒弟撞开了门。进去却见朱敬天仰躺在床上，已经死去。死状有些古怪，手脚都被绑在床柱上，大字形张开，脸上裹了张厚帕子，帕子有些湿。揭开帕子，那道士双眼鼓胀、面色发紫，似是闭气而亡——"

"那宿房没有后窗？"

"没有。只有一扇前窗。那天下午，那些徒弟在院里晒经书，怕起风，不敢走开，都坐在廊边看着。那宿房门窗都从里头闩好，并没见人进去。"

"也没有暗室，床下、箱柜里也未藏人？那些道士拥进去时，没有人趁乱混逃出来？"

"嗯。那巡寮行事周严，撞开门后，叫徒弟守在门口，他独自进去查看。床下、柜中、门后几个能藏人之处都仔细搜过，确信房中并没人藏躲后，才出来锁上门，叫弟子来开封府报了案。他则亲自守在那门边。"

"你去时，还发觉什么疑点没有？"

"只在他身侧发现一个铜铃，不知是做何用。前两天，汴河岸边那桩妖道隔空杀人案，那死者身边也有个铜铃，铜铃里藏了毒香。我疑心二者怕有关联，忙取出那铜铃，又仔细查看了几道，却并未寻出什么，只是一个寻常铜铃，里头并无嵌套，藏不下东西。"

"他出去那些天，去了哪里，见了什么人，也未查问出来？"

"嗯。我想了这几日，都未想出凶手是如何潜入房中，行凶之后又无形遁走。"

"那道士手上拴的绳子可是这样打的结？"

张用解下自己衣带，一头绕了个小圈，打成死结，而后将另一头从这小圈中穿过，套在手腕上，用力一扯，手腕便被勒紧。

"对！手腕上就是这种绳结。"

"双脚则是直接拴死？"

"对！张作头如何晓得？"

"此人是自毙。"

"自毙？"

"既然门窗紧闭，外头那些徒弟一直瞧着。房中又无人预先躲在里头，也未听到争斗叫嚷，自然没有凶手。唯一疑点是，人如何将自己手脚叉开，拴到四边床柱上。打成这种绳结，便可轻易做到。他先拴死两只脚，而后将两根绳子分别拴到头边两根床柱上，打作这种结。绳子长度，刚够展开两臂时，能将手腕伸进绳圈里——"

"既然拴住了自己手脚，又如何自杀？"

"他先将厚帕子浸湿，裹到脸上。再将双手分别伸进绳套，两边一扯，将自己双手拴死，再解不开——湿帕子蒙死口鼻，透不过气，片时便能窒息，算是溺水而亡。"

"他为何要自杀？又用这等古怪手段？"

"外头徒弟先听到他似乎在念咒，恐怕真是在念咒，这等人沉迷各般神通异术，我们瞧着他是自杀，他自家恐怕是在求飞升成仙之道——"

四、土妖

陆青赶到北郊时，天色已晚。

花奴宁惜惜捎信来说，王伦住在北郊黄柏寺里。陆青去见花奴时，并未问及王伦，不知花奴从何处得来这消息，为何又叫人来传信。她或许早已知晓王伦与李师师有瓜葛，一直在暗中刺探。

无论如何，陆青都想去那里瞧一瞧。只是他从没听过这寺名，便由城外抄近道，绕过东北角，来到衢州门外。沿路打问，慢慢寻了过去。黄柏寺在郊外一个小市口旁边，那小街口已无几个行人，只有街角一间茶肆，已挑起两盏灯笼，有几个客人在棚子下坐着吃茶吃饭。

陆青朝黄柏寺望去，见那只是一座小寺。寺门窄小，土墙低矮，门额有些歪斜。门前一株黄柏树，青茂高大。暮色中，如一团碧云，将那小寺罩住。他正要举步过街，却见那寺门忽然打开，里头走出一个人。

那人装束有些古怪，不是僧人，而似道士。头戴一顶黄道冠，身穿紫绸袍，披了件紫锦大氅。那张脸尤其怪异，抹得粉白，描了黑眉，涂着红唇，耳边还挂了金耳坠。昏冥天色中，瞧着有些幽诡。虽隔了条街，陆青仍一眼认出，是王伦。

王伦却没瞧见陆青，他手里还拿着个铜铃，一边摇动，一边大步向前。陆青顿时想起万福所言的紫衣妖道，不由得停住了脚。他旁边茶肆里那几个客人也发觉了，全都停住嘴，望向王伦。

王伦走到了路口，那里有个绸衫男子正缓步过街。王伦赶上那男子，手里铜铃摇得越发用力，口中竟高声念诵起来，听不清念词，似乎是咒语。那绸衫男子忙站住脚，扭头惊望。由于背对着陆青，看不见脸，只瞧见他吓得伸手捂住了嘴。

王伦大步行到那人面前，相隔两三尺时，停住了脚，朝着那人继续摇铃念咒，声音极高，越发刺耳。念了片时，那人身子晃了几晃，竟栽倒在地。王伦则转身便走。

茶肆里那几个客人一直张嘴呆望，这时一起惊呼起来。陆青忙望向王伦，见王伦已回到小寺那边，却没有进去，反倒走向对街。对街是个店铺，正在修造。门前杂乱堆着些木料器具、盛土竹筐、贮水大铁箱，还有一堆土。

王伦快步走到那土堆边，忽然纵身跃起，跳上了土堆顶。刹那间，他的身子陷入土中，随即消失不见，那土堆跟着也塌陷下去。陆青忙赶了过去，绕过那贮满水的铁箱，却没留神土堆边的一只竹筐，险些被绊倒，竹筐滚到了一边。他却顾不得这些，忙向那土堆望去，那土堆竟陷作一个坑，坑里头黑洞洞，不见王伦踪影。

茶肆里那些人也纷纷跑了过来，围到坑边，争着瞅望，全都惊唤："那道人呢？埋在里头了？"

茶肆主人挑了一只灯笼也赶了过来，忙唤道："快把人挖出来！"旁边一个年轻汉子立即抓起地上一把铁锹，跳下去挖土，才挖了几锹，似乎触到什么，他将手伸进土里去摸："是衣裳！"他用力摸拽，竟扯出一大张紫锦，灯下一照，是王伦身披的那件紫锦大氅，中间裂了道口子。

店肆主人忙又说："人在下头，莫用锹，用手刨！"

那汉子果真用双手刨起来，刨了一阵，叫道："底下是硬土，刨不动了。"他又抓过铁锹，将松土全都挖了出来，却始终不见王伦身体，只挖出几根细竹条。他又奋力挖了一阵，底下的土越来越紧实，绝无可能埋人，实在挖不动，只得罢了手。

围看的人惊叹起来："那道士是神仙？""这是土遁术！""神仙会杀人？分明是妖人，将才街口那人被他念咒讨了命去——"

陆青这才想起倒地那人，忙转身快步回到街口，那里也围了几个人，他俯身凑近去看，一眼便认出了那张脸，艮岳花木监——杜公才。

杜公才仰面躺地，瞪着眼，咧着嘴，嘴角流出些白沫，面部却已僵住，手足也一动不动。陆青伸出手指探他鼻息，已经死去。

附近的人户听到叫嚷，纷纷跑出来瞧。两处顿时围满了人，惊叹怪论之声嗡嗡不绝。陆青起身走出人群，他虽已听万福讲过紫衣妖道之事，这时亲眼见到，仍惊恍不已，如在梦中。更何况这个紫衣妖道并非旁人，而是多年故友王伦。而死在地上的杜公才，昨天也才见过。陆青从来不信神怪之说，这时站在街头，望着两处围观人群，有些不得不信了。

附近的人唤来了当地保正。保正又叫人去那土坑挖了一阵，下面土极紧实，既不见王伦踪迹，也未见有何暗道，只能将那件紫氅收好。杜公才的尸首没处停放，又怕搬动后乱了凶案原样，便寻了张草席盖住。这时已是深夜，进城太远，去了恐怕也寻不见官府之人。本地一个乡书手恰好正要进城，保正忙将此事托付给他，叫他明日一早去开封府报案。

陆青听了，也忙去那茶肆，讨了纸笔，将前后所见简要记下，托付给那乡书手，请他去开封府时，转交给万福。

这时夜已深，保正和其他瞧热闹的人渐渐散去。陆青却仍站在那街边，竟有些无所适从，心底泛起一阵惆怅。忽听到身后黄柏寺传来开门声，一高一矮两个身影走了出来，朝这边觑望。陆青忙走了过去，是个老僧，身旁一个小沙弥。

"师父，你寺中是否有人寄住？"

"嗯……"老僧有些犹疑。

"出家人不打诳语。你寺中寄住的人姓王名伦，是不是？"

老僧仍在犹疑。

"师父莫怕，我是王伦故友。"

"王施主……的确寄住在寺里。"

"住了多久？"

"清明过后第二天便来了。他与贫僧有旧缘，五年前，贫僧游方至汴京，染了痢疾，倒在路边。王施主正巧经过，发慈悲，救了贫僧性命，又四处托人，让贫僧在这小寺当住持。"

"王伦可曾讲过，他来这里寄住的缘由？"

"他只说想清静几日。"

"他可是真清静？"

"万念缠心，满眼忧烦。他不说，贫僧也不好问。"

"他可曾离开过？"

"三天前，王施主趁夜出去了一回，昨天夜里才回来。"

"回来时，可带了东西？"

"带了个包袱，不知里头是什么，瞧着像衣裳鞋帽。"

"将才他出来时，你们没瞧见？"

"吃过晚斋，贫僧带着徒儿做晚课，才念完经。去后边时，见王施主没点灯，门开着，人却不在房里，因此出来瞧——"

"他中间离开那两日，也未说去哪里？"

"只说去打问一桩要紧事。回来时，面色似忧似喜。"

陆青暗想，王伦一向深厌方术左道，他扮作紫衣妖道，恐怕是受人强迫，因此而忧。而杜公才，则是括田令的肇祸之人，他自然恨恶至极，能亲手除之，自然欢喜。只是，他为何要这般行事？

"这一向，可曾有人来寻过他？"

"没有。他住在后边宿房里，那里极清静。"

陆青隐隐明白了一二分，却仍有许多疑惑："能否容在下借宿一晚？"

"小寺只有小半间空房，王施主在里头住了二十来天。今晚他恐怕不回来住了。施主既与王施主是至交，权且在那房中委屈一夜。"

"多谢长老。"

老僧叫那小沙弥带陆青去了那宿房。宿房在后边院角，一间矮小土房。小沙弥进去将油灯搁在旧木桌上，合十道过安，便带门出去了。陆青环视屋中，只有一张旧木榻，到处是灰尘蛛网，铺盖更是污旧不堪。陆青是爱洁之人，心里顿时有些厌拒，却也无法，便取出帕子，罩在那只油黑破竹枕上，吹了灯，没脱衣裳，勉强躺了下去。那铺盖的油膻臭气熏得他头晕欲呕，好在奔走一天，极困倦，片刻之间便已睡着。

等他醒来，天才微亮，长老和小沙弥们都还未起。他轻步穿过佛堂，来到前院，小心打开院门走了出去。小街上也静无人声，空中有些轻雾。杜公才的尸首仍横在街口，盖的那草席上结了些露水。

陆青想到脸还未洗，却不好再进寺去寻水。左右望了望，都不见井，忽记起对面那土坑边的铁箱中贮了水，便走了过去。他先又朝那土坑里望了一眼，坑底仍如昨晚，空空如也。不过有了天光，看得更清。坑底挖得光溜溜，便是爬过一只虫子，也能一眼瞧见。陆青虽绝不肯信，这时也不得不信，王伦真是借了某种法术，遁土而走。

他出了一会儿神，才转身走向那铁箱，见里头只剩底下一小截水，瞧着倒是清。他伸手进去，却够不着，再用力伸，才沾到了水。捞了几次，才勉强抹净了脸。刚要转身离开，一眼瞥见，昨晚险些绊倒自己那竹筐，被人踢到了墙边，底也掉了，只剩一圈筐壁。他四处扫了扫，却不见筐底，不知被人踢到哪里去了。

望着那破竹筐，再回头瞧瞧那水箱，他忽然记起昨晚经过这铁箱时，里头贮满了水。他心中一动，忙绕着水箱转了一圈，并没有漏水痕迹。

他不由得停住脚，凝神细想半晌，却仍理不出丝毫头绪——

五、灰烬

天未亮，梁兴便已醒来。

他轻轻开门出去，走到院角水缸边，想洗把脸，缸里却没有水。这院小宅在南郊外，是梁红玉父亲来京城后所置。抄没家产时，这宅院也被官府收去。梁红玉不愿自己家宅落入旁人之手，暗中托人寄名，又买了回来。她说夜里难查看什么，便带梁兴来这里歇息。这宅院空了许久，院里积满枯叶，梁兴生怕吵醒梁红玉，却仍踩得满地枯叶窸窣响。

果然，梁红玉随即开门，从旁边卧房里走了出来，轻声笑道："你不必那般小心，我也早已醒了。这房里无水无食，咱们去外头——"

两人牵了马，轻轻出去。梁红玉锁好院门，却将钥匙递给他。梁兴微一愣，梁红玉笑着说："拿着，我还有一把。"梁兴心头暖动，却不知该如何对答，点点头，接了过来。随着梁红玉轻步离开那片宅区，来到前头一条街上。寻见一家卖洗面水的小铺，各讨了一盆水洗过脸，又在一个食摊上吃了碗馄饨。梁兴要付钱，却被梁红玉拦住："我知道那两锭银子你不肯动，那便莫要和我争这些小钱。"梁兴不知该如何是好，又辩不过她，只得从命。

他们赶到西兴街时，天才微亮，街上尚不见人影。施有良的尸首已经搬走，院门紧闭，贴了张官府封条。梁兴心里又一阵伤痛，拨马绕开施有良倒地处，不敢多看，径直来到那条死巷。

巷子一片空寂，地上铺着青石砖，那片黑烬仍散落在中间那片地上，旁边是半根已经燃熄的火把，巷底那院门也仍锁着。

梁兴轻步走了进去，细看两边墙壁，都刷了黄土漆，并无破裂，更无孔洞。妖人就算能攀上墙头，却必定会被瞧见。至于巷底那院门，自己昨晚一直盯着，即便那门能打开，从这灰烬处到那院门有二十多步远，又有火光照耀，紫衣怪人要奔过去，绝无可能避过人眼。

"你看顶上。"梁红玉也走了过来。

梁兴抬头一望，左边院子里有棵槐树，生得极高，一根枝子斜弯过来，正在地下那片灰烬上方。

梁红玉笑着说："若是在那枝上挂一根绳索，便能将人吊上半空，再荡进左边这家院子。我昨晚已打问过，左边这家是个军中指挥使，去年底随军去江南讨伐方腊，他家娘子则带了孩儿到娘家暂住。这院子已锁了三个多月——"

"但昨晚那紫衣怪人升到半空时，全身已经燃遍，最后只剩一团火。即便有绳索吊着，如何能保命逃走？"

"那便得瞧你了，我是想不出。他在我那楼底暗室里时，便来去无形。"

梁兴仰头望了半晌，毫无头绪，又低头望向地上灰烬。那摊灰烬中有一小片尚未烧尽，他俯身捡起来，是一叠纸粘在一起，比铜钱略厚，散出硫黄味。他又扒寻了一阵，找见了好几片，却不知这厚纸有何来由。

梁红玉又说："他若不是从空中逃遁，那便只有地下了。"

梁兴听了，忙扒开那些灰烬，搬起青石方砖。然而，下面泥土紧实，是积年所压，没有丝毫挖松的痕迹。他又接连将周边其他几块方砖也一一搬开，地下泥土都一样紧实，砖缝间漏下的灰烬，在地上画出了几个田字黑格，皆不见松土痕迹，更没有地下秘道。

梁红玉纳闷道："前后左右上下，都无法逃遁，他能去哪里？莫非真是妖异？还有，他手里还拿了个铜铃，那铜铃烧不化，却也不见了。"

梁兴正在沉想，忽听有人唤，回头一看，是顾震的亲随万福，提着个包袱走了过来。

"梁教头，听说昨晚你也在这里？"

"嗯。万主管是来查这案子？"

"可不是？这一阵妖异四起，仅是紫衣妖道作怪，连上梁教头这一桩，已经是第四起了。"

"哦？这紫衣妖道还在别处作怪杀人？"

"嗯，今早接到两起案子，昨晚北郊、城南各有一个妖道施法杀人。京城人都在纷传，说前年五个兵士煮食了一条龙，那龙父化作妖道来复仇。这几个妖道虽都穿了紫衣紫氅，杀人法和逃遁法却不相同，有木遁、土遁、金遁，昨晚这个又是火遁——"

梁红玉在一旁笑道："金火木土都有了，只差一个水。难道是要凑齐五行？"

"不止五行。算上梁教头，这四个妖道分别寻上了汴京四绝，只差作绝。这里查完，我立即得去寻张作头，不知他是不是也撞上了一个……"

"这妖道究竟意欲何为？"梁兴越发吃惊。

"至今也不知晓。不过这几个紫衣妖道有一个相同之处——"

"梅船？"

"嗯，他们都是梅船紫衣人。"

"那梅船上究竟藏了什么古怪？"

"也仍不清楚。不过，这里头另有一处古怪——我们先前也并没留意，这几个妖道接连兴妖作怪后，才发觉其中关联。"

"什么关联？"

"上个月二十七那天，汴京城发生了五桩命案，死的都是道士，而且死因都有些诡怪，且和昨晚这几样死法有些相似。"

"也有被烧死的？"

"嗯。这个被烧死的道士名叫何玉峰，是上清宫公务。寒食前，他离开了许多天，那天才回去。才走到宫门前，身体忽然燃了起来，被活活烧死。至今也不清楚他为何会自燃。"

"起火时，紫衣道在附近？"

"没有。那道士怀里揣了一个铜铃，手里提了个木箱。木箱也燃着了，不过里头的东西仍在——"

"什么东西？"

"一条人腿。"

"人腿？"

"我漏说了一条，瑶华宫、建隆观各发现土中埋了一双手臂和一颗头颅。还有个延庆观道士驾着一辆车回去，也是快到观门前时，忽然栽倒死去。他车上也有个木箱，里头是死人上身。经忤作比对，大致断定这些部位同属一个身体。如今只缺另一条腿。顾大人已差人去五岳观查寻，想必也是被那死了的道士藏埋了起来。"

"尸首身份可查明了？"

"讼绝赵将军推断，死者名叫朱白河，操办梅船的便是他。"

"又是杀人灭口？"

"应该是，只是目前尚不知背后主谋是谁。"

梁兴想起昨晚那紫衣怪手摇的铜铃，忙问："那自燃而死的道士，他怀里揣的铜铃在哪里？"

"我猜测梁教头今早会来，特地带来了——"万福从手提的包袱中取出一个铜铃，那铜铃已被烟火熏得漆黑，万福伸手将铃舌拔了下来，那短绳顶端系了个铜碟，"讼绝那里发生一连串铜铃毒杀案，其中隐秘已经解开——这个铜碟里暗藏点燃的毒烟，扣在铜铃里，将人毒死。这个铜铃虽也一样，但它如何能令人自燃？"

梁兴接过那铜铃，仔细回想昨晚施有良被烧死的情形。那紫衣妖道口喷火焰倒不稀奇，勾栏瓦肆里便有喷火技艺。诡怪之处在于，当时见施有良衣衫燃着后，自己立即脱下衣服去扑打，却未能扑灭，那火并非寻常火焰——

"硫黄。"梁红玉忽然开口。

梁兴也立即想到："衣衫上被人偷撒了硫黄，这铜铃里燃一块香，连一根火捻……"

"原来如此！这梅船案至今毫无头绪，反倒愈加奇诡凶险。顾大人明早想邀五绝相聚，共商此案。不知梁教头可否赏光？"

"好，我一早便去。"

"多谢梁教头！我这便去请其他四绝——"

第十八章　五妖

国家若无外扰，必有内患。

——宋太宗·赵光义

一、注定

顾震坐在官厅里，听断完公事，已是掌灯时分。

他疲累至极，没叫人点灯，独坐于昏黑中歇息。这一向，他几乎日日如此。自清明以来，汴京城便没有片刻安宁，凶案一桩接一桩，似乎有某样狂症恶疾发作，瘟疫一般传遍全城。顾震整日陷于这杂乱纷沓之中，几乎晕了头，哪里还辨得清南北东西。直到这两天，诸多事件似约好了一般，汇拢过来，聚向一处——梅船。

先是五个道观死了五个道士，接着又是五个紫衣妖道分别施法杀人。

那五个道士死状都极怪异，一个柜中毒死，一个土里倒栽，一个湿帕溺死，一个自燃焚死。还有一个延庆观道士驾车回去途中，忽然栽倒身亡。经察验，是中了毒，却查不出如何中的毒。仵作姚禾复查时才发觉，那道士口内有个针头小孔，是被人将毒针射进口中致死。

这五人之死，正好合成金木水火土五行。他们皆于寒食前离开，二十七日那天才各自回去。每个人又都带了个木匣木箱，里头分别藏了同一具尸首的一个部位，只缺一条腿。今早，顾震差了一个老练吏人去五岳观查问。那观中死的道人回去时，带了一箱道经，放到了经籍阁。那吏人到经籍阁一查，发觉那箱子藏在地窖中，里头是一条腐烂人腿，至此，那具尸首完全拼合起来。

赵不尤查出死者名叫朱白河，左手多生了根歧指。梅船便是由他从应天府购得，清明那天两个道童所撒鲜梅花，也是他买通那膳部冰库小吏，在冰窖里预先冻好。相绝陆青问出，这六指人寒食前曾去建隆观访过道士陈团。万福又查出来，五个死的道士都曾是林灵素座下弟子。

程门板下午来回禀，作绝张用推断，五岳观那道士手足被捆、脸裹湿帕，应是自毙。不过，他死前念咒，恐怕并非求死，而是在施行某种长生邪术。其他四个道士死时，身旁也都无人，查不出凶手。张用推测恐怕不错，五人都受了蛊惑诱骗，以为得了羽化飞升秘术。而蛊惑者，自然当是死而复生的林灵素。

五个道士死后，五个紫衣妖道又相继离奇杀人、神异遁走。这五个妖道遁去了哪里，无从查找，只知他们似乎都是梅船紫衣客。

唯有寻见林灵素，这梅船巨案才能得解。但自清明以来，顾震一直派人四处找寻，至今也未探着丝毫踪迹。不知林灵素搅起这弥天乱局，意欲何为？这梅船一案中，不但方腊卷入，更有外国间谍潜藏其间。看来所图极大，隐有颠覆朝政之势。难道林灵素也想如方腊一般，借妖法惑乱人心、招聚徒众、兴乱称王？

念及此，顾震心中不禁一阵寒栗。虽然开封知府早已严令他莫要再查这梅船案，他却不得不查。若是任林灵素继续这般兴妖作乱，莫说汴京，恐怕天下都难安寝。

他正在忧虑，见万福快步走了进来，他忙问："五绝都请到了？"

"是。卑职怕底下的人行事不周全，其他三绝倒好说话，作绝张用和相绝陆青，不是轻易能召得来的。卑职便骑了马，一个一个亲自去请。五绝都已应允，明日一早来府中，查看那车子。"

顾震这才放了心。这梅船案将汴京五绝全都卷了进来，像是特意谋划的一般。但五绝入局，缘由各个不同。他细想了想，这既是巧合，也是注定。

那梅船如一颗石子，丢进水中，倾动整个京城。朝廷又按住不提，凶案只在民间不断蔓延。力之所至，如同暗流，自然汇向低凹处。也如银钱，于朝廷管束之外，看似在各行各业、各家各户间任意流转，其实，最终都难免聚向富商巨贾。五绝便似那最凹处的五大豪富，即便清冷如陆青，那隐居院门也迟早被人敲开。这并非人寻事，而是事寻人。既是寻，自然便会寻到最绝处。

他感慨了一阵，才起身归家。有了五绝相助，他心中安实了许多，躺倒在床上，片时便入了梦。

二、相会

顾震醒来，见窗纸上天光已经透亮。

他忙起身，胡乱洗过脸，饭都顾不得吃，套上公服，急骑了马出门。等赶到开封府时，门吏说五绝都已到了。

他快步走到厅侧的客间，见两排客椅，左边讼绝、牙绝，右边斗绝、相绝，万福坐在下手陪着吃茶，诸人都默不作声。赵不尤正身端坐，正在读最新邸报；冯赛轻叩手指，低眼默想心事；梁兴抬头望着对面墙上那幅蔡京墨迹，手掌不住拍按扶手；陆青则肃然静坐，凝望窗外。独不见作绝张用。

顾震抬腿跨进门槛，才发觉张用站在墙角，正在细瞧那盏鹤形立地铜灯，手指捏着那长喙，嘴里啾啾低唤。顾震不由得暗暗笑叹：好一幅五绝相会图。

五人名冠汴京，彼此之间却无甚过往，这是头一回共聚。他们虽一起卷进这梅船案，却各在一支，并无直接关联。每一支又都丛杂纷乱，即便想谈论，一时间恐怕也难以寻着话头。何况此案关涉重大，乍然相见，更不便轻易开口。另外，顾震也忽然发觉，五人禀性才干虽各不同，却有一个相似之处：都非同流合俗之人，皆不爱与人泛泛相交。即便冯赛终日游走于商贾之间，也只以礼待人、以信自持，极少虚情应付、假意求欢。

顾震忙笑着走进去："抱歉，抱歉！这一向每日不到五更天便已醒了，偏生今天竟睡过了时。"

其他四绝都微微点头，张用却回头笑道："你怕是特地来晚，好叫我们眼睁眼，看谁能瞪赢，再比出个瞪绝来。"

"哈哈！恕罪、恕罪！难得五绝相聚，本该好生贺一番。但事情重大，咱们就不必拘于虚礼。今日请五位来，是为那梅船案。这案子重大无比，又繁乱至极。既然你们五位全都卷了进来，咱们就一同商讨商讨，看能否理出个头绪。就由讼绝先起个头？"

顾震坐到了主位，张用也回到自己椅子上，敛去了面上那嬉笑神色。

赵不尤搁下手中那份邸报，低头略沉思片刻，才沉声开口："这梅船案看似始于梅船，其实只是集于梅船、现于清明，事件因由至少始于去年腊月。至于究竟缘于何事、发自何人，至今不明。目前只知上到那梅船的紫衣客是其中关键。我这里共出现三个紫衣客。不过，其中两个只是替身——"

赵不尤将章美、董谦、何涣、丁旦等人的经历细述了一遍，最后又道："其中真正紫衣客应是何涣，但何涣又被样貌酷似的丁旦调换。丁旦则中途逃走身亡，有人又用董谦替换了他。至于章美，上的则是假梅船，缘由是有人欲害宋齐愈。从这几道调换中，可以断定一事——紫衣客是何人并不要紧，只需样貌周正、体格略魁梧，穿耳洞，着紫锦衫。"

冯赛想了想，轻声道："如此说来，还可再断定两件事——"

"哦？什么事？"顾震忙问。

"其一，这紫衣客恐怕是个诱饵，诱使人去那梅船上劫夺；其二，劫夺者并未见过紫衣客，只凭大致样貌和紫衫耳洞去判断。"

"有道理。"顾震笑赞，其他人也一起点头。

梁兴接过话头："紫衣客不是寻常诱饵，必定身负重大干系。我这边要劫夺他的是方腊。至今方腊手下宰相方肥仍潜伏京城，继续追寻紫衣客下落——"他将自己这边的情势讲述了一遭，"想劫夺紫衣客的，还有冷脸汉一伙人，至今不知这伙人来历，更不清楚缘由。"

张用笑起来："赵判官那边有高丽使，豹子兄这边又是方腊，我这边也是他国间谍——"他将自己所涉所知也讲了出来，"首犯银器章诱骗天工十六巧，偷盗天下工艺图，又向北逃到了黄河边，恐怕是辽国派来的，唯有辽国才会如此贪羡我大宋工艺。"

冯赛也将自己一连串险遇讲了一遍，最后思寻道："赵弃东所图恐怕绝不止是那八十万贯，否则他骗到百万官贷后，便可抽身离开。他却拿出二十万贯来搅乱鱼猪炭矾四大行——"

赵不尤听了叹道："商如链条，一行连一行，此乱彼必乱。他这是意图引发整个汴京商行紊乱。汴京乱，则天下乱。"

冯赛点头沉吟："他之所图，的确并非区区钱财，人也绝非单枪匹马，背后自然有人操使。你们所涉既然是高丽、辽国和方腊，所剩邻国，西夏最近，莫非这赵弃东是西夏派遣？"

赵不尤点了点头："仁宗年间，有个士子，名唤张元。由于累试不第，便向西潜逃，投靠西夏，得了国主李元昊重用，出谋划策，于好水川一战，大败我宋军。此后，屡有落榜士子效法于他。这些人熟知大宋内情，晓得从何处下手最能切中命脉。赵弃东假借于你，便占住了汴京商行枢纽，恐怕真是西夏唆使——"

顾震听了，越发震惊，忙问："陆先生，你那里可有紫衣客？"

"有。不过并没有上那梅船。"陆青将王伦、王小槐之事细细讲过，而后道，"目前所知，王伦是受了杨戬指使，并于正月赶去了登州——"

"登州？"顾震大惊。

张用笑问："登州有何大机密？"

"不知诸位是否听过'海上之盟'？"

赵不尤点了点头，其他几人却都是头回听到。

"此事极隐秘，只可在这屋中说及，万莫传到外面——"顾震压低了声音，"六年前，金人阿骨打立国，此后不断抗击大辽。金人勇悍异常，北地有谚，'女真不满万，满万不可敌'。大辽果真难抗其锐，节节败退。辽国五京，两京迅即被金人攻破。那时枢密童贯恰好出使辽国，有个燕京文士，名叫马植。他献策于童枢密，大宋可联金抗辽，夺回当年被辽国所占的燕云十六州。

"这燕云十六州是古长城所在之地，更有山岭险阻，是我中原千年屏障。后晋时，石敬瑭却将它献给辽国。此后，中原便失去这屏障，只余千里平原，北地兵马轻易便可长驱南下。我大宋立国后，太宗、真宗都曾御驾亲征，意图收回燕云十六州，却始终未能如愿。最终只得结下'澶渊之盟'，年年向辽国进纳岁币，又在北地边界开垦淤田，以阻限战马直驱，如此才勉强换得这百余年安宁。唯有夺回燕云十六州，才能免去岁币之辱，保得大宋强固久安。

"童枢密将马植密带回汴京，将那联金抗辽之计上奏给官家。官家听了，自然心动，却又怕辽人得知，坏了百年之盟。宰相蔡京、太宰郑居中、枢密邓洵武等人也极力反对。官家犹豫良久，见辽人屡战屡败，国中更是内乱不止，便定了主意，差遣秘使自登州乘船渡海，以买马为名，与金人密商攻辽之策。几番往还，直到去年，才定下盟约，原纳给辽人的岁币转输金人。双方一同夹击，金人攻取辽国上京与中京，宋军则进击其西京、南京——这便是海上之盟。"

梁兴忙问："商定的何时起兵？"

"原定大致是今春。年初，金使由登州上岸，欲来京城商定日期。然而，偏逢方腊在江南作乱，天下骚动，哪里有余力再去北攻？官家深悔前举，便命登州知府拦住金使。听闻那金使屡次出馆，欲徒步来京城，如今恐怕仍滞留于登州——"

赵不尤疑道："照陆兄弟所言，王伦是受杨戬驱使去登州，难道和这金使有关？但官家都不愿见那金使，杨戬寻他做什么？"

冯赛却笑道："至少大体能断定，那王伦去登州是与金国有关。这么一来，辽、金、西夏、高丽，邻国全都凑齐了，还有个内乱称帝的方腊。只是，王伦为何也要扮作紫衣客？这五个紫衣客里，哪个才是真的？"

冯赛眼含忧虑："我那胞弟冯宝自然并非真紫衣客。"

"董谦、何涣、丁旦也不是。"赵不尤接道。

"王伦也不是。"陆青轻声说。

"我这边紫衣客是何人，还不知道。"梁兴叹了口气。

"我这边是一具尸首——"张用笑着道，"宁妆花的丈夫姜璜在应天府诈死，宁妆花将丈夫棺木运回汴京，途中，姜璜半夜跳水上岸。清明上午，那棺木抬下梅船后，却被人劫走，棺木中尸首也变作了另一个人，身穿紫衣，生死不知，身份更不明。"

顾震忙问："这么说来，真紫衣客是你们这两边中的一个？"

"未必。"赵不尤摇了摇头。

"皆是替身，一个真的都没有？"

"眼下还无法断定。只知这紫衣客无比重要，否则不会引动这五方来争。"

"恐怕不止五方——"梁兴摇了摇头，"至少我这边还有冷脸汉一伙人，他们与方腊并非一路，却也为紫衣客而来。他们能买通军中及朝廷中人，势力也非同寻常。"

冯赛点头道："我这边也一样，即便赵弃东真是西夏间谍，仅凭他与少数同伙，绝闹不出这般阵仗，似乎背后另有势力。"

赵不尤也点头赞同："我这边除了高丽使，也另有几股暗力，造假梅船、换紫衣客。"

张用笑起来："这么瞧来，全天下都被这梅船紫衣客搅了进去。什么人能有这天大来由？"

冯赛琢磨道："能这般倾动天下的，恐怕只有一人……"

"当今官家？哈哈！"

赵不尤摇头："官家倒是符合，但一来，官家绝无可能这般置身险地，任人劫夺暗杀；二来，官家样貌年纪也与那紫衣客相异甚远。"

"那会是什么人？"张用笑着又弹响了舌头。

顾震忙道："还有一人——"

冯赛接道："林灵素？"

三、尸解

顾震点头道："清明后，我发了驿马急递去温州永嘉，叫当地县令去林灵素墓冢查验。前天收到那县令回书，林灵素墓室完好，但掘开之后，棺中只剩一件道袍，尸首不见踪影。果真尸解飞升了——"

张用笑起来："不过是造戏罢了。林灵素被贬回温州，自然不甘心，便用这诈死尸解之计，来迷惑世人。清明又扮作神仙，现身汴河，打算再次诱动官家。"

赵不尤却道："虽是造戏，却也极奏效。清明当日，河岸边便有许多人跪倒叩拜，如今满京城都在纷传他这神仙异象，这异闻恐怕已传遍天下。世间之人，易惑者多，独清者稀。只看遍地寺观神祠里，多少人求签问卜、拜神祈福，便知他这戏法魔力难敌。何况这些年官家独崇道教，深迷神仙之说，世人便越加陷溺难拔……"

顾震望向张用："五岳观那道士，手脚被绑、面裹湿帕而死，你推断他是受人迷惑，为求飞升而自尽。除了他，那同一天，另有四个道士也离奇死去。据万福查问，五人都是林灵素亲近弟子，都于寒食前离开宫观，他们恐怕都去见了林灵素，而后被邪术迷惑自尽。这五人为求成仙，连性命都能舍弃，可见林灵素蛊惑之力的确难以抵抗——"

赵不尤点头："如今，汴京又五妖同现，四处施法杀人。这五妖又与梅船紫衣客紧密相关，看来林灵素并未罢休。"

顾震忙道："市井间又纷传这五妖，是前年那杀龙食肉的五个士卒所变，是龙王驱遣他们来复仇。各方势力来争夺紫衣客，难道正是因这秘闻？"

张用又笑起来："五卒食龙那事，我当时便去打问过。那五个兵卒是偷了那茶肆的看户狗，杀来煮吃了。店肆主人发觉，争嚷起来，让他们赔十贯钱。五个士卒自然不肯，说张口十贯钱，莫非你那条狗是天龙？店肆主人斗不过他们，只得认冤。那五个士卒倒得意起来，四处夸耀自己吃了龙肉。这世间，真话人难信，假话传千里。这吃龙肉的话头便传遍京城，越传越真。恰好那年汴京又连遭暴雨，全城洪涝。两下里凑到一处，五卒食龙、触怒上天，便顺理成章、因果扣连，那五个兵卒因这句戏言，被发配沙门岛，如今不知死活。"

冯赛接道："林灵素被贬，也因此事。官家见洪水不止，命林灵素施法止雨，他去城头设坛作法，烧了许多符纸、念了许多咒语，却丝毫没有应验，惹怒了城边抗洪的民夫，纷纷拿铁锹木叉追打。官家由此才对他失望，逐他回温州去了。"

梁兴忙问："林灵素果真是来复仇报怨？"

张用反问："他若是来复仇，为何要引得那四国和方腊来争紫衣客？"

冯赛答道："他恐怕是自忖势单力薄，因此才将这消息传给那五方，齐聚汴京，他好于乱中寻机。另外，赵兄提到紫衣客身上揣着一颗大珠子，那密信中所言，也并非要去劫夺紫衣客，而是要抢那颗珠子。难道那颗珠子有何神异？"

"龙珠？"张用笑起来。

赵不尤点头："倒也有些道理。各方若信了林灵素死而复生、尸解成仙，再加上五卒食龙之谣传，自然也会信那龙珠倾天下之语。"

顾震忙道："虽都是谣传，但十个人中，恐怕至少有五六个信。尤其这几天五妖同现，这谣传便越发成真了。要破这谣传，得先拆穿五妖真相。诸位各自遇见了一妖，除了讼绝，你们四绝又都是亲眼目睹。这五妖不但杀人，更按五行遁法，在诸位眼皮下逃逸不见。那林灵素据说精通五雷法，难道这五行遁法便是来自五雷法？他各传了一技给那五个紫衣妖道？"

张用笑道："所谓五雷法、五行遁，不过都是障眼法，只是做得高明，暂未瞧破而已。"

"若真是障眼法，瞒得过一双眼，却难瞒过你们五位。就请你们五绝一同勘一勘，看能否寻出破绽来。还是由讼绝起头——"

四、木遁

"我这边是董谦扮作木妖，先隔着船窗，毒杀了船中一客人，继而又穿过章七郎酒栈紧锁之门，木遁而走——"

赵不尤缓缓讲道："前天傍晚，董谦故伎重施，在陈州门外骆驼巷一家院门外作法，那家主人在书房中被毒死。董谦则穿过巷底一座锁闭院门，又无形遁走。那主人姓黄，是工部主簿。据侯琴讲，吩咐他哥哥侯伦，诱迫董谦做紫衣客的，正是工部一个姓黄的主簿。董谦杀这黄主簿自然是为了灭口。我进那书房查看，黄主簿每晚饭后，都要在书房中焚香静坐。他同样并非被董谦施法毒杀，而是焚的那支香被人换作毒香。

"家弟墨儿和池了了分别打问出同一桩事——董谦木遁前后，后街曾经过一辆车子，那车子行到章七郎酒栈后门时，正巧迎面也来了辆车，它便停下来避让。这两辆车恐怕不是偶然相遇，而是设计安排。那车停在酒栈后门，车中人正可借机用钥匙打开后门，将董谦接上车。董谦应该便是如此逃离，但他是如何穿门而入，至今未解。"

梁兴问道："董谦遁走之前，是否展开了身披的大氅？"

"嗯。他先摇铃念咒，而后展开大氅，荡了几荡。随后，那大氅落到地上，人却不见了。"

"章七郎客栈那门在凹处，骆驼巷那门又在巷底。两边都没有人，只须遮住身后的眼目。"

"但门高过人，那件大氅遮不全。若是里头有人开门，后面仍能瞧见门扇被打开，而且门锁、门板都完好无损。"

冯赛摇头："不必开整扇门，只须开大氅遮住那一块。"

"门板细查过几道，四边都嵌在门框中，丝毫没有松动，也瞧不出哪里做了手脚。"

"这个容易——"张用笑着说，"门板不必如门扇一般朝里推，横着移开便可。"

"将旁边木框凿开一道口子？"

"嗯。我记得章七郎酒栈那门板分作上下两片，中间用横木框死。只须在门框一侧凿开一道竖长口子，便可挪动下面那片门板，董谦便可钻入。不过，那酒栈的门两边没有墙，嵌在两根方木柱间，除了门框，那一边柱子上，相同位置也得凿开一道口子。里头预先藏个帮手，听到铃声，趁董谦展开大氅时，便将门板横着移开，还得伸出一根木杈，挑住那件大氅。等董谦钻进去后，迅即移回木板，同时荡开大氅，收回木杈。再将那两道口子凿下的木条塞回去堵死，面上抹些陈年油垢，便瞧不出缝隙了。"

"我当时也想到了横移，用力试过，门板照理该能挤出边框木条，向一边移动，可——"

"门框上必定有木楔子，等门板移回原位，用木楔塞住。木楔面上，也用油垢抹过。这样，门板便被卡死，再横推，便推不动了。所谓木遁，不过如此，哈哈！"

"果真是作绝！"赵不尤展颜而笑。

顾震也高声赞叹，忙转头吩咐万福："速去差个人，骑快马去章七郎酒栈查看那门扇！"

五、水遁

"木妖解开了，现在便请你们来解解我那水妖——"张用将自己那晚所见细细讲了一遭。

梁兴头一个道："水中出没，倒好办。但在河面上奔行，脚底必有浮物。又是横渡黄河，浮物极易被水冲走，得有人在水下潜游托住。照你所言，至少得闭气横渡大半，这恐怕无人能做到——"

诸人听了，都各自细思起来。

陆青忽然轻声问道："船上两个汉子，一个从岸上接到银器章，扶着他上船坐定，另一个立即撑动了船？"

"是，片刻没有耽搁。"

"除了撑船，前后再无其他动作？"

"嗯，船驶到对岸后，他便放下船篙，坐在船尾歇息，一直未动。银器章两人上船坐好后，他才起身，抓过船篙撑起船来。"

"船到对岸时，另一个汉子做了什么？"

"他将——哦、哦、哦！"张用眼睛一亮，猛叫起来，"船到对岸，前头那汉子将缆绳系到了水边那棵歪柳上，回来时，却没去解那缆绳，船却毫无羁绊，径直驶了过来！"

"他系的是另一根绳子！"梁兴忙道，"你说瞧见那船前板上堆了一大捆麻绳——"

"居然被他们瞒过！这便是眼见为实，实了便是死了，被框死在人给你设的套子里——"张用大笑起来，"第二天早上，我去看那船时，只顾着银器章，没留意那捆绳子。现在回想起来，那捆绳子果然不见了。那应是个绳梯，一头已先拴在这岸的栈桥桩子上。开船后，前头那汉子坐在船头，背对着我，恐怕不住将绳子放入水中，我却瞧不见。到了对岸，有那棵歪柳挡着，船不必系缆绳，那汉子系的是绳梯另一头——水中架一根绳梯，人便能在水上奔行，那时天色又已昏暗，我便瞧不出水中那绳梯——"

梁兴笑道："那人也不必潜水到河中央，只须躲在柳树后，开船时，攀住船尾即可。到了河中央，再脱手，抓住水中那绳梯站起来。等银器章死后，再潜入水中，那时离河岸已不算远，一口气大致能游到岸边。"

冯赛接道："那琉璃灯自然也已事先点亮，只须先用黑油布包住，到河中间解开即可。只是扮那水妖的，要在水中绳梯上奔走，得有些功夫才成，京城瓦子里便有这等上索杂伎人。"

顾震忙问："那水妖并非梅船紫衣客？"

"看来不是。"

"银器章坐在船中，却溺水而亡，这又是何等杀人手法？"

诸人又一起默想起来。

半晌，赵不尤沉声开口："看来银器章也知情，却不知自己将送命。"

张用听了，眼睛又一亮："嗯！这非手法，而是戏法。银器章先惨叫了一声，而后再不动弹。若真是猛然溺水，哪里能叫得那般响亮？他身上水是真水，死也是真死，但这声惨叫却是在演戏。"

"演戏？"顾震忙问。

"那时他并没有死，只是装死。阿翠恐怕跟银器章说，安排这场水妖戏，是为让他脱身，如同那飞楼一般。银器章信以为真，便在船上装死。"

"那银器章是如何死的？"

冯赛接道："张作头看到那船靠岸后，便去拍门唤人，之后一夜都再没去看那船。"

"嗯，这场戏叫我见证过后，我被卡在窗户上，又睡了过去，他们便有足够工夫去杀死银器章。恐怕是那两个汉子潜回到船上，将银器章按在水中溺死。而后将水中那绳梯解下，若去那栈桥木桩查看，一定能寻见绳子新勒的痕迹。无行即无影，有为必有痕——黄河离这里百里多路，不必差人去查，只开船未解缆绳这一条，便足以解释——"

第十九章　元凶

泄其上源，无乃移患于下流乎？

——宋真宗·赵恒

一、火遁

顾震大为振奋："木妖、水妖已经解开，接下来该哪个妖？"

梁兴身子前倾，笑道："便请诸位帮我解一解火妖。"他将自己所见细述一遍，而后道："我亲眼瞧见那火妖全身燃着，升到半空，化作一团火，燃尽消失。"

冯赛问道："他奔进那巷子，停住脚，先伸出右手朝空中舞弄了一番，才倒转左手，将火把伸向后背，点燃了那件大氅？"

"是。"

"他不是在舞弄，而是在寻钩子。"

"钩子？"

"那树顶恐怕用细铁线垂下一根钩子，火光之中不易察觉。他用那钩子勾住道冠，旁边院中帮手拽动铁线，将他吊起来——"

"那得何等力量？"

"吊起来的应该并非他本人，而是个假壳子。你在灰烬中发觉的那几片厚纸——"

"如军中为节省钱财，造的厚纸铠甲？"

"嗯，不过不必全身，只需后背，与那道冠系在一起，用紫氅罩着，便难察觉。纸中掺进硫黄，也最易燃尽。"

"难怪看他行动有些发僵。只是，被吊上半空的若真是纸壳，他本人又藏到何处？"

"这个我也未猜破。"

张用笑道："巷底是门，左右是墙，都难藏逃。那便唯有脚底。"

"那地面我搬开青砖查看过，底下土都紧实，没有挖掘痕迹。"

"砖缝里可落了灰烬？"

"是。黑烬将那地面画成了田字格。"

"障眼处应当正在这田字格边沿处。"

"哦？"

"先从隔壁院中挖一个地洞，通到巷子底下。再沿着砖缝，将面上那块厚土切成一个方土块。火妖行至那里时，洞底的帮手将那方砖和土块整个搬下去，火妖勾好道冠，燃着背后纸壳，迅即脱身出来，跳进洞里。洞底帮手立即将土块和方砖塞回，拿木架撑住，用土将洞底填实。那纸壳被吊上半空燃尽，灰烬落在方砖上，正好将砖缝填满。就算撬开方砖，也瞧不见裂缝……"

"惭愧，竟没想到这里。"

"哈哈，有道理！"顾震大笑起来，忙转头吩咐万福，万福立即又差人赶往西兴街那巷子去查看。

二、金遁

冯赛欠了欠身："我这边算是金妖，他杀了胡税监之后，便转身飞奔，前头有辆车子正在行驶，他纵身跳上那车子顶棚，腾身飞起，撞向前面街心的一口钟，旋即消失不见——"

诸人听他讲罢，尽都惊疑思忖。

陆青轻声道："车中那妇人……"

冯赛忙问："那妇人有何不妥？"

"金妖飞离车顶后，那妇人从车窗中探出头，望向前方空中那金妖？"

"嗯。"

"不妥处便在此。"

"有人跳上她车顶，她受到惊吓，自然要探头去望。"

"她在车中，只听得到车顶被踏响，根本不知发生何事。通常来说，她探出头，应当先望向车顶，而非车前方半空中——她早已知晓，空中会有妖道飞行异象。"

"哦？她与金妖一伙？是假意受惊？她为何要探出头？"

"有人跳上车顶，车中人却毫无动静，路人见到，自然会起疑。"

"那车顶开了道天窗？金妖其实钻进了车中？但空中飞的又是何人？"

张用抢进来问："那金妖撞到钟上，除了钟声，你还听到砰的一声？"

"嗯。"

"旁边店里人看到他那张脸僵冷冷、白惨惨、死人脸一般？"

"嗯。"

"地上掉的那顶道冠里头有根针？"

"嗯。"

"哈哈，猪尿泡！"

"什么？"

"那件大氅里还有根竹篾？"

"对。"

"哈哈，那空中飞的并不是人，只是竹篾绷起的空氅，那张脸也非人脸，而是吹胀的猪尿泡，上头画了眉眼，再用面泥粘上鼻子耳朵，因此瞧着才似死人脸一般。"

冯赛恍然赞道："果真是作绝。怪道有砰的一声，是那猪尿泡撞到道冠里的针尖，被刺破！”

顾震和三绝也一起连声赞叹，万福又忙差人去那钟架附近查找猪尿泡。

陆青脸上始终清冷，此时也露出欣喜之色：“四妖已破，只剩我这里的土妖——”

三、土遁

陆青细细讲述那天傍晚所见。

赵不尤听后先言道：“那土堆自然是个假土包，底下已先挖好了一个坑。从土中挖出的那紫氅也非王伦所穿那件，而是用竹篾条蓬起，上头用土掩住。紫氅中间裂了道缝，王伦正是从那道缝跳进坑里。他也绝非土遁，坑中应另有暗道。”

“当时便有人跳进坑里，细细挖寻过，并未发觉暗道。”

梁兴忙说：“王伦钻进暗道后，若是立即用泥土填死洞口，上头又有松土掩埋下来，便不易发觉了。”

陆青问道：“他跳进那土堆不久，我们便已赶到那坑边，他如何迅即填死洞口？”

梁兴笑道：“不需他挖土来填。”

“哦？洞里另有帮手？”

“那坑边险些绊倒你的破竹筐便是帮手。”

“哦？”

“你第二天看到那竹筐时，筐底不见了？”

“嗯。”

“那竹筐应当正摆在暗道上方，筐底已先拆下，用绳子系成活扣，筐里装满泥土。那泥土应是才挖出来不久，带草根的湿土，不易溃散。王伦跳进土包，立即钻进暗道，而后回身拽开筐底绳子，筐里的泥土便迅即填满洞口。你奔过去时，踢开了土筐，其他人拥过去，又全忙着瞧那坑里，不觉间便将那片土踩实。”

"王伦一直藏在土洞里？"

冯赛摇头道："那水箱……他恐怕钻进了旁边那水箱里。你亲眼见那水箱夜里还贮满了水，清早却只剩箱底一截，又不见有漏水痕迹。那箱子恐怕有假。若是在空水箱上嵌套一个铁盒，只在盒中装满水，昏暗之中，极难察觉。箱子里面却空出大半，正好藏人。那坑里暗道正通向箱底，箱底板和一面侧板做活，王伦便可钻进箱里，趁夜静无人时，再从侧边钻出逃走。只是第二天一旦有人搬开那水箱，便能发觉下面暗道。"

张用笑道："若要做得周密，那水盒底下空箱可做成两个隔间，隔板与底板尺寸相同，均做成活页，可循环转动。一个隔间藏人，一个隔间装土。王伦打开半间，钻进去，再掀开另半间底板，土便填了下去。土量恐怕已经算好，正好填满底下那坑道。他将两扇底板扣好，便可将土压实。上头嵌的那水盒自然有卡扣，半夜他钻出水箱后，拔开卡扣，水盒滑坠到箱底，便再瞧不出箱底那活页——"

诸人听了，尽都点头。万福忙又跑出去差人去查验。

顾震则喜得站了起来，连拍椅背："今日真是开了大眼界！五妖障眼之术，片时便被五绝联手揭破。哈哈！不过，最后还有一事，劳烦五位去替我查看一辆车子。"

张用笑道："延庆观道士驾的那辆车？"

"正是。"顾震解释道，"那死了的五个道士中，有个延庆观的买办。上个月二十七日那天，他驾了辆车回去，快到延庆观时，忽然栽倒身亡。后来查明是口中被射了一根毒针。这里插一句，牙绝所见的金妖，也是用此法杀死了胡税监。相绝所见杜公才，则是自家服毒身亡，恐怕有人以他家人性命相迫——好，再说回那车子——那辆车子并非延庆观的，那买办寒食前离开时也并未驾车。我差人驾了这辆车，去其他四个道观查问。有两个门头认了出来，说他家道官那天正是从这辆车下来，一个记得那车帘，另一个认出了那匹黄鬃黑马。另两个有些吃不准，却也都说大致是这样的车。照此可推断，五个道人那天同乘了这辆车。从这车的来处，恐怕能查出林灵素的踪迹。只是——"

"好！去看那车！"张用噌地跳了起来。

"请！"顾震忙引着五绝走向侧院。

四、旧车

那辆车停在马厩边，车身老旧，外观极寻常，街市上到处都可见。两匹驾车的马则拴在马厩里，其中一匹黑马生了一绺浅黄鬃毛。

五绝围到那车前，各自去查看。

冯赛凑近车子，嗅了嗅："车身上香烟气有些重，常年熏染，才有这气味。这车应该是寺观里的。"

梁兴俯身望着车轮："车子这般破旧，两个轮子的毂心、辐条和辋箍都换过，而且新旧不一，看来是常修常坏，却舍不得换一辆新车，恐怕只是个小寺观。"

赵不尤掀开车帘，朝里望了一阵："车内座靠是新换的，车帘和坐垫皆是上等好锦。外面破旧，是为避人眼目；里头精奢，应是为接送贵人，特意装饰。清明那天，在汴河下游接林灵素的，恐怕正是这辆车。"

张用则蹲到车轮边，抠了些尘泥，仔细嗅了嗅，又用舌尖舔了舔，咂了一阵，笑着说："猪粪。这轮子上到处都沾了猪粪，这些缝子里的，已经积了多年。汴京大小道家宫观上百，哪家会有这许多猪粪？"

万福忙接道："杀猪巷？"

张用吐掉口中粪渣，笑道："杀猪巷里有座小破道观，似乎叫青霄观？"

"嗯！是青霄观。"

顾震大喜："林灵素藏在那青霄观里？"

赵不尤点头道："那青霄观极僻静冷清，倒是个好藏身之所。"

陆青一直望着那两匹马，这时轻声说道："这两匹马年齿已高，应该养了多年——"

"老马识途？"顾震越发振奋，忙吩咐万福将这两匹马牵出去，任它们走。随即请五绝一起乘了那辆车，跟在两匹马后面。

五、真身

那两匹马到了街上，先似乎有些怕，呆立良久，都不肯走。万福驱喝了几声，它们才并肩走了起来。到了兴国寺桥口，拐向南边，沿着大街一路缓行，出了内城南右边的崇明门，果真朝杀猪巷拐去。进了杀猪巷，又拐进一条斜斜窄巷，行至巷底，停在了一座清冷院门前，衰朽匾额上，三个墨色溃蚀的篆字：青霄观。

顾震忙和五绝下了车，先低声吩咐带来的二十个弓手，将这道观团团围住。铺排已定，才走到那院门前，伸手一推，门应手而开。

院里寂无人声，庭院窄小，左右各种了一株低矮古松，中间一座铜香炉，只孤零零燃了一炷香。天净无风，一缕细烟笔直向上。正面匾额是新换的，上写着"神霄殿"三字。殿宇则只比寻常民宅略高阔一些，壁板红漆早已昏暗剥落，檐顶生满青苔乱草。殿门敞开着，里头却十分幽暗，只隐约可见神像。

顾震轻步走了进去，左右查看了一圈，并没有人，便穿过后门，来到后庭。迎面是一座小殿，也新换了匾额，上书"玉清殿"。看到这两个新换的匾额，顾震越发确信林灵素藏身于此。

七年前，林灵素初次得天子召见，便面奏说："天有九霄，而神霄为最高，其治曰府。神霄玉清王者，上帝之长子，号长生大帝，陛下是也。"由此骤得官家信重。这神霄、玉清二殿名，恐怕是林灵素授意更换。

他轻步走进这玉清殿，迎面便见长生大帝神像，形容酷似当今官家。供桌上摆了一碟面果子，点着一炷香，里头却仍无人影。他又穿过后门，五绝轻步跟在身后。

眼前是一座小院，正屋门开着，屋中也有些暗。顾震忙快步走了进去，一眼看到有个人，侧着脸、枕着左臂，趴在黑漆方桌上，头发雪白，发髻散乱，似乎在小憩，右手却垂在腿侧。

顾震忙凑近去看，顿时惊住，那人果然是林灵素，却口鼻流出乌血，已经死去。他的脚边，一只茶盏碎裂，水迹尚湿。

五绝跟着进来，瞧见后，也都静默不语。

半晌，赵不尤才沉声道："如此安然坐着，应是自尽。"

张用却道："未必。也可能是被逼服毒。"

梁兴接道："或许是被亲信之人下毒。"

"猜对了。"旁边忽然传来一个孩童声音。

"王小槐？"陆青猛然道。

一个瘦小孩童从里间走了出来，生得如猢狲一般。他睃着众人，嘴角带着笑："这白毛老贼是我下毒毒死的。杜公才那个马脸贼汉，骗了我爹五百两黄金，把我转卖给六指蜷毛贼，六指蜷毛贼带我见了这白毛老贼，说他是不死神仙林灵素，我跟了他，便能成仙童，也能长生不死。白毛老贼却话都不敢说，全都由那个六指蜷毛贼替他说。那五个道士信了他的鬼骗，以为得了长生秘法，全都欢欢喜喜回去了，这会儿五个人一定全都到地府去了。他骗得了那五个呆货，却骗不过我。林灵素精通五雷法，今天早上我拿《五雷玉书》里的句子考他，他一句都答不上，却仍骗我说他是真林灵素，真会长生术。拱州知府宅子里那杯毒水，我灌到瓷瓶里一直带着，我便偷偷倒进茶水里，瞧瞧他是不是真神仙。他喝了之后，便趴在了这里，不是长生，是长睡了，呵呵……"

顾震听得后背一阵阵发寒，林灵素是假冒的？他原以为林灵素是背后主谋，但听这孩童说来，林灵素不但是个假冒之人，更受六指人朱白河掌控，只不过是个傀儡虚幌。而朱白河也已被人杀害分尸，他背后又是何人？那五个紫衣妖道又是从何而来？

顾震忙望向五绝，五绝却全都惊望着那孩童，说不出话来……

阳篇

覆国

第一章　世相

屋坏岂可不修？

——宋神宗·赵顼

一、高丽

赵不尤走进孙羊正店，他是来查问店里那死了的大伯金方。

他们虽寻见了林灵素，却不想林灵素已被毒死。而且据王小槐所言，自从正月底见了林灵素，便极少听他开口言语，每日呆坐在那里，只会点头摇头，或嗯啊两声。旁人问话，全由那个六指人朱白河替他答。清明去汴河扮神仙，也皆是由朱白河安排。

上个月二十六那晚，有人送来五个匣子。第二天一早，林灵素起来后，那五个弟子来请安。林灵素仍只点了点头，取出了五个锦袋，上头各写着名字。他按名字将锦袋分别给了五个道士，五个道士打开一看，里头是一道黄纸丹书符箓，另有一只铜铃。那五个道士自从见了林灵素，便一直在哀求林灵素传授长生不死之术，林灵素却都只点头不语。那天读了符箓上文字，五个道士都痛哭流涕，一起跪在地上叩谢林灵素。王小槐想瞧瞧那纸上写了些什么，五个人却都避开他，跑到香炉前，燃着符咒，将纸灰揽进嘴里，吞了下去。而后，一起再次叩拜过林灵素，各抱着一只匣子走了。

之后，朱白河和那五个道士都再没露面，林灵素似乎松了绑，才开口说几句话。王小槐拿《五雷玉书》试探他，他却一句都答不上。看来，这个林灵素只是假替身。

赵不尤昨天和顾震及其他四绝商讨，林灵素去年恐怕真已死去，否则，即便有替身，清明汴河上装神仙，这等惊动天下之神迹，他绝不肯只躲在后头。既然林灵素是假，六指人朱白河又被谋害分尸，这梅船案背后，究竟是何人主使？

原本几条线总算汇到一处，这时又瞬间溃散。诸人都有些丧气，却也越发觉得此事比所料更加庞大深重。他们商议了一番，朝中高官恐怕已被买通，因此才压住此案，不许顾震再查。只能仍由五绝各自分头暗查，看这芜杂蔓延之乱绪，能否理清，重汇于一处，寻见真正源头，着实艰难。

赵不尤这边，最要紧的便是高丽。清明那天，高丽使由北面房令史李俨陪着，在虹桥边吃茶，他恐怕绝不是去看景。只是事件隐情未理清，还不能去惊动。至于梅船紫衣客那双耳朵和珠子，线头当时断在了孙羊正店。卖干果的刘小肘受龙柳茶坊李泰和指使，在路上调包，拿了那香袋，交给了孙羊正店的大伯金方。等赵不尤赶去时，李泰和和金方都死在宿房中。看情形是李泰和杀了金方，而后自尽。

金方将香袋交给了何人？赵不尤当时已细细问过，当时店里客人极多，金方也不时进出上下，随时可将那香袋偷传给他人，根本难以查问。

昨晚，赵不尤躺在床上细想来由，发觉至少可断定一条，高丽使外出行动不便，随处皆有馆伴跟行，此事重大，他也绝不敢轻易贿赂馆伴。去孙羊正店取那香袋之人，恐怕暗中早已安排好。此人虽难以追查，他与金方暗中却应有往来。另外，两人与高丽必有渊源，否则仓促之间，高丽使哪里能调遣得如此迅捷周密？

赵不尤忙翻身起来，去书房点亮了油灯，翻出旧年邸报，一份份查看。查到深夜，果然寻见三条疑处：

政和五年五月，诏高丽士子金瑞等五人入太学，朝廷为置博士。

政和七年三月，高丽进士权适等四人赐上舍及第。

宣和元年七月，金瑞、赵奭、权适随高丽进奉使回国。

赵不尤看着这三条旧录，不禁皱眉凝神。六年前，高丽士子共有五人来汴京求学；四年前，四人应试及第；两年前，三人归国。剩余两人在哪里？

一夜苦思无解，第二天清早，他饭都没吃，立即赁马进城，赶到了龙津桥南的太学。到了门前，他向一个老门吏打问当年为高丽士子特置的博士。

那老吏说："当年那博士姓唐，四年前教完那五个高丽学生，已离任升迁。前年汴京发洪水，他治水有功，如今已升为户部侍郎。"

"唐恪？"赵不尤识得此人，不过这时贸然去问，有些不便，他又问那老吏："那五个高丽士子你可记得？"

"太学中难得有外国学生，小人当然记得。来时五个，去时剩三。"

"哦？那两个如今在哪里？"

"死了。一个摔死，一个淹死。"

"哦？"

"头一个姓康，来太学头一年，他们几个一起去吹台赏秋景，姓康的趴到楼边去摘柿子，失足摔了下去。下头是个烂石滩，他当即便断了气，又是脸着地，跌得连面目都认不得了。"

"另一个呢？"

"另一个姓甄，前年他去汴河边的书肆买书，恰逢那场大水，被浪冲走，连尸首都没寻见……"

赵不尤听了，心下暗忖，两个人死得都有疑处，一个摔得面目模糊，另一个更是踪迹全无。只是时隔已久，再难查问。

他揣着这疑虑，又赶往孙羊正店。

店主孙老羊见了他，忙说："赵将军，你上回打问金方的来历，我问了店里人才晓得，这两年，金方一直赁住在后厨张三娘家。他来我店里，也是张三娘引介给主管的。我这便叫人唤张三娘来——"

片时，张三娘快步赶了出来，一个胖壮妇人，嘴头极轻快，眼里却含着些避祸之忧："金方是前年京城发大水那时节寻到我门上，说是跟着一个绢帛商从淮南来京城贩绢，不想遇上洪水，船被冲翻，只有他保了条命。他孤身一人，并没成家，不愿再回淮南，想赁一间房住，在这京城寻个活计存身。我家虽有空房，却哪里敢随意招个孤汉进来住。我便叫他寻个保人来，他去了半天，果真请了虹桥南头那个牙人万二拐子来。有万二拐子作保，我看他人又端诚，不似那等歪眉斜眼的，便将那间空房赁给了他。他住进来后，我和丈夫细心留意了几天，见他说话行事都不虚滑，似乎还识得些文墨，正巧这里张主管又急着寻个店前大伯，我便带他来见了张主管。我一个妇人家，哪里敢乱添言语，只叫张主管自家鉴看。张主管是有识见的人，细细问了些话后，便雇了他。我只是收他房钱，他也一个月都没差少过。除此而外，和他并没有多余挂搭。"

"他平日可有朋友往来？"

"从没人上门来寻过他。他倒是时常去龙柳茶坊吃茶。原先倒没留意，如今想来，他和那茶坊的店主李泰和似乎是旧相识一般。"

赵不尤见这张三娘神色间虽有躲闪，却只是怕沾带到罪责，也再问不出其他，便点头叫她回去了。他心里暗想，前年发大水，高丽那姓甄的士子失踪，金方又孤身一人来赁房，恐怕并非偶然。

孙老羊在一旁纳闷道："金方在我店里这两年，勤勤恳恳，平素话又少，用来极顺熟，几乎觉不着这个人。只是，他既然在这汴京无亲无故，为何会与李泰和相熟？李泰和来汴河边开这茶坊恐怕有十多年了？"

赵不尤却想起得去确证一事，忙谢过孙老羊，驱马进城，又赶到太学。那老吏仍守在门前，再次见到赵不尤，有些纳闷。

赵不尤上前问道："老伯，你可去过东水门外？"

"我有个老哥哥住在东郊，每年都要去那里看他几回。怎么？"

"你可进过孙羊店？"

"那是堂堂正店，哪里是我这等人进得去的？不过，你这一问，我倒是想起一桩事。十来天前，我去看哥哥，快走到孙羊店时，有个人急匆匆从那店里走了出来，隐约瞧着，竟和高丽那摔死的士子样貌生得极像，只是腿略有些跛，又留了须，年纪要长一些。"

"哦？确切是哪一天？"

"嗯……上月二十五下午。"

赵不尤一惊，正是金方死那天。

"他走得急，没看路，一头撞上迎面来的一匹马，惊得那马上的官人险些摔下来。跟着的两个仆役顿时扑过去，将那人狠踢了几脚。那人不敢还嘴，爬起来，瘸着腿赶紧跑了。"

"马上那官人你可认得？"

"不认得，不过听旁边人议论，说是小小蔡的门客，似乎姓朱。靠着自家美貌娘子，不但捞了官，还得了第二甜水巷一院宅子——"

赵不尤又一惊：朱阁？

二、算学

冯赛赶往酸枣门外青牛巷。

五绝相会之后，他最为震惊。赵弃东做出那些事，恐怕是西夏指使。

难怪此人名姓换来换去，一路经历，也似乎是特意安排。先考入太学，修习算学，给造账理财打好底子；又去薛尚书府掌管账务，三年之间，通晓了各样营算出入，并知悉京城豪贵财路往还；接着应募到市易务，那是天下财赋总枢之处，他一人揽三份差，是为摸清诸般法条律令、官府规程。又是三年，以他之心智，自然已探明天下茶盐粮绢诸行理路。加之这些年法令更变如同风吹乱叶，官吏又多因循敷衍，遍处皆是错讹缺漏，他又着意搜寻，自然看得分明。之后，他去了唐家金银铺，以卖花冠首饰之名，先接近顾盼儿，再撺掇柳碧拂，最后到我身边，借我之名，一步步施展那百万官贷之计，并扰得京城诸行大乱。若非及时制止，不但京城，恐怕天下都得受其波及……

之前，冯赛以为自己只是被赵弃东设计利用，如今看来，这并非私人恩怨，而是两国角力。

发觉这背后隐秘，冯赛全身一阵冷麻。他虽常年往还于官府衙门和富商巨贾之间，却始终只是个牙人。生意再大，也不过替人搭桥设渡。心中所念，也只是尽力赚钱，求得一家富足安乐。此时，陡然间被置于这国家暗战交锋之际，如同常年居住于一个小箱子中，怡然自得，浑然不觉。而如今，箱壁猛然倒塌，忽见天地阔大，而撑天之柱，竟压在了他肩上。这分明是让一只小小螳螂，用双臂撑住将塌之楼。

与四绝分别后，他一路茫征，到了岳父家，那些染工都已回去，空荡荡院落中，只有他一人。他呆坐堂屋中，直到天黑肚饿，才起身去厨房里寻吃食，却不慎将一只碗撞落在地，听到那碎裂声，他先是一惊，随即想起乌鹭禅师所言："吃茶便吃茶，说那许多。"他不由得愧然而笑，不论私人恩怨，还是国家争斗，摊到我身上这事，仍是那桩事，并无变化，依旧只须寻见赵弃东和冯宝，查明背后缘由。

他身心顿时一松，胸怀随之开阔，竟生出些慨然之气，似乎从深谷忽而站到了山巅一般。原先他也曾在史传中读过古往那些豪杰事迹，却觉着那只是书中所记，与己无干，相距极远。此时却有了几分心念相通之感，不由得记起少年时在村塾中学《孟子》，读到大人与小人之别，"从其大体为大人，从其小体为小人"，那时，他不假思索立即说，自己要做大人。然而，成年之后，困于营生家计，哪里还记得那些大人之志？偶尔念及，也只笑笑而已。正如孟子所言："耳目之官不思，而蔽于物；物交物，则引之而已矣。"心神被物欲遮蔽牵引，哪里能做得了自家之主、寻得见为人之大？因了这场大祸，才得以从小人生涯中跳脱出来，并肩起这般大任。此时，他已不觉其重，反倒备感其荣，甚而有些庆幸赵弃东寻见了自己。

他从橱子里只寻到一块干饼，便舀了碗凉水，大口嚼吃，竟吃得极欢畅。夜里也睡得极舒坦，自遇事以来，头一次一觉睡到天明。起来后，神清气畅，异常振奋。他洗过脸，牵马出去，在街口小食摊上吃了碗馄饨，随即驱马向城北赶去。

那尚书府的崔管家说，赵弃东原先住在酸枣门外青牛巷，得先去查明赵弃东身世来由，才好行下一步。

到了青牛巷，他连问了数人，这巷子里房舍赁住的多，赵弃东又已搬走五六年，那些人皆不记得。最后，在街角寻见个老人，才算问到。

那老人说："那赵家兄弟？"

"哦？他还有兄弟？"

"一个哥哥，名叫赵向西，长他十来岁。他们是从湖南永州迁来，赁的便是我的房。到这里时，哥哥二十出头，弟弟才七八岁。当哥哥的终日在外头奔活路，一天苦百十文钱回来，除去衣食，还尽力挣着送弟弟去那私塾里读书。那做弟弟的，倒也晓得甘苦，从不见他玩耍，日日抱着书，走也读，坐也念。那老教授教过百十个孩童，说唯有这孩儿能成器。有时学钱交不足，也给减免了。

"他们兄弟两个在我这里住了恐怕有十年。做哥哥的已熬成了个中年汉，却一直未娶亲。我替他说过两回媒，他却不是嫌人女儿生得粗丑，便是嫌人家里穷贱，气得我倒笑起来，问他为何不瞅瞅自家那张脸。他却说，你莫看我如今潦倒，祖上却曾是王侯之家，南门大街那唐家金银铺原先是个宅院，我家便住在里头，七进的院落，几十间房舍。我宁愿不娶，也不能折了我家门阶。我听了，险些笑脱下巴。他姓赵，祖上住七进院落，我姓刘，祖上兴许还是汉朝天子，住在长安城皇宫里头呢。他却没再答言，仍旧日日卖力挣钱，一心一意供他弟弟读书。便是父亲，怕也没这般尽心的。

"那弟弟读书虽勤，脾性却有些拗，不愿做官，不去考科举正途，偏要读寒透骨的算学。不但他哥哥，连我也死劝过几回，哥哥见说不通，便也由了弟弟。那弟弟果真考进了太学算学，放学假回来，也日夜抓着把算筹摆弄，痴子一般。谁想，他入太学第三年，做哥哥的替人家盖房上梁，梁木倒下来，压折了腰，瘫在炕上，再动弹不得。做弟弟的竟忽然醒转过来，辞了学，去尚书府做账房。赚的银钱，雇了个妇人白天照料哥哥。他晚间回来，自家亲自伺候，端水喂饭、接屎倒尿，不但不嫌厌，反倒欢欢欣欣的，天底下那些孝子都做不到这般。孔圣人曾言，尽孝最难在色。久病能孝，已是大难，这面色上的欢喜更是难中难，哪里假扮得出来？唉！不枉他哥哥勤苦养他十来年。

"他在尚书府三年，攒了些银钱，嫌我这里住得窄陋，哥哥整日见不着风日，便另寻了一处宽展房舍，搬了过去。"

"他们搬去哪里了？"

"我问他，他只含糊说是安远门外。临走时，那哥哥送了我一张白骆驼毛毡毯，说是他家祖代留下来的。虽用过许多年，却仍绵绵滑滑的，冬天铺在炕上，极暖和，我至今都在用。"

"他们住在这里时，可有亲朋来访？"

"兄弟两个似乎都不爱结交。那哥哥瘫倒前，偶尔还有一同做活儿的匠人来寻他一两回。那弟弟从来都是独来独往，连话都难得跟人说。哦——他们搬走前，倒是有个胖妇人来寻过那哥哥两回，穿锦戴银，坐了辆车。我问那哥哥，他说是远房姨娘，才打问到他们。"

"老伯没再见过他们兄弟两个？"

"没有。他们搬走那天，雇了辆车，那车夫前几天替人搬什物，来过这里。我还问起过那两兄弟，那车夫也再没见过他们，只记得当初两兄弟搬到了开宝寺后街一个宅子里……"

三、井尸

梁兴回到了梁红玉那座小院。

自陷身这场祸事，他越来越孤单，如同暗夜独斗群兽。与其他四绝相聚后，他心中陡亮，顿添许多气力。那四绝虽性情迥异，却都是坦荡直行之人，且各怀绝顶智识，个个都足以为师为友。梁兴不由得感叹：天下并非无友，只是暂未相见。

再想到梅船案，原来这背后所藏，远远超过此前所料。这更叫他斗志大盛，脚步也随之劲畅。行了一段路，他发觉有人跟在身后，他借买饼、吃水饮，停下两回，偷眼暗察。跟他的不止一人，也不止一路。两个是壮年汉子，一左一右，走在街两边，不时对视一眼，不断调换步速；另有两个像是对年轻夫妻，妻子骑着头驴子，丈夫在前头牵着，虽穿了身布衫，瞧步履身形似乎是个军汉，梁兴隐约觉得似曾见过。他装作不知，继续前行，快到南薰门时，他走进街边一家常去的酒肆，从那后门穿了出去，沿纵横小巷穿绕了一阵，甩掉那两路人后，从西南边的戴楼门出城。一路留意，再无人跟踪，这才放心走向梁红玉那座小院。

到了门首一瞧，院门没有锁，伸手一推，里面闩着。他便抬手敲门，里头应了一声，是梁红玉。门打开后，梁红玉拿那双杏眼睞着梁兴笑了笑，轻声说："快进来，让你瞧个人。"梁兴抬脚进门，一眼看到有个男子站在堂屋檐下，他猛然一惊：楚澜？

但再一瞧，那人样貌虽和楚澜相似，神色却大为不同，年纪也略长两岁，约有三十五六，目光深沉，雄气暗含，不似楚澜那般风发外露。

梁红玉在身后闩好院门，笑着问："惊到了，是不是？我第一眼瞧见，也唬了一跳。"随即她又引介道："这位是步军司劲勇营承信郎，张都头。张都头是凤翔人，十六岁便充任乡兵弓箭手，几年前随军出征西夏，得了军功。这一个呢，是京城有名的梁豹子，张都头想必听过他名号？"

那人点了点头："梁教头，在下张俊。"

承信郎虽是军中最低官阶，却毕竟是个将校，梁兴忙躬身还礼。

"莫在这里呆站着，咱们进去说话。"梁红玉笑唤两人进屋，"我这里不是营房，不论官阶，茶酒盏前皆是友，张都头莫要见怪。"

"哪里？我这点草芥微职算得了什么？梁教头也莫要多礼。"张俊笑了笑，伸手请梁兴入座。

梁兴又抬手还礼，这才坐到方桌下首的凳子上。

梁红玉提起瓷壶，先给张俊斟了茶，另取过一只茶盏，给梁兴也斟了一杯，这才坐下，望着梁兴说："今天遇见张都头，实在意外。我原本是去见我哥哥的好友管指挥，不想管指挥竟已殁了。张都头是管指挥手底下得力亲信，在他家里相帮料理杂事。我问起管指挥的死因，才发觉这里头竟藏了咱们一直在寻的线头——"

"哦？"

"管指挥是清明过后第三天死的。他家人清早去井里打水，井底却被塞住，打不上水来，便去唤了井作一个承局，带了两个厢兵来淘井。一个厢兵吊下井底，发觉底下竟是一具死尸，吊上来看时，才认出那是管指挥。详情请张都头再讲一讲。"

张俊叹了口气，他有些慎重，低眼略想了想，才开口："清明过后，管指挥一直在等一个人，那几天连家门都没出，夜里也睡得极晚，只在书房里安歇。第二天清早，他的书房门关着，家人以为他仍在睡，都不敢惊扰。谁知竟从井里捞出他的尸首……开封府查验，他脑顶有处重击伤口，应是先遭击晕，而后被抬到井边，丢进井里溺亡。至今不知凶手是何人……"

"管指挥等的是什么人？"

"我也不清楚。只听门仆说，那几天管指挥吩咐，除去一个年轻男子，其他人一概不见。那年轻男子双耳穿了耳洞——"

"紫衣客？"梁兴一惊，"他可曾去过？"

"发现尸首那天深夜，门仆说有个男子来到门前，求见管指挥。那时家中正在举丧，门口挂了白灯笼。门仆瞧见那男子身形健壮，双耳却穿了耳洞，身穿脏旧布衫，里头却露出紫锦领袖。那男子听见管指挥噩耗，怔了片刻，而后似乎想起什么，左右望了望，随即便匆匆离开了。门仆说他神色古怪，像是在避人躲逃一般——"

梁红玉补了一句："正是那天夜里，我去楼下暗室送饭，那紫衣人却不见了。"

梁兴低头思忖：管指挥被杀，定是由于紫衣客。杀他的人，是为了逼问出紫衣客下落？不对，管指挥死时，家人并未听见声息，应是猝然遇袭，并无逼问，更无争执。那么，杀他，便是为阻止紫衣人见他。

几路人中，方肥是要捉走紫衣客，若是知晓紫衣客要来见管指挥，不但不会杀管指挥，反倒会借此暗伺；楚澜一样，也是要捉到紫衣客，以此对抗方肥；剩下的便是冷脸汉那一路，清明那天，他们便是要杀紫衣客，不让紫衣客落入方肥手中。管指挥应该也是他们所杀，恐怕出于同一缘由。

他忙问："管指挥与那紫衣客有何渊源？"

张俊摇了摇头："我一无所知。"

梁红玉笑道："紫衣客虽不见了，但那三路人却并不知晓。我来的路上，仍有人在后头跟着，自然仍是为那紫衣客。看到张都头，我倒是生出个主意，将才你来之前，我跟张都头略讲了讲，他情愿助力——"

"假扮楚澜？又引他们互斗？"梁兴旋即摇头，"我不愿再见杀戮。"

"不论你愿不愿，他们都会杀戮。"

"你我并非他们，而且，这计谋已使过一回，他们自然再不会轻易中计。当务之急，不在杀几个手下，而是得尽快寻出方肥藏身之处，查清那冷脸汉来路，探明白紫衣客缘由。"

"我的主意不好，你的好主意是……？"梁红玉有些不快。

"你的主意甚好，不过得略调一调。咱们不引斗，只抽身——"

"腾出身子，反蹑其踪？"

"嗯。"

两人相视一笑。

四、算命

张用与诸人告别，先行离开了青霄观。

走到外面那杀猪巷时，他忽想起一事，回头一瞧，陆青和王小槐走在后面。他便停脚等陆青走过来，笑着问："人为何不唤你算绝或命绝？"

"我只相人，不相命。"

"哦？相人不即是相命？"

"相命是告诉人定会如何，相人则是若不那般，便仍将这般。"

"嗯？没懂，你再细说说？"

"世事莫测，无限外因；人心易变，无数内缘。哪里能算得清其间变数？"

"相人呢？"

"命不可算，只可改；能改处，只在人心。但人心大多残缺不全，各藏痛处，病根一般。一言一行、一生一命，常被它所困。就如伤了脚，并非只有行路时才觉得痛，处处都会觉到不便。而且，人心这病根，更加隐秘，极难自见自觉。相人便是替人寻见这病根，人若能除掉它，便会顺遂许多。"

"我的病根在哪里？"

"好奇。"

"哦？哈哈！这病如何治？"

"不必治。"

"不必治？"

"有了这病，你处处皆无病。若没了这病，恐怕事事皆成病。"

"多谢！多谢！"

张用大笑着告辞，一路晃晃荡荡往家中行去，心里却不住想陆青所言，命真不可算？他忙拐到大相国寺，那寺内外有许多书摊卖卜卦占算之书，他蹲下来一本本翻看。先还看得仔细，看了十来本后，发觉都大同小异，皆是本于阴阳五行，大多粗疏不堪。他又去翻寻各家易经注解，虽各阐言其理，归根结底，都总于一阴一阳变化之道。世间事物，无非正与反。于理而言，阴阳的确能说尽天下事。但也仅此而已，若要算出其中变化，则绝非区区六十四卦所能穷尽。头上落个虫子，脚底多片叶子，一个人的命恐怕都会因此改变，更莫说天地万物时时在变，人世之中事事互扰。

若要算，该如何算？

他将书撂回那书摊，站起身，边走边想，不由得想得入了神。直到阿念一把拽住他衣袖，连唤了数声，才将他叫醒。左右一看，自己竟站在家附近那西巷口，阿念和犄角儿一起惊望着他。

"张姑爷，你遭鬼迷住了？到了家门口也不停，直勾勾往前走。若不是我正巧出来瞧见，你怕是——"

"阿念！你先住嘴，我来算算你接下来要说什么。"张用闭起眼，急急算想起来，但只能大致推测阿念后半句要说什么意思，具体用哪些字则至少有上千种变化。而且这一打断，她原本的话恐怕也要随之变化，便越加算不出了。"不对，先得寻出个好算法才成。"

"啥？我才没想说这些话。"阿念隔着那帷帽红纱瞅着他。

"不怕，等我想出个算法，便能测准了。"他大步回到自家院里，抓起墙边扫帚，扫净了一块空地，"犄角儿，将我的算筹拿来！"

犄角儿忙进屋取出算筹袋子，张用接过来，却发觉，没想好算法之前，还用不到算筹，便将那袋子丢到地上，从那杏树上折下一根枝子，蹲在地上画起来。画一阵，抹一阵，许久都想不出个好算法。

这时有双黑靴子现在他眼前，抬头一瞧，日影下，一扇黑门板一般，是程门板，身后跟着胡小喜和范大牙。

"张作头，顾巡使差我来辅助你，好尽快查明那桩案子。"

哦？张用忽然想到，这般漫天乱想，不论对否，仅数目，何止亿万？哪怕将

《数术记遗》提及的所有数量都用上，恐怕都不够。得缩到一个人身上，才好入手。他笑道："好！咱们就来算那个阿翠逃去了哪里。"

他在地上画了个阿翠，头顶画了两条波纹线："这是阿翠，这是黄河——"

"这是阿翠？"阿念笑起来，"瞧着倒像根扫帚。"

"哈哈，她原名自然不叫阿翠，那便叫她阿帚。阿帚是从这黄河南岸离开，而后，去了……"他思忖了一阵，忽然想到，"她为何在黄河南岸？她若真是辽国间谍，便该渡过河，往北去——"

"她莫非是在等什么？"程门板低头问道。

"等？最要紧的两样她都得了，《天下工艺图》一定贴身带着，紫衣客一人也好胁持。她恐怕是在等信儿。程介史，北边辽国眼下情势如何？"

"这个……在下这一向忙于这些公案，没有留意。"

"能否请你立即去打问详细？阿帚为何没有渡河北上，之后又该去哪里，都靠这消息。"

程门板微露难色，显然不愿被这般支使。

张用笑道："这等军国要事，你两个跟班恐怕不济事，唯有劳动您大驾贵体，才问得真确周详。他们两个另有小差事要跑。"

"好。"程门板面色稍缓，点点头，挺直背，威威严严走了。

张用又叫犄角儿研墨，取了张纸铺在地上，画了张图，抬头递给胡小喜："这差事给你。"

"这是？"胡小喜瞅着那图，满眼纳闷。

"那天夜里，我在麻袋里头，银器章的管家驾着车，去过图上这七处，你骑我的李白，去这些地方挨个查看查看。"

胡小喜也面露难色。

张用笑道："你是既想寻见她，又怕寻见她？"

胡小喜脸顿时红起来。

"人指甲缝里扎根刺都痛，你这心里扎了根大扫帚，不拔出来怎么成？我特地把这差事给你，不论寻不寻得见，你都尽心尽力走一遭，等回来，怕是便能拔出那扫帚了。"

胡小喜低头犹豫了片刻，点了点头。犄角儿忙去把李白牵过来，胡小喜牵过缰绳，低头走了。

"好，就剩板牙小哥。"

范大牙一听，脸色微变，上下嘴皮不由得往中间包了包。

"没人这般叫你？"张用笑道，"他们当面不叫，背后也一定这般叫你。索性叫出来，听久了，便不必当事。何况，你去寺庙里瞧瞧，四大天王、八大金刚，个个都生了一对大板牙。这叫威武之相，只凭一对板牙，便能吓退一半魑魅魍魉。往后莫再遮掩，恨谁厌谁，便尽情露出你这对板牙，他们保准不敢直视。"

范大牙嘴皮仍在撮动，眼里却露出些扭捏欣喜。

"你的差事最难一些。你去细细打问打问，那个阿帚之前常去哪家门户？那些人有何隐情？注意莫要惊动那些人。"

范大牙点点头，也转身快步走了。

阿念忙问："姑爷，我和犄角儿做什么？你要算，先算算我家小娘子如今在哪里。"

"你们两个的差事还没想好。先枝后叶，只有算出扫帚的下落，才能——"

"张作头——"院门边传来一声轻唤，一对男女探头进来。

张用抬头一瞧，是黄瓢子、阿菊夫妇。

五、观世

陆青带王小槐回到了家中。

王小槐毒死了那个假林灵素，让顾震极为难，不知该如何处置。赵不尤在一旁提示，孩童杀人，前朝有先例。仁宗年间，宁州孩童庞张儿殴人致死，审刑院先判了死刑，但念在他只有九岁，争斗无杀心，便免了死刑，只罚铜一百二十斤给苦主家。濠州另有个孩童，也是九岁，与邻居老妇争木柴，斫伤老妇致死，奏请仁宗皇上御批，免于刑罚，也罚铜一百二十斤。

王小槐听了，忙说："那便罚我一千二百斤。"

顾震气笑不得，想了想，终还是不忍心将他关进牢狱，便请陆青先代为看管。

王小槐却说："他看不住我，没人能看住我。不过，放心，我不会逃。我做的事，我自家担。"

陆青瞧他高仰着尖瘦面庞，一对小圆眼里虽满是骄气，却仍脱不去童稚之态，更隐隐有些灰心之愤，又俨然如见自己幼年，便点点头，答应了顾震。

回去路上，王小槐讲到林灵素身边另一个孩童："那是个小呆猪，除了哭，便只知唤爹唤娘。六指蜷毛贼拿糖果子一哄，他便立即住了声。"

陆青忙问："他去哪里了？"

"你们来之前，被他爹接走了。"

"他爹？"

"嗯，是那梅船上一个船工，他娘也在那船上。梅船在虹桥下头遇事时，他娘还从白毛老贼手里把他抢过去，爬到船顶上。那时他爹和另一个人跑到了虹桥上丢绳子拽船。他娘想把小呆猪递给他爹，却被那船主拽下去了。"

陆青想起顾震曾言，清明那天，梅船上有两个船工趁乱逃走了，忙问："他爹何时来接走他的？"

"你们来之前。"

"他爹叫什么？"

"我问过小呆猪，他说不出，只晓得自己姓张，他倒是记得人都唤他娘叫母夜叉。我们躲在小破道观里时，小呆猪还被砍伤了。"

"哦？什么人下的手？"

"两个年轻道士。他们夜里翻墙进来，想捉那白毛老贼。其中一个带了把刀，小呆猪被吓醒，哭了起来，那道士便戳了他一刀。外头几个守卫冲了进来，把两个道士捆了起来。六指蜷毛贼那天也睡在道观里，他审问两个道士，拿刀的叫顾太清，跟班叫张太羽。他们想捉白毛老贼去官府请赏，六指蜷毛贼吩咐手下把他们两个带到后面，我看六指蜷毛贼那手势，两人一定是没命了……"

陆青听了，不禁皱起眉头，又是杀戮。

这两三年，他独居在那小院中，不闻世事。最近重回人间，发觉世风似乎大变。街市上所见，强者骄狂放肆，弱者躁愤自伤，中间之人则或急切、或不安，大多都露出惶惶之色，极少能看到安闲宁泰之人。

陆青想起当年师父曾说，望气之学，有小有大，小气观人，大气观世。这大望之学，得年过三十，大致遍历世事后才能修习，只可惜，他未到三十，师父便已辞世。即便未曾修习，他从周遭这不安之气中，也已觉察到不祥之兆。

如同一艘巨船，年久腐朽，虽未崩塌陷没，却已危患四伏。再愚钝之人，恐怕也已隐隐觉察。但汪洋之中，唯有此船寄身，并无他途可逃。心强者，尽力修补，却无济于事；心弱者，装作不见，只求得过且过；心狠者，狂夺肆吞，唯图眼前之欢；心暴者，横加破坏，宁愿同归于尽……

陆青不由得又念起了因禅师那句"岂因秋风吹复落，便任枯叶满阶庭"。似这般举世倾覆，还要去扫那落叶吗？

他抬头望云，静思许久，不觉露出笑来。

王小槐抬头见到，瞪着小眼问："你笑什么？"

"回去扫院子。"

"扫个院子，有什么好笑？"

"院常净，心常空，一任春风与秋风。"

"这句好！道经里也有这等话。《洞灵真经》里便有一句——心平正，不为外物所诱，则日清。清而能久则明，明而能久则虚，虚则道全而居之。"

陆青听了，不由得望向身边这猴儿一般的顽童，见他双眼瞅着前方，若有所思，目光竟有些苍老，不由得问道："这桩事了当之后，你打算去哪里？"

"修道去。"

"哦？"

"我先以为林灵素是真神仙，官家是真长生大帝，才每天背《道藏》，想修成神仙，去见我爹娘。如今才知道，林灵素早死了，官家也只是被他骗了，这汴京城并没有神仙，尽是呆子和骗子。我要去各处深山里寻真神仙——"

"这世上恐怕没有真神仙。"

"那我便自己修成神仙，《道藏》那些经书我已经记了许多，我要自家去寻个山洞，在里头修炼。"

"家业如何处置？"

"我爹说，富不可独，钱财一定要拿出一些来救济穷困。修神仙，要钱做什么？我便全都典卖了，散给穷人。宗族里，我最对不住的是王盅，我用弹弓射瞎了他娘子阿枣的眼睛，我也要好好赔补他——"

陆青听了，既惊诧，又生出些敬意，这孩童小小年纪，竟已这般通透。一时间，他不知再说什么，便伸手揽住王小槐的瘦肩，一起默默前行。

出了城，快到家时，一辆彩饰厢车忽停到他们身边，车帘掀开，有个女子唤"陆先生"。

陆青扭头一看，车窗中露出一张脸，是个年轻女子，双眼明净，面容清素，淡水远山一般，发髻又似墨云，鬓边只插了两支银钗，别了一朵嫩白栀子花。

"陆先生，你对舞奴说了什么？"

陆青见女子眼中含着些忧疑，虽未答言，却停住了脚。

女子望着他，目光清冷："舞奴自尽了。"

陆青一惊："你是……？"

"庄清素。"

"诗奴？"

第二章　幽隐

人言其可信哉?

——宋仁宗·赵祯

一、鞋子

赵不弃驱马来到第二甜水巷,去访冷缃。

见朱阁和城郊那朱员外一家相继被灭口后,赵不弃对梅船案原本已失了兴头,刚才听了堂兄讲述,他顿时又来了兴致。此案不但将汴京五绝全都卷入,每一支又都牵扯出无数隐情,更与辽、金、高丽、西夏、方腊相关。遍天下,上百年,也难遇一场这等大局。

及至听堂兄说到朱阁,他立即将这差事揽了过来。太学那老吏恐怕并未认错,从孙羊店疾步出来那人,应该正是六年前"摔死"的高丽人。当时那高丽人独独将脸摔得稀烂,恐怕是早已布好的遮掩之术,那里已预先放了一具身形衣着相似之尸首。那吹台下树木茂密,高丽人跳下楼后,迅即躲了起来。他腿有些跛,恐怕是当时摔坏的。

更要紧的是,朱阁恰好出现在孙羊店,恐怕也非偶然。他一定是探知了李泰和、金方要将耳朵和珠子转交给那跛子,特地守在那里。并非跛子撞了他的马,而是他有意拦住跛子的去路。他那两个仆役将那跛子踢打一顿，也只是装样儿，目的恐怕在那耳朵和珠子。那跛子当时匆忙逃走，恐怕未察觉耳朵和珠子已被偷走，高丽使自然也未能得着。

不过，若真是如此，便有个龃龉之处：朱阁与丁旦是故友，赵不弃原本疑心，丁旦去做紫衣客，和朱阁有关。那时朱阁并不知何涣替了丁旦，他在烂柯寺用"变身术"劫走阿慈，送给了蔡行。何涣为寻阿慈，才误杀了术士阎奇，由此被发配，途中被一个归先生说服去做紫衣客。此事若真与朱阁有关，他何必绕一个圈儿，先造出个紫衣客，又回来夺耳朵和珠子？若是无关，他又是从何处得知耳朵和珠子的消息？又缘何去夺？夺了之后又交给了何人？

无论如何，此事都有趣得紧，值得再去细问。

到了朱阁那宅子前，他拴好马，抬手叩门。开门的是个仆妇，赵不弃不等她开口，便高声说："武略郎赵不弃前来拜祭朱阁兄！"径直走了进去。灵堂设在堂屋中，供桌上摆着朱阁牌位，插了两炷香，一炷红，一炷黑。赵不弃有些纳闷，再一瞧，朱阁牌位旁，倒扣着一个小木牌，上头插了几根针。他顿时明白，那倒扣木牌上恐怕是朱阁那小妾的姓氏，那炷黑香也是烧给那小妾——冷绡在泄愤。

他不由得要笑出来，却听见旁边帘子掀动，冷绡走了出来。一身缟素，面色如雪，满眼哀冷，如同从冰窖里走出的雪娘子。

赵不弃忙躬身一揖，冷绡只微微还了个万福，轻声唤那仆妇点茶，而后请赵不弃坐下，她则坐到了对面椅子上，低着眼，并不作声。赵不弃一时间也不知如何启口，他难得这般语塞。

半晌，冷绡忽然问道："不知赵官人府中有几房？"

赵不弃毫无防备，未及细想，忙随口应道："一妻一妾。"

"哦？齐人之福。不知她们两个可安乐？"

"姊妹一般。"赵不弃说罢，便觉不妥。

冷绡果然露出一丝嘲笑："姊妹？即便穿鞋，我和我姐姐自小便不愿穿一样花色。我们的娘却偏生不理会，总要裁成一样鞋面，绣成一色花，说这才是姊妹。我和我姐姐便各自在那鞋面上补绣上自家爱的花，不一样了，我们两个才都称心。"

赵不弃不知该如何作答，只得干笑了一声，对此事，心里却头一回生出些愧疚。

冷缃抬起眼，望向门外那株李树："鞋从不嫌你这脚是肥是瘦，你穿了它，它便只会跟你、随你、护你、惜你。他却是活人，不是鞋。你为他，连身子都可给人作践，羞啊、辱啊，悲啊，苦啊，全都不顾。他反倒当你是破鞋子，丢到一旁，换另一双。鞋子再破，也成双成对，可人呢？"

冷缃眼里忽然流下泪来，她却仍呆望那李树，并不去拭抹，任其滑落。

赵不弃越发无措，自己妻妾无论恼到何等地步，他总有法子逗哄得她们心软回笑。冷缃伤冷到这般，即便全天下笑话齐堆到她心底，也恐怕瞬间成冰。

半晌，冷缃忽然回眼望向赵不弃，面颊泪痕未干，却微露出些涩笑："你并不是来祭他，他死了，你恐怕反倒快意。我瞧得出来，你这快意里，有几分是替我不平。多谢赵官人。"

赵不弃听了，既愕又讪。

"阿慈已如了愿，得了状元夫君。你今天来，自然不是为她。你是来问朱阁那些事？他已死了，也不必再隐瞒。你问吧——"

赵不弃知道无论慰或谢，都已多余，便索性径直发问："他与紫衣客可有干系？"

"我不知什么紫衣客。"

"嗯……术士阎奇可是他使去见的何涣？"

"是。"

"何涣被发配途中，可是他安排？"

"我只知他与人谋划，详情并不清楚。"

"十几天前，他可去孙羊店拦一个跛子？"

"嗯。他吩咐两个仆役打倒那跛子，从他身上夺一个香袋。"

"他将那香袋拿去了哪里？"

"我还要活命，这一条恕我不能答你。"

"好，不妨。最后再问一条，差他陷害何涣的，和命他夺那香袋的，是否同一人？"

"不是。不过……那两人是父子。"

"多谢！"

"不必。我要清静，以后请莫要再来寻我。"

"遵命！"

二、祖宅

冯赛来到开宝寺后街。

这回打问赵弃东，年限短一些，又有个瘫病的哥哥，只问了两个人，便问到了。冯赛来到那院小宅前，见院门虽关着，却没有锁。他心顿时跳起来，赵弃东在里头？可自己并没带帮手，贸然进去，即便见到赵弃东，也不知该如何捉住他。自己只在儿时与其他孩童轻微扭打过两回，且全都落败。何况，赵弃东恐怕并非单独一人，若有帮手，便越加难办。此时跑开去寻帮手，等赶回来，他怕是已经走了……他正在急忖，身后响起个声音，惊得他一颤。回头一瞧，是个中年妇人。

"你莫望了，里头没人。"

"可这院门并没锁。"

"这院门从没锁过。"

"哦？阿嫂是他邻居？"

"嗯。已经两个多月没见人回来了。"

"他哥哥呢？"

"被人接走了。"

"何人接走的？"

"不认得，那已是前年的事了。有天那弟弟一早便出门去当差，雇的那个妇人又去买米了。来了一辆车，两个汉子，把那瘫病的哥哥抬出来，放到车上带走了。我并没听见那哥哥叫嚷，他兄弟两个平素又不愿睬人，我便也没理会。那弟弟回来，不见了哥哥，扯住那雇来的妇人，吼问了一通，又跑出去四处寻。寻了几日也没寻见，便撵走了那妇人，独个儿守着这宅院，怕是担心他哥哥回来，不论出去多久，从不锁院门，倒也似乎没招过贼……"

冯赛又望向那院门，这才发觉门槛边积了许多枯叶，里头也寂无声息。他原想推门进去瞧瞧，却又怕留下痕迹。一旦赵弃东回来，反倒惊动了他。

他忙谢过那妇人，转身快步离开了那里。到街口寻了家小食店，心头有事，吃不下油荤，便只要了碗素棋子，边吃边望着那条巷子，暗暗寻思。

从青牛巷那老人处打问到的看，赵弃东和西夏并无牵连，只是一对勤苦兄弟，安分度日，与人无涉。而且，听来赵弃东也并非贪财慕贵之人，他哥哥若未病瘫，他怕是仍一心沉于算学，从太学出来，也是差遣到太史局等清冷去处，得个清静职任。他哥哥病瘫后，他虽先后去了尚书府和市易务，却也依旧安分清冷。他之变，应是哥哥被人劫走之后。他离开市易务，辞高就低，去了唐家金银铺——唐家金银铺？冯赛心里忽一动——他哥哥曾言，唐家金银铺原是他家祖宅。能在那南门大街有这样一所大宅，家世自然不凡。他姓赵，难道是皇族？后来落魄了？他们兄弟是从湖南永州迁来，祖上难道是被贬谪去了那里？

冯赛忙端起碗，将剩的棋子连汤喝尽，随即抹净嘴，起身付账，快步出门，骑了马望南门大街赶去。

到了唐家金银铺，却不见那店主人唐大郎，只有一个老主管看着店，也认得，便走了过去："江伯，一向可好？能否问一桩旧事？"

"啥事？又是来问那赵二郎？"那老主管见到他，面色微变。

"和他无关，是一桩旧事。您在这唐家金银铺有多少年了？"

"我十七岁便来了，如今已经五十九，四十二年了。你问这个做什么？"

"那时，唐家还未来这南门大街吧？"

"嗯，起初是在外城封丘门那边，只是个小银铺，三十六年前才搬来这里。"

"这里原先是家宅，还是店铺？"

"是家客店。"

"嗯……多谢江伯。你店里那银剔子，我买一根。"

冯赛随意拣了一根，付了一百二十文钱，随即上马赶到了开封府。

他先去附近一个书铺，买了信纸信封，讨笔墨写了封信，将那根银剔子夹在信中。封好后，绕到旁边的公署院，拿了二十文给了那门子，请他将信递给户曹的林孔目。那林孔目专管房宅产籍注录，冯赛有典买生意要查看产籍，常来这般求他。

他在衙门等候半晌，一个小吏走了出来，将一页纸交给了他。冯赛道过谢，打开一看，上头写了一串房主姓名，唐家金银铺转卖过十来道。他一一扫过，到末尾时，才见一个姓赵的，房主为赵信，交易是在仁宗庆历三年，距今已有七十八年。林孔目还在旁边添了一行小字：此宅为御赐。太宗淳化五年，赐予右千牛卫上将军、宥罪侯赵保忠。

冯赛看了，隐约觉着似乎听过赵保忠这名字，却记不起来。他算了算，赵保忠得赐这宅子，距今已有一百二十七年，住了将近五十年，恐怕到其重孙时，家境败落，才典卖了这房宅。

要查这赵保忠来历，恐怕得去尚书省吏部，冯赛和那吏部的书吏从未结交过，不由得犯起难来。思寻了一阵，他忽然想起一人，忙骑马望潘楼街的桑家瓦子赶去。

到了桑家瓦子，他将马寄放在外头的马棚里，进到瓦子里，穿过闹嚷嚷人群，绕了七八座勾栏，走到角上一座小勾栏。那里是讲史场，栏里头坐了三四十个人，正在听台上一白衫男子讲三国，并不是他要寻的人。他绕过木栏，到后头一瞧，有个青衫老者正坐在棚子后小凳上吃茶歇息，正是他要寻的李憻。

李憻是这京城讲史人中头一位，肚里不但装满周秦汉晋隋唐古史，连本朝百余年间朝廷逸事也记了上千段，随问随答，流水应响一般，因此人都称他"李活史"。

冯赛走过去，躬身一拜："李大伯，在下想请问太宗年间一个人，他名叫赵保忠——"

"宥罪侯？"李憻翻了翻眼皮。

"正是！"冯赛大喜，"李大伯能否给我讲讲这人？"

"此人本不姓赵，原姓李，名唤李继捧，乃是党项人首领。太宗太平兴国七年，率族人来汴京朝觐，愿留京师。太宗皇帝大喜，赐白金千两、帛千四、钱百万。其弟李继迁却出奔为患，朝廷屡屡发兵，却始终难克。太宗用宰相赵普计，召见李继捧，赐姓赵氏，更名保忠，授夏州刺史，命他去银夏抗御其弟。

"赵保忠与其弟多次对阵，只小胜过一场。后遭李继迁夜袭，单骑逃回，被押赴阙下待罪。太宗只诘责几句，释之，封他为宥罪侯，赐第京师。其弟李继迁则归附于辽，借势强大其族。其子德明踵继其志，尤善权谋。其孙元昊，更是英武超群、志在王霸，一举创立西夏，造西夏文字，设文武官制，自称为帝。

"那赵保忠留于京师，再无他用，快快失意。真宗皇帝即位后，将他贬至永州，并诏监军暗察。赵保忠不久便卒于永州，其有一孙在京，被录为三班奉职，更无甚作为，其家便由此衰没……"

三、递信

梁兴和梁红玉一起步行进城。

梁红玉又换了布衫，扮作民妇。两人快到戴楼门时，梁兴一眼望见路边茶棚下坐着一对年轻男女，正是昨天跟他的那对夫妇。那妇人低头吃茶，鬓边垂下一绺头发，她伸手掠到耳侧，那绺头发却旋即又垂了下来，她又去掠，如此重复了三四道，那绺头发却始终不肯帖服。看到这绺头发，梁兴忽然记起来，这妇人是那些遗失孩童的三百多父母中的一个。那天梁兴在东郊粮仓台子上对众解案时，这妇人在底下人群里，便是这般不住撩掠这一绺头发，引得梁兴不由得多看了两眼。

梁兴忙收回眼，轻声告诉梁红玉。两人便装作不知，一起走向那茶肆。那对夫妇迅即看到他们，也装作不见，各自低头吃茶。梁兴走到那茶棚下，见男子身后有张桌子空着，便坐了过去。梁红玉也跟着坐到侧面，唤来伙计问过后，要了一碟春饼、两碗粉羹。随后故作小心，放轻声问答起来——

"楚澜今晚会来吗？"

"他若不亲自来，便不能交给他。"

"他人不来，却差人送了钱来呢？"

"此人毫无信义，这事得当面说清才成。"

"也是。上回在芦苇湾，他便没有现身，反倒招来几路人厮抢。若不是我存了心，将那人留在船上，送了个假的过去，如今便只好白瞪眼。"

"这回不带人，只将地址给他，便不会有那些麻烦。只是你定的那个会面之地可稳便？"

"那里每夜几百客人进出，最好避人，而且，我定的是西楼的阁子，那西楼顶层能俯望皇城禁中，一向禁人登眺。若不是凭我这名头，哪里进得去？我已订好了西楼角上那阁间，说话最清净。楚澜是他家熟客，进出都是由西边那个小角门，熟门熟路，他也觉着安心。"

"唯愿今晚他能来，交割了这桩麻烦，我们也便松脱无事了。"

"得了钱，你先去哪里？"

"江南？"

"江南不是正在闹乱？"

"那便先去蜀地，那里号称天府，想来极富庶。等江南平息了，再乘船经三峡南下？"

"好啊，我一直想去听听那两岸猿声——"

两人一来一往正搭着话，伙计端了羹饼过来，他们忙止住了嘴。梁兴看了一眼梁红玉，梁红玉也正巧望过来，那双明净杏眼里含着偷笑，还有些心意相通的畅悦。梁兴心底忽一颤，自邓红玉过世后，这是头一回心颤，他有些慌，又怕被梁红玉瞅破，忙笑着低头避开，伸手抓起箸儿，去夹那春饼。

这时，身后凳子挪响，那对夫妇数了钱，丢在桌上，一起起身离开了。

梁红玉偷笑："一路已经传到了。"

"是方肥那路。"梁兴趁机收止心神。

"你如何知晓他们是方肥那头的？"

"那日在东郊粮仓，我见过那妇人，她扮作丢了孩儿的娘，混在人群里。"

"我也隐约听到这个信儿，至少有几十个摩尼教徒，假扮丢了孩儿的父母。一个暗中监管几对夫妻——"

"难怪……"

梁兴虽救出了那三百多个孩童，却始终诧异，方肥竟能如此严控住三百多对父母。他能想到的法子，唯有战国商鞅所立的什伍连坐法。五家为伍，十家为什，彼此监视。一人违法，邻人若不举报，则五人连坐受罚。这时听来，若每五家有一个摩尼教徒，便能更严密威吓、监控。哪怕少数人敢有违抗之心，也迅即会被友邻制止、告发。

他心里一寒，这等人若是得了势、掌了权，天下恐怕都要这般如法施行。摩尼教徒如今已有数万，若不制止，定会成倍增加。若这般分散安插在民间，再行什伍互监之制，那时便人人寒噤、户户危栗。

之前听到方腊作乱，毕竟远在江南，梁兴其实并无多少忧虑，此时才感到切身之危。当今朝廷虽弊端重重，至少从未如此强挟严控于民。即便王安石，效法商鞅什伍之制，推出保甲法，初衷也只在于训练乡民习武，联手抗击盗贼，以保地方安宁，而非对内辖制，叫百姓彼此监视、互纠互斗。

梁兴忙几口吃完羹饼，从腰间解下钱袋，数了二十文钱放到桌上。梁红玉见到，原本要争，但话未出口，旋即止住，只笑了笑，继续吃起来。梁兴心中甚是感慰，却不敢再看她，望向一旁，等着梁红玉吃罢，这才起身说："走，去寻另一路人。"

两人一起往内城走去，一路上却都未发觉有人来跟。

行至龙津桥，梁红玉望着桥下说："楚澜诈死逃开后，手下没有几个人。上回在芦苇湾，他请了这桥下头的安乐团逃军，那团头匡虎死在芦苇湾，安乐团恐怕也散了，楚澜就更没帮手了。"

"他若识趣，便该离开汴京，远远逃走。他却不肯服输，极力寻找紫衣人，自然是想以紫衣人为质，与方肥交涉，讨回自家原先那权位。"

"他跟我说，是因不愿伤及无辜，才与方肥成仇。"

"不愿伤及无辜？"梁兴顿时苦笑一声，"那个蒋净又有何辜？一心只想报恩，却被他夫妻拿来替死脱身。钱财只会移人心智，权位却能夺人天性。"

"这回叫他好生尝一尝无辜被陷的苦辣。"

两人正说着，梁兴忽然发觉桥头边有个汉子朝他们望过来，目光鬼祟。他忙避开眼，低声说："来了。只是不知是哪一路。"

"那便再瞧瞧。"

两人继续前行，经过那汉子时，装作不觉。那汉子果然偷偷跟在后头。他们由朱雀门进了内城，另有一个汉子从旁边走来，和那汉子对视一眼，那汉子随即折向东边一条巷子，这新来的汉子又继续跟着他们。

快到州桥时，梁兴猛然看见前头一人骑着马迎面而来，那人脸上横竖几道刀疤，正是那天跟了他往返东西城那个，那人也一眼发觉了梁兴。梁兴忙转过头，假意指向旁边："迎面骑马那个是冷脸汉手下。"

梁红玉也望向那边，眼角却趁机朝后斜瞟了一眼，笑着说："后头那汉子朝那人使了眼色，两人是一路，正好引他们去州桥。"

两人行至州桥，站到桥上，装作等人，四处张望。那疤面汉果然拨转马，跟了过来，又转到河边，停在一株柳树下。后头跟的那汉子则走到桥栏外岸边草坡上，坐下来歇息，眼睛不时朝这边偷望。

梁兴又望向桥对岸，有个年轻男子等在桥头边，穿了件深绿绸衫，手里拿着柄绿绢扇子。正是和张俊商议好，派来照应的人，那人也发觉了他们两个。梁红玉照约好的，抽出绢帕，假意擦汗，却不慎将帕子丢进了河中。那绿绸衫男子见到，立即走上桥来。

梁兴和梁红玉等他走近，和他一起下桥，走到桥栏边那草坡旁的一棵柳树下，又将事先演练的话，讲给了那绿绸衫男子。虽压低了声音，坐在草坡下那汉子却一直侧耳偷听，自然全都听见。

那绿绸衫男子果然选得好，装作犹犹豫豫，推托了几道，最后才说："上回芦苇湾，你们用个假货诳人，楚二官人恐怕未必肯再信你们。我把这信儿报给他，来不来，只看他心中作何想了。"说罢，便转身走了。

梁兴和梁红玉仍留在那里，假意商讨争执了一阵，这才一起离开。

四、逃匿

黄瓢子和阿菊来寻张用，是为何奋。

张用勘破彩画行那焦船案，背后主谋竟是阿菊的弟弟何奋。发生那桩命案第二天，何奋使小厮陈六送来一篮桃瓢酥，底下竟用黑布包了三百两银铤。

他们夫妻不敢将此事透露出去，那六锭银子也藏在床底下，哪里敢动？开封府发出海捕文书，他们两个惴惴等了这些天，却没有何奋丝毫音信。阿菊天天哭，说她弟弟绝不会这般不告而别，即便逃走，也会设法偷偷报个平安。各路州官府也没有捉住他，他恐怕已经送了命。黄瓢子受不得，便拉着她一起来求张用，看能否寻见何奋下落。

张用听了，先问道："他犯了命案，官府正在缉捕。你们寻他做什么？"

阿菊顿时又哭起来："他如今不知死活，叫人整日挂着肠子。即便活着，这般四处逃命，哪里能片刻安心？若能寻见他，我一定劝他回来自首。他是为爹报仇，可做了之后又逃走，算个什么？我爹在时，从来都做得出，便当得住，哪里避逃过什么。他若在地下知道，也难安生……"

"你觉着何奋做得对？"

"这叫一报还一报，他并没杀人，不过是引得那些人自家杀自家。可他不能逃，一逃便全错了。"

张用笑着点点头："好。只算扫帚，即便算对了，也是孤例。再加一个何奋，两不相干，若都能算准，才成通理。不过，我得先知道些底细，才好入手。你们在外路州可有亲朋故人？"

黄瓢子和阿菊不知他说的扫帚是什么，听到问，才忙一起摇头。

"你们可问过替何奋跑腿那小厮陈六？"

黄瓢子忙又摇头。

"你们先去问问那陈六，何奋走之前可曾说过什么？再去问问其他与何奋相熟之人。"

黄瓢子谢过张用，忙拽着阿菊一起去寻小厮陈六。

陈六一向在御街一带走动，替尚书省、开封府官吏递送书信物件。他家中只有一个瘸腿老父，何奋因自己年幼丧父，便时常照应这父子两个，因而与陈六极亲近，兄弟一般。

他们两个先到开封府周遭寻了一圈，并没见陈六人影，便又向北到尚书省门前，阿菊一眼瞅见陈六从那衙门走了出来，穿着身蓝绸新衣裳，忙唤了一声。陈六却似没听见，转身走向另一边。黄瓢子忙追了上去，连叫两声，陈六才停住脚，转头望过来时，脸色瞧着有些不情愿。黄瓢子不由得叹口气，何奋做出那等事，陈六自然怕沾惹上祸患。

阿菊也赶过来："陈六，我有件要紧事问你。"

"啥事？"

"那天阿奋让你捎了那篮子桃瓢酥来，他可说了什么？"

"他说有公差要去洛阳。"

"洛阳？他还说什么没有？"

"他说上司催得急，只把篮子交给我，便走了。"

"他做那些事，你晓不晓得？"

"我哪里晓得？"

"你穿的这新绸衣裳哪里来的？"

"别人赏的。"

"哪个人赏的？"

"是……奋哥。姐姐，我照实说吧，那天奋哥的确瞧着有些不对，我问他，他也不说。他给了我这件新绸衣，叫我好生伺候我爹。奋哥待我父子那等情谊，我们心里咋能放得下？可又怕官府来问，丝毫不敢跟人说，只有背地里偷偷淌泪——"陈六说着，眼睛竟湿了，"我也不知他是不是真去了洛阳，也再没见过他——"

"他是在哪里给你这些东西的？"

"就在这街边——"陈六忽然指向府门，"郑孔目出来了，他和奋哥同在一司，常日里最近密，你们可以去问问他。"

黄瓢子忙和阿菊赶了过去，走到近前，他却有些畏惧。还是阿菊上前唤道："郑孔目！"

那郑孔目回过头打量了一眼，皱起眉问："做什么？"

"我是何奋的姐姐，我有些话劳问郑孔目。"

郑孔目眉头皱得越紧了："问什么？"

阿菊张开口，却顿在那里。黄瓢子忙说："郑孔目知不知道何奋去了哪里？"

"我岂会知道？他做下那等事，自然是逃匿了。"

"他做那事前，郑孔目有没有察觉什么？"

"我若察觉，岂会袖手不问？"郑孔目说罢，转身就走。

阿菊忙追上去问："郑孔目，您最后一次见何奋是哪一天？"

郑孔目并不停脚："寒食前。清明假后头一天，他便没来，之后再没见过。"

黄瓢子见阿菊仍缠住不放，郑孔目眼看便要发作，忙上前拽住阿菊。望着郑孔目气恼恼走远后，他见阿菊又要哭，自己也难过，只得安慰道："阿奋做那等事，自然不会让人知晓。张作头叫我们打问，我们能问到的只有这些。咱们先去给张作头回话，他那心思，神仙一般，或许能算出些什么——"

阿菊抹掉泪水，跟着他一起又赶往张用家。

到那里时，已近傍晚，张用却仍蹲在院里，手里拿着根树枝，在那空地上画满了横横竖竖，不知是什么。黄瓢子连唤了两声，张用都没听见。那个戴帷帽的阿念听见出来，尖着嗓叫了几声，张用才抬起头，看到他们，只点点头，道了声："说。"而后继续在地下画。

黄瓢子忙将问到的说了一遍，张用仍在画，似乎没听见。黄瓢子正要再说，张用却忽然停住手："那个陈六在说谎。"

"啊？"

"清明过后，何奋便躲了起来，没去工部应差。头一天发生那焦船案，第二天他寻陈六捎东西给你们，自然会避开眼目，选个人少的所在，为何要去尚书省官衙前？另外，何奋自然不会单单只送了桃瓢酥，里头还有银子对不对？"

"那银子我们一毫都没动！今后也不会动，等寻见阿奋，我便将那些银子捐到庙里，或施舍给穷寒人去——"阿菊说着又涌出泪来，"我爹出事那年，我和阿奋被撵出家门，没处去，便去求黎百彩，黎百彩却连门都没让进，只拿了一块碎银给我们，阿奋那年才十二岁，他从我手里抢过那块银子，砸到黎家门上，说饿死也不受他施舍……"

"嗯……你们得了银，那个陈六也绝不只单单得了一件新绸衣。何奋既要逃命，哪里有工夫去买新衣？他自然也给了陈六不少银子，你们再去问他。这回莫再被他骗了。"张用说罢，又埋头在地上画起来。

黄瓢子愣在那里。阿菊眼里却又涌出泪来，嘴唇抖了半晌，忽然转身，飞快朝外奔去……

五、诗奴

陆青将诗奴庄清素请到家中。

诗奴下了车，缓步进门后，细细环视院中，又抬头望望那棵梨树，微露出些笑，轻叹了一声："与我想的一般。"

陆青这院中从未进过女子，见诗奴一身素锦素罗衫裙，清雅素淡，自然极爱洁。这一向他四处奔走，没有清扫房屋，房里桌凳上都蒙了灰，便没有请她进去。但站在院中又似乎有些不妥，一时间，竟微有些不知所措。

王小槐一直在旁边瞅着，忽笑起来："美人姐姐，陆先生被你弄得脸红了。"

陆青听了，脸顿时一热，恐怕真的泛了红。

诗奴却只微微一笑："陆先生阅人无数，我这等粗颜陋质，哪里能惊动得了他？"随即望向陆青："陆先生，莫要劳神，我只问几句话便走。"

陆青忙问："舞奴果真自尽了？"

诗奴点点头，随即收起了笑："陆先生那天见了她，说了什么？"

"灯尽莫怨夜云深，梅开试寻当年月。"

诗奴轻声念了一遍，低眼细品半响，颔首轻叹："难怪……这一句，的确正中燕儿心怀。她时时怨东恨西，百难如意。只有跟我在一处时，才能宁耐几分。我也想劝她，可又劝无可劝。陷在这烟粉窟里，灯灭、云深、梅残、月落，都不是自家能做主，从来只许笑，不许泪。她不服这命，却又寻不见出路。唯有天天与人争恨，与己斗气。几天前，我们见过一面，那天她格外欢喜，讲起许多幼年旧事。说那时她父母仍在，六岁那年冬天，她家邻居梅树开了花。她想讨一枝，邻居却不肯。夜里，她偷偷到院里，费了许多气力，才将梯子挪到院墙边，爬上去摘了一枝，溜回去插到了瓶里。她说那天夜里月亮格外明，那梅花也格外香，隔了这许多年，闭上眼，仍能嗅到那香气……今天我才知道，我们见面前一天，陆先生见了她……"

陆青顿时有些愧疚，或许正是自己这句话，引动了舞奴轻生之念。

"陆先生万万莫要自责，相反，我倒要替燕儿道声谢。我和她相识几年，从没见她那般笑过。她苦了这么多年，是陆先生替她寻见了那颗藏了许久，都藏忘了的糖霜，让她总算甜了一回……"诗奴眼里滚下泪来，忙抽出帕子拭去，"今早，我听到死讯，忙赶到乌燕阁。她是昨天夜里回去后，用汗巾悬梁……"

"回去后？她去了哪里？"

"我问了林妈妈，她不肯说。燕儿的尸身停在她房里，我要进去瞧，林妈妈也不肯，我只在门边瞅了一眼，燕儿手腕上一圈瘀青，自缢绝不会留下这等伤，林妈妈一定是在遮掩什么。我只得先出来，拿了些钱，使人去乌燕阁，从燕儿身边使女嘴里问出了一句话。那使女也不知道燕儿去见了谁，前天她跟着车子去了南郊玉津园，那些人没让她进去，只叫她第二天来接。昨天，她又赶到那里，燕儿出来后，到了车上一直在哭，手臂上全是伤。那使女只听见她骂李师师——"

"李师师？"

"李师师已经失踪两三个月，不知燕儿为何骂她。我忙又叫人去清音馆打问，唱奴似乎仍未回来。"

"什么人来请的舞奴？"

"那使女也不晓得。不过，玉津园此时已经闭园，不是寻常人能进得去的。这京中高官巨富，燕儿也见过许多，那些人即便不看舞奴这名头，也会自顾身份，极少有谁无礼相待，更不曾有谁凌虐于她。"

"舞奴死了，林妈妈都不肯透露，此人自然非同小可……"

"我听说陆先生也在寻李师师？"

陆青有些犹豫，没有答言。

"陆先生是怕我口风不严，还是怕我受牵连？"

陆青越发难答，他抬眼望去，见诗奴眼中竟露出几分女子少有之坚毅。他曾见过三首诗奴之作，一首清逸淡远，一首峻拔高寒，另一首磊落阔大，丝毫不见小女儿情态，更无脂粉之气。这一番言谈间，已知这女子面上虽清淡自敛，内里却心地洞明、性情坚洁。

他知道信得过，但想到此事凶险，不愿她受到波及。

诗奴却继续言道："不查清楚燕儿死因，我便永难安心。这不只是为她，也为我自己。所谓同命相怜、唇亡齿寒，已是这等污贱身世，若连死都不明不白，那便真是冤到底、哀到极。"

陆青见她眼中除去自伤自怜之外，更有一番坚毅难折之愤，便不再犹疑，将自己这边所查之事，选紧要的说了出来。

诗奴听后，低头默思半晌，轻声言道："看来此事根由在那王伦身上。"

"清明那天，王伦上了那只客船，船上有一男一女。"

"这对男女是什么人？"

"目前并不知晓。"

"王伦上了那船后，还有个人跟着也进了船舱？"

"嗯，不知那是何人。"

"以王伦身份，绝难进得了玉津园。请燕儿的，难道是那两人？燕儿骂李师师，李师师昨天恐怕也在玉津园。"

"眼下，不知王伦身在何处，也无处找寻李师师下落。只有寻见他们两人中的一个，才能解开其中隐情。"

"陆先生，能否请我两个姐妹一起来商议？其中一个陆先生见过，馔奴吴盐儿，她耳目消息最灵透。"

陆青略有些犹豫，吴盐儿心地虽非不善，却过于机巧，游移难定。

"陆先生放心，盐儿虽有些乖觉善变，但我们几个同气连枝，燕儿这一死，吴盐儿也一定有同伤之情。"

"另一个呢？"

"书奴卫簪花。十二奴里，簪花最安静守分，常日里难得听到她出声，只爱执笔写字临帖。她心思也最敏细，我们见不到处，她却常常能留意到。对她，陆先生更可放心，她从不沾惹是非，那张嘴比宫中玉函封得还紧。"

陆青从未与人共事，更何况是与这几个女子，心中犹豫，但见诗奴那坚定殷切之意，只得点了点头。

第三章　大势

天下承平日久，内外因循，惰职者众，

未闻推利及民，尽心忧国者也。

——宋英宗·赵曙

一、佛蛛

赵不弃听了冷绡那"鞋子"之说，心里始终放不下。

他回到家中，先偷偷问妻子，是否该放那小妾回去，他夫妻两个一心一意相守。妻子听了，先惊望向他，见他并非戏耍，随即正色道："我虽进不得《列女传》，'贤良'二字却也识得。这等话，你自家揣在肚里，自家忖度，从今往后休要在我面前提。"

他触了霉灰，赔了几声笑，又偷偷去问那小妾。小妾听了，顿时哭起来："我做差了什么？你这般对我？说什么新鞋、旧鞋？我哪里配做鞋子？大娘子是鞋面，我便是鞋底。你踏土，我便吃泥；你骑马，我便喝风。这辈子，除非死，你休想脱甩了我！"

他听后，只得哄劝了一阵，心里不住苦笑。虽都是妇人，却非人人都似冷绡，仍就这般吧，只莫负了她们两个便好。

只是，妻妾都生了恼，各自将卧房门闩了起来。赵不弃只好去书房，躺在那张小床上，收起心，开始琢磨冷绡所言的那对父子。

朱阁是靠巴附蔡行才得了恩荫官。何涣去做紫衣客，起因在于阿慈。为寻阿慈，他被朱阁差去的术士阎奇哄骗、激怒，误伤了阎奇，但真正杀死阎奇的则是当时藏在附近的船夫鲁膀子。朱阁一手做了两桩事，将阿慈掳去献给了蔡行，又迫使何涣去做紫衣客，这两桩事看来都是为蔡行效命。

冷绡又说，指使朱阁去孙羊店门前夺高丽跂子香袋的，另有其人，与蔡行是父子，那自然是蔡行之父蔡攸。

不过，蔡攸为何要去夺那耳朵和珠子？他如今是官家跟前最得宠之人。当初，官家尚为端王时，蔡攸也只是裁造院监。他却似具天眼，能预见荣华一般。每日等到退朝，便候在路边，见端王行至，立即拱手肃立。端王由此记在心中，即位之后，立即赐蔡攸进士出身，官阶连升，两年之间便至枢密直学士，掌侍从，备顾问，进见无时。他曾与林灵素争言神仙、造说祥瑞，创制珠星璧月、跨凤乘龙等神迹符应。又和宰相王黼一起在后宫涂青抹红、扮作女装，混在歌舞伎乐之间，争道市井淫媟谑浪语。

蔡攸虽如此得宠，却有一隐痛——他虽为长子，其父蔡京却只钟爱季子蔡绦，对他一向厌弃。蔡攸得官家恩宠之后，他们父子之间便成了仇敌。蔡京为在御前固宠，后来反倒要去谄谀这儿子。最终，蔡攸借父亲年老病笃之由，上奏官家，罢免了蔡京。这对父子间乖丑之态，早已在汴京传为笑谈。

蔡攸怕正是由于不得父爱，才对儿子蔡行百般宠护，骄纵出这么一条花花菜青虫。他差朱阁去夺那紫衣人耳朵、珠子，莫非是得知梅船案隐情，见儿子惹出祸端，替他匿罪消灾？

蔡攸不好去问，蔡行这骄货，倒可去探一探。

赵不弃躺在床上，思谋了半夜。第二天清早起来，小妾不来服侍洗漱，妻子也不去催督饭食。他只得自家去水缸边舀水，胡乱洗了把脸，穿好衣裳，骑马赶到里瓦，寻见弄虫蚁的杨八脚。杨八脚能使唤蜂蝶、追呼蟋蟀，调遣得这些虫子如同军中兵卒一般。赵不弃问他近来有何新鲜虫艺，杨八脚忙从箱子里取出一个朱漆小木盒，小心打开盒盖，让赵不弃瞅。赵不弃凑近一看，里头结满了蛛网，网中间趴着一只黑绒绒的蜘蛛。"这蜘蛛有什么奇处？""这是佛蛛。官人瞧那网。""那网怎么了？""官人没瞧出来？那网上织了个'卍'字。若是放在房檐间，这'卍'字长宽能有一尺多。""果然是，有趣！多少钱？""官人若爱，只两贯钱便可。"

赵不弃并不争较，从袋里取了两贯给他，将那蜘蛛盒子盖好，揣在怀里，驱马赶往南薰门外礼贤宅。

到了门首，他下马取出名帖，交给那门吏，求见小蔡相公。门吏进去半晌，才出来请他进去。他跟着那门吏，沿侧廊，穿过层层深阔精奢院宇，出了侧院门，眼前一片莲池，碧叶似万枚青钱，风摇水漾，清朗净怀。那莲池中间悬空架起一座高敞阁子，青碧飞檐，泥金门窗，由一座木桥相连。赵不弃沿着木桥，尚未行至阁门边，便听到里头传来蔡行笑声，有些得意，又有些骄懒，暖日下睡足的猫叫一般，听过一回，便再认不错。

赵不弃轻步走到门边，见两个绣衫婢女站在窗边，朝着亮，展开一幅古画。蔡行和两个文士正在赏看。莲池、轩窗、秀女、墨客，这景致本已是一幅画。蔡行二十出头，面皮细白，眉眼风流，并没有着冠服，露着牙簪髻顶，里头穿了件细白小纱汗衫、蓝底黄绫纹软罗裤，外头罩了件绿底穿枝牡丹纹花绫道袍。那道袍花纹密绣金线，极其细滑轻软，一瞧便是宫中文绣院内造。袖口衣角在清风里徐徐漾动，霞映澄江一般耀人眼。

他听到脚步声，扭头瞅向赵不弃，目光骄惰轻慢："赵百趣？你来瞧瞧这幅画。"

赵不弃笑着走进去，这才认出那两个文士皆是宫中画待诏，一个是善画孩童的苏汉臣，另一个是精于山水的李唐。他叉手一一拜过，这才去赏看那画，一看之下，惊了一跳。那画绢色泛黄，高古雅逸，右边青峦连绵，左角碧树缓坡，中间则敞出一派清波。士子山行，渔人泛舟，令人顿觉千里清旷。那设色尤其精妙，青绿重施山水，泥金勾勒山脚，赭石填染树身。

他忙问："莫非是隋朝展子虔？"

"哼，果然没白唤作赵百趣。"蔡行似乎有些失落，但旋即又得意道，"展子虔开一代金碧山水先河，《宣和画谱》赞他咫尺有千里趣。宫中虽藏了他二十幅画，却没有哪幅及得上这《游春图》。你们卷起收好，多谢两位待诏品鉴，明日我便将这画送到御前。"

他将两位画待诏送到门边，便止了步，看着他们下了桥，这才转身瞅向赵不弃："你今日来——"

赵不弃忙从怀里取出那红漆小盒："在下得了一件稀罕物，人唤作佛蛛——"

蔡行却陡然喝道："你当我是那等纨绔颠顸之徒？拿些小玩物便能搪惑？"

赵不弃一愣，原本要打开盒子，手顿时停在那里。

蔡行满眼骄怒："莫道我不知你和赵不尤兄弟两个暗地里做了些什么。那闲汉丁旦是被贼逃军杀死，与我何干？阿慈是朱阁送来，我并没动她分毫，她那等村妇，岂入得了我的眼？那何涣，若不是念在我蔡家与他父亲也算有些同僚旧谊，单是他私卖那御赐房宅，便是大罪。我那黑犬，被你毒杀，这笔账，你休想逃过！"

赵不弃听他一边撇嫌，一边又全部招认，心中不由得大乐，但听他连那两桩暗事都打探清楚，又有些暗惊。

他忙笑道："小蔡相公素来行事端明，为京中贵胄楷模，在下岂有不知？我们兄弟两个闲来无事，只因好奇，才探问了一些杂事。今日听小蔡相公这般道明，便越发清楚了。在下今日来，是想着令尊少保大人寿诞将至，天下珍宝，令尊恐怕早已看厌。偶然得了这只佛蛛，能在网上织出卍字。这满朝之中，除了令尊，恐怕再无第二人能受得起这等祥瑞，因此才特地送来，敬奉给小蔡相公。我兄弟若有冒犯之处，还望小蔡相公海涵。"

他做出极恭敬的样儿，双手将那小盒奉上。蔡行刚才听到这佛蛛时，眼里一亮，这时更忍不得急切要看，却又故作傲冷："我父亲日日辅佐朝政，天下大事全压在他肩上，哪有闲工夫来理会这些虫蚁。你既送来了，我也不好损你颜面，那便留着，拿给小厮去要吧。"

"是，是。何止少保大人，小蔡相公贵为殿中监，也是政务繁剧。在下不敢多扰，这便拜辞。"

赵不弃忙又恭然一揖，转身便走。过了桥，偷眼回瞧，见蔡行仍站在门边，将那红漆小盒藏在身侧，偷偷打开一道缝，斜着眼角，正在朝里瞅觑。

二、西夏

赵弃东竟是西夏王族后裔。

冯赛愣在那瓦子里，耳边各般喧杂笑闹，他却丝毫不闻。李继捧当年归顺朝廷，却无甚大用，最后被贬到永州，客死异乡。其子孙自然记得这先祖遗恨，赵弃东兄弟两个千里流落，来到京城，固然是为求生计，恐怕也为思亲念祖。他们见祖上故居已变作唐家金银铺，心中自然百感难言。他们孤落不群，恐怕也源于此，始终觉着自己是异乡飘零人。赵弃东写下那等萧疏哀感之句："东无路，西无路，身世飘零如草木……"

那首词下面所留姓名为李弃东，他是改回了祖姓。他兄弟两个穷苦无援，所取名字，一个向西，一个弃东，这恐怕是他们父亲遗愿。若是有西夏人前来诱劝，自然极易动念。青牛巷那老人说，曾有个锦衣妇人去寻过那哥哥，这锦衣妇人恐怕便是西夏间谍。那哥哥病瘫在床，做不得什么，妇人来意，应是看中了李弃东之才干。不过，从李弃东那首词中心绪来看，他并未坚意投靠西夏，而是困在其间，忧闷不已。他不久便搬到了开宝寺后街，且不愿告诉那老房主详细住址，难道是为了躲避那妇人，不愿屈从做歹事？妇人见劝说不动，又知他们兄弟情谊非同寻常，便寻见他们，劫走那哥哥以为要挟？

李弃东正是在那时辞了市易务的吏职，去了唐家金银铺。他去唐家金银铺与后来所行间谍之事并无多大相关，恐怕也如同从不锁院门一般，盼着哥哥或许会去那祖宅？这么说来，起先，他仍未屈从。直到去年，四处寻不见哥哥，绝望之下，才不得不听命于西夏间谍，开始设法接近柳碧拂。

冯赛顿时想起了一人：茶商霍衡。

霍衡恐怕才是幕后主使，唯有他知晓柳碧拂当年那段旧恨，又强邀自己去见柳碧拂，后来汪石屯放粮绢的场院也是霍衡宅业。原先他年年来买茶引，自去年春天之后，再不见人影。如今不知去哪里找寻。

冯赛有些茫然，见那"李活史"瞅着他，满眼怪疑，便又请教："李老伯，那西夏如今是何情势？"

"西夏如今国主名叫李乾顺，比咱们官家小一岁，今年三十八，正是当年。

这李乾顺和哲宗皇帝一般，也是幼年登基、太后辅政。哲宗九岁即位，他却是三岁。西夏尽由其母梁太后及国舅梁乞逋把持，这兄妹二人专断独行十余年，大肆兴兵，攻我大宋，却败多胜少，国力因此凋敝不堪。后来，兄妹之间生出仇隙，梁太后求助于辽国，辽国不听，她便怨怒不逊。二十二年前，辽国遣使将她鸩杀，李乾顺这才亲政。当时他才十六岁，却立即听从辽帝建议，向我大宋谢罪，平息外患。此后便专一治国，修法度、正纲纪、减税赋、兴农桑，并大兴汉学，育教官吏。十来年间，民安国兴，堪称贤君。

"对我大宋而言，这却非善事。自从仁宗庆历年间李元昊称帝，宋夏之间大战三年，咱们连连大败，西夏也损伤惨痛，两方只得议和，年年给西夏岁赐，白银五万两、绢十三万匹、茶两万斤。这岁币却未换得安宁，这七八十年来，每隔几年便要征战一场。

"当今官家即位后，又连连对西夏用兵。那李乾顺也愤而反击，却一再失败，只得向辽国求援。辽人遣使来说，两国便又议和。和了不久，战事又起。直到前年，我军深入西夏都城腹心地带，西夏全力迎战，我军惨遭覆没，死伤数万，西夏更趁势反攻，攻城围寨，连连获胜。那李乾顺却极高明，获了全胜，并不进逼，反倒又请辽人来说和。我们自然求之不得，立即与他议和。

"这两年，西边总算又得安宁，北边和南边却乱了起来。北边辽人被金人攻得节节败退，南边方腊又趁着民怨作乱，连占江南数州，不知如何收场。这天下安宁了百多年，恐怕真是要乱，要大乱。

"西夏向来依仗辽人，如今辽人恐怕再靠不得，不知他们又做何图谋？那李乾顺是有识度之人，想来已安排好了应对之策……"

冯赛听后，顿时又想起梅船紫衣客。

对那梅船紫衣客，至今依然毫无头绪。冯宝无缘无故去做了紫衣客，李弃东背后的西夏人又千方百计要去捉他，这究竟是为何？冯宝、李弃东如今不知各自躲在何处，西夏人更是隐蔽难寻。邱迁仍被关在狱中，若是捉不到李弃东，邱迁杀死顾盼儿这罪名便极难洗脱……

想到邱迁，冯赛心中一阵愧疚。这几日一直忙乱不休，未能得暇去看望邱迁，眼下暂无其他可做。于是他谢过那"李活史"，离开桑家瓦子，骑了马赶到开封府大狱。

　　途中，他先去食店给邱迁买了些羊肉、炊饼，又讨了两张油纸，包了五百文钱。这才赶到大狱门前，将那包钱偷偷塞给了那两个门吏，其中一个才领了他进去探视。果然如周长清所言，狱中关满了囚犯，几乎没有空处。那狱吏带他穿过昏暗臭闷甬道，来到一间牢室前。里头靠墙坐躺着四五个囚犯，都默不作声。冯赛认了半晌才寻见："邱迁！"

　　邱迁独坐在另一边，听到唤，顿时抬起头，忙爬起身，疾步跑到木栏边。头发蓬散，满脸污垢，才十来天，人竟瘦了许多，眼里更是满布惊惶。他张嘴唤了声"姐夫"，声音喑哑，像是从井底发出一般。那模样，更似被人遗弃的诚实少年。冯赛一瞧，险些落下泪来。

　　"邱迁，是姐夫连累你。我一定尽快救你出去。"

　　"我……"邱迁喉咙涩住，半晌才又发出声，"我姐姐和两个甥女——"

　　"我已经寻见她们了。"

　　"好……好……"邱迁眼里闪出些光亮。

　　"你给我仔细讲讲那天去顾盼儿那里的经过。"

　　邱迁低眼寻思半晌，才慢吞吞讲起来："我进到芳酪院……上楼时，柳二郎正巧下来，他见到我，笑了笑，说：'邱迁，你也来了？你上去吧，盼儿在上头。'我走到顾盼儿的门前，敲门没人应，便走了进去，却见顾盼儿躺在床上，已经死了。审讯时，那判官说顾盼儿是被人扼死，可我只站在床边，并没挨近……"

　　冯赛心里一动："他头一句问你'你也来了？'，他真说了这个'也'字？你没记错？"

　　"嗯。他这两句话，这些天我时时在回想，一个字都记不差。"

　　冯赛听后，似乎发觉了什么……

三、银线

梁兴跟着一顶轿子来到丰乐楼，轿子里是梁红玉。

此时夜已深，街上已无几个行人，丰乐楼却荧煌喧闹，正是欢宴热聚时分。梁兴只跟着楚澜进过汴京第一正店潘楼，在那里才真正见识到银如流水、钱似落叶。至于这丰乐楼，原先名叫矾楼，也名列七十二家正店。可这些年，它由一座高楼扩为了五座，已全然超出正店规格。加之这两年连官家都数度临幸，在西楼密会李师师，丰乐楼便更是俯视群侪，傲然独立。梁兴虽路过不知多少回，却从未细瞧过。这时仰头望去，见五座三层高楼错落并峙，窗窗通明，檐檐缀彩，楼间横架飞桥，仆婢往来急行。笙歌欢笑混作震耳声浪，不住涌向四周。

唯有朝向皇城那座西楼顶上两层并未点灯，只有底下一层窗纸透出灯光，里面也并无多少声息。这西楼阁间，寻常人便是使大钱，也极难订到。梁红玉是假托了一位相识的节度使名号，又交了三十两银子的定钱，才在那西楼角上订到一间。她的用意是，之前已耍弄过那两路人，若想让他们再次中计，得把模样装衬足才成。

今晚，她虽未如在红绣院里那般靓妆丽饰，却也换了一身锦衫绣裙，又雇了这顶轿子。她让轿子停到西楼边上一扇角门前，梁兴上前敲门。一个妇人开了门，探头出来觑望。重臣显宦、富商巨贾来这里皆不愿走正门，都是由这角门进出。梁红玉已使钱买嘱好这看门妇人。妇人见梁红玉下了轿，忙让他们进去，随即闩上了门。梁红玉交代了一句："楚二官人你自然认得，他待会儿便来，你记得开门。"那妇人连口应承，忙唤了个小厮，挑着灯笼在前头引路。

梁兴和梁红玉随着那小厮，沿楼侧长廊，拐了几道，来到楼角那阁间。一个酒店大伯忙上来迎候，将他们请了进去。里头灯烛早已点好，梁兴环视屋中，略有些意外，这里不似潘楼那般富丽精奢，桌椅布置竟极简素空敞，寥寥几件铜瓶瓷罍，一架白描花草立屏。再一细看，处处都透出清贵之气。那大伯唤了一个绣衫使女点了两盏茶，器皿也清雅莹洁。

梁红玉吩咐道："我们得安静说话，等一位贵客，要动使，再唤你们。"

那两人忙一起出去，轻手阖上了门。梁兴这才和梁红玉坐下，又相视一笑。

灯光映照下，梁红玉面莹如月、秋波流转，梁兴心底又一颤，忙低头去吃茶，那茶瞧着乳白，闻着清香，入口却白淡无味。

梁红玉也抿了一口，闭眼细品了一阵，笑着说："这怕是银线水芽贡茶，我也只尝过一回。听说是个漕臣新创出来的，他为讨官家欢喜，求细嫩求到极处，精选出茶芽，又一颗颗将芽苞尽都剔去，只取中心一缕。据说这一缕浸在清泉里，如一丝银线。我那三十两定银，只勉强够吃这三盏茶。"

梁兴听了，先虽惊叹，但再瞧这小小一盏茶，竟是寻常人家一年衣食之费，一时间不知该如何评说，只觉得在物上精细到这地步，人心怕也如银线一般细弱，经不得丝毫挫折。他有些负气，抓起那小盏，顾不得烫，一口喝下大半，咕咚一声咽了下去。

梁红玉看到，不由得笑起来："你这是把银线水芽当豆芽菜吞吃。"

"我只是个莽夫，吃豆芽菜都嫌太嫩细——"梁兴笑着自嘲。但笑罢之后，渐觉一丝茶香从喉咙深处绵绵升起，轻润如雾，缭绕如云，竟如身处细雨翠谷间。他不由得感慨："这茶倒果真是好茶……"

这时，门忽然打开，一个人走了进来，是张俊，换了一身缎衫绫裤丝鞋，果然越发像楚澜。

他们忙一起站了起来："楚二哥。"

梁兴这才想起，刚才忘了留意窗外。梁红玉选这角上阁间，是由于三面皆有窗，好叫那两路人在窗外偷听。进来后，自己忙着吃茶，竟忘了正事。梁红玉却朝他使了使眼色，暗暗指向西窗和北窗，原来她竟一直在留意。梁兴越发惭愧。

张俊也立即明白，将提来的一只木匣放到桌上，有意冷沉着声音："你们要我来，我来了。五百两银子也带来了。我要的人呢？"

梁红玉忙笑应："楚二哥莫急，我叫人点杯茶，你先尝尝这银丝水芽。我来点点银两，若是足数，答应你的，自然会交给你。"

"你要点便点，茶不必了。"

"呵呵，楚二哥仍是这般快直，那我便不絮烦了。"梁红玉过去将箱子微微一转，朝向东南，这才揭开了那箱盖，里头其实只有一锭银铤，她取出那银铤，有意凑近烛台，细细照看，"嗯，是开封府官银。"而后放回去，假意埋头点数。

张俊望向梁兴："你若跟了我，所得何止这点银两？"

眼前虽是假楚澜，又是做戏，梁兴听了，心中却涌起一阵莫名滋味，似悲似愤，迟疑片刻，他才应道："我只求自在。"

"做个军汉，能得自在？"

"心若不自在，做哪般都不得自在。"

"哼哼！再自在，这五百两银子用尽，一定不自在。"

"等银子用尽，再作打算不迟。"

"好，我给你留张座椅。"

"多谢楚二哥。"

这时，梁红玉扣起箱盖："数目不差。你给他吧。"

梁兴从怀里取出一页折好的纸，递了过去。

"这是什么？"

"地址，那人锁在这宅子里。"

"我来是取人，不是来讨张纸！"

梁红玉笑道："芦苇湾那阵仗我们已见识过，银子虽重，命更重。楚二哥放心，此人于我们不但毫无益处，反倒是大祸害，今日请楚二哥来，便是要交割明白，甩脱这祸害，好求个清静。"

"我若到了那里，却不见人呢？"

"我们两个是何等样人，楚二哥自然知底，否则今晚也不会来这里了。五百两银子虽不少，却也不值我们两个一起费这气力使诈。"

"好。若寻见那人，我们仍是友；若寻不见，莫怨我认不得你们两个。"

"呵呵，人都说，半生修来一面缘，百年积得一盏欢。我们与楚二哥吃过那许多酒，多少年也一定会认得。"

张俊不再言语，将那张纸攥在手心，大步离开了。

四、大辽

程门板站在巷口，犯起难来。

张用拿他当小吏，这般使唤，他先虽有些不快，但旋即想起自己那自视过重之病，忙驱除了这不快，反倒觉着，自己正该被人多轻视几回，才好消去心头那自骄之气。何况这是正事，张用也并非有意轻贱。

让他犯难的是，张用让他去打问北边大辽最新境况，这等军国大事，远非他这职阶所能得闻。衙吏间虽不时谈及，却多为传闻，真假难辨。真确消息，恐怕只有中书、枢密院才有，可那些深府高衙，岂是他能得近的？

他一向自我疏隔，从不与人深交，那些人也都避着他。他只管办好自家差事，这些年并未觉着不妥。这时要寻人问事，才发觉，竟无处可去。他有些丧气，站在街口，正在自恼，一匹马忽然停在他身侧，扭头一瞧，是胡小喜。

胡小喜在马上犹豫了片刻，才张开口，声气却有些畏怯："程介史，那王副史人面最广，家里几个堂兄弟都在中书、尚书、银台司、枢密院当差，大辽的事，问他怕是最便当。"

程门板先一愣，望着胡小喜那怯样儿，顿时有些感愧，便放缓了面容，点点头，说了声："好。"

"那我先忙我的差事去了。"胡小喜微露些笑，转头驱马走了。

程门板对这小吏，始终心存避忌，这时看他如此小心，连笑都不敢，自己之前恐怕真是错怪了他。不过，他主动过来提议，自然是知晓我没处打问，这又让程门板有些不快。但又一想，胡小喜只是好意，而且这提议的确极好，王副史是与自己同衙的那个王焕，最会抢轻推重，上个月接连将艮岳案和飞楼案推给了他。幸而有张用相助，迅即破解了那两桩大疑难。我替他承当了两桩重差，问他一些事，也是该当。

于是他大步前往开封府。这些天来，或许是由于心境改换，他那腿上旧伤似乎也轻了许多，走起路来，比以往轻畅许多。

到了府衙，他问那门吏，门吏说王副史在司法厅里回报公事。他便进去，走到司法厅院子外头等着。半晌，王焕走了出来，晃着头，哼着曲，自然是又表到了功。程门板忙唤了一声，王烩扭过头，见是他，眼里先闪出些妒意，但随即换作笑脸："程老哥？"

"王副史，我有些事向你请教。"

"请教？不敢，不敢！你连那等大案都破了，得请老兄多多教导才是。"

程门板心里顿时有些烦拒，又从来不会这等敷衍辞令，但想着有事要求，便强露出些笑："我的确有件要紧事请教，这里说话不便，能否请王副史去外间茶楼坐坐？"

"我原本有要紧事去办，但程老哥难得招呼一回，无论如何也得割肉相陪。"

两人一起来到府衙外对街那座茶楼，程门板袋里的钱不到三百文，他暗暗算着，给王烩点了盏八十文钱的小凤贡茶，自己只要了盏三十文的蒙顶紫芽，又选了四样果碟，杏仁、香药、韵姜、橄榄，一百二十文。

王烩抓起一把杏仁，一颗颗丢进嘴里，嚼个不住："程老哥要问什么？"

程门板正瞅着那杏仁，一碟只有二十来颗，一颗一文多……听到问，他忙回过神："哦……我想打问大辽的近况。"

"大辽？你问大辽做什么？"王烩顿时停住手里那颗杏仁。

"嗯……"程门板路上已编好了说辞，这时却顿时忘了，急想了半晌，才记起来，"我家中那簟席店来了个北地客商，说那簟席若运到辽宋互市，卖给辽人，一定能有翻倍利。"

"哈哈！程老哥也在谋大买卖？若说到大辽，你还真是问对了人。开封府恐怕没有第二个人能如我这般通晓。我劝你还是收了这心，赚些稳便钱才是正理。"

"哦？为何？"

王烩将那一文多钱丢进嘴里，边嚼边说："那大辽皇帝比咱们官家年长七岁，登基却晚一年，群臣上尊号为天祚皇帝，到今年为帝整二十年。这天祚帝只好一样事——游猎。政事交给宗室贵族，任由那些人捣弄。二十年间，将雄武大辽淘成了个虚壳子，丝毫没料到东北边那小小女真竟会陡然强壮起来——"

王烩嚼罢杏仁，又换作橄榄。橄榄更少，一颗得两文钱。程门板原要专心听，却被王烩嘴角不断溢出的白沫分神。他忙低下眼，听王烩继续讲——

"大辽常年欺压女真，苛求贡品，不断索讨海东青。那海东青是猎鹰，相传十万神鹰才出一只海东青。女真三十多个部落，完颜部最强。这部落又生出个雄强首领，完颜阿骨打。七年前，阿骨打率领女真各部抗辽，接连两战，大败辽军，天祚帝却不以为意。次年，阿骨打立国称帝，攻陷黄龙府，天祚帝才率兵亲征，却被女真打得四散逃奔，朝内又连生宗族叛乱。

　　"阿骨打见辽人如此不堪一击，更有了吞占之心，分兵两路进击大辽。所到之处，辽军一战即溃，甚而不战便降。大辽五京，到去年，东京辽阳府、上京临潢府都已被攻下，一半疆土都归于女真。

　　"那天祚帝却仍游猎不止，不时临幸鸳鸯泺，四处进山围猎，秋山、南山、白山、沙岭……他整日擎鹰逐鹿，国中却溃亡不休、叛乱不止。今年初，朝中宗族为争太子之位，又是一场大乱。天祚帝共有四子，长子母贱，不为人重；次子晋王，最得人望，其母文妃，姊妹皆嫁耶律望族；另有元妃，出自萧姓大族，生秦王、许王。其兄萧奉先，位居枢密使，恐其甥不得立，便诬告文妃及耶律族密谋篡位。文妃姊妹及夫婿皆被赐死，唯有妹婿耶律伊都率千余骑，叛逃入金。萧奉先由此独揽朝纲、重用亲近。

　　"那耶律伊都，是大辽皇族豪雄。当今官家登基那年，他任大辽使者，还来汴京朝贺过。我一个堂兄那时在枢密院北面房，专门照管他在驿馆食住，说此人生得异常雄武，御筵上比试箭法，他连赢三局，咱们这边竟选不出一个能胜他的。只是，此人极好色，前后只住了几天，却和驿馆里一个使女私通上了。他走后，那使女竟怀了身孕，被家里撵了出来，听说一个人北上，要去大辽寻耶律伊都，不知后来如何了。说回正题，耶律伊都熟知大辽国政军情，他这一叛变，等于大辽门户洞开、元气散尽。女真已在谋划进攻中京大定府，天祚帝却仍在鸳鸯泺游猎。中京一失，大辽必亡……"

五、书奴

　　清早，陆青带着王小槐进城，去清风楼。

诗奴庄清素说，清风楼后院有个阁子，贵要若不愿让人瞧见，便在那阁子里吃酒，清静好说话。她约了馔奴、书奴在那里相会。

途中，王小槐不住问王伦的事："我爹说过，三槐王家年青一代里，只有他能成器。不过比起祖上，他也最多成个不大不小的器。他真的穿了耳洞扮妇人？"

"那天天已暗了，我没看清楚，但并非扮妇人，而是扮作了紫衣妖道。"

"你怎么晓得他躲在那小破寺里？"

"是花奴宁惜惜使人来传的信。"

"花奴又是怎么晓得的？"

陆青听了一惊，这一向头绪太多太杂，竟没有想到此问。王伦躲在那小寺里，正是怕人知晓，花奴是从何得知？而且，我刚寻到那里，王伦便扮作紫衣妖道，杀了杜公才，演出土遁之戏逃走。这恐怕绝非碰巧，杜公才也绝非偶然行至那里，一定是有人安排，而后叫花奴传信告知我，好让我赶过去亲眼目睹。

王小槐却继续说："哼！我晓得，人在背后都唤我猴儿，他们才都是瓦子里的猴儿。穿件衣裳，便以为自家是人了，左蹦右跳，能逗人笑，便以为自家多能耐，其实是被那猴公一手拿鞭子，一手拿果子，训教成这等模样。他们得了果子，不但忘了痛，还笑猴公呆傻，竟平白给他们果子吃。王伦从不叫我猴儿，却没想到，他竟也成了猴儿。那个花奴，一定也是只母猴儿。说是人间，却寻不见几个真人，遍地都是猴儿……"

陆青听着，暗暗心惊。这孩童眼力心智已胜过大半成人。

他没再多言语，怕引得王小槐越发看破世事，但心中不禁又想，看破世事有何不好？多少人为世间烦恼所困，多少道士僧人挣脱出家，所求不正在于此？他不由得暗暗望向身边这七岁孩童，见他皱着小鼻头，望着路上行人，小眼珠里满是嫌憎鄙弃，更有些愤愤之气。叫人担忧的，正是他这愤愤之气，小小年纪，这等看破，带了许多童稚赌气，等年纪再长些，这气散去，那时再看破，才能平正通达。只是，这孩童已听不进任何言语，只能由他，此后自然少不得许多艰痛。

陆青不禁有些疼惜，却忙转开眼。若让王小槐发觉，又会激出更多嘲愤。一路上，他不再开口，只听着王小槐不住笑那些路人，目光嘴头都极尖利。听得陆青一时笑，一时叹，又不时心惊。

终于来到清风楼，陆青照诗奴所言，绕到楼后那扇小门，门虚掩着。他推开门走了进去，一个妇人闻声从旁边小房里走了出来，上下打量过他们两个后，笑着问："您是陆先生吧？三位姐姐已经到了。"

陆青随着那妇人穿过后院一条花廊，来到一间花木掩映的青绿阁子前。门开着，黑漆方桌边，坐着三位丽人，正在吃茶。三人见到他，一起起身。

诗奴庄清素今天绫衫罗裙，一身淡青，袅如烟堤细柳。馔奴吴盐儿则是蓝衫紫裙，银丝翡翠花冠，眉眼含笑，西域娇丽一般。另一个女子则穿了件白罗衫、墨绿罗裙。那罗衫上绣满墨字，陆青认得，是杨凝式《韭花帖》，书风简净温雅。这女子自然是书奴卫簪花，纤眉秀目，仪容淡静，神色有些清冷，如静窗白纸边，闲搁一支玉笔。

三人一起欠身向陆青道万福，陆青忙也抬手还礼。

庄清素笑着说："馔奴陆先生已经见过，这是书奴，她不爱言语，陆先生莫要见怪。"

王小槐却忽然叫道："书奴卫簪花？我家有一幅你的字，挂在书房里。我爹说你真正当得起簪花二字。我却没瞧出来，那些字哪里像簪了花？"

诸人一起笑起来，连书奴都浅浅一笑。

庄清素请陆青入座，店里妇人点了盏茶上来。王小槐不愿坐，抓了把糖豌豆去外边耍。

庄清素收起笑："陆先生，昨天我回去后，路过凝云馆，便下车进去，想瞧一瞧琴奴，她家妈妈却说月影被人请走了。我问是什么人，那妈妈却支吾着不肯说。我有些不放心，怕又如舞奴那般，忙去香漱馆寻见盐儿，让她打问打问——"

"我四处探问了一遭，却没得着一丝信儿——"吴盐儿眼露担忧，"今早来这里时，我特地绕到凝云馆，那妈妈说月影没回来，怕是要耽搁几天。我也问她是谁请了月影去，那妈妈立即冷下脸，说各门各院，哪里有到人家门上夺主顾的？我再不好多问，只得赶紧出来了。先是师师不见影儿，乌燕子又这般走得不明不白，月影又不知去了哪里。十二奴不剩几个，接下来莫非便要轮到我们了？"

庄清素眉头微皱："我使人去玉津园那里打问，月影并没有去那里。"

"你们可有花奴消息？"陆青将路上王小槐所疑讲了出来，"花奴恐怕知晓其中隐情。"

"我们十二个，只有花奴和我们心上隔得远些，众人都有意避着她，难得去理会她的动静。"

吴盐儿点点头："我也有些怕她。不过，她若是知情，无论如何都得去探一探。"

陆青说："这里散后，我便再去撷芳居走一遭。"

一时间，诸人都静默下来，不知还能说些什么。

书奴卫簪花忽然轻声问道："陆先生，清明那天，王伦上了那只船后，另有一个人也跟了上去？"

"嗯。"

"王伦上船后，立即钻进了一个柜子，那船主说柜子是先已备好的？"

"嗯。"

"我有个猜测……"

"请讲——"

"王伦恐怕是有意引后头那人上船，叫那人去见船中那对男女。"

陆青心中一动，却一时不能猜破其中用意。

庄清素问道："后头那人既然跟着王伦，上了船，不见了王伦，他难道不生怪？"

"船中那男子若和王伦衣着形貌相似，又只见背影，便会将那男子当作王伦。"

陆青也顿时醒悟："这便是王伦身穿紫衣的缘由。"

庄清素又问："船中那男子又是什么人？王伦为何要引后头那人去见他？"

卫簪花轻声道："这些都尚未可知。不过，我猜，船中那女子应该是师师。"

"哦？"

"还有——前一阵，有人瞧见王伦在金明池上了师师的船。但据陆先生所言，王伦一直躲在那小寺中，直到扮紫衣妖道前两天才出去了一趟。看来，金明池那人并非王伦，应是和王伦形貌相似的那个男子。"

陆青听了，不由得眼露赞许，望向卫簪花。

卫簪花却只微微一笑，旋即轻叹："至于其中缘由，仍得寻见师师或王伦，才能知晓……"

第四章　寻踪

前代帝王，靡不初勤政事而后失于逸豫，不可不戒也。

　　　　　　　　　　　　　　　　　——宋仁宗·赵祯

一、皇城

　　赵不尤坐在皇城西角楼对街的一座茶楼窗边。

　　从这里斜望出去，正好瞧得见宣德楼右掖门。他在等候一人，枢密院北面房主事。这主事与古德信是至交，赵不尤也见过几回，算是相熟。昨晚赵不尤写信约了他，在此相会，想打问高丽使的内情。

　　夕照皇城，比常日越加巍峨宏丽。自太祖在崇元殿登基，至今已有一百六十年，先后八位天子登上宣德楼，俯瞰京城，执掌天下。其间更不知有多少文臣武将出入这皇城，享万民仰望之荣华，掌世间苍生之休戚，承天下安危之重责。

　　开国之初，太祖凭天纵英才，创制百年格局。大兴科举，重惜士人，文教人才之盛，远胜汉唐；不限田制，劝农垦荒，农田水利之广，数倍于前朝；拆除坊墙，不扰工商，人人得以尽力兴业，财货之富，便是盛唐也远远不及；募兵之法，更使天下农夫免去千年兵役之苦；至于朝廷，更是崇仰儒学，力行仁政，历经八朝，未曾有一个暴厉之君……正是凭借这恢宏之基，天下才百年安宁，由简而繁，由朴而华，由富而盛。正如《论语》所言："民到于今受其赐。"

然而，天下重器，是世间最难之任。开国八十年，到仁宗庆历年间，天下已显出重重弊端：激励士大夫，却激出冗官之症；募养禁军，却养出冗兵之耗；大兴礼乐，却兴出冗费之重。这三冗，当时已成天下大患，不得不治。仁宗皇帝欲行新政，却半途而殂。其后神宗皇帝又力行新法，却激起党争互斗，新党旧党，轮番得势，几经对阵，两败俱伤。到如今，已无人再论法之对错，朝中大臣，一求自保，二求媚上。造明堂、铸九鼎、起艮岳、运花石纲，乃至神仙祥瑞、天书符箓，皆由此来。

念及此，赵不尤不由得慨然长叹一声，至今大宋仍未寻得治理天下之法。

老子曾言，治大国如烹小鲜，此语说得如此轻巧，只源于"无为"二字。可莫说天下，便是一家之中，也是日日烦忧不断，如何能袖手无为？唯有得其道，明其法，均而施之，坚而行之，恐怕才能至于无为。即便如此，也得时时提防，驭马一般，不能由其偏了正路。

这百六十年，如同造屋，立基虽稳，框架虽好，却藏了许多隐患。有人见这楼要倒塌，不能不忧，因此建言修治，却引来非议，说此乃祖宗基业，一毫不能动。争嚷之间，尽都忘了来由，只图声量压过对手，争到后来，尽都争得声嘶力竭，全都罢口，却仍疲然同住在那危楼之中。至于那些祸患，或视而不见，或全然忘记，只求延得一日算一日。

如今又生出这梅船案，来势如此险猛，若真撞向这危楼，百年梁柱怕是再难支撑……

他正在暗忧，一个人走过来唤道："赵将军。"正是那北面房主事何遘，年近四十，窄瘦脸庞，身穿黑绸公服，身后还跟了个年轻书吏。

赵不尤忙站起身，彼此拜过，才一起坐下。赵不尤叫店家点了盏紫笋蜀茶，何遘则叫那书吏到一边候着。

"赵将军今日约我，是问古德信？他好端端的，竟领了那样一桩押运差事，我送他时，还约好回来一起吃端午酒，谁知他竟将命送在方贼手中……"何遘眼圈泛红，他忙伸手抹了把眼，"我去吊丧时，听古家阿嫂说，他起程前留了封信给赵将军？"

“嗯。他知我在查问一桩事。”

“什么事？”

“你不知为好。”

何遄是识机之人，忙点了点头。

“我要问的是，正月之后，他与何人往来较多？”

“他那为人，赵将军岂会不知？他一向好结交，三教九流，但凡有所长，便愿亲近。”

“他有无新结识之人？或之前较疏，却忽然近密之人？”

“他若有新结识之人，必定会在我面前夸耀。自从江南方贼作乱，枢密院公事顿增了数倍。他是守阙主事，哪里忙，便往哪里赶。二月他被转到支差房，掌调兵发军，整日忙乱不堪，哪得清闲再去交人？”

赵不尤顿时又想起古德信留的那句“义之所在，不得不为”，他自然是被某人用大义说动，又以此大义说服郎繁，去梅船刺杀紫衣客。此事不知与高丽有何关联？但若径直问高丽使，何遄自然会起疑，他便将话题绕开——

“如今辽金对战，不知高丽情形如何？”

“两虎相争，高丽倒是捡了个大便宜。近百年前，辽国东征高丽，强渡鸭绿江，在高丽边境建了一座城，名叫保州。如此，高丽便失了鸭绿江屏障，那保州城如同眼中穿刺，成为高丽最大之患。金国崛起后，高丽见大辽节节败退，便趁势与金国商议，夺回保州。金人虽忙于西征辽国，却又舍不得保州，因此，一面应允高丽自行攻取，一面又命将领夺占保州。高丽趁金兵即将攻破保州之际，说服城中辽将归顺，未费兵卒，便轻易得了保州，哈哈！”

赵不尤顿时想起“海上之盟”，与高丽这顺势巧夺之策相比，“海上之盟”便有些险重了，难怪官家也生出悔意，不愿再行。如今高丽涉足插手梅船案，不知又有何图谋？在行什么棋路？

他又问：“高丽使仍在汴京？”

“嗯，月内便要归国了。”

“高丽使的接送馆伴是你北面房令史李俨？”

“是。”

"清明那天，我见他陪着高丽使，在虹桥边茶棚下吃茶。"

"哦？有这等事？李俨这人向来骨软人滑，我和古德信皆不喜他。他竟带了外国使者随意混入人群？若生出意外事端，如何是好？"何遣有些恼，转头唤楼口正和店家说话的那年轻文吏，"张春！"

张春忙快步赶了过来。

"清明那天，李俨陪高丽使去虹桥，你跟去没有？"

"小人和丁万都跟着去了。"

"李俨由那高丽使混入人堆，坐到茶棚里吃茶？"

"李令史原本驾了一辆车，陪高丽使去赏春景。到了汴河湾，那高丽使说隔着车不能尽兴，强要下车去走。李令史劝不过，只得陪他下去走。一路上倒也无事。那高丽使走了半程，口渴了，又说从未领略过我上国民间日常风物，便又强要去那茶棚下吃茶。李令史劝不住，又只得由他。坐下才吃了半盏茶，那汴河上便乱起来，李令史和小人两个忙护着高丽使离开了那里，并未出过任何闪失——"

何遣听后，才略放了心。

赵不尤却借机问道："你们下了车后，高丽使可曾与人言谈？"

"没有。小人和丁万生怕高丽使被人撞倒，一直紧紧护在两边。"

"坐到茶棚下，也没和邻座之人说话？"

"没有。只有李令史陪着说话。"

"可有个跛脚之人在附近来去？"

"跛脚之人？嗯……是有一个，走到那茶棚柱子下站着，丁万去付茶钱时，还撞到了那人。"

何遣忙问："赵将军问这些是……"

"这跛脚之人关涉到一桩案子——"

"和高丽使有关？"何遣又惊疑起来。

"我只随口一问。高丽使去茶棚吃茶，既然无事，你也莫再多问，攀扯起来，你也得担责，李俨更要怨我无端生事。"

"好。"

二、偷吃

冯赛赶到了芳酪院。

他去探望过邱迁，偷塞了几块散碎银两在羊肉炊饼中，好叫他在狱中打点那些狱吏。出来时又寻见狱中节级，暗递了五两银子，托他看顾邱迁。这些银钱是从秦广河处借得。眼下他无暇去招揽生意，唯有了了这桩大事，才能重理营生。

出来后，他不住回想李弃东说的那句话："邱迁，你也来了？"

李弃东为何要加这个"也"字？他杀了顾盼儿，自然要紧忙逃离，下楼时猝然见到邱迁，这个"也"字应是脱口而出，而非事先熟思。

相识之人，不期而遇，通常也会说这个"也"字，其中含有惊喜之情。李弃东当时正要逃命，见了邱迁，自然绝不会惊喜。人在惊慌之下，话语只会比平素简短，通常不会加这个"也"字。李弃东为何要加这个"也"字？

李弃东心思智谋远胜常人，一见邱迁，恐怕迅即便想到，拿邱迁来替自己顶罪。因此，他装作无事，叫邱迁去顾盼儿房里。加这个"也"字，更能显得轻松随意，让邱迁毫无戒备。

但其中又有个疑处：两人在楼梯上相遇，李弃东下楼出院门，邱迁上楼去顾盼儿房里，二者距离相差不大，李弃东甚而更远一些。若是邱迁先见到顾盼儿死，叫嚷起来，迅即追下楼，李弃东即便能逃脱，却也是给自家添险。照理而言，李弃东应设法略作拖延，让邱迁晚些见到顾盼儿，好让自己充裕逃走。他却又加了句"你上去吧，盼儿在上头"，似是催着邱迁快些上去。这一句相催，让前头那个"也"字似乎多出一层意思。

冯赛原本要翻身上马，不由得停了下来，闭起眼细细琢磨。思寻半晌，他忽然发觉，这个"也"字里似乎含了些嘲意。但何等情形下，人会说出这等嘲讽之"也"？

他又急急思忖，良久，忽然想起一桩小事：今年正月，他带两个女儿去看灯，邱菡特意给她们穿了红梅绣的白锻新袄。到了灯市，见到卖小儿戏剧糖果的，珑儿选了一支打娇惜，玲儿却拿不定主意，扒着那挑子左挑右挑，总算选定了一支糖宜娘，新袄上却蹭了一片油污。她最爱洁，顿时嘟起嘴，看看要哭。却一眼瞧见珑儿舔食那打娇惜时，前襟上落下一摊口水，她顿时笑起来："妹妹的袄子也脏了！"

冯赛心头一亮：惊喜偶逢时，人会说"也"；同病相嘲，也会情不自禁说"也"。

但那李弃东见了邱迁，有何同病可供相嘲？难道——

他并未杀顾盼儿？他和邱迁一样，进到那房里时，顾盼儿已死？他见机不对，立即离开，却撞见邱迁，不由自主说出："你也来了？"这"也"字，自然含了嘲意。他知道邱迁为人诚朴少机变，一旦走进那屋，便负罪难脱。他自家一身麻烦，自然乐得减去这一桩。于是又加了句"你上去吧，盼儿在上头"。

不过，仅凭这"也"字，无法真的断定。冯赛急忙赶到了芳酪院。

到了那里，见院门半开，里头并无人声，便拴好马，径直走了进去，绕过影壁，看那庭院中不见人影，正要开口唤，左厢房里走出个素衫女孩儿，正是盏儿。盏儿见到冯赛，先一惊，随即摇手示意他莫要出声，跟着轻步赶了过来，牵着他衣袖，将他拽出院门，又走到墙边，才小声说："盼儿姐姐殁后，牛妈妈着了病，才喝了药汤躺下。"

"盏儿，我仍是来问出事那天的情形。那天，柳二郎来之前，还有什么人进过顾盼儿的房里？"

"嗯……张郎中。那些天，盼儿姐姐听了你们这边的祸事，焦得不得了，哭了好几回，和牛妈妈也争吵了几场。那天她一早醒来，心里头便闹烦，没梳洗便又躺下了。牛妈妈忙叫人去请了张郎中来，到盼儿姐姐房里看视。我忙把床帐放了下来，张郎中隔着帐子，把过脉，说是酒吃多了，伤了肝，又逢着春季，肝气虚旺，便写了个药单。牛妈妈陪他下去，叫人跟着去取了药来，我便下楼去煮药。再没听见谁上楼，直到柳二相公来。"

"那房内窗户可开着？"

"嗯，盼儿姐姐怕憋闷，只要天不冷，窗户清早便得打开。"

"你再仔细想想，可还有其他疑处？哪怕并非疑处，不论大小，与常日略有些不同之处也可。"

盏儿望着墙，细想了一阵："盼儿姐姐一直躺在床上，我怕扰到她，进出都轻手轻脚的，并没听见什么响动，也没瞧见什么——"

冯赛见她说完后，嘴却仍张了片刻，目光也隐隐一颤，却欲言又止。他忙盯过去："盏儿，你莫怕，这是在查真凶，救无辜，任何事都可说出来。"

盏儿脸微微一红，犹豫片刻，才低声说："那天盼儿姐姐起来后，牛妈妈叫我端了一碟糕上去。那是望仙桥王宣家的玉屑糕，盼儿姐姐一向爱吃，那天却一块都没动。我扶她躺下后，瞧着那糕，竟犯起馋痨，便偷偷吃了一块。吃过一块，反倒越发逗起了馋虫，便又拿了一块，可才咬了一口，便听见牛妈妈带了张郎中上楼来。牛妈妈最恨人偷嘴，若见了，一定拿针戳我的嘴皮子。我一慌，不知该把那块糕藏到哪里，见窗户开着，忙伸手丢到窗根下头的琉璃瓦上。后来一忙乱，竟忘了那糕。等出了那凶事，公差去那房里查验过后，我才想起来。趁人都走了时，偷偷进去寻那块糕。可到窗边才探出头，几只鸟扑啦啦飞了起来，唬了我一大跳。等定下神再一瞧，那块糕已经被碾碎，大半又被鸟啄食了去。"

"被碾碎？"

"我当时瞧见，便有些纳闷。鸟力气再大，也只能啄碎，剩下的那些糕却被碾成薄片，粘在瓦上。若不是你问，我还忘了……"

冯赛顿时明白：是有人翻窗而入，没有留意，踩到了那块糕。杀死顾盼儿的，正是这踩糕人。

但这会是何人？为何要杀顾盼儿？当时李弃东才从狱中放出，便先赶到这里来见顾盼儿，有何紧要事？顾盼儿之死与这紧要事有关？

三、家常

梁兴和梁红玉在那小宅院里躲了两天。

那院门从外头锁着，他们夜里回来时，是偷偷翻墙进来，怕邻居听到，堂屋门也一直关起。水和吃食，梁红玉此前已经备足。两人各住一间卧房，白天无事，便在中间的过厅坐着轻声闲聊。

梁兴原想和她论些武艺剑法，梁红玉却极好奇梁兴过往经历，点点滴滴不住盘问，连幼年时哭过几回、挨过几回打、偷吃过什么、尿过床没有……一一都要穷究。梁兴从未跟人讲起过这些，自然极不情愿，但看梁红玉兴致那般高，又不好沮了她，只得一样样如实回答，像是打开心底一个旧口袋，翻转过来，将里头的东西全都搜检一遍。梁兴自家都诧异，心中竟藏了这许多旧忆，尤其是和父母在一处时那些旧事，桩桩件件，哪怕极细小寻常，如今回想起来，都似被夕阳映照，纤毫毕现，让他心底一阵阵暖涌。

儿时，他一直嫌那营房窄陋，转身便要碰落东西。常说自己若成了人、做了将校，一定要置一院大房宅，让父母搬进去，尽情走跳。可如今回头一望，那低矮房舍里，处处都闪着亮，那光亮并非金银之亮，而是父母望着他时，眼里那无限慈爱之光。

他讲起有回惹恼了父亲，父亲抓起扫帚要打他，可举了半晌，都下不得手，最后竟狠狠抽打起脚边一只木凳，那木凳被抽得连翻了几个滚儿。他娘进来看到，一把夺过扫帚，为那凳子和他父亲争嚷起来。他父亲又不善言语，闷挨了一串责骂后，才憋出一句："我要打的是那个倔骨拐！"他娘一听，顿时瞪向他："我也正要打这闲撮手，把我的油瓶和醋瓶混在一处，想煎油果子，却煎出些酸疙瘩，还溅得我满头满脸。你要打，莫拿这扫帚，去拿那火钩子——""火钩子不打坏了他？"两个又为火钩子争起来，争了一阵，回过神，反倒一起笑了……

梁兴说到这里，也不由得笑了出来，眼里却不禁涌出泪来，他忙用手背抹掉。

梁红玉望着他，柔声说："怕什么？男儿汉这时若不落泪，便是冷心冷肠，不值一文了。"

梁兴勉强笑了笑："莫再逼我讲这些了。"

"好，还有一桩最要紧的，留到下回再问。"

梁兴看她眼中含笑，目光却仍在探询，忽然明白她所言那桩最要紧的是什么了，心不禁一沉，微有些不快，可隐隐又有些盼她发问。发觉这念头后，他越发自恼，又不愿被梁红玉瞧破，忙站起身，走到窗边，透过窗纸上裂开的一道缝，向外张望。

日头早已落山，院子里暮色沉暗，瞧不见什么。他却一直望着，心里有些纷乱，更隐隐牵动那丝旧痛。正不知该如何是好，外头忽然响起开锁声。他忙定神细看，梁红玉也走过来凑近那道缝，鬓边青丝拂到他的下巴，一缕清香更是扑鼻袭来。他忙让开一步，低声说："张都头？"

那天，梁红玉将这院门的钥匙给了张俊。他话音才落，院门推开，一个身影走了进来，闩好门，随后转身走了过来，果然是张俊。梁红玉忙去开门，梁兴则摸着火石，点亮了油灯。

张俊走了进来，脸上瞧不出忧喜。梁红玉关好门，忙请他上坐，斟了盏茶，这才问道："如何？"

"尚未有何结果。"

"但也未出差错？"

"嗯。"

"那便请你从头讲一讲。"

张俊点了点头，却先端起茶盏，喝了一口，又低眼望着茶水，似乎在理思绪。梁兴坐在一旁望着，此人其实极有智识，却始终不动声色，出言更是慎重。不过，倒也未瞧出有何异心，梁兴只是不喜这等性情。

张俊沉思片刻，又喝了口茶，这才开口："那晚在丰乐楼，我离开后，照着商议好的，快步走到东边那座楼，后面果然有两个人影跟随。我进到楼中，迅即上了楼，沿着飞桥，穿到另一座楼，又快步下楼，走到庭中，沿着穿廊拐到前院。前院有许多人，我便躲到一丛树后暗影里，看后面没有人跟来，这才又绕到北楼后边，从东北角那个小门走了出去。我一个手下牵了马等在那里，我便骑了马飞快离开，并没有人尾随。"

"呵呵，那两路人便开始四处找寻楚澜下落了？"

"我派了四个人分作两拨，藏在那西角门外监看，果然有两路人也在那街边窥望。那两路人没等到我，便各自退散。那两拨手下分别跟着，各自跟到了他们的落脚之处，一个继续监守，另一个回来报信。第二天清早，我又差了两拨人去轮班，各自跟了一天。还好，都寻见了他们的头目，一个是壮年汉子，脸上有许多疤痕——"

梁兴道："冷脸汉手下。"

"另一个竟是个提瓶卖茶水的年轻妇人，住在望春门祝家客店。"

"明慧娘。"梁红玉笑道。

"这两人显然并非大头目，我的手下一直跟着这两人，从昨天中午直到今天傍晚，却再没发觉他们上面的头目。"

"多谢张都头。"梁红玉笑道，"剩下的，便由我们两个去查，我跟那个明慧娘。"

"我去查冷脸汉。"梁兴憋困了这两天，顿时来了兴头。

四、藏身

胡小喜驱马出城，来到北郊。

望着那连片绿田和葱郁林木，他不由得停住马。张用一句话便戳破了他的心思，他的确既盼着寻见阿翠，又怕寻见。他头一回对女孩儿动心，却遇见这么一个女魔怪。那般青春娇好，闪着一双大眼，叫人喜之不尽，片刻间，却变作杀人狠手、阴谋强人。回想起自己被推进那地下暗室，胡小喜浑身仍一阵阵发寒。

张用说这事得尽力做个了结，他自家也这么盼着，可心中那分留恋，始终割舍不去。尤其是阿翠最后竟仍存了不忍之心，去告诉了他娘，让他没有困死在那阴臭暗室里，思前想后，他怕一阵，叹一阵，怨一阵，念一阵。这一向，一直恍恍惚惚，着了病一般。他叹了口气，告诉自己，就当蝉蜕一般，挨过一场痛，才能成个人。

他取出张用给的那张图，先找出最近那个地点，四处比照了一阵，认出了路，便揣好那图，驱马向那里寻去。

那是一座小庄院，隐在一片小林子里。胡小喜沿着林间一条土路，来到那庄院门前。院门挂了把锁，瞧着已经生锈，许久没有开过了。四下里极静，只有鸟声和林子里偶尔一两声虫鸣叶落。

胡小喜顿时有些怕起来，他下了马，小心走近那院门，伸手推了推门扇，吱扭一声，极刺耳，他忙停住手，等四周重归宁静时，才透过那门缝，朝里觑望。里头一片院子，地上许多枯叶，北边一排房舍，门都关着。他望了一阵，没发觉任何动静。阿翠那般机警深谋，若是要藏身，自然得让这院子像是没有人迹。他又望了一阵，忽听到一阵簌簌声，心顿时一紧，忙屏住呼吸，手不由得握向腰间刀柄。这刀是他出城时，特地绕回家取的。

那簌簌声从院子左边看不见处传来，有人躲在那里？他一动不敢动，听了半晌，那声响渐渐移了过来，他手攥得越发紧，有些发抖。过了一阵儿，他一眼瞧见，一只老鼠爬了过来，左探右探，行行停停，身子不断碰响枯叶。胡小喜暗骂了一声，长舒了一口气，手脚却仍在抖。

他又听望了半晌，再无其他声息，便打算离开，但一想，要了断便该了断个彻底。于是握着那把刀，壮起胆子，绕着那院墙，踩着满地乱草枯叶，往后边走去，边走边瞧，看是否有侧门、后门，或翻墙进去的痕迹。绕了一圈，并没寻见什么。

他见那东墙根草里横了一根烂树桩，犹豫了半晌，还是狠下心，费力将那树桩抬起来，斜靠到墙上支稳，踩着爬上了墙头。从这里望得更全，院子里的确没有丝毫人迹。不管有没有，都进去查个透彻。他再次壮起胆，翻身跳进了院里。他从小跟其他孩童到处爬树上房，这墙又不高，双脚轻松便落了地。

他握着刀，先静望片刻，见没有动静，才慢慢走向最东边一间房。脚踩得那些落叶，发出刺耳响声。他忙尽力避开落叶，小心走到那房门前，轻轻一推，又是吱扭一声，房间里头有些暗，潮土气扑鼻，堆了半屋子筐子、农具。他仔细瞅了半晌，并未发觉什么，便轻轻带上门，走向隔壁那间房。推开一看，里头是间卧房，只有空床空柜，并没有被褥，四处满是灰尘。他又关上那门，去查剩下几间房。正面一共五间房，西侧是厨房和柴草房，他一一查看过，桌凳器物上都积满灰，没发觉任何住人痕迹。

他见再无可查，便寻了把凳子，踩着翻出墙，骑了马赶紧离开。穿出林子，回到大路上后，看到不远处两个赶路人，远处田里也有几个农人劳作，他才松了口气，头一回发觉，能见到人，竟如此叫人安心。

不过，无论如何，自己细细查过了那空庄院。这叫他心里多了些底气和欣慰，便取出那图，找出了第二处，又驱马寻了过去。

第二处仍是一座小庄宅，院门也锁着，不过没藏在林子里，附近相隔不远，能望见其他农舍。他照旧先从外头绕着看了一圈，而后翻墙进去，一间一间房细细查看。这庄宅房内陈设要齐整许多，床虽然空着，柜子里却放了被褥。不过，依然到处布满灰尘，也是许久没有住过人。

胡小喜翻墙时，见远处田里有个农人，抬头朝自己这里瞅望。他跳下去后，便骑了马，沿着田间小道寻了过去。那农人见他走近，不由得握紧了手里的长镬。胡小喜不由得笑了起来，过去跳下了马，高声说："老伯，我是开封府公差，来这里查案。"那农人瞅了瞅他身上的公服，这才略松了松手。"老伯，那庄宅是什么人的？""那主人是城里一个姓章的银器商，已经典买了几年，头两年还有人来住，从去年便空在那里。""这一年都没人进去过？""没有。"

胡小喜道过谢，又上马去寻第三处。路上不由得感慨，不知银器章和阿翠有多少银钱，狡兔三窟，他们竟置了这许多房舍宅院，却都白白空着。

回到大路上，又行了几里路，曲曲折折绕了许久，终于寻见第三处。

那是个寻常农家宅院，院墙低矮，里头只有三间房。他一眼瞧见那院门并没有挂锁，心顿时又紧起来。下了马，望着那院门，迟疑了半晌，才走了过去。到了门前，又犹豫了一阵，才抬手去敲门。手还未触到门板，那门竟忽然打开，惊了他一跳。抬眼一瞧，是个中年妇人，那妇人也满眼讶异。

胡小喜忙问："你住在这里？"

"嗯，你是？"

"我是开封府衙吏，来这里查案。你这院里住了几个人？"

"只有我们夫妻两个，还有一个孩儿。我丈夫清早割了些韭菜，带着孩儿去镇子上卖，还没回来。"

"再没其他人？"

"没有。"

"这院子是你们自家的？"

"不是，是章员外的，四周这些田也是他的。我们连田带房都租了下来。"

"租了多久？"

"有五年了。"

"这一个月他来过没有？"

"他那等人，哪里肯来这里？我们连他面都没见过，签租契时，只见过吴管家一回。"

"其他人也没来过？"

"没有。夏天收租时，吴管家才派人来。"

"你见过他家一个叫阿翠的使女吗？"

"没有。"

"我得进去查查。"

那妇人不敢阻拦，胡小喜走进去一间间细查，的确只是农家房舍，又只有两间卧房，里头陈设也极粗简，阿翠恐怕不会住在这里。

胡小喜只得出来，看日头已经西垂，还有四处要查。若仍是那等空庄院，天黑后，哪怕给一百两赏银，他也决计不敢进去查。

驱马回到大路上，望着四处升起炊烟，路上尽是匆匆归人，他不由得犯起愁来……

五、伤痕

王小槐不见了。

陆青和三奴商议罢，出去唤王小槐时，却不见他人影儿。问那店里伙计仆妇，都说先还瞧着他在花树底下捉虫子，不知何时不见的。陆青忙和三奴四处寻了一圈，清风楼店里店外，人流密杂，到处都不见王小槐踪影。

陆青不禁担忧起来，那假林灵素一事，他们当时商议，暂莫说出去。此事背后藏了那许多隐情，王小槐是眼下唯一见证，那几路人为脱罪，恐怕都在寻王小槐灭口。陆青从未如此愧疚焦忧过，便让三奴先回，自己继续在那四周找寻。一直寻到傍晚，都没寻见。

他想，唯愿是自己过虑，王小槐那等机敏，恐怕是逃走了。他想起莫裤子和王小槐的舅舅，王小槐若逃走，怕是会去寻这两个人。陆青忙去租了匹马，先赶到了东水门外，到王员外客店打问。那店主说莫裤子先前还住在他家，前两天走了。他只得又赶往第二甜水巷春棠院，去寻王小槐的舅舅，仍是上回那个小女孩儿开的门，说薛全银子花尽，被妈妈撵走了。

陆青越发焦忧，王小槐即便来见这两人，也一样没处寻去。

他只得去还了马，又到清风楼里问了一遭，王小槐并没回去。他一路寻望，出城回到家中，院门前也不见王小槐。他却仍不死心，进去后将院门虚掩着，点起油灯，坐在檐下等。等得饥火冒起，才想起自己一天没有吃饭，便去煮了碗面，胡乱吃过后，又继续坐在院里等，等得不觉睡去。半夜凉醒，便留着门，躺到床上去睡。

第二天，他又进城去寻，一连寻了两天，才不得不死心。王小槐若非被人捉走，便是自家逃走，再不会回来了。

傍晚回到家中，他疲然坐到檐下，心里既空又哀，自己不愿出这院门，正是为此。世间诸般牵扯，到头来，只能余此空哀。他不愿再惹世事，关起门，睡起觉来。

第二天上午，他被叩门声敲醒。他不愿理会，用被子蒙住头继续睡。门外却传来女子唤声，是诗奴庄清素。他犹豫了一阵，终于还是起身穿衣，出去开了门。门外不止诗奴，还有馔奴。

庄清素一眼便察觉他神色不对，轻声探问："陆先生没寻见小槐？"

陆青只点了点头，伸手请两人进去。屋里灰积得更多，他便在院里停住脚。

庄清素犹豫了片刻才启齿："我们来是为花奴——"

吴盐儿忙抢过话头："舞奴不是头一个被请去玉津园的，花奴才是头一个。七八天前，她被人请了去，三天后才回去。她家妈妈立即请了大夫去，不知在外头着了什么病。我寻见那大夫，他却一毫不肯透露。我又设法使钱买通了和他娘子往来最密的一个卖花翠的妇人，由那妇人去打探，才探到一些口信。花奴浑身都是伤，尤其脸上那一道，即便医好，疤痕恐怕也消不去。"

庄清素满眼忧切望过来："我知陆先生远尘隔俗，本不该拿这些事来烦扰清静，只是，撷芳居院门始终关着，那妈妈不让人进去。我们能探到的，也只有这些。琴奴至今也尚未回去，不知人在哪里。我们这些人，虽说身世污贱，可身世并非自家所能拣择，谁人甘愿身陷污泥？谁人不望生而清贵？金玉屋中，未必皆净；黑泥潭里，何曾尽污？这番道理，陆先生自然明白，无须清素赘烦。只求陆先生能略发哀悯，施以援手。"

陆青哪里还能拒得，听后点了点头："我会尽力。"

庄清素和吴盐儿忙连声谢过，陆青送二人离开后，也随即锁了院门，先赶往固子门外一座小道观，去见了一位老道，而后才又赶到了撷芳居。

到了那里，见院门果然紧闭。他上前叩门，半晌，才有人开了门，却只打开一道缝，里头露出一张脸，仍是上回那仆妇。仆妇一眼认出他，却说："陆先生请回吧，院里这一向都不见客。"

"我是来送祛疤药方。"

"哦？"仆妇一愣，盯了两眼，才说，"陆先生略等等，我进去回话。"

陆青等了许久，那仆妇才又开了门："陆先生请进。"

陆青跟着她，仍由池中那道木桥，来到厅前。院中那妈妈候在门外，神色委顿，丝毫不见上回那等欢耀。

见到陆青，她忙几步迎上来："陆先生，您真有祛疤良方？"

陆青点点头，从怀中取出一张纸，上头写着方子。这方子是刚才从那老道处讨来。那老道和他师父是旧识，精于医药，尤擅祛疤除痕，脾性却有些吝怪。许多逃军闻名来求他祛除额上刺字，此事传到官府，官府要拿他治罪，他便逃到郊外那小道观，在厨房里做了个火工道人，已躲了数年。陆青向他讨方子，他百般不肯，陆青要挟说破他身份，他才写了这方子。

陆青对那妈妈说："这方子连军卒刺字都能消去——"

"可是当年那个卢道人的方子？"

"嗯。"

"阿弥陀佛，我四处找人打问他的下落，却哪里寻去？多谢陆先生，多谢陆先生！"

"方子可以给你，但我得见花奴一面。"

"她如今那模样，哪里见得人？即便我肯，她也绝不肯。"

"不见也可，你得告诉我，她这伤是从何处得来？"

"这……这我万万不能说。"

"好。"陆青转身便走。

"陆先生！我若告诉你，你万万不能传出去。"

"放心。"

"惜惜是去玉津园见了一位客，那人身份来历，她也不知。只说那人穿了耳洞，戴着金环。"

"那人什么样貌？"

"我问死了她也不肯说，只说那是头禽兽。"

"什么人来请的花奴？"

"这个……这个我真真万万不能说。"

"你莫怕，这消息早已透漏出去，不但我，还有许多人也知花奴受人凌虐。"

"陆先生，你莫再逼我了，我万万不敢说。一旦说了，这撷芳馆，连同我们这些人，便要被碾成粉。陆先生，你发发慈悲，救救惜惜！她那张脸伤成那样，往后莫说再做花奴，去街上做个女花子恐怕都讨不到一口汤水……"老妇哭着便要跪下。

陆青忙将她扶住："方子给你。这药虽除得了疤，却多少会留些浅痕，颜貌恐怕再难如昔。这倒也是个善机，你若真疼惜她，便趁此替她谋个好归处，也算你们母女一场。"

"是，是，是！"

第五章　寻问

近岁风俗，争事倾危，狱犴滋多，上下睽急，伤累和气。

——宋仁宗·赵祯

一、天命

墨儿回家途中，一眼瞧见前头一个魁梧男子，是哥哥赵不尤。

哥哥步履一向沉着稳健，墨儿曾特地留意过，行在尘土路上时，哥哥脚印笔直延伸，深浅、步距几乎完全相同。他行事也是这般，心里似乎有把铁尺，事事似乎都能判断分明。尤其替人写讼状时，总铁着脸，但凡在理，毫厘必争。不过，这时瞧那背影步姿，似乎比常日缓重一些，头也微垂着，自然是为那梅船案。

自从接了梅船案，哥哥心事便越来越重。往昔那些讼案，再大再深，也只如池塘，终究能摸着边、探到底，这梅船案却如湖似海，不知有多深，也寻不见涯际，人在其中，真如沧海孤舟一般。墨儿从未见哥哥这般茫然无着过。

嫂嫂这一向也越来越担忧，尤其遭了那场惊吓后，更是惴惴难安，她却不肯劝阻哥哥。哥哥不在时，才偶尔跟瓣儿念叨："你记着，相中一个人的好处，这好处便必定附带一样难处。比如这人端直，必定会招来小人忌恨，自然少不得被绊被压。再如那人心善，必定有奸猾之徒借这善，欺他骗他。这怕是做人最难之处。都是人心，哪个不愿向好？可好有几分，歹便有几分，有时甚而加倍，将那好处压磨得不剩几分，叫人情愿丢舍、忘记原先那好。可等你心平气静时，再问自家，若是重新选，你愿挑个不正不善之人吗？"瓣儿立即道："我不愿！"嫂嫂笑着叹气："我也不愿。既然不愿，便得担起那好中之歹。可这真真太难……"

墨儿听到后，曾想过劝阻哥哥，却明白，一来劝不住，二来也不该劝。这世上，总有些难事，得有人去理，也总有些人，似乎命定被选中一般，如飞蛾避不开火光，由不得自家，便是赔上性命，也要扑上去。

哥哥曾给他讲过孔子所言"知天命"与"畏天命"，便是这个道理。命，并非俗人所言之穷通福祸，而是天赋之命。如食之命，在疗饥；衣之命，在避寒；灯烛之命，在照亮。人更是如此，个个生来便具一样天赋，有人善工，有人善画，有人善理财……这善处便是命。人唯有寻着自家之命，才得尽善、尽美，也才能不忧不惧、心安神畅。

哥哥的天命，便是去求公求正。那么我呢？墨儿至今也寻不见自家天命何在，他为此烦恼不已。哥哥却劝他说，天命乃人间最重最大之事，哪里能轻易得见？连孔子也年至五十，方知天命。不过，天命之为天命，自你出生，便已在暗中指引，那叫你欢畅忘我，却于己不悔、于人无害之事，便是天命所在。

墨儿听了，这才稍稍安心。每日跟着哥哥办理讼案，替人解除烦难，便极畅快。他想，这怕便是我之天命。

然而，董谦穿门而入那秘术，他却始终未能解开。瓣儿去瑶华宫，不但勘破那对手臂来由，更发现了那个女道之死，这又令墨儿沮丧无比。再听哥哥回来说，作绝张用顷刻之间，便破解了董谦穿门之术。墨儿听到后，立即跑到章七郎酒栈验证，那门框门柱上果然凿了两道口子，填塞的木条和木楔已经被开封府吏撬了出来。墨儿将下面那块门板横着推开，望着那露出的两尺多空处，不由得坐到地上，顿时觉着，自己的天命恐怕真如瓣儿所言，只是个泥塑的痴判官。

今早，哥哥又叫他去暗中打探那高丽使馆伴李俨的隐情。他心里闷着气，赶到李俨家附近，先在街口茶肆探听，并无所获；又去小食店打问，也没问出什么；而后又和那巷子的一个老者攀话，却仍无所得。

他正在沮丧，却见李俨家隔壁一个妇人提了一篮萝卜出来，刚走到巷口，一骑快马横着冲过，惊得她险些跌倒，篮子掉落在地，萝卜滚得满街。墨儿忙过去帮她将萝卜一个个捡回，又假作同路，替她提着篮子，趁势和她闲话，将话头慢慢引至李俨，没想到竟探出一个惊人消息，让他忽而又觉得，自己的天命仍在此处。

他见哥哥拐过了街口，忙快步追了上去唤住。

"哥哥，我打问到一桩事！你绝料不到！"

"只说名字。"

"蔡京。"墨儿压低了声音。

"蔡京？"哥哥果然一惊。

"李俨隔壁那妇人说，今年正月，李俨家猛然阔气了许多，他两口儿眉眼间尽是骄色，全都换了新锦袄。李俨的娘子跟她夸口说，那织锦缎面是宫中绫锦院今年的新样儿。除夕夜，他家酒吃的是御酒，连油糕果子，也是宫里御赐的。后头说漏了嘴，才说出这些都是蔡太师赏的。"

墨儿刚说罢，忽听到身后又有人唤"哥哥"，是二哥赵不弃。

二哥晃着身子、满脸喜色走了过来，刚要开口，却迅即向四周望了望，附近并没有人，他却仍放低了声音："走，到那河边说去。"

墨儿和哥哥见他神色异常，便跟着走到河岸边空敞处。二哥又望了望四周，才开口道："那菜花虫自家遮谎自家招，紫衣客和阿慈果然都是他做出来的。我从冷绡那里又探出，夺了高丽跛子那香袋的，却是他父亲蔡攸。"

墨儿听了一惊，却不敢插话。

哥哥替他说了出来："墨儿刚刚查到，高丽使馆伴李俨得了蔡京重赏。"

"哦？爷孙三代全搅进来了？"

"蔡京与蔡攸父子恐怕并非一路。我从北面房主事那里问到，清明那天，高丽使强要去那茶棚下吃茶，那高丽跛脚人也凑到了那茶棚下。李俨是聪滑之人，若无更大利处，绝不肯冒失职之罪，任由高丽使混入人堆。墨儿打问到蔡京重赏李俨，此事便可解释，恐怕是蔡京暗中指使李俨，有意纵容高丽使去那茶棚下。那跛脚人原本该将耳朵和珠子趁乱偷递给高丽使，却在犇哥那里出了差错，他未能得着，当时恐怕只好用眼色暗示，告知了高丽使——"

"这么说，是孙儿送紫衣客上梅船，祖父又纵使高丽使去割取那耳朵，最终却被儿子夺了去。这蔡家爷孙在耍击鼓传梅？"

"其间恐怕另有隐情。"

"对了。菜花虫连我杀狗救阿慈，都已探到。他恐怕一直差人在暗中监视我们，以后说话要当心，有外人在，绝不可谈论此事。"

墨儿见哥哥赵不尤听了面色微变，似乎想到了某人……

二、铜管

盏儿怕牛妈妈唤，急着要进去。

冯赛忙道："最后再问一件。顾盼儿死前，和哪些人往来较密？"

"先还有许多高官富商来芳酩院会盼儿姐姐，可自从李右丞看中盼儿姐姐，每月都送来包银，那些人便都不敢来了。"

"李邦彦？"

"嗯。这一年多，盼儿姐姐再没接过其他客，只和十二奴里其他几位姐姐，尤其是碧拂姐姐，一个月往来几回。除此而外，只有去年中秋新酒开沽会，宫中法酒库来请，盼儿姐姐推不得，才出去游了一回街。"

那李邦彦原是银匠之子，生长于市井，惯习猥鄙之事，却生得面容俊爽，极有风姿，性情也脱略不羁，善戏谑，能蹴鞠，自号李浪子，又文思敏捷，应对如流，时常将俗话俚语编作曲词，市井间争为传诵。后来补入太学，上舍及第，试任符宝郎，言官弹劾其游纵无检，因而罢贬。他待人慷慨，尤其善事宫中内监，人争荐誉，因此极得官家爱赏，累迁中书舍人、翰林学士承旨。今年初又拜尚书右丞，升为副宰相。

冯赛想：李邦彦升为副相，自然握有许多朝廷机密。李弃东接近顾盼儿，恐怕正是为此。

他又问："柳二郎可曾见过李邦彦？"

"哪里敢让他见？他来这里，都是小心避开李右丞。有一回他才进盼儿姐姐的房里，李右丞跟脚便来了，牛妈妈慌得在楼梯上摔了一跤，险些没滚下楼去。幸而盼儿姐姐赶紧叫柳相公爬出窗，沿着房檐攀到隔壁那间花厅里，才没撞破。不过，柳相公被大理寺关在牢狱里，盼儿姐姐倒是写了信去求过李右丞，柳相公才被放了出来。"

"嗯……除此之外，再没有任何瓜葛？你再仔细想想，哪怕极小的事也好。"

"正月里倒是有一桩事，只是不知和柳相公有没有干连——"

"什么事？"

"正月初五那晚，李右丞来这里歇了一夜，第二天早上走后，碧拂姐姐差了柳相公来送酪酥。柳相公上楼，去盼儿姐姐房里说了会儿话，便下楼走了。李右丞却差了亲随来问，说落了件要紧东西在这里，是个小铜管儿，里头有机密文书。牛妈妈和我赶紧去盼儿姐姐房里寻，我们三个寻了好半晌都没寻见。那亲随在下头等得不耐烦，跑上楼，冲进房里也一起来翻寻。他边寻边说，那物件虽小，若寻不见，我们几条性命都赔不过。我们一听，越发慌了。还是那亲随眼尖，竟在床脚下头找见了。那个小铜管儿只有三寸多长，比指头略粗，上头一个铜盖儿，封了一层蜡。那亲随捡回了命一般，小心揣好，跑着走了——"

冯赛见盏儿眼中略有些疑惑，忙问："你还发觉了哪些异处？"

"嗯……盼儿姐姐屋里被翻得乱成了草窝棚，我收拣清理时，发觉桌子下那地板上落了些蜡滴。早起李右丞走后，我清扫那屋子时，似乎没有这些蜡滴，不知是不是我记差了，或是当时没留意？"

冯赛听了心头一亮：顾盼儿和李弃东打开看过那铜管中的机要密信，随后点燃蜡烛，在那盖子上滴蜡，照原样封好。那密信难道事关梅船紫衣客？

"我能想起的只有这些，我得赶紧进去了，牛妈妈若唤不应我，要把我耳朵撕烂——"盏儿说着慌慌跑进了院里。

冯赛仍站在那里不住思忖：若真是如此，此事只有他们二人知晓，为何有人要杀顾盼儿？难道杀顾盼儿的，仍是李弃东？李弃东从狱中出来，急着要去寻紫衣客和那八十万贯。而紫衣客之事，唯有顾盼儿知晓，先杀了顾盼儿，便无法再追查到他。

不对，李弃东起先只一心谋划那百万官贷之事，并且是受西夏间谍胁迫，为了救回自己哥哥。即便他看到紫衣客的机密，正月间他那百万官贷才做成一半，汪石才将粮绢运到京城，尚未动手解决粮荒、绢荒。李弃东还有许多事情要铺排布置，应无余力再去做其他事。

或许是他得了这机密，转而告知西夏间谍，想以此早些换回自己哥哥？西夏间谍得了这机密，却并未放人，反倒又给李弃东添了一桩差事，逼他去劫紫衣客？若是如此，他们自然怕顾盼儿泄露出去，见李弃东从狱里放出，为防再出差错，便派人翻窗进去，杀了顾盼儿？

李弃东去寻顾盼儿，恐怕原本也是要去灭口，到了这里，见顾盼儿已死，自然明白是何人下的手，便迅即离开。楼梯上撞见邱迁，才会那般从容。

不过，他若真的怀了杀意，有人又替他做成，见了邱迁，便不会有同病相嘲之感，也不会无意间漏出那个"也"字。只会装作全然无事，随口问一声，好叫邱迁懵然走进顾盼儿房里，去做替罪人。

冯赛仍隐约觉得，李弃东说那个"也"字，除了同病相嘲，更有些伤愤在里头，为顾盼儿之死。他并不愿也不忍见顾盼儿死，却无能为力。或许，他已料到西夏间谍不会留隐患，他来见顾盼儿，不是为杀，而是为救？

若真是如此，此人便尚存有一点善念，或许能有些助益。

但眼下，虽知凶手应该是西夏间谍，却没有证据，也无从查找。李弃东和冯宝在哪里，更是渺无踪迹。接下来，该从哪里入手？

冯赛又陷入茫然……

三、跟踪

梁兴清早进城，来到保康门桥。

桥头站着个年轻男子，穿了件旧黑绸衫，手里拿着柄青绢扇。他走过去说出暗语："劳问一声，这附近可搭得到去睦州的船？"

那年轻男子上下打量了几眼，先有些不信："睦州在东还是在南？"

"在北。"

"哦，是你了。那疤脸汉就住在巷子拐角那间小茶肆楼上左边头一间。那茶肆其实是家私窠子，店主是个妇人，借卖茶勾搭男客。疤脸汉进出都是由后街那扇小门。我后半夜到的这里，那疤脸汉一直在房中，尚未出来。"

"辛苦兄弟，你回去歇息吧。"

那男子显然极困倦，答应了一声，忙走了。梁兴站在那里，朝茶肆楼上望去，左边头一间窗户关着。疤脸汉选这间房，自然是便于从窗内朝外环视窥望，前后又都易逃遁。梁兴虽装扮了一番，却仍怕被瞅见，便走到桥边树下躲了起来。

今早出门前，梁红玉调了碗土褐色颜料水，让他将头脸手臂全都抹遍。又取出一套破旧灰布衫裤、一双烂鞋，叫他换上。而后，又去院里扫了些灰尘，给他全身扑遍，让他拿根扁担，扮作在街头寻活儿的力夫。她自己也照这样儿，装成个提篮卖姜的村妇。那张明净面庞顿时变得粗黑鞍皱，衫裤里头塞了些软絮，身形也粗壮了许多。

梁兴望望她，又对着镜子照照自家，不由得惊叹："你这些旧衣物从何处寻来的？"

"那天你去开封府，我也并没闲着。"

"这些装扮术，是从哪里学的？"

"哪里事事都要去学？我被强送到红绣院，扮成那等讨欢求怜的模样，原先何曾学过？人到一地步，自然便改一张脸。"

梁兴听了，心中一阵怜惜，却又知道她不喜被人怜，一时间竟不知该如何开口。

梁红玉却笑着转开话头："诸般都好装，唯有这眼神最难掩，你得这样——"她将目光微微下沉，那双杏眼顿时失了光彩，她又定住目光，左右转了转头，"记着，诀窍是，朝哪里望时，转头莫转眼。"

梁兴照着学了学，果然觉得呆钝了许多，两人一起笑了起来，梁红玉那双杏眼重又闪出莹莹光亮。梁兴见了，心里又一颤，忙说："我得走了。"转身之际，他发觉梁红玉望着他，似笑非笑，似乎察觉了他这慌窘。

此时，躲在桥边树下，回想梁红玉那目光，除了察觉，里头似乎还藏了些什么。他琢磨良久，却难以说清，心中倒生出一阵怅意。呆了半晌，忽见那茶肆后门打开，一个男子牵着匹马走了出来，梁兴忙定睛细看，正是那疤脸汉。

疤脸汉出来后，并没有上马，牵着走到街口，到那街边一个小食摊旁，将马拴在树上，坐下来，似乎要了碗面，埋头吃起来。梁兴远远望着那背影，发觉疤脸汉后背略有些佝偻，行止举动僵慢，像是全身骨节都用铁打成，却都已生锈。身形间更透出一股灰懒孤冷，如同一只猎犬，被丢弃已久，早已忘了故主故园，日日只是独自漠然寻食求生。天性也只剩两样，怯和狠。处处皆疑，时时都怕，却又藏满恨意，一旦激发，凶残胜狼。

梁兴忽然记起，那晚在芦苇湾，这疤脸汉似乎也冲上了中间那只船。不过，后来却不见了人影，自然是趁乱逃走了。梁兴不由得暗叹，人到他这地步，生死其实已无分别。死，于他反倒是宁歇；生，于这世间则是危害。

那疤脸汉吃罢了面，丢了几枚铜钱在桌上，转身刚解开马缰绳，有两个年轻汉子忽然从附近奔向了他。疤脸汉看到，停住手，冷冷等着。那两个汉子走到他跟前，微躬着背，显然极畏惧。其中一个说了些什么，疤脸汉听后，盯着那两人呆了片刻，才简短说了句话。那两人忙连连点头，随即一起慌忙走开了。

梁兴猜测，两人恐怕是来回报追寻楚澜的事，楚澜那般谨慎机诈，自然不易寻到。

那疤脸汉仍站在街边，微垂着头，双手使力拧着缰绳，看来有些恼。梁兴不由得笑起来，为了那紫衣客，不但我累，这些人也焦忙奔寻了一个月，说来我倒也不孤单。

那疤脸汉呆立半晌，才上了马，望西边缓缓行去。梁兴慢慢跟在后头，心想，他恐怕得去给那冷脸汉回报。

疤脸汉一路行到旧郑门外，下马进到街边一个茶肆，要了碗茶，呆坐着，不时望望左右，似乎在等人。梁兴便靠着旁边一家店铺的墙根，坐下来静观。等了许久，又有两个汉子走向疤脸汉，仍是带着畏惧说了些话。疤脸汉听后，僵了半晌，才吩咐了一句，那两人也慌忙走开了。

疤脸汉付过茶钱，随即起身，骑了马，穿过城门洞，向内城行去。梁兴跟着他，一直向北，出了北边的旧酸枣门。这时已是正午，疤脸汉走进一家食店，要了些酒菜，坐下来吃。梁兴也走得渴饿，便去旁边饼铺买了三张油饼，讨了碗茶，站在那里边吃边瞧。

疤脸汉吃过后，并未离开，一直呆坐在那里。半晌，又是两个汉子进到那食店，向他回报，看那情形，仍无好信。疤脸汉吩咐过后，才付钱出来，骑了马，向东边行去，梁兴只得继续跟着。

疤脸汉竟围着内城转了一圈，每到一座城门，便在附近茶肆食店等候，不断有人向他回报。梁兴不由得暗暗惊讶，这伙人数目看来不少，行事部署又如此周备，绝非寻常贼人。看来疤脸汉是要寻到楚澜的下落，才敢去见冷脸汉。

直到天黑，疤脸汉才回到保康门外那住处，梁兴白跟了一整天，觉着比和数十人连斗都乏累。他望着那茶肆楼上左边第一间房亮起了灯，这才靠着柳树坐了下来，守望了近一个时辰，那灯才熄了。

梁兴又望了一阵，茶肆前后门都没有人出来，街头灯火也渐渐熄尽，除了打更之声，四下里再无声息，他不觉靠着那树睡了过去……

四、名单

范大牙手里攥着一张纸，兴冲冲赶往张用那里。

张用让他去打问阿翠之前常去的门户人家，他却茫茫然毫无下手处。出了院门，正在慢腾腾边走边想，忽听到身后一个女孩儿唤："板牙小哥！"他回头一瞧，是阿念，戴着帷帽，红纱飘飘，快步走了过来。

"我告诉你个近便法子，银器章家对门住了个老怪物，生了一对尖长耳朵，最爱偷听偷瞧别家隐情，人都叫他胡老鸮。他被那个阿翠和裱画匠麻罗杵了三杵，张姑爷寻到那里，见他躺在地下，原以为死了，谁知后来他竟哼了一声，活转过来，现今恐怕躺在床上养伤。你去问他，他一定知道不少事。不过，这人极贼滑，你得先唬住他——"

范大牙忙连声道谢，隔着红纱，隐隐见阿念笑得憨甜，心头一暖，又谢了一声，这才转身离开。一路上，他不住回想张用和阿念唤他"板牙小哥"，头一回发觉，人这般唤他，并非定是嘲笑，也有亲近示好之意。这让他心底里顿时松畅了许多，似是搬开了一块积年的石头。

心一轻，脚步也轻了许多，不多时，他便来到蔡市桥，穿进银器章家那条巷子。午后时分，巷子里极安静，不见人影。快到银器章家时，他一眼瞧见那斜对面院门前有个身影，正扒在门缝边朝里觑望。他不由得放轻脚步，走近些后，才看清是个老者，一身贼滑气，头上裹着白纱布，露出一对耳朵，又尖又长，极显眼。

范大牙不由得叹气，果真是死性不改，正好不必另设法子唬你了。他悄步走到那人背后，猛然喝道："胡老鹞！"

胡老鹞吓得一颤，险些趴倒，抚着胸脯急喘着气，忙回头望过来，一眼瞅见范大牙穿着皂衣公服，越加慌了神。但旋即觑向他那对板牙，贼眼随之定住。范大牙顿时恼起来："你瞅什么？"

"没瞅什么。这位公差，有何贵干？"

"你在这里做什么？"

"我来寻猫，我家那瘟猫儿跑到隔壁这家了。"

"寻猫要这等贼头贼脑的？怪道这一带人家时常遭窃，怕便是你做下的？"

"公差小哥，我在这条巷子住了五十来年，清清白白，隔壁果子落到我院里，我都要拾起来还回去。"

"五十来年？那我问你这巷里人家的事，看你知不知道。"

"根根底底我全都知道。"

"斜对面那家姓什么？"

"姓章。"

"他家有个使女，年纪大约二十岁，生了双水杏大眼睛，她叫什么？"

"阿翠。"

"阿翠常去哪些人家？"

"她常去一些富贵门户卖首饰。"

"哪些富贵门户？"

"这个我便不清楚了，除非问那吴管家。"

"除了吴管家呢？"

"那个姓姜的账房。"

"姓姜的住在哪里？"

"这章家人都散了，我听着那姜大郎去了封丘门银器杜家。"

"嗯，看来你没说谎。往后莫要再这般贼觑贼探的，我若再见你扒人家门缝，捉你到开封府好生吃一顿板子——"

范大牙转身离开后，才龇着那对板牙，笑了出来。一路笑着来到封丘门，找见了那银器杜家，走进铺子里，问那迎上来的店主："姜大郎可在你店里？我是开封府公差，寻他查问一桩要紧事。"那店主忙引他到后头一间房里，姜大郎正在里头记账，四十出头，圆胖身材。

范大牙板起脸："你那旧雇主犯了许多重罪，开封府正在急办。我是奉命来问你一桩事。"

"什么事？"姜大郎满脸惊怕。

"他家那使女阿翠常去一些人家卖首饰？"

"嗯。她是女孩儿，好去那些府宅见女眷。"

"是哪些府宅，你可记得？"

"大都记得，我这便抄给你。"姜大郎忙取过一张纸，边想边记，写了一串名字，而后递了过来，"我能记得的，共有这三十八家。"

范大牙接过来一看，竟全都是官户，中书、门下、尚书三省，吏户礼兵刑工六部，枢密院，御史台，谏院，翰林院，馆阁……朝廷紧要职门，尽都走到。他心里暗惊，阿翠自然是借卖首饰，出入这些贵要之家，趁机探问军国机密。

他忙将那张纸折好，怕揣在身上揣丢，一直捏在手里，离开那银铺，快步赶到了张用家。

走进院子一瞧，地上密密麻麻画满了长短横竖的杠杠，没有一点空处。夕阳照着那些字画，瞧着极古怪神异。他的脚刚伸进门槛，屋中猛然响起一声尖叫："莫要踩！"吓得他忙收回了脚。是阿念，站在堂屋门里，急朝他摆手。

"不怕，随意踩，那些都已废了。"张用的声音从院门后边传来。

他这才小心走了进去，却仍不敢踩那些字画，踮着脚尖，尽力选那些空处。进去后扭头一看，张用手里捏着块石炭，立在院墙前，那面墙也已画满了半堵。张用扭过头，脸上也被石炭抹花，见是他，忙问："你查到了？"

"嗯。"范大牙举起手里那张纸。

"太好了！所知太少，未知太多，算来算去，尽是白算——"张用疾步走过来，一把抽过那张纸，迅即展开，飞快扫过后，大笑起来，"这才对嘛，我算了几万个去处，这一下便缩到三十八个——"

这时，有个人走了进来，范大牙见过，是黄瓢子。黄瓢子也怕踩到地上那些字画，踮着脚选着空处，小心走了过来。

张用扭头问："你也又问到了？"

"嗯。那个陈六果然说了谎。他说他怕惹官司，才没说真话。"

"真话是什么？"

"他说何奋不是在尚书省府门前寻见的他，那时他在那府门前候差，何奋去了他家，寻见他爹，将那篮桃瓢酥留在那里，他下午回去才见到。那新绸衫也不是何奋给他的，是他自家买的，何奋给他留了五十两银子。"

"这人仍在说谎。"

"哦？"

"何奋要逃，自然早已思谋好。前一天夜里，发生焦船案后，何奋得了钱，应当趁夜立即逃走。他给你们夫妻捎钱，自家摸黑偷偷过来便成，还可当面告别，何必要等到第二天，又转托他人？多一人便多一险，何况还不是亲自寻见陈六，又是转托给陈六的爹，还要冒险去街市上买桃瓢酥？另外，照何奋自幼那气性，这么多年又一直不忘旧恨，他恐怕只为报仇，不会拿那几家的银子。这些银子应该另有来路。"

"这……"黄瓢子瞪大了眼，又惊又蒙。

"你再去问他，这回一定莫再被他骗了。"

黄瓢子点点头，忙转身走了，连地上那些字画都忘了避开，险些撞上一个正走进院门的人，程门板。

程门板看到了地上那些字画，也有些犹豫，张用笑道："莫怕，踩！"

程门板听了，虽踩着走了进来，脚步却始终有些不安。

"程介史也打问好了？"

程门板点了点头，慢慢将大辽的境况讲了一遍。

张用听后，喜得连连拍手："难怪阿寻一直未过黄河，我算来算去，都没算到这个缘由。她恐怕正是那个耶律伊都留在汴京的私生女，被人自幼训教成间谍。阿寻捉到紫衣客、偷得工艺图，又拐了天工十六巧，正要北去，却听到大辽内乱，耶律伊都叛逃。她即使能顺利逃回大辽，也没了正主，只能暂且留下，打问其他路径。她要打探消息，必得重回汴京。板牙小哥问到了她原先常去的三十八家官户，紫衣客、守令图等密情，她应该正是从这三十八家官员那里探问到的。再劳烦你们，去这三十八家打问打问，这些天，阿寻可曾去过哪家？"

五、园监

陆青骑马出了南薰门，赶了五里地，来到玉津园。

玉津园乃汴京四大御苑之一，相比琼林苑、宜春苑和金明池，玉津园胜在地势平阔，景致舒朗，林木繁茂，号称青城，又辟出大片农田，每年夏收，天子来此观刈麦。苑东北畜养大象、神羊、灵犀、狻猊、孔雀等珍禽异兽。苑南则是祭天之坛，三年一次冬至郊祀便是在此。

玉津园只在清明前后开放，任都人游赏。此时已经闭园，园门前冷冷清清，不见人影。陆青下了马，走到边上小门，抬手叩门。一个老门吏开了门，斜眼瞅了过来。陆青郑声道："请老伯通报一声，相士陆青前来拜会园监。""相士陆青？你莫不是相绝？""是。""陆先生稍等，我立即去禀告园监。"

半晌，老吏踮着脚跑出来，请陆青进去。院门内是宽阔青砖地，迎面一座青峻假山，覆满花草青苔，两边绿柳荫围，令人一见心神顿振。陆青跟着老吏来到旁边一排房舍，一个绿锦公服的男子立在厅外，五十出头，身材瘦小，右手手指不住搓捻胸前胡须，望见陆青，目光陡然一亮。本要举步迎上来，脚尖微动，又旋即忍住，显然是心怀期盼，却又自顾身份。

陆青走近，躬身拱手致礼："陆青拜见郑园监。"

那园监忙也抬手还礼："我这点微末职分，哪里当得起陆先生大礼？陆先生请进。"

陆青走进那小厅中，又谦让一回，才在客椅坐下。园监忙吩咐身边一个小吏点茶。随即身子前倾，笑着问道："听闻陆先生闭关隐居，不问世事，不知今日缘何到此？"

"在下是来打问一事。"

"哦？何事？"

"前几天，汴京十二奴中，花奴、舞奴两位相继来玉津园会客，不知那贵客是何人？"

园监面色顿变，忙回头瞅望，见那小吏已经出去，这才压低声音，小心问道："陆先生为何要打问此事？"

"受人之托。"

"哦？什么人？竟能请得动陆先生？"

"郑园监，我观你之相，面色怀忧，心焦难宁，必是遭逢难事。徒往不来，非相交之道，不如这般，郑园监若能答我此问，我便为郑园监指一路径。"

园监皱眉低眼，搓捻着胡须寻思，额头竟渗出汗来。他忙从怀里掏出一张帕子拭汗，是张鲜绿新丝帕，帕角坠了根鲜红同心穗。他用这帕子在额头轻按了两按，便又小心折起，抬眼见陆青瞅着，脸一红，忙将那帕子揣了回去。陆青瞧见，心中越加确定。

第一眼望见这园监，陆青便知他正遇难事。忧分内外，由气可见，气凝于额顶，眼神上倾，是外忧；气凝于胸下，目光内沉，是内忧。这园监捻须时，目光下沉，显然是心怀内忧。

内忧又分忧事与忧人：忧事时，神虽乱，却烦聚于中；忧人时，神分两处，彼牵此扯。这园监目光左右游扯，是在忧人，且不止忧一人，目光向左时惧，向右时怜，到中间时则焦，看来，是夹在两人之间。这两人虽一强一弱，使他目光微倾，却未有决然辈分高低之别。而且此人头微低倾，举动小心，嗓音发紧，手指虚软，显然是个惧内之人。

他虽焦虑，却仍能小心爱惜那丝帕，看来这正是心焦之源。丝帕上坠着同心穗，应是年轻女子相赠。他一生惧内，不敢娶妾，临老却在外头有了私情；被妻子察觉，却又割舍不下那外头妇人；想要强纳进家，却怕越加难处；动了休妻之念，却无胆量道出……

陆青见他极为犹豫，几乎要将胡须捻断，便笑着说："让郑园监为难了。你恐怕也不知那客人身份，我写两字，是主使人姓名，若对，你只须点头便可。"

郑园监又犹豫了片刻，才低声说："好。"

陆青伸出食指，蘸了些茶水，在几上写了两个字，抬头望向郑园监。郑园监走过来探头一瞅，随即点了点头。

陆青站起身，抬手拜别："多谢郑园监，在下回赠一句话。"

"陆先生请讲。"

"一身绝难两处安，只问此心归何处。"

郑园监听了，顿时愣住，微张着嘴，那双细窄浊眼颤个不住，显然是心事被一语戳中。

陆青不愿多瞧，转身离开那小厅，出了院门，翻身上马，望城东郊赶去。他要去寻一个人。

那人姓刘，是汴京三团八厢中空门团团头。几年前，这刘团头遇了事，来求陆青，陆青替他解开心结，顺利化解一难，因此许诺，无论陆青有何事相求，他都绝不推辞。

刘团头宅院在宋门外快活林边上，十几里地，不多时，便已赶到。绿柳丛中一座宽敞宅院，陆青见那院门开着，里头一些仆人庄客在忙碌，搬桌摆凳，似乎是要办宴席。他下了马，将马拴在门外，径直走了进去，见刘团头正站在廊下高声喝骂分派仆人。

陆青走过去唤了一声，刘团头一瞧是他，立即收起怒容，大步赶过来，笑着抓住他的手，不住摇动。那双手沾满了猪油，陆青忍了片刻，才抽了回来。

"刘团头，我来是有一事相求。"

"陆先生说！"

"这里不好说话。"

"怕什么？这些人都只有嘴，没有耳朵，吼百声也听不着一句。"

陆青只得放低了声音："我想请你差个人潜入李彦宅子，在他卧房墙上写一句话。"

"哪个李彦?" 刘团头粗声问。

"宫中东头供奉官。"

"噢!那个没鸟货?写什么?"

"若再凌虐娇奴,揭你玉津紫衣。"

"什么?"

"可有纸笔?"

"有!" 刘团头转头大叫,"拿纸笔来!"

一个仆人忙从屋中取了纸笔过来,陆青在旁边一张桌上写好,递给了刘团头。

刘团头不识字,瞎瞅了瞅说:"得寻个识字的去办这差事,今晚便去办好。蘸了猪血写可好?"

"如此更佳。"

"好!吃不吃酒?"

"不吃。"

"好!慢走!"

陆青告别出来,心才稍安。

王伦身穿紫衣上了那船,陆青去问那船主时,船主说供奉官李彦已派人来问过。杨戬死后,括田令由李彦接替,这紫衣客的差事,恐怕也被他接了去。据花奴所言,玉津园凌虐她的人耳朵穿了耳洞,戴了耳环,陆青猜测,那人应当是紫衣客。而命令花奴、舞奴、琴奴去服侍紫衣客的,则应当是李彦。刚才,他在玉津园蘸水写下"李彦"二字,那园监点了头。

看来是李彦为了讨那紫衣客欢心,才接连送三奴过去,供其凌辱,剩下几奴恐怕也难逃此劫。眼下尚不知紫衣客身份来历,其间隐情更是未解,不能急于行事。陆青想起王小槐那栗子之法,便想到这个主意,先警吓住李彦,保住琴奴及其他几奴。

他心中暗祈,唯愿琴奴能安然回来……

第六章　静待

> 狂夫之言，圣人择焉。
>
> ——宋仁宗·赵祯

一、旧业

赵不尤又回到了书讼摊。

昨天听了赵不弃所言，自己动向被蔡行查得一清二楚。除去蔡行，这背后不知还有哪些人在暗中觑探。他便定下这主意，佯装收手，回书讼摊暂理起旧业。昨晚回到家，跟温悦也只说再查不出什么，只能先撂下。温悦听了，自然有些不信，却也多少安了些心。他心里暗疚，唯愿能早日查明这梅船案，一家人重回安宁。

今早出门后，赵不尤先寻见那跑腿送信的乙哥，低声交代了他一桩事，而后才前往香染街。到了一瞧，那书讼摊已荒了近一个月，桌凳架在棚子下，积满了灰。墨儿却极欢欣，忙去后边解库借桶，到井边打了水，将那桌凳摆好，擦洗干净。等晾干后，将笔墨纸砚一一摆好，这才笑唤赵不尤入座。

赵不尤坐下后，身心顿时一阵舒泰安适，如同回到了家了一般。周围那些人见他重又开张，纷纷来问候，旋即便有人来请他写讼状，一桩宅界争执，是非极易判别。片时之间，他已写好讼状。接着又有几人抢着来相求，他本要分两个给墨儿，那些人却只信他，他只得叫他们排好次序，一一亲自问询。这等情形，墨儿原先极在意，今天却始终乐呵呵，在一旁研磨递笔铺纸，像是头一天来一般。

一天之间，竟接了十几桩，都是些民事纷争，皆有律法条令可依，并无繁难，其中几桩并无争讼之由，赵不尤当即便劝退了那几人。其他讼状皆都一一写好，叫墨儿先后带了那些人，拿着讼状去厢厅投状。由于讼状写得分明，案件又小，其中大半厢厅即可判理，小半则由厢厅上递至开封县，等候审理。

快到傍晚时，见再无人来，赵不尤才叫墨儿收起文房四宝，去王员外客栈买了一壶茶来，兄弟两个在夕阳下坐着吃茶，等候乙哥。墨儿打开钱袋，仔细点算过后，笑着说："闲了这些天，今日一气竟得了一千三百七十文！嫂嫂这一向连菜里的肉都减了，鱼更是许多天没见了。今天回去，必定要添一尾肥鲤鱼，嘿嘿！"

赵不尤听了，也甚觉欣慰，不由得想起孔子曾叫弟子各言志向，其他弟子皆言如何施展才干、治理国家，独有曾皙说："暮春者，春服既成，冠者五六人，童子六七人，浴乎沂，风乎舞雩，咏而归。"赵不尤少年时初读此句，十分纳闷，孔子为何独独赞叹这等寻常之语？这几年，他才渐渐明白，其他弟子尚在途中，曾皙之志，则已归于那最终处。

无论何等抱负、何等伟业，这人间至善之景，无过于富足与安宁。衣食既足，无他烦忧，方能人人得享安闲和睦之乐。老少亲朋，春游远足，浴春水，沐春风，此唱彼和，欢咏而归……这恐怕才是人间至乐，如此寻常，又如此难得。自古以来，历经多少王朝更替，何曾有一个朝代，真能让天下百姓普享此乐？即便是万口称颂之大唐开元盛世，那富盛之下，多少倾轧、多少强横、多少困苦、多少哀哭无告？这世间不知到何时，才能息止纷扰、免于困穷，家家闲适、户户安乐？

他正在喟叹，见乙哥从西街快步行来，便支开墨儿，让他去厢厅瞧一瞧那些讼状理得如何了。

墨儿刚走，乙哥便疾步跑了过来："赵将军，问到了！"

"轻声。"赵不尤见他满头大汗，拿备好的空碗斟满茶给他，"先坐下喝口茶。"

乙哥一气喝尽，嘴一抹，把头凑近低声说："那大官人姓邓。"

"还问到什么？"

"我照着您说的，忍到下午才过去，买了两串纸钱，去了那黄主簿家。见了他家娘子，说黄主簿当年曾救扶过我爹一把，才听见这噩耗，我爹卧病在床，动不得，却扯着嗓哭了一大场，引得旧症又犯了，险些哭死过去，忙请了大夫，拿箸子撬开我爹的牙关，灌了一大碗救心汤，才回过气来。一睁眼，便命我赶紧替他来灵前祭拜恩公。那主簿娘子听得落下泪来，说如今这世道，尽是忘恩负义、薄情寡耻之徒，只把人当棒槌使，不中用了，便随手丢进火膛里，难得见到一个记恩之人。我听她这般说，倒有些难为情，想再套问两句。她却哭得止不住，捂着胸口，越哭越伤心，竟哭得昏厥过去。我悔得几乎一头撞死，早知她这么易哭，便不该说得那般伤心。黄主簿丢下一个八岁的孩儿，那孩儿见娘昏死，也只会哭。他家中只请了一个仆妇。我忙帮着那仆妇把那主簿娘子搬进房里，那仆妇寻来救心丸，碾碎了冲成药汤。我拔下那主簿娘子头上的铜簪子，撬开她的牙关，硬将那药汤灌了进去。半晌，那主簿娘子才回过气来，只差吩咐我去给谁吊孝。我见她躺着不动弹，哪里还敢再多问，只得出来。想着那两串纸钱既已买了，没处用，便烧给黄主簿吧，算是给他赔罪。

"慢慢烧罢，见那仆妇走了出来。我想着这纸钱不能白烧，便凑过去悄声问那仆妇，黄主簿是如何死的？那仆妇悄声说是被冤魂施法追讨了去。我装作极吃惊，那仆妇原不想多说，见我这样，顿时来了兴头，将我拽到厨房里，又低声讲了起来，说那紫衣妖道如何在院外摇铃作法，黄主簿在这书房里跟着便倒地身亡。她又说那妖道寻错了冤主，黄主簿只是听命行事，那吩咐他的人才是真冤主，如今却仍活得自自在在。我忙问那真冤主是谁，她却不说了。我见她说得口干，路上买的党梅没吃完，便抓了几颗给她。随口又激了一句，你怕也不知道那真冤主是谁。她含着党梅歪嘴笑了笑，说这宅里还有我不晓得的事？如今主人家死了，说出去倒也算替他报仇，我告诉你吧，是他那上司，他把黄主簿当牙人使，又是觅女，又是寻男。我问那上司是谁，她说，工部侍郎，姓邓。"

"好，辛苦你了。接下来还有两桩事劳烦你，办完之后，一总算钱给你。"

"您一定是在办大事，便是没钱白跑，我也欢喜。"

赵不尤笑了笑，取出一封信，让乙哥揣好，仔细吩咐了一道，乙哥边听边点头。这事说罢，赵不尤又交代了另一桩事，乙哥听了一惊，眼睁得溜圆。

"其他你莫多问，只照着去行便是。"

"嗯！我都死死记着了！"

二、疆界

冯赛在岳父家中等候消息。

昨天，他赶到孙羊店，想再打问打问冯宝的事。二月初，冯宝曾与一官员模样的中年男子在孙羊店吃酒，那店里大伯只听到二人谈及应天府，之后冯宝便去了应天府匡推官家，被刺了耳洞，穿了紫锦衫，送上了梅船。冯赛原本想赶到应天府，去问那匡推官，但此事重大且隐秘，匡推官自然是受了别人指使，贸然前去，恐怕一个字都问不出。而孙羊店那中年男子即便并非主谋，也是紧要之人。他想，孙羊店的人记不得那中年男子，孙羊店周围的人或许有人曾见过。

他到了孙羊店，挨次去四周店里打问，可时隔两个月，没一个人记得。一圈问罢，冯赛只得弃了这念头。正在街头思忖，忽听到有人唤，抬眼一瞧，是那三个闲汉，管杆儿、黄胖和皮二。

三个人抢着问话："冯相公，那些钱你追回来了？""八十万贯全追回来了？""有人说，那些钱一直放在烂柯寺里，可是真的？""剩余二十万贯在哪里？"

冯赛原不想睬这三人，却忽然想到他们人虽滑赖，却最善钻探，曾帮孙献打问到过许多隐情，便笑着说："那事已经揭过，你们又全都知晓了，便无须再说。眼下，我另有一桩事，你们可愿帮我？"

"什么事？"

"打问一个人，那人中等身材，微有些发福，胡须又黑又浓，说话斯文，似乎是个官员。二月初他和我家弟弟冯宝曾在这孙羊店里吃酒。这三贯钱，你们一人一贯，作脚钱。谁若能打问出那人，我再加三贯。"

三人原本还要耍嘴，见到那三大串钱，嘴顿时咧开，各抢了一吊，忙争着分头去问了。

冯赛一直不喜拿钱驱使人，如同用肉逗狗一般，不但贱视了他人，连自家心中待人之情也随之凉薄，但偏偏有许多人，只能拿钱打动，并将此视为世道当然。之前，冯赛对此至多报以叹息，经了这一场大难后，心似乎柔脆了许多，看着那三人各自奔到孙羊店及四周店铺里，拽住人问个不停，哪怕被人厌弃，也赔着笑不肯罢手。他心里涌起一阵哀怜，却不知该如何才好，也不愿多看，便上了马，转身离开，心头却随即升起一个疑问：此事你能转头离开，那些避不过、转不开、离不得的事，又当如何？

他闷闷回到岳父家里，关起院门，独坐在檐下，一边等候消息，一边不住寻思那个疑问，却心头茫然，始终寻不出个正解，又停不住，痴症了一般，直坐到天黑。夜气升起，身子微寒，他才醒转。忽而记起儿时在村塾里，常向那教授问些没边际的话。那教授被扰得焦躁，便翻开《论语》，指着其中一句，大声念给他："吾尝终日不食，终夜不寝，以思，无益，不如学也。"并说："这世间道理，都在这些经史里头，好生习学，读遍了它们，天下便没有你不知的！"

回想当时情景，冯赛不由得笑叹了一声。天地万物之理，倒还好说，不知，并不搅扰人心，也不妨碍存活。这人间之事，不知，便寸步难行，而且，人心莫测，世事万端，经史所记，哪里穷尽得了？如苏东坡，世间之书，哪怕未读尽，却也胸藏万卷，论学识，本朝当属第一。他读书读到这地步，依然仕途坎坷，解不开那些人间烦难艰困。

不过，许久没有读书，去翻一翻，或许能得些启发？他便起身走到后头邱迁的书房里。邱迁虽无心应举，平素却爱读书，特地在后院辟了这间书房，里头藏了几架书。冯赛点亮油灯，照着寻看架子上那些书，看到有一部东汉许慎《说文解字》，便拿下来，坐到桌边翻寻。心想，我既然在问"又当如何？"，便先看看"当"字该如何解。他翻了一阵，寻见了"当"字条：

　　当者，田相值也。

许慎是从字形来解，有些费解。冯赛细想了想，才大略明白其中意思。"值"有值守之意，田必有界，划界分明，方能分清你田与我田，各自值守，互不侵界，才不会错乱起纷争。"值"还有价值之意，划界必有尺寸，有尺寸才能衡量价值，才好交易。看来这个"当"字，源于田界与尺寸，引申出正当合理之意。人人各守疆界，互不相犯，对等交易，便是正当。

冯赛心下似乎豁然，其实不必多虑"又当如何"？事来时，先辨清疆界，疆界分明了，是非长短也随之清楚。那时，当争则争，当卫则卫，当容则容，当让则让。

自己以往为求和气，时常模糊了疆界，自然留下许多隐患。比如柳碧拂，自己与邱菡夫妻多年，虽未明约盟誓，彼此却已有共同疆界，这疆界不容第三人侵入。自己却将邱菡不言语视作默认，引了柳碧拂进家。如今看来，邱菡不言语，其实是无力争执，只能默守住心底那疆界，自己则是侵疆越界、毁约失信。自家的田乱了疆界，旁人自然会趁机侵占，李弃东便是由此乘虚而入。

想到此，冯赛一阵愧疚，越发渴念邱菡母女，但捉到李弃东前，绝不能去见她们母女。过往难追，只能尽快了结眼前这事，重新修补好这疆界。

于是，他收束心神，重又细细回想李弃东前后经历，尤其是顾盼儿之死，在其中找寻线头。

他正在凝神默想，忽听到前头有人敲院门，出去开门一瞧，昏黑中，一个身影如同一根扫帚上挂了件旧衣裳，是管杆儿。

"冯相公，我问到了！"

三、卖姜

梁红玉提着一篮子姜，来到望春门祝家客店附近。

之前扮紫癜女时，她头一次装旁人，一言一行都格外小心。随后却发觉，越小心，人便越留意你。她便给那紫癜女定了"二轻一低"，话语轻、手脚轻、眉眼低，心里只记着这三条，其他便一概不去多想。试了一两天，便渐渐熟络，俨然活成了另一个因貌丑而自卑的女子。

今天是扮卖姜的村妇，她在路上便想了另三条：身子疲、神色哀、脚步缓。她演练了一番，发觉只须肩头一塌，三条便一齐到来，便记住这个"塌"字，慢慢进城，走了两里路，已经觉着自己魂魄附到那村妇疲累身躯中。

这般假扮旁人，不但有趣，也让她体味到另一番心境。从将官家娇女儿，骤然配为营妓，曾叫她羞耻无比，头一天夜里便想自尽，凭一点傲气，才熬了过来。后来假扮紫薇女，走到人群里，她才发觉，世间更苦更惨的女子比比皆是。甚而让她纳闷愤恼，你们已到这般地步，为何还要苦苦求活？后来，她才渐渐发觉，即便那些看似卑贱麻木之人，心底里其实也存着一些心念，各有因由与不舍。让她不由得感叹，不论高低贵贱，恐怕都得熬过一道又一道艰难苦痛，能活下来的，每个人都值得敬叹。

就如她此刻扮的卖姜村妇，一篮姜即便卖尽，也不过几十文钱。许多人日日便是为这几十文钱而奔命，容不得停歇，也没有气力再想其他。哪怕如此，她也有她心底之念，或是寡言少语却能顾惜她的丈夫，更或是瘦小乖觉、爱之不及的孩儿。即便孤身一人，也定然有所念盼。比如清明时节去父母坟上祭一碗汤水，或是慢慢攒钱买那最爱的吃食，甚而只是疲然独坐，回想一两桩曾经乐事……

念及这些，梁红玉不由得想起梁兴，梁兴是那等心肠大冷过的人，至今眼里都时常会结冰，可冰下面那颗心，却始终滚热。自从进到红绣院，梁红玉自家心里也冻了厚冰，到了梁兴身边，心里那冰竟融化了许多。尤其昨天，她逼他讲那些过往，他虽不情愿，却不忍扫了她的兴。他讲起来时，话语虽滞拙，心底里藏的那些暖热，却如春水从枯石堆里涌出，忆起父母，他竟涌出泪来。梁红玉一眼看到，心魂俱动。

那一刹，她忽然明白父亲当年为何说，上千上万的字里，"仁"字第一。幼年时，父亲教她认这个字，说二人为仁，仁便是我顾惜你，你顾惜我。她只记住了这话，却未解其意。直至昨天，看到梁兴眼里那泪水，她才终于明白：再勇再强，人心若少了这一点仁，便只是猛兽或铁石；再卑再弱，若有这一点仁，便始终是个人。

梁红玉极感激梁兴，给她松了绑，让她冻硬的心活转过来，从营妓又回复到人。只是，看着梁兴那双眼，她能望见那心底里有一块冰，几乎冻成了铁，无论如何，都难融解。回想那目光，她不由得叹了口气。这便是他，或者说，这才是他，若没有这块冰，他便不是他了。

她不喜黏滞，不愿多想，便笑了笑，继续塌着肩，慢慢来到望春门外那祝家客店。

到那里时，日头已经高高升起，怕是来晚了。她有些懊悔，路上应该走快些。不过再一想，那明慧娘并非寻常女子，若不在途中演练熟，急急赶来，怕是一眼便会被她瞧破。既然已经寻见她这藏身处，宁愿晚一两日，也不能惊动她。

她一扭头，见客店斜对面街边靠墙站着个年轻男子，穿了件旧蓝绸衫，拿了把青绢扇，直直盯着那客店门，一眼便能瞧出是张俊派的人。她心里不禁暗骂，你这般直愣愣硬瞅，盲人恐怕都能觉察。

她便慢慢走过去，见那男子旁边墙角有个石台，便过去坐了下来，将篮子搁在腿前，捡起块姜，抠抹上头的泥土，见左右无人，便装作自言自语："小哥，张都头叫你回去。"那男子听到一愣，转头望了过来。梁红玉忙催促："莫看我，走。"那男子忙扭回头，迟疑了片刻，才抬脚走了。

梁红玉继续塌着肩，不时望向过往行人，让自己真的成了个卖姜村妇。有人来买姜，她便专意去卖，只用眼角暗中留意那客店门。

一直等到过午，仍不见明慧娘出来，那篮姜倒是卖去一半。

梁红玉有些恼，莫非是明慧娘发觉了那个愣眼男？不知这客店有没有后门？明慧娘若是真的察觉了，恐怕再不会回来，但眼下无从断定，又没替手的，只能再等等看。

她觉得有些饿了，便从篮子里抓起一个布卷，里头包了张饼。她掰了一块，咬了一口，慢慢嚼起来。她于吃上，一向极挑拣，这时在大日头下嚼着干饼，咽了几回，咽不下去。幸而篮子里还备了一个陶瓶，里头是她昨夜熬的姜蜜水。她搁下饼，拔开木塞，喝了一大口，才将那坨饼咽了下去。她便就着那姜蜜水，吃了一小块饼，勉强填住了饥。

下午，她继续一边卖姜，一边等。她怕路上提着累，姜只装了大半篮。快傍晚时，那些姜竟全都卖尽，只剩了几块缺烂的。她心里暗骂，又不天寒，又不过节，这些人争着买姜做什么？明天不卖姜了，只卖石头！

她正恼着，一个妇人走了过来，瞅了瞅她篮里那几块烂姜，停住脚说："两文钱，我全拿走，你也好回家。"她不由得笑起来："这些姜烂了，不好卖的。""正是烂了，我才要。我那儿子头上生了疮，大夫说拿烂姜擦抹便能好。"那妇人摸出两文钱，塞进她手里，迅即抓起那几块烂姜，揣进了布袋里，转身便笑着走了。梁红玉盯着空篮，苦笑一下，如今真卖净了，不能再呆坐下去。

她刚要起身，却一眼瞧见，一个年轻妇人从街那边走了过来，面容清秀，正是明慧娘……

四、那人

范大牙回到家时，已是深夜。

虽然累得拖不动腿，他心里头却十分快慰。这一阵连连参与侦破重案，自己起到了许多用处。尤其今天，那般快便查问出阿翠常去的三十八家官户。这是个天大的隐情，连程门板眼里都微露出些笑，朝他点了点头。虽然那一丝笑，如同一大锅汤里，只漂了一点油花，范大牙却知道这有多稀罕难得。

胡小喜不在，程门板便将那三十八家分了一半给他。范大牙已经跑了八家，从门吏或仆妇口里打问到，这三四个月里，阿翠都再没去过那些家，实在累得跑不动了，范大牙只好将剩余的留到明天。

慢慢挪回家时，他见铺门关着，门缝里也没有灯光。娘已经睡了？他有些纳闷。每晚，他不回家，娘便一定不肯睡，即便关了铺门，也在里头点着油灯，编制假髻，等着他。尤其是自从那人来过两回后，娘睡得更晚，半夜时常听见她在院子里走来走去。娘的魂，被那人勾飞了。

念及此，范大牙不由得又恨起来。这几天，只要上街，他便四处留意，却始终没见那人的影儿。这叫他既庆幸，又有些失望，更有些说不清的滋味。即便找见了那人，能说什么，能做什么，范大牙不晓得。

他不由得深叹了口气，来到铺门前，抬手轻轻敲门，连敲了几回，里头都没有回应。娘恐怕真是睡了，这一向她的心实在太焦乏。

范大牙抬头望了望檐顶，正在琢磨如何爬上去，里头忽然传来娘的声音："谁？"他忙答应了一声。娘立即开了门，小声说："快进来！"他有些纳闷，却被娘一把拽了进去，门迅即关起闩死。黑暗中娘低声说："他来了！"

范大牙心顿时一颤，他自然知道这个"他"是谁，血也顿时涌上脑顶。

"儿啊，你千万莫要乱动气。他是来赔罪的，说明天就要走了……"娘仍拽着他的袖子，说着竟抽泣起来。

范大牙怔在那里，心里翻腾不止，由着娘将他拽向后院。出了那门道，他一眼见娘的卧房亮着灯，一个身影立在门前，正是那人，范大牙顿时站住了脚。娘一边抹着泪，一边狠命拽他，将他强拽了过去。

那人龇着一对门牙望着他，眼里竟闪着泪光。范大牙只匆忙瞅了一眼，迅即将头低下。那人却唤了一声："望儿。"

范大牙一听，眼泪顿时涌了出来。娘说，"望"这个名儿是那人给他取的，那时娘才怀上他，那人正在应考，说盼着这孩儿能带来些名望。范大牙从小便极想听父亲唤自己这名，这时听到这干哑微颤的喉音，与自己当年所想，全然不同。如一双粗手摩过心头，无比陌生，让他极不自在，却又牵动魂魄，叫他浑身发颤。

娘又将他强拽进屋中，他趁背过去时，忙伸手抹掉泪水，站在墙边，低头不看那人。

那人坐到了桌边，抬头望着他，半晌才缓缓开口："我对不住你们母子。这次进京，我原本想挣些银钱留给你们，谁知时运不济，事没做成，唉……"

范大牙猛然想到心头那疑问，不由得抬起眼，直望过去。油灯光下，那人瞧着异常疲惫痛悔，像是深秋将枯的老树，丝毫不见自小想望的那等强健温厚。他心中顿时生出一阵厌鄙，冷声问："你做什么事？寻那紫衣客？"

那人目光一颤："你知道了？"

"你女儿并没有被那些人劫走。"

"女儿？"他娘在一旁忙惊问。

那人忙说："我是独自来京城，说女儿被劫，只为便于查找那——"

"你为何要寻那紫衣客？"

"只是一桩差事。我在淮南时，在一位官员府里做宾幕。这官员升迁，调回京城，我便随他一起来到汴京。他领了这桩差事，交托给了我，办得好，能有一千两赏银。我原想将这一千——"

"那紫衣客究竟什么来由？"

"我也不清楚，我只奉命寻见他。"

"那官员是谁？"

"我不能透露。"

"他又是领的谁的命？"

"那人已死了。"

"谁？"

"杨太傅。"

"杨戬？"

"嗯。清明那天，杨太傅死在虹桥上，这桩差事便也没了主。过了两天，那官员便叫我停手。我却念着你们母子，又无其他生财之途，心想杨太傅当初既然能许一千两银子，那紫衣客自然不同寻常，若能寻见他，即便杨太傅已死，恐怕也能设法换来些钱——"

"我们不要你的钱！你今天来这里，说这些，不过是想从我嘴里套出些话，好寻那紫衣客！"

那人忙要开口辩解，娘却在一旁抢过："儿啊，你爹是实心挂念我们，他自家并没有多少钱，将才却给了我十两银子！"娘说着，转身从柜子里取出一锭银铤，跑过来给他瞧。

范大牙一把夺过那银铤，走到那人面前，丢到他怀里："这银子你拿回去。我从小没使过你一文钱，这辈子也绝不会用你一文。你也休想从我这里套到话！这些，你都休要再提。我只问你一句，你打算如何对待我娘？"

那人捏着那块银子，抬头望着他，目光闪颤，忽而又泛出泪来，他忙用手背拭去，垂头半晌，才沉声说："我的确没说真话，杨太傅虽死了，李供奉接了他的职，他不知从何处得知我领的这差事，叫我继续寻那紫衣客，赏银涨了五百两……"

"宫中供奉官李彦？"

"嗯。你千万莫要说出去。此事我虽瞒了你，但若得了那赏银，我一文都不留，全都——"

"你莫再说银钱，我们不要！紫衣客的事，我也绝不会透露一个字给你。我再问你一句，你打算如何对待我娘？"

"我在淮南并没有妻小，虽娶过一房妻室，但那妇人家中颇有财势，见我连考不中，强逼我写了休书。这些年，我一直单身一人，依附于那官员，讨些衣食钱。我始终念着你们母子，可自家又这般落魄无能，没有银钱，无颜来见你们。因而想尽力做成这桩差事，置一院房舍，将你们母子接过去。你娘辛劳这么多年，我亏欠她太多，想好生赔罪，让她享几年安闲……"

娘在一旁听着，顿时哭了起来。那人再说不下去，垂头又抹起泪来。范大牙则怔在那里，一句话都说不出……

五、棋局

陆青从东水门进城，想到王小槐，便顺路又去问了一道。

莫裤子并未回王员外客店，香染街那些店家这一向也未见王小槐的舅舅。他只得驱马离开，到街口时，见赵不尤坐在讼摊上，四边围了许多人，正在忙碌。他便没有打搅，沿着汴河向西慢慢行去。

行了一段，忽见一年轻男子迎面走来，身穿半旧绿绢袍，风神洒落，是萧逸水。两人相识已经多年，初见时都才十七八岁。那时陆青跟随师父游走四方，行至杭州，寄住在灵隐寺。萧逸水和母亲两人则在寺边赁居，门前摆了个茶摊，卖些旧书。陆青无事时，便去那里吃茶看书。两人年纪相仿，便偶尔言谈两句，虽未深交，却彼此适意。后来陆青到了京城，竟又偶遇萧逸水。两人仍是话语不多，也不彼此寻访，遇着便闲话几句，分开也各自不念。

走近时，陆青下了马，彼此拜问过。萧逸水说许久未见，邀他去旁边酒肆吃几杯酒。陆青心中有些郁郁难宣，便一同走进那酒肆，选了个临河的座儿，面对面坐下来。两人都不善饮，只要了两瓶酒，随意点了几样菜蔬。

饮过两盏，萧逸水问道："我刚见过诗奴，他让我帮着找寻琴奴下落，并说你也在为此事奔走？"

陆青有些意外，他和萧逸水是闲云之交，从未共处过何事。他点了点头，简要讲了讲。

萧逸水听后叹道："此事竟藏了这许多隐秘。我那义父、义妹都牵涉其中，如今连你也被引动进来。"

"你们仍住在烂柯寺旁？"

"嗯。"

"你仍天天去烂柯寺煮饭？"

"我只煮早饭，夜饭那弈心小和尚不肯让。"

萧逸水在杭州时，便天天替他娘去灵隐寺煎茶煮饭，服侍寺中一个和尚。萧逸水是他娘与那和尚私生，那和尚一时动性破戒，事后极为痛悔。萧逸水他娘却痴心不移，独自抚养孩儿，至死并未嫁人，并始终挨近那和尚，在寺旁赁居，却也并不去搅扰。

等萧逸水长到几岁时，他娘便叫他去寺里替那和尚做些活儿。那和尚受不得，便迁往他寺。萧逸水他娘却一再寻见他落脚之处，如影随形，绝不放手。

灵隐寺是最后一处。陆青随师父离开不久，萧逸水他娘便一病而亡。临死前，他娘命萧逸水发下重誓，不论那和尚去哪里，萧逸水都得寻见他，并在寺旁赁居，去那寺里替那和尚煎茶煮饭，到那和尚死为止。

那和尚便是乌鹭，此事只有陆青知晓。

他不由得问："那和尚如今不再避你了？"

"他早已明白，逃也逃不开。他天天替我娘念经超度。"

"果真是一念系一生，一行牵一世。你也不再怨恨他？"

"自因种自果，彼此各了缘。"

"好，来饮一杯。"

萧逸水放下酒盏，笑着叹道："我娘的结并未解尽，他又迷于棋道，为一着棋，竟帮那蔡行劫掠妇人。"

"讼绝讲了此事。"

"这是一件，还有一件，外人并不知晓。"

"哦？"

"烂柯寺里住了个老和尚，那老和尚也教了他一着棋式。"

"什么棋式？"

"梅花天衍局。"

"他不是已从蔡行那里得了？"

"这棋局一式共有五着。蔡行只教了他一着，那个老和尚又教了他一着。"

"那老和尚有何来历？"

"他俗名邓洵武。"

"前枢密邓洵武？他不是在正月间暴病而亡？"

"他是诈死。"

"哦？他为何要诈死？"

"缘由不知。几天前夜里，他儿子邓雍进身穿便服，偷偷来探他。那和尚师徒两个在做晚课，我正巧在隔壁清扫禅房，听见他们父子说话，才知晓他身份。"

"邓洵武精于棋道，梅花天衍局是他所创？"

"不，是一瓣梅花。"

"梅花？"

"正月初，官家召邓洵武进宫对弈，棋到中盘，演作僵局。官家思谋良久，都未寻到解局之法。不想棋枰旁瓷瓶中插了一枝梅花，其中一瓣飘落下来，落到棋枰上，其位恰是一手妙绝之招，顿时解了那僵局。"

"难怪叫梅花天衍局。莫非是官家不愿叫人知晓，这妙着儿由梅花偶然指点？邓洵武自然也迅即觉察，为避祸才诈死？"

"恐怕不止，我听他父子提及了紫衣客。"

"紫衣客？"

第七章　拆解

夫缄默苟简者弗惩，则端良敏济者无以劝。

——宋英宗·赵曙

一、摹写

这两天，赵不尤日日都去书讼摊，写讼状、理纷争，无事一般。

他心里记挂侯琴，其兄侯伦一死，家中便断了禄钱，不知如何营生。他让温悦和瓣儿备些柴米菜肉，去探望探望。她们回来说，侯琴日夜替人刺绣，父女两个倒也粗粗过得。她唯一忧虑，是董谦。她还不知晓董谦扮紫衣妖道的事，只说董谦先还不时托人送钱送米，这一向却断了音信。另外，那位大官人也命人给她送去钱帛，她百般推不掉，只有锁在箱子里，一钱一线都不肯碰。

赵不尤听了，越发担忧起董谦，却只能等乙哥回音。

第一桩事乙哥当天就办妥了。回来避开人悄悄说："我将那封信送了过去，而后立即赶到那周家客店，躲在那门边候着。没等多久，便有一个穿蓝绸衫的男子去那店里打问姓古的住客，店主解释了半天，那绸衫男子才半信半疑地走了。"

赵不尤听后，心里又落了一块实处，便叫乙哥仔细盯好第二桩事。

直到第五天早上，赵不尤和墨儿去书讼摊的途中，乙哥快步追了上来。赵不尤叫墨儿先走，和乙哥走到边上无人处。

乙哥忙不迭地说："那桩事也问清楚了！昨天夜里我便想告诉您去，您又吩咐过莫要轻易上门，因此才忍到今天早上。她那丈夫好赌，欠了几十贯赌债，被债主天天追上门讨要，家里略值些钱的什物，尽都搜走了。清明过后没几天，不但债全还清了，还添置了许多新桌新床。她却一直不回家，我也急得没法。直到昨天晚上，才见她终于回家了，我忙偷偷跟了上去。半道上，她绕进城，走到定力院，在那门边黑地里站了半晌。有个人从院里走了出来，她忙跟了上去，和那人说了一阵话。我不敢凑太近，没听见说了些啥，而后，她便转身回去了。那个人则骑了马，往城北行去。我便又偷偷跟了上去，一直跟到榆林巷，那人下马进了一院宅子。我忙去街口打问，赵将军您猜，那人是谁？"

"秦桧？"

"咦，您原已知道？"

赵不尤只微一笑："你最后再替我做一桩事，偷偷去唬一唬那妇人，说你已知情，却莫要说破，问她讨要封嘴钱，莫讨多了，一二百文即可。"

"这我最在行！"乙哥答应一声，乐呵呵走了。

赵不尤却站在那里，凝神细想，两桩事都被自己猜中，却毫无可喜，如今已知背后这几人，不能再耽搁。他便没有去书讼摊，就近赁了匹马，赶往城中曹家书坊，去寻墨子江渡年。

幸而江渡年在，赵不尤先在附近文墨铺里买了几张上等学士笺、四个信封、封套，花色各不相同。又请江渡年带上文房四宝，邀他去了附近一间茶楼，茶楼里尚未有客人。他们两个到楼上，选了角落一间清静阁子。

经了梅船一事，简庄又猝亡，江渡年满面颓丧、神采尽褪，这时见赵不尤行事古怪，又眼露疑惑。

赵不尤无暇繁絮，径直道："今天来见江兄，有一事相求，要借助江兄绝技。"

"要我做什么？"

"抄写四封信。江兄可曾见过太学学正秦桧笔迹？"

"见过。他极器重章美，师生之间常有信札往还，我见过许多次。他那书法，根于二王，精习欧体，后又研摹蔡京笔致，却更舒朗蕴藉。"

"你自然能仿得来那笔迹？"

"你要我仿他作甚？"

"此事极紧要，恕我暂不能相告。不过，事关梅船，更为救人止祸。"

"好。我替你写。"

赵不尤立即研墨，提笔在草纸上写了四封短信。他在途中斟酌已熟，片时便已写好，便请江渡年仿照秦桧笔迹，誊写在新买的信笺上，又让他在四个内封、外封上分别写四个收信人名址：太师蔡京、少保蔡攸、枢密郑居中、侍郎邓雍进，并落款"桧谨封"。

江渡年见到这四个名字，顿时惊望过来。

"这便是我不能详说之因。你只管抄写，其他与你无干。"

江渡年犹豫半响，才小心提笔，照着写好。赵不尤一一对应，仔细封好四封信，装在袋里，这才和江渡年起身下楼告别。他见江渡年满眼忧疑，又安慰了一句："放心。此事绝非邪行恶念，只因正道直行难以奏效，才不得不行此权变。而且，也决然牵扯不到你。"

"我信你。"江渡年拱手一揖，随即转身回去。

赵不尤看着他走进曹家书坊，这才骑了马，赶往城南去见邓雍进。

邓雍进祖父名叫邓绾，神宗年间，王安石变法，邓绾上书极力推崇，得王安石重用，官至御史中丞。王安石失势，又转而阿附吕惠卿。同乡人都笑骂他，邓绾却说："笑骂从汝，好官须我为之。"王安石复相，他又揭发吕惠卿之短，并上奏天子，应重用王安石子婿，并赐第京师。王安石听后，却说："绾为国司直，而为宰臣乞恩泽，极伤国体，当黜。"天子也谓其"操心颇僻、赋性奸回"，将其斥知虢州。

邓雍进父亲邓洵武，邓绾次子，进士及第。当今官家继位之初，旧党韩忠彦为相，其父韩琦为两朝顾命定策元勋，神宗年间也曾反对新法。邓洵武上奏："先帝行新法以利民，琦尝论其非。今忠彦为相，更先帝之法，是忠彦能继父志，陛下为不能也。"并献上一本《爱莫助之图》，按新旧党分了两列名单，右边旧党数百人，左边新党则只有四五人。邓洵武极力推崇当时被贬的蔡京，说："必欲继志述事，非用蔡京不可。"官家正是听了此言，才重用蔡京。蔡京得势，邓洵武也因之节节高升，五年前，知枢密院，又拜少保，封莘国公，恩典如宰相。

邓洵武极善弈棋，今年正月间，官家召他进宫对弈，特加封赏。回去后，邓洵武却得了急症，一病而亡。邓雍进并未应举，靠恩荫得官，去年才升任工部侍郎，却遭父亡，只能离职，丁忧守服。

赵不尤从未见过邓雍进，更不轻易褒贬人物。然而，仅凭侯琴一事，对此人，他未见先已生厌。

远远望见邓府那轩昂门楼，他告诫自己：正事要紧，莫要轻易露出厌憎……

二、门客

冯赛先去街口食店切了半只炕鸭，买了几只胡饼。

他提着回去时，见管杆儿仍立在院门边，伸着长脖子在等望。他说肚皮饿，得填些肥鸭肉，才有气力说话，冯赛只得依他。尚未走近，管杆儿便已嗅出气味："是炕鸭？炕鸭好！油水不漏，全包在皮里！"

冯赛唤他进到堂屋里，点起灯，摊开了油纸。管杆儿一见那鸭肉，顿时吸溜起口水，搓着手笑问："冯相公，可有酒？这肥鸭得配些羊羔酒才不亏待。"

冯赛只得去厨房寻到一小坛酒，给他斟了一碗："没有羊羔酒，只有香桂酒。"

"我说差了嘴，正是要香桂酒。这鸭油经桂香一催，才润透卤顶！"管杆儿端起碗长吸了一口，咂咂嘴，伸出瘦长指头，便去撕那鸭肉。

冯赛发觉那鸭子一条腿已经不见，油纸也被撕去一片。管杆儿忙讪笑道："今天为了你这事，跑到天黑。我那娇妻独个儿在家，怕是早已饿慌了。我便给她留了只鸭腿，她心头最好的便是这一口肥鸭油，嘿嘿！"说罢，便两手并用、大嘴开合，如同一只瘦大蜘蛛，急嚼急吞，油滴口水四溅。

冯赛原本也有些饿，但见他这般吃相，哪里还有半点食欲？实在看不过，便借口去烧水煎茶，躲了出去。听着那吧嗒吸溜声停了，才拿了张热帕子进去，递给管杆儿，叫他拭嘴擦手，又忍着呕，将那桌上残骸收拾掉，擦净桌子，倒了两杯茶，这才重又坐下。

管杆儿几口喝尽了茶水，连打了几个响嗝，才开口道："那人不是个官员，只是个门客帮闲。"

"叫什么？"

"杜坞。"

"还有呢？"

"嘿嘿，我既已打问出他姓名，自然也知道他住哪里。不过，冯相公是不是该先拿出那许好的……"

"他真是我要寻的人？"

"若差了，我连那一贯钱和半只鸭都给你吐出来。"

"你先告诉我，你是如何打问到的？"

"您是牙绝，岂不知，宁赠千金，不让一门。这门路若说出来，您自家便行过去了，我这双细腿儿不是白耗了那些辛苦？"

冯赛见他如此执意，只得进去取了三贯钱，堆在他面前。

管杆儿那对皱皮眼顿时闪得灯花一般："此人住在西水门便桥南巷。"

"你从哪里打问到，他真是我要寻的人？"

"嘿嘿！这便是独门本事。冯相公自然是先各处都打问过了，才来寻我们。这好比捉贼，瞧着两个贼溜出房门逃了。两贼若是旧相识，认得一个，另一个自然也好捉寻，怕只怕两个只是临时结伴。黄胖和皮二想不到这里，只在孙羊店门前使呆力，抓着人便没头没脑乱问。我却是倒回去想：两人进孙羊店之前，在哪里碰的面？他们要说机密话，自然是就近寻一个清静所在。这东水门内外，只有两家酒楼，可在楼上清静阁子说话，一处是孙羊店，另一处是十千脚店。他们选了孙羊店，自然是在城门内见的面，因此，碰面之前，冯三相公恐怕是在东水门内某处，离孙羊店不远。那人有要紧事相商，自然也不是偶遇，而是特地去那里寻见了冯三相公。

"冯三相公平日只好闲耍，他去那东水门内一带，自然是寻耍处。孙羊店这边，香染街尽是丝帛香料店铺，那便只有汴河大街进城方向。从孙羊店向西，走不多时，有一家正月才开的酒肆，后头藏了间赌坊。我便去那里打问，冯三相公果然去过许多回，进到二月后，便再没去过。这前后时日不就对上了？

"我忙又打问。那酒肆门边有个卖水饮的老妇，说冯三相公爱喝她熬的甘豆汤，每回进去前都要先喝一碗，出来又喝一碗，钱也常多给几文——"

冯赛听了，心里一动，此人应该正是冯宝。他们在家乡时，母亲常爱熬甘豆汤给他们喝。

管杆儿继续讲道："那老妇记得清楚，二月初九，惊蛰那天，那赌坊里特地兴起赌虫，寻些虫子，扣在碗底下猜赌。那天冯三相公也去了，出来时满脸笑，照例到她摊子上喝了碗甘豆汤，抓了一大把钱给她。刚转身要走，却被一个人唤住，是个小厮。那小厮将冯三相公请到街对面，那岸边柳树下有个男人，穿着身青绸衣，牵着匹马，微有些胖，大约四十来岁。老妇没瞧清面目，却记得那人下巴上一团黑浓胡须。冯三相公过去和那人说了两句话，两人便朝东边行去了，他们自然是去了孙羊店——"

"你如何能确证？"

"那人死了。"

"死了？何时？"

"十几天前。"

"他如何死的？"

"从马上摔下来跌死。"

冯赛不由得苦笑："跌死的便是我要寻的人？"

"若咬不定，我敢吃您的肥鸭香桂酒？敢收您这些钱？"

"好，你继续讲。"

"那老妇虽不认得那黑须男子，却认得那小厮。"

"哦？"

"那小厮与她城外祥符县的外孙同住一条巷子，常在一处耍。我得了这金贵信儿，忙赁了头驴子，赶到祥符县，寻见了那外孙。那外孙说那小厮这两年一直在京城里给人做僮仆，那家主人姓杜。我问到住址，忙又赶回了城里，寻到那杜家。一问，那人名叫杜坞，十几天前死了。幸而那小厮还在他家中。我便假作他舅舅，唤出那小厮，问出了许多内情——

"头一桩，那天请冯三相公去孙羊店的，正是他家主人。那小厮在楼下看着马，并没上去，因此不晓得两人说了什么；第二桩，他家主人那天傍晚骑了马回家，他在旁边跟着，途中一个紫衣道人走了过来——"

"紫衣道人？"

"嗯，我也听说了紫衣妖道的事儿，不过那小厮说，那紫衣道人瞧着并无异常，只是走过来拦住了马，对他主人说，你有大灾厄，眼下将至。他主人听了，惊得张大了嘴。那马却忽然怪嘶一声，狂跑起来，跑了十来步，他主人摔下马背，跌到地上，扭了一阵，便咽了气——"

"尸首可有仵作查看过？"

"仵作自然是验过，尸首脸色发青、口鼻出血，似乎有些中毒症状，却查不出哪里中的毒。那紫衣道人又不见踪影。小厮当时就在旁边，街上还有些人也亲眼瞧见，并未见那道士做了什么。他家娘子先还闹了一场，过了两天也便住了口。"

"尸首现在何处？"

"过了头七，已经烧化入殓了。这其中怕有古怪，不过，你只要我寻出这个人，我已寻到，这桩事便结了。其间古怪，冯相公若还想查探——"

"不必了，多谢！"

冯赛心头发寒，不由得想起同样猝死街头的胡税监……

三、冷脸

梁兴又白跟了一天。

那疤脸汉清早出来，仍去那食摊上吃了碗面，而后骑马绕着内城，又一座城门、一座城门挨着走停，每一处也仍有汉子到他跟前回报。不同的是，疤脸汉今天焦躁了许多，开始瞪着眼责骂。自然是那些手下仍未找到楚澜。

梁兴躲在远处望着，心里暗暗叫苦。若寻不见楚澜，便得一直这么跟下去？这计策虽让自己和梁红玉抽出了身，却也将线头抛远了。不知梁红玉那边如何，方肥那等智谋，恐怕也不易追踪。

想到梁红玉，他心里又一荡，先前这心念还有些模糊不清，他自己也有意不去细想。这一荡，梁红玉那杏眼芳容顿时浮现眼前，明艳如画，他才猛然醒觉，顿时怔住，心头乱纷纷，风吹荒草一般。半晌，他才回转神，沉了沉气，郑重告诉自己：不成。

才说罢，心底便生出一阵不舍。他将手里那扁担朝石板地用力一杵，再次告诫自己，不成便是不成，莫再啰唆！

他这一杵，发出一声重响，惊得旁边几个人全都望了过来。他忙低头走到一边，再向那边茶肆望去时，疤脸汉竟已不见。他越发懊恼，忙向四周急望，却寻不见疤脸汉踪影。难道被他察觉了？

他忙定了定神，见日头已经半坠到城墙沿儿上，昨天这时，疤脸汉从东边的望春门往南，去了丽景门。他忙抓着扁担，大步往南赶去。路上来来往往，尽是归家人。追了一阵，一眼望见前头一个骑马身影，在余晖中缓缓前行。他忙用手遮住夕阳，仔细一瞅，正是疤脸汉。他这才放了心，略放慢脚步，跟了上去。

快行至丽景门时，另一个骑马人从南边迎向疤脸汉，走近时，两匹马一起停住。梁兴见疤脸汉在马上躬起身，露出敬惧之意，对面那人显然是他上司。只是离得有些远，看不清那人面容，只能望见身形僵直，极傲冷。冷脸汉？

两人没说几句话，那僵直身形便驱马向这边行来，疤脸汉则侧身回望了一阵，再继续向南。梁兴见那人迎面而来，这是条直路，不好躲避，他只得微低下头，照着梁红玉所言，转头不转眼，靠着路边慢慢继续前行。幸而沿路都有行人，他跟在一个瘦高个儿身后。不久，那僵直身形便行至近前。梁兴一眼都不敢看他，仍微低着头，望着前头瘦高个儿的后背。僵直身形的目光也极僵，骑马经过时，丝毫没瞅梁兴。梁兴这才放了心，继续行了一段，他才偷偷回头，见那僵直身形照旧僵直着身子，望北面缓缓而行。

梁兴不敢大意，先停住脚，假意在路边等人，确信四周并无可疑之人后，才转身向北，却不敢行得太快。幸而路上车马不多，始终能远远望见那僵直头影。望着那人快到望春门时，梁兴这才加快了脚步，那里进出城的人多，而且路口纵横，极易跟丢。他追到离那人几十步远时，才又放慢了脚步。

那人头戴一顶黑绸头巾，身穿浅褐缎衫、黑绸裤，脚上一双黑皮靴，看衣着，虽不显眼，却甚精贵。马边斜挂一柄刀，仅看刀鞘，便是上等精工之器。到了望春门，那人驱马拐向东边牛行街。转头时，梁兴才看到他侧脸，三十出头，脸庞瘦长，胡须不多，但极黑硬，尤其那目光，阴沉铁硬，狼眼一般，应该正是冷脸汉。

牛行街直通皇城宣德门，路上车马行人极多，梁兴松快了许多，一路不紧不慢跟着。快到外城新曹门时，那人折向南边一条小街，行了不远，又拐进西边一条巷子。梁兴忙加快脚步，到那巷口扭头一瞅，却不见了那人身影，只听见左边第二个院子的关门声。那人应是进到了里头。

他在巷口站了片刻，见旁边院里走出个老者，他等那老者来到巷口，忙上前询问："老人家，劳问您一声，左边这院子的主人是什么人？"

"那主人姓铁——"

梁兴心里一惊，猛然想起施有良被火烧死前连声嘶喊："救我妻儿！贴职！"施有良话语带有山东口音，那"贴"其实是说"铁"？正是指这姓铁的？

那老者继续言道："他去年才典了这宅院，常日里并不和我们这些邻舍往来，也并未娶妻，只有个小妾。那妇人说，他是殿前司将官。"

梁兴忙谢过老者，见斜对角有间家常三刀面馆，自己也已经肚饿，便走了过去，要了一大碗面，坐到门边，边吃边瞅着那院门。

姓铁的是殿前司将官，此前却并未见过，他为何要染指梅船案？他手下那群狠劣之徒，难道都是禁军兵卒？不对，那些汉子手脸并未见刺字，应该都是市井闲汉、江湖盗徒。

梁兴理不出头绪，吃过面，他先走进那条巷子。经过那院子时，见院门紧闭，里头隐约传来一个女子娇怯声音，还有一阵马打鼻响声。他没有停步，继续前行，走了十几家后，见前头路断了，心想，如此便好，只须守住那边出口。巷子里极安静，他不敢停留，转身慢慢走了出去，再次走过那院门时，里头响起一声男子怒喝，接着便是碗盏跌碎声，自然是那姓铁的焦躁使气。让他如此焦躁的，恐怕是楚澜。那小妾也着实可怜，随了这样一个冷心冷脸人，怕是不好挨。

出了巷子，来到小街上，他左右望望，这街上人也少，站久了，怕会有人起疑。他记起街口有间茶肆，便返回到街口，拣了最靠边的座儿。坐下后，扭头将将能望到那巷口，于是要了碗煎茶，坐着歇息觑望。

一直坐到天色暗下来，他才起身，在那小街上，慢慢来回走了两遭。街南头有座小小寺院，从那寺门前也能望见那巷口，他便坐到寺门边台阶旁的暗影里，即便被人瞧见，也只会当他是个乞丐。他缩在那里，不由得暗乐。

但坐久了，夜气升起，便觉得骨头酸痛。好在夜色渐深，街上已少有行人，起身贴墙走动走动，也没人发觉。

将近午夜时，他几乎睡着，却被一阵蹄声惊醒。睁眼一瞧，淡月下，一个黑影骑马拐进了那个巷子，瞧着有些紧急。虽只一瞬，梁兴见马上那身影后背有些佝偻，是那疤脸汉！

梁兴忙从地上爬了起来，快步走向那巷口……

四、打问

程门板疲然回到家中时，天早已黑了。

一对儿女见到他，欢笑着迎了上来。这一向都是这般，儿子总要扑到他身上，女儿虽仍不敢靠近，却也不再那般怕他，笑着唤声爹，便跑去给他端盆打水。今天他虽然累极，却也尽力笑着，一把抱起儿子，任由他摸拽自己下巴上的胡须。穿过店铺，走到后院，妻子已从壁上摘下拂尘，含笑等着他。他放下儿子，从袋里取出个小油纸包给了她，里头是今天在茶楼吃剩的干果。杏仁被王烩全部吃尽，他掏出身上仅余的二十来文钱，又添买了一小把。这些天回家前，他都要给儿女买些小吃食。

妻子走过来，轻轻替他掸去周身灰尘。见他一脸疲惫，忙叫他洗过脸，摆上了酒菜，让儿女莫要扰他，劝他多吃几盅酒消乏。他笑着点头坐下，看着桌上酒菜，心头一阵暖，乏气也随之散了许多。

夜里回到卧房，妻子才问："我瞧你不只是累，怕是遇到为难事了？"

他点了点头。原先他从不与妻子谈论公事，这些天却渐渐愿意说几句。

张用让他查阿翠常去的那三十八家官员，他虽分了一半给范大牙，自己却仍得跑十九家。多走些路，他倒不怕，怕的是这些官员职阶都不低，不好径直去问。此事又得隐秘，不能惊动那个阿翠，得私下里悄悄打问才成，他却一向最拙于与人攀话。

他去的头一家是位兵部侍郎。他到了那宅院前，见院门开着，便朝里轻唤了两声，有个男仆走了出来，见他身穿公服，便问："你是哪里差来的？"

"开封府。"

"有公干？"

"私事。"

"何人差你来的？"

"无人差使，本人有件私事向你打问。"

"什么事？"

"有个叫阿翠的年轻妇人，她常来府上售卖首饰，你可见过？"

"没见过。"那人砰地关上了院门。

程门板又窘又恼，愣了片刻，却毫无他法，只得转身离开。

他走了十几里地，又接连问了三家，情形都大致相同，那些一听是私事，都立即掉下脸，哪怕听完，也都摇头说不知。他又累又愤，看天黑了，只得回家。

妻子听完，却笑起来："若是其他公事，倒也没法。这是私下里打问人，那便好办多了。"

"嗯？为何？"

"我啊。"

"你？"

"这事我在行，我去替你问。"

"这哪里成？"

"有何不成的？你既然要装作打问私事，便该装得像些。那阿翠是女的，我去打问才更便宜。"

程门板犹豫起来。

"怕什么？你要的不过是一句话，我把这句话替你讨问来便是了。"

第二天清早，妻子不由分说，换了身新鲜衣裳，头上的插戴也拣了几样精贵的，将铺子和儿女交代给雇的那妇人。去对面租了头驴子，让他带好纸笔，催着他一起出门。

程门板一想到倚仗妇人去公干，心里便极羞窘，但看妻子兴致那般高，一副手到擒来的气势，不忍拂了她的意。再想到自己昨天连遭四回冷拒，只得强忍不情愿，扶妻子上了驴，自己牵着。看单子上最近的是左司谏府宅，便先往那里赶去。

快到那左司谏宅门前时，妻子下了驴，叫他牵到一边等着，而后脚步轻快往那院门走去。程门板怕人瞧见，躲到路边一棵大柳树背后，装作歇息，不时偷偷瞅望。见妻子走到那院门前，抓起门环敲了敲，里头出来个中年仆妇。妻子双手比画着，不知说了些什么，而后又拔下头上的簪子，给那仆妇瞧。接着又说了几句，这才笑着转身离开。

他仍躲在柳树后，妻子寻了过来，一脸得意："记下来，阿翠最后一次到这府宅，是去年腊月初十。"

"你将才说了些什么？"

"我说我家郡君夫人买到几根假银簪，里头混了锡。听说那卖簪子的也去过她府上，因此来寻问寻问。"

"她没问是哪家的郡君夫人？"

"自然要问，我记得你那单子上有个兵部刘侍郎，便说是他家。"

"你不怕她家夫人去刘侍郎家问？"

"怕什么？我问完之后，才说不是一个人，去我家卖簪子的是个老婆子。"

程门板愣了片刻，才想明白，不由得笑了起来。

"如何？"妻子也笑起来，"你莫只顾着笑，快拿纸笔记下来，一共十九家，问多了便要乱了。"

他忙取出带来的笔和本，垫在驴背上，记了下来。小心装进袋里，扶着妻子上驴，又赶往下一家。

"到了下一家，你还是这般说？"

"那得看人。有人喜咸，有人好酸，借着喜好，才好搭话。"

"猝然相见，你如何能辨出他人喜好来？"

"这便是本事。我常年守着那簟席店，主顾进来，你得立即看明白，这人想不想买？打算买哪一等的？吝不吝啬？有没有主见？当不当得家？好不好说话？"

"一眼便能瞧出这许多？"

"若瞧不出，白累死，也卖不出几张簟席。"

"你见了我，也一眼能瞧透？"

"那是自然。若瞧不透，我肯嫁你？你来相亲，我在后面偷瞧。我爹娘见你板着身脸，都有些不喜。我却跟他们说，你只是不善言语。君子言贵，男人家何必多话？太会耍嘴，只会招人厌。我相中你，是为你这对眼睛。"

"我的眼睛有何好？"

"你进门后，一直端坐着，目不斜视，是个没二心的人。"

程门板听了，既震惊，又感喟，再说不出话来。

他抬眼望向妻子，妻子也正望着她，满眼爱悦。他心魂一荡，忙避开了眼，心中暖涌不止……

五、梁山

陆青微带着些醉，慢慢步行回到家。

暮色中，见有个人站在他院门前，看身影是个中年男子，走近些时，才认出来，是莫裤子。陆青顿时醒过来，快步走了过去，莫裤子笑着叉手拜问，陆青还过礼，忙开了门，请莫裤子进去。想起屋中都是灰，便搬了张椅子出来，拿帕子擦净，请莫裤子坐在檐下，又准备去烧水煎茶，莫裤子却笑着说："陆先生莫要多礼，我是来替小槐捎话，说罢就走。"

"哦？你见到他了？他在哪里？"

"走了——"莫裤子从袋中取出两锭银铤，搁到小桌上，"一百两银，小槐让我给你，说他毒死了那假林灵素，若是官府罚铜，便替他将这银子交上去。一百二十斤铜至多不过四十贯，便是多罚五倍，也够了。"

"他没说去哪里？"

"他要先回皇阁村，典卖家里田宅，散尽后，便去寻座好山修仙。"

陆青不由得叹口气，既欣慰，又惆怅。

"除了银子，他还有些话说一定捎给陆先生。"

"哦？"

"那天我也在清风楼，他见到我后，并没说陆先生也在那里，只说自己在寻王伦，要我相帮。我见他独自一人，便带他离开。王伦我已寻了许多天，根本不见踪迹。他却说欠了陆先生的情，自己离开前必须得还清。钱物陆先生又不要，他便发心一定要替陆先生寻见王伦。"

陆青听了，又叹了口气。

"他说王伦曾跟他提过一个处所，南郊玉津园——"

"玉津园？"

"陆先生莫惊，小槐也说到了舞奴之死，王伦与那事无干。王伦去年告诉小槐，若是到京城，便去玉津园寻他。玉津园北侧小门内有几间房舍，极清静，常年没人去那里。那看门老吏与王伦相熟，他常去那里寄住。"

"你们去那里寻见王伦了？"

"嗯。我们到了那里，那老吏不让进，我便塞了些钱给他，说带孩儿进去瞧瞧景便出来，那老吏才让我们进去。进去后，我拉住那老吏攀话，小槐偷空跑开，溜到那几间房外，一间间寻。果然被他寻见，王伦躲在最边上那间杂物房里。王伦只得出来见我们，他双耳穿了耳洞，神色瞧着极委顿。小槐吩咐他来见陆先生，他却执意不从，只叫我们带话给陆先生，让陆先生莫要再追查此事，并说，他做这些事，是为报效国家。至于内情，他一个字都不肯吐露。"

"你说舞奴与他无干？"

清明上河图密码6   405

"嗯。小槐质问他舞奴的事，他极愕然，说自己一直躲在那屋里，深夜里才悄悄出来，沿着那边院墙走一走，从不敢走远，并没见任何人，更没见过舞奴。我看他那神情，并未说谎，便带小槐离开了。"

　　"他恐怕也立即躲往他处了。"

　　"嗯。我们离开时，他说莫要再寻他，便是寻也寻不见。"

　　"小槐随即也走了？"

　　"没有。他说只得了这一点点，不够还陆先生的情。他又要我帮着寻一家包子铺。"

　　"包子铺？"

　　"他说，跟着假林灵素那另一个小童有回讲到，自己有个姨娘，在京城开了间包子铺。这两天，我们便在京城四处寻这家包子铺。既不知店名，也不知店主姓甚名谁，比去湖底寻枚铜钱还难。小槐却执意要寻，说陆先生为替他寻出杀父仇人，一连许多天，替几百人看相，自己也得寻几百家，才抵得过。我见他如此至诚，便陪着他一家家寻过去，虽说未寻上百家，却也有几十家。没想到，竟被他寻见了。我们走到城西新郑门，小槐一眼瞅见，那小童在一家包子铺前玩耍。

　　"小槐说陆先生一直在查那梅船，那小童的父亲是梅船上船工。我便进去寻见了那父亲，一个粗猛汉子，见了我，便要动手。我忙退了几步，大致讲了讲来意，他才略放了些心。小槐也进来问他，你不想知道自己妻子是如何死的？不想替她报仇？汴京五绝正在追查这案子，我是替相绝来问你。

　　"那汉子犹豫了半晌，才讲起那梅船来由。他名叫张青，原是个菜农，浑家叫孙二娘。他们夫妻两个原在孟州十字坡上开了家包子铺，偶尔做些不尴尬的勾当，被官府追捕，便带着孩儿逃到梁山泊，去投奔远亲。谁知到了那里，那八百里水泊尽被杨戬括田令括入公家，湖边渔民不论捕鱼捞蟹、采藕割蒲，都要课以重税。那些渔民被逼得没了生路，有个叫宋江的便聚集了一伙人起而抵抗，张青也入了伙。他们一共三十六人，横行河朔，转战青齐，攻陷了十来个州县城池，又攻占淮阳，乘海船到海州。不想那海州知州张叔夜并非一般庸懦文臣，年轻时便驻守兰州，清除羌人之患，极有谋略。他设下埋伏，大败宋江，捉住了副帅吴用，又焚其舟船、断其后路。宋江只得投降，受了招安，其中有十一个不愿归顺，各自逃走。

"他们二十五人被押解进京，行至应天府。有个官员自称得了诏令，接管了他们，并吩咐了一项差事，由一个六指人带他们去梁园湖泊僻静处，训练他们划动一只船，套进另一只空船壳中。演练了半个多月，精熟之后，让他们上了一只客船，那船帆上绣了朵梅花。之前逃走的那十一人中，有个叫蒋敬的，本是要去投奔方腊，说无人引见，故而重又回来，也上了那船——"

"蒋敬？"陆青顿时想起，梁兴曾言，清明那天，他赶到钟大眼船上去寻一个叫蒋净的人。上船后，他唤那人，那人点头答应，看来是名字重了音。

莫裤子继续讲道："他们驾着这梅船，清明那天上午来到汴京，在虹桥下演了那场神仙降世、大船消失。张青和吴用当时跳下船、奔上桥，去假作丢绳拉船。梅船消失后，吴用和他去了岸边霍家茶肆，要了碗茶坐着等消息。那六指人当时吩咐，梅船套进那空船壳后，船上人各自喝下一瓶迷药，假作昏死。他们等了半晌，却见有官吏奔上那空船壳去查看。吴用发觉事情似乎不妙，正在犹疑，有个人凑过来和他们攀话，那人是太学学正秦桧。

"秦桧极热忱，强邀他们去家中暂住。吴用也正想寻个安稳处暗查动静，两人便住进了秦家。第二天，秦桧说那船上二十四人全都中毒身亡，他们两人听后，没能忍住，顿时落泪哭起来。秦桧立即猜破了他们两人来历，说愿意帮他们查出背后那些真凶。秦桧先查出了几个帮凶，让他们暗中一一用毒烟杀害，其中有耿唯、武翘、简庄，还有个彭影儿，他们找见时，已经死去。

"最后，秦桧又查出林灵素藏在杀猪巷内一个小道观中。张青忙赶了去，却发觉林灵素已经中毒身亡，幸而他儿子还活着，他便将儿子接回到秦桧家中。秦桧置办了许多酒菜庆贺。吃罢回到房里，吴用腹中忽然绞痛起来，发觉自己中了毒。张青父子也觉到灼痛，幸而他带儿子回来的路上，吃了许多东西，在席上并没有吃几口，因而中毒不深。他忙要冲出去寻秦桧，却被吴用忍痛死死拽住，叫他们父子快逃，随即便断了气。张青只得含泪抱着儿子翻墙逃了出来，躲到了妻妹孙三娘包子铺里……

"张青还要寻秦桧报仇。我劝他莫要妄动，如今京城里寻他父子的，绝非秦桧一人。该为孩子着想，先到外路州去避一避。便替他们雇了辆车，趁夜送走了。"

"那应天府接管他们的官员是什么人？"

"朱勔。"

"供奉花石纲那朱勔？"

"嗯。"

第八章　破疑

天下敝事至多，不可不革。

　　　　　　——宋神宗·赵顼

一、邓府

赵不尤跟着门吏走进了邓府。

这三世贵勋之家，门庭果然深阔富盛，虽办完丧事不足三月，庭中花木却新翠鲜茂，檐宇绘饰杂间彩装，繁丽奢耀，丝毫不见哀戚之气。偶尔见仆婢在廊边往来，也都衣饰精洁、步履轻畅。看来小主人当家，让这宅院焕出了新气象。

赵不尤走进前厅，里头极高敞，一色乌木桌椅，背后一架唐宫仕女屏风，雍容典丽。两壁挂满书画，尽是当世名家手笔。一个年轻男子斜扭着坐在主椅上，穿了一身素服，浑身溢满骄慢之气。他原本生得白皙雅逸，脸却泛出铁青色，口鼻也微拧着。再看他脚边，散落了一些碎纸。赵不尤一眼瞧出，正是那封信，不但外封、内封，连信笺都撕作几片。

刚才行到街口，赵不尤先寻见一个小厮，给了他十文钱，叫他将这封信送到邓府。他则骑马在附近略绕了绕，这才来求见邓雍进，如他所料，邓雍进果然立即让仆人唤他进来。

邓雍进见到赵不尤，尽力将脸上怒色收住，只微欠了欠身："赵将军，一向无缘相晤，怎么今日忽践鄙宅？"声音仍隐隐有些气颤。

"在下冒昧登门，是听闻了一些事。虽是传闻，不足为凭，却恐怕会有玷邓侍郎清誉，甚而损及贵府三世盛名。"

"哦？什么事？哦！你快请坐！"邓雍进顿时坐正身子，抬手相请。

"不必。只几句话。"

"赵将军请讲！"

"在下接到两桩讼案，都是告同一人，那人名叫董谦——"

邓雍进面皮一颤，忙迅即掩住惊慌。

"董谦扮作妖道，使邪术连杀两人，之后逃逸不见——"

"此事与我何干？"

"有人说邓侍郎将董谦藏匿起来。"

"什么人敢如此大胆？胡乱栽赃！"

"在下原也不信，但那传说另有隐情——"

"什么隐情？"

"说邓侍郎热孝之中，包占了董谦的未婚之妻。"

"胡说！胡说！"邓雍进连拍扶手，脸顿时铁青，口鼻又拧了起来。

"邓侍郎息怒。在下一向听闻邓侍郎孝名远播，岂能甘冒重罪，做出这等悖逆礼法、踏践人伦、欺贫凌弱、强辱贞洁、玷污门庭、遗恨父祖、寡廉鲜耻、禽兽不如之事？"赵不尤将心中愤厌一气道出。

邓雍进则被这一串语雹砸得脸色青一霎、红一霎，虽强行抑藏，不敢流露，手却抖个不住。

半晌，他才低声问："这可如何是好？"

"此前，在下见过董谦，他对此事一毫不知。昨天，在下又特地去问过董谦那未婚妻——"

"哦？"邓雍进又一颤。

"那小娘子也说并无此事。"

邓雍进登时松了口气。

"此事一定是怀恨之人嫁祸邓侍郎，唯有寻见董谦，才能解邓侍郎违礼、匿罪之嫌。"

"可我哪里知道那董谦藏在何处？"

"邓侍郎自然不知。在下四处找寻，也未能寻见。如今怕只怕，董谦一旦落入邓侍郎仇敌之手，自然会诱逼董谦编造供词，将罪名强加给邓侍郎，甚而会杀死董谦，将尸首或罪证设法藏匿于贵府，那时便再难洗脱这罪名了——"

邓雍进低下头，眼珠急转。

赵不尤忙加力："若是能抢先寻见董谦，他杀人之罪，铁证昭昭。在下也绝不许他胡乱攀扯，即便他说受人指使，杀人之时，并无旁人在侧，他堂堂一名进士，杀或不杀，岂不能自主？在下一纸讼状，必得判他个死罪，好替那两家苦主申冤报仇！"

邓雍进似乎得了救命符，顿时抬起眼，目光却仍犹疑不定。

赵不尤放缓了语气："我听得董谦似乎还卷入了另一桩事，那事更加重大——"

"哦？"邓雍进目光一紧。

"邓侍郎可听过那清明梅船一事？"

"嗯……我只约略听了一些，却并不知详情，也并不介意那些妖妄之语。"

"嗯，在下料定也是如此。不过，邓侍郎仇敌若是将此罪也嫁祸于邓侍郎，那便越加难洗难脱了。"

邓雍进重又露出慌意。

"贵府三代，皆是国家栋梁，邓侍郎自幼受父祖训教，应不会做出那等祸国害民之事——"

"那是自然！"邓雍进声量陡升，身子也顿时挺起，"我父祖一生皆倾心竭力、尽忠为国，我虽年轻，却也知道臣子忠心、国家大义，便是粉身碎骨，也愿捐躯报效，甘心无悔！"

赵不尤虽有预料，却也暗暗一惊，心下越发明了："在下正是感于贵府三代之忠，今日才来告知此事，也一定尽力寻找董谦。我已查明，那梅船案主使乃是林灵素，林灵素已中毒身亡，也有确凿证据，可证董谦是受林灵素驱遣。寻见董谦，梅船之乱才能结案，再不能容他有丝毫脱罪之隙、嫁祸之言，否则恐怕会继续伤及无辜，更会伤及贵府忠孝清誉。"

"我也派人四处去寻，若是能寻见，立即将他交付给赵将军……"

赵不尤听到这句，心中才终于松落。

二、宰相

冯赛清早出门，照着管杆儿所留地址，寻到了杜坞家。

他没有去敲门，只在巷口瞅望。等了许久，才见那院门打开，一个十六七岁的后生走了出来，样貌衣着和管杆儿所言相似。等那小厮走过来时，他出声唤住。

"小哥，能否问一桩事？"

"啥事？"

"你可认得一个叫杜坞的人？"

"他是我家主人，你要寻他？他已殁了。"

"我正是听到这信儿，才来问一问。"

"你是来吊孝？主母在家里。"

"许久未见杜老兄，怕有些唐突。不知他这两年以何为业？"

"他在王丞相府里做宾幕。"

"王黼？"冯赛一惊。

"嗯。"

"杜兄殁了之后，王丞相可曾问过丧？"

"王丞相自然不会亲自来，不过差人送来了奠礼，沉甸甸几大箱子呢。"

"哦，多谢小哥。"

冯赛上了马，心里一阵惊乱。

杜坞竟是当今宰相王黼的幕客，他寻冯宝去做紫衣客，难道是王黼指使？王黼身为堂堂宰相，为何要做这等事？

与李邦彦相似，王黼也生得风姿俊美，一双眼瞳金亮如琥珀。虽不好学问，却才智敏捷、巧言善媚，又正逢当今官家重兴新学，十五年前考中进士，与当时宰相何执中之子共事，得其盛荐，由校书郎升迁至左司谏。当时蔡京被贬至杭州，官家却心中牵系，差内侍去杭州赐给蔡京一只玉环。王黼探知此事，忙上书盛赞蔡京所行政事。蔡京复相后，骤升王黼为御史中丞。

王黼见郑居中与蔡京不和，又与郑居中暗中结交，更极力巴附宫中得宠内侍梁师成，称其为恩府先生，依仗这些权势，他在京城公然夺人宅、抢人妾。前年终于逼蔡京致仕，四十岁升任宰相。数年之间，超升八阶，大宋开国以来从未有过。

他登相位后，立即罢停蔡京所施方田法、三舍法、医学、算学，淘汰吏人，减去遥郡官员俸禄，蠲除富户科配……四方翕然称之为贤相。官家先后连赠他宅第，赐名"得贤治定"，并为他题写亭堂牌额。

然而，他随即设立应奉局，自己兼任提领，宫中外府库钱皆许他擅用。他广搜四方水土珍异之物，名为填充宫殿及艮岳园中，供官家赏玩。其实，大半珍物尽都送入自家宅中。他更公然卖官，京城遍传歌谣："三百贯，曰通判；五百索，直秘阁。"每到宫中，他与蔡攸一同扮歌舞伎人，讨官家欢喜。去年，方腊兴乱，他却一直压住奏报，导致军情延误，让方腊得以连占六郡。

大宋开国一百六十年，居相位者七十余人，位执政者二百多人，贤愚清浊虽各个不同，却从未出过这般贪渎无节、谄媚自贱之宰相。

冯赛极诧异，不知王黼为何也插手梅船案、假造紫衣客。

但细细一想，梅船案牵涉如此深广，王黼自然不会不知，不论缘由何在，他都不会坐视。只是，他为何会寻见冯宝？冯宝不论去应天府匡推官家，还是被李弃东、谭力从梅船劫持，丝毫不反抗，更不逃走，又是为何？

冯赛百般想不出其中缘由，正在思忖，却见街边一个饼摊边两人在争吵，一个人买了饼，那摊主收了钱，说其中两文是假钱。

听到他们争吵，冯赛顿时一惊，猛然想起那桩事：二月初，市易务发卖宫中旧蜀锦，他引荐了一个蜀地锦商全部包买下来。那锦商没有现钱，只有蜀地的交子，市易务又只收铜钱，他便去谷家银铺，寻见谷坤，用那些交子兑换了一万贯铜钱，交付给了市易务。而谷坤那时正在倾销假钱，难得有一万贯生意，谷坤必定是在里头混了假钱。市易务收到钱，仔细数检过，才会入库，他们竟没有发觉其中有假钱。

然而，此时看来，他们恐怕已经发觉，却将此事压住。向官中交纳假钱，这是重罪，王黼恐怕正是以此来胁迫冯宝。

冯宝是为了帮我脱罪，才去扮紫衣客？

冯赛顿时惊住，这个弟弟自来了京城，没一日安分，没一事能办得好。无论如何责骂，那双耳朵都像是被油脂糊住了一般，一个字都听不进。让他嫌憎无比，却又无可奈何。但此时想来，自己之所以始终容忍，未将他撵回家乡，不只为兄弟之情，更多是看在冯宝那天性。他行事虽浮浪，心却热善，如管杆儿所言，他总要多给那卖甘豆汤老妇几文钱，这等事，他自小便爱做，早已是顺手常事。

至于对他这个二哥，冯宝面上虽违逆，心里却始终敬护。有回冯赛与一个漆器商交易，那漆器商性子有些粗傲，言语间对冯赛极无礼，冯宝在一旁听不得，竟将一碗热茶水猛浇到那人头上……这等事也不止一回两回，后来冯赛与人交易，再不肯带他去，因此之故，李弃东趁机才替了冯宝的位儿……

听了假钱之事，冯宝自然会护着我，替我去赎罪。

他竟一个字都不曾透露给我。冯赛心里一阵翻涌，不知该如何是好，不由得恨骂了一句，眼中却一热，险些落下泪来。

必须赶在李弃东之前，寻见冯宝。可到哪里去寻？

想到李弃东，再念及王黼，他心中忽然一颤，猛然发觉一事：李邦彦！

既然宰相都插手梅船案，李邦彦身为副相，恐怕也不会闲坐。大理寺放走李弃东，正是他下的令。他将那藏有机密文书的铜管遗落在顾盼儿房中，难道是有意为之？他已知晓李弃东是为西夏间谍效命？但他为何要将那机密泄露给西夏间谍？

冯赛一阵惊乱，忙在心里连击几掌，停住思绪，长舒了几口气，定了定神，这才又细细思忖起来。

李邦彦若真是有意泄密，他将那铜管密信落在顾盼儿房中，李弃东却未必能见到，除非——顾盼儿是西夏间谍。

三、心念

梁红玉见明慧娘走进了那家客店。

她忙环顾左右，见不远处有个妇人在卖葱。她一边留意那客店门，一边慢慢走到卖葱妇那里，见那筐子里，好葱齐整排在上头，底下是些烂葱。她便装作穷寒图省钱，将那些烂葱全都买了下来，装到自己篮子里，提到另一处能望见那客店门的地方，仍旧靠墙坐下，装作卖葱。

这回好，过往的人看了她篮里那些葱，没一个愿买，她也便专意瞅着那客店。那客店并没有楼，客房在院子里，从这里瞧不见明慧娘去了哪里。她望了一阵，忽见一个力夫抓着条扁担，大步走过街口，是梁兴！梁兴眼睛一直瞅着前面一个骑马的男子，并没有看到她。梁红玉也没敢出声唤他，只瞅着他大步走远，隐没于行人之间。她不由得笑了笑，这人凡事都这般专心专意，念一个人，怕也能念一世，思及此，她心底微有些酸涩，不由得叹了口气，心里暗想，好景恐怕都得隔山望……

她不愿多想，便专心望着那客店门。可一直等到太阳落尽，天色暗下来，都没瞧见动静。她想，不能一直这么坐着，便起身提起篮子，塌着肩，拖着脚步，朝那客店慢慢走去。

路过那客店门口时，她没有停步，只微微扭头朝里望了望，见店头摆了几张桌椅，有几个客人坐在那里吃酒，并没见女子。后边一扇门开着，露出里面一片院子，种了两棵树，摆了些花盆，只能瞧见东厢一排房子，其中一间门口站着个男子，再没见其他人影。

梁红玉不敢多看，继续慢慢往前行去，走了一段，路边有个水饮摊，那老妇正在收拾桌凳，准备收摊。梁红玉那瓶姜蜜水早已喝完，在日头下晒了半天，渴得慌，她便唤住那老妇，摸出三文钱，让她盛了碗卤梅水，坐下来边喝边偷瞅着那客店。才喝了半碗，忽见一个妇人身影，走出了那客店，明慧娘。

明慧娘往西头走去，梁红玉忙将剩下半碗水几口喝尽，提起篮子跟了上去。明慧娘走得不紧不慢，从背后看，身形纤秀，步姿轻稳。梁红玉不由得暗赞，这女子不但面容生得好，浑身上下都有美人韵，只可惜跟了方贼魔教。梁红玉混入摩尼教那些天，曾见过她丈夫盛力，一个闷朴朴的汉子，瞧不出丝毫特异。梁兴却说盛力武功极好，人也果决，宁愿自尽，不肯被活擒。

刚才，明慧娘进店之前，梁红玉看她那神情极冷漠，目光中更隐隐透出一股恨意，她恐怕是在恨梁兴杀了她丈夫。梁红玉望着明慧娘背影，不由得笑了笑，你们夫妻来到京城为非作歹，你丈夫去杀梁兴，自家本事不济，没杀成，被活捉，服毒自尽。你没有丝毫自愧自悔，倒反过来去恨没被你们害成的人？

然而，跟了一段路后，她又发觉，明慧娘的肩头和双手始终紧紧拧挺着，似乎不这般，便要立即倒下。那纤瘦身子在暮色里，瞧着似一炷燃尽的香灰，里头早已没一丝活气。她这灰心似乎并不只为丈夫之死，比那更深、更透底，没溃散，只因心底那恨。

梁红玉心中不由得生出些怜意，这女子恐怕遭遇过许多严酷，早已灰了心，遇见丈夫后，才得了些暖，命里那炷香，才燃了起来，如今，香已燃尽，再续不上一星火。

人得有一分心念，才活得下去。明慧娘若真是报了仇、解了恨，恐怕便再无任何心念。梁红玉想，千万不能让她杀了梁兴。不过，旋即又想，若只揣着这恨，活下去又有什么意味？

她思忖半晌，不由得笑起来。你何必为她犯难？一人一命，自承自担。她寻梁兴，我寻方肥。各行各路，若是当面逢着，我不能叫她拦住，也不能叫她得手。

于是，她不再多想，继续小心跟在后面。

明慧娘走进望春门，向南折去。这时天色已经浓黑，街边店铺亮起了灯笼。明慧娘沿着城墙边的直道，行到一间小店铺门前，那店铺已经关门。梁红玉见她停住了脚，忙躲到旁边一家食店立在门前的招牌后面，偷偷觑望。那小店门前有些暗，不远处的灯笼光微微散过些光亮，只能隐约瞧见明慧娘的身影。

明慧娘朝左右望了望，这才抬手敲门，敲得极轻，从这里根本听不到。半晌，门才开了，里头探出半个头影。明慧娘又朝左右望了一道，这才走了进去。那门迅即关上了。

梁红玉心中暗喜，明慧娘这般谨慎，那里头藏的即便不是方肥，也是摩尼教其他大头领。她离开那招牌，走到那小店铺附近，见对面城墙下有一株大树，树下极暗，她忙躲到了那暗影里。

等了良久，都毫无动静，却别无他法，只能继续等着。她有些累，却嫌那地下脏，不知堆了些什么，不愿坐下，便靠着树身，略作歇息。又等了半晌，那门忽然开了，走出来一个黑影，她仔细一瞧，是明慧娘。明慧娘又左右望望，这才转身离开，朝来路走去。那门也迅即又关上了。

等明慧娘走远后，梁红玉见左右无人，轻步走到那门前，透过门缝朝里觑望，里头一片漆黑，只有后边隐约散出些灯烛光，却听不到人声。她又朝房顶望了望，并不甚高，左边墙下有一团黑影，她走过去一瞧，是个木桌，恐怕是白天摆货物的，踩着这木桌便可轻易爬上房顶。

她将篮子放下，从篮子里摸出一个布卷儿，里头裹着一把短剑。她取出那剑，插在后腰衣带上，正要爬上那桌子，忽听到开门声。她忙贴墙蹲下身子，见一个身影从门里走出来，瞧着是个妇人，手里端着个盆子，盆里盛满了水。那妇人端着那盆水，朝城墙根走去，是去泼倒污水。梁红玉暗喜，忙疾步赶到门边，轻轻溜了进去。借着后头微弱灯光，她辨出屋中摆着些矮柜，中间一条窄道，通往后边一扇门，门半开着。身后响起泼水声，她忙快步穿过那窄道，轻轻推开那扇门，外头是个天井，一座四合小院，灯光是从北房窗户里透出。

她正要轻步走过去，头顶忽然落下东西，盖向她的头顶，是绳网！她忙要躲开，那网却已将她半身罩住，手臂已经伸展不开……

四、隐情

黄瓢子回到家里，见阿菊低着头，坐在厨房门边小凳上择菜。

他轻步走过去，见一把韭菜，只择了一小半，胡乱丢在脚边，不似常日那般，一根根摆得齐整。再看阿菊，双眼直直瞅着墙角，手里捏着一根韭菜，一截一截掐着，得了痴症一般。

他咳了一声，阿菊才醒转过来，回头一瞧，忙站起身："你去问出什么了？"

"我没寻见陈六，他回家去了。我先回来吃饭，天黑了去他家反倒好寻。"

"吃过饭，我和你一起去。"阿菊重又坐下，抓起韭菜躁躁地择起来。

"孩儿们呢？"

"我嫌他们吵，让他们到外头耍去了。"

黄瓢子没再言语，进到屋里，倒了碗冷茶，一气喝下，而后坐在椅子上，望着阿菊，心里有些发闷。第二次去寻陈六时，他怕阿菊哭嚷，反倒问不出话，便叫阿菊回来煮饭。来回一个多时辰，她竟只择了那几根韭菜。黄瓢子难得生恼，更难得生阿菊的气，今天心里却真有些恼了。

他闷闷坐了一阵，见阿菊总算理好了那把韭菜，抓进厨房舀水去洗。常日里阿菊手脚极轻，难得发出响动，今天厨房里却不时传来摔瓢丢盆的刺耳声响。他听着，越发恼起来。阿菊太牵挂那个弟弟，不像姐姐，倒像娘一般。那个弟弟偏生又做出那等事。黄瓢子对人世并不敢多求，只盼一家人能安稳度日。如今，阿菊一乱，这个家也跟着乱起来，这一向，连两个孩儿都不敢大声出气。再这般下去，这个家不知会落到何等地步。

黄瓢子万般皆能忍，唯独受不得这家被搅乱，他再坐不住，见篮子里有块干饼，便一把抓过，起身向外走去，经过厨房时，也没跟阿菊讲。临出门，一眼瞅见墙边那把刀，那刀是他常日抹泥拌浆用的泥刀，刀刃极钝。他心里一恼，过去抓起那刀，装进背袋里，干嚼着那块饼，气闷闷出了院门。

他只听过陈六住在五丈河三里桥边，便一路赶到那里，向人打问。他肚里闷着气，打问时，人家也不愿理他。连问了几人，才有个老汉冷着脸给他指了指。他来到那座窄破小院前，透过那篱笆矮墙，一眼瞅见陈六吹着口哨，晃着脑袋从厨房里走了出来，端着高耸耸、热腾腾一盆烧肉。虽隔这么远，那肉香仍直飘过来。黄瓢子不由得咽了口唾沫，心里越发恼恨，从袋里抽出那把泥刀，大步走了过去，一把推开柴门："陈六！"

陈六惊了一跳，扭头见是他，慌忙赔出些笑："黄大哥？"

黄瓢子走到近前，一把攥住他的衣领："这回你若是再哄我，我先将你的手剁下来，再揪你去官府！"

"黄大哥，你莫焦躁。我才烧了肉，你还没吃饭吧，先坐下来一起吃，我再慢慢跟你讲——"

"吃你个驴囚囊！"黄瓢子一刀将那盆肉剁到了地上，肉块滚得满地，油汤也泼到了他们两人腿脚上。

这是黄瓢子生平头一回说狠话、做狠事，看着地上碎盆油汤和肉块，他顿时无措。一个老汉拄着拐杖从门里探出头来，黄瓢子见老汉只有一条腿，知道是陈六的爹，看那老汉一脸惊怕，他越发气短。但随即想到，你们父子在这里大盆吃肉，却叫我家宅不宁，心头怒又涌起，瞪着陈六喝道："你若再不说实话，我一把火将你这破房烧了！"

"黄大哥，你千万莫动气。不是我要瞒你，是奋哥不叫我说。"

"他不叫你说？"

"外头不好说话，你先进屋。"

黄瓢子见陈六望望左右邻舍，神色有些紧张，便没再动怒，气恨恨走进了那屋子。屋里极窄，只摆了几件破旧桌椅。陈六爹靠在门边，眼里仍满是惊怕。

陈六进来关上了门："黄大哥，到里屋说话。"

黄瓢子跟着走进里屋，里面越发昏暗，只有一张大炕、一个破柜子。

"黄大哥，我便告诉你实情，但你千万、千万、千万莫要泄露出去。"

"你说。"黄瓢子心里隐隐怕起来。

"奋哥并没逃走，他是去办一桩要紧大事。"

"什么大事？"

"奋哥不肯说。"

"你又哄我！"黄瓢子顿时吼起来。

"轻声，轻声！我真的没瞒你。我最后一回见奋哥，其实是寒食前几天。他提了个包袱，深夜来我家，让我送四封信给彩画行那四家。那时我哪里晓得，这四封信竟会惹出那等祸事？我若知道，一定不会去送。不过，奋哥若是办成那桩大事，这罪或许能免去。"

"到底什么事？"

"我真的不晓得，奋哥真的没告诉我！"

"你！"

"你听我慢慢讲。那天夜里奋哥来时，我瞧着他似乎哪里有些不对搭，看了半晌，才瞧出来，他两耳耳垂戳了耳洞——"

"耳洞？"

"嗯！我忙问他咋回事，他先不肯说。我瞧着他神色不对，便逼着他说。他却打开那包袱，里头竟是齐崭崭八锭银铤，惊得我和我爹险些瞪破了眼。他拿了两锭给我，让我和我爹好生花用，说剩下六锭，等清明过后，送去给你们。他又戳耳洞，又送大银，我自然不肯接他的。他犹豫了半晌，才说他接了一桩大差事。"

"到底什么差事？"黄瓢子急起来。

"我问了！他就是不肯说，只说这事极重大，一毫都不能透露。我又问他，这差事是谁派给他的，他仍不肯说。我没有亲兄弟，只有他这一个哥哥，我抓住他的胳膊，死活不肯让他走。他实在没法，才说是当年画奴荐他去做书童的那个侍郎。我瞧着他似乎还在瞒我，便哭了起来。最后，他才说，那个侍郎是受了另一个人的指派。"

"啥人？"

"我不敢说……"

"说！"

陈六只得凑近他耳朵，说出了个名字，黄瓢子听后，不由得打了个寒战……

五、讨好

吴盐儿心里始终惴惴难安。

她虽耳目极广，却丝毫打问不出花奴、舞奴、琴奴是被何人召去，也不知琴奴如今人在何处。她想，下一个恐怕便是自己了。那三奴都推拒不得，自己自然也一样。

好在这几天满京城的豪贵们都似在忙乱，并没有人来香漱馆访她，只有一个蜀地巨商，请她去莲花楼游耍了半日。她强打精神，才勉强应付过去，回来路上，在车中忍不住哭了起来。

从幼年被卖进这香漱馆，她便时时在尽力小心应付，见人总是尽力笑，尽力瞅准人的喜好，尽力讨人欢心，以免挨责挨打。在这京城妓行，若想出头，必得有一两样绝艺，歌舞琴技她都苦练过，却始终难出奇。妈妈无意中见她善烹饪，便重金请了京城名厨，轮流教她。诗书曲词也没有搁下，花了十余年心血，才终于将她扶到如今这地位，成了馔奴。

她眼中日日所见，不过一个"欲"字，口欲、肉欲、耳欲、眼欲、利欲、权欲、欢欲、雅欲……这些欲如同一张张嘴，她得备好各样碗盏，盛满各样物事，那嘴欲哪样，她便得舀出哪样，小心喂进那嘴里。既得疗饥，又得合口，还不能填得过饱。她有时想，自己哪里是馔奴，分明是喂奴。

她天生似乎便善喂人，而且发觉，所有欲里头，赞欲最要紧。人千欲万欲，其实都在欲一个赞。你能见得到他的好，并赞出来，比给他千金更贵重。吴盐儿自幼便在尽力寻这些好，并用最合意的法子赞出来。赞得准，自家便能讨到好。她不但厨艺精妙，赞艺更得人心，因此，她又觉着自己该叫赞奴。

讨好这些人，她从来没觉得有何不妥，只是偶尔会累。直到那天陆青赠了她那句话，"无限繁花遍地寻，何如静守一枝春？"她先还没有领会，细细思量后才猛然发觉：这些年，自己无时无刻不在尽力讨好所有人，可谁又讨好过我？

她顿时惊住，不觉落下泪来，自己虽时时在笑，可何曾真正笑过几回？又何曾尽兴哭过？

眼泪流过后，她想，这便是我的命。即便我想改命，又去哪里寻那一枝春？即便寻见，又哪有能耐守住？

不过，心里虽这般哀叹，人却似乎与从前不一样了。有些倦乏，双眼却似乎亮了许多，看清了许多从前未能觉察到的。譬如那天去莲花楼见那巨商，她便没再像从前一般，尽力去寻好讨好，只照礼数相待。把酒言谈之间，见那巨商略有些口吃，便随口赞了句，说那巨商嗓音沉雄，唱大江东去一定极好。那巨商听了，极欢喜，吃醉后，竟真的唱了起来，说话也顺畅了许多。道别时，额外又赠了两匹上等蜀锦、五两黄金。

这等好，寻得轻巧，赞得也轻巧，得的好，却胜过以往那般用力。

她似乎才明白陆青那句话的深意，不是去哪里寻一枝春，这枝春原在自己这里。做人该先自珍自惜，莫轻贱了自家。

这醒悟给了她许多气力，正要发心改命，却偏巧遇见三奴这祸事，将她的兴致顿时打消。她正在房里心烦，婢女又进来说，有客来了，妈妈唤她出去。她虽极不情愿，却也只得匀了匀脸，换了身衫裙，出去见客。

那客以前见过，名叫张叔夜，年过五十，是前朝名臣子孙，年轻时曾戍守边关，立下军功，后来官至给事中，为门下省要职，主掌驳正政令违失。政令文书原本得先由相干官员审看过，再填写官名画押，而后发布。朝中官员庸惰，预先签好官名、押字，有政事时，才填写内文，唤作"空黄"，已成惯例。张叔夜屡次上书，革除了此弊，升任礼部侍郎，却遭蔡京疑忌，放至外州。

张叔夜好酒好食，那几年任京官时，常来香漱馆。吴盐儿见他性情爽直沉厚，从不为难人，心里也生出些亲近，如待叔伯一般。几年未见，张叔夜鬓边竟已泛白。吴盐儿原本无甚情绪，见他陡然显出老态，不由得怜惜，忙去尽心烹制了几道他往常最爱的菜肴，鲜蹄子脍、炒白腰子、炙鹌子脯、石髓羹，又配了几样佐酒果子，开了一坛皇都春。

她陪着说了些闲话，吃了一些酒。张叔夜甚是开怀，吃得大醉，说在船上一个多月，跟着那些船工，日日只能吃些粗食，连油荤都见不着，肠肚几乎寡死。

她笑着问："张大人不是在海州任知州，如何又去船上了？"

"自招安了宋江那伙人，又得了份差事，去护送那李师师。"

她听了大惊，忙探问："张大人见着师师了？"

"我倒是想见识见识汴京唱奴究竟生得如何天仙一般，却一眼都未见着。登州上船时，她戴了帷帽，又是深夜，进到船舱里，再没出来。从登州到海州，又一路北上，清明才到了汴京。"

吴盐儿听了，更是惊得发根几乎立起："师师是一个人？"

"还有个人。"

"那是什么人？"

"这个我说不得，你也听不得。"

"师师去登州做什么？"

"这个我仍说不得，你仍听不得。"

"张大人可曾见过王伦？"

"船到汴京，他才上来。我叫他钻进柜子里，锁了起来。他是三槐王家子孙，虽及不上先祖，倒也是个人才，人也忠善。我怕他遭遇不测，终究有些不忍心，趁着虹桥大乱，那船主和船工都去望看，便又偷偷开了锁，让他逃了。"

"师师去哪里了？"

"船到上土桥，他们下了船，我也便交了差，再管不得那些……"张叔夜说着竟醉倒过去。

第九章　收束

事不可不勉也。

——宋神宗·赵顼

一、香袋

赵不尤又赶到郑居中府上。

郑居中原本便是汴京人，神宗末年进士及第，被时任宰相王珪榜下择婿，蔡京更荐他有廊庙器。初登仕途，可谓两脚青云，然而，神宗病薨，王珪辅佐哲宗继位后，也旋即病卒，郑居中由此失了依傍，只能本分为官。二十余年间，循资迁转，到当今官家继位时，始至礼部员外郎。

他见宫中郑贵妃得宠，遍查族谱，寻着个远缘，自称是郑贵妃从兄。郑贵妃家室微贱，也正需个依傍，便两下默认，互为借势。郑居中由此连连骤迁，五六年间，便升任知枢密院。郑贵妃宠冠后庭，为避嫌，郑居中曾被罢贬。两年后，又再拜枢密。

其间，蔡京变乱新法，天现彗星，官家将蔡京贬往杭州居住，却又暗生悔意。郑居中从内侍那里得知官家心思，便极力赞扬新法："陛下建学校、兴礼乐，以藻饰太平；置居养、安济院，以周拯穷困，何所逆天而致威谴乎？"官家听了大悟，旋即召回蔡京，再次拜相，加封鲁国公。

郑居中企望蔡京回报，蔡京却以秉公之名相拒，两人从此交恶。蔡京再次被贬，郑居中以为必得相位，却被官家察觉。恰逢郑贵妃又册封皇后，为避嫌，郑居中再次被罢。

蔡京则三度复相，总领三省，越发变乱法度。郑居中屡屡向官家进言，官家也开始厌恶蔡京专行，便拜郑居中为少保、太宰，命他伺察蔡京。郑居中便严守纪纲、恪守格令、排抑侥幸、振拔淹滞，士论因之翕然。去年，三度还领枢密院，连封崇国公、宿国公、燕国公。

赵不尤对郑居中并无好感，却也无恶意，至少此人为官以来并未作恶，直至此次梅船案。

他驱马行至郑居中府宅那条大街，今天正好初十，旬假休沐日，朝中官员皆不视事。他先打问到郑居中在宅中，便仍先寻了个小厮递了一封信，等了一阵，才去登门投帖，郑居中果然也召见了他。

这郑府比邓宅，多了些庄穆宏阔之气。穿过前庭，进到厅中，赵不尤一眼先看到了那封信，丢在檀木方几上，虽未撕碎，信笺却也起皱，显然是揉作一团后，又展开来。再看郑居中，原本生得气宇轩昂，却阴沉着脸，胸脯微微起伏，自然是才发过怒。

"你来做什么？"郑居中冷着脸，也不命坐。

"不尤是来禀告一事。"

"何事？"

"宋齐愈。"

郑居中目光微颤，却并未作声。

"不尤此来，是替宋齐愈谢罪。"

"谢什么罪？"

"此前郑枢密特赐青目，怎奈他家中父母已先替他相中一女子，不得不婉拒郑枢密盛意。至今，他仍抱憾不已。"

"哼！他憾不憾，是他自家事，何须叫你专程来说？"郑居中面色稍缓。

"并非他叫我来说，他也知郑枢密海量胸怀，岂肯为此等事怪罪于他？不尤与他为友，见他心中抱憾，故而越俎代庖、擅自多嘴。只望将他心中不宣之敬、未言之谢，转诉予郑枢密。"

"好了，我已知晓。你还有何事？"

"清明梅船案。"

"哦？"郑居中目光一颤。

"宋齐愈无缘无故搅进了那梅船案，在下已经查明，此事皆由林灵素主使。如今，林灵素已中毒身亡，梅船案也便告终。"

"此案既已告终，他又啰噪什么？"郑居中面色顿缓。

"自始至终，宋齐愈对此事毫不知情，却有人以此为由，诬陷于他。他起自穷寒，虽得中魁首，在京中却无一人可傍。如今朝廷之上，位尊者多，望重者少，德高者尤稀，唯有郑枢密，三者皆备，为国家砥柱，天下士人共仰。因此不尤才唐突僭越，代友求告，还望郑枢密能庇护一二。"

"他既然清白，我自然不会坐视诬言乱行。"

"拜谢郑枢密！"

赵不尤心里又一松，见郑居中也松缓不少，便拜别出来，驱马赶往礼贤宅。

到了礼贤宅，一打问，蔡攸也在府中，他又施故伎，先递信，后投帖。蔡攸也立即命人引他进去。

赵不尤初次来这礼贤宅，这宅院年岁与大宋相当，至少已历百五十年。只看院中那些苍茂古木，幽雅深蕴，便远胜邓府、郑府，画栋雕梁更是极致精丽富奢。

门人引着赵不尤穿廊过庭，来到一间精雅书房。赵不尤一眼先见到那碾玉装莹洁檐角上，挂了一大张蛛网，极刺眼。再一瞧，中间四根主线曲折，拼成了个卍字。赵不尤不由得暗暗一笑，这自然是赵不弃的功劳。

他行至门前，见一个中年男子身穿卍字金线纹青罗衫，背着手，在房中踱步。那人听到脚步，回过头来，正是蔡攸。四十来岁，面白肤净，几缕淡须，一身贵雅之气，目光却浮游不定，透出些焦恼。他手中捏着一个信封，正是那封信。他见到赵不尤，忙将那封信随手夹进紫檀书桌上一册道经中。

"你是赵不尤？"

"是。"赵不尤躬身一拜。

"你有话说？"

"在下冒昧登门，是有一桩小事，来求助蔡少保。"

"何事？"

"在下这一向追查清明梅船案——"

蔡攸目光微颤，却装作无事。

"如今罪魁祸首林灵素已畏罪服毒，只是，还有一个小物件——"

"什么小物件？"一个声音从身后陡然响起，赵不尤回头一瞧，是蔡行，也穿了件卍字纹罗衫，不过罗色鲜翠，卍字是由银线织成。

"蔡殿监。"赵不尤拱手一拜，又回头望向其父蔡攸，"林灵素此次秘密来京城，暗中招聚了几个门徒，这些门徒尽已被他施妖术害死。其中一个名叫朱阁，也已中毒身亡。在下查到，朱阁死之前得了一个小香袋，他当时借用了贵府车子，不慎将那香袋遗落在那车子中。那香袋是林灵素兴妖作乱之证据，能否请蔡少保命人查一查，那香袋是否仍在那车上？"

蔡行却立即嚷道："什么香袋？你从哪里听到的？朱阁亲口告诉你的？"

"行儿住口！"蔡攸立即喝止，"赵将军寻问到此，自然并非胡乱妄测。你去叫人寻一寻。"

"可——"

"快去！"

赵不尤见蔡攸声音虽陡然冷厉，目光中却藏了些暗示之意。蔡行也迅即领悟，便住了嘴，转身出去了。

蔡攸放缓了语气："如此说来，那梅船案算是了了？"

"嗯，寻到那香袋，便可告终。"

"那香袋中究竟藏了何物？"

"一对耳朵，林灵素杀人证据。"

"哦……"

蔡攸不再言语，赵不尤也便默不作声，屋中顿时冷寂。蔡攸干咳一声，转身拿起那卷道经，压到旁边一叠书册下，拿起顶上一卷，假意翻看起来。赵不尤不再看他，扭头又望向檐角那蛛网。忽而发觉，不论蔡攸父子，或是自己，都是蛛网粘住的小虫，即便卍字高悬，却都安危难测……

半晌，书房外才响起急促脚步声，蔡行用两个指尖拈着个香袋奔了进来："寻见了，落在垫子缝里——"

一阵腐臭从那香袋里散出……

二、旧布

傍晚时，冯赛又赶到芳酪院。

顾盼儿若真是西夏间谍，那么，是谁杀了她？李邦彦？不论有意无意，他将那铜管密信落在顾盼儿房中，那隐秘由此泄露出去。信中密文十有八九事关梅船紫衣客，因此，李弃东才一边忙于那百万官贷，一边又腾出手去劫夺紫衣客。眼下虽不知梅船紫衣客究竟有何来由，但目前看来，远重于百万官贷。如此重大机密泄露出去，李邦彦自然要设法逃责，顾盼儿一死，便再无对证。

不对，知晓这铜管密文的，除去顾盼儿，至少还有盏儿和李邦彦亲随，李邦彦若真要遮掩此事，当日便不会派那亲随，只会自家亲自去寻。即便那亲随信得过，也该先悄悄去问顾盼儿，而不是引得芳酪院中其他人尽都知晓。由此看来，李邦彦并不太介意此事，至少不至于去杀顾盼儿。

那么，顾盼儿是谁杀的？

冯赛忽而想到一人，心中随之大惊：牛妈妈。

牛妈妈开妓馆只认钱，顾盼儿又名列汴京十二奴，哪怕只见一面、吃杯茶，也至少得十两银。牛妈妈自然绝不会让无钱男子轻易见顾盼儿。李弃东却是个特例，他不但常去芳酪院，而且常进到顾盼儿卧房之中。牛妈妈却从不介意——她是有意为之！

青牛巷那老房主说，李弃东兄弟搬离之前，有个锦衣胖妇去寻过李向西两回。那胖妇难道正是牛妈妈？老人特意说胖妇是去寻那哥哥，当时李弃东在薛尚书府里供职，白天自然不在，因此恐怕没见过那胖妇。胖妇应该是去劝诱李向西为西夏效力，李向西原本心里就存了家族怨念，加之瘫痪病在床，恐怕极易说服。李弃东却未必，他立即搬离青牛巷，恐怕是为了躲开那胖妇。然而，三年后，他们兄弟仍旧被寻到，他哥哥更被劫走。之后，李弃东去了唐家金银铺，恐怕并非是他接近顾盼儿，而是顾盼儿借着买花冠，去接近他，并诱逼他去做那些事。柳碧拂当年那桩旧怨，自然也是顾盼儿先探到，由此才设下那一连串计谋。

冯赛见过几回顾盼儿，顾盼儿身上始终有些天真憨玩之气，绝非深机险诈之人。她恐怕是被牛妈妈自幼训教，拿来接近权贵、窃取机密。牛妈妈自然也是有意养护她这天真憨玩气，如此，才不会被人戒备。

据盏儿言，那几天，顾盼儿为柳碧拂、李弃东，哭闹过几回，她恐怕是真关切、真痛悔。牛妈妈自然怕她泄露隐情，只得舍小保大。先叫顾盼儿向李邦彦求情，将李弃东从大理寺狱中放出。李弃东出来后，势必会先来寻顾盼儿，讨取下一步指令。牛妈妈便派人先杀掉顾盼儿。当时盏儿在厨房熬药，那院里之人偷空上楼，扼死顾盼儿，再从窗户溜走，不易被人察觉。等李弃东来，便可嫁祸于他，加上一条杀人罪名，令他更加听命。事成之后，也可借这罪名，让官府除掉李弃东。谁知邱迁竟接着赶到了芳酪院，牛妈妈见机，便撕住邱迁，让他成了替罪人。

李弃东一直只从顾盼儿那里得信，恐怕也未察觉牛妈妈身份。牛妈妈放走他，是要他去寻紫衣客和八十万贯。李弃东逃离芳酪院后，牛妈妈必定派了人跟着他。如今知晓李弃东行踪的，恐怕只有牛妈妈。

但捉到李弃东之前，还不能惊动牛妈妈，冯赛再次赶来，是为了确证两件事。

他来到芳酪院，径直走了进去。盏儿正和两个女孩儿在院里修剪花枝，见到他，又是一惊，忙要摆手，一个锦衣胖妇从前厅走了出来，正是牛妈妈。冯赛去年替柳碧拂捎送帕子给顾盼儿时，见过一回。

冯赛见牛妈妈盯着自己，不说话，眼里满是戒备，寒刃一般。他立即明白，自己猜中了。顾盼儿若不是她杀的，见到自己，她可以恨，可以厌，可以怨，可以怒，唯独不会戒备。

冯赛忙笑着走过去，抬手一揖："牛妈妈，我今日来，是来报个信儿。"

"什么信儿？"牛妈妈冷着脸，戒备丝毫未松。

"邱迁并未杀顾盼儿。"

"不是他是谁？"

"邱迁进到顾盼儿房里时，发觉了凶手留的一件证据，他当即偷偷藏了起来。"

"什么证据？"牛妈妈目光一紧。

"勒死顾盼儿的衣带。"

牛妈妈目光又微微一松。顾盼儿是被人扼死，而非勒死。

冯赛接着又试："那衣带是柳二郎的。"

牛妈妈冷着脸，并不应声，眼里有些犹疑，自然在急急暗忖。

"我来，还有件事要问牛妈妈。"

"什么事？"

"我已捉到了柳二郎的三个同伙，另一个叫谭力的已经死了。其他三个交代说，谭力并未和他们在一处，一直在替柳二郎守一件极要紧之物。他怕出意外，将藏匿地址写在一块旧布上，偷偷送到柳二郎原先藏身的一座旧宅院里。他只告诉那三人，信压在院角一块石头下面，却未说那院子在何处。柳二郎杀顾盼儿，应是为灭口，顾盼儿恐怕晓得他一些隐情。不知顾盼儿是否提及过那院子？牛妈妈可曾听到过？"

"我没听过，不晓得。"牛妈妈目光隐隐一闪。

"盏儿呢？"

盏儿在一旁慌忙摇头。

冯赛装作犯难，愁望了一阵，才谢过牛妈妈，快快告辞。

离开芳酩院后，他立即上马，赶回到岳父家中去等信。去芳酩院之前，他已安排好三桩事，又分别托付给周长清、崔豪三兄弟、管杆儿三人。

能否捉住李弃东，只看这一回了……

三、围攻

梁兴躲到巷口边，朝那院门望去。

疤脸汉下了马，走到门边，黑暗中只隐约辨得出人影。"笃笃笃！"轻轻敲门声，敲了几遍，里头却并无应声。敲门声加重了些，又敲了数道，才听见里头门响，一串男子脚步声到院门边，低声问谁。疤脸汉在外头低应了一声，梁兴只听见一个"鲁"字。院门打开，疤脸汉又低声说了两句，梁兴这回听见"那人"两字。姓铁的"嗯"了一声，随即是脚步声、牵马声。疤脸汉忙上了马，片刻，姓铁的也牵马出来。

梁兴忙贴着身后店铺门板躲了起来，两匹马随即行了出来，向北拐去，蹄声渐渐加快。梁兴忙握紧扁担，沿着墙根，放轻脚步，追了上去。那两人驱马到牛行街，向东穿出了新曹门。梁兴不敢追得太近，看他们出了城门洞，才加快了脚步。那两人到了城外，骤然加速，沿着护城河向北奔去。梁兴也只得发力急追，不过一直藏在路边树影下，并始终隔开一长段路，加上马蹄声极响，两人应该不会听到他的脚步声。

梁兴少年时便最爱追马，这一向又始终有些憋闷，这时放开手脚，体内的气力顿时全都醒过来一般，奔得极畅快，始终紧随着那两人。

那两人奔了一里多路，拐向田间一条土路。梁兴继续紧跟，穿过一片村庄，又奔了近二里地，在田地林子间拐了几道，那两人忽然放慢了马速。梁兴猛然记起，楚澜在这里有一座小庄宅。楚澜好猎，常去东北面那片茂林里追兔射鹿，回来时，便在那庄宅里歇息。冷脸汉一伙人果然还是寻见了楚澜。

梁兴曾来过这里一回，知道方向，便不再跟着那两人，从林子里绕路，斜穿过去，来到那庄宅附近。

他躲到草丛里朝那院门望去，这时云雾散开，月光还算明亮。那院门两边各有几个黑影在动。他望了片刻，旁边路上响起马蹄声，冷脸汉两人到了。两人将马拴在不远处，徒步走了过来。门边那些黑影忙都迎了上去，一伙人围在一处，一阵低语，自然是在分派部署。

梁兴忽有些不忍，楚澜虽会武功，身边自然也有护卫，但恐怕逃不过今晚。

再想起楚澜处事虽机诈，但对自己，却只有恩义，并无丝毫亏欠，而且，这些恩义，始终未能回报。

他正在犹豫，那伙人忽然散开，分作两帮，一帮守在前门，一帮沿着院墙朝后面轻步急奔而去，要动手了。这时，院中忽然传来一声惨叫，随即，叫嚷声连片响起，接着便是兵刃撞击声、厮斗呼喝声——另有一伙人已先抢进了院中，摩尼教徒？

梁兴再躲不住，楚澜即便该死，也不能死在你们手里！

他抄起扁担，奔了出去，院门前那伙人正忙着撞门、翻墙，只有一个僵直身影，提着把刀，立在院门前，冷脸汉。他听到响动，转头惊望过来。梁兴却无暇理会，楚澜卧房在后院，他绕过院墙拐角，发足疾奔。片刻间，便已超过前头那伙人，奔到后院位置，见墙边有棵树，高枝伸向墙头。他一把将扁担抛进墙内，纵身一跃，抓住一根低枝，用力一荡，向上翻跃，又抓住了那根高枝，再使力一挺，越过墙头，跳进了院中，就地一滚，旋即站起，摸到了那根扁担。转头一看，已有几个黑影冲到了这后院。

那后院一排五间房舍，楚澜的卧房在正中间。那几人显然也已探明，他们疾步奔到那门前，其中一个用力一端，将那房门端开，几个人立即冲了进去。梁兴忙也飞赶过去。屋里传来女子惨叫声，楚澜的娘子。

梁兴急奔进屋，里头没有灯，一片漆黑，只听见一阵扑打搏斗声，虽一片混乱，梁兴却立即辨出楚澜的惊唤声。他忙定睛细辨，借着窗纸微光，见床边几个黑影中间，不时现出一片白影，应该是楚澜穿的白汗衫。梁兴忙握紧扁担，走近床边，对准那几个黑影，接连急捣，四声怪叫，四个黑影相继跌倒。还有一个仍在急攻，梁兴又朝他后背使力一戳，那人也惨叫倒地。

"梁兴？"楚澜惊望过来。

"走！"梁兴低喝一声，转身忙要出去。

"等等！"楚澜俯身朝床脚呼唤，"阿琰！"

地上妇人呻吟了一声，楚澜忙将她扶了起来。梁兴过去一把扯下床帐，团了团，抓在手里，先走到门前，见再无他人，又回头催了一声。楚澜扶着妻子，忙跟了出来。那妻子受伤不轻，只勉强拖得动脚步。

梁兴在前头引路，三人走到墙边，梁兴用力将那床帐撕成几条，绑作一条长绳，绳头递给楚澜："拴到阿嫂腰上。"

楚澜刚腾手接过，咚咚几声，几个黑影从墙头跳下。梁兴忙抓起扁担，在膝盖上用力一撅，折作两段，迅即将长绳另一头拴死在短的那截上。他牵着绳子，甩了两甩，用力一抛，那截扁担飞过墙头，卡到外头那棵树的枝杈间。他拽了两拽，卡牢实后，忙说："你赶紧爬上去，再把阿嫂吊上去！"

那几个黑影已经发觉他们，一起奔了过来。梁兴抓起另半截扁担，快步迎了上去。那几人都挥着钢刀，梁兴微一俯身，躲过劈面一刀，转腕一戳，将头一个人戳倒在地，顺势一拐，敲中第二人膝盖，那人惨叫跌倒。他又抬手横扫，击中第三人左脸，同时抬脚斜蹬，将那人蹬翻在地。第四个急忙舞刀，向他肩头砍来，他扭身避过，反手一捣，正捣中那人胁下。那人却只闷哼一声，旋即挥刀横砍过来。

梁兴这才看清，他脸上纵横几道疤痕，是那疤脸汉。梁兴不由得一笑，你追了我一个月，今日叫你知道自家追的是谁。他用那半截扁担一隔，那刀砍中扁担，嵌在了里头。梁兴左臂趁势疾伸，一拳捶向他面门。疤脸汉急忙侧头，拳头仍击中他左颧。他又闷哼一声，用力抽回刀，又斜砍过来。梁兴闪身避过，右手一翻，扁担砸中他右臂，疤脸汉刀险些脱手，他左臂却拼力一拐，撞中梁兴肋骨，气力极大，梁兴不由得也痛叫一声，倒退了两步。疤脸汉见得了手，钢刀连挥，急攻过来。梁兴不敢再大意，一边用半截扁担遮挡，一边手脚齐施，不断寻机进攻。

那疤脸汉又吃了一脚两拳，越发恼怒，嘶声吼叫，将那把刀舞得风中乱蓬一般。梁兴那半截扁担被连连砍中，终于再难抵挡锋刃，断得只剩半尺不到。梁兴用力一甩，掷向疤脸汉面门，趁疤脸汉躲闪之际，腾空飞脚，踢中他胸脯。疤脸汉一个趔趄，连退了几步，仰天倒在地上。

梁兴并未赶过去，站在原地等他爬起。身后忽然一阵轻微响动，他忙要回头，后背却一阵刺痛，被利器刺中。他痛叫一声，忙要避开，后腰又挨了重重一脚，背上那利刃抽了出去，他也随之栽倒。

他咬牙忍痛，忙要爬起，一个人走到他脸前。抬眼一看，月光下耸立一个僵直身影，冷脸汉……

四、香气

昨天晚上，胡小喜没有回城。

他在北郊集市寻了家小客店，那房间又窄又潮，被褥更是臭得熏人，却要三十文钱，一碗寡汤素面十文，喂马草料又是十文。一晚便花去五十文钱，恨得他虽早早醒来，却仍缩在被窝里赖了许久，实在受不得那臭气，才爬了起来。他不肯再吃那寡面，牵了马到旁边一个茶摊上，要了碗粉羹，吃了两个饼，这才上马去查剩下那几处。

头一处仍是个农舍，也是一对农家夫妇佃了银器章的田，这一向并没有人去过那里。第二处，是瓜田边一间空房，门只用根草绳拴着，他解开进去一看，里头并没有人，地上铺着烂草席，角上搭了个石头灶坑。地上满是灰尘，连脚印都没有。

他又寻到第三处，是座小庄院，也隐在一片林子中，院门挂着锁。胡小喜仍旧翻墙爬了进去，里头有十来间房，他一间间查看，那些房里家具什物倒是齐整，却都空着，蒙了些灰。他查到正中间那堂屋，轻轻推开门，却见里头桌椅箱柜都擦得净亮，黑漆方桌上摆着茶盘，里头茶具也洗得莹亮。他走到桌边，揭开那茶壶瓷盖，里头水迹未干。他吓了一跳，忙盖了回去，侧耳细听，四周的确没有声响。

他见堂屋两侧各有一扇门，便壮着胆子走到左边那间，推门一瞧，是间卧房，扑鼻一阵香气，里头虽有些昏暗，但床褥被枕都铺叠得极净整，床帐被面，都是上好罗缎。他扭头看到门边一根衣架上挂了条绿罗裙，便小心走过去，撩起裙摆闻了闻，心里猛地一颤，是阿翠身上那香气。他道不出来，却记得极清。他握着那裙角，心里说不出是怕，还是恋，只觉得呼吸都紧促起来。可再一想到自己被推下那暗室，放开手，快步走了出去，轻轻带上了门。

他又走到右边那间房，也是间卧房，里头陈设虽不似那边精贵，却也干净齐整。他见那床上竹枕边塞了个蓝绸小袋，伸手取了出来，是钱袋，里头沉甸甸恐怕有百十文钱。想到自己昨晚白花掉的钱，心里不由得动了动念，但想到正事，又塞了回去。

看来阿翠这几天躲在这庄院里，不知此时去了哪里，也不知何时回来。他不敢久留，忙走出去，关好门，翻墙爬了出去。他蹲在墙角边，急急思忖，不知阿翠还回不回来，她自然不是独自一人，哪怕回来，见了我，自然不会再饶过。他顿时怕起来，忙绕到前面，骑了马，飞快离开了那片林子。

到了大路上，看到往来的车马行人，他才略略松了口气，心里却在犹豫，不知该在这附近盯望，还是该回去报信。若在这里盯望，即便看到阿翠回来，也没有帮手，赶回去，又怕错过。正在犹豫，忽然瞧见不远处田里，有几个农人在锄田，他忙驱马穿过田埂，行到那田边，高声问："我是开封府公差，你们这村中的保正在哪里？"其中一个老农指向远处村落的房舍。胡小喜见里头有个十来岁后生，便说："我有要紧公务，你赶紧去唤保正来。"那后生有些胆小，忙点点头，丢下锄头，朝那村落跑去。

胡小喜便下了马，在那田边等候，过了半晌，那后生引了一个中年绸衣男子疾步赶来。

"你是这村中保正？我们到这边说话——"胡小喜将那男子引到旁边，避开那几个农人，才小声说，"那林子里有个庄院，是个朝廷重犯藏身之处。我将才去查看过，人不在里头。你赶紧寻几个人，躲在那林子里看着。记着，若有人来，莫要惊动。"

"他们若逃了呢？"

"只捉其中一个女子，年近二十，生了一对水杏大眼。"

"好，我这就去找几个人。"那保正转身快步走了。

胡小喜一边等，一边望着那林子入口。又是半晌，那保正带了五六个汉子赶了回来。胡小喜见那保正分派那几人时，甚是有条理，更加放了心。这才谢过那保正，上马往城里赶去。

行了两里多路，他忽然想起还有第四处没查，正在这大路边往东几里处。阿翠那般机警，定然不会只在一处死躲。胡小喜便驱马转向那条田间窄路，照着张用所画地图，向东寻去。

过了一条小河沟，又是一大片林子，林间有一条小道。胡小喜沿着那小道穿进了林子里。林中极静，只有鸟儿不时鸣叫，他的马蹄声异常震响。他只有让马行得慢些，弯弯拐拐，绕了许久，眼前忽然敞出大片田野来，不远处一丛柳荫，隐现一座小庄院。他沿着土路来到那庄院门前，一眼瞧见，那院门没锁。

他吓得忙停住马，见旁边田头有株柿子树，便将马牵了过去，拴在树上，这才轻步走了过去。

院子里极安静，听不到丝毫声响。他先从门缝朝里觑望，里头也是一排农舍，院子清扫过，堂屋门开着，却不见人影。门缝太窄，他尽力朝左右望，手扒着门扇略一使力，那门竟开了，害得他险些扑倒。他惊得魂几乎飞跑，忙站稳身子，急朝那院里扫视，半晌，并没人出来。

他壮着胆，轻步走到那堂屋门前，见里头桌椅上并没有灰尘，还搁着一只茶壶、一只茶盏，盏里还有茶水。他站在门前，一动不敢动，但盯了半晌，都不闻人声，更不见人影。

他越发害怕，正在犹豫，忽听到旁边的房门吱呀一声。他忙扭头望去，一个女子从那房间走了出来，姿势极怪异……

五、钢锥

庄清素原要给舞奴写篇祭文，却始终难落笔。

她搁笔抬眼，闷闷望向窗外。院里种了一丛金镶玉竹，竹竿嫩黄，竹叶青翠，是十二年前她初来这芷风院时所种，那时她不到七岁。好在这院里的妈妈并非俗劣之辈，深知好女儿要从性情养起，头一天牵着她到这后院，那时窗前种的是一棵杏树，她最不爱吃杏，瞅着枝头缀满拇指大小的青杏，越发心酸。那妈妈察觉，柔声问她，不爱这杏树，那就移走它。你心上爱种什么树？她说，金镶玉竹。那妈妈果真当天便叫人挖走了那杏树，隔日便栽了这丛金镶玉竹。

庄清素在家里时，从未有谁这般顺过她意，只为这金镶玉竹，她便十分感念那妈妈。不过，无论那妈妈如何爱惜，庄清素心里却始终明白，亲生的娘都能卖了你，何况这妓馆中的妈妈？因此，她始终淡然处之。就如这芷风院名，水边兰芷，有风则送香，无风则独幽。不迎，不拒，不争较，不当真，更不错用了情。

好在那妈妈依她性情，只请教师教她诗文，成全了她这清净之愿。即便接客，也大多是文人士子。那些粗劣庸恶之徒，即便来，也大多扫兴而归，尤其得了诗奴名号后，这门庭便越加清静。

她原以为能这般清静到老，也算从了志、遂了愿。可那天听到舞奴死讯，赶到乌燕阁，一眼瞅见崔旋手臂上那瘀痕，她才顿时醒来。这命数，与你是何等性情心志全然无干。有些人生来便能左右他人福祸，有些人则只能听受。自从六岁被卖后，她以为自己什么都不再怕，舞奴死，花奴伤，琴奴失踪，却让她从心底里寒怕起来。

她又寻出了那根银钗，牢牢插在了鬓边。那钗子是她十四岁那年，头一次见客前，背着妈妈，暗地里托了卖钗环的婆子，替她寻匠人特意打制。钗头是一簇银兰，钗尾则由精钢制成两根尖锥，极锐利，稍用些力，便能扎进心里。她不能叫任何人强辱。

然而，那头一位客人竟是大词人周邦彦。那时周邦彦年纪已过五旬，早已是词家之冠。当今官家创置大晟府，按协声律、大兴雅乐，命周邦彦主掌，为大司乐。庄清素一向深爱周词精工蕴藉，周邦彦读了她几首诗，也赏赞不已。两人言谈投契，相见极欢，当即便认了父女。庄清素也由此声名远扬，那钗子自然也便摘了下来。

这几年，她虽戴过几回，却都有幸避开凌辱，并未用到。接连见三奴惨遇，她不得不将那钗子重又插稳在头髻上，无人时，常拔下来反复演练。

这会儿，心中忧烦，她不由得又伸手拔下那钗子，望着那精亮锥尖，正在出神。婢女忽然推门进来，小声说："姐姐，大相公又来了。"

"他算什么相公？你没说我不见人？"

"他说，明日就启程回登州去了，只想见一面，不说话也可。"

庄清素听到登州，心里忽一动："你叫他进来吧。"

半晌，那婢女引了一个男子走了进来，年过三十，身穿半旧素绢便服。庄清素一眼见到，心里顿时腾起一股火，见他竟隐隐显出些老气，又有些伤感。

这男子是她亲兄长，名字虽叫庄威，却既不庄也不威，相反，肩背微缩，一副怕高怕贵、怕富怕强的小心模样。父母一直盼着他能举业，他却连府学也未能考进。正是为了让他再多攻读几年，父母才将庄清素和两个姐姐，先后卖给了人牙子。最终这哥哥也没能考中，只得做了个公吏。

庄清素见这个哥哥手足无措站在门里，怯怯望过来，似乎想说什么，却动着嘴唇说不出话。婢女给他搬过一个绣墩，他怯怯坐下，不好一直瞅，便将头扭向窗外，半晌，才干笑一声："你这里也种了金镶玉竹。家里院前的那两丛还茂盛，院后那一片却枯了许多。我原本打算今年开春挖过重栽，却不想来了京城……"

"你来京城做什么？"

"公干。"

"什么公干？"

"不好说的。"

"有什么不好说？"

"长官严令过，不许透露。"

"你可在登州见过一个人？"

"什么人？"

"王伦。"

她哥哥听了，神色顿时一变。

庄清素也心里一紧，忙问："你见过？"

她哥哥低头不应，但看那神色，不但见了，而且干涉不浅。

"你的公干和他相干？"

"你莫再问了……"他哥哥脸有些涨红，眼里更是露出慌怕。

"那人有关你妹妹的生死！我一个姐妹已经被他害死了！"庄清素不由得恼起来。

"啊？为何？"

"你不说，我哪里知道为何？你来京城究竟做什么？"

"这……"

"说！"

"其实……其实……我也不清楚究竟在做什么……"

"你——"庄清素再说不出话，不由得跺起脚来，眼泪也随之涌出。

"妹妹，你莫哭。我说，不过，说出来你千万莫要传出去。"

"说！"

"王伦从登州往汴京走，一路东绕西绕，行了大半个月。他身后跟了个人。我们的差事便是不让后头那人追上他。"

"后头那人是什么人？"

"我也不清楚，也不敢问。只知那人生得极健壮，牛一般，耳朵却和王伦一般，穿了耳洞。"

"这事是从哪天起的？"

"二月二十三。那天半夜，王伦偷偷从驿馆出来，我们在附近等了一会儿，后头那人也跟了出来，我们便一直暗中尾随那人，怕他发觉，一路上不停换人。直到清明那天，王伦到了汴河边，上了一只客船，那人随后也跟了上去。我们的差事便了结了，再没跟……"

第十章 疑处

人命至重，天地之大德曰生，岂可如此！

——宋神宗·赵顼

一、眼目

赵不尤到家时，天色已暗。

他进到院中，见温悦和瓣儿在厨房里忙。正要进去问话，赵不弃从堂屋里笑着走了出来："赵大判官总算回来了！墨儿说哥哥一整天不见影儿，哥哥躲哪里去了？"

瓣儿也端着一大盘蒸鲤鱼，笑着走出厨房："是呢，哥哥你去哪里了？这才回来。这鱼已蒸了两道了，嫂嫂才说不等你了，你却回来了。"

赵不尤只笑了笑，见温悦在厨房里探头望他，目光含嗔带疑，恐怕已猜出了几分。他点点头，自家去缸边舀了水，洗过脸。走进堂屋，见菜已摆好，他才将背袋挂到壁上，琥儿便高声唤着，跑来扑进他怀里，他一把抱起来，逗了两句，走到桌边坐下。

墨儿过来小声说："怨我不慎说漏了嘴，叫嫂嫂听见了。"

"该怨我耳朵长才是——"温悦端了一盘熘鲜笋走了进来，脸上仍微含嗔色。

赵不尤忙赔笑："该怨我。"

赵不弃笑起来："该怨瓣儿！"

"我还没怨人，平白倒来怨我？"瓣儿嚷道。

"一家三口都争着自怨，好一幅《睦亲争疚图》，独你不出声，是不是该罚？呵呵！好啦，肚皮饿了，咱们边吃边断案。"

诸人都被逗笑，一起坐了下来。才吃了两口，温悦忍不住望过来说："夏嫂辞工回去了。"赵不尤正在伸手夹菜，只"嗯"了一声。

温悦又问："你又去查那梅船案了？和夏嫂有关？"

其他三人顿时停住手，一起望了过来。

赵不尤清了清嗓，才说："夏嫂被人买通，在我们这里做眼目。"

温悦果然已经猜出，只轻叹了一声。其他三人则全都一惊。

瓣儿更是连声嚷起来："噢……难怪哥哥那次去应天府，并没告诉外人，路上也没人尾随，到了应天府，却被人跟踪。那人自然是得了暗信，快马先赶到应天府，在那里候着。还有，夏嫂去买鱼，那鱼被下了毒，她说途中琥儿被人撞倒。现在想来，外人即便下毒，仓促之间，也只能在鱼身上撒毒粉，回来自然要洗刷那鱼，毒岂不是白下了？"

赵不弃也笑叹："蔡行那骄货也知晓我们这里许多隐情。夏嫂是被他买通的？"

"不是他。另有一个人，太学学正，秦桧。"

"哦？怎么蓦地跳出这么一个人？"

"那天，我赶去小横桥看武翘，是为一处疑点——"

"什么疑点？"

"武家兄弟接的那封密信，自然是高丽人所为。信中所写，是胁迫武家兄弟去梅船杀紫衣客，割耳夺珠，以为凭据——"

"噢！"墨儿忽然醒悟，"武家兄弟又转而胁迫康家兄弟替自己去做这事，然而，武家给康潜的信里，改了时辰和船名，康游上的是假梅船。此事是由武翘做主，他为何要偷改？"

"武翘显然是受了胁迫或诱骗，他也正是为此而死。那天，我赶到武家，秦桧也去了那里。当时我尚未起疑，以为只是师生情谊。不弃从蔡府回来，说及我们被暗中监视。要监视我们，从夏嫂入手，自然最近便。我便疑心夏嫂被人买通，叫乙哥暗地跟踪，发觉她偷偷去见秦桧，两下里便对到了一处。武翘之死，秦桧恐怕已先知晓。"

"秦桧是受小蔡父子差使？"

"不止。从冰库老吏开始，耿唯、武翘、黄主簿，连同已先饿死、不必下手的彭影儿，接连五人被害，都是死于铜铃毒烟，又与董谦相关。"

"这全都是秦桧做下的？他有这本事？"

"我先也不信。但细细理了一番，发觉其中有个龃龉不合之处。"

"什么？"

"梅船案牵出五条线，我们这一条上，其实又分出四派。"

"嗯……照紫衣客来说，丁旦一路，董谦一路，章美一路，还有一路是高丽使。"

"其实，这条线上原本只有两路，一边是紫衣客，另一边是高丽使——"

"但有人用董谦换了丁旦，更有人设出假梅船，又造出一个假紫衣客章美。"

"这四路皆是暗中行事，互为对手。但铜铃毒烟死的五个人里，朱阁是丁旦一路，耿唯是章美一路，黄主簿是董谦一路，冰库老吏和彭影儿又是六指人朱白河那一路——"

瓣儿插了进来："这几方虽互为对手、彼此暗攻，灭口时，却串通一气，用同一个法子杀人！甚而指派了同一个人去行凶。"

赵不弃摇头道："我若坏了你的买卖，岂肯让你知晓？何况这梅船案，绝非寻常买卖，极力遮掩都怕泄露，四方绝不会串通。而且，四方又都出了差错，得尽快灭口掩迹——这倒是留下个极大的空子，是绝好的买卖之机——"

瓣儿抢道："甲乙丙丁，互不通气。若是有人看清了这情势，分别去和四方密谈，便能一次做成四笔买卖！"

"不只四笔，还有六指人朱白河那一笔。"

赵不尤点头道："此人便是秦桧，他知悉梅船内情，更知这四方之忧与惧，而他自家，学正任期将满，正要转官，便趁机于其间操弄起纵横之术。这四方背后主使，皆是朝中贵勋重臣，攀附到任何一家，皆是青云捷径。若是有四家都来提携他，未来仕途可想而知。不弃查出丁旦背后是蔡行，乙哥替我问出高丽使那头是蔡京、董谦背后是邓雍进——"

"那大官人是邓雍进？"瓣儿惊呼起来。

"嗯。还有一方是章美这边。设假梅船，目的是要杀宋齐愈，我原本未能猜出背后主使，那天和北面房主事面谈时，他说东南生乱，枢密院支差房掌管调兵发军，公事最繁剧，古德信被转到支差房救急。然而，他旋即又被差去押运军械。此任原该差遣武官将领，古德信又公事在身，这般任意调遣，似乎是急于将古德信远远支开。能有此随意差遣权柄的，唯有童贯和郑居中两位枢密，童贯又在江南，便只剩郑居中——"

"郑居中为何要杀宋齐愈？"

"有两条缘由。其一，宋齐愈主张新法，又被误认为阿附蔡京，郑居中则深恨蔡京新法；其二，郑居中想招宋齐愈为婿，宋齐愈却心系莲观，当即回绝。这两条虽让郑居中恼恨，却不足以去杀宋齐愈。适逢梅船一事，他既要派郎繁去真梅船杀紫衣客，又要将康游引上假梅船。那假船上得有个假紫衣客，宋齐愈便成了绝佳祭品。"

"但这只是猜疑，如何确证郑居中是背后主谋？"

"古德信启程前曾留给我一封短信，正文只有八字，'义之所在，不得不为'。我将那信重新封好，叫乙哥送到郑府，并说是梁门外周家客店一位姓古的客人所寄。枢密院分十二房，古德信只是其中一房文吏，而且已死。郑居中若与梅船无关，并未指使古德信去做那些事，收到这信，至多会纳闷，甚而未必能记得这一下属——"

"他却心虚生疑，立即派人去周家客店找寻那客人——投粮诱鸟，妙！四方主谋都已查明，哥哥今日去一一拜会他们了？"

"嗯。我先写了四封信，又去请了江渡年，照秦桧笔迹誊抄。"

"秦桧笔迹？你想令四方互斗？"

"不，我行此举，一为拆穿秦桧；二为制止那四方继续行恶，至少保全宋齐愈和董谦；三则是讨回了那个香袋。"

"哦？如何做到？"

"我将信笺调换了。"

"调换？"

瓣儿却立即明白："给蔡京的信，装进蔡攸的信封里；给蔡攸的，又装进邓雍进的信封里……让这些人误以为是秦桧自家不慎错封了信，意外发觉秦桧竟也给自己对头效力！"

"哈哈，妙！妙！妙！"赵不弃拍起掌来。

温悦和墨儿也不由得眼露惊叹，却又有些担心。

"我先寻小厮将信递进去，而后才一一求见邓雍进、郑居中和蔡攸。"

"邓雍进用董谦偷换了丁旦，他读到的是给蔡攸的信？"

"嗯，董谦如今心中唯一挂念，只有侯琴。邓雍进恐怕正是拿侯琴来要挟董谦，否则董谦岂会去扮那妖道？"

"这条恶狗！"瓣儿恼骂起来。

赵不弃忙说："先莫急着骂，先听哥哥说那信里写了什么。"

"秦桧在信中询问蔡攸——董谦当如何处置？"

"哈哈！邓雍进看了，自然恼怕至极。"

"见到邓雍进后，我告诉他，董谦是林灵素指使，与他并无丝毫关联，而且用妖术连杀两人，必判死罪，但若被对头捉去，便是他之罪状。他答应我立即去寻董谦，而后交给我。唯愿董谦能安然归来。"

"郑居中呢，他的信是写给蔡京的？"

"嗯。不过郑居中是秦桧妻子的姑父，两人不好离间，我只在信中让秦桧极力阿谀蔡京，并隐约提及梅船。见了郑居中，我也只是叫他放心，我与宋齐愈皆不知情，他应该不会再为难宋齐愈。"

"蔡攸父子呢？收到的信是给郑居中的？说那耳朵和珠子似被蔡家人夺去，正在设法找回？"

"嗯。大致如此。我见了蔡攸，将罪责全都推给林灵素，香袋则是朱阁不慎落在他家车上。"

"那香袋太烫手，与其被蔡家大对头当作把柄，不如将这祸端转给你！于是，你便讨到了那香袋。哈哈！妙绝！蔡京呢？"

"我思量了一番，眼下还不知蔡京为何要暗助高丽使，去梅船杀人割耳，因此，暂未去见他。"

"我们这边，虽有三四个紫衣客，看来全都并非真身，不知这真身藏在何处，又是何等来由？这蔡、郑、邓三家搅进战团，又是为了哪般？"

"眼下，也只能先戒止住他们，莫要再害人性命。至于那紫衣客，恐怕只有等四绝各自查问清楚，拼到一处，才能看清这梅船真相……"

二、生心

第二天一早，冯赛才起来，便听到敲门声。

他忙出去开门，是周长清店里那个伙计窦六："冯相公，那块旧布昨天半夜里被人取走了。只是天太黑，没瞧清那人样貌。"

冯赛一听，忙连声道谢。这是他安排的第一桩事：先找了块旧布，在上头胡乱写了个地址，请窦六到李弃东开宝寺后街那旧宅里，趁巷子里无人时，开门进去，寻块石头，将那旧布压在院角，而后，躲在那巷子附近监看。他自己则去芳酪院，谎称谭力死前将藏匿紫衣人的地址藏在那院里。

那院落及这消息，并无旁人知晓。旧布昨天夜里被人取走，自然是牛妈妈所使。劫走李向西、胁迫李弃东的西夏间谍，无疑也是她。

眼下便等第二桩了。

这第二桩是捉拿李弃东。冯赛买了张新毡毯，去青牛巷找见那老人。求得他许可，取出李弃东兄弟送他的那张白骆驼毛毡毯，沿边剪下来一条。而后请窦六去开宝寺后街放那旧布时，将这条毯带拴在那院门的门环上。

白骆驼毛毡毯极精贵，不蛀不腐，经年如新。中原并不产，街市上卖的，皆是从西夏货贩而来。李弃东这条毡毯应是他祖上从西夏带来，他自幼睡在上头，自然极亲熟。

冯赛是赌他的兄弟之情。

他一直不锁那院门，恐怕隔几天便要潜回到开宝寺后街，去看他哥哥是否回来。他若见了门环上拴的那条毡带，自然会一眼认出，并立即明白其中含义。这含义，只有他兄弟间才明白，连牛妈妈也不晓得。他若是仍在苦寻哥哥，必会赶到青牛巷那住了十年的宅子。

冯赛已拜托崔豪，寻了一班兄弟，日夜轮流，暗守在青牛巷。

冯赛自己不能现身，又无他事可做，只能守在岳父家中等候消息。他不知要等多久，在那院中始终难安，便去邱迁书房里，寻出一本《六祖坛经》来读。起先哪里读得进去，百般强忍，才一行行顺着向下扫，直至读到神秀因参不透本性，"作偈不成，心中恍惚，神思不安，犹如梦中，行坐不乐"，他如同看到自家写照，不由得大为惭愧，忙收住心，细细往下读。读到五祖深夜为慧能传授《金刚经》："应无所住而生其心。"慧能言下大悟。冯赛之前也听过这句，亦曾琢磨过。此时读到，却如同受了重重一棒喝，不由得浑身冒汗，惶愧之余，又心下大亮。

自己这一向身陷大祸，心何止是粘挂于事，简直被搅作一团浆，颠旋飞散，哪里有丝毫定止？昨夜悟到的那"当"字，其实便是无所住而生其心。事来则应，该当如何，便当如何，何必生出这许多无谓烦恼？

他心里清明了许多，又继续细读那《坛经》，忽而发觉，其间字字句句，皆深得己心，如对良师，又似与知友谈心，畅美不可言。一遍读罢，仍觉未足，又读二遍、三遍，反反复复读了数道，不觉已是深夜。

第二天，他又寻出《论语》《道德经》《孟子》《庄子》……一部部细读细品。哪怕在少年时，他也未曾这般用心专意读过书。到了汴京之后，更是日日缠陷于生意往还，哪里有半日闲暇，何曾这般静过心？这些古往典籍，如同清水，一道道洗心澄虑，他不仅忘了心中之事，连天地万物，都浑然不觉。

到第三天，他已不必再读，煎了一壶茶，独坐在院中，瞧着院墙、院门、头顶长空，说不出的清畅静悦。一直坐到深夜，抬头仰望夜空深远、星斗繁密，更是从心底涌起一阵奇异之欢喜。

正在惬怀，巷外传来车轮声，由远而近，停在了院门外。他想，来了，便起身过去打开了院门，黑暗中，一个健壮身影跳下了车："二哥，捉到了！"是崔豪。随即耿五也跳了下来，回身从车上拽下一个清瘦男子，冯赛一眼便认出那身影——李弃东。

那车子是周长清提供的，冯赛先出去向那车夫道谢，车夫笑着谦让两句，等刘八跳下车，便驾车走了。

崔豪三人将李弃东推进院子，冯赛闩好院门，忙走进堂屋，点亮了油灯。转头望向李弃东，李弃东站在门边，也望着他，目光冰冷暗沉。不到一个月，他瘦了许多，脸色苍白，双颊凹陷。冯赛看到他这般模样，心中竟没了丝毫恨怒，也不知该说些什么。

半晌，他才想到一句话："你做这些，是为救回你哥哥？"

李弃东目光一颤，随即低眼望向桌脚，并不答言。

"你可寻见了冯宝？"冯赛话才出口，迅即便想到，李弃东并未见过紫衣客，也不知冯宝便是紫衣客，忙又改口，"你寻见那紫衣客没有？"

李弃东仍低眼不应。

"我知道你哥哥被谁劫去，我能替你找见他。"

李弃东顿时抬眼望过来，不但目光，连嘴唇也微微抖动。

冯赛却忽而发觉，虽终于捉到此人，却似乎已无甚用处。

先极力寻他，是为妻女和那百万官贷，如今妻女已经回来，八十万贯官钱也已还了回去；后来，是为捉住他这元凶，查明真相，保妻儿安全，可如今已知，他并非元凶，只是受人驱迫；眼下捉他，是为寻回冯宝，可看来他也未找见冯宝，甚而连为何要劫紫衣客，也一无所知。

他只是一个穷苦人家子弟，兄弟二人相依为命，辛苦求活。为报答哥哥养育之恩，才受人胁迫，做出那些歹事。若说错，恐怕先错在他那西夏身世和罕见才智，正是这两样，才让牛妈妈追逼不放……

冯赛望着他，再无话可问，也无言可责，心想：他虽情有可原，但毕竟凌越了太多疆界，那些罪责，便交给官府去查断吧。

这时，院门忽然敲响。冯赛忙示意崔豪三兄弟将李弃东押到里间，关好门，这才出去问了一声，门外答道："冯相公，是我，万福——"

三、自尽

冷脸汉双手攥刀，狠力戳了下来。

梁兴忙就地一滚，随即腾身站起，却扯动背伤，险又栽倒。冷脸汉却并未进攻，垂刀立在那里。他身后四五个黑影，各个手握钢刀，一起向这边逼来。那疤脸汉也已经爬起，挥刀抢先攻来。

梁兴冷眼一瞧，若非后背受伤，即便徒手，也不惧这几人围攻，眼下却得先夺把兵刃。他与那疤脸汉已交过手，知道此人招式虽悍狠，却急于求胜。他见疤脸汉挥刀砍来，忙倒退避过。疤脸汉却连连挥刀，步步紧逼。梁兴闪避几次后，见他怀面露出空当，迅即双掌并出，左掌砍向他脖颈，趁他躲闪之际，右手已攥住他手腕，使力一拧，那钢刀顿时掉落。他俯身一抄，从半空捉住刀柄，手腕一旋，掉转刀头，斜挥过去，正砍中疤脸汉右肩。他不愿伤人性命，并未使力，砍中之后，一脚将疤脸汉踢倒在地。

后头那几人见到，急忙围攻上来。刀锋映着月光，霍霍急闪。梁兴后背伤痛，难以施展腾挪，便索性单膝跪地，撑稳身子，这是他自家琢磨的仰攻招式。攻城时，敌高我低，须得向上进攻。一要稳住脚桩，二要防止上头暗箭长矛，三便是从下头瞅准空隙，迅即制敌。他半跪在那里，看准刀刃寒光，举刀急舞，一一挡住那几人攻势，手腕使上全力，只要两刀相击，便将对手震开。这一震，便震出空当。他左手拳掌交互，瞅空专攻敌手下盘。一掌砍中左边一条大腿，那人顿时跪倒；一拳直捣前面一人下腹，那人也捂肚蹲下；又一把捏住右边一人脚腕，使力一攥，那人仰空倒跌。还剩两个，同时攻来，梁兴挥刀相迎，先后震开，随即转臂一抡，相继砍中一人膝盖、一人小腿，两人一起痛叫倒地。

梁兴这才站起身，横刀望向冷脸汉。冷脸汉仍僵立在那里，看不清面容，只见那双眼中寒光颤动。地上那几人纷纷要爬起来，梁兴提刀上前，刀背照准那几人头顶，啪啪啪，左右连拍几刀，将那几人全都拍晕。

冷脸汉看到，缓缓抬臂，将刀尖指向梁兴。梁兴缓步过去，这时才隐约看清那张冷脸，似一块纵壑密布的瘦岩，纹丝不动。梁兴知道，练武之人，最难在静。一旦能静，自家便不留破绽，同时也能看清对手所有破绽。他忙凝神专意，沉定气血，等心如空杯之后，才缓缓举刀。刀至半空，他猝然发力，向冷脸汉疾挥过去。冷脸汉举刀一挡，"当"的一声，两刀重重相击，震得梁兴手掌一麻。他心中暗惊，此人气力也胜过我，不能拼力，只能取快。

他唰唰唰连挥三刀，分别砍向冷脸汉左肩、右腰、左腿，冷脸汉身形不动，只连翻手腕，"当当当"三声，将他这三刀一一挡开。梁兴越发吃惊，此人刀法竟如此狠准，我未必能快得过他。

他在京城这些年，从未遇见过这般敌手，顿觉振奋，心想，唯有先扰动他这静，才能逼他露出破绽。于是他使出苦练的急雨刀法，手腕急抖、刀尖乱点，上下左右一阵密集急攻。终于逼得冷脸汉动了起来，脚步不断变换，手腕更是不住翻动。一串叮叮叮急响，雨敲银盆一般。梁兴连发几十击，冷脸汉竟也连挡几十刀，竟一招不漏，惊得梁兴不由得停住了手。前两年，他与禁军"十刀"中的头一位比试时，也曾使过这急雨刀法，那人使刀以快著称，抵挡时，也未能招招不漏，有三成都是闪身避过。梁兴从未听到过这般一连串不间断碰击之声，竟觉悦耳之极。

他心中顿时生出些敬服，忙向冷脸汉望去。冷脸汉却已迅即恢复到那僵冷之姿，眼中那寒光却越发阴利。梁兴心底一寒，他是要结果我性命。

他忙握紧了刀，后背却因刚才动得太急，伤口一阵阵扯痛起来。没有这伤，我也未必胜得了他，他心神不由得微有些乱，冷脸汉显然也瞧了出来。他手臂一振，猝然出刀，直直刺来，刀速之快，梁兴从未见过。他忙侧身一闪，仍慢了半分，左臂一痛，被斜割了一刀。他急忙举刀回攻，冷脸汉手臂一拐，竟又抢先攻来，逼得梁兴又闪身避让。脚步未稳，冷脸汉第三刀已经砍来，他忙用刀去挡。两刀相击，震得他几乎脱手。

梁兴知道若再慢下去，不出十招，自己恐怕便要送命。他暴喝一声，挥刀加速，连连反击。冷脸汉却只退了半步，旋即又反攻过来，刀法凌厉奇崛，招招难测，却又刀刀致命。梁兴拼力遮挡，才勉强抵住，身上又中三刀。冷脸汉却越发加速加力，那刀寒风一般劈面攻来。梁兴已毫无反攻之力，只能咬牙拼力遮挡。顷刻间，身上又中几刀，幸而并未致命。

他被逼得一路退到墙边，冷脸汉那把刀始终在面前飞舞，将他退路全都夺尽。梁兴虽仍竭力抵挡，却知过不了多时，自己便将命送刀下。他从未如此真切目睹死亡，先一阵惊慌，旋即觉到浑身乏力、满心疲惫，自己存活于世，其实已毫无意趣。死，反倒是好事。

这时，冷脸汉手臂一伸，刀尖直刺向他胸口。梁兴看到，反倒生出渴念，手顿时垂下，身子前倾，迎向了那刀。

刀尖眼看刺中时，他忽然听到一声怒叫，是他娘，在骂他。

他心头一凛，顿时醒转过来：我不能死，至少不能死在我娘前头！

那刀尖已刺进他的皮肤，他急闪一念，微一蹲身，向前一挺，让那刀刺进了自己肩头。冷脸汉顿时一愣。梁兴要的便是这一愣，他迅疾挥刀，砍向冷脸汉脖颈。即将砍中时，又猛然停住，用刀刃逼在他喉咙上。冷脸汉惊在那里，一动不动。

"我赢了。"梁兴忍痛露出些笑。

冷脸汉僵着身子，冷冷盯着他。目光中露出濒死之惧。

"我输在刀法，你输在太想我死。"

冷脸汉目光急颤。

"不过，我不杀你。我只问你一件事，谁在背后指使你？"

冷脸汉眼中先露出惊异，随即变作阴恻恻之笑。

"一问换一命。怎么？不肯？"梁兴手底微微发力。

冷脸汉僵了片刻，才低哑着声音说："高太尉。"

"高俅？"梁兴大惊。

"他为何要杀我？"

"金明池争标，你夺了银碗。"

"龙标班归他属下，我替他争来银碗，他反倒要我死？"

"你赢了，御前禁卫班便输了。"

"御前禁卫班？"

"御前禁卫班是梁太尉亲自拣选。"

"梁师成？"

"虽同为太尉，梁太尉却是宫中隐相。你折了梁太尉颜面，高太尉若想升枢密，只有拿你赔罪。"

梁兴惊得头皮一阵阵跳，半晌才回过神："你为何要杀紫衣客？"

"我只奉命，不知内情。"

"紫衣客来由你也不知？"

"不知。"

"那个管指挥是你杀了丢在井里？"

冷脸汉并未答言，但眼中并无否认。

"你为何恨我？"

"我只奉命行事。"

"不，你恨我。"

冷脸汉并不答言，目光却隐隐颤动。

梁兴一时间不知还能问些什么，不由得愣在那里。

前头忽然传来叫声："梁教头！"似是那都头张俊的声音。

梁兴应了一声。十来条汉子闻声打着火把奔了过来，最前头的果然是张俊。他过来看到这情形，顿时睁大了眼。

梁兴仍用刀逼住冷脸汉："张都头，这些人害了许多人性命，劳烦你将他们捆起来，交给开封府——"

可这时，他手中的刀猛然一错，冷脸汉竟将脖颈前伸，使力一擦，刀刃割破他喉管，血顿时喷了出来。梁兴忙收回刀，冷脸汉却已仰栽下去，头撞到地上，抽搐片刻后，再不动弹。梁兴顿时惊在那里。

"你肩上这刀——"张俊在一旁关切道。

梁兴这才回过神，咬着牙关，将刺进肩头那把刀拔了出来。张俊在一旁瞧着，不由得咧嘴皱眉。

梁兴忍痛问道："张都头一直在跟踪我？"

"我怕你们有闪失。"

"你恐怕还有其他缘由，为那紫衣客？"

"嗯……并非我有意隐瞒，我只是奉命。"

"奉谁的命？"

"韩副将。"

"韩世忠？"

"嗯。"

梁兴惊诧至极："他在哪里？"

"他在办另一桩要紧事，过两日才能见你。"

"他又是奉谁的命？"

"童枢密。"

"童贯？"

四、相偕

张用为了算命，几乎一夜没睡。

他想了许多法子，几乎将古往算经里头的全部算法都试过，却仍寻不出一个有用的算法。即便阿翠真是大辽宗族耶律伊都的私生女，离开黄河后，真的回到汴京打探消息，真的在北郊那七处农舍中藏身，真的去了那三十八位官员中的某一家，却仍无法算出，她此刻确切在何处。更算不出，明天她将会去哪里。

他从没遇见过这么难的题目，一旦思入，茫茫无际，如同一只蚂蚁被丢到恒河沙滩上，妄图从那无限沙粒中，寻见其中一粒。

自小他便极好奇世间最大数字是什么，周遭却无人知晓，最多只会说到亿和兆。直至他读到东汉《数术记遗》，才晓得，兆之后，尚有京、垓、秭、壤、沟、涧、正、载。再往上，便无人能知，只能唤作无极，或佛经中不可思议无量大数。

这些年，他虽时常用到算学，却难得算到亿和兆，更莫说后面那些大数。这两天算阿翠的去向时，阿翠行经的每一步，都有诸般可能，每种可能又有诸般可能……他几乎算到了最大的"载"，地面、墙面都不够用，犄角儿和阿念替他擦抹了几回。却越算，离得越远。每当算到足够大时，总能发觉更大、更多。

挑灯算了个通宵，天亮时，一眼瞟见朝阳，他忽觉得天旋地转，栽倒在地上。等醒来，已经是傍晚，自己躺在床上，犄角儿和阿念守在旁边。想起那题目，他顿时哭起来。

"姑爷，你怎么了？"

"我算不出来！"

"算不出来，就莫算了，哭什么？小娘子教我缲丝，我却连一只虫一片叶都缲不好。我也没哭，小娘子也没骂我。她说做不得，便莫强做。世上愚人苦，皆因强用心。"

张用一听，又笑起来。

"你是笑我，还是笑小娘子？"

"我是笑我算不出来。"

"算不出来也笑？"

"庄子云：朝菌不知晦朔，蟪蛄不知春秋。我便是那只朝菌，早晨生，傍晚死，却瞪着眼，想猜破天黑后，到底该是何等景象。哈哈！哈哈！哈哈哈……"

他正笑着，一个人连声唤着快步走了进来，是黄瓢子，一脸惊，满头汗。

"张作头，何奋并没有逃走。"

"那他去哪里了？"

"应天府。"

"应天府？他穿了耳洞？"

"你怎么晓得？"

"猜的。是何人派他去的？"

"我不敢说。"

"说。"

"那个隐相……"黄瓢子压低了声音。

"梁师成？"

"张作头轻声些！你说何奋到底是去做什么？"

"他去了应天府，上了一只船，被人弄晕，放进一只棺材里。第二天，船到汴京，棺材上了岸，却被另一个人派人劫走……"

"什么人？"

"那根扫帚！"阿念在一旁答道，"我家小娘子也是被她劫走的。"

"扫帚？"

这时，又有两个人走了进来，程门板和范大牙。

"程介史？"张用坐了起来，"查得如何？"

"三十八家都已问过，自进到正月后，三十七家都没再见过阿翠——"

"剩余那家是？"

"秘书丞赵良嗣。前天，阿翠曾去过他宅里。"

"此人有何来历？"

"他原名马植——"

"那个辽国燕地汉人？"张用顿时想起赵不尤所言海上之盟，正是由马植献计，"他何时改了这名字？"

"几年前，童枢密从燕地带他归朝后，给他改名李良嗣。皇上见了他，颇为信重，御赐了国姓。去年任国使，渡海去与女真商谈结盟之事。我妻——我去打问到，阿翠前天夜里去赵府卖首饰，那赵夫人因孩儿生病，并没有见她。阿翠恐怕还会去，我已禀报顾大人，派了人在赵府门前暗中监视。"

张用却立即听出"我妻"二字，笑着赞道："好！我用尽了古今算法，也没能算出扫帚去处，却被你那贤妻轻松查到！"

程门板脸顿时涨红，忙说："范望也查到一桩秘事。"

"哦？板牙小哥快讲！"

"清明死去的太傅杨戬也在追夺那紫衣客。他死后，供奉官李彦替了他的职任，又在差人寻找紫衣客下落。"

"哦？宫中内监撞头会？"

门外忽传来马蹄声，随即响起胡小喜的声音："张作头！"

张用忙趿上鞋子，走了出去，其他人也一起跟着来到院子里。

胡小喜牵着李白，进到院里。李白背上驮着个妇人，穿了件百合纹鸭青缎衫、孔雀罗裙，年近三十，面容婉秀，身形柔静。

胡小喜将那妇人扶下了马："程介史，张作头，这是宁孔雀的姐姐宁妆花！"

那妇人脚带了伤，勉强站好，垂首朝众人一一道过万福。

胡小喜一脸欣喜自得："阿翠将他们三个关在陈桥镇那边的一处庄院里，头两天还有两个人看守，后来，那两人竟不见了——"

阿念忙叫起来："三个？我家小娘子也在里头？她在哪里？"

"她走了。"

"回家了？我得赶紧回去！"

"她没回家。"

"那去哪里了？"

宁妆花忽然轻声道："山东。"

"山东？"

"今天早上，我们起来时，那两个看守不见了人影，李度忙唤我和克柔妹妹一起逃。我前两天崴了脚，走不得路，便叫他们先逃。克柔妹妹却说，不必着急，两个看守自然是被唤走了，那个辽国郡主恐怕嫌累赘，丢下我们不要了——"

"郡主？"张用忙问，"可是那个大眼妹子？"

"嗯。她在银器章家时扮作使女阿翠，后来那些人都唤她郡主。"

"求求你，快讲我家小娘子！"阿念一把掀开脸前红纱，搬过一张椅子让宁妆花坐下。

"他们两个要扶我走，我却不知为何，竟有些不愿走。那院里柴米菜蔬都备得足，又没人打搅。从小到大，我身边都是人，格外想清静清静，独个儿在那院子里待两天，便强逼他们两个先走。写了封平安信，叫他们捎给我妹妹。他们强不过我，便先走了。他们才走不久，这位胡小哥便来了……"

张用见宁妆花略有些遗憾，应是一直操劳家计，却被丈夫欺瞒，灰了心，便笑着说："这鼻泡小哥着实煞景。"

"我家小娘子真去山东了？"阿念又问。

"嗯。她临走前让我捎话给张作头，说——"

张用见宁妆花欲言又止，心头忽然一沉，忙问："让我退婚？"

宁妆花歉然点头。

"她要嫁李度？"

宁妆花又点头。

张用顿时呆住，心底有样东西忽被抽走，眼泪不觉涌了出来。怔了半晌，他才忽而笑了出来："她选对了，我和她到一处，虽有欢喜，她却会恼一生，李度却能顺她一世。"

"她也这么说。她说你是世间第一等妙人，只可为友，不宜为夫。"

"嗯！嗯！嗯！"张用抹着泪，笑着连连点头，"她为何要去山东？去见孔夫子？"

"嗯。她说她最恨孔子那句'唯女子与小人难养'，她要亲自去曲阜孔墓前问孔子，你是野合而生，却说什么'父在观其志，父没观其行'。你并未见过父亲，到哪里去观去孝？你是由母亲独自辛苦抚养成人，是女子生你养你，将你教成了圣人，你可曾观过母志母行？孟子尚且留下孟母三迁的千古贤名，翻遍史籍，却不见一个字道及你的母亲。你将妻儿丢在家中，自己周游列国，处处不得志，丧家犬一般，又何曾养过女子？"

"好！"张用高声赞道，"骂完孔夫子，她还要去哪里？"

"蓬莱。她说从没见过海，那是天下最壮阔之境，一定要去亲眼瞧瞧。还说自古诗人皆男子，历朝历代，能见几个女子留下诗名？可成千上万男人诗，写山写岭，写江写湖，却极少写海。她笑说，那些男子没有那等海样胸襟，见了海，尽都河伯一般被唬倒，哪里下得了笔？她要去海边，好生写几首海诗。"

"写了海，她还要去看天下？"

"嗯。她说不将天下走遍，哪里晓得当归何处？"

"李度自然是愿意陪她？边走边去瞧各处的楼？"

"嗯。"

"好，好，好……"张用连声赞着，心里却一阵接一阵酸涌。

五、替身

陆青又赶到了清风楼。

他走进后院那间阁子，见诗奴、书奴、馔奴三人又已先到，都坐在那里流泪。他心里一沉，顿时明白。

果然，诗奴用丝帕拭去泪，抬眼说："月影昨晚被送回凝云馆，据说已不成模样，她妈妈也赶忙去请大夫，大夫未到，月影已咽了气……"

三人又一起低头抹泪，馔奴更是哭出了声。陆青呆立在门边，想起琴奴那夜荡魂夺魄的筌篌，心中一阵阵翻涌。他当时听到那琴曲，立即想起三国时嵇康。嵇康遭人构陷，临刑前从容索琴弹奏，曲罢，慨然长叹："广陵散于今绝矣。"琴奴虽是女子，孤绝超逸处，与嵇康并无二致。只为这稀有之琴曲，他才送上那句"从来人间少知音，莫因伤心负此琴"。却没料到，几天之间，人琴俱亡，世间又绝一奇音。

诗奴再次抹尽泪水，抬起脸："都莫再哭了。舞奴、琴奴不能死得这般不明不白。咱们还是尽力查出那凌虐之人，讨还公道。"

馔奴哭着说："哪里讨公道去？接下来怕便是我们了。"

陆青忙将昨日之事讲了出来，而后说："背后主使者是宫中供奉官李彦，他人虽残狠，却胆小易惊。今早刘团头捎信来说，昨晚他已差了手下，潜入李彦宅中。那时李彦已经睡下，那人拨开门闩，进到李彦卧房，却没有在墙上写血书，而是将预先写好的一张血帕搁到了李彦枕边。李彦今早自然已经见到，他一为保命，二怕紫衣客隐秘被揭，料必不敢再行此恶。"

馔奴听了，这才略放了心："多谢陆先生！昨天我无意间得到一个信儿。海州知州张叔夜领了一桩古怪差事，他穿了便服，混在船工中，监护一只船从登州绕水路来到汴京，那船上有一男一女，女的竟是师师！船到汴京，王伦先上了船，被他锁进一个柜子里。接着又一个男人也跟了上去。张叔夜爱惜王伦，趁虹桥闹乱，将王伦偷偷放走。船进了城，师师和那两个男人一起上了岸。不知他们去了哪里。"

诗奴也忙道："我也探到一条。王伦是二月二十三半夜里偷偷离开登州驿馆，登州府衙差了一些人暗中监看，王伦离开不久，另有一个人也从那驿馆出来，去追王伦。那些衙吏一路跟随，防止王伦被追到。他们走了半个多月，清明那天，看着王伦和后头那人上了客船。"

馔奴睁大了眼："我们两下里对到一处了！"

诗奴却疑惑道："他们究竟是在做什么？陆先生没见到王伦？"

"嗯，王小槐寻见他后，他便立即转往他处。只让王小槐捎话给我，说他此举是为报效国家。"

"报效国家？他和后头追他那人耳朵都穿了洞。他们为何要穿耳洞？"

陆青顿时想起海上之盟："登州驿馆，莫非是金国使者？"

书奴忽然点头："西夏、辽人、女真男子都有穿耳戴环之俗，登州驿馆远在东边，西夏、辽人使者不会去到那里。师师所陪男子，应当正是金国使者。"

"金国使者？"馔奴惊嚷起来，"凌虐花奴、舞奴、琴奴的是他？"

陆青心下黯然："恐怕唯有金国使者，李彦才会这般殷勤，不惜葬送三奴，讨那人欢心。"

诗奴切齿道："师师已陪了那金国使者一个多月，看来并未遭受凌虐。追王伦那人健壮如牛，凌虐花奴、舞奴、琴奴的恐怕是这个禽兽。"

馔奴忙问："难道有两个金国使者？"

书奴轻声答："一般都有正使与副使，师师陪的恐怕是正使。"

馔奴又问："舞奴从玉津园出来，一直骂师师。难道是师师见她受凌虐，却没救她？"

诗奴轻声哀叹："师师跑到千里之外去陪那金国使者，恐怕也是身不由己。"

"但王伦为何要刺耳洞、穿紫锦衫？那副使为何要追他？"

陆青心中顿时想到"替身"二字，刚要开口，书奴轻声说："替身。"

"替身？"

"王伦和那金国正使样貌恐怕极像。外国使者到驿馆，随时有人监伴，不能随意外出。那天夜里，先从驿馆溜出来的，应当是那正使。王伦是第二个，那副使跟在最后。黑夜里，王伦极易偷空，让那副使混淆。他走在前头，那些衙吏途中不断阻扰，不让他追上王伦，又让他始终能远远瞧见并跟随——"

诗奴接道:"到了汴京,王伦先上了那船,随即躲进柜中。那副使跟着进船,到舱中一看,正使坐在里头。他绝不会想到,自己一路所追的,竟是一个替身。"

馔奴越发迷惑:"他们为何要费这气力?"

诗奴转头望向陆青:"我们所见,恐怕只有小小一角。"

陆青也正在迷惑:"我也猜不破其间原委,明日我与其他四绝约好相会,到时看他们几位是否查出了些隐情,此事牵涉极广,恐怕只有拼到一处,才能见到全貌⋯⋯"

第十一章　解局

顾余不武姿，何日成戎捷！

——宋神宗·赵顼

一、古怪

顾震身穿便服，骑马赶往五丈河船坞。

那天寻见假林灵素后，他与五绝商议，那跟随假林灵素的五个道士相继死去，五个妖人又相继作怪，显然是幕后之人有意设计，将线头引向假林灵素，以求脱罪避罚。为暂时稳住那些人，顾震上报时，只作真林灵素回禀。

顾震从未经历过这等庞大繁杂之案，不但汴京城，也不但大宋，连周边邻国全都搅了进来，而且，查出线头越多，竟越看不清其中头绪。涨得他头脑欲爆，全然无力去思去想，只能等五绝联手，看能否勘破这迷局。

万福骑着头骡子跟在身边，也不住感叹："既已寻见了林灵素，除了那王小槐，旁人并不知真伪。这案子太重，这般查下去，怕是祸患无穷。不如就当那林灵素是罪魁，他又死了，将这案子结了为好。"

顾震没有答言，其实他也数度心生退意，府尹又早已下令禁止他再查，但这案子似乎有股魔气，不住牵诱人，让他既畏又奇，加之死了这么多人，心里始终放不下。听万福又劝起来，便转开话头："你这骒子哪里来的？"

"这些天为这案子，租驴子的钱都耗去不少，不若索性买一头。我这身子胖重，骑马又不合身份，便花了八贯钱，买了这头骒子，脚力是好，就是性儿太犟，还得骑几天才顺得过来。"

"这鞍辔倒是甚好，怕是抵得过骒子钱。"

"呵呵，朋友送的。"

顾震没再言语，出城沿着五丈河来到那船坞。这里僻静好说话，而且那梅船也仍泊放在里头。刚到水门边，那看管船坞的老吏闻声从房中迎了出来："顾大人，五绝都已到了。""张待诏没来？""还没有。""你在外头候着他。今日此会，莫要出去乱讲。""小人明白。"

他下马走进那间房舍，五绝果然已团坐在一张旧桌边，只是不像上回那般默然枯坐，你一言、我一语，说得正热闹。

"哈哈，我又来晚了。恕罪，恕罪！"

张用笑着扭头："正是要你们两个晚一步才好。"

"哦？此话怎讲？"

"那五个妖道逃遁证据可查验过了？"

"嗯。"顾震坐了过去，"木妖穿的章七郎酒栈那门框侧边，果然凿了道口子，塞了木条，钉了木楔，拔出后，门板果然能横移；金妖撞的那口铜钟木架上，粘挂了一团猪尿泡，吹胀后，那上头画了嘴眼，粘了眉毛，中间还有一小坨面，应是粘的鼻子，爆开后，不知飞哪里去了；火妖飞遁的脚底那处青砖搬开后，底下那块土果然是整齐切成四方，搬起来后，下面填的全是新土；土妖钻的那坑边，挨着还有两个坑，里头土都是松的，那水箱底面果然是活扇，侧面下半截铁皮能横着推开，箱子里套了个一尺多高敞口铁盒；还有那水妖，正好有公差去黄河那边，我便叫那公吏顺路去查了查，那段栈桥的两根木桩，水下半尺多深处，果然有绳子勒过的新痕。这金木水火土五遁妖术，尽都被你们五绝拆穿道准，哈哈！"

"你先莫笑，立即有毒蝎子蜇你。"

"哦？"

"我们将才说起来时，发觉一桩古怪。"

"什么古怪？"

"我们这五条线，背后的人各自为战，彼此并无合谋。那五妖则各属一条线，他们遁法虽异，装束、目的却都相同，都是将罪责引向假林灵素，而且，除了木妖早几天外，其他四妖几乎是在同天现身。你说巧不巧？怪不怪？"

"我也觉着这有些古怪，却想不明白。你们发觉其中隐情了？"

"这个你得问他。"五绝一起望向门边的万福。

顾震也忙回头惊望："万福？"

万福脸色顿时大变，身子不由得退了半步："不是我，不是我！"

张用笑着说："五方背后之人并未合谋，却能想出同一个主意，又能同时施行，自然是有人在中间分头授意。那天聚会之前，我们这五大坨麻烦也没有合拢，能知全局的只有两个人，顾巡使和你。将那五个道士之死连到一处的是你，提起前年那兵卒煮食龙肉旧事的是你，说龙王复仇、同遣五妖的仍是你……"

顾震大喝一声："万福！"

万福忽然咧嘴哭起来："并不是卑职愿意做这等事，他们寻见卑职，个个都似泰山般压过来，我小小一个衙吏，哪里敢违抗？"

赵不尤沉声问道："头一个来寻你的是朱勔，为那五个死了的道士和朱白河的尸首？"

"嗯嗯！朱应奉先寻见我，让我将那五个道士的死设法连到一处，将罪证引向林灵素。"

"接着是秦桧？"

"嗯，秦学正想出了木妖之法，问我如何引到林灵素那里，我想起瑶华宫那女道士是被铜铃毒烟毒死，便教了他这法子……没想到，接着王宰相、童枢密、李供奉分别差人来寻我……"

"王黼、童贯、李彦？"

"嗯。我便又照着那五个道士的死法，分别教他们金遁、火遁、土遁……"

"梁师成没寻你？"张用笑问。

"没有。"

"看来是那个阿帚听说了木妖之事，照着造出个水妖来。"

顾震一直望着万福，惊得头发根根直透寒气，半晌才说出一句："难怪你买骡子，配那等鞍辔——"

万福哭着跪倒在地："顾大人，我真的并非情愿啊！他们任一个，只须鼻孔喷口气，便能叫我一家人死得连灰都不剩啊——"

顾震重重叹了口气，低声说了句："你走……"

"顾大人叫我去哪里？"

"能去哪里便去哪里，只莫要再让我见着。"

万福呜呜哭着，连磕了几个头，这才爬起来，抹着泪走了。

二、设局

半晌，顾震才回缓过来。

他环视五绝，沉了沉气："朝中这些重臣全都搅了进来？"

五绝一起点头。

赵不尤说："我这边有蔡京、蔡攸父子，还有郑居中、邓雍进。"

梁兴接道："我这里是童贯、高俅。"

张用笑道："我这边有梁师成、杨戬，后来李彦接了杨戬的手。"

冯赛道："我这里是王黼、李邦彦。"

陆青最后道："我这里也先杨戬，后李彦。梅船则是由朱勔操办。"

顾震越发震惊："不但分作五路，其间还有搅缠？"

张用笑道："搅缠的那几个，是为坏事。"

"哦？紫衣客全都是他们派的？"

陆青道："我这边有两个紫衣客，一个是王伦，由杨戬指派；另一个则是金国使者。"

"金国也搅进来了？辽、西夏、高丽、金，还有方腊，这五方卷进来，又是为何？"

赵不尤沉声道："海上之盟。"

"海上之盟？"

"大辽已被女真攻占大半疆土，宋金海上之盟，若真能达成联兵之约，大辽更无回抗之力。辽国间谍得知此讯，自然会拼力刺杀金国使者。"

"高丽呢？"

"高丽一来已领教过金人虎狼之性，二来大宋一旦与金结盟，高丽便孤立无援。"

"西夏也怕？"

"自然。西夏一向依仗辽人，才与大宋战战和和，侵扰不休。"

"方腊呢？"

"方腊若能劫走金使，便能抢先设法与金结盟，那便声势更壮。"

"若金使是真紫衣客，朝中这些重臣为何要派出那许多假紫衣客？"

"眼下能想到的，唯有'迷惑'二字。朝廷恐怕已探知这四方意欲杀夺金使，便分别派出假紫衣客……"

"朝廷若真有此意，只须派重兵护住金使即可，何须费这许多气力？"

"官家因方腊在东南作乱，已对海上之盟心生反悔，让金使留在登州，暂缓进京。那金使却几次潜出驿馆，意欲步行进京。"

"这仍然解释不开，为何要派出那些假紫衣客。"

"我们刚才正商议到此，也觉着难解其中缘由。"

六个人都不再言语，各自低头思忖。

半晌，陆青忽然轻声道："梅花天衍局……"

众人一起望向他。

陆青徐徐言道："正月初，官家召前枢密邓洵武进宫弈棋，棋到中盘，下成僵局。官家苦思不得，一瓣梅花偶然落向棋枰，所落那空处，竟是一手妙着，一着五式，同时破解五处危困。官家恐怕是从中悟出了一条计策，不但能拖延金使，更能一举对付另外四方。邓洵武一向不赞同海上之盟，又怕消息泄露，怪罪到自己，便装病诈死，躲藏到烂柯寺中。"

顾震大惊："这局是官家所设？！"

张用大笑："原来如此！紫衣客便是那瓣梅花！"

冯赛恍然而叹："金使往来，行踪绝密，外人从未见过真容，只须形貌大体相似，再做得隐秘，便可蒙混。"

梁兴也眼睛一亮："各方所捉假紫衣客，不但冒充金使，更可行反间之计！方腊老窝在睦州清溪山中，山深林茂，外人极难寻见。若让他捉去假紫衣客，正好插进一个探子，暗中留下路线标记……"

陆青低眼寻思："官家欲拖延金使，便命唱奴李师师赶往登州，迷住金使，与他由水路，四处绕行。此举虽能拖住金使，却还有一个副使。正副使之间，未必事事同心，这里便用到了王伦。我猜测，王伦与那金使样貌恐怕酷似，设计让正使与副使半夜里先后从驿馆逃出。王伦则插在中间，让那副使错认，并一路追赶，又差人在途中随时遮掩，不叫那副使追到。拖延了大段时日后，李师师与那正使乘船到了汴京。王伦奔上那船，迅即躲进柜中，副使随后跟上船，到舱中所见，则是正使本人。两人终于会合，那副使却毫不知情。"

赵不尤沉声道："对高丽，任其刺杀假紫衣客，正可反做把柄；对辽，间谍既已查知海上之盟，不若索性叫他们捉去假紫衣客，和盘供出海上之盟，以此来威吓辽人，借机索还燕云十六州。"

"对西夏也有威慑之用——"冯赛接道，"西夏若知宋金联盟，便不敢再轻易进犯。"

张用拍桌笑道："果然妙！一着五式，拖金、吓辽、戏西夏、警高丽、灭方腊！"

三、梅船

六人一起穿过房舍后门，来到船坞池子边。

顾震见梁兴行动有些吃力，一问才知，他受了伤，且瞧着不轻。梁兴却笑着说不妨事，跟着其他人一起走近那梅船。

那天赵不尤来此验证梅船消失之法，叫兵卒将梅船从那游船空壳里拖了出来，并没有套回去，梅船顶上无篷，静泊在水面上。

顾震望着那船面纳闷："辽、西夏、高丽、方腊四方如何得知紫衣客在这梅船上？"

赵不尤答道："官家派了四位重臣，分别设法将紫衣客信息传给了这四方之人。高丽使那里，是由蔡京安排李俨去做馆伴，自然是李俨假作无意，让高丽使偷听到紫衣客在应天府上梅船。"

冯赛说："我这边是李邦彦，他知道芳酪院牛妈妈是西夏间谍，特意包占顾盼儿，假意将一个密信铜管落在顾盼儿房中，让牛妈妈得知此信，吩咐李弃东设法劫走紫衣客。"

张用晃着头道："我这里，是那个阿寻装作卖首饰，从赵良嗣府里探到。那赵良嗣原名马植，正是提议海上之盟那辽地汉人。"

梁兴望着陆青说："我这里先还无法猜透，幸而陆先生问到一条紧要消息。宋江一伙人被招安后，有个叫蒋敬的人先去投奔方腊，继而又回到宋江那里。其间恐怕是童贯安排，叫他带了紫衣人消息先去方腊那里献功，方腊又派他上到梅船，将紫衣客劫到钟大眼船上。摩尼教为防泄密，那牟清隔着壁板，用毒锥刺死了蒋敬。"

顾震仍极纳闷："辽、西夏、高丽、方腊四方都派人上了这梅船，真紫衣客却不在船上，而是在下游另一只客船上，由李师师陪着。这梅船上算起来，共有四个假紫衣客，如何让四方之人误以为，自己所杀所捉的那个是真紫衣客？"

赵不尤道："朱勔派六指人朱白河训教宋江诸人，他们必能分辨那四方之人。"

"如何分别？"

梁兴道："传信时，给各方的所传口信不同，第一方将这船唤作梅船，第二方便可称作朱家船，第三、第四方再各取一名。那些人上船前自然先要问船上人，从他们口中所问，便能分辨各归哪方。"

冯赛接道："从我打问到的看，四方人安排的舱室各自不同。六间舱室，紫衣客在右边中间那间，他左隔壁是宁妆花和丈夫的棺材，右隔壁是船主，正对面则是林灵素和小童，蒋敬和郎繁各在斜对面左右两间。"

顾震忙问："四个假紫衣客都在右边中间那舱室里？"

赵不尤沉声说："这倒果真是个难题。四方人自然都在密切监视，一旦发觉有两个以上紫衣客，此计便被看破……"

冯赛说："其中一方一旦杀劫了紫衣客，其他三方也会察觉。"

梁兴道："得让每一方都误认为那间舱室里只有一个紫衣客，而且只有自己得了手。蒋敬这边倒容易，那紫衣客是童贯安插，不必劫夺，清明船到岸后，蒋敬与他一起跳到后面钟大眼船上。"

张用说："辽国是派了姜璜诈死，躲在棺材里，夜里爬出来，从隔壁劫走紫衣客。宁妆花对此一无所知，姜璜自然用了迷烟，先后将宁妆花和隔壁的紫衣客何奋迷晕，而后从船舷板爬进隔壁，将何奋拖过来，塞进棺材里，自己随后跳水游上岸。"

冯赛说："李弃东是买通了胡税监，梅船凌晨到税关时，他带人上船查验，进到右中那间舱室，逼迫紫衣客，我弟弟冯宝，从窗口跳上对面驶来的那只船。"

赵不尤道："郎繁是半夜潜入那舱室，去杀董谦，却反被董谦所杀。他的尸体被藏到隔壁舱室下面。"

顾震道："这样说来，前半夜姜璜，后半夜郎繁，凌晨胡税监，天明到岸是蒋敬。起先那舱室中是何奋，他被拖到隔壁后，如何让董谦、冯宝和蒋敬所带那紫衣客先后进到那舱室中，而不被察觉？"

"我去瞧瞧！"张用抬腿跳到梅船那船板上，钻进了舱室中。半晌，他在右边头一间船主那舱室里高声叫唤："过来瞧！"

诸人挨次跳上船，挤在那舱室门边朝里望去。见那舱底板全都被张用推开，底下露出三个横向暗舱。当时墨儿只发觉了靠外边两个，谷二十七在外侧暗舱里，郎繁的尸首则藏在中间那个暗舱中，里面一个暗舱则空着。

顾震探头问："另三个紫衣客分别藏在这底下？可是，怎么挨个送到隔壁那舱室里？"

张用笑了笑，伸出双手，抓住右墙壁板上钉的一根横木，朝自己怀面用力一拉，那壁板竟应手向这边平移过来，他再一推，那壁板又向隔壁滑去，一直移到了隔壁舱室的对墙。两间舱室通为一间。张用走到那舱室，笑着俯身，轻易便掀起一块底板，下面也露出暗舱，和这边相通："两个舱室，上头、底下，皆可随意往来。"

诸人先是一愣，随即不觉笑了起来。

赵不尤道："边上这间是船主所住，那宋江便在这里窥探隔壁。依次将紫衣客送进去。"

顾震又问："他如何能断定那四方次序？"

赵不尤道："他不必断定，只须安排。"

"如何安排？"

"他已知蒋敬到汴京后才下手，西夏人又未上梅船，便只剩两方。他先把何奋放进隔壁这舱室，叫自己兄弟看住外头通道，防止郎繁先进去。等那隔壁的姜璜得手后，再放董谦进去，让郎繁动手。郎繁出了差错，反被杀死，董谦又跳河逃走。他只能将郎繁尸首藏进暗舱中，继续照计而行，又将冯宝放进去，等西夏人动手——"

"原来如此……"

四、旨意

这时，看守船坞那老吏引着个人走了过来，是张择端。

诸人一起回到岸上，和张择端一一拜问过。

张用笑问："张待诏，你是否已先知晓，这梅船大局是官家布下的？若不然，清明那天正午，你为何偏巧在那虹桥顶上，要画下当时一幕？"

张择端一听，眼中露惊，面色顿时涨红。

赵不尤温声道："莫怕，我们已解开了这局。"

张择端犹豫片刻，才点了点头："是官家下旨，叫我清明正午去画虹桥之景……"

张用又笑道："他是要记下这经天纬地之奇局。清明那天，他也在虹桥附近？"

"嗯。我当时在虹桥上忙着记四周景象，朝西南头望过去时，一眼望见官家身穿便服，站在十千脚店楼上窗内张望，他也瞧见了我。那时我才醒悟，那神仙降世是他安排……"

赵不尤忙问："他身边有何人？"

"宰相王黼、直学士蔡攸和太尉梁师成。除此之外，桥上两岸还有太师蔡京、太傅杨戬、枢密郑居中、太尉高俅、应奉局朱勔、右相李邦彦，他们都身着便服，藏在各处……"

张用笑起来："哈哈，他们原本是来共赏这盛事奇景，却不想这条妙计糟乱到这般，连那银帛天书也被人篡改。"

梁兴道："那篡改天书的，恐怕是宋江手下某个兄弟。"

冯赛叹道："这计策说来极高明，原该隐秘行事，为何要这般大张声势，生出这许多祸患，牵连了多少人，害了多少性命？"

张用冷笑："这便叫自命不凡、好大喜功。"

顾震也叹道："这计谋若是专差一谨稳之人，暗中一力做成，哪里会旁生出这无数枝节？"

赵不尤沉声道："异论相搅。"

张用问："什么？"

"本朝惩于晚唐五代皇庭衰微，大权旁落，天下割据纷争，自太祖立国之后，便极力分散政、财、兵权，不许任何重臣独掌大权，各自分离，又互为辖制，更让谏官不必据实，可风闻言事、弹劾大臣。到真宗皇帝，更直言'异论相搅'之法，鼓舞大臣之间各执异见、彼此争论。此法优处在于，可防独断专权，群策群力，共谋良策。不论宰臣或政令，均可指摘其短、修补其缺，使政事日趋于善——"

冯赛点头叹道："朝中大臣若个个都能一心为公，此法倒真是千古良法。只可惜，公心难持，私心易胜，再加之意气用事，争论便非争论，而是争权夺势、彼此倾轧。"

张用笑道："所以，这一个'搅'字极贴切。争到后来便是乱搅，你搅、我搅、他搅，搅到后来，便搅成了一锅乱粥。"

赵不尤叹道："五十年新旧法之争，便是如此。"

梁兴摇头惋惜："官家设此梅花天衍局，却不敢信任何一个大臣，便将一桩事拆作十件差事，叫他们各自去做，如此一来，自然难顺难合。"

张用笑道："更有那些搅事之人。"

赵不尤再次叹道："郑居中为搅乱蔡京，分出了一只假梅船。邓雍进则是用董谦替换丁旦，去搅乱蔡攸。蔡京、蔡攸父子不和，蔡攸又派朱阁夺走耳朵和珠子，以搅乱其父。"

梁兴愤愤道："高俅因我在金明池争标伤了梁师成的颜面，故而特地陷害我，让我上那船去坏童贯的事。"

张用笑说："还有个想搅，却没搅成的杨戬。他死之前，想坏梁师成的事，却没坏成。李彦接了手，打算继续去搅。"

顾震忧烦起来："官家设了这局，如今搅成这般模样，这可如何是好？"

陆青轻声叹道："天地清明，道君神圣。此局不成，他自然会再造新局。"

冯赛叹气："天下却受不得这般一搅再搅。"

诸人一时间再无可言，尽都沉默起来。

这时，房舍那边忽然传来脚步声，一个紫衣内监大步走来，身后跟了两个小黄门。

那内监走到近前，尖声道："圣旨到！传赵不尤、冯赛、梁兴、张用、陆青即刻进宫面圣！"

五、垂拱

赵不尤五人随着那内监，由东华门快步进宫，来到垂拱殿。

这垂拱殿是偏殿，是天子退朝之后，与重臣议事之所，赵不尤也未曾来过。走进殿门，踏着光洁青石砖，来到殿前。赵不尤抬头看到匾额上"垂拱"二字，心中不由得一叹，垂拱者，垂衣拱手，无为而治。这些年，官家不断更张法条，朝令夕改，屡屡骚动天下，何曾垂拱无为过？

朝廷诏令，原本有祖宗法度，中书、门下、尚书三省各司其职。一道诏书，中书起草后交门下；门下若觉不妥，可封驳退还；门下核准过，才交尚书省发布。当今官家却兴出御笔诏书，不经三省，径直发布，违逆者以"违御笔"论处。朝廷之法，由此大乱，又何曾念及垂拱二字？

他们踏上御阶，走进殿中，那内监在前头恭声禀奏："皇上，汴京五绝到了。"

赵不尤五人俯身叩拜。

丹墀之上传来一个和煦之音："平身。"

赵不尤谢过恩，起身抬眼一看，官家头戴黑冠，身穿绛纱袍，微斜着身子，坐在御榻之上，面色丰润，目光清亮，比往年所见，越发温雅雍逸。

"你是牙绝冯赛？你是斗绝梁兴？金明池争标朕见过你。你是作绝张用？秘阁书楼是你营造？嗯，心思奇巧，胜过乃父。你是相绝陆青？嗯，气韵不俗。"

官家一一和声问过，忽而略提高些声量："你们五个勘破了朕的梅花天衍局？不尤，你来说，这局如何？"

"神思高妙，却暗藏祸患。"

"哦？有何祸患？"

"此举稍有不慎，一旦泄露，必将招来邻敌之怨，恐反致不测之祸。依臣愚见，竭神谋外，不若全力固内，为国以道不以谋。若凭谋略便能强国兴邦，当年苏秦、张仪纵横之术何等高明，六国却因之而亡。秦国之胜，胜在力，而非胜在智。力强则敌生畏，内固则不忧外。"

"我大宋从未如此富盛，有何可忧？"

"方腊东南兴乱，岂非大忧？其罪虽当诛，其情则可恕。"

"谋反狂徒，有何可恕？"

"若非花石纲困民已极，方腊区区一漆工，不过匹夫之暴，几个弓手便能擒拿。然东南之民，闻风响应，数日之间，集众数万。究其因，可罪者不在民，而在政。"

"童贯已夺回杭州，方贼乱军指日可灭。此忧一除，还有甚忧？"

冯赛略一犹豫，随即奏道："皇上请恕草民愚狂。这些年来，商法屡更、条令频换，商者手足无措，市井物价腾乱。国库日益富，而工商日益窘，竭泽之鱼，何可为继？"

梁兴也亢声言道："军政废弛，荒于训练。为将者，视兵卒如仆役，任意驱使殴责，行如商贾，只知牟利；为兵者，衣粮常扣，营房常坏，温饱尚且难济，岂能扬武奋勇？强敌一旦入侵，百万禁军恐怕只如沙垒纸堡，奔逃不及，何可御敌？"

张用含笑扬声："皇都艮岳奇，天下草木惊。宫中爱精奢，民间竞浮华。"

陆青也朗声道："一纸括田令，万户尽哭声。朝为己田欢，暮因官税愁。"

官家那润洁面色越听越沉暗："民间若真是如此惨戚，为何朕一无所闻？"

赵不尤忙道："百官只知佞上，朝政唯见壅蔽。陛下只见库藏日丰，岂知钱从何来？"

"你们所奏，我已知晓，但事有缓急，辽国眼见得将亡，此时不谋燕云，若被金人占去，何时可复？"

"一来金人未必可信，二来东南方腊之乱未平。"

"朕设此局，正为北制大辽，南灭方腊。"

"皇上用意虽妙，却施行不当，加之枝节横生，枉送了许多性命。"

"谋大事者必捐小节，朕一举解五困，一朝得永宁，赔几条性命，又有何惜？"

"孟子云：'行一不义，杀一不辜，而得天下，皆不为也。'发心于义，则归于义；发心于仁，则归于仁。陛下爱苍生，则苍生爱陛下。陛下忍于杀，则苍生亦忍于杀。"

"大胆！"旁边那内监尖声喝道。

赵不尤见官家也面色一沉，他却不能不言："陛下所用之人，大多不惜人命、唯求己荣。即便这梅花天衍局五处皆胜，却也助长奸邪残狠，从此，人人皆可以天下国家之名，妄杀无辜、谋求私利！"

"此理朕岂不知？只是眼下这局，行至垂成，朕召你们来，是要你们替朕完成此局，以利我大宋。不然，那些人岂不是枉死了？"

"墨子云：'杀一人以存天下，非杀一人以利天下也。'此人若危及天下，杀之可也。仁者却只敢言存天下，不敢道利天下。若道利字，处处皆有利，少一人便少一张口，便可为天下省一人饭食，如此，人人皆可杀，杀之皆有利，以利治国，实乃以利乱国、以私害民。"

"不尤！"官家陡然喝道，"朕召你们来，是替朕出力，而非说书。"

"陛下若不惩治滥权妄杀之徒，臣虽死不敢从！"

其他四绝也齐声道："虽死不敢从！"

官家面色泛青，怒瞪着五人，待要发作，却未发作。恼了半晌，才缓和下来："朕便应允你们，等这梅花天衍局事成之后，必会一一查办，绝不容情，只是，你们定要替朕完成此局。"

第十二章　收局

朕乃昊天上帝元子，为大霄帝君。

愿为人主，令天下归于正道。

——宋徽宗·赵佶

一、跛足

赵不尤找来赵不弃一同商议。

他不愿温悦、墨儿、瓣儿再卷进这乱局，便邀了赵不弃到十千脚店楼上吃茶说话。

赵不弃听了那梅花天衍局，先是惊住，继而怪笑起来："这……这……这！这果真是，宫中偶落一瓣梅，人间雪乱万里风。"

赵不尤叹道："这便是为何，君王极得慎言慎行，随口一句闲话，到宫外便是一道圣旨，不知会演化出多少灾苦祸难。"

"如今怎么办？"

"那几方人都已知晓海上之盟，这局已行到这地步，此时罢手，已经太晚，只能继续。"

"咱们这边事头倒也轻简，将那香袋设法递送给高丽使便成了。"

"但又不能让他觉察，我们知晓其间内幕。"

"那便得寻见那个跛子。"

"嗯，我也在想此人。他原是高丽留学士子，从吹台跳落诈死，从此隐迹汴京。他自然极小心，要寻见不易。"

"不过，他一定在苦寻那香袋。"

"眼下难处便在此，如何叫他偷抢回去。"

"冷绡！"

"朱阁之妻？嗯……"

"那天这跛子去孙羊店，从金方手中得着香袋，出来时被朱阁的手下撞倒，香袋也被偷走，他自然在四处找寻朱阁。他若查出朱阁身份，必会去朱阁家。朱阁已死，他自然会逼问冷绡。"

"只是，不知冷绡是否愿意相助？"

"不怕，你将香袋给我，我去说服她。"

赵不尤从袋中取出一个布包，那香袋裹在里头。赵不弃伸手接过，虽裹了许多层，里头那腐耳臭气仍极冲鼻。

赵不弃掩鼻丢到桌上，叫店家拿来张油纸，又密裹了几道，这才勉强掩住臭气，装进了自己袋里。

他笑着问："那珠子也在里头？"

"嗯。"

"这么说来，这珠子是北珠，只有女真部落那海边才产，我们该早些想到。好，我这边去寻冷绡。哥哥放心，保准替你做成！"

赵不尤下楼目送他离开，这才回到书讼摊上。

墨儿刚替一个人写完讼状，笑着说："我将才见二哥骑着马，飞快过去了，他在马上唤了我一声，等我抬头，他已跑远了。不知又赶什么趣去了。"

"他去办事。"

"仍是那梅船案？"

"嗯。"

"这案子何时才能了？"

"这回是最后一次，不论成与不成，我们都不再染指。"

"果真？"

"嗯。"

"那便太好了！嫂嫂便不必再忧心，咱们也好安心在这里写讼状。"

赵不尤点了点头，不知为何，心中始终有些发闷。

过了几天，赵不弃来说，那高丽跛子果然寻见了冷绡，并拿了把刀相逼。冷绡先故作慌张，被逼无奈之下，才取出那香袋，交给了跛子。

又过了两天，有个妇人来书讼摊，向赵不尤询问遗嘱讼案，赵不尤刚说了两句，有个人过来唤了一声"赵将军"。抬头一瞧，是枢密院北面房那高丽馆伴李俨。

李俨笑着说："我将才去汴河湾送高丽使上船，那船上船工中有个跛子。"

赵不尤听了点点头，随即又向那妇人解释遗嘱相关法条。李俨讪讪立了片刻，只得转身走了。

等那妇人问罢离开，赵不尤才坐直了身子，望着对街檐顶，心里暗暗叹了声：这事算是了了，却不知事成之后，官家能否记得应承之事？

二、送别

冯赛躲在船舱里，透过帘缝，偷偷朝岸边觑望。

他在寻找冯宝。这船是租来的，划船的三个人是樊泰、于富和朱广。

官家说要做成此事，冯赛便得将弟弟冯宝交给西夏间谍。冯宝如今却不知人在何处，即便找见，冯赛也断然不肯将弟弟交出去，但皇命难违，若是不交，冯宝恐怕也难有好收场。

冯赛心中忧虑无比，怅怅回到岳父家中，正要抬手敲门，身后忽然有人唤，回头一瞧，是黄胖。

黄胖笑得极得意："冯相公，那瘫子我寻见了。"

"哦？在哪里？"

"这个嘛，咱们得先那个……"

"放心，钱一文不会少你的。"冯赛不愿让他进屋，便说，"你先去巷口茶肆等我，我取了钱便过去。"

黄胖目光贼闪了一下，但没再多话，笑着答应一声，转身走了。冯赛看着他走远，这才抬手敲门。邱迁从里头开了门，歇息了两日，他的样貌神色瞧着好了许多。

冯赛将自己所查告知顾震，顾震回去后，旋即释放了邱迁。冯赛捉到李弃东后，锁在后院那书房里，叫邱迁看着。崔豪兄弟那夜做得绝密，并无人知晓李弃东锁在这里。

只是，自从捉到李弃东后，他始终垂着头，一个字都不肯讲。

他是为哥哥才做出那些事，只有寻见他哥哥，恐怕才能叫他开口。几天前，冯赛又去寻见黄胖、管杆儿和皮二，使钱让他们暗中查找李弃东哥哥的下落。

冯赛进到屋里，取了三贯钱，装进一只布袋，叫邱迁仍旧闩好院门，提着钱袋走到巷口茶肆，坐到黄胖对面："你真的查到了？"

"我这嘴平日虽虚，钱面前却从不说一个虚字。"

"好。"冯赛将钱袋搁到他面前，"他在哪里？"

"就在芳酪院后街的一个小宅院里，那门首有根青石马桩子。那牛妈妈派了个妇人照料那瘫子，那妇人又与我相好的一个妇人是表姊妹，呵呵！"

"你去打探，牛妈妈可曾察觉？"

"你放心，我是从枕头边溜来的信儿，她一丝都不知。"

"好。"

冯赛转身回去，又敲开院门，去后院开了锁。李弃东呆坐在桌边，只扫了他一眼，随即低下了头。

"我寻见你哥哥了。"

李弃东迅即抬起眼，目光惊疑。

"你我仇怨尽都放下，你替我做成事，我替你找回哥哥。"

"你要我做什么？"李弃东声音低哑。

"你捉到紫衣客，原本要交给谁？"

清明上河图密码6　**477**

"易卜拉。"

"易卜拉？"冯赛大惊，清明那天，他带出城去买瓷器那胡商，"他不是已经离京回西域了？"

"他在长安等我。"

"是谁吩咐你做这些的？"

"顾盼儿。"

"顾盼儿死后呢？"

"他们另派了个人，不时来见我。"

"牛妈妈呢？"

"牛妈妈？"李弃东一惊，怔了片刻，才喃喃道，"她？竟是她……"

"你一直不知？"

李弃东摇摇头，随即苦笑："我早该猜到。"

"紫衣客是冯宝，你也不知？"

"冯宝？"李弃东又一惊。

"你可知冯宝在哪里？"

李弃东摇了摇头："我那天夜里追到谭力那船上，他挡在舱门口，紫衣客跳船逃到对岸去了，我只见到个背影……"

"谭力是你杀的？"

"不是。是他们给我指派的帮手。"他忽又苦笑一下，"该是牛妈妈指派的。"

"汪石呢？"

"也不是我。他是条好汉子，我不会杀他。"

"我怎么寻见冯宝？"

"谭力那三个同伴。"

冯赛忙又将他锁了起来，赶往开封府寻见顾震。

顾震听后，夜里悄悄放出那三人。冯赛雇了一辆车，载了他们，来汴河租的这船上。冯赛躲进船舱，那三人如谭力一般，划着船，不断在汴河上下行驶，找寻冯宝。

一直寻到第三天夜里，岸边树丛中忽有人轻声叫唤。那三人忙将船划过去，有个黑影从树丛中钻了出来，站到了月光下。冯赛透过帘缝一瞧，心顿时紧抽，是冯宝。

冯宝跳上梢板，樊泰挑着灯笼，引他走进船舱。冯赛站起了身，冯宝一眼看到他，顿时惊在那里。冯赛脚也被粘住一般，怔望着弟弟，才一个多月，冯宝已瘦得颧骨凸起，眼里满是风霜，似乎老了许多岁。他身上罩了件脏破布衫，里头露出那紫锦，双耳耳垂上抹了些灰，瞧不见那耳洞。

冯赛长呼了几口气，才走了过去："你是为替我脱罪，才去做紫衣客？"

冯宝低下眼，闷闷地说："我是为我自己。我已经这个年纪，却一事无成，总得寻桩事做。"

"天下可做之事无数，你今晚就离开汴京，我已准备好银子。你也莫回江西，只寻远路州去避一阵。"

"哥哥，你莫担心我。这桩事起先虽是宰相王黼相迫，但问明白其中原委，我自家从心底愿意去做。"

"到了西夏，若被识破怎么办？"

"西夏人从未见过女真人，何况如此艰辛捉到我，他们哪里能想到这些？再说，即便被识破，也算为国捐躯。这些年，我自家心里清楚，在别人眼里，我一文不值，那便让我值一回。"

冯赛见弟弟眼中露出从未有过之坚定，泪水不禁滚落。

他不敢让人瞧见弟弟，便一直和冯宝躲在这舱里，不住苦劝。冯宝却始终笑着说："你莫再劝了，我心意早已定死。"

冯赛无法，只得先回去见李弃东："冯宝我已经找见，他执意要去西夏。但那牛妈妈见过冯宝，此事怎么瞒过？"

"牛妈妈连我都不见，恐怕也不会见紫衣客。只有我先去寻见那传话人，看她如何安排。"

冯赛只得再次冒险，放走了李弃东。他又回到那船上，等候消息。

第二天夜里，李弃东驾了辆车，寻了过来："那传话人说，叫我直接将紫衣客送到长安，交给易卜拉。车我已租好。"

冯赛不禁望向弟弟，冯宝却仍那般笑着："哥哥，那我便跟他走了。"

说罢起身走出舱外，跳上岸。冯赛怕被人发觉，只能躲在舱里，从帘缝向外张望。冯宝走到那辆车后，在月光下回头，朝他笑着挥了挥手，随即便钻进了车厢，关上了门。

冯赛眼望着那车子启动，车轮轧轧，向西行去，不久便隐没于黑夜，车声也渐渐消失。他再忍不住，泪水随即滚落……

三、暗门

梁兴回到那小院中，却仍不见梁红玉人影。

身上伤口虽然疼痛，他仍咬牙赶到望春门祝家客店。四处寻望许久，既不见梁红玉，也不见明慧娘。不知梁红玉跟到哪里去了。

他心里焦忧不已，忽想起张俊。那天张俊既然跟踪我，恐怕也会派人跟踪梁红玉。或许，他还派人跟踪过摩尼教其他教徒。他正要转身去寻张俊，一眼瞅见一个女子从那客店出来，朝着他笔直走了过来，他忙停住脚。

那女子走到近前，面容明秀，却眼含恨意，冷声道："若要梁红玉，拿紫衣客来换。"

梁兴大惊："梁红玉在你们处？"

"三天后，子时，你独自一人，送到虹桥南岸。若见他人跟着，我立即杀了梁红玉。"

"你是明慧娘？我没有杀你丈夫，也不想杀他，他是服毒自尽。"

明慧娘原本冷着脸，这时目光一颤，眼里悲惊交闪。她顿了片刻，转身便走，双肩不住颤抖。梁兴望着她急急走进那客店，显然是在强忍泪水。他心里一阵翻涌，不知是何滋味。

半晌，他才回过神，心想，至少知晓了梁红玉下落。自己身上有伤，步行去城南太吃力，幸而出来时，将梁红玉给的那两锭银子带在身上，他便去附近寻了租赁店，租了匹马。

骑了马，腿脚虽省了力，肩头后背两处伤，却颠得越发吃痛。不久，便见肩头那伤处血渗了出来。他却顾不得这些，只是让马略略放缓。

到南城外时，天色已暗，他先驱马来到剑舞坊后门，敲开门，抓了把铜钱给那看门仆妇，将马寄放在那里，并叫她莫让邓紫玉知晓。而后，他又去附近买了火石火镰蜡烛、十来张饼、两斤白肉，拿皮囊灌了一袋酒，装好背在身上，这才来到红绣院西墙外那巷子，见左右无人，咬牙忍痛，攀上墙头，翻了进去。

后院黑寂无人，他轻步走到梁红玉那座绣楼后边。那楼被烧成残壁焦架，在月光下瞧着越发黢黑森然。楼后有片池塘，水中间一座小假山。梁兴蹚着水，走到假山跟前，见中间有道窄洞，便弯腰钻了进去，脚下一绊，险些栽倒。他俯身一摸，是块尖石，便抓紧那尖石，向上一提，果然应手而起。

这是张用告诉他的。他们在船坞商议时，梁兴说起梁红玉捉的那紫衣客，锁在楼下暗室里，却来去无踪。张用听了顿时笑起来，说他修造那楼时，一时性起，底下偷偷修了个暗室。暗室修好后，他想，人若被锁在暗室底下，自然憋闷之极，便又在暗室底下挖了条秘道，通到楼后池子中间那假山洞里。暗室秘道口则设在那张床下。

那床是扇转轴门，张用说，那叫"辗转反侧门"，机关藏在床板上，共有四处。人被困在暗室里，自然会辗转反侧。只有趴在那床上，双肘、双膝同时摁到那四处木结，机关才能打开。张用没告诉任何人，只待有缘人，那紫衣客来去无踪，自然是极有缘，碰巧撞开了暗门。

梁兴攥住尖石，掀开一块石板，伸手朝下一摸，洞壁上架着木梯。他爬下木梯，沿着暗道走到头，洞壁边也架着短梯，他摸到顶上一根绳索，用力一拽，一阵吱扭声，有东西从头顶翻下，若不是照张用所言，贴紧了短梯，恐怕已被砸到。他蹚着短梯，爬进暗室，点亮了蜡烛。见那木床，连床腿和底下整块砖地都竖直侧立在洞口。他用力扳转，将床翻回原样。这才坐到墙边，取出饼、肉和酒，慢慢吃着，等那紫衣人。

那紫衣人受命被摩尼教捉去，却被梁红玉中途劫走，锁在这暗室下。他无意中撞开这木床暗门，逃出去寻那指挥使，那指挥使却已被冷脸汉杀死，弃尸井中。紫衣客没了联络人，恐怕只能去寻韩世忠，却一直未寻见。他无处藏身，便又不时回到这暗室里。唯愿他还会回来。

梁兴在那暗室里直等了三天，紫衣人却始终未来。半夜便得将紫衣人交给明慧娘，他烦躁难安，酒肉也都吃尽，只能在那暗室中不住转圈。眼看无望时，忽然听见那床发出吱扭声，他忙吹熄蜡烛，站了起来。黑暗中，那床翻转过来，一个人爬了上来，又将床扳了回去，随即坐在床上，喘息了一阵，忽然屏住呼吸，显然警觉到暗室中有人，随即响起抽刀声。

梁兴忙低声问："你是紫衣客？"

"你是谁？"

"我叫梁兴。"

"梁豹子？"

梁兴也发觉声音耳熟："李银枪？"

他忙打火点亮蜡烛，一瞧，那人手中握刀，贴墙警防，果然是旧识之人，名列禁军"七枪"中第二。

李银枪惊问："你为何在这里？"

"来寻见你，将你交给摩尼教。"

"你是韩副将派来的？"

"嗯。既然寻见了你，我们得赶紧去寻他。现在是什么时辰？"

"我进来时，刚敲二更鼓。"

"只有一个时辰，我们得赶紧走。"

他嫌底下暗道慢，忙引着李银枪从上面那秘道来到楼顶，攀树跳下，翻墙出去。好在养了三天，伤痛轻了不少。他先去剑舞坊后门牵出马，两人共骑，向城里飞奔。

幸而那张俊也住在城南，不多时便到了他的营房。梁兴叫李银枪躲在营房外暗处，自己下马，快步进去，来到张俊房门外，用力敲门。张俊打开了门，梁兴一眼瞧见他身后站着个人，竟是韩世忠。

梁兴不由得叹了声万幸，忙走进去，无暇拜问，急急道："韩大哥，紫衣客我已寻见，摩尼教的人要我今晚子时送到虹桥南岸。"

"子时？只剩不到三刻了。你赶紧送过去，我跟在后面。"

"他们不许人跟。"

"那我先赶到那里，你再过去。"

韩世忠忙快步出门，骑了马便疾奔而去。梁兴向张俊讨了根绳子，也随即走出营门，寻见李银枪，略等了等，便又一起上马，向虹桥赶去。快到虹桥时，城楼上传来子时鼓声。梁兴停住马，先将李银枪用绳子捆住，这才赶到虹桥南岸。

汴河两岸一片寂静，不见灯火。月光下，他见虹桥南岸泊着一只船，船头站着个人，是个女子。他驱马走近那船边，才看清那女子正是明慧娘。

"人我带来了，梁红玉呢？"

明慧娘望向李银枪，忽然开口问了一句，语音古怪。李银枪嘎啦嘎啦答了一句，梁兴也未听懂。但随即明白，明慧娘恐怕是用女真话试探，她不知从哪里学了几句。幸而李银枪看来更是通晓女真话，童贯恐怕正是为此才选了他。

明慧娘朝船舱咳了一声，一个汉子押着一个女子走了出来，梁红玉，身上也被捆绑，嘴用帕子塞着。梁兴忙下了马，将李银枪拽下来，送到了那船上。那汉子也将梁红玉推下了船，梁兴忙伸手扶住。

明慧娘又清咳一声，船尾的艄公迅即摇动船橹，那船顺流而下，很快漂远。

梁兴忙解开梁红玉的绳索："他们可曾伤害你？"

梁红玉却一把扯掉嘴里帕子："你是从哪里找见紫衣客的？"

"说来话长。"

"你为何要拿他换我？"梁红玉有些恼怒。

"说来话更长，回去慢慢说。"

梁兴往四周望了望，却没见韩世忠踪影，不知他能否跟上那船。

四、死去

张用四肢大张，躺在院子里。

紫衣客谜局已解开，官家命他们各自将留的尾收好，张用却懒得再动。

天工十四巧已死，朱克柔和李度又相偕游天下去了；阿翠已捉得紫衣客何奋，她迟早会逃回辽国；何奋是为报效国家，自愿去扮那紫衣客，也不必强救。

至于那天下工艺图，那天张用在黄河边农宅里见到阿翠时，见她衫子外头套了件厚衬里的缎面长褙子。已进四月，哪里需要穿这么厚？那衬里应该便是天下工艺图，她时刻穿在身上，才好携藏，紧急时也好逃脱。不过，那图她偷走又如何？大辽如今已岌岌难保，便是得了这图，也毫无益处。

因此，不须再做任何事。

他仰脸望着天上的云，发觉许久没有看云了，便一朵一朵细赏起来。正赏得欢，阿念从屋里咚咚咚走了出来，仍戴着那红纱帷帽。

"姑爷，你若累了，便去床上歇着；这样躺在地上，小心生霉长蘑菇。"

"哈哈！人肉蘑菇怕是极香。"

"才不呢！若是长在我家小娘子身上，自然极香，长在你身上，怕是臊臭得很。对了，我家小娘子四处游耍去了，我该咋办？"

"和犄角儿成亲呀。"

"成了亲呢？"

"生孩儿呀。"

"生了孩儿呢？"

"孩儿再生孩儿，孩儿的孩儿又生孩儿呀。"

"那时我怕是已老死了。"

"那时我们都已死了。"

"世间这般好，有花有云，有各般尝不尽的好滋味，有小娘子，有姑爷你，最要紧，还有犄角儿……我不愿死！"阿念忽然哭起来。

张用原本要笑，但说话间，一抬眼，刚才那些云竟都消散不见。他随即想起自己在麻袋里想到那死后的无知无觉，忽然悲从中来，也不由得哭起来。

犄角儿听到，忙跑了出来，惊望他们两个："你们这是……？"

"犄角儿，我不愿死！我若先死了，就只剩你一个。你若先死了，就只剩我一个……"阿念哭得更大声。

"我若死了，这天地万物皆不在了，空空荡荡，好生无趣！"张用放声大哭。

"你们若都死了，我一个人咋办？"犄角儿也跟着呜呜哭起来。

三个人正哭着，门外忽然停住一辆车，有个人走了进来。见他们哭成这般，愣了许久，等不得，便走近张用，俯身小心唤道："张作头……"

张用哭着睁眼一瞧，是个中年男子，穿了件蓝绸衫，不认得。他便闭起眼重又哭了起来。

"张作头，我是赵良嗣，奉命来跟你商议那后事。"

"后事？我若死了，不论烧我、砍我、淹我、埋我，我一毫都不知，只剩一团虚空……"张用越发伤心起来。

"不是那后事，是你所查之事的后续之事。辽帝如今仍在鸳鸯泺游猎，若那阿翠来了，我该如何跟她讲？"

"我已死了，哪里晓得？"

"你若死了，还会言语？"

"哦，对！"张用顿时坐了起来，睁眼望了望周围，不由得笑起来，"犄角儿、阿念，你们都莫哭了！我们都没死。"

那两人一起收声，互相望望，也笑了起来。

赵良嗣也笑着问："张作头，那阿翠若来了，我该如何说？"

"你想要她怎样？"

"我自然盼她回燕京，只要唬住燕京守臣便好。"

"那便告诉她，辽帝在燕京，隔了上千里地，她哪里晓得？"

"说得是！我竟没想到。多谢张作头！"

赵良嗣乐呵呵走了。

阿念一把撩起帷纱，瞪大了眼："姑爷，我们没死！"

"嗯！"

三个人又一起笑起来……

五、脱臼

陆青坐了辆车，来到新宋门外宜春苑。

这宜春苑又称东御园，以繁花佳卉、池沼幽秀著称。每年各苑向宫中进献花卉，宜春苑常为冠首。

陆青下了车，见一人头戴黑冠，身穿紫锦袍，候在苑门边，是宫中供奉官李彦，身后跟着几个内监。李彦昂着头，满面骄横之色，似乎要用鼻孔里的气，将人吹翻。两脚脚尖却不住点动，片刻难耐。等陆青走近，他尖声问："人带来了？"

陆青只点了点头，回头朝车上唤道："何姐姐！"

车上那女子应了一声，随即跳下了车，走了过来。

李彦仰头一看，顿时尖声问："这是什么？"

陆青微微一笑："官家命我料理此事，人自然该由我来选送。"

"那金使毕竟是一国之使，送这等妇人进去，岂不要笑我大宋无人？"

"我正是要让他领教我大宋有没有人。"

"就是！"身后那女子高声道，"我让他好生领教领教大宋女子！"

"你！"

"李供奉，我是奉旨送人。"

"好！惹出祸来，你自家承当！"

"自然。"

李彦扭头尖声吩咐："带她进去见那副使！"

一个内监忙引着那女子走进苑门，那女子临进门时，回头挥臂朝陆青笑了笑。陆青也抬手回应，心里却多少有些担忧。

那女子是相扑手何赛娘。

李彦见到枕边血书后，果然不敢再送十二奴去让金副使凌辱，但那金副使一日没有妇人服侍，便焦躁难耐，不住催正使进宫去见天子。天子却要等方腊之乱平定后，才能见这金使。

陆青那日离开皇城后，生出个念头，便与赵不尤商议。赵不尤听了，先有些愕然："叫何赛娘去见那金副使？"但他再一细想，也点头言道："那金副使生性蛮野，只知凌虐妇人，恐怕丝毫不通风情、不辨美丑。与其芝兰饲蠢牛，不若以暴敌暴，制住他那蛮性。"

陆青跟随赵不尤回家，让温悦请了何赛娘来。温悦听了此事，连口不答应。何赛娘却立即站起身，挥着臂膀说："这野狗竟敢欺辱我大宋女子，让我去好生搓揉搓揉他！"

陆青看着何赛娘进到宜春苑，转过一丛牡丹，再瞧不见。他望了半晌，并没有和李彦道别，便转身离开。

回到自己那小院中，他心里有些难宁，便抓起扫帚，将屋内院外清扫干净。又打了一桶水，将桌椅箱柜都擦洗干净。累过一场，看着四处重又洁净，心下才稍安，便坐在檐下，望着那梨树出神。

不想，一坐竟是一整夜。

第二天天亮后，他洗过脸，煮了碗面，吃过后，便立即出门，赶往宜春苑。

到了苑门前，他让那门吏唤何赛娘出来。那门吏昨天已知他是奉了皇命，不敢怠慢，忙快步进去禀报。陆青在苑门外等了许久，才见何赛娘大步走了出来。陆青见她满脸得胜之笑，方才心安。

"陆先生，你放心吧！昨天那黑熊见了我，先哇哇乱叫起来，吓得那小内监忙躲了出去。我过去一把扭住那黑熊胳膊，一个滚背掀，啪！便把他掀趴在地上。他叫得更凶，爬起来要抓我。我由他抓住，双手反扣住他腕子，一个错骨拧，咔嚓！把他手腕拧脱臼了。他号起来，抬脚踢过来，我抱住他的小腿，又一个龙卷水，咵咔！把他大腿也卷脱臼。他倒在地上，再站不起来，只咧着嘴干号。我便坐到他胸脯上，抓住他下巴，咯喀！把他下巴也掰脱臼。他张着嘴，再号不出。

"我便扳着指头，一五一十，好生教了他一场如何礼待妇人。他似乎也听懂了，不住点头。我看他乖顺了，才给他把下巴、手腕和大腿兑了回去。他仍动不得，我便把他搬到床上，给他盖好被，让他好生歇着。我搬了个绣墩子，坐在床边瞅他，他睁着那对囚囊眼，呜呜地哭，哭得好不娇气，哭了好半晌，才睡了过去。

"等他醒来，见我闭着眼，以为我困着了。他偷偷爬起来，要溜。我一把攥住他另一条大腿，一个歪柳撅，嘎嗒！将他这条腿又撅脱臼，他躺下去，又哇哇号起来。我把他扳正，让他再多歇一歇。他那囚囊眼里又滚出泪来，一颗一颗比黄豆大，瞅着好不怜人。

“一直到夜里，他都没再动，我才给他把那条大腿兑了回去。从床帐上撕了两条布带子，将他手脚拴牢，推到床里头，我睡在外头。半夜里，他竟伸过嘴来咬我，睡梦里我也没睁眼，反手攥住他下巴，一个悬腕卸，咯喇！把他下巴又卸脱臼。而后，我便一觉睡到天亮。睁眼一瞧，他张着嘴，瞪着囚囊眼正在瞅我。我见那双眼水汪汪的，小牛犊一般，好不疼人，我便替他把下巴兑了回去。他竟嘤嘤哭着，把头往我怀里蹭，我只得摸抚了半晌。他才没哭了。

　　“这时，外头有人唤，说陆先生来了，我便下床来见你。陆先生，你放心，不把他教成个乖囡囡，我绝不回去。他两个臂膀、两个脚腕还没脱臼，等我回去，他若仍不乖，我便一个一个挨着卸。卸完一轮，歇一歇，我还有拧筋法，再从头叫他尝一尝——你就安心回去吧！”

　　何赛娘说罢，捂嘴一笑，转身进去了。

　　望着她昂扬的身影，陆青不由得露出笑来。回想那咔嚓哼咔声，自己骨节也不禁生疼……

第十三章　赐死

言路壅蔽，导谀日闻，恩幸持权，贪饕得志。搢绅贤能，陷于党籍；政事兴废，拘于纪年。赋敛竭生民之财，戍役困军伍之力；多作无益，侈靡成风。利源酤榷已尽，而谋利者尚肆诛求；诸军衣粮不时，而冗食者坐享富贵。灾异时见而朕不悟，众庶怨怼而朕不知，追惟己愆，悔之何及！

——宋徽宗·赵佶

一、燕京

童贯骑在马上，挺背昂头，由新曹门缓缓进城。

他头戴貂蝉笼巾、金涂银棱、犀簪银笔七梁冠，方心曲领朱裳，绯白罗大带，金涂银革带，金涂银装玉佩，天下乐晕锦绶。身后军仗绵延一里，最前头，则是一辆囚车，车中枷着方腊。

童贯正月率大军前去东南镇乱，先还有些失利。到三月，夺回杭州后，那方腊乱军便现出败象。毕竟是一个漆工，虽猬集二十万众，大都是粗蠢村汉，连像样兵器都没几件，更莫论行军阵法。而自己所率这十五万大军，大多是秦晋两地戍军，经见过西夏战阵。这些兵将遇到西夏军队，固然胆怯畏战，见了方腊这群草莽，胆气却顿时足了许多。童贯极力催督，那些将领哪里敢怠慢，各自挥军尽力攻杀。一个多月来，方腊乱军节节败退，歙州、睦州、衢州一一夺了回来。

四月底，方腊从富阳、新城、桐庐一路退逃，手下乱氓也亡散大半。童贯亲自率军追到青溪县，方腊逃进了深山。大山连绵、草木深茂，无从去寻。

幸而那个裨将韩世忠从汴京赶来禀报，方肥捉了紫衣客李银枪，快马急奔到青溪，已进了山中。童贯急命韩世忠先行追踪，随后又派了几个将领带大军进山。韩世忠果然沿李银枪所留踪迹，追到了帮源洞，格杀十数人，生擒了方腊。这功劳却被随后赶到的上级将官夺占，李银枪也被方腊手下杀死。这些琐事，童贯懒得理会。

他平定了东南，押解方腊回到京城，满城人都来争看。童贯瞅着街两边无数人伸头探脑、聒噪不休，不由得抬手摸了摸颌下胡须，心中升起无限傲情：这大宋安宁，尽仰仗于我。你们这些蠢民，该全都跪下谢恩才是。

他已年过六旬，这胡须尽都变白，如今只剩三十七根，仍在不断掉落。他极为珍惜，只敢小心轻抚。被阉之人，仍能有胡须的，自古及今，恐怕只有他一人，他将这胡须暗自称为"福须"。后宫之中，能有胡须的男子，除去官家，便只有他。加之他年轻时身材魁伟、样貌雄健，不论宫女还是嫔妃，都极稀罕他。他便借着这稀罕，处处收誉，一步步走到今天这地步。

擒俘方腊，官家也极欢喜，加封他为太师。只是，方腊作乱之初，以"诛朱勔"为名，起因在朱勔所管领应奉局四处搜刮财物，花石纲尤其苦民至极。童贯率军到两浙，为安抚民心，叫幕僚董耘代笔写了一纸诏书，罢朱勔官职，停应奉局及花石纲。

贼乱平定后，宰相王黼却进言于帝："方腊之起，由茶盐法也，而童贯入奸言，归过陛下。"官家大怒，立即下诏，恢复应奉局，命王黼及梁师成督管，朱勔也重又起复。童贯忙去劝谏官家："东南人家饭锅子未稳，复作此邪？"官家越发恼怒，虽未责罚童贯，却降罪于董耘。

童贯不敢再言，他早已听闻汴京市井间将自己嘲作"媪相"。对此，他至今恼愤不已。自己虽被阉割，却一生未丧男儿气格，这些年能一路高升，凭的是军功。想当年，他出任监军，西征羌地，兵到湟州，官家因宫中失火，急令驿马两千里急谕，诏令童贯禁止出兵。童贯读过后，却说："陛下望出兵速胜。"随即出兵，连复四州，河湟一带由此得以平定。

他想，我之过，只在为求功成、矫旨专断。将在外，君命有所不受，此乃古之通理。到我大宋，天子怕将帅专权，每逢出征，如何行军布阵，都是令从中出。官家在京城决策，而后派急递发往边关。将帅在外，只等皇命，事事不敢自专。这般呆板，如何临机应变？如何应对紧急？你们笑我似老媪，千百将官中，唯有我这老媪才敢不惜抗旨违命，只求利国利邦。谁人才是愚懦老媪？

回京后，他的胡须又落了两根。想起"媪相"之辱，他越发记挂心中那桩更大功业——收复燕京。

那真紫衣客金使名叫赫鲁，官家命李师师迷缠了他两个多月。接到生擒方腊喜报后，官家再无忧虑，才召见了赫鲁，款留月余，约定与金人一同攻打燕京。眼下只等金人出兵之信。

金帝阿骨打自从辽将耶律伊都叛降，越发知悉辽人内情。年底，以耶律伊都为先锋，大举进攻。次年春，攻陷大辽中京，进逼行宫。辽天祚帝只带了五千人，仓促逃往西京，沿途仍游猎不止，又被金人追击，仓皇逃往漠北。

童贯派去燕京的间谍传书回报，那个阿翠带了紫衣客何奋，偷越国界，将何奋交给了秦晋王耶律淳。童贯大喜，那耶律淳镇守燕京，新近又被官民共拥为辽帝。他见了紫衣客，自然已知宋金联盟之事，只等他心惧，献还燕京。

然而，耶律淳并未有拱手送还之意，他一面与金人请和，一面又遣使来汴京，告即位，并言免去岁币，以结前好。还不若西夏，西夏自从掳去紫衣客冯宝后，再不敢轻易动兵，反倒遣使来入贡。

官家见耶律淳不肯献燕京，便命童贯出任宣抚使，蔡攸为副使，勒兵十五万，与金夹攻燕京。

童贯终于等到此日，虽不满蔡攸未经战阵、徒知巧媚，却也不好多言，便率大军浩浩荡荡来到高阳关，张贴黄榜宣谕，献城者封节度使。

他原以为燕京大多是汉人，自会出城纳降，欢迎王师。谁知燕人竟严阵固守，毫无降意。童贯大怒，下令兵分两道，攻打燕京。不想辽兵鼓噪奋勇，两路迅即都被击败。

童贯大为惊诧，耶律淳又遣使来求和："弃百年之好，结新起之邻，基他日之祸，谓为得计，可乎？"童贯一时不知该如何应对，老将种师道劝他许和。童贯进退不得，为掩住兵败之羞，便上书密劾种师道助贼。宰相王黼得报，立即将种师道贬官，责令致仕。官家也下诏班师，童贯只得沮丧罢兵，胡须又落了几根。

谁知耶律淳旋即病死，众人立德妃萧氏为皇太后，主军国事。王黼又命童贯、蔡攸治兵，以刘延庆为都统制。兵马未动，驻守涿州的辽将郭药师来献城归降。辽萧妃大惧，忙遣使奉表称臣，乞念前好："女真蚕食诸国，若大辽不存，必为南朝忧。唇亡齿寒，不可不虑。"

童贯此次志在必得，将辽使叱出，遣刘延庆将兵十万，以郭药师为向导，渡过白沟，攻打燕京，却又遭辽军迎击，大败。郭药师带五千人半夜攻进燕京南门巷战，却因后援不至，死伤大半，只能逃回。刘延庆便在卢沟南扎营，闭垒不出。辽人又放回汉兵，诈称举火为信，三路偷袭。刘延庆凌晨见到火起，忙烧营遁逃，士卒踩践而死者，绵延百余里，粮草辎重损耗一空。

童贯生平从未如此败过，听到辽人编歌谣嘲骂宋军，更是羞恼无比，却又无他计可施，忙密遣使者去与金人商议夹攻。

十一月，金主亲自率兵伐燕京，辽人以劲兵守居庸关。金兵至关，崖石自崩，辽人不战而溃，奉表称降，金兵直入燕京。

官家忙命赵良嗣为使，去与金人交涉，据海上盟约，索讨燕云。金人不肯，百般索讨，双方往复数月。这往来和谈，都是由王黼主持。童贯只能坐守雄州等候召命。他从未这般无能为力过，焦急难耐中，竟将胡须捻落了十数根。

直到次年四月，宋金双方才议定：原约燕云十六州中，只将燕京及涿、易、檀、顺、景、蓟六州归还予宋。大宋则将旧辽四十万贯岁币，转纳予金，每年更加燕京代税一百万贯，犒军费再加二十万贯。

童贯等到约定银绢全都运至雄州，依数交纳给金人，这才与蔡攸率军进入燕京。到了城中一看，他顿时呆住，四处残垣颓壁，街上破败荒凉，往来见不到几个人影。金人将燕京所有金帛、子女、职官、民户，全都席卷而去，只留了这一座空城。

童贯勒马街头，环视四周，说不出一句话，手不由得又去捻那胡须。蔡攸却在一旁惊喜至极："自太祖皇帝以来，历朝官家最大之愿，便是夺回这燕京。空不空有什么打紧？百五十年来，竟是我与童太师两个先踏到这燕京地界！"童贯听了，这才转惊为喜。

班师回京后，他虽被进封徐、豫国公，却发觉官家对他颇为冷淡，自然是兵败燕京之过。这两年，童贯焦心劳碌，胡须只剩了十几根，再过一年，便至古稀。又见同僚郑居中病卒，他越发灰心。没过一个月，官家下诏，命他致仕，由谭稹替任。他想，自己也该退居静养了。

然而，真的退到西郊那庄园后，他才发觉静字如此难耐。身边服侍之人，虽仍不敢不恭敬，看他时，眼里那光亮却没了。原先，何止这些卑贱之人，便是朝中众臣见了他，眼中都有这光亮。这光亮比畏更畏，比敬更敬，是去寺庙里拜神佛时才有的光亮。他正是为了这光亮，才尽力争、尽力攀，直至除了官家和那几个同列之人，所到之处，天下人望他时，眼里尽是这光亮。然而，这光亮却一朝散去，他顿时如从云间坠入凡间，人也顿时没了气力。每日只剩一桩事能叫他上心，对着镜子数下巴上那十来根胡须。

这官家，他瞧着生、瞧着长，心性慈和，极念旧，他便盼着官家能念起自己。

静居一年后，胡须只剩了六根，如同残秋檐头最后几根枯草。他的心气也如这胡须一般，几至枯尽。终于，官家又召他复领枢密院，宣抚河北、燕山。他听到诏书，涕泪俱下，忙抖着手，换了朝服，狂喜赴任。从太原、真定、瀛州、莫州一路巡察到燕山，犒赏诸军。

只是，前征方腊，损折大半；后伐燕京，更是死伤无数，三十万精良禁军已经耗损殆尽，这山西、河北一线，兵防极弱。他忙上书奏请，在河北置四总管，镇守中山、真定、河中、大名，招逃卒、游手人为军。

大宋命数恐怕真是到了残秋，再经不得一点寒风。有个降金辽将，名叫张觉，叛金归宋，以平、营、滦三州来归降。官家大喜，亲写御笔诏书接纳。此事却被金人得知，怨宋背盟，遂大举南下，连破檀州、蓟州。

童贯那时才回到太原，听到这消息，热身猛挨了一阵寒风一般，自己前年十五万大军，遇残剩辽军，却一败再败。而辽军遇金兵，则又如枯叶遭秋风，不战而溃，金兵此来，自然更似洪水冲蚁穴。

慌乱中，他又去捻胡须，却发觉，最后一根也应手脱落。望着指间那根枯白胡须，他不由得老泪滚落，自己一生拼力坚执男儿气概，如今终于断绝。还拼什么？他忙叫人备马，不顾守将劝阻，冒着腊月大雪，急急逃离了太原。

他不知，自己这一回，竟真是踏上归途，回京后竟被贬官赐死……

二、生财

王黼忙命妻儿收拾要紧财物，又叫仆人备好三辆车。

妻儿却都站在那里，尽都慌瞪着眼。这大宅之内，数百间房中，处处皆精贵宝货，不知哪些才是要紧财物。王黼急得跺脚，嘶声喊道："金块！那几箱金块！"妻儿这才慌忙去后头搬，去了才发觉搬不动，又慌慌出来唤仆人。

那上百姬妾听到动静，全都围了过来，争着拽扯住他，满屋之中尽是哭叫之声。这卧房极高阔，中间那张敞榻，金玉为屏，翠绮为帐，四周围了数十张小榻。王黼常日睡在中间，小榻上则择美姬围侍，他将此称为"拥帐"。这时，那些姬妾竟将整间卧房挤满，他挣了半晌，都未能朝门边挪半步，只得瞅空钻爬上身边小榻，那些姬妾也立即围追过来。王黼只得奔跳到中间敞榻，站到那张雕花木几上，嘶声喊道："我只带十个走，你们自家选出十个来！"

那些姬妾听了，顿时互相嚷抓扯起来，王黼这才乘乱逃出了卧房。奔出府门一瞧，三辆车全都塞满，妻儿仍在不住催喊仆人往外搬运金宝。王黼只得又唤了一辆车，扯住妻儿，一起上了车，急催车夫启程。

上了车，妻儿才连声问："为何要逃？逃去哪里？"

他跺着脚嘶声答道："金兵来了！"

王黼自家明白，金兵原本恐怕不会来得如此快。百余年间，辽使来汴京，馆伴随行引路时，不得走直路，要迂回绕行，以防辽使熟知地理远近。前年与金人往还商谈燕京事宜时，王黼为尽快促成，极力催促馆伴，陪同金使从燕京到汴京，只走直道，七日之内便赶到。金兵前驱快马，恐怕三五日便能到得汴京。

王黼抹着额头的汗，不住问："为何到得这地步？"

想当初，他金发金眼，风姿绝美，又生就一张能吞拳、能美言之巧口，人见人喜，处处得宜。他又最善攀龙之术，一生只瞄中三人，先是宰相何执中，后是正逢冷落之蔡京，最后则是隐相梁师成。借这三人之力，自己飞升八阶，四十岁便位至宰相。开国以来，何人能及？

他也比历任宰相瞧得更透彻，天下事，无非一个"财"字。而财如田间之苗、山间之木，冬尽春生，取之不尽，何必如王安石、蔡京等辈，费尽心力谋划各般生财之法，召得天怒人怨，却未见得有何成效。譬如牛羊吃草，饥时便低头去吃，吃尽再等它自生，这才是天地至简至久之道。

而且孟子早已言明："劳心者治人，劳力者治于人。治于人者食人，治人者食于人，天下之通义也。"天子百官，乃治人者，本该食于人。天下万民，本该竭力供养天子百官。

因此，他为相之后，废除蔡京一切施为，只求至简之道。天子爱奇珍异宝，便设立供奉局，叫臣民上供；天子起造艮岳，便设花石纲，从四方搬运；自家缺钱，便卖官缺，通判三百贯，馆阁五百贯；北伐燕京，国库空乏，粮饷不济，官家都为此慌急，他却巧借杨戬括田之法，推出括丁法，检括天下丁夫，计口出钱，轻轻巧巧，便得钱六千二百万贯。

这便是天下之财，随需随括，随括随有。

他一生最大疏忽，只有两桩。一桩是大宋严禁外官与内监交通。他却依仗恩府梁师成，才得任宰相。他的府宅与梁师成只隔一墙，他在那墙上开了道便门。四方供奉珍宝，三分进献皇宫，三分由这便门送给梁师成，他自得三分，剩余一分，施恩于诸人。

去年，他宅中堂柱生了芝草，官家临幸来观。却不想，那扇便门被官家发觉，他随即被罢免。闲了这一年，闲得他心上几乎生苔藓。却不想北边传来急报，金兵南下，官家迅即禅位，让太子继位。王黼急忙换上朝服，进宫去朝贺，却被宫官拦在门外。

这是他第二桩疏忽。这皇子桓当初被册封太子后，王黼见另一皇子楷深得官家宠爱，便欲谋废东宫，事虽未成，冤仇却已结下。

今早，梁师成差人传来急信，新官家下诏，贬他为崇信军节度副使，并籍没家财。王黼原本还盼着能得起复，如此看来，此生无望，何况金兵迅即杀到，不跑何待？

然而，车子刚到东郊，便被拦下，一队弓手将四辆车围住。他掀帘一看，竟是新任开封府尹聂山，此人曾上书弹劾他，被他借过贬逐。聂山骑在马上，高声道："王黼私自逃亡，奉旨斩杀！"

王黼顿时哭嚷起来："我大宋百年仁政，祖宗家法，从不诛杀大臣——"

他尚未喊完，那些弓手一齐挥刀举枪，砍刺过来。他张着嘴，却叫不出声，只听到自己身上发出噗噗噗的声响……

三、鹌鹑

蔡京活了八十岁，虽遍历山河，却从未走过如此艰途。

他被新官家贬至衡州，又下旨迁往儋州。七个儿子，两个被斩，其他子孙尽都贬往远恶军州，只有第七子蔡脩陪护身边。

从衡州出发，幸而有水路，到了潭州，往南便得走旱路。下了船，那管押差官便不住催促，蔡京咬牙行了二里地，便再迈不动脚步。他只得哀求那差官，坐到街边树下歇息。

他不由得想起二十三岁那年，和弟弟蔡卞离开家乡，进京赶考。他们从福建仙游县慈孝里赤岭出发，也是这般徒步而行。那时脚底下似有无穷之力，从仙游到杭州，一千五百多里路，他们只行了一个月。到杭州才搭了船，由水路抵达汴京。

他们兄弟两人一起考中进士，后又同为中书舍人，草拟诏书，时人都将他们比为二苏。那时何等年轻风发？

他们考中之时，正值神宗皇帝重用王安石，始推新法。那时天下积弊重重，如何能不变？蔡京自然也极力推崇新法，然而那时他已知晓，法易变，人心难变，旧习更难变。王安石却一意孤行，容不得丝毫异见。

变法受阻，王安石郁郁而终，神宗皇帝也忧劳成疾，三十八岁便病薨。

蔡京那时三十九岁，他从中学会了一个字：顺。

这天下万事，唯有顺势而行，才得善终。

哲宗小皇帝即位，高太后垂帘听政，起用司马光等旧法名臣。蔡京明白大势已变，便立即从新法转投旧法。司马光欲罢停免役法，他几日之内，便将开封府免役改回差役。

然而，世事如风浪，欲顺而难顺。他虽全力主张旧法，却抹不去当年新法履历，法争演作党争，旧党随即将他贬逐。

沉寂多年，高太后驾崩，哲宗皇帝亲政，绍述先帝，重推新法。蔡京再度回到汴京，他已知风浪之恶，顺势而为，大力贬逐旧党之人。

谁知哲宗皇帝猝然驾崩，当今官家继位。蔡京又被敌手排挤，贬至杭州。这时，蔡京又明白一层道理：顺时不若顺人。

这官家文采风流，性情雅逸，又好大喜功，蔡京深信自己生逢其时。他自幼苦练书法，至此已卓然成家。天下盛传苏黄米蔡，苏黄已于哲宗年间败落，文章笔墨更被禁毁，米芾不过一癫狂文士。唯有他，仅凭这一支笔，官家便断难割舍。更何况，新法一代中坚大多亡于党争，如今只剩自己一人。

果然，两年后，官家召他进京，任为左仆射，推行新法。

蔡京终于得志，他不愿重蹈王安石败辙，设立元祐奸党碑，将旧党之人一网打尽，全部撵逐，无任何阻拦后，才大力推行新法。他知道，无论新法旧法，得官家心者，才是良法。

于是，他不断推出茶盐长短引、当十大钱、方田等法，但凡能为国库增财，无不尽力施为。他更知官家雅好文教，便建辟雍，改科举，行三舍法，并广推至各路州县。

国库充盈之后，他又引《周易》中"丰亨豫大"之说，奏请官家，如今天下充裕富足，王者当兴文艺、崇宫室、享富盛。于是造明堂、铸九鼎、设大晟府、扩延福五宫、修造艮岳，广兴礼乐，大事营造。

天下气象为之大变，官家更是醉心其间，逸乐不倦。

然而，即便如此，他也并非长顺无忧。每隔几年，官家便要疏远他一回，二十年间，他三度任宰相，又三度被贬。

他离不得官家，官家也离不得他。

前年，王黼被罢免，官家又念起他，他四度出任宰相。那时，他双眼昏茫，已不能视事，政务皆由季子蔡绦代判。这季子行事不端，创宣和库式贡司，括尽四方金帛与府藏所储，激怒天子，险些被窜逐。蔡京力求得免，自己也再度致仕。

他原以为此生就此终了，再无力去争逐。谁知金兵杀来，他举家随官家奔逃至镇江。新官家诏书随即降临，将他满门贬逐……

他坐在那街边树下，回首一生，咬着一个顺字，起起伏伏，最后竟落到这地步。他不由得呜呜哭起来，这顺字原本便不该咬，咬得这般紧，最终咬作了两半，一半川，富贵流水，一去不返；一半页，命如薄纸，一撕便碎。

那管押见他哭起来，更不耐烦，催促他走。儿子忙扶起他，勉强又走起来。行了不多路，他腹中饥饿，便让儿子去买些吃食。儿子到了街边那食店，店主打问他父子来历，一听之后，顿时板下脸："你蔡氏父子，吃尽天下骨血，还不饱？快走，莫讨打！"

潭州城原本不大，转瞬间，满街都知晓了他父子身份。儿子拿了钱，四处去求，没一家肯卖吃食给他们。那押官自家去吃饱了，也不理会他们。傍晚，他们才寻到一座崇教寺，忙挨进去求那寺中僧人。那住持却说："施主借宿不妨，斋饭却没有。贫僧若救了你们，便是害了天下人。阿弥陀佛！"

他再没一丝气力，儿子也已疲饿至极，扶着他，费尽气力，才挪到一间僧房中，父子一起躺倒在那冰硬床板上。他已发不出声息，心里昏昏念着，不住哀求：官家，能否容老臣吃一碗鹌鹑羹再上路？

他平生最爱，便是鹌鹑羹，只用鹌鹑舌尖熬制，一碗羹，要杀数百只鹌鹑……

四、黄封

朱勔此前只怕过一回。

那是五年前方腊造乱时，他忙乘船逃离苏州，听到岸边之人在喊"诛杀朱勔"。虽然前后左右尽是护卫，他却躲在帘后不敢觊望，汗湿透了后背。

然而，那只是虚惊。到了京城，面圣时，官家并未责他，反倒得了密旨，去造那梅船。那个假林灵素他已寻见一年多，已在谋划如何用此人。那回进京，也带了去，正巧用在梅船上，造出一桩天书神迹，讨官家欢喜。虽说那天书被人篡改，假林灵素也被毒死，官家却颇赏识他这谋划，宠幸日增，连连加官。方贼被处斩后，那苏州应奉局重又起设，朝中由王黼、梁师成管领，苏州则继续归他掌管。

　　那应奉局如同将皇城宣德门搬到了苏州，而他，则是门前宣旨人，谁敢不听？

　　这"应奉"二字，如同一道吉符，一路罩护他父子。他父亲原本出身穷贱，因应奉一个道士应奉得好，得了一个药方，由此暴富，却也只是富而已。那年蔡京路经苏州，欲捐造寺阁，他父亲几日之内便将几千根大木运到庭前。这回应奉得更好，得了蔡京赏识，才摸到贵字的偏旁。蔡京将他父子转荐给童贯，他们便又搜寻奇珍，应奉童贯，由此得了官职。他又寻见三本黄杨奇树，进献给官家，官家见了大喜，这回才真正应奉到了天庭，他从一个穷汉之子，陡然飞升至龙门。

　　一棵树，一块石头，在山间，谁人留意？可到了京城，经了御眼，便顿时变作无价之宝，何况是人？

　　由那三株黄杨，他顿时瞅见应奉之机，先是自家四处搜寻，继而借了那应奉局之威，驱使众人替他去寻。只要寻见，贴一道黄封，便是官家之物。哪怕拆墙破屋，也要运走。为寻太湖石，他役使上千上万船工石匠，去绝壁深水中找寻。有了那黄封，天下河道、船只，尽由他驱使。艮岳那块神运昭功石，高四丈，巨舰方能载动，数千纤夫一路拉拽，自太湖至汴京，沿途但凡有桥梁阻挡，随到随拆，这便是黄封神力。

　　有了这黄封，他无所不能。他所造同乐园，江南第一，便是京城四御苑，也未必能及。府中私养卫士数千，占田三十万亩。他常日所住宅院，在苏州市中孙老桥。他嫌四周喧闹，便称皇诏，命桥东西数百家五日内尽都迁走。他于那空地上建起神霄殿，供奉青华帝君像。每月朔望，苏州官员尽都按时来此，先朝拜神像，而后再去拜见他。

　　官家曾伸手抚过他右臂，他便在这臂膀上套了一圈黄封，从不取下。与人相见致礼，也从不抬这右臂。

他原以为这黄封能佑护他子子孙孙，万世无穷。却不料，金兵杀来，官家慌忙禅位于太子，他和蔡京、童贯随着官家一路逃奔，暂避镇江。

他更没有料到，新官家从汴京发来诏书，将他贬官逐配至衡州。到了衡州，尚未坐稳，诏书又来，他又被迁往韶州。才到韶州，又是一道诏书，继续南逐，到了循州。

他从未到过这南荒之地，惊魂初定后，发觉此处花木迥异江南，各般奇艳，从未得见。他顿时心生欢喜，有这些花木，便有重生之机。

然而，才过两天，当地州官带了一群卫士，奉诏命来斩他。他看到一个壮汉拔出一柄大刀，向他逼来。他忙指着自家右臂那圈黄封，哭喊起来："官家御指曾——"

"抚"字未说出口，脖颈猛然一阵冰刺，旋即觉到自己飞离身躯，在空中旋转。最后一眼，他瞅见自己那无头尸身跪在地上，左手仍指着右臂那圈黄封……

五、恩宠

梁师成紧紧跟随新官家。

童贯、蔡京等人都随太上皇逃去了镇江，梁师成却没有。这新官家当年册封太子，他有劝立之功；王黼谋废太子，他有佑护之功；上皇禅位，他有策立之功。那些人逃去镇江后，一个个被贬、被赐死，那一份份诏书，梁师成都亲眼瞧过，瞧得他心一阵阵发颤。外间又将他与这些人相并，称为"六贼"，他越发心惊胆战。

他不知这些人为何这般恨自己，自己并没有做过歹事。

当年苏轼被贬，将家中一个侍婢赠给朋友，这侍婢便是梁师成的娘。梁师成幼年丧父，他始终觉得，苏轼才是自己亲生父亲。这个念头始终存在心底，即便净身入了宫，他也始终勤勉自励，从不懈怠，更不将自己与他人同列等观。

少年时，他被分派到书艺局，他便在那里暗自发愤读书，苦练书艺。后来，他掌管睿思殿文字外库，出外传道圣旨。后宫数千内监，无人比他更有学识、更通礼文。

当今官家最赏识的便是这等人，命他入处殿中，御书号令皆出他手。

他得恩宠，是自然之理。而这恩宠，天下无二。

人到得这地位，自然有无数人来求，蔡京来求，王黼来求，哪里拒得了？深宫之中，我只忠顺于官家，天下之事，与我何干？何况，人谁不愿富贵？连孔圣人都云："富而可求，虽执鞭之士，吾亦为之。"

于是，他只看钱不看人。

那些能到得他跟前、拿得出珍宝、出得起高价之人，也是能在官家面前说得起话、动得了圣心、改得了圣旨的人。他们才是左右天下之人，怪罪只该怪他们，除非官家降罪于我。老官家没有怪罪我，新官家更没有。

他心里虽这样念着，看到新官家似乎有些不耐烦，不由得慌怕。可不论耐不耐烦，唯有跟定新官家，才能得保无事。于是，不论上殿、安寝、用膳，甚而如厕，他都死死跟着。

有天，官家命他去宣和殿看检珠玉器玩，他心中慌怕，却不敢不从。到了宣和殿，果然被扣留按倒，跪听诏书，责降他为彰化军节度副使。

他一生心坚如铁，从未哭过，这时却尖声哭叫着，要去寻官家。却被护卫牢牢扯住，押送到宫外，交给开封吏，监护去贬所。出了西南戴楼门，快到八角镇时，他眼前一晃，脖颈一紧，一个衙吏从背后用一根绳子勒住了他。

他挣扎了片刻，连"官家"二字都未唤出，便已断了气……

第十四章　围困

休休！

——宋徽宗·赵佶

一、铁骨

宋齐愈越来越觉得无力。

考中上舍魁首之后，他先后只任了些闲职，每日不知在做些什么。朝廷被梁师成、王黼、朱勔等人把控，耗费数千万贯，换得燕京一座空城。天子却为自己所设梅花天衍局一举功成而欢喜无比，给那些人纷纷加官晋爵。却不知王黼括检丁夫钱，引得万民怨怒，方腊、宋江之乱才平，山东、河北又盗乱纷起。

宋齐愈觉着自己深陷一座无边泥沼，欲争无力，欲怒又不知该怒何人。当年那满腔豪情如同一团雪，落入这淤泥中，不知不觉间，便消散无踪。

每日理罢那些繁冗案牍文书，他便独回那赁居的住处，关起门呆坐，心中不时想念章美和郑敦，然而，一个已经回乡，一个不愿见他。除此之外，再无想见、可见之人。他从未如此孤单，因而越发渴念莲观。寻了五年，却始终未能打问到莲观丝毫消息。他甚而觉着，莲观恐怕只是梦中之人。

前两年，王黼、蔡京相继被罢免，李邦彦任了宰相。李邦彦喜好年轻才俊，将宋齐愈升为右谏议大夫，职在规谏讽喻。凡朝廷有阙失，皆可廷诤论奏。宋齐愈闲闷五年，原本已觉着自己行将就木，听到这信，顿时激出一身汗，如同久病之人，得了一剂救命汤药。

他领到新官服，曲领大袖朱红官袍，横襕，革带，乌纱襆头，乌皮靴。穿戴齐整，每日不到五更，便赶到待漏院，亟待早朝。然而，到了朝堂之上，他这等新进后辈全无开口之机。即便偶尔能上奏一二事，但凡涉及朝政缺失，立即便被打断。面奏不成，他便书奏。那一份份奏文也如雪片飞落泥沼，全都不知下文，他灰心之极，不由得生出归田之念。

然而，北地忽传战报，金兵分东西两路南侵。一路以皇子斡离不为帅，寇燕山，守臣郭药师叛敌，燕山诸郡皆陷，金兵直驱河北；一路以国相粘罕为帅，寇河东，守臣李师本叛降，忻、代二州失守，金兵围困太原。十二月中旬，金兵前驱逼近黄河。

朝廷震惧，朝堂之上却无人商讨战守之策，大臣纷纷争献避逃之计。宋齐愈站在朝班后列，听了许久，再难忍抑，不由得亢声言道："安时食君之禄，危时正当捐躯报效。金兵未至，胜负未明，竟已怕到这地步！岂不堪羞！"然而，只有他前列几个大臣回头漠然望了他一眼，随即又都转过头去听宰臣商议如何避逃。

宋齐愈悲愤至极，眼中顿时涌下泪来，而这泪，无益无谓，空流过后，只被风收去。

他万万没想到，天子竟禅位于太子。二十三日，急命皇太子入居禁中，覆以御袍。翌日，太子即大位，御垂拱殿见宰执、百官。宋齐愈站在朝班之中，仰头望向这位新天子，年仅二十六岁，面色苍白，身子微微发颤，如同这大宋江山一般。他心中越发不安，却只能随着百官山呼舞蹈、恭贺万岁。

正月一日，新天子御明堂，改元靖康。

其间，朝廷仅有之防守，是遣节度使梁方平率七千骑守黄河重镇浚州，步军都指挥使何灌将兵二万扼守河津。

正月三日，传来急报，浚州不守，梁方平战败，烧桥而遁。何灌军马望风溃散，金兵渡河。

当夜二更天，道君太上皇帝乘小舟，出通津门向东逃奔，只有蔡攸及内侍数人扈从。皇后、皇子、帝姬相继仓促追随，百官、侍从也纷纷潜逃。

过了两天，宋齐愈才听闻，太上皇嫌舟行太慢，便改乘肩舆，仍嫌慢，又从岸边寻到一只搬运砖瓦的货船。船上饥饿无食，从船工那里要得一张炊饼，和蔡攸分食。一夜行了数百里，到达应天府。才馆于州宅，寻得衣被，买了骡子乘骑。一直奔到符离，才寻见一艘官舟。到泗州，蔡京、童贯、高俅等人才追到。童贯率领三千胜捷兵扈从，南奔镇江。

这时民间也才听闻消息，汴京城顿时大乱。宋齐愈行在街头，见百姓纷纷背包挑担、推车赶驴，四处乱奔，满眼仓皇，到处哭嚷。昔日繁华安宁之都，顿时变作危乱逃离之地。

他心乱如麻，一路来到尚书省政事堂，里头空荡无人，纸笔散落一地。碰到一个匆忙疾奔的小吏，忙拽住询问，那小吏说："连官家都要逃了！""官家不是已经东幸？""不是老官家，是新官家。这会儿已在祥曦殿整备车舆銮驾！"

宋齐愈忙奔到祥曦殿，见一群禁卫披甲执兵整齐守候，乘舆也已陈列在殿庭，许多宫人内侍正在慌忙搬运袱被。他心中一阵悲恸，这大宋恐怕真要覆亡。

这时，旁边忽传来厉声喝问。他扭头一看，是个四十来岁官员，身材瘦挺，名叫李纲。原只是太常少卿，掌管祭祀灯烛器物，因亢言上奏守战之策，得新官家信重，昨日才诏封为副宰相。这新官家先也欲逃走，李纲昨天极力死劝，新官家才点头应允留守，谁知今天又转念欲逃。

李纲厉声问那些禁卫："尔等愿以死守宗社？还是扈从以巡幸？"禁卫一起高呼："愿以死守宗社！"宋齐愈听了，心头顿时涌起一股热血，眼泪随即又涌了出来。谁说大宋无人？这些铮铮男儿，刚骨仍在！

他见李纲拉着殿帅一起快步登上御阶，忙也跟进到殿中。见李纲亢声劝谏："陛下昨已许臣留守，今复又行，何也？且六军之情已变，彼有父母妻子皆在都城，岂肯舍去？万一中途散归，谁人卫护陛下？且虏骑逼近，彼知乘舆之去未远，以健马疾追，何以御之？"天子听后，低首不言，半晌，才犹犹豫豫应了一声："辍行……"李纲忙大步出殿，高声宣谕："上意已定，留守宗社！敢有异议者，斩！"

那些禁卫听后，一起拜伏在地，高呼万岁，其声震天。

宋齐愈跟到殿外，看到这些铁骨男儿，泪水重又涌出……

二、英雄

崔豪三兄弟这几日极忙。

听到金兵要来，老官家和蔡京、童贯那些大臣全都逃往东南。崔豪却大乐，他带着耿五、刘八赶到蔡京府里，那府里人果真全都逃走，大门都没有锁。他们进去后四处一瞧，各房中箱柜大多都被搬空，值钱的物事却仍极多，随意丢在地上的银烛台，便至少得几十贯钱。

他们便在那些空房里到处搜找，数百间房屋，才搜了几十间，便已搜出一大堆铜银器皿，一辆太平车都装不下。刘八又寻出一只箱子，里头全是亮眼的银铤，他和耿五则各自找出一匣珠宝钗环。

他忙和两人商议："将才寻出的这一大堆太笨重，咱们三个不好搬运，不如叫其他兄弟来分了，咱们只拿这银子和珠宝。"于是他们背着那银箱和宝匣，跑到南城郊外一片僻静林子里，挖了个坑埋藏起来，做好记号，这才又进城，寻见那些力夫朋友，让他们去蔡京府里搬那些器皿。

他们三人则又奔到梁师成府宅去搜寻，到那里时，却发觉已经有许多人在里头翻寻。好在这府宅也有上百间房舍，各寻各的，并不妨害。这回他们从一个柜子下发现了一个暗室，里头满满一屋铜钱，不知藏了多久，串钱的麻绳都已朽坏，轻轻一拎便散了。

惊喜过后，他们倒犯起愁来，盖好那暗室门，悄声商议了一阵，才留下耿五守住那里。他和刘八赶到城南那林子里，刨出银箱，各取了几锭出来。刘八去蔡河寻买了只货船和几百条麻袋，他则买了辆厢车，配了三匹马。驾着那马车，又寻见几个力夫朋友，从梁师成府宅侧门进去，用麻袋装了钱，搬到车里，运到蔡河那船上。来回奔忙了数十道，到第二天，钱麻袋已经将那货船装满，暗室里却还剩一半。

装了最后一车后，他便和那几个力夫朋友告别，叫他们自家搬取，他和耿五驾着车准备离开汴京。车过太平兴国寺，正准备往南拐，猛听到东边一阵欢呼叫嚷声。他有些好奇，便继续向东，来到皇城西角楼一望，惊了一跳。宣德楼前站满了兵将，恐怕有几万人，都仰着头，朝楼上欢呼万岁。他也顺着仰头望去，隐约见一个绛纱袍、黑幞头的年轻身影站在楼上栏杆边，莫非是那位新官家？

随后，一个人站到新官家身旁，展开一张锦轴，朝下面朗声宣读，崔豪听不太清，但那人每念一句，底下数万兵卒便一起高声喊："诺！"那声响海潮一般。那新官家决意迎战？

听到那如潮之诺，崔豪心中摇荡、血直冲头。他转头望了一眼耿五，耿五脸竟也涨得通红，眼里还闪出泪来。他顿时想起自己时常念叨的"英雄"二字，盼着有朝一日能好生施展一回。这时不正是那时机？他笑着问耿五："杀几个金兵再走？"耿五眼中冒光，用力点了点头："刘八恐怕不肯。""那便叫他守着钱。"

他忙驱马赶到城南金水河湾，寻见守船的刘八。刘八听了，果然不情愿。他们便先划着船，到下游寻见一座临水磨坊，那家人正忙着收拾逃走，崔豪便拿出一锭银子，买下了那磨坊。房里堆了许多麦秸，他们装了许多袋，垒在钱袋上，遮掩好后，把船划到磨坊下头。三个人在麦秸堆上歇了一夜，第二天，留下刘八守着那船。他和耿五各拿了根铁叉，一起赶回城里。

才一天，城里竟大变了模样。四面城墙上都齐整布满执刀拿枪的禁军，城里不时有禁军小队往来巡走。再不见满街乱奔的人，街坊间那些店肆住户都安心了不少，有些店铺重又开了门。

他们两个扛着叉子来到北城，见城上城下尽是官兵，正在忙着修楼橹、挂毡幕、安炮座、设弩床、运砖石、施燎炬、垂檑木、备火油。往来呼喝，却并不匆乱。

崔豪听见城楼上有人在笑，抬头一望，竟是汴京五绝，讼绝赵不尤、斗绝梁兴、牙绝冯赛、相绝陆青，笑的那人是作绝张用。他们正看着几个匠人修造一座楼橹。

冯赛一扭头，一眼望见了崔豪，忙招了招手，随即和陆青一起走下城墙，来到崔豪跟前："崔兄弟，这城头守具需大量木料，我已寻见一个木料商，他答应捐助，却没有人手搬运，崔兄弟能不能寻些力夫朋友相帮？"

崔豪却先问："金兵到哪里了？"

"已到了城西北牟驼冈，恐怕明天便能赶到这里。"

"那里不是军马监？我去过一回，里头尽是刍豆，堆得山一般，如今都成了金兵的马料？"

"时间紧迫，得赶紧修好这些战具。"

"好！我这便去寻那些兄弟！"

"多谢崔兄弟！木料场在西城外金水河二里地。"

崔豪忙和耿五跑回城里，分头去寻人。那些力夫大半忙于寻自家后路，不肯在这时节白干，却仍有一些热血汉子，愿为杀贼护城效力。到中午时，他们各自寻来三四十个，一起聚到那木料场，帮着搬运装船。冯赛和陆青分头督运。

一直到第二天傍晚，那些木料才算搬完。他们正躺在岸边歇息，其中一个力夫忽然指着西头叫起来："那是什么？"崔豪顺着一望，惊了一跳，河水上游驶来一队大船，前后恐怕有几十只。最前头那只船上竖着血红大旗，旗下黑压压立满了人，逆着夕阳看不清楚，只能隐约辨出那些人身形都极健壮，身侧都闪着刺眼寒光，兵器？

"是金兵！快跑！"崔豪忙爬起身，叫起那些力夫，一起往城里拼命跑去。一路上见到人，都大声叫唤，让他们快逃。到了城门下，他们一起朝城上兵卒大喊："金兵来了！"守门的禁卒等他们全都进去，忙关上城门。城里那些将官兵卒全都慌乱起来，被掀了窝的蚂蚁一般，四处乱叫乱跑。

这时，城头有人高声喝道："莫要慌乱！各守其位！"崔豪抬头一看，是讼绝赵不尤，身穿盔甲，立在城墙边，威严之极。他心里一阵羡叹，这才真是英雄。

那些将兵们听到这声呼喝，顿时静下来，随即忙去寻各自职守，四下里顿时好了许多。不多时，一队人护着一个清瘦文臣快步走到西水门。崔豪听那些人唤他"李右丞"，才晓得此人便是新任副宰相李纲，满朝文武，只有他坚意防守、抗击金人。这京城从天子到军民，靠了他，人心才安定下来。

李纲疾步上到城头，四处安排部署起来。城上越发肃然，四周也顿时静了下来。李纲立在城墙边，高声问："须募两千敢死之士，去城外迎敌，何人愿往？"

"我！""我！"接连两个人高声应道，是赵不尤和梁兴。

崔豪忙仰头大喊："我！"耿五也急忙跟道："我！"

接着，城上城下，不住传来："我！"一声声如同重槌击钟，不多时便集齐两千人，整齐排列城下，每人发一根一丈长钩、一把大刀。崔豪和耿五握钩佩刀，立在赵不尤、梁兴身边，心头从未如此振奋。

城门打开，他们大步走了出去。李纲同时又命兵卒，分作几路，一路搬运拐子弩，摆列在城外水边；一路在河水中流安放扠木；一路则就近去蔡京家急速搬运山石，堆在水门中，挡住入口。

崔豪他们这两千人则等在岸边，那三路尚未就绪，金兵大船已经驶到。这时，天色已经昏暗，却仍能看到船上那些金兵各个剃头扎发、耳戴金环，极其凶悍。崔豪从未怕过人，这时看到大船驶近，那些金兵的脸也越发清楚，个个眉凶肉横，他手心不禁冒汗。身边的耿五更是抖了起来。崔豪忙低声说："莫怕！跟紧我！"

等那大船靠近后，赵不尤大喝一声："钩！"

崔豪忙将长钩，伸向那船舷，用力一勾，死勾住木板。其他几十根钩子也纷纷勾牢。赵不尤又高叫一声："拉！"

他们一起使力，将那大船拉向岸边。这时，身后的拐子弩抛出石块，凌空砸向大船，砰砰砰，接连砸中船身，十几个金兵被砸倒，船板也被砸穿。

梁兴猛然高叫一声："杀！"便挥刀冲到船边，向船上金人砍去，一刀便砍倒一人。

崔豪忙也跟着高喊一声，和耿五一起冲了过去。船上那些金兵被石头砸得先乱作一团，这时却各个舞刀，怪叫着跳下船来厮杀。崔豪已全然忘了怕，迎向一个金兵狂挥乱砍，那金兵被他吓得退了半步，脚底在水中打滑，崔豪趁机一刀将他砍翻。生平头一回真正砍中人，看着那人龇牙怪叫着栽倒，血从脖颈处喷涌，他心头一阵发悸。但又一个金兵怪叫着冲来，他无暇多想，也大喝一声，挥刀迎了上去。存了多年的气力，积了满腹的憋闷，这时一起发作，他高声嘶吼，奋力挥刀，砍倒一个，又一个，又一个……

耿五和其他人也拼力奋战，不多时，一船的金兵全都被他们砍倒在水边。那只船也被石块击碎，散作十几截，漂在水上。

崔豪大口喘息着望向旁边，见耿五满头是血，仍在怪叫。"你受伤了？""没有，这些是贼蛮的血。"

这时，旁边又响起呼喝声，赵不尤带着另一群人去勾第二艘船。崔豪忙和耿五奔了过去，又冲到船边砍杀起来。

几十艘敌船，一艘接一艘，似是永无穷尽。崔豪不断勾、砍，已记不得来了多少船，砍了多少人。他也如耿五一般，浑身上下都是血，那血不住渗进嘴里，他便当水解渴，全然不觉其腥。

直杀到半夜，他已没了一丝气力，刀都握不住，那金兵船只仍源源不绝。他腿一软，躺倒在岸边，竟昏昏睡去。直到被人踩醒，他忙坐起身，抓起身边的刀，借着城头火光，见河上仍有金兵船只驶来，岸边也仍在厮杀。他浑身酸软，却一咬牙，又站了起来，大喝一声，冲了过去，重又挥刀，向金兵砍去。

直到天明，最后一艘船被砸碎，船上金兵全都毙命。崔豪才跪倒在水边，大口喘息。此时，一个幼童恐怕都能将他杀死。

半晌，猛然想起耿五，他忙咬牙站起身。这时才发觉，两千敢死之士，活下来的恐怕不足二百，一眼望去，岸边躺满尸首。他顿时怕起来，忙嘶声唤着，找寻耿五那黄锦衫。那衫子是从梁师成宅里寻见，耿五当时穿上后，还笑称自己穿了黄袍，也能做太祖。可地上那些尸首全都被血泥浸透，哪里还能辨出颜色？

他叫喊了许久，泥中躺的一个人低应了一声，腋处隐隐露出一些黄锦色。他忙过去抱住，抹去那脸上血泥，是耿五！他叫唤数声，耿五才微微睁开眼："杀了十来个……我，我去寻小韭……这回我要及早跟她说……"

崔豪这才发觉，耿五脖颈处深深一道伤口，血仍在往外冒。他忙用手捂住，可哪里捂得住？他拼力想抱起耿五，去寻医救治，却浑身酸软无力，连站都站不起来。他嘶喊了半晌，根本无人理会。而耿五双眼闭起，已经没有了气。

他顿时号啕大哭起来……

三、斗志

郑敦从未如此恨怒过。

自从金兵南侵之信传来，他便和其他太学生日日听探消息。道君皇帝闻讯便禅位逃走，新官家登基后，也两度欲逃。宰臣之中，更是无一人有丝毫节气。这大宋朝廷，竟软懦至此！

幸而有李纲挺身而出，劝阻新官家，留守宗社。金兵乘船攻西水门，他一介文臣，从不知兵，却登上城头，激励将士。一夜鏖战，击退金兵。第二天，金兵大军杀到，分别攻打城北陈桥、封邱、卫州、酸枣四门。李纲再次登城督战，兵士人人感奋，杀伤金兵甚众。更有赵不尤和梁兴，率领数百壮士，缒城而下，烧云梯数十座，斩首十余级。金帅斡离不见守城有备，难以攻下，方才退师。

朝廷却并未乘胜进击，反倒急忙遣使前去求和。李纲愿担任其职，天子不允，只派一个叫李棁的人前往。李棁到了金营，北面再拜，膝行而前，怯奴一般。

斡离不索要犒师之物：金五百万两，银五千万两，绢、彩各一百万匹，马、驼、驴、骡各以万计，并要天子尊其国主为伯父，割太原、中山、河间三镇之地，以亲王、宰相为质，乃退师。

李棁听后，唯唯点头，不敢道一字。斡离不笑他："此乃一妇人女子尔。"

李纲极力劝谏，万万不能割地。官家与宰臣却一心只求议和，派康王赵构赴金营为质。宫中急忙搜聚金银，连乘舆服御、宗庙供具、六宫官府器皿，全都搜尽，却只聚到金三十万两，银才八百万两。

于是，在京城各大街口张贴长榜，征括在京官吏、军民金银，限满不输者，斩。二十天之内，得金二十余万两、银四百余万两，民间藏蓄为之一空。

而从十五日开始，四方勤王之师，渐渐聚集数万人，杀获金兵甚众。金人始惧，不敢再派游骑扰掠。京城以南，方获安宁。名将种师道、姚平仲更引了泾原、秦凤路兵赶至。京城聚兵三十万，金兵则不过三万。

姚平仲率军夜袭金营，虽未获胜，却也杀伤相当，损折不过千余人。宰执、台谏却哄传，勤王之师及亲征行营司，全部为金人所歼。

天子震恐，立即下诏，不得进兵。

守城将官唯命是从，士卒若发觉金兵，敢引炮发弩者，皆杖责。

朝廷日日往金营运送金帛、名果、珍膳、御酝，络绎不绝。天子仍嫌不足，又不断选送御府珠玉、玩好、宝带、鞍勒，向金人赔罪，请求议和。

宰相李邦彦更向金使解释："偷袭金营者，是大臣李纲与姚平仲，非朝廷意。"并要绑缚李纲，交付金营，金使反倒认为不可。

朝廷却因此罢免李纲和种师道。

郑敦听到这消息，气得浑身发抖，忙赶回太学，寻见了这两年新交的好友陈东。陈东策论文章，堪与章美相比，性情激扬跳达，又似宋齐愈。郑敦与他相交，似与那两位旧友共处。

郑敦心里急怒，又兼跑得太急，喘了好半晌，才终于说出来："朝廷罢免了李纲大人！"

陈东一听，先惊在那里，随即咬牙骂起来："社稷危在旦夕，只凭李大人一人之力，才勉强撑住这庙堂，他们竟敢如此！"他恨怒半晌，走到桌边，铺纸提笔，疾疾写下一封奏疏。随即卷起，转身大步走到院中。

郑敦忙跟了出去，许多太学生已聚集在那里，正在纷纷议论，个个怒气满面。陈东跳上一座花坛，高声道："各位听说没有？朝廷罢免了李纲大人和种师道大人！这大宋社稷，如今只剩得这两根柱石，他们倒下，大宋也将倾覆。我们岂能坐视不顾？走！一起去诣阙上书、面圣喊冤！"那些太学生一起攘臂高呼。

陈东跳下花坛，向外大步走去，郑敦忙追了上去。那些太学生也纷纷跟随，上千人浩浩荡荡赶往东华门。一路上军民见到，也加入队列，郑敦回头一瞧，几乎惊呆，后面不知跟了几千几万人，将整个御街填满，呼声更是震天动地。他原先时常觉着自己孤立无援，此刻才发觉，满京城竟有这数千数万的人心意相通。

来到东华门前，郑敦一眼望见立在门边的登闻鼓，便急跑过去，抓起那鼓槌，拼力敲打起来，鼓声震彻殿宇。他从未如此气力充沛、斗志昂扬，想要将这庸懦朝廷、无能权臣，尽都敲碎。由于太过用力，竟将那面大鼓敲破，再敲不出声响，他才撂下鼓槌，弯腰大口喘息，如同在军阵上厮杀了一场。

这时，天子派了两个文臣出来慰谕。陈东振臂疾呼："必欲见李右丞和种将军！"他身后那些太学生也一起愤然高呼。一群内侍奔出来喝骂阻拦，太学生们恼愤之下，一起冲了过去，殴打那群内侍，二十多个内侍顷刻间被打死殴伤。李邦彦和其他几个贼臣退朝出来，尽都想避躲开。被太学生发觉，纷纷辱骂追打，那几人慌忙驱马逃窜。

闹乱良久，天子才下旨宣召李纲。那宣召使由于传旨太慢，也被众人扯住殴死。天子忙又下旨，复任李纲为尚书右丞，充京城四壁守御使，并叫他到东华门安抚军民。

李纲从东华门走出来时，郑敦顿时和众人一齐挥手高呼。李纲满面感愧，忙高声宣谕圣旨。郑敦听李纲读罢圣旨，心中怒火才随之散去。众人欢呼了许久，乃渐渐散去。

郑敦望向陈东，陈东攥着手中那卷奏文，咬牙说："六贼尚在，国难未消……"

四、金银

炭商臧齐斜躺在榻上，品着酒，吃着虾腊，看着妻妾们。

他那老妻和九个小妾正在数金块，那些金块堆在桌上，金耀耀、沉甸甸，几乎将桌面盖满，垒了几尺高。让他欢欣的，并非这些金块，而是那些正在哭的人。

听到金兵南下的消息，城中许多富商纷纷逃走，臧齐却没有动。他想，不论汉人，或是女真，来了总得生火煮饭，都离不得炭。你们离不得炭，便离不得我。我有何惧？

让他气恼的不是金兵，而是炭行行首祝德实。这一向，他每日都派仆人去打探，祝德实竟也没有逃走，自然想得跟他一般。他受不得，专门去见了祝德实。北城正在激战，祝德实竟在家中办寿宴，见了他，也如常日一般，笑得极圆和，元宵一般。臧齐最恨的吃食便是元宵，滑溜、粘牙、甜腻，最可气，是圆溜溜没缝可觑。

回来后，想起祝德实那元宵一般的笑面，他恼得连踢了小妾两脚。

直到那天仆人奔回来说，街口贴了榜文，朝廷要犒劳金军，所有军民必须在二十日内向官中输送金银，限满不输者斩。

他听了，惊得浑身顿时僵住，但仆人说出最后一条后，他又笑了起来。

那最后一条是：许奴婢及亲属人等及诸色人告，以半赏之。

他立即将家中所有金银尽都搜了出来，装了五大箱子，亲自送到了开封府。那府尹聂山亲自见他，并连声褒赞。

回来后，他立即派仆人去四处探问，但凡熟识的那些富商，都打问清楚，他们各自交了多少。那些人家底他大概都能算得出，而且绝没人能如他这般，肯将一生积蓄悉数交出。

果然，那十几家都至少藏匿了七八成。

臧齐得了信后，便充当那"诸色人"，去开封府告发。府尹差了十几个吏人跟着他，去那十几家，一家家搜。没有一家落空，搜出的金银一半归他。桌上这些只是金子，还有十几箱银子，已点数罢，藏进了地窖里，比他所交出的多出几倍。

最叫他欢喜的是，祝德实也瞒藏了三千两银、八百两金。臧齐带了府吏搜出这些金银后，祝德实那笑面，再不像元宵，顿时变作了核桃。

臧齐望着那些金子，拈了一条虾腊放进嘴中，细细嚼着，像是在嚼祝德实。他心里暗谢：亏得金人……

他却没想到，那些被他告发的富商，竟也学了他的法儿，纷纷去告发别的富商。尤其是祝德实，认得的富豪更多，得的也更多。

臧齐听到后，自家的脸也缩皱成了干核桃……

五、掩埋

周长清和几位挚友一同来到北郊。

他们是来安埋战死兵卒的。

金人见汴京难以攻下，又怕后路被截，等不及饷军金银凑足，已于二月初十退兵。

朝廷自然大喜，汴京城也重归安宁。城头和壕沟内，许多兵卒尸首，有家人在京的，尚能被运走安埋。无亲无朋的，则曝尸遍地，官府尚无暇顾及。

周长清不忍坐视，拿出自家北郊一片田地作墓地，又与冯赛各自寻了些商人朋友，众人捐舍棺木，收殓那些无主尸首。

他们尚未行至那墓田，便见许多市民已涌集在那里，恐怕有数千人。无人召集，也无人督管，那些人却纷纷挖土抬棺、装殓尸首。人人静默做活儿，只听得见漫天乌鸦哇叫。

周长清心原本已寒透，看到这一幕，顿时一阵悲暖。

这段时日，惊诧一重接一重。他绝未料到，朝廷竟能虚弱至此、庸懦至此，只听到金兵南下之信，便能令官家易位、仓皇出逃。满朝之中，竟只有李纲一人愿守愿战。

民间之人，哪怕再懦弱无能，若是家业被侵，无论如何也会拼争两句，绝不会这般，听到盗贼风声，便弃家而逃。

这场国难中所见，让他不由得疑问，莫非国中最怯懦无耻之辈，尽都聚到了朝堂之上？他细想了许久，发觉恐怕真是如此。

朝堂乃是天下权财聚集之地，如湖海之于江河。江河固然注清水入湖海，却也携泥沙沉其底。朝堂不变，如江湖难移。初时，清流居多，澄澈见底。时日一久，泥沙渐厚。若不澄淘，便渐成泥沼。清流再难汇入，浊泥却固结成团。原本之湖海，终成污浊堆积之地。

如今之朝堂，便似湖海变泥沼，成了天下最浊、最污之处。

大宋天下恐怕真是气数已尽。

然而，将亡之时，竟又会有李纲这等人孤绝耸立，挽狂澜，扶危倾，又令人不得不兴叹，这泥沼底下，竟藏有一股活泉。

只是，这一线生机，能延续多久？

金兵退去后，满朝庆贺，又行大赦。李纲却极力劝谏天子，金人孤军深入，又厚载而归，气骄志满，辎重繁众，正可追击，击之必胜，重创痛惩，令其不敢再轻易来犯。

天子听了，忙派兵追击，随即却又心生疑惧，又急下诏命，不得追击。更立大旗于黄河东、北两岸，上书敕文："有擅用兵者依军法！"待金兵远遁后，却又悔怅连连。

金兵此次来去无碍，轻易得志，又见到大宋如此富盛怯懦，如同强盗乍见懦童携一坛美酒，只索饮一盏，岂能饱足？金人若念起此酒之美，必会再次南下，到那时，讨要的便不是一盏两盏，而是整坛。汴京也远非如今这般，城外横尸城内欢了。

周长清心中忧闷，长叹一声，来到那墓地边上。

墓地正南，搭了一张祭台，除去周长清准备的鸡羊果品，那些市民也带了许多祭品，排列在祭台四周枯草地上，竟有数百样。

周长清等那上千具尸首全都埋好，这才站到祭台边，燃起一炷香。那数千市民全都纷纷过来，站到他身后，将那一大片荒田全都占满。

周长清望向那上千座新坟，坟顶新土被早春寒风吹得飞扬，黄河魂烟一般，飘满墓地。

他取出已写好的一纸祭文，小心展开，紧紧捏住，怕被风吹走。望着纸上那些文字，他忽然发觉，眼前埋的都是忠骨啊，虽不知名姓，未曾相识，每一缕魂魄却都重过千钧。这薄薄一张纸，寥寥数百字，岂能负载？

寒风吹来，他眼睛一酸，顿时涌出泪来……

第十五章　破城

今当以死守社稷！

——宋钦宗·赵桓

一、金兵

"金兵又杀来啦！"

弈心听见闹嚷，去寺门外一瞧，见许多人车驴马，驮载肩扛着大小包袱器物，慌慌望城里奔去。众人挤在护龙桥上，挪动不开，哭叫嚷骂，乱作一团。

弈心不由得双手合十，哀吟了一句："寒风凛且至，苦海悲又来。"

他正要转身回去，一个人快步赶来，是萧逸水，急急问："他在里头？"

弈心尚未答言，萧逸水已奔进寺里，他忙也跟了进去。师父乌鹭正在禅房里和那老僧邓洵武下棋。萧逸水疾步进去，高声叫道："金兵来了，快走！"

乌鹭却缓缓抬起头："这梅花天衍局，贫僧恐怕终究难解，正如你我孽缘。施主走吧，你走我留，方能了结因果，各归其所。"随后他又问那老僧："师弟走还是留？"老僧埋头看棋，闷应了一声："下！"

乌鹭笑了笑，又转头吩咐："弈心，你也走。"

弈心忙说："生死皆是幻，去来何所择？"

萧逸水眼露哀愤，盯了半晌，才转身离开。弈心送他出去，随后抓起扫帚，扫院中那些枯叶。

才扫到一半，墙外响起一阵马蹄声，由远及近，暴雷一般滚来，有几匹停在寺门外。几个凶蛮裘袄汉子提着刀走了进来，朝弈心呜哇乱吼。弈心停住扫帚，单掌恭敬施礼。其中一个蛮汉暴喝一声，挥起大刀，向他砍来。

弈心闭起眼，轻声吟道："客来腥风烈，我去白雪消……"

蓝婆开着门，坐在屋子里。

何涣和阿慈几回来接她进城，她都没有去。两人心意虽诚，却毕竟并非骨血之亲，去住三五日尚可，时日久了，蓝婆自家也难自在。这几年，她独自一人，照旧酿制豉酱发卖，足以糊口。

她心里唯一所念，是儿子志归。儿子五年前回来住了十来天，之后又不辞而别。她不知儿子还回不回来，却愿意等。

前几天，她想起儿子那道袍又破又脏，便去买了匹白绢，给儿子裁了一件新道袍。如今只剩两个袖口锁好边，便成了。

早上吃过饭，她便坐在门内一针一针细细锁边，一个针脚都不肯歪斜了。听到外头人嚷叫奔乱，她也没有抬头。上回金兵来，只在城北，哪里能到得了这东郊？

那些人跑光后，四周顿时静下来，她正好专意锁边。锁好一个袖口，继续锁第二个。这时，外头传来马蹄和呼叫声。她仍没理会，继续缝。

鼻子忽然嗅到一阵烟味，呛得她咳嗽起来，抬眼一瞧，房子竟燃了起来。门外站着个人影，她眼里熏出泪来，瞧不清楚。刚抹掉泪水，腹部猛然一痛，一根长枪扎进她肚子。她这才看清，那人影是个粗蛮汉子，在咧嘴朝她笑。她低下头，见那雪白新道袍也一起刺穿，血水浸了一片。

她不由得叹了一声："志归哦，你回来见不着娘了……"

周长清站在十千脚店二楼窗边。

他让家人和仆人全都进了城，自己独留在这店里。

上回金兵退去后，朝中上下举相庆贺，道君太上皇銮驾也被迎回汴京。唯有李纲上奏十道防御之策，却被贬放扬州。老将种师道率两万精兵防守黄河，以防备金兵。才驻扎月余，宰臣便道，金兵若不来攻，此举不但无益，反倒徒耗粮饷。官家便下旨遣散黄河驻军，种师道被革职，忧病而亡。

周长清痛愤不已，却毫无办法。今天，他独守在这里，他是为自己那句话：再愚懦之人，家业被侵，尚且要拼争一二。

他左手执弓、右手拈箭，腰挎箭袋，等在窗边。这箭术是年轻时所学，那时学，只因射术为孔子六艺之一，从未想过要用它。丢了许多年，自从上回金人退去后，他才又捡起来，重学了半年。

金兵来的并不多，只有二十余骑，他们先沿着汴河北岸，一路查看，一路放火。不多时，北岸那连片店肆全都燃了起来，那些人又啸呼着冲上虹桥。

周长清搭箭开弓，瞄准了头一个。等那金兵冲下虹桥，一箭射去，却没有射中，他忙拈过第二支箭。马上那女真凶汉朝这边望来，他忙侧身躲到窗侧，拉满弓后，才快速转身，那凶汉已驱马朝这边奔来，周长清一箭射出，又射偏了。他痛骂自己一声蠢笨，又取过第三支箭。那凶汉呜哇叫唤着同伙，已冲到楼下。"咚"的一声，店门被踢开。

周长清忙奔出去，赶到栏杆边，搭好箭，瞄准下面楼梯口。那凶汉呜哇暴叫着，挥刀冲了上来。周长清对准一射，这回终于射中他胸口，那凶汉怪叫一声，倒栽下去。随即，又一个凶汉奔了上来，周长清忙又抽箭，手一慌，箭掉落在地，他忙另抽一支，抖着手搭好时，那凶汉已冲到楼上，周长清忙用力射出，竟射中那人耳孔，那人惨叫一声，也跌下楼去。第三人迅即赶到，周长清这时稍稍有了些底气，沉住气，搭箭瞄准，一箭射出，正中咽喉。他不禁笑了起来，射中三个，已是不赔。

他又抽出一支箭，刚搭好，朝下一看，这回来了三个人，一起舞刀朝楼上奔来。他一箭射中了头一个，那人怪叫着倒下。后面那凶汉却一把将那人推开，迅即奔上楼来。周长清已来不及抽箭，只得转身奔回阁间，边跑边抽箭，贴墙站到墙角，急忙张开了弓，对准门口。

那凶汉咚咚咚追了进来，周长清一箭射出，正中他胸口。那人怪叫一声，却没栽倒，龇牙瞪眼，横起大刀，朝周长清逼近。外面楼梯不住传来咚咚声，至少有五六个人冲了上来。

周长清丢掉弓，朝那女真凶汉笑了笑，随即抓起桌上一捆细绳，凑近点着的油灯，燃着了那绳头。火花爆闪，那捆细绳同时燃起，并迅即散开。

这些细绳是火药引信，周长清从城中爆竹铺里买来许多硝粉，分作几包，安放在屋角、楼梯下。那凶汉看到这些引信飞速向四处燃去，顿时有些惊怕，却并不知原委。这时，那五六个人也冲进房中。

周长清呵呵一笑，坐了下来，端起桌上那只黑瓷茶盏，呷了一口。这是今年的春贡御茶，为贺金兵退去，新官家特赐名"太平嘉瑞"。周长清只得了一小饼，始终未舍得喝，今天才亲手点了这盏，果然妙极，浸入喉舌，如淡云浮空、悠远无尽。

这时，楼下一声惊雷爆响，各处相继炸开。

伫立虹桥口二十多年的十千脚店随即震塌，四处大火熊熊燃起……

二、风雪

单十六扶着浑家奔到护龙桥。

浑家怀了身孕，临盆在即。听到金兵杀来，火急间，连独轮车都寻不见一辆。他只得抛下力夫店，扶着浑家，一步步挨到这里。

护龙桥上却挤得密密实实，半晌才能进前一步。浑家忽然呻唤起来："肚痛！怕是要生了！"单十六顿时慌起来，抱住浑家的双肩，不知该如何是好。忙向四周求助。可身边那些人全都盯着前头，拼力挨挤叫嚷，谁能顾得上他？他连喊了几十声，根本无人理会。浑家痛得尖叫，他也跟着哭喊起来。

可这时，后面忽然有人惊叫："金兵来了！"

他扭头一瞧，果然有十几个凶悍金兵骑着快马，大声啸叫，飞奔而来。

桥上人顿时一起惊叫，越发拼力向前挤。别无他法，他也唯有抱紧浑家，尽力向前挤。浑家痛得越发厉害，不住声地哭叫。可才挤了片刻，前头人群忽然开始倒退，险些将他们挤倒。

有人哭叫："城门关上了！"

桥上的人顿时一起哭嚷起来，单十六抬头一望，城头站满了兵卒，都张弓搭弩，对准了他身后。单十六慌怕至极，紧紧抱住浑家，连哭都哭不出声，牙关咯咯不停敲抖。

忽然，他后背一阵剧痛，有利器刺进又抽出，他几乎疼晕过去，扭头一瞧，身后站着一个女真军汉，横肉浓须，耳戴金环，手握蘸血大刀，一双血眼瞅向他浑家。他心底一阵惊寒，忙嘶喊一声，抽出腰里别的菜刀，挥起来，便向那军汉砍去。那军汉怪笑着侧身避开。他已忘怀一切，只知得拼命护住浑家，便又连连挥刀，却都被那军汉闪过。

他正要再砍，那军汉忽然惊望向半空。他也忙回头望去，只见几块砲石凌空落下，砸向护龙桥。最前头一块正砸中他浑家。转瞬之际，那炮石、浑家和护龙桥一起塌陷。

他举着菜刀，惊在那里。随即，后背又一阵剧痛，一把刀尖刺透身体，从胸前穿出……

颜圆和父亲总算挤进了城。

父亲原本已得了水肿病，吃了两年药都不见好。又在城门洞里被一头牛踩伤了脚，坐倒在城墙边，走不得。颜圆听说避难之民可去城中寺观借住，去晚了怕没有空处。忙背起父亲，往最近的醴泉观赶去。

父亲虽然瘦弱，背在背上却极沉重，只走了百十步，他便已双腿打战。可这回金兵不知要困多久，若不寻个住处，如何得行？他只有咬牙拼力，一步步挨。父亲见他这般吃力，忙执意下来："孩儿啊，这般走过去，怕是要耽搁事。你扶我到河边坐着。你自家轻身先去醴泉观，寻好住处，再来接我。"他一想也对，便将父亲扶到河边一棵柳树下，靠着树坐好，随即快步赶往醴泉观。

可到了那里一望，心顿时凉透。那观门前黑压压挤满了人，尽是携家带口、挑担背箱的避难之人。莫说进去，便是外墙边，也早已被人占满，连坐下来歇脚的地方都没有。

他忙又继续向北，先到上清宫，后到景德寺，两处都一样，里外都挤满了避难之人，哭闹哀叫，一片糟乱，哪里有甚住处？

他呆望着那些人，不知该如何是好。照这三处看来，城里其他寺观恐怕也都一样。其他人还有个箱笼，自己父子两个却只有几贯钱，一个旧衣包袱。这些年连被褥都是借舅舅的，昨天便被舅舅收了回去。已入寒冬，父亲又生了病，这可如何安身？

他怕父亲担心，只得先赶回河边。到了那棵树下，却只见那个旧包袱，父亲不见了踪影。他忙要叫唤，一扭头，却见水岸边石头上搁着一双旧布鞋。他慌忙跑了过去，抓起那双鞋子一看，是父亲的鞋子。鞋尖破了，前几天还是他寻了块旧布，补了上去。他惊望向河中，河边结了些冰，这石头附近的冰面却碎出一行脚印，向河里延伸，没入水中……

"爹！"他跪倒在地，望着那河水，失声痛哭。

丁豆娘左臂挽着竹篮，右手提着坛子，和其他妇人急急赶往城南。

今年这冬天不知为何这般冷，寒风割在脸上，连骨头都要刺穿。傍晚又下起大雪，半个时辰，便积了厚厚一层。她们却不敢走慢，城上将士苦战这么多天，再没有一口热汤饭，哪里成？

金兵再次杀来后，她慌忙带着儿子赞儿逃进城里。可那些寺观全都挤满了人，城中虽有些相识，却又没有哪个亲到能去人家里寄住。她背着大包袱，牵着儿子，走在寒风里，正不知该去哪里，一辆厢车忽然停在身边。厚锦车帘掀开，里面露出一张妇人的脸，是云夫人："丁嫂，上车。"

自从在楚家庄寻见儿子后，丁嫂再没见过云夫人。隔了几年，云夫人却似乎并没有变样，仍那般端雅，口气也仍不容商议："你不怕冷，孩子怕冷。"丁豆娘犹豫了片刻，还是牵着儿子上了那车，坐到云夫人对面。

云夫人从袋里摸出几颗橄榄，笑着递给赞儿，随后望向丁豆娘："你就住在我家里，卧房我已经给你备好了。"

"多谢。"丁豆娘心中虽极感激，却仍有些不自在。

"你没有将庄夫人和董嫂的死说出去，该我谢你。还有，我不是叫你白住。我丈夫四年前伐燕京时死了，不是战死，是逃亡时跌下马来摔死。儿子已有了这样一个怯弱父亲，不能再有一个无能的娘，想必你也是这么想的。金兵又打来了，我们妇人家不能上战阵，却也该尽些力。我召集了几十个军中寡妇，一起给将士们煮汤送饭。你也得来。”

“好！”

就这般，丁豆娘加入到云夫人的送饭团里。每天哪里战事凶，便往哪里送。

金兵攻打不下东城，又转往南城，运薪土，填满护龙河，不断进攻。

官家连连催促四方勤王之兵，却只有张叔夜带了一万兵冲杀进城。好在这回宋军有了斗志，将士死力拼战，激战多日，和金兵杀伤相当。城中炮石用尽，官家下旨，将艮岳凿毁，运送石块到城头。金人也造出各样攻城之具，火梯、云梯、偏桥、撞竿、鹅车、洞子……双方不断拼杀攻防。

金人又造起百尺望台，俯瞰城中，用飞火炮烧城头楼橹。昨天夜里，张叔夜率领兵马趁黑出城，偷袭敌营，想烧毁那望台炮架，却见金兵铁骑冲来，军士们顿时转身逃奔，互相踩踏，上千人淹死在护城河中。开战以来，这次伤败最重。

云夫人听到信后，说这时才更要叫将士们吃饱，忙催众人烧煮汤饭。丁豆娘今天已经来回奔走了七八趟。天黑后，她们又煮了一轮，盛装封裹严实后，又急急赶到南薰门。

城楼上没有听到战杀声，双方恐怕都战累了。她们登上城楼，火把照耀下，见大雪中，只有少数兵卒在巡逻，其他兵士都怀抱兵器，缩躲在墙垛下歇息，头上、身上落满了雪。丁豆娘忙搁下篮子和坛子，打开外头裹的厚袄，拿木勺舀了碗汤，汤冒着热气，还是烫的。她端到一个兵卒面前，轻声唤他，那兵卒却没回应。丁豆娘又唤了几声，伸手碰了碰。那兵卒竟侧着倒下，姿势却丝毫未变，早已冻僵而死。

丁豆娘惊唤一声，那碗汤也掉落到雪上。她忙去叫唤拍打旁边的兵卒，那兵卒也已僵住。

这时，其他妇人也连着惊唤起来。城上这些兵卒，不知冻死了多少个。

有几个妇人大哭起来，丁豆娘也早已满眼泪水，听到哭声，她忙抹掉泪，过去止住那几个妇人，叫大家赶紧寻那些还未冻僵的兵卒，抬到城下火堆旁救治。众人忙去挨个拍打那些兵卒。

丁豆娘一连拍唤了几个，都已冻僵，她再忍不住，也失声哭了起来。

半晌，她抬起泪眼，见城头火光里，大雪茫茫飘落。人命也似那雪片，在寒风里飞旋一阵，便这般消失无影……

三、胜败

"胜了！胜了！女儿，咱们胜了！"

雷珠娘听到栾老拐在外头叫唤，忙迎了出去。见栾老拐冻得缩肩拢袖，瘸得越发厉害，连路都走不稳，脸也冻僵，却仍在笑。

她忙过去搀住，扶进了屋，让他坐到炭火盆边，从火盆上吊的茶壶里倒了碗温茶。栾老拐手已冻僵，连碗都端不住。珠娘只得用一只手托着，栾老拐咕咚咚将一碗茶都喝尽。家里存的炭不多，珠娘一个人时不敢烧旺火，用灰压着，只取些暖意思。这时见栾老拐冻得这样，忙拨开灰，添了两块炭，屋里顿时散出热气。栾老拐凑近火盆，搓着手烤了一阵，才渐渐缓过来。

金兵攻来后，温家茶食店店主忙关了门，躲进城里。雷珠娘也和栾老拐逃了回来，家里至多只有半个月存粮，她虽存了几贯钱，可这时去哪里都买不到米麦，更莫说菜肉。不知这一战要打到何时，雷珠娘每日只敢煮些稀粥，和栾老拐早晚各喝一碗，勉强吊住命。

几天前，栾老拐出去寻食，见东城在招募人力搬运炮石、干草，却只雇年轻力壮的，他又老又瘸，不知如何也混了进去，一天能得两块饼。累一天，他只吃一块，另一块则拿回来给珠娘。

昨晚栾老拐一夜未回来，珠娘也整夜没睡安稳，见他缓过来，忙问："昨夜你去哪里了？"

"大战！这回金兵先杀到了东城。我在新曹门抱干草，那边守将是刘延庆，前几年打燕京，蠢得脓包一般，见了火光便逃。这回，他倒是长进了不少，将兵卒管教得极得法。夜里，怕金兵偷袭，便把干草抛下城墙，草堆里熰着火星，拿来报警。又请来那个作绝张用，造出九牛炮，连家常磨盘都搬了许多来，能发大炮长弩，将那金兵的云梯砸碎许多。连战了几天，金兵丝毫奈何不得。昨夜更是一场血战，金兵见东边打不下，转攻南城去了……咳咳咳……"

栾老拐猛地咳起来，珠娘忙又给他倒了碗茶。

栾老拐喝过后，忽然嚷道："说得太欢，竟忘了这个——"随即从怀里掏出一个小布团，揭开外头的破布，里头是一块糕，已经压扁，"官家见我们昨夜战得好，差人来赏赐御糕，我也抢到一块，女儿，快尝尝，你怕是从没吃过这等精贵的糕儿——"

珠娘接过来，掰开，递了一半给栾老拐："你一定也没尝过。"

"你吃，你吃！我活到这年纪，什么景儿没见过？"栾老拐执意不要，珠娘冷下脸，强塞进他手里。栾老拐只得接过，一口咬去大半，边嚼边叹，"天爷！世上竟有这等精细香甜的吃食……咳咳咳……"他猛又咳起来，糕渣喷得满腿满火盆。半晌才终于停住，"造孽！造孽！一口糕竟喷掉一半！"

火盆里火焰升了起来，屋里亮了许多，珠娘这才发觉他面色青灰，忙说："把剩下那口吃了，我给你倒热水，洗过后，赶紧去床上歇着吧。"

"好女儿！"栾老拐笑了笑，一口吞掉剩下的那块糕，刚要起身，却猛地摔倒。

珠娘惊了一跳，忙扶住他："你莫不是受了伤？"再一看，他袄子上似乎有团血迹，一摸，竟是湿的。

栾老拐却笑着说："不打紧，挨了一箭，已上过药了……咳咳咳……"

珠娘忙掀开那袄襟，里头的旧汗衫血水浸得更多，再揭开汗衫，那干瘦胸脯上裹着纱布，纱布早被血浸透，身子也极烫，她吓得顿时滚下泪来。

"女儿莫哭，女儿莫哭！我这命最贱，歇养几日便好了。"

珠娘忙将他扶进卧房，小心替他脱去袄子，让他躺到床上，盖好了被子。

她带好门出去，又用灰将火炭掩住，坐在那里，心中惊忧不已。栾老拐卧房里不时传来咳嗽声，到深夜时，咳得越发厉害。

珠娘忙倒了碗茶，端着油灯，走进去瞧，一眼看到栾老拐胡须、被子上到处是血点。她吓得几乎将碗摔掉，忙放到桌上，轻声问："我扶你去看大夫？"

"军医已看过了，肺被刺破……"栾老拐大口喘着气，"这回我怕是躲不过了。我只有一个心愿……咳咳咳……"

"你说。"

"你能不能唤一声……咳咳咳……唤声爹？就一声？"

珠娘顿时愣住。他们认作父女已经几年，栾老拐在外头虽然油滑无赖，珠娘却知，他对自己是真心实意疼惜，远胜过那个亲爹，可不知为何，她始终唤不出口来。

她见栾老拐望着自己，吃力喘着气，满眼渴念，犹豫了半晌，才轻声唤了出来："爹……"

"哎……好，好……咳咳咳……好女儿！这眼总算能闭上了。"栾老拐吃力露出些笑，但随即又露出忧色，"这回这场大战难哪！上回勤王兵马聚结了三十万，这回城中只有三万兵，金兵却来了八万。爹若不在了，你可咋办？爹不能死，爹要守着女儿，爹不能死，不能死……"栾老拐连声念叨，声气却越来越弱，最后再无声息。

珠娘冻住在那里，自己原先没有魂，这两年才有了。此时，却又随着这个爹去了……

楚澜随着千名壮士，一起奔出了戴楼门。

那夜，梁兴救出他们夫妇，助他们翻墙逃走后，他背着妻子奔了大半夜，天快亮时，他才放下妻子，却发觉妻子已经死去。他痛哭了一场，将妻子埋到草坑里，随即逃离了京城。

这几年，他如游魂一般，四处飘荡，上个月才回到京城。他皮肤早已晒黑，头发蓬乱，破衣烂衫，并没有人认得他。他偷偷回到自家那庄院，却发觉那里已经荒败不堪。他在京城闲逛了一个多月，正准备离开，金兵杀来，围住了京城。

他瞧着城中那些人惊慌焦乱、城上兵卒拼力厮杀，原本无动于衷。直到昨天，他见到一个人从城头快步走了下来，浑身是血，却脚步轻健，是梁兴。他顿时呆住。梁兴本没有留意他，见他神色异常，才多看了两眼，随即认出了他。

"楚二哥？"梁兴快步走了过来。

他想躲开，已来不及。

梁兴打量了他半晌，才开口问道："城中兵士只有三万，如今已伤亡大半。士气已经低落难振，金兵却正在强攻这戴楼门。守将正在招募敢死之士，明日出城突袭。楚二哥愿不愿意一战？不为其他，只为你自家。"

他原本仍无动于衷，听到最后一句，心里忽然一颤。为自家？那些年，他私占了摩尼教公财，事事都是为了自家。可到头来，一无所剩。这几年，他忘了自家，浑浑噩噩，了无生趣。梁兴这时却又说，只为自家。自家是谁？

他茫茫然笑了笑，随后转头走开了。走了许久，忽听见争嚷声，是一大一小两个孩童，为一块饼，扭打起来。一个更大的孩童走了过去，强行分开了两人，替他们评理："他小你大，这饼若不是他的，他敢和你争？把饼还给他！"那大些的孩童只得把那块饼给了小的。

楚澜看到，忽然怔住，自己儿时也如这个评理的孩童，见到大欺小、强欺弱，忍不住便要上去帮那弱小，是何时变成了个自私薄情之人？再想到梁兴方才所言的"为自家"，忽而发觉，儿时那个自家，去评理、去助人，并不为自家，却正是自家。依着本心，让自家站到公处、正处、明处，才成个堂堂正正的人。丢了那本心，再富、再奢，身旁拥的人再多，却仍是躲到了孤暗处，心里一团黑，哪里还见得到自家？

想明白这条后，他心里顿时一阵悲，悲自己这些年的所迷所失。

他忙转头回去寻梁兴，却四处都寻不见。他便等在那戴楼门下，一直等到今天，终于见梁兴挎着刀，大步走了过来。

他忙迎了上去："我去。"

"好！我去给你寻把刀来。"梁兴转身上了城楼，不久便拿了柄朴刀回来递给他，"你善使这个。"

他接过那朴刀，竟手生之极。梁兴也迅即瞧出，便拉着他到城墙下僻静处，在雪地上与他过招。练了许久，他才寻回些旧日功夫。

梁兴笑着说："杀金兵已够了。"

他们一起回到城楼下，那守将已经在召集一千勇士。他们也站到队列中。简短训过几句话后，他们一起走进城门洞。守门兵卒将城门打开一道口子，他们先后奔了出去。护龙桥已经拆除，旁边不远处城墙上，金兵正在攀云梯强攻。喊杀声、箭弩声、炮石声混作一团，他们便踩着冰面，冲向对岸，照部署，绕到金兵后方偷袭。

然而，才奔至河中间，冰面忽然裂开。跑在前头的一半人，纷纷坠入水中。楚澜脚底那块冰也向后翻斜，他随之倒仰着跌进水中。一阵急寒，冻彻全身。他忙扑腾着翻转过身子，向水面急游，头顶却被一块坠冰重重砸到，他顿时一晕，身子随之下沉。

昏沉中，他似乎听到儿时父亲的赞语："澜儿有侠气，将来必能成器……"

翟秀儿看到城楼上贴了一纸榜文，许多人在围看，他也凑了过去。

自从安乐窝的团头匡虎在芦苇湾战死后，翟秀儿便没了依傍。整日只在街市间游走，先还能仗着自己秀容勾搭些闲汉，这两年年纪渐长，便更少了营生来处。

金兵围城后，天寒地冻，衣食短缺，寻根草棍都难。他已经饿了一天，缩着肩膀听识字人念那榜文。原来，朝廷在招募六甲神兵。

有个叫郭京的法师，号称能施六甲神法，可扫荡金兵，生擒二帅，其法须用七千七百七十七人。朝廷封他为官，赐金帛数万，使他自主募兵，所需兵丁不问技艺，只择年命合六甲者。

翟秀儿听了大喜，忙赶到旁边募兵处，见那里排了几道长队，他忙排到后面。在冷风里挨了许久，几乎冻僵，才算轮到他。一个年轻法师问过他的生辰，说合六甲，发给他一套军服，一张纸上写了他的六甲军号。让他去那边城墙下六甲军营。他进到那营里，照军号寻见所属营帐，那里竟有热汤饭。他忙喝了两大碗，这才止住饥寒。

朝廷屡屡催促郭京出兵，那法师却说："非至危急，吾师不出。"

翟秀儿想，这法师恐怕是真有神术，否则不会等危急之时。他也乐得延期，这军营中有吃有住，整日自在。听人们议论军情，也始终胜负相半，并无危机，翟秀儿更是欢喜。

直到这两天，情势才渐渐不好起来。尤其昨天，戴楼门一千敢死之士冲出城门去偷袭，一半人落进冰水中淹死，兵卒们再无斗志。

今天，又下起大雪，六甲营中忽然传来出征号令。

翟秀儿顿时怕起来，排到队中，领了把长枪。顶着风雪来到南薰门下。那法师郭京头戴铁冠、身披鹤氅，立在城楼上，一眼望去，果然如神仙，并高声下令，让城上守御兵卒尽都下去，不得窃窥，只留张叔夜与他，坐在城楼之上施法。

随即，法师高举手中桃木剑，大喝一声："大开南薰门，六甲神兵出城灭敌！"

翟秀儿手握长枪，跟着队伍，踏着冰面，心惊胆战走出城去。幸而今天天寒，冰面未裂。才过了护龙河，便听见一阵呼喝之声从前方传来。又前行了一阵，猛然见风雪之中，金兵喊杀奔来。翟秀儿尖叫一声，转身便跑，身旁那几千六甲神兵也全都奔逃回城。

翟秀儿刚奔到河边，便见城门关了起来。他顿时哭起来，回头一看，金兵分成四翼，黑压压围了过来。翟秀儿跑过冰面，来到城门下，边哭边用力拍门。其他六甲神兵也围挤过来，一起哭叫哀求。

身后金兵杀喊声越来越近，翟秀儿被挤贴在城门上。他尽力仰头，朝两边望去，只见几十座云梯搭上城墙，金兵纷纷爬了上去，上头毫无阻拦。金兵如蚂蚁般源源不绝，攀上城墙。

他正望着，忽然觉得后背松了，转头一看，身后的六甲神兵大半已被冲来的金兵砍倒。他又尖叫一声，一边用力拍打城门，一边不住回头看，身后的六甲神兵越来越少，金兵离他越来越近。

正在这时，城门忽然打开，他几乎扑倒，等站稳身子，抬眼一看，面前不是宋兵，是金兵，他顿时惊住。

最前头那个金兵一刀向他砍来，晃眼间，他似乎看到当年父亲挥来的那把柴刀，只是那回他逃开了……

四、死斗

"城破了！金兵杀进来了！"

董谦听见街上叫嚷，忙出门去看，见漫天大雪中，人群惊叫哭喊、慌急逃奔。他忙将院门闩紧，奔回屋中，叫侯琴抱着孩儿，他则从墙上抓下那柄宝剑，一起躲到卧房床脚，侧耳听着街上动静。

五年前，秦桧寻见他，拿侯琴性命胁迫，让他装扮那紫衣妖，之后便将他囚禁在郊外。邓雍进听了赵不尤之言，派人将他救了出来，那场祸事也终于了结。他守满三年的孝，赶紧将侯琴迎娶过来。他也终于等到职缺，虽说只是在太常寺任个小礼官，却也安闲，又是在李纲手下办事，常能聆听忠厚刚直之训，让他极为受益。

一年后，侯琴产下一女，这个月才满周岁，却已在牙牙学语。董谦爱得不得了，加之夫妻和美，他已不知还能有何他求。谁知，金兵两度杀来，他才发觉，女儿何其不幸，生在这仓皇乱世。

每日到城边望着将士们在城楼上拼杀，三万兵卒大半伤亡，他不知自己能做些什么。这时才领会那句"宁为百夫长，胜做一书生"。日日忧闷不已，又听闻朝廷竟信了那术士郭京，任其为官，招募六甲神兵，寄望于这术士去杀灭金兵。今天，那郭京果然登上南薰门城楼，撤去防御，调遣神兵。董谦在城下望见后，便知京城不保，泪水顿时涌了出来，忙赶回家，守住妻女，等待惨讯。一个时辰不到，果然便来了。

他们躲了半晌，外头忽然静了下来，女儿却突然哭起来。这一向家中存粮将罄，董谦虽尽力忍饥，将饭食让给侯琴，却仍不够。侯琴奶水减了许多，女儿又不肯吃粥，时时哭饿。

董谦忙叫侯琴哄住女儿，打开床边柜门，让她们躲进去。自己则悄步走到卧房门边，攥紧了手里的剑，侧耳听着外头。半晌，远处隐隐传来吼叫声，呜哇刮耳，不是汉话，金兵果然冲进了城。

董谦心顿时提紧，随即便听见踢撞门扇声、惨叫声、怪笑声。金兵沿着这条街，在挨户屠杀。那刺耳声响越来越近，已经到隔壁两三户外，柜子中女儿却仍在哭。董谦手不禁抖起来，险些连剑都握不住。

左隔壁的院门被撞开，脚步咚咚冲进房中，随即传来那一家人哭喊惨叫声。董谦听得头脑欲裂，身子更是颤个不住。隔壁忽然静了下来，那咚咚脚步离开院子，转向他的院门。幸而这时女儿终于不再哭，董谦听那些脚步声停到院门外。

他忙将卧房门拉开，自己缩身藏到门后。

"咚！"院门被踢开，咚咚脚步声分开，有三个人，一个进到堂屋那边，一个去了厨房，另一个则朝卧房这边走来。董谦紧贴着墙，气不敢出。那人走了进来，却停在门边，朝里寻视，董谦只瞥见一把刀尖，沾满了血，不住滴落。

片刻后，那人转身离开，和另两个人呜哇说了两句，随后三人一起离开了院子。右隔壁那家人早已逃走，院门锁着。三个金兵径直走向下一家。

董谦这才出来，忙去打开柜门，见侯琴惊望向他，怀中女儿竟咧着小嘴，在朝他笑。董谦心头一暖，也不由得笑起来。

他笑，不仅为女儿，也为自己。刚才躲在门后，那金兵转身前一瞬，董谦忽然不怕了，他握紧了剑，只要那金兵走近柜子，他便立即冲出去，一剑刺死那金兵。为了妻女，便是千军万马，他也不再惧怕。

范大牙一身疲累，回到了家中。

金兵杀进京城，屠掠一番后，幸而旋即议和退兵，却要以太上皇为质。新官家不忍太上皇受屈，便自家出城，到城南青城金营，签下降书，割让黄河以北。金人又索要金一千万锭，银两千万锭，帛一千万匹，骡马万匹。

绢帛还好，宫中内藏的元丰、大观两库存有多年贡赋绢帛。朝廷差军民搬了十多天才搬完。金人嫌浙绢太轻疏，全都退回，另又用河北绢补足。

左藏库金银上回已经搬尽，宫中库藏远远不足，于是又向民间大括金银。

新官家被金人拘留数日后，放还京城。金人急索金银，才过数日，见所纳数额远远不足，官家只得又往赴金营。

宰臣忙增加侍郎官二十四员，满城再行根括，搜掘戚里、宗室、内侍、僧道、伎术、倡优之家。

范大牙便是被分派了这差事，跟着侍郎官，与一伙衙吏，闯入富室人家，四处搜掘，钗、钏、环、钿等细琐金银也不能漏过。他从未见过如此多金银，也未听见过如此多哭声。

可即便搜尽全城每一家富贵之户，金银仍是远远不足。官家又被拘禁在青城，已过了五日之限。城中百姓日日盼着官家回来，纷纷将自家所藏些微金银全都上缴。可这京城已如一只瘦羊，已刮过几回脂油，哪里还有多少剩余？

范大牙搜检一整天，也只搜出了几十两。整个京城进到正月，也总共才括到金十六万两、银二百万两。

他回到家中，他娘一把抓住他，从怀里取出一根金簪："儿啊，咱们把这支簪子也纳上去吧。"

这是他父亲给他娘的那支金簪。那晚他们父子说开后，他答应了娘，让那人住到家里来。那人心怀感愧，虽无其他本事，却日日陪着娘照管那假髻铺子，所有略重一些或跑腿的活计，他都揽了去。对娘，他更是尽心尽意照料。娘微感些风寒、略咳两声，他都立即紧忙起来。娘从未被人这般疼惜过，那张脸时时挂着笑，又甜又有些难为情。

只是，前年那人得了急症，救治不得，几天便走了。娘虽哭得伤心欲绝，心里头却极知足。这两年，时常捏着这支金簪，落一阵泪，又笑念几句，命一般。这几天官府挨家搜括金银时，才埋到了墙角土里。

直到那人死之前，范大牙都未叫过一声"父亲"，连心里都没有。看着这金簪，他心里忽然一阵难过，险些落下泪来，强忍着说："这簪子抵不得事，留着吧。"

"佛经不是说，聚沙成塔。我听着满城人都在献纳，连一个福田院贫民都将保命的一点银子拿了出来。你爹若在，也一定答应。"

范大牙忽而有些恼："留着便留着，说这许多！"

"儿啊，一来那是咱们的官家，咱们不救谁救？二来娘是为你着想。娘这一辈子已满心满怀地足了，你却还年轻，连媳妇都还没娶。金人若不放官家回来，咱这大宋便散了，往后你如何存活啊！"

"去了新官家，宫里还有个老官家，如今还不满五十岁，仍能坐回皇位。便是没了老官家，金人正在谋立新帝，这天下也自然有其他人当皇上。我活我的，他活他的。我穷我苦的时节，怎么不见他来救我？这两个多月，京城里死了上万人，他可曾救过？若不是他父子无能怯懦，能到这地步？"

"嘘，放轻声！这等大逆不道的话你也敢说出口？"

"怎么不敢？我实话跟你说吧，这大宋已经亡了。从前我们靠自家，往后我们也一样靠自家。没有官家，我们照旧活，官家若没了我们，却一天一刻都活不得，这叫天变地不变。这金簪你留着，你辛苦一辈子，只得了这支簪子，还要去救那昏君？他御桌上随意一道菜肴，也比你这簪子贵。他却早已吃厌，箸儿都懒得拈。金人捉了他去，才会停战，我们才得安宁。救他回来，就算停了战，他一定又会像他那个父皇，又吸民血，又造艮岳……"

范大牙发觉自己忽然明白了许多道理。

管杆儿和他的娇娘子躲在家中。

上回京城被围困后，管杆儿得了教训，只要赚些银钱，便先将米缸填满、炭筐垒足。如今京城雪深数尺，一斗米涨到三贯，贫民冻死饿死无数，街边到处尸首，他却储足了米炭腊肉，和浑家两个闩紧门，天天在屋里燃起火盆，炙烤腊肉，对饮几杯，反倒从没这般安逸过。觉着外头安全时，才出去走瞧。

到了正月，金人索要元宵灯烛，将京城道观、佛寺、正店所有灯都搜尽。正月十四在南城金营试灯，令城内居民到城上观赏。

娇娘子爱灯，年年元宵，管杆儿都要陪娇娘子去宣德楼前看灯。金人的灯，他却不敢去瞧。娇娘子却说，如今官家都在金营里，怕什么？他只得陪着去，风大雪大天又黑，他扶着娇娘子，好不容易才登上南城楼。朝南一望，见城下一大片亮光杂彩，密匝匝、乱麻麻，如同精心整办好的数百样精绝菜肴，上菜时，却统统倒进一只粗大陶盆里。管杆儿年年看灯，早已看厌。这时看着金人的灯糟乱到这般模样，忽然忆起宣德楼灯会的好来。不知为何，他竟悲从中来，哭了起来，又怕娇娘子怪，忙扭过头，装作擤鼻涕，赶紧把泪水抹掉。

接下来，他每天都忍不住出去瞧望。

金人不断索要，先是玉册、冠冕、大礼仪仗、大晟乐器、后妃冠服、御马装具、御驾、御鞍、御尘拂子、御马、司天台浑仪、明堂九鼎、三馆图书文籍、国子书板……从五代以来，宫中所藏珍宝器皿，尽都搬空，不住地往城外运，每日上百辆车，从不断绝。

索要完珍物，又索要人，先是女童六百人、教坊乐工数百人，接着是宫中内夫人、倡优及童贯、蔡京、梁师成等家声乐伎，即便已出宫、已从良，也要追索。开封府遣出公吏到处捉捕，追得满街哭号。

继而又索要学士院待诏、内侍、司天台、八作务、后苑作、僧道、秀才、画工、医官、染作、鞍作、冠子、帽子、裁缝、木工、石匠、铁工、金银匠、玉匠、阴阳、伎术、影戏、傀儡、小唱、百戏、马球弟子、舞旋弟子、街市弟子、筑球供奉、吏人……一队一队，上百上千的人，被拴在一处，强送出城。

后来，又照着皇族宗谱，索要宗室子弟三千多人，悉令押赴军前。为防逃躲，官府令坊巷人户，五家为保，不许藏匿。

管杆儿不住感叹，整个汴京城都被他们搬空了！搬空了！

他不忍再看，重又躲回了家，连吃肉喝酒的兴都没了。娇娘子问他是不是着了病，他头一回朝娇娘子冒火："是着了病！大病！"惹得娇娘子盘腿坐到床上，咧嘴大哭起来。他也头一回不愿去哄逗，只垂头闷闷坐着。

半晌，外头有人敲门。他出去刚打开门，一个妇人倏地钻了进来，唬了他一大跳。那妇人容色秀雅，却穿了件旧袄子，她慌忙把门关上，低声哀求："这位大哥，我姓赵，是宗室女。金人正在捉我，可否让我躲一躲？"

"宗室女？这，这恐怕不成……"

"啥不成？"娇娘子不知何时走了出来，"这位夫人，快进来！"

那夫人连声道谢，忙躲进了屋里。管杆儿才要进门，院门又重重拍响，不等他去开门，一群开封府公吏踹开门，冲了进来，一把将他推开，直奔进屋里。管杆儿听到哭喊，忙跟了进去，见娇娘子把那夫人护在墙角，正在推搡一个吏人。那吏人手里握着刀，一刀将娇娘子砍倒在地。

管杆儿顿时疯了一般冲过去："金人你们不敢惹，自家人便这等随意打杀？"他抓起插在炭火里的火钩，朝那吏人戳去，火钩烧得通红，将那人戳得一阵惨号。管杆儿忙看娇娘子，见娇娘子捂着臂膀，瞧着伤得不算太重。

他却无比心疼恼怒，见那几人举起刀，作势要来砍，他顿时大骂起来："敢伤我的娇娘子？我今天不烫死你们这些对外软似蛆、对内狠过狼的贼卵子，我便不是你爷！"

他厉声怪叫，疯舞着那铁钩子，朝那几人冲杀过去。那几人见他如此凶狠，顿时怕起来，头一个一退，其他也全都慌忙转身往外逃。管杆儿吼骂着追了出去，那几人越发害怕，没命地逃奔。

管杆儿一直追到巷口，见他们跑得没影儿了，这才快步回家："这里待不得了，那些卵子一定会找人再来，咱们快躲到黄胖家去！"

五、长生

王小槐站在南薰门外，等着瞧道君皇帝。

上回离开京城后，他回到家中，将田产家业该送则送，该卖则卖，全都散尽，自己只留了那把沉香匙和一只铜碗。而后他便一路向东，走到泰山，困了睡草窝，饿了向人乞讨。他存了半袋干粮，在泰山后岭寻了个山洞，钻进去，坐在里头，照着自己背诵的那些道经修仙。可修了十来天，干粮吃尽，却毫无所验。

他想，恐怕还是得寻个师父才成，便下了山，到处去寻师父。寻了这几年，从江南到湖湘，又从巴蜀到秦川，几乎走遍了天下，却没寻见一个真正得道之人。几个月前，他又回到了汴京。

这时，他已经十二岁，高了许多，脸也不再像猴子，倒像是一块尖棱的青石。

他将京中那些道观一座座全都走遍，但凡有些名号的道士，一个个都问了过来，却没有哪个真会修仙。

最后，他想起了道君皇帝。当年林灵素说道君皇帝是神霄玉清王，上帝长子，号长生大帝君。王小槐虽已不信，可再无可问之人，心里便又生出一丝希冀。

只是，那道君皇帝人在宫中，哪里能见得到？王小槐甚而生出净身入宫之念。可就在这时，金兵杀了来。天寒地冻，王小槐被玉清宫一个道士收留，才免于冻饿。

今天，他听说金人要道君皇帝也去金营，忙赶到这南薰门外，站在寒风雪泥里，等了许久，几乎要冻僵。终于见一队金人铁骑护拥着一辆牛车缓缓出了城门。两边许多人也候在那里，见到那牛车，顿时哭喊起来："太上皇！"

王小槐瞪大了眼睛，一直瞅望着。牛车行了过来，车上坐着个五十岁左右的男子，头戴黑冠，身穿紫锦袍，白白胖胖，哭丧着脸，似乎还在抽泣。

这是道君皇帝？王小槐顿时有些失望，等牛车经过时，忍不住还是大声问道："太上皇，你真是长生大帝？"

道君皇帝居然听见了，扭头望向他，脸有些涨红，眼里有些惊，有些惭，又有些厌，竟像是听见自己当年的丑名。

王小槐顿时明白，眼含鄙夷，朝道君皇帝撇了撇嘴，便转身离开了……

三月二十七，程门板赶到了城东北的刘家寺。

太上皇和皇上都被囚禁在此处金营里，今天便要押解启程。许多都人已经围在那里，数千金兵执刀挡在前头，不许靠近。

程门板从开封府状册上看到，金人将押解队伍分作七起，这之前已经走了三起。这次金人所掳，皇后、妃嫔、王子、公主三千余人，宗室四千余人，贵戚五千余人，官吏、工匠等三千余人，教坊三千余人……总共一万四千人，将皇城贵族及百工杂艺搜劫一空。

经历了这四个月浩劫，程门板早已麻木，说不出话，也难得再伤悲，但看到那名册时，心里仍一阵阵痛。

这时，营寨前忽然一阵骚动。一队金人铁骑从寨中行出，随即听到一阵号泣和金人呵止声。一匹黑马走出寨门，马上坐着个盛年男子，身穿青衣，头戴毡笠，压得极低，只看得到半张脸。旁边的人纷纷高呼太上皇，一起伏地跪下，痛哭起来。他才晓得，此人竟是道君皇帝。

他从未见过道君皇帝，一直觉得高在云端之上，形貌也必定神异。谁知竟被金人装扮成这般，如同一个胖渔翁。

他身后，跟了一支马队，十一个皇子、两个郡王、八个国公、数十个驸马、皇孙，尽都身穿布衣、垂首哀泣。马队后，则是一千多个宫女步行跟随。两侧数百金兵骑马监押。

已近四月，春风和暖，绿草遍野，但这恓惶长队，却如被人拿线绳穿起的秋蝉一般。四周人都在恸哭，程门板却木然而立。

他原先便有个念头藏在心底，连自家都不敢碰。这几个月来，看尽各般惨状，这个念头随之不住跳出。这时，望着道君皇帝那虚胖背影，他心中才坚定道出：这场国难，罪魁祸首便是你赵佶。

望着赵佶行远，他正要转身，却见那长队中一个宫女脚似乎有伤，行得慢了，旁边一个金兵用枪柄朝她后背重重一戳，那宫女顿时栽趴在地。旁边两个同伴忙将她扶起，一起搀住，疾步向前，没听到一丝哭声。

程门板见那宫女娇嫩稚气，恐怕只有十一二岁，自己女儿一般大小，尚还是女童。不知这千里艰途如何挨过？

他不忍再看，忙扭过头，泪水却不由得滚落……

第十六章　北狩

朕夙夜追咎，何痛如之！

　　　　——宋钦宗·赵桓

一、脚尖

黄鹂儿行在队列中，紧咬着牙关，始终没有哭。

他们这一起有六千多人，队列前后绵延两三里地，其中一半来自教坊。黄鹂儿是三年前入的教坊乐籍，那时才收复了燕京，朝廷广设乐舞，朝贺大礼一次便需数千歌儿舞女。黄鹂儿当时想，与其去酒宴间给那些男人献艺，不若去宫中舞队。一个舞队几十上百人，混在里头，既轻省，又不必受人欺辱。却未想到，金人攻破汴京后，索要了乐籍，照着名册逐个搜捕。

那时，黄鹂儿和爹、曾小羊和娘，四人一起逃进了城，在开宝寺廊下占了个住处，只有半张床大小的地铺，和其他逃难的人挨挤在一处。顶上虽有檐，三面却开敞透风，兵灾和雪寒，不知哪一个更凶狠。带的干粮眼看吃尽，饥饿又严逼过来。黄鹂儿虽从未遭过这等苦，但他们四个终于能活到一处，又叫她心底里始终有几分亲暖，甚而暗暗觉着，便是死，四口人能死在一处，也是一场福分。

然而，她爹和曾小羊的娘却相继着了风寒，那时节哪里去寻医药？连口热水都难讨。两个老人昏了两三天，先后咽了气。那两天，汴京冻饿而死的，不知有多少。黄鹂儿脸也冻僵，哭都哭不出来，泪水在脸颊上冻成冰溜。若不是曾小羊整夜用厚被子裹住她，她恐怕也冻僵在父亲尸首旁。

虽未冻死，却也轮到了她。开封府奉金人之命，逐一捉捕教坊乐人。那些兵卒寻见了她，两个人攥住她双臂，拎起便走。她的身子已失去大半知觉，却听见曾小羊哭叫着来抢她，和其他兵卒抓扯起来，随后咚的一声。她拼尽气力扭过头，见曾小羊倒在廊檐下的石阶上，头顶流出血，浸到雪泥地里，似乎还冒着热气。她想挣扎，却挣不动，喊也只是微弱嘤嘤之声。最后一眼，她瞅见曾小羊的脚尖似乎动了动。

正是这一眼，让她不敢再哭，怕一哭，连曾小羊也哭走。

到了金营，她始终咬着牙；被驱赶北上，身边那些人几乎都在哭，她仍不哭；金兵一路都在催撵，凡衰病行不动的，便用刀剑刺死，尸首丢在路上。她双脚生了冻疮，已经溃烂，行不快，被金兵殴打，她更不哭；她不知要被驱往何处，虽已入春，越行四周越荒寒，她心里虽怕，却依然不肯哭。

她只死咬住一个念头：曾小羊没死，在汴京等她……

二、幼子

黎百彩想起幼子，便忍不住哭。

当年从河北逃难到京城时，他绝没料到，自己竟能变成京城彩画行杂间装头一位大匠；名显身富时，他也绝没料到，自己临老会得这么一个伶俐乖觉的儿子；得了这儿子，万事俱足时，他更没料到，自己会被金兵拘押北上。

他已年近六十，虽受不得一路饥困艰辱，回想一生，却也知足，便是被金兵砍死在途中，也并无大憾，只是舍不得那幼子。那幼子才四岁半。他原本想着，再等两年，便教儿子习学彩画，赶在自己死之前，让儿子继承衣钵家业。可如今自己被掳北上，幼儿留给了那帮妇人。他在时，那些妻妾便已妒意满胸，时时借故为难那生了儿的小妾。他这一离开，家中金银又被搜尽，再无生计来源。穷困之下，不知那些妻妾会如何凌虐那对母子。

一想到幼子被欺虐，他顿时又忍不住呜呜哭起来。那些金兵只要听见，便是狠狠一鞭。为那幼子，这一路上，他不知挨了多少鞭，再哭时，他便尽力忍住不出声。

当年，他是因旱灾逃离家乡，那时沿路所见，也是满目穷荒，却并未如眼下这般残败凋敝。乡野青草已绿，却不见庄稼和人户，随处都是尸骨，只有乌鸦成群，一路聒耳啄食。

同行的那几千匠人，起先还哭还挣，行了半个月后，只要见金兵眼皮略翻、手指略动，便立即不敢出声，只顾低头急行。彩画行共有二十来个匠人被掳，名家中，除他外，还有青绿装孟青山、五彩装史小雅、解绿装夏芭蕉。自从那焦船案后，官府虽未问罪，这几家却全都声名大损，彼此也再无往来。如今一同被掳往北地，那三人倒是凑到了一处，却都避着他，从未和他说过半句话，似乎那焦船案是他一人做下的。

黎百彩一路瞅了数日，心里暗暗气恨。他见有个金兵似乎通些汉话，再想起家中幼子，不由得生出个计议。傍晚歇息时，他背着人，偷空凑近那金兵，低声说："将官，那三人密谋一同逃走……"

那金兵听了，立即赏了黎百彩一块牛肉，叫他往后也多留意，随即去禀报给了押队监官。监官立即命人将孟青山、史小雅、夏芭蕉三人捆到树上，号令几千匠人聚集过来，当众将那三人开膛，肠肚从腹中滑下，三人仍在哭叫。

黎百彩嘴里正嚼着牛肉，看到一刀划下，立即闭起双眼。再听到三人惨号，不敢捂耳朵，只在心里急急默念：我不是为自家，是为我那幼子。你们都已成年，他却只有四岁零四个月……

三、划破

诗奴庄清素握紧了那支簪子，狠狠划向书奴的脸。

京城大括金银时，她将簪头上那簇银兰折下来缴了出去，簪尾钢锥则缝在了鞋底夹层里。金人拘押京城妓女，头一轮便是她们十二奴。

画奴何扫雪几年前不知所终；花奴脸伤虽愈，却隐隐留有细痕，因而声名大坠，两年前被一个商人使了五百贯买走；馔奴则偷偷跟随一个胡商，乘海船不知去了哪里。十二奴中，便只剩唱奴李师师、书奴卫簪花和她三人。唱奴被那紫衣客金使赫鲁讨了去，她和书奴则被押入了金营。

书奴原就寡言少语，这时更说不出一个字，脸色发青，身子抖个不住。庄清素自家原本慌怕至极，见书奴这样，反倒将自家慌怕压住了许多。她坐在墙角，揽着书奴的肩，想了一夜，自己落入风尘，全因这张脸，如今落入金人手中，更不知要受多少凌辱。

她低声与书奴商议："若要少受凌辱，便得先毁了这张脸。"

书奴终于出声："那不若死了，更干净。"

"凭何我们死？我们生下来便由不得自家，如今虽到了这里，却也正是求得自主之机。我们若毁掉这张脸，便没人再贪我们的脸面。到了北地，即便为奴为仆累死，也远胜过卖笑卖身辱死。或许还能寻机逃走，凭自家才学本领，谋一份生计。"

"好。"书奴音声虽低，却极坚定。

庄清素便从鞋底抽出那根钢锥，一咬牙，先朝自己脸上狠命划了十几道，划得血水不住流涌。虽极痛，却也极痛快。

"我自己下不得手，你帮我……"书奴声音颤抖。

"好！你忍着些。"庄清素攥紧那锥子，要触到书奴的脸时，却始终下不得手，"不成，还得你自家动手……"

"好。"书奴接过那钢锥，犹豫半晌，终于用力划下。划破一道之后，便加力继续，比庄清素划得更多更重。

划罢之后，她竟低声笑了起来，引得庄清素不由得伸手揽住她，两人头挨着头，一起又哭又笑，脸上的血渗到了一处。

第二天，金人发觉后，将她们重重鞭打了一顿，从妓营逐到了奴仆营中。

启程北上时，数千人长队都在哭，哭声如同寒风吹过百里汴河。她们两个花着脸、闪着泪，彼此对视一眼，竟又忍不住一起露出了笑……

四、夫妻

秦桧看到张叔夜的尸首，惊得叫出了声。

他和张叔夜及其他官员被押赴北地。这一路上，张叔夜从不进饭食，只喝些汤水。昨天行至白沟界河，张叔夜忽然仰天大呼几声，之后便低头不语。

今早，秦桧醒来，一睁眼，便见旁边树上挂着个人，白发披散，脚底几块石头被踢开，是张叔夜。

秦桧忙摇醒了身边的妻子王氏，王氏瞧见那尸身，先虽一惊，但旋即淡淡说："他昨日那般乱嚷，便已有了死心。"

"我们该如何办？"

"如何办？自然是向好处尽力。"

"过了这界河，便离了大宋，能有何好处？"

"处处皆有好处。你昨晚吃的那块牛肉不是好处？"

秦桧听了，顿时低下了头。

自从离了汴京，秦桧便慌怕不已，妻子王氏却始终淡静，并偷偷训责他："想当初，我祖父贵为宰相，我幼时享的那尊荣，你哪里能想见得来？后来祖父去了，家境也便衰落，那时族里众人都觉着活不得了，我却不是好生活到了如今？天上云，地上水，到哪个田地，开哪些花，只看你尽不尽力。"

"我们都沦为囚奴，还能开些什么花？"

"你只管瞧我，天寒地冻，给你开出些寒梅花来。只有一条，你得答应我。"

"什么？"

"今后无论何等事，你都死死记着，我不是只为我自家，是为我们两个。我要你咬破手指，在我衣襟里头写八个字。"

"什么字？"

"生生世世，永为夫妻。"

秦桧虽不明就里，却只得听从，写下了这八字血书。

他却没想到，过了几日，有天夜里，妻子不知去了哪里，半夜回来，竟带了巴掌大一块熟牛肉，偷偷塞给他："你许久没有沾荤，快吃！"无论他如何逼问，妻子却始终不说这牛肉的来处。

又过了几天，夜里，众人赶路疲惫，都已躺倒在草滩上睡下。秦桧发觉妻子悄悄起身，他偷眼一瞧，妻子竟走进了那押解官粘没喝的营帐，许久才出来。这回不但带来一大块熟牛肉，还有半皮囊酒。

秦桧装作不知，也忍不住饥馋，但嚼那牛肉时，泪水不由得滚落。

这一路，妻子不断拿牛肉回来给他吃，他也始终装作不知。今早看到张叔夜的尸首，他心里顿时愧耻翻涌。

妻子似乎发觉，盯着他悄声说："别忘了你那八字血书。"

秦桧欲恼不敢恼，欲骂不敢骂。

妻子又说："那粘没喝是大金国相元帅，并没辱没你。你若不愿做这俘囚，便仔细听我说。粘没喝并非蛮夫，对我大宋诗书礼乐、典章制度都极有兴味，欲寻一个学识渊博之人参问。这一行人里，除你之外，没有第二个能当此任。你若依我所言，我们不但能脱离这囚俘之苦，或许还能安然回到大宋。你素有大志，若能巧施才智，从中迂曲斡旋，甚而能令金宋息战，叫天下复归安宁……"

秦桧听着，心顿时怦怦跳了起来……

五、皇位

赵佶眼中又滚下泪来。

五月十三日，他抵达了燕京，被安置在延寿寺里居住。

这一路，他不知哭了多少回，途中有时连简陋农舍都不见，只能于荒田野树下过夜，饭食饮水更是时时断缺，唯有摘桑葚充饥止渴。这桑葚，他幼年时曾见乳母吃过，不由得偷食了几颗，却被乳母夺了去。不想四十余年后，竟于这等境地重又尝到。

诸般屈辱，一口口咽下，他却始终想不明白，自家为何竟会落到这地步。当年，他读南唐后主李煜词，虽赞赏其绝世文才，对其为政之能，却极为鄙夷。堂堂国君，仓皇辞庙日，竟只会垂泪对宫娥。

自从登基以来，他便以李煜为戒，从不敢懈怠。他一遍遍回想：吾铸九鼎、修明堂，重续西周礼乐，何曾有负于古圣王？吾继神宗遗志，推行新法，何曾有负于先帝？吾承先皇遗训，与士大夫共治天下，从未独断自专，何曾有负于文武群臣？吾为政以仁，从未苛虐暴横，何曾有负于百姓？吾兴学校、崇文教，何曾有负于文治之道？

到了燕京，他顿时又想起海上之盟，若非自己所设那旷世奇局，岂能收复燕京，圆得太祖、太宗以来百六十年大愿？金人败盟，岂是吾所能料能止？

败亡，乃天也，时也，运也，命也，而非我之罪。

五月二十四日，数千金兵汹汹冲入延寿寺，将他父子、两后及三十个皇子、嫔妃一千三百人押到祖庙。逼他父子及两后脱去袍服，其余人，不论男女，均脱光上衣，半身赤裸，腰系羊裘。

金人祖庙极简陋，外挂帐幔，内设紫幄，殿上布列百席，堆满珍宝，大都是从汴京所获。

他父子各牵一头羊进到殿中，献给金主。金主抽刀亲自杀了那两头羊，献到祖殿上。他看到那鲜血喷射，双腿不由得战栗不止。

金兵复又押逼他们赴御寨，金主坐上乾元殿，命人宣诏赐赦：

王者有国，当亲仁而善邻，神明在天，可忘惠而背义？以尔顼为宋主，请好先皇，始通海上之盟，求复前山之壤。因嘉恩切，曾示俞允。虽未夹击以助成，终以一言而割赐。星霜未变，衅隙已生。恃邪佞为腹心，纳叛亡为牙爪。招平山之逆党，害我大臣；违先帝之誓言，愆诸岁币。更邀回其户口，唯巧尚于诡词。祸从此开，孽由自作。神人以之激怒，天地以之不容。独断既行，诸道并进，往驰戎旅，收万里以无遗；直抵京畿，岂一城之可守？旋闻巢穴俱致崩分，大势既已云亡，举族因而见获。悲衔去国，计莫逃天。虽云忍致其刑章，无奈已盈于罪贯。更欲与赦，其如理何？载念与其厎怒以加诛，或伤至化；曷若好生而恶杀，别示优恩。乃降新封，用遵旧制。其供给安置，并如典礼。呜呼，事盖稽于往古，曾不妄为；过唯在于尔躬，切宜循省。祗服朕命，可保诸身。

宋俘赵佶，可封为昏德公；赵桓，可封为重昏侯。

他垂首听诏，听到自己被封昏德公，羞愤至极，几乎昏倒。猛然想起那天乘牛车出南薰门时，那少年问他是否真是长生大帝。此刻，他也连声自问：是不是？是不是？是不是？

他答不出，却忆起生平最震惊狂喜那刻：哲宗皇帝骤然驾崩，向太后宣他进宫，命他继位。

想起那一刻，他再忍不住，失声啼哭起来："并非我愿做皇帝！并非我愿做皇帝！"

六、祭

五绝一同来到城北郊。

周长清所辟的那片兵卒墓地，早已被金兵踏平，萋萋青草，覆满荒冢。城中又添了几万具兵民尸首，无人掩埋。仅五绝身边亲故，便有十多人丧命。

汴京城变作一座尸城，几十里外的乌鸦都飞聚过来，黑云一般围满城墙，哇叫之声终日不绝，如无数利刃在半空刮擦。

赵不尤五人费尽了气力和口舌，才寻来几百人，愿一同安埋这些尸首。他们花了三个多月，才将这些尸首搬运到四郊。坟墓绝难一个个去挖，只能挖出一道道土沟，将那些尸首排在沟底，一起掩埋。那些亲故的尸首则埋在了北郊，五绝各自亲手安葬。

今天他们来，一为祭拜，二为道别。

金人绝不会就此罢休，他们已召集了一支义勇，北上抗金。

赵不尤将一部《东坡诗集》烧在墨儿墓前。墨儿最爱东坡诗文，只可惜苏轼文字被禁，后虽有松解，墨儿却始终未能寻见全集。赵不尤注视那一小堆纸焰，温声说道："墨儿，你常羡叹东坡先生乐天知命，临死，你怕仍在问自家天命何在。你心思虽不如瓣儿灵透，却从来都用心极诚。不论读书习武，或待人接物，事事都不愿轻忽敷衍。天命本于天性，这个'诚'字便是你之天命。自幼年起，你便已在时时践行自家这天命。你战死城头，也是因这天性。生死由之，终生不二，你与东坡先生，并无分别。只是……你尚如此年轻，依这诚心，原该稳行一生，做出许多能叫你自家欢欣鼓舞之事。穷通寿夭，不知这天意何在？"赵不尤再说不下去，泪水顿时滚落……

冯赛在崔豪、刘八、耿五三人墓前奠了三杯酒。第一次金兵围城，耿五战死，葬在这里。崔豪和刘八不愿舍他而去，留在了京城。金兵二度袭来，两人一起从军，却一起被金兵砲石砸中。冯赛将他们三兄弟合葬一处："三位兄弟，冯赛身处绝境，你们慨然相助，丝毫未曾计较回报。国家安时，并未如何善待你们。国家危时，你们却挺身而起，义无反顾。世人争说英雄，岂知这世间，有多少真英雄、真好汉，如你们三人，生于市井尘泥，死于荒野草莱，无知无闻，连名姓都无人知晓。三位兄弟，请受冯赛一拜——"冯赛眼含热泪，深深拜了下去。

梁兴立在石守威和邓紫玉墓前。石守威钟情于邓紫玉，军俸虽有限，却四处寻买精贵吃食饰物，每隔几日便去剑舞坊托仆婢私传给邓紫玉，足足候了三年，才得了邓紫玉首肯。只是要替邓紫玉赎身，至少得一千贯。邓紫玉自家只私攒了六百贯。石守威正在四处着忙寻凑剩余的四百贯，金兵杀来，他只得暂时抛下私情，上城迎敌。第二次围城时，他缒下城墙，与金兵厮杀，死于乱刀之下。金人搜索伎人，邓紫玉不愿受辱，服毒自尽。梁兴将二人合葬一处，在他们墓前烧了一段挽了同心结的彩缎，又斟了两杯酒："紫玉、守威，你们两个都没有家人，我便是你们家人，今日我替你们两个成亲。饮下这两盏交杯酒，愿你们黄泉为伴，永不分离……"

张用将几本账簿烧在犄角儿墓前，笑着说："傻角儿，你跟了我这些年，记的这些帐，我虽没看，却知一笔都不会差。你不愿亏负人，今天我便烧给你，算是给你个回凭，你好放心去。阿念不愿倚靠旁人，我已教会她操使我娘那架水车织机，一人能顶数人，足以养活她们母女两个。你那女儿再过十来天，便满两岁了。今天我离开时，听她唤爹，她怕是知晓我要来见你。阿念叫我把这双小鞋儿烧给你，说女儿穿着已嫌小了。这些年，你听我娘的吩咐，替我收拾那些旧鞋，从今起，你便开始收存你女儿的小鞋儿吧。看到这些小鞋儿，你便能知晓你女儿长了几寸，行了多少路，去了哪些地方……只是，傻角儿，你为何要那般傻？我去城头修造战橹砲架，你为何偏放心不下，偏要跟我去？金兵冲上来，你先瞧见了，便该跑开，为何要来护我？真真是个傻角儿——"张用说着，放声哭了起来。

陆青将一只蜜烧鸭祭在何赛娘墓前。城破之后，何赛娘和其他瓦肆技艺人一起被掳去金营。途中，何赛娘见一个金兵欺辱同行女伎，将那金兵的手臂一把拧断。其他金兵听到惨叫，立即围了过来，将何赛娘乱刀砍死。陆青怅立墓前，恭声拜道："几年前，你为救书奴等人，挺身制服金副使。如今，你又为救同伴，送了性命。那些女子遭难，有你相救。你遭难，偌大一个国家，却丝毫救助不得……"

五人祭罢亲故，聚到一处，又一起祭拜这大宋。

他们没有备祭品，只在白纸上各写了一个字，回望京城，一同烧祭。

赵不尤写的是"家"字。

金人掳走二帝后，康王赵构于应天府即帝位，他却未回汴京，转而南奔扬州。

赵不尤烧尽那个"家"字，长叹一声，慨然道："大道之行，天下为公；大道既隐，天下为家。唯愿后世天子，既承天命，便该秉持公心，担起天责。忧以天下，乐以天下。民伤己更伤，民安己始安。"

冯赛烧的是"私"字。

他愤然言道："唯愿后继掌权之人，莫将天下视为私产。安时，需索无度；危时，弃如粪土。尔食尔饮，民之膏血；尔荣尔乐，民之苦辛。"

梁兴烧的是"防"字。

他亢声言道："御国之道，在防敌，而非防民；行法之理，在防奸，而非防勇；为将之责，在防败，而非防君怒；为兵之任，在防怯，而非防险难。唯愿君知防国危，将知防军溃，兵知防力弱。"

张用烧的是"极"字。

他将那页纸烧到一半，扬手抛向空中，朗声道："万事向上莫至极——富莫至极，精莫至极，奢莫至极，贪莫至极，骄莫至极，狂莫至极，得意莫至极！"

陆青烧的是"爱"字。

他沉声道："爱物则贪，爱荣则鄙，爱安则怯，爱命则懦。唯愿世人，能见天之高，不落卑与骄；能见心之明，不堕昏与乱；能见岁时之无涯，不生忧与惧。"

尾声：清明上河图

张择端终于画完了那幅画。

金人攻破汴京后，宫中画师尽都被拘押。那时，张择端只粗描出一道初稿。他带着那初稿，跟随数千人一同北上。

到了燕京，一个金人官员将他召了去，问他："你在画宣和三年清明那天正午图景？"

途中，张择端已受尽暴虐，不敢抬头，只慌忙点了点头。

"抬起头，瞧瞧我是谁？"

他怯怯看了一眼，顿时一惊。那人三十来岁，身形魁梧，眉眼舒朗，容貌酷似一人——王伦。

"对，我便是那紫衣客真身赫鲁。我召你来，是要你画完这幅画。"

于是张择端便被留在赫鲁府中，每日只潜心画那幅画。

其他那上万人，到达燕京时，男亡一半，女死三成。剩余之人，有技艺者尚能存活，富贵子弟大多降为奴隶，又不善活计，受尽鞭挞。不到五年，十不存一。女子分入大家，犹有生理；其余则十人九娼。更有许多被卖给西夏、高丽，再无音讯。

张择端幸而得赫鲁善待，衣食丰裕，不受惊扰。

从宣和三年清明起，前后整整用了十年，他终于画完。不满五十，须发尽白。

道君皇帝当年只命他画虹桥一带，他得知那梅花天衍局后，发觉卷入其间的，何止虹桥两岸。被那场纷乱牵扯进来的人，从虹桥向两头不住延伸，东到郊野，西到东水门内。

在汴京那几年，他每日在东水门内外，向人询问清明那天正午的情形，不断画下草图。然而，兵乱之中，这些草图尽都亡失。他只能凭自己心中所记，将当日那些人一个个画了上去。

古往的画作中，从未有过如许多人，而且，其中绝大多数都只是寻常人。但再寻常，也都是人，哪一个不是活生生的性命？众生平等，同经了这场生死浩劫，性命便是性命，哪里有高低贵贱之别？

画上任何一个人，他都不敢轻忽，觉得一旦自己画下，便能保住那人性命一般。

只是，他虽记性超群，却毕竟隔了数年，当日那些人中，牵涉进梅花天衍局的近四百人，他都记得，其他无干者的样貌，却极难忆起。他苦恼数日，忽然想到自己曾向五绝打问，当天未在场却牵涉进来的人。那些人的姓名，他全都记了下来，并尽力一一去寻访过。即便当时已经死去，也向亲旧询问，画过大致样貌。于是，他将那些人的面容填到了图中无干者的脸上。梅花天衍局所涉八百多人，大都画到了图中。

图成之后，赫鲁来赏看，边看边连声赞叹："与我那天所见，果真是一毫不差！好！好！好！你去五国城见一个人，得有他题词，这画才真正圆满。"

赫鲁命一个军卒带着他骑了马，向东北方赶去。行了一个多月，才到了一座荒僻小城，不到九月，这里已草枯叶尽、黄尘扑面。城中只有百余户人家，并无城墙，只在街口立了个旧木牌，上写：五国城。

那军卒带他来到一座土墙院落，走进去，见一群粗服妇人在院里切萝卜晾晒。房舍倒不少，一圈有几十间，却都是黄泥土房。他们走近正中一间略大些的房间，里头传来嘶哑读书声。

张择端跟着那军卒走了进去，见一个身穿旧紫锦长袍的老者手执一卷书，正在屋中踱步诵读。那老者听到脚步声，转过了头，面容黄瘦，神情有些呆闷。

张择端细看了两眼，双手不由得抖了起来，眼里也顿时涌出泪来。他忙扑通跪倒，连连叩首。

那人是道君皇帝，才满五十，竟已苍老至此。

"你起来……"道君皇帝仔细瞅了一阵，"你是张……张择端？"

"正是微臣。"

"哦，好，好。"

那军卒傲声说："我家大人要你在一幅画上题字。"

"哦？什么画？"

张择端忙从背袋里取出画轴，展开一截。

道君皇帝一眼看到，目光顿时定住，随即颤个不住："东水门内，香染街口？房中太暗，去外面！"

张择端忙跟着走出屋去，与那军卒一起将画全幅展开。

道君皇帝由左至右，缓移脚步，盯着画中街景人物，细细浏览，嘴里不住发出啧啧之声。行到中央，他目光忽而顿住："虹桥？梅船？这是我叫你画的那幅？"

"是。"

"汴河，汴京，梅花天衍局……"道君皇帝眼中闪出泪花，嘴唇也不住抖动，良久，才抹掉泪水，"卷起来，去屋里。"

张择端忙卷起画，又跟着走回屋中，见窗边有张粗木桌，摆着笔墨，便过去将卷首展开一截，铺到桌上。道君皇帝提笔蘸墨，手却抖个不住，连呼了几口气，才凝住神，慢慢落笔，虽仍是那自创的瘦金体，却不再如兰叶秀逸，一笔笔涩硬了许多，如同银钩沉沙、玉剑埋尘，写下五个字：

清明上河图

张择端收起那画，又含泪跪地，拜别道君皇帝，随着那军卒回到了燕京。

赫鲁看到道君皇帝题字，大喜，将那幅画收藏起来，给了张择端一纸通关文书，又赏赐了一匹马、百两银，放他回乡。

张择端家乡在山东琅琊东武，他离乡多年，家中早已没了亲人。除去家乡，唯有汴京居住最久，那里或许还有些故人。他便赶往汴京，沿途所见，尽是荒村废城，行一整日，见不到几个人。途中撞见了一伙盗匪，将他的马和银子全都抢走，只留了些干粮给他。

他一路步行，跋涉半个多月，终于来到汴京东郊。沿着林间土路，来到汴河边时，他顿时惊住。

哪里还有汴河？河道中挤满淤泥，只剩浅浅一些水流。河边生满黄草枯藤，将那些柳树掩尽。两岸那些店肆尽都不见，只剩一些焦黑残垣断墙，隐没于荒草间。那座虹桥也只剩两边残破断桩，唯有十千脚店河边那根木桩还立在那里，顶上那只候风铜凤在夕阳里徐徐转动，发出吱扭吱扭声。

张择端怔在那里，泪水不由得涌出，口里不住喃喃念道："没了，没了，尽都没了……"

他不知自己还能去哪里，茫茫然穿过荒草，坐到虹桥那断桩上，呆望着对岸那只铜凤，心中一片昏蒙。

再看这满目萧瑟荒败，不由得长叹一声，幸而画了那幅《清明上河图》，那赫鲁看来十分喜爱，应会好生珍藏。这虹桥两岸景致没了，还有那幅画，若是有幸能留存下去，过百年千年，世人或许仍能看到。那时之人，看到这画，只见满纸繁盛安乐，不知这里曾经过这等劫难，更不知这劫难始自何处……

他心头翻涌，不由得悲声吟出一阕《清明上河词》：

路断魂亦断，水收泪难收。
衰翁独向衰草，白发哭神州。
落叶归心何处？故国凋残难认。夕阳落城头。
秋风吹不尽，江山万里愁。

皇城灯，汴河柳，虹桥舟。
八厢盛景，七十二店醉歌楼。
十里御街锦绣，百万人家烟火。只道无时休。
一霎风光尽，冷月照荒丘。

《清明上河图》流传简史

《清明上河图》作者张择端,生卒年月不详。

1186年,金人张著在图后留下第一条题跋:"翰林张择端,字正道,东武人也。幼读书,游学于京师,后习绘事。本工其界画,尤嗜于舟车、市桥郭径,别成家数也。按向氏《评论图画记》云:《西湖争标图》《清明上河图》选入神品。藏者宜宝之。"张择端生平及《清明上河图》流存始末,至今仅见于此71字。

张著生平亦不详,曾于金泰和五年(公元1205年)"以诗名,召见应制,称旨,特恩授监御府书画。"

元灭金,《清明上河图》藏入宫中秘书监。

1260年,装裱官匠以赝本偷换真本出宫,售予某贵官,又被保管人盗卖给杭州人陈彦廉,陈随即转卖给江西人杨准。

1352年,杨准在图后留下题跋,记述得图经过,并感叹:"当事时,城外内之金帛珍玩,根括殆尽,而是图独沦落至今,逾二百年而未甚弊坏,岂有数耶!自时厥后,其地遂终不睹汉宫,而困于战争且日甚,虽欲求卷中所图仿佛,有安可得矣。呜呼!"

1365年,李祁题跋称,图为静山周氏家收藏,并言:"观是图者,其将徒有嗟赏歆慕之意而已乎,抑将犹有忧勤惕厉之意乎!"

元亡入明,《清明上河图》辗转于官宦人家。

1461年，吴宽题称，图在大理寺卿朱文征家。

1491年、1515年，明代著名文臣李东阳先后两次题写长跋，详记此图在明代中期流传始末：弘治以后，朱文征将它出让给华盖殿大学士徐溥。徐临终时，赠给李东阳。李东阳感慨："且见夫逸失之易而嗣守之难，虽一物而时代之兴革，家业之聚散，关焉，不亦可慨也哉！噫，不亦可鉴也哉！"

1524年，兵部尚书陆完收藏此图，并作题记。陆完亡后，其子售予昆山顾鼎臣家。不久，此图为奸相严嵩所得。其间流布各种传闻，严嵩父子为得此图，强夺陷害忠良。严嵩势败，家产籍没，《清明上河图》再度藏入宫廷。

1578年，图为太监冯保私藏并题跋。

入清后，《清明上河图》复又转入民间，先后为陆费墀、毕沅等人收藏。

1799年，毕沅死后，家产被籍没，图被收入宫中，录于《石渠宝笈三编》。

1911年，末代皇帝溥仪将《清明上河图》等大量珍贵书画带出宫，存于天津租界张园内。

1921年，溥仪将《清明上河图》等文物转运至长春伪满皇宫。

1945年，溥仪逃亡，宫中失火，《清明上河图》散落民间。

1948年，长春解放，解放军干部张克威收集伪满皇宫流散珍贵字画十余卷，其中便有《清明上河图》。

1949年，《清明上河图》调入北京故宫博物院珍存。

《清明上河图密码》参考史料

古代典籍：

1. 《周易》

2. 《论语》

3. 《诗经》

4. 《道德经》

5. 《孟子》

6. 《庄子》

7. 《孙子兵法》

8. 《道藏》

9. 《金刚经》

10. 《坛经》

11. 《宋史》（元）脱脱、阿鲁图等

12. 《三朝北盟会编》（宋）徐梦莘

13. 《续资治通鉴长编》（宋）李焘

14. 《皇宋通鉴长编纪事本末》（宋）杨仲良

15. 《宋史纪事本末》（明）陈邦瞻

16. 《宋会要辑稿》（清）徐松

17. 《东都事略》（宋）王称

18. 《续资治通鉴》（清）毕沅

19. 《皇宋十朝纲要》（宋）李埴

20. 《宋朝事实》（宋）李攸

21. 《武经总要》（宋）曾公亮、丁度等

22. 《全宋词》唐圭璋编

23. 《宋诗钞》（清）吕留良、吴之振、吴自牧编

24. 《宋文鉴》（宋）吕祖谦

25. 《周子全书》（宋）周敦颐

26. 《二程遗书》（宋）程颢、程颐

27. 《伊川易传》（宋）程颐

28. 《正蒙》《横渠易说》（宋）张载

29. 《近思录》（宋）朱熹、吕祖谦

30. 《东坡全集》（宋）苏轼

31. 《温国文正司马公文集》《温公易说》《涑水记闻》《潜虚》
    （宋）司马光

32. 《王临川集》《临川集拾遗》《临川先生文集》（宋）王安石

33. 《易童子问》（宋）欧阳修

34. 《营造法式》（宋）李诫

35. 《梦溪笔谈》（宋）沈括

36. 《棋经》（宋）张拟

37. 《棋诀》（宋）刘仲甫

38. 《李清照集》（宋）李清照

39. 《新仪象法要》《苏魏公文集》（宋）苏颂

40. 《宣和画谱》（宋）

41. 《东京梦华录》（宋）孟元老

42. 《都城记胜》（宋）耐得翁

43. 《梦粱录》（宋）吴自牧

44. 《大宋宣和遗事》（宋）佚名

45. 《开封府状》（宋）佚名

46. 《洗冤录》（宋）宋慈

47. 《折狱龟鉴》（宋）郑克

48. 《棠阴比事》（宋）桂万荣

49. 《铁围山丛谈》（宋）蔡绦

50. 《武林旧事》（宋）周密

51. 《宣和北苑贡茶录》（宋）熊蕃

52. 《靖康传信录》《建炎时政记》（宋）李纲

53. 《容斋随笔》（宋）洪迈

54. 《北狩见闻录》（宋）曹勋

55. 《北苑别录》（宋）赵汝砺

56. 《翠微先生北征录》（宋）华岳

57. 《瓮中人语》（宋）韦承

58. 《靖康稗史笺证》（宋）确庵、耐庵

59. 《靖康纪闻》（宋）丁特起

60. 《宋俘记》（金）可恭

61. 《青溪寇轨》（宋）方勺

62. 《宣和乙巳奉使金国行程录》（宋）许亢宗

63. 《麈史》（宋）王得臣

64. 《艮岳记》（宋）张淏

65. 《宣和奉使高丽图经》（宋）徐兢

66. 《名公书判清明集》（明）张四维

67. 《汴京遗迹志》（明）李濂

68. 《宋稗类钞》（清）潘永因

69. 《文献通考》（元）马端临

70. 《宋论》（清）王夫之

71. 《廿二史札记》（清）赵翼

当代研究：

1. 《中国通史》（第五册、第六册）范文澜、蔡美彪

2. 《中国通史》（第七卷）白寿彝

3. 《国史新论》钱穆

4. 《中国历代政治得失》钱穆

5. 《吕著中国通史》吕思勉

6. 《中国大历史》黄仁宇

7. 《中国文化通史》（第五卷、第六卷）吴怀祺

8. 《中国哲学史》冯友兰

9. 《中国思想史》葛兆光

10. 《中国思想史》韦政通

11. 《中国社会通史》（宋元卷）任崇岳

12. 《中国科学技术史》李约瑟

13. 《中国财政史》周伯棣

14. 《中国经济通史》（宋辽金卷）葛金芳

15. 《中国人口通史》路遇、滕泽之

16. 《中国风俗通史》（宋代卷）徐吉军、方建新、方健、吕凤棠

17. 《中国法制通史》（宋卷）张晋藩、郭成伟

18. 《中国财政通史》（五代两宋卷）项怀诚

19. 《中国城市历史地理》马正林

20. 《中国雕塑史》梁思成

21. 《中国建筑史》梁思成

22. 《中国火器史》王兆春

23. 《中国历代服饰史》袁杰英

24. 《中国染织史》吴淑生、田自秉

25. 《中国美术史》王逊

26. 《中国政治制度史》韦庆远

27. 《中国古代官僚政治制度研究》吴宗国

28. 《两宋史研究汇编》刘子健

29. 《宋朝典章制度》张希清

30. 《宋代荫补制度研究》游彪

31. 《宋代政治文化史论》张邦炜

32. 《宋代地方政治》贾芳芳

33. 《宋代公文邮驿制度研究》赵彦昌、吕真真

34. 《宋代官吏制度》祝丰年、祝小惠

35. 《宋代行政责任追究制度研究的基本问题》肖建新

36. 《宋代制度研究史百年》包伟民

37. 《宋代地方财政史研究》包伟民

38. 《宋代经济史》漆侠

39. 《宋代学田制中封建租佃关系的发展》漆侠

40. 《宋代物价研究》程民生

41. 《宋代社会自由度评估》程民生

42. 《宋代僧道数量考察》程民生

43. 《宋人生活水平考察》程民生

44. 《两宋田赋制度》刘道元

45. 《宋代白银货币化研究》李埏

46. 《宋代钞盐制度研究》戴裔煊

47. 《宋金纸币史》刘森

48. 《宋代的租佃形式》梁太济

49. 《宋代香药贸易史》林天蔚

50. 《宋代榷曲、特许酒户和万户酒制度简论》李华瑞、张景芝

51. 《北宋城市、镇市、草市与集市的商业活动》陈保银

52. 《两宋纸币的伪造及治理》周斌

53. 《论宋代商业文化的崛起及影响》王晓骊

54. 《宋代官吏的俸禄》何忠礼

55. 《也论宋代官员的俸禄》张全明

56. 《中国历史银锭浅识》王钢、贾雁民

57. 《宋朝阶级结构》王曾瑜

58. 《宋朝兵制初探》王曾瑜

59. 《宋代法律与社会》郭东绪

60. 《宋代家庭研究》邢铁

61. 《宋代社会保障研究》郭文佳

62. 《宋代社会的空间与交流》平田茂树、远藤隆俊、冈元司

63. 《内闱：宋代的婚姻和妇女生活》伊佩霞

64. 《宋代特殊群体研究》游彪

65. 《宋代的家族与社会》黄宽重

66. 《天潢贵胄：宋代宗室》贾志扬

67. 《论北宋的平民化宗法思潮》李静

68. 《宋代的客户与士大夫》陈乐素、王正平

69. 《宋代的妾问题研究》吕永

70. 《宋代士绅结社研究》周扬波

71. 《宋代世家大族：个案与综合之研究》王善军

72. 《宋代法制初探》戴建国

73. 《宋代私有田宅的亲邻权利》李锡厚

74. 《宋代家产诉讼中的妇女》何怀净

75. 《宋代妇女犯罪问题》曾京贤

76. 《南宋时代抗金义军》黄宽重

77. 《文武纠结的困境——宋代的武举与武学》方震华

78. 《北宋国家安全问题研究》韦祖松

79. 《宋代军费若干问题研究》秦萍

80. 《宋代厢军的职务功能及其类型》柯弘彦

81. 《宋代阵法与阵图初探》王路平

82. 《宋代婚俗研究》彭利芸

83. 《坊墙倒塌以后：宋代城市生活长卷》李春棠

84. 《辽宋金社会生活史》朱瑞熙

85. 《宋代市民生活》伊永文

86. 《祈求神启：宋代科举考生的崇拜行为与民间信仰》廖咸惠

87. 《蒙元入侵前夜的中国日常生活》谢和耐

88. 《宋词与宋代的城市生活》杨万里

89. 《宋代东京研究》周宝珠

90. 《宋代妇女服饰研究》陈燕菁

91. 《宋代个人卫生文化的研究》彭进专

92. 《北宋文化史述论》陈植锷

93. 《宋代文学与思想》台湾大学中国文学研究所主编

94. 《宋代小说中的困境情节之研究》于定中

95. 《宋代民间信仰与国家政治之关系》沈宗宪

96. 《宋代思想史论》田浩

97. 《士论与道理：试由宋代士人政治之发展解释理学的兴起脉
    络》林汉文

98. 《宋代禅宗文化》魏道儒

99. 《宋代佛教史稿》顾吉辰

100. 《宋代士大夫文化品格与心态》郭学信

101. 《宋学之本质及其思想史上的意义》山井湧

102. 《朱熹的历史世界：宋代士大夫政治文化的研究》余英时

103. 《宋代文学思想史》张毅

104. 《宋代院画家风俗画之研究—兼论风俗人物画的社会背景》
     戴辛伊

105. 《宋元戏曲史》王国维

106. 《中国美术史·宋代卷》王朝闻

107. 《宋代教育》袁征

108. 《由官学到书院：从制度与理念的互动看宋代教育的演变》
     陈雯怡

109. 《宋代城池建设研究》黄登峰

110. 《论宋代的出版管理》郭孟良

111. 《略论宋代图书事业的繁荣及其原因》曹之

112. 《全盛的宋代刻书业》大江

113. 《宋代图书市场初探》谢彦卯

114. 《宋代服饰制度研究》王雪莉

115. 《中国古代纺织与印染》赵翰生

116. 《中国围棋史话》见闻

117. 《宋代科技对中医教育影响的研究》赵明哲

118. 《〈清明上河图〉中的城市与建筑意象》谭刚毅、荣蓉

119. 《宋画〈清明上河图〉中的民居和商业建筑研究》谭刚毅

120. 《关于〈清明上河图〉中的解字招牌》朱家溍

121. 《江村经济》《乡土中国》费孝通

《论语密码》

冶文彪　著

探寻秦始皇焚书坑儒后，
《论语》竹简经历的乱局与玄机。

激发个人成长

　　多年以来，千千万万有经验的读者，都会定期查看熊猫君家的最新书目，挑选满足自己成长需求的新书。

　　读客图书以"激发个人成长"为使命，在以下三个方面为您精选优质图书：

1. 精神成长

熊猫君家精彩绝伦的小说文库和人文类图书，帮助你成为永远充满梦想、勇气和爱的人！

2. 知识结构成长

熊猫君家的历史类、社科类图书，帮助你了解从宇宙诞生、文明演变直至今日世界之形成的方方面面。

3. 工作技能成长

熊猫君家的经管类、家教类图书，指引你更好地工作、更有效率地生活，减少人生中的烦恼。

每一本读客图书都轻松好读，精彩绝伦，充满无穷阅读乐趣！

认准读客熊猫

读客所有图书，在书脊、腰封、封底和前后勒口都有"**读客熊猫**"标志。

两步帮你快速找到读客图书

1. 找读客熊猫

2. 找黑白格子

马上扫二维码，关注"**熊猫君**"

和千万读者一起成长吧！